AILEEN P. ROBERTS

Im Schatten der Dämonen

GOLDMANN
Lesen erleben

Buch

Darian war einst ein ganz normaler Londoner Student – bis er ein magisches Portal in die fantastische Parallelwelt Albany durchschritt und seine wahre Herkunft und Bestimmung entdeckte: Er ist der Erbe des dortigen Throns, der rechtmäßige König des Landes. Nun ist um ebendiesen Thron ein tödlicher Kampf entbrannt zwischen Darian und Samukal, dem machtbesessenen Oberhaupt der Zauberergilde. Doch da Samukal sich bei diesem Kampf der aus dem Zwischenreich beschworenen Dämonen bedient, sind Darians Aussichten auf einen Sieg äußerst gering. Mit seinen wenigen Verbündeten und an der Seite seiner großen Liebe Aramia gibt er dennoch nicht auf. In einem letzten, verzweifelten Versuch, Samukal, seine zahlreichen Verbündeten und seine tödlichen Dämonen zu besiegen, machen sich Darian und seine Freunde auf die Suche nach weiteren magischen Portalen. Sie wollen sie verschließen, damit Samukal keine neuen Dämonen mehr beschwören kann. Doch nur mit Hilfe der Elfen und der Dunkelelfen wird ihnen dies möglich sein. Werden sie diese gefährlichen Verbündeten auf ihre Seite ziehen können? Und wohin sind die Drachen verschwunden – die Quelle der von ihnen so dringend benötigten weißen Magie in Albany?

Autorin

Aileen P. Roberts ist das Pseudonym der Autorin Claudia Lössl. Ihre Begeisterung für das Schreiben entdeckte sie vor einigen Jahren durch ihren Mann. Als dieser mit der Arbeit an einem Buch begann, beschloss sie, sich ebenfalls als Schriftstellerin zu versuchen. Seither hat sie bereits mehrere Romane im Eigenverlag veröffentlicht, 2009 erschien mit »Thondras Kinder« ihr erstes großes Werk bei Goldmann. Mit der »Weltennebel«-Trilogie legt sie nun ihren zweiten großen Fantasy-Zyklus vor. Claudia Lössl hat sich eine große Fangemeinde aufgebaut. Sie lebt mit ihrem Mann in Süddeutschland. Mehr zur Autorin und ihren Büchern unter www.aileen-p-roberts.de.

Von Aileen P. Roberts sind im Goldmann Verlag außerdem lieferbar:

Das magische Portal. Weltennebel. Roman (47518)
Das Reich der Dunkelelfen. Weltennebel. Roman (47519)

Thondras Kinder. Die Zeit der Sieben. Roman (47681)
Thondras Kinder. Am Ende der Zeit. Roman (47143)

Aileen P. Roberts

Im Schatten der Dämonen

Weltennebel

Roman

GOLDMANN

MIX
Papier aus verantwortungsvollen Quellen
FSC® C014496

Verlagsgruppe Random House FSC-DEU-0100
Das FSC®-zertifizierte Papier *Super Snowbright* für dieses Buch
liefert Hellefoss AS, Hokksund, Norwegen.

1. Auflage
Originalausgabe Januar 2012

Umschlaggestaltung: UNO Werbeagentur, München
Umschlagmotiv: © Jürgen Gawron
Karte S. 7: © Andreas Hancock
Th · Herstellung: Str.
Satz: DTP Service Apel, Hannover
Druck und Bindung: GGP Media GmbH, Pößneck
Made in Germany
ISBN 978-3-442-47590-2

www.goldmann-verlag.de

Für alle, die von fremden Welten träumen
Alba gu bràth

Albany
N
V
O
S
Dracheninseln
Kreis von Borogán
Drachenmeer
Burg von Northcliff
Hafen von Grottna
Calmara
Stein von Alahant
Geisterinseln
Kreis der Seelen
Rodgill
See der tausend Stürme
Nebelinsel
Zwergenreich
Hôrdgar
Rannocsee
Ilmor
Kratersee
Anmhorán
Insel der Riesen

Kapitel 1

Ein neuer Frühling

In Gedanken versunken stand Darian vor dem düsteren Felsmassiv an der Grenze zum Zwergenland und dachte schaudernd an die Zeit, als er allein und verloren in den Gängen des Unterreichs umhergeirrt war. Aus eigener Kraft hätte er dort nie wieder herausgefunden, doch eine Gruppe von Tiefengnomen hatte sich seiner angenommen und ihm die Rückkehr ans Tageslicht ermöglicht. Nun wollte er sein Versprechen einlösen und ihnen die versprochene Belohnung zukommen lassen. Gestern Abend hatte er eigenhändig einen Rehbock geschossen, und dieser lag nun fertig zerlegt vor dem versteckten Zugang ins Unterreich. Schon seit einiger Zeit wartete Darian darauf, dass eines der kleinen pelzigen Wesen erschien.

»Wer weiß, wann diese Tiefengnome ins Freie kommen«, gab Hauptmann Torgal wieder einmal zu bedenken, so wie öfters in den letzten Stunden. »Ihr habt Euren guten Willen bewiesen, Darian, wir sollten wirklich zurück zum Lager gehen.«

»Nein«, erwiderte er bestimmt, »ich habe diesen Wesen mein Leben zu verdanken und möchte mich erkenntlich zeigen. Wenn ich das Fleisch einfach so hier liegen lasse, schleppt es am Ende ein Bär oder Wolf fort, und das wäre nicht richtig.«

Seufzend ließ sich der alte, grauhaarige Hauptmann auf den Boden sinken und schickte sich an, sein vom häufigen Gebrauch schon recht schartiges Schwert zu polieren.

Die Dunkelheit brach herein, und die beiden Männer setzten sich ans Lagerfeuer, wo sie sich leise über Darians Zeit im Reich der Dunkelelfen unterhielten. Die Verwunderung über viele der Dinge, die Darian aus dem Unterreich und der Dunkelelfenhauptstadt Kyrâstin erzählte, stand Torgal noch immer offen im Gesicht geschrieben. Sein ganzes, nun schon über sechzig Sommer dauerndes Leben hatte er Dunkelelfen für skrupellose, mörderische Wilde gehalten, und auch Darian war dieser Auffassung gewesen. Erst die Begegnung mit Mias Vater Zir'Avan und einigen anderen Dunkelelfen hatte den jungen König schließlich dazu bewogen, seine Meinung zu revidieren.

Funken sprühten auf, als Darian einen weiteren Ast ins Feuer warf, und auf einmal nahm er am Rande des Felsmassivs eine kleine, annähernd kniehohe Gestalt wahr, die neugierig ihren pelzigen Kopf ins Freie streckte.

Langsam, um den Tiefengnom nicht zu erschrecken, erhob er sich. »Fleisch – für euch«, sagte er in der knurrenden, abgehackten Sprache der Unterreichbewohner. Der kleine Tiefengnom mit den kugelrunden dunklen Augen, die aus einem pelzigen, bräunlich schwarzen Gesicht herausstarrten, blieb stocksteif stehen.

»Drrraggrann?«, knurrte er dann.

Darian nickte, denn so sprachen die Tiefengnome seinen Namen aus. Das kleine Wesen drehte seinen Kopf wieder in Richtung der Höhle, brummte etwas, und kurz darauf wuselten weitere fünf Tiefengnome aus der Öffnung heraus.

Darian machte Torgal, der mit gezogenem Schwert aufgesprungen war, ein beruhigendes Zeichen. Er wusste, dass der Hauptmann, im Gegensatz zu ihm, die Sprache der Tiefengnome nicht verstand und die dunklen Wesen mit den spitzen Zähnen als Bedrohung ansah.

Langsam und mit misstrauischen Blicken kamen die Tiefengnome näher, schnappten sich dann rasch die Fleischbrocken und verschwanden wieder in ihren dunklen Gängen.

»Gut, morgen früh können wir zurück zum Lager«, stellte Darian fest.

Kopfschüttelnd blickte Hauptmann Torgal zu der Stelle, wo die Tiefengnome verschwunden waren. »Wir leben wahrlich in seltsamen Zeiten.«

In nahezu verschwenderischer Pracht hatte der Frühling sein buntes Kleid über Albany gelegt, als Darian, seine Gefährtin Mia und der Zauberer Nordhalan erneut aufbrachen, nur wenige Tage, nachdem Darian seine Schuld bei den Tiefengnomen beglichen hatte. Von ihrem Lagerplatz am Rannocsee reisten sie nach Westen, um Darians und Mias kleine Tochter Leána abzuholen. Sie hofften, dass das Mädchen durch das geheime Eichentor auf der Nebelinsel bereits direkt aufs Festland, an die Westküste, gelangt war. Sollte dies nicht gelungen sein, stand ihnen eine längere Reise auf die im Westen liegende Insel der Nebelhexen bevor.

»Was ist, wenn sie irgendwo sonst rauskommt und nicht bei Cadman?« Darian machte sich große Sorgen um Leána, und auch an Mia bemerkte er leichte Anzeichen von Unruhe, selbst wenn sie sich bemühte, diese nicht zu zeigen.

»Tagilis hat gesagt, Lilith wird sie begleiten, ganz sicher kommen sie zurecht.«

Trotzdem drängte Darian seine Gefährten zur Eile. In der Ferne konnten sie einen Weiler erkennen, der sich in den Schutz uralter Bäume schmiegte. Kräftige Männer arbeiteten emsig am Bau einer neuen Straße.

»Wenn das Portal erst geschlossen ist, solltet ihr euch zu erkennen geben«, riet Nordhalan. »Sicher werden sich die Menschen dir und Atorian mit Freuden anschließen.«

»Atorian vielleicht schon, mir eher nicht«, gab Darian zu bedenken und dachte mit Grauen daran, wie er vor einigen Sommern sein Königreich hatte verkommen lassen, als er von einem teuflischen Dunkelelfenpilz abhängig gewesen war.

»Wir werden ihnen alles erklären«, meinte Mia aufmunternd und beobachtete lächelnd, wie Schwärme von Schmetterlingen über die Wiese vor ihnen flogen und in der Sonne die wildesten Tänze ausführten. Auch die Bäume waren bereits erblüht, überall tollten junge Hasen, Rehe und hier und da sogar die scheuen Waldgnome umher.

Mia blieb stehen, schloss kurz die Augen, und wenig später schwirrte eine große Gruppe von Heidefeen um sie herum. Die winzigen geflügelten Frauengestalten verharrten kurz, dann stoben sie auch schon wieder davon.

»Ich habe sie gebeten, nach Leána und Lilith zu suchen.« Sie hob bedauernd die Arme. »Ob sie das allerdings wirklich tun werden, weiß ich nicht. Sie lassen sich leicht ablenken, und wenn irgendwo eine besonders hübsche Blume blüht, kann es sein, dass mein Auftrag sofort wieder vergessen ist.«

»Trotzdem finde ich es beachtlich, dass du Elementarwesen beschwören kannst«, warf der große Zauberer mit dem langen grau-schwarzen Bart ein. »Keinem meiner Gilde ist das jemals gelungen.«

Mia lächelte zaghaft. Die Gabe, Elementarwesen zu beschwören, war ihr ausgeprägtestes Talent. Ansonsten beschränkten sich ihre magischen Fähigkeiten auf sehr einfache Zauber.

Ein lautes Geräusch ließ Darians Hand zu seinem Schwert fahren, aber dann entspannte er sich. In der Ferne stapfte nur eine Gruppe Waldtrolle durch das Unterholz, und die drei Gefährten eilten rasch weiter. Sie wollten sich nicht auf einen Kampf mit den groben Wesen einlassen, die sich zwar meist friedlich verhielten, jedoch zur Paarungszeit eine deutliche Neigung zu aggressiven Handlungen zeigten. Es dauerte nicht lange, und einige kleine Heidefeen kamen zurückgeschwirrt und tanzten aufgeregt vor Mia auf und ab.

»Sie sind ganz in der Nähe!« Sofort rannte Mia los, wobei ihr langer schwarzer Zopf wild hin und her pendelte. Selbst Darian, der wieder gut in Form und ein ausdauernder Läufer war, konnte sie kaum einholen. Nordhalan zählte bereits an die zweihundert Sommer und ging ihnen daher langsamer hinterher.

Ein strahlendes Lächeln überzog Mias Gesicht, als sie sah, wie zwei kleine Gestalten auf einem großen Pferd über die blumenübersäte Lichtung vor ihnen trabten. Ein Paar winziger brauner Waldgnome sprang erschrocken zur Seite, als das gräulich-braune Tier mit der wallenden schwarzen Mähne mit donnernden Sprüngen näher kam. Ein zweites dunkelbraunes Pferd, welches am Sattel angebunden war, folgte.

»Mutter!« Noch bevor der imposante Hengst richtig zum Stehen kam, war das schwarzhaarige Mädchen aus dem Sattel gesprungen und umarmte Mia stürmisch. Wenig später wurde auch Darian mit überschwänglicher Freude begrüßt und schloss seine kleine Tochter glücklich in die Arme.

Lilith, die zierliche blonde Frau mit der etwas eigenartig anmutenden Knollennase, stieg langsam aus dem Sattel. »Aramia, Darian, ich bin so froh, dass ihr wohlbehalten aus dem Unterreich zurückgekehrt seid.«

Mit einem Lächeln umarmte Mia ihre Nebelhexenfreundin, während Leána Darian aufgeregt erzählte, dass sein Hengst Menhir nicht durch das Portal hätte gehen wollen, sie ihn aber dazu überredet habe. Ein schwarzer Blitz, der von links auf Leána zusprang, ließ Darian zusammenzucken. Dann jedoch erkannte er die schwarze Wölfin Fenja, die ihre kleine Freundin mit feuchten Küssen bedeckte.

»Fenja wollte unbedingt mitkommen«, sprudelte Leána los. »Und sie hat sich nicht so angestellt wie Menhir!«

»Ist denn alles gut gegangen?«, erkundigte sich Mia.

Lilith nickte und deutete auf das zweite Pferd, einen braunen Hengst, der etwas schmaler und eleganter als der kräftige Menhir war. »Liah konnte ich nicht mitnehmen, sie ist inzwischen hochträchtig, daher habe ich dir Lavos mitgebracht.«

Langsam ging Mia zu dem Pferd, das sie aus klugen Augen freundlich ansah.

»Er ist noch recht jung, aber gut ausgebildet. Ich denke, ihr werdet euch mögen.«

Zufrieden klopfte Mia dem Tier den Hals. »Ja, das denke ich auch.«

Leána hatte Darian an der Hand gefasst und zog ihn nun zu ihrer Mutter, wobei sie ununterbrochen vor sich hin plapperte.

»Hast du ihr schon erzählt, was ihre Aufgabe ist …«, begann Darian zögernd, aber Lilith schüttelte rasch den Kopf.

»Wir werden es später tun, wenn sie nicht mehr ganz so aufgeregt ist«, meinte Mia leise und streichelte ihrer quirligen Tochter über die dichten dunklen Haare.

»Was wollt ihr mir erzählen?«

»Du wirst bald deinen Großvater kennenlernen.« Mia beugte sich hinab, und Leána sah sie mit ihren großen blauen Augen an.

»Ich habe einen Großvater?«

»Ja, er sieht allerdings etwas … nun ja … anders aus als wir. Er ist ein Dunkelelf und …«

Bevor sie ausgeredet hatte, erschien Nordhalan auf der Lichtung, und Leána rannte sofort freudig auf ihn zu.

»Bist du mein Großvater? Warum hast du denn gar kein Schwert? Haben alle Dunkelelfen so lange Bärte?«

Nach einem Augenblick der Überraschung nahm Nordhalan die Kleine auf seinen Arm. »Nein, ich bin kein Dunkelelf, und sie tragen gar keine Bärte. Ich bin Nordhalan, ein Zauberer und Freund deiner Eltern.«

»Ach so.« Zuerst wirkte Leána enttäuscht, aber dann strahlte sie schon wieder. »Willst du auch mein Freund sein? War dein Vater vielleicht ein Zwerg, weil du so viele Haare im Gesicht hast?« Sie runzelte grübelnd ihre glatte Stirn. »Aber dafür bist du viel zu groß, es sei denn, deine Mutter war ein Bergtroll.«

»Leána, nicht alle Wesen sind aus verschiedenen Rassen entstanden«, erklärte Mia geduldig, »Nordhalan ist ein Mensch, und du wirst noch viele reinrassige Menschen kennenlernen.«

»Oh!« Nun schien sie sich ein wenig vor dem Zauberer zu

fürchten und ging lieber rasch zu Darian zurück, dem sie ihre Arme um die Hüfte schlang.

»Keine Angst, Leána«, versicherte Nordhalan freundlich, »nicht alle Menschen sind schlecht.«

Sie nickte zustimmend, versteckte aber trotzdem schutzsuchend ihren Kopf an Darians Rücken.

»Komm, Leána, dein Onkel Atorian freut sich schon darauf, dich wiederzusehen, genauso wie Tagilis«, forderte Darian sie auf.

»Sie sind auch hier?« Leána begeisterte dies sichtlich, und sie fragte, ob sie auf Menhir reiten dürfe, was ihr Darian auch erlaubte. Jedoch bestand er darauf, die Zügel zu führen.

Glücklich thronte Leána auf dem großen Pferd und sah sich neugierig um, stellte dann jedoch enttäuscht fest: »Auf dem Festland sieht es gar nicht viel anders aus als auf der Nebelinsel.«

»Wo stand denn das Tor, welches aufs Festland führt?«, wollte nun Nordhalan wissen und musterte die kleine Nebelhexe Lilith unauffällig.

»Gar nicht weit von unserem Dorf entfernt«, erklärte sie mit heller, jedoch energischer Stimme. »Zwei ineinander verschlungene Eichen haben es bezeichnet, und auch auf der anderen Seite waren sehr ähnliche Bäume zu sehen. Es war faszinierend. Ich spürte nur ein kurzes Kribbeln, dann waren wir auf der anderen Seite.«

»Ich habe Cadman getroffen«, erzählte Leána und wippte im Takt von Menhirs ausgreifenden Schritten auf und ab. »Er hat sich gefreut, weil Fenja so ein hübscher großer Wolf geworden ist.«

»Wollte er nicht mitkommen?« Mia sah sich suchend um.

»Nein«, Lilith verzog ihren Mund, »ich denke, der alte Mann hat sich vor mir gefürchtet, weil ich eine Nebelhexe bin.«

Allmählich verstummten die Gespräche, und nachdem sie den ganzen Tag lang geritten waren, erreichten sie am Abend den geheimen Lagerplatz, der verborgen in einem schwer zugänglichen Tal an den Ufern des Rannocsees lag. Zusätzlich hatte Nordhalan noch einen Schutzzauber über die Siedlung gelegt, welcher dem flüchtigen Betrachter vorgaukeln würde, die Halbinsel sei völlig unbewohnt. Mehrere mit Stroh oder Heidekraut gedeckte Holzhütten schmiegten sich in den Schutz hoher Bäume und Hecken; rund um das Dorf waren einige Felder angelegt worden, mit denen sich die knapp zwanzig Bewohner ihren nötigen Lebensunterhalt sicherten. Zunächst verhielt sich Leána ungewohnt ängstlich wegen der fremden menschlichen Männer, aber als sie ihren Onkel und Tagilis sah, legte sich ihre Scheu, und vor allem den Zwerg Edur schien sie sofort in ihr Herz zu schließen, denn er machte alle möglichen Scherze mit ihr und ließ sie auf seinen breiten Schultern reiten.

Nach dem Abendessen, als sich alle am Feuer in der größten Hütte versammelten, saß Leána bereits vertrauensvoll auf Nordhalans Schoß und lauschte halb schläfrig den Gesprächen der Erwachsenen, von denen sie vermutlich nicht allzu viel verstand.

Als Nordhalan ein wiederholtes Zupfen an seinem buschigen langen Bart spürte, sah er hinab zu dem kleinen Mädchen.

»Was machst du denn da?«, fragte er empört.

Leána hielt stolz seinen zu mehreren Zöpfen geflochtenen Bart in die Höhe. »Das sieht hübsch aus, außerdem hängt er dir dann nicht so leicht in der Suppe.«

Alle Anwesenden begannen laut zu lachen, während Nordhalan die Kleine mit säuerlicher Miene auf den Boden setzte.

»Mein Bart hat noch niemals in der Suppe gehangen«, betonte er.

»Vater, lässt du dir auch so einen Bart wachsen?«, bettelte sie. »Es macht Spaß, Zöpfe hineinzuflechten.«

Kopfschüttelnd und noch immer grinsend kniff Darian sie spielerisch in die zierliche Nase. »Nein, ich möchte keinen Bart tragen, und bitte lass den von Nordhalan in Zukunft in Ruhe. Ich glaube, er ist da etwas empfindlich.«

Leána seufzte abgrundtief. »Menschen verstehen einfach keinen Spaß, das sagt Murk auch immer.«

Nur sehr mühsam gelang es Nordhalan, seine strenge Miene aufrechtzuerhalten, und als er zusah, wie die Kleine rasch auf Darians Schoß kletterte und an seiner Schulter einschlief, musste er sich eingestehen, dass er Darians Tochter schon jetzt in sein Herz geschlossen hatte.

Während Darian sich mit Torgal und Edur unterhielt, betrachtete Nordhalan ihn und Leána eingehend. Das Mädchen hatte die filigranen Züge und auch die rabenschwarzen Haare seiner Mutter geerbt, wenngleich die von Aramia seidiger und glatter waren, Leánas Haar war etwas dicker und leicht gelockt. Die großen blauen Augen hingegen stammten eindeutig von Darian, und auch ihr Lächeln erinnerte an den jungen Erben von Northcliff.

Diese kleine Familie wird es nicht einfach haben, überlegte der Zauberer bedrückt.

Noch an diesem Abend brachen hitzige Diskussionen aus, wie sie weiter vorgehen sollten, denn endlich schien die Ausführung ihres Auftrages, den sie von Merradann bekommen hatten, nicht mehr ganz unmöglich zu sein. Das Orakel – in Darians früherer Welt auch bekannt unter dem Namen Merlin – hatte sie aufgefordert, sämtliche Weltenportale in Albany zu schließen, damit Samukal keine weiteren Dämonen mehr durch diese beschwören konnte. Dreier Zauberer von zwei unterschiedlichen Rassen bedurfte es, um diese Aufgabe zu bewerkstelligen. Doch erst im Dunkelelfenreich hatten sie dank Mias Urgroßvater Ray'Avan herausgefunden, dass Leána vermutlich eine Portalfinderin war. Heute beschlossen sie, in spätestens zwei Tagen zum Stein von Alahant aufzubrechen.

Doch selbst, wenn sich Leánas Fähigkeit wirklich zeigte – ob sie die Weltentore dann tatsächlich würden schließen können, schien eher fraglich. Denn noch hatten sie keine Nachricht von den Elfen erhalten, die versprochen hatten, im Frühling einen Zauberer zu schicken.

»Vielleicht wartet der Elfenmagier bereits am Stein«, mutmaßte Hauptmann Torgal und fuhr sich durch die kurzgeschnittenen grauen Haare. Darian wusste, dass Torgal all diese Magie ebenso suspekt war wie den anderen Männern, und umso höher rechnete er es ihm an, dass er zu seinem Versprechen stand, an seiner Seite um Northcliff zu kämpfen.

Langsam zerstreute sich die Menge, und die Männer zogen sich in die umliegenden Hütten zurück.

Darian hielt seine kleine Tochter im Arm und starrte grüblerisch ins Feuer. Nachdem Mia sich noch kurz und leise mit Lilith unterhalten hatte, trat sie zu ihm.

»Was hast du? Du wirkst so nachdenklich.«

Darian blickte zu ihr auf und betrachtete zärtlich, wie sich das Licht in ihren dunkelgrünen Augen fing und einen sanften Glanz auf ihr ebenmäßiges Gesicht zauberte.

»Leána wird niemals die Welt sehen, in der ich aufgewachsen bin«, sagte er mit leisem Bedauern. »Weißt du, vorher habe ich nicht wirklich daran gedacht, aber wäre es nicht vielleicht besser, wenn wir alle durch das Portal gingen und in der anderen Welt ein neues Leben anfingen?«

Mia zog ihren Stuhl näher zu ihm heran und streichelte ihm über die halblangen dunkelblonden Haare. »Willst du wirklich Samukal euer Königreich überlassen?«

»Nein, natürlich nicht«, gab er zu und schämte sich plötzlich seiner eigennützigen Gedanken. »Aber Leána ist noch so klein. Vielleicht wäre sie in der anderen Welt sicherer.«

»Ich weiß nicht, Darian, ich habe einige Zeit dort gelebt, und ich fand die andere Welt nicht sonderlich sicher.« Dann lachte sie plötzlich auf. »Und kannst du dir Tagilis, deinen Bruder oder Torgal und Nassàr vielleicht als normale Angestellte in einem Büro in London oder Edinburgh vorstellen? Mal abgesehen davon wären wir auch dort immer auf der Flucht, denn wir alle werden sehr viel älter als normale Menschen, und das würde irgendwann auffallen.«

»Du hast schon Recht.« Die Worte seiner Gefährtin hatten ein Lächeln auf sein Gesicht gezaubert. »Die drei würden vielleicht einige Zeit als verkappte und schrullige Antiquitätenhändler durchgehen«, scherzte Darian, wurde aber sogleich wieder ernst und seufzte tief. »Ich weiß, unsere Aufgabe liegt hier, und wir werden sie meistern!«

Aufmunternd drückte Mia seine Hand, dann nahm sie ihm ihre tief und selig schlafende Tochter aus dem Arm und legte sie sanft in eines der einfachen Holzbetten.

Nachdem es dunkel geworden war, erschien Zir'Avan, Mias Vater, in der Hütte. Aus dem Schatten jenseits des Feuerscheins kristallisierte sich die hochgewachsene, schlanke Gestalt des Dunkelelfen heraus, dessen Haut von deutlich dunklerer Farbe war als die der Menschen. Seine langen anthrazitfarbenen Haare hingen ihm bis beinahe zur Hüfte. Mal wieder beeindruckte Darian Zir'Avans eigenartige Aura aus Unerbittlichkeit, Würde und Stolz, wie er hoch aufgerichtet, mit gestrafften Schultern dort in der Tür stand und alles und jeden mit seinem durchdringenden Blick musterte. Dieses Wesen war ganz sicher der tödlichste Gegner, den man sich vorstellen konnte, mit ganz eigenen, für Menschen häufig kaum nachvollziehbaren Moralvorstellungen. Jetzt trat der Dunkelelf leise und behutsam an Leánas Bett.

»Dies ist meine Enkeltochter?«, fragte er kaum hörbar, und ein zärtlicher Ausdruck trat auf sein sonst so beherrschtes und meist unbewegtes Gesicht.

Mia lächelte stolz, und Darian war froh, dass sie sich jetzt besser mit ihrem Vater verstand. Vor nicht allzu langer Zeit hatte sie Zir'Avan nur Verachtung und Hass entgegengebracht, aber seitdem er ihr und ihren Gefährten im Unterreich sehr geholfen hatte, begann sie ihm langsam zu vertrauen.

»Ich bin von großem Stolz erfüllt. Dieses kleine Wesen ist wundervoll.«

»Warte nur, bis sie wach ist und anfängt, deine Haare zu Zöpfen zu drehen oder ähnlichen Unsinn«, warnte Darian schmunzelnd, was Zir'Avan jedoch nicht davon abhielt, sie weiterhin fasziniert zu betrachten.

Nur sichtlich ungern riss er sich von ihr los.

»Die Nacht bricht herein, wir sollten mit dem Training beginnen«, wandte er sich dann an Darian.

Ebenso wie die anderen Männer hier übte dieser sich nun schon seit geraumer Zeit mit Zir'Avan im Schwertkampf, denn der Dunkelelf war ein Meister darin und konnte ihnen allen wertvolle Ratschläge geben. Torgal und seine Männer hatten zwar noch immer Vorbehalte gegen den Dunkelelfen, doch da er ihnen bislang keinen Anlass gegeben hatte, der ihr Misstrauen bestätigt hätte, nutzten sie diese unerwartete Gelegenheit.

Da Zir'Avan das helle Tageslicht unangenehm war, warteten sie meist bis zum Einbruch der Nacht, entzündeten dann Feuer in dem verborgenen Tal und trainierten mit hölzernen Übungswaffen – mit richtigen Waffen wäre der Kampf gegen Mias Vater viel zu gefährlich gewesen. Auch heute ließ Zir'Avan sie Angriff und Verteidigung gegen die den Dunkelelfen eigenen wirbelnden Schläge üben. Obwohl Darian wusste, dass Zir'Avan nur mit halber Kraft angriff, sah er, dass Torgal, Nassàr und Fendor schon nach kurzer Zeit völlig erschöpft waren.

Darian selbst hielt sich ein klein wenig besser, da er bereits mit Bas'Akir geübt hatte, aber auch er wusste, dass er noch viel zu lernen hatte. Der Beste von ihnen war Atorian, dessen Klinge nur so durch die Luft zischte und der Zir'Avans Attacken meist zielsicher parierte. Leichte Eifersucht machte sich in Darian breit, und er nahm sich vor, härter zu trainieren. Allerdings hatte Atorian auch schon über zweihundertfünfzig Sommer und Winter Zeit gehabt, um seine Kriegskunst zu perfektionieren. Rein äußerlich wirkte er dabei nicht viel älter als Darian, der Anfang dreißig war. Die Erben von Northcliff konnten durchaus bis zu fünfhundert Jahre alt werden, wenn sie nicht vorher getötet wurden, und alterten auch rein äußerlich entsprechend langsam.

Die Männer und Mia hatten bereits eine ganze Weile trainiert, und langsam, aber sicher erlahmten besonders die Schläge von Torgal und den älteren Männern. Gerade wollte Darian vorschlagen, das Training zu beenden, als die Männer ohnehin innehielten, denn plötzlich stand Leána vor ihnen, nur in ein dünnes Hemdchen gekleidet und mit zerzaustem Haar.

»Darf ich auch mitmachen?«, fragte sie begeistert, dann fiel ihr Blick auf Zir'Avan, und sie ging ohne Scheu auf ihn zu. »Du hast dunkle Haut, so ähnlich wie eine Sumpfnyade«, stellte sie fest.

Zunächst schien Zir'Avan der Vergleich mit einer Sumpfnyade zu missfallen, dann zeichnete sich allerdings ein Schmunzeln auf seinem Gesicht ab. »Mein Name ist Zir'Avan, und ich bin dein Großvater.«

»Bringst du mir bei, auch so gut mit dem Schwert zu kämpfen?«, bat sie und fasste an den Griff seiner schlanken Elfenklinge.

»Natürlich, meine Kleine.« Sichtlich erfreut über das Interesse seiner Enkeltochter, versprach er: »Ich werde dir ein kleines Schwert aus starkem Holz schnitzen.«

»Sie ist erst sechs, das kann noch warten«, mischte sich Darian jetzt ein und fasste seine Tochter an den Schultern.

»Kinder meines Volkes erhalten bereits in ihrem dritten Sommer ein Schwert.« Unverständnis stand in Zir'Avans Zügen.

»Leána ist aber keine Dunkelelfe.«

Beruhigend legte Mia ihrem Gefährten eine Hand auf die Schulter. »Auch auf der Nebelinsel hat sie schon spielerische Kämpfe mit den anderen Kindern ausgetragen, es wird ihr nicht schaden.«

»Mia, sie ist ein kleines Mädchen, das kann doch nicht dein Ernst sein!«

Mia nahm Darian an der Hand und führte ihn etwas abseits. »Es ist wichtig, dass Leána lernt, sich zu verteidigen. Sie hat Dunkelelfenblut in sich und wird sicher eine gute Kriegerin werden.«

»Sie ist …«, er fuchtelte wild in ihre Richtung, »klein und zart. Leána kann warten, bis sie meinetwegen fünfzehn oder sechzehn ist.«

»Sie soll ja noch nicht in einen richtigen Kampf ziehen. Aber jetzt lernt sie leichter und spielerisch, und Zir'Avan ist ein hervorragender Lehrmeister.«

Darian behagte die Vorstellung, dass Leána eine Kriegerin werden sollte, überhaupt nicht, aber da er sich freute, dass Mia ihren Vater zu akzeptieren begann, willigte er schließlich ein. Nach längerem Nachdenken musste er sich auch eingestehen, dass es gut war, wenn Leána schon jetzt mit dem Training begann. Sicher, sie war ein kleines Kind, aber in dieser Welt war es wichtig, von Kindesbeinen an mit dem Schwert vertraut zu sein. Er selbst hatte den Umgang mit der Waffe erst mühselig und unter großer Anstrengung erlernen müssen, als er mit fünfundzwanzig hierhergekommen war.

Sie wird es leichter haben als ich, dachte er, wenngleich er sich kaum auszumalen wagte, dass dieses niedliche kleine Mädchen eines Tages gezwungen sein würde, jemanden zu töten. Aber das wäre wohl immer noch besser, als selbst getötet zu werden.

Im Augenblick sprang Leána wild um Edur herum und versuchte, ihn am Bart zu fassen.

»Musst du nicht eigentlich längst schlafen?«, keuchte der Zwerg irgendwann entnervt.

»Nein, ich habe Dunkelelfenblut in mir, ich kann viel länger wach bleiben«, erwiderte sie selbstbewusst und setzte ihre Jagd fort.

Schließlich gab sich der junge Zwerg geschlagen. »Gut, aber ich bin kein Dunkelelf und muss ins Bett.«

»So, und wir haben jetzt noch das Vergnügen, Wache zu halten«, meinte Nassàr, eine Grimasse schneidend, zu seinem Freund Fendor. Als Mia und ihr Vater anboten, dies für sie zu übernehmen, schoben die beiden Männer trotzig ihr Kinn vor und schüttelten die Köpfe. Kurz drauf löste sich die Gruppe auf, und jeder verschwand in die umliegenden Hütten.

Langsam schritten Nassàr und Fendor zwischen den in Dunkelheit liegenden Holzhütten hindurch und überquerten den schmalen Damm, der aufs Festland führte. Ihr Lager, das während der letzten sechs Sommer und Winter zu einem kleinen Dorf angewachsen war, war nahezu perfekt vor feindlichen Blicken geschützt. Diese Insel lag am Rande eines Sees, war von Bäumen und Büschen bewachsen, und das Tal war nur durch einen Pass in den Bergen zugänglich.

»Besser wir halten selbst Wache als ein – Dunkelelf«, sprach Fendor Nassàrs Gedanken aus.

»Da hast du Recht.« Der alte grauhaarige Krieger fuhr sich über den Dreitagebart. »Seine Kampfkunst ist beeindruckend, aber ich würde ihm nicht mein Leben anvertrauen.«

Einträchtig umrundeten die Männer den See, um zu dem Pass zu gelangen, der hinauf in die wilden Berge führte.

»Ich wünschte, die kleine Kaya käme wieder vorbei«, begann Fendor irgendwann und blickte sehnsüchtig in den sternenübersäten Frühlingshimmel. Die junge Frau hatte vor einigen Monden den verletzten Tagilis von Ilmor zum Rannocsee begleitet und war kurze Zeit geblieben – nicht ohne mit ihrer quirligen und unkomplizierten Art allen Männern den Kopf zu verdrehen. Leider war sie dann jedoch wieder nach Ilmor abgereist.

»Meinst du nicht, sie ist etwas zu jung für dich?«, entgegnete Nassàr grinsend.

»Ach was, ich bin noch gut in Form.« Fendor fuhr sich durch das noch immer volle braune Haar. »Außerdem sehe ich jünger aus.«

»Ha, ha, wenn, dann kommt sie eher wegen dieses Halbelfen zurück. Sie hat ihm ganz schön glühende Blicke zugeworfen.«

»Was?« Fendor sah seinen Freund entsetzt an, bemerkte dann aber, dass dieser ihn nur aufziehen wollte.

»Blödsinn, Tagilis ist …« Der Krieger beendete seinen Satz nicht, sondern deutete schaudernd auf den nahen See, wo der Halbelf am Ufer saß, eine durchscheinende Gestalt vor sich, mit der er sich offensichtlich unterhielt. Die schwachen Strahlen des Mondlichts genügten, um die Umrisse der schwebenden Frau auf geisterhafte Weise nachzuzeichnen. »Das ist aber schon gruselig, oder?«

Mit einem Gefühl der Beklemmung nickte Nassàr. Als erfahrenen Krieger von über sechzig Sommern erschreckte ihn so schnell nichts, aber ein Halbelf von der Nebelinsel, der einen Geist als Gefährtin hatte, war doch etwas zu viel.

»Das sind eigenartige Zeiten, Fendor. Wir sind mit Nebelhexen, Dunkelelfen und anderen Halbwesen verbündet, am Ende wird noch ein Bergtroll zu unseren Gefährten zählen.«

Belustigt schlug Fendor seinem Freund auf die Schulter, und sie machten sich an den Aufstieg, um den Zauberer Nordhalan und ihren Gefährten Markat abzulösen, die am Eingang zum Tal Wache gehalten hatten.

Kapitel 2

Das Portal nach Schottland

Drei Tage später brachen Darian, Mia, Leána, Atorian, Zir'Avan und Nordhalan zum Stein von Alahant auf, um das Portal in die andere Welt ein für alle Mal zu schließen. Auch Torgal und die anderen Krieger hatten sie begleiten wollen, aber es war wichtig, dass sie unentdeckt reisten. Eine kleine Gruppe würde weniger auffallen. Und im Falle eines Kampfes hatten sie fantastische Krieger bei sich, die auch eine zahlenmäßige Unterlegenheit ausgleichen würden. Trotzdem waren die Gefährten nervös, denn der Stein von Alahant lag weit im Norden, nahe der Hauptstadt Culmara, und somit in Samukals direktem Einflussgebiet. Außerdem wussten sie noch immer nicht, wie sie das Portal verschließen konnten. Nordhalan und Zir'Avan hatten bereits verschiedene starke Bannzauber durchgesprochen, aber ob diese wirklich ausreichen würden, wussten sie nicht. Letzten Endes war das Gelingen wohl von der Gemeinschaft aller Zauberer abhängig.

Zir'Avan hatte in seinem Leben noch nie auf einem Pferd gesessen, hielt sich jedoch erstaunlich gut auf dem Rücken der Schimmelstute, die eigentlich Markat gehörte. Leána saß abwechselnd im Sattel vor ihrer Mutter oder vor Darian und schien sich des Ernstes der Lage nicht bewusst zu sein. Für sie war das alles ein großes Abenteuer, und sie freute sich, ihre Eltern endlich wieder bei sich zu haben. Das fröhliche kleine Mädchen lockerte die Stimmung während der Reise auf und lenkte die Erwachsenen von ihren Sorgen ab. Zudem zeigte sich in diesem Frühling das Wetter von seiner angenehmsten Seite, denn meist war es mild, und nur kurze, aber heftige Schauer zogen über Albany hinweg. Wenngleich sich die Gefährten abseits der wenigen ausgebauten Straßen und Wege hielten, konnten sie doch aus der Ferne erkennen, wie emsig an den Hauptverbindungen durch das Land gearbeitet wurde, und wunderten sich darüber.

»Ich möchte wissen, was Samukal vorhat«, überlegte Atorian mal wieder, als er durch dichtes Unterholz spähte und beobachtete, wie an die zwanzig Männer einen ausgefahrenen Weg mit grob behauenen Steinen befestigten.

»Vielleicht will er den Handel mit den Zwergen oder den Lords im Süden ausbauen«, mutmaßte Darian.

»Ich verstehe nicht, wie sich die Zwerge auf ihn einlassen konnten«, ärgerte sich Nordhalan, denn auch er hatte versucht, das kleine Volk des Ostens auf ihre Seite zu bringen, jedoch ohne Erfolg.

»Wenn nicht einmal Edur sein Volk überzeugen konnte, werden wir wohl ohne die Zwerge auskommen müssen.«

Eines Abends machten sie in einem lichten Eichenhain Rast. Im Osten erhoben sich düster die Berge des nördlichen Zwergenreichs, und höchstens zwei Tagesritte trennten sie noch vom Stein von Alahant. Drei frisch erjagte Wildhühner brutzelten über dem Feuer, und Leána war mit ihrer Mutter auf die Suche nach Kräutern gegangen. Fröhlich hüpfte das kleine Mädchen durch den Wald und jagte den beinahe durchsichtigen Nachtnymphen mit ihren schwarzen Flügeln hinterher, die in der hereinbrechenden Dämmerung aus ihren Erdhöhlen kamen.

»Leána, jetzt komm schon«, drängte Aramia, »das Essen wird bald fertig sein, und wenn wir nicht genügend Kräuter finden, schmeckt alles langweilig.«

Leána nickte gehorsam, ließ sich dann aber von einem winzigen Gnom ablenken, der einen hübsch schillernden Pilz mit sich schleppte. Sie folgte dem kleinen bräunlichen Wesen und fand sich urplötzlich auf einer Lichtung wieder. Im Licht der Sterne stand ein Steinkreis, bestehend aus fünf verhältnismäßig kleinen Monolithen, die nicht viel höher waren als Leána selbst, zum Teil mit Moos überwachsen oder bereits umgestürzt.

Ganz verzaubert ging das Mädchen näher heran, und nach und nach begannen zuvor nicht erkennbare, geheimnisvolle Zeichen auf den Steinen zu leuchten. Wie von Geisterhand zog Nebel auf, und dann bildete sich ein silbern und golden glitzerndes Tor über den Steinen, während der Rest der Welt in den Hintergrund rückte.

Leise schimpfend eilte Aramia durch den Wald. Leána war ihr schon wieder entwischt, und wenngleich sie wusste, dass ihre Tochter dank ihrer guten Nachtsicht und einem angeborenen, ausgeprägten Orientierungssinn auch allein zurück zum Lagerplatz finden würde, befürchtete sie, Leána könnte irgendetwas anstellen. Dass diese Befürchtung nicht ganz unbegründet war, wurde der Nebelhexe spätestens in dem Augenblick klar, als sie das fahle Leuchten zwischen den Bäumen bemerkte. Die Luft prickelte vor Magie, und Aramia sah Nebelgeister um sich herum tanzen. Sofort lief sie los.

»Leána, nicht!«, schrie sie entsetzt, als die Kleine gerade dazu ansetzte, durch das Portal zu treten.

Instinktiv rief Aramia die Nebelgeister an, befahl ihnen, um ihre Tochter herumzutanzen und sie abzulenken, und tatsächlich blieb das kleine Mädchen stehen.

Aramia stürzte zu ihr, riss sie zurück und drückte sie dann erleichtert und vor Aufregung zitternd an sich.

»Leána, was tust du denn nur?«, keuchte sie.

Ihre Tochter blickte verwundert auf, dann sah sie zu dem kleinen Steinkreis und sagte enttäuscht: »Das hübsche Licht ist fort.«

Auch Aramia bemerkte, dass nun alles verschwunden war: der

Nebel, das Portal, die Nebelgeister. Verwirrt sah sie ihre Tochter an. »Hast du irgendetwas getan? Einen Zauber gesprochen oder so etwas?«

Die Kleine schüttelte energisch den Kopf, und Aramia zog sie seufzend auf die Füße. »Komm, Leána, wir müssen es den anderen sagen.«

»Wird Vater mit mir schimpfen?«, erkundigte sich das Mädchen betreten. Aber Aramia versicherte ihm, dass es nichts falsch gemacht habe.

Nachdem die Gefährten gehört hatten, was vorgefallen war, war das Abendessen schnell vergessen. Sie eilten zu dem verfallenen Steinkreis, und als Leána näher trat, geschah das Gleiche wie nur kurze Zeit zuvor. Nebel zog auf, ein silbernes und goldenes Flimmern lag in der Luft, und nur wenig später spannte sich ein leuchtendes Portal über dem kleinen Steinkreis. Andeutungsweise erkannte man eine karge, felsige Landschaft auf der anderen Seite.

»Leána ist tatsächlich eine Portalfinderin«, stellte Nordhalan bewundernd fest, »und wie es aussieht, kann sie sogar durch ihre bloße Anwesenheit die Weltennebel dazu bringen aufzuziehen.«

»Was sind Weltennebel?«, wollte Leána wissen und blickte neugierig durch die Nebelschwaden, die alles jenseits des Steinkreises unwirklich erscheinen ließen.

»Wenn sie aufziehen, kann man die Welten wechseln.«

»Wollen wir nachsehen, wie die andere Welt aussieht?«, fragte sie abenteuerlustig, aber ihre Mutter hielt sie eisern an der Hand fest.

»Nein, Leána, wir müssen das Portal schließen, denn ein böser Mann möchte schlechte Dinge durch dieses Tor bringen.«

Beleidigt schob Leána die Unterlippe vor und ließ sich von Aramia wegführen, woraufhin das Portal augenblicklich verblasste. Nun beratschlagten Nordhalan und Zir'Avan erneut, wie sie das Portal verschließen konnten. Sie sprachen die mächtigsten Bannzauber, die ihnen einfielen, aber stets genügte Leánas Anwesenheit, um die Nebel wieder aufziehen zu lassen.

»Es wird daran liegen, dass ein dritter Zauberer fehlt«, vermutete Nordhalan schließlich resigniert, und Zir'Avan stimmte ihm zu. Sie verzeichneten das Tor in der Karte und hofften, dass am Stein von Alahant tatsächlich ein elfischer Magier auf sie wartete.

Am Tag darauf waren die Gefährten gerade in der Morgendämmerung dabei, ihr Lager abzubrechen und ihre Spuren zu verwischen, als durch die Bäume eine hochgewachsene, schattenhafte Gestalt in Begleitung einer sehr viel kleineren erschien.

Bevor sich Darian auch richtig umgedreht hatte, hielt Zir'Avan schon sein Schwert in der Hand. Sofort stellten sich alle im Kreis um Leána auf, doch die Kleine quetschte sich an ihnen vorbei, und Darian stürzte ihr hinterher.

»Das ist doch nur meine Freundin!«, rief Leána empört aus, und Darian stutzte, als er die junge Elfe erkannte, die er vor vielen Sommern am Rande des Elfenreichs getroffen hatte. Lharina wirkte noch immer so zart und zerbrechlich, wie er sie in Erinnerung gehabt hatte, ähnelte jetzt jedoch beinahe schon einer jungen Frau. Ihr grünes Gewand schleifte über den Boden, als sie näher kam. Es musste eine Art Reitrock sein, denn bei näherem Hinsehen erkannte Darian, dass es aus zwei weiten Beinteilen bestand. Ihr schlanker Oberkörper steckte in einer cremefarbenen Bluse, und ein dunkelgrüner Mantel hing um ihre schmalen Schultern.

Ein großer, ernst aussehender Elf wartete in einiger Entfernung und beobachtete die Szene mit prüfendem Blick.

»Senkt die Waffen, ich kenne sie«, rief Darian rasch seinen angespannten Gefährten zu, die verwundert wirkten, jedoch taten, wie ihnen geheißen.

Leána umarmte die Elfe freudig, dann wandte sie sich triumphierend ihren Eltern zu. »Seht ihr, sie ist kein Geist! Das ist meine Freundin, die ich zu Hause auf der Nebelinsel getroffen habe.«

Mit würdevoller Miene verbeugte sich die Elfe. »Mein Name ist Lharina, und ich bin gekommen, euch zur Seite zu stehen. Darian, es freut mich, dich wiederzusehen.« Sie warf einen verschmitzten Blick hinter sich. »Auch wenn es meinem Volk nicht recht ist, muss ich meinen Auftrag ausführen und unsere Welt vor großer Gefahr bewahren.«

Die Gefährten sahen sich ein wenig verdutzt an, doch Darian lud Lharina und auch ihren schweigsamen Begleiter ein, sich zu setzen. Der Elf allerdings blieb, wo er war, und bewachte seine Schutzbefohlene nun aus der Ferne.

Lharina erzählte, wie sie schon vor langer Zeit herausgefunden hatte, dass Leána eine starke Magierin sei, dieses Geheimnis allerdings bewahrt hatte, da die Nebelhexe noch zu jung gewesen war. Mit fester Stimme sprach Lharina davon, dass sie selbst die Wiedergeburt der Elfenseherin Lathara sei, die noch zu Hochzeiten der Diomár gelebt hatte, und dass sie die Gabe besaß, in die Zukunft zu sehen, und auch die Erinnerungen Latharas in sich trüge.

»Mein Volk und selbst meine Eltern waren dagegen, dass ich mich in die Geschehnisse der Menschen einmische«, erklärte sie sehr selbstsicher und erwachsen. »Aber in diesem Frühling konnte ich sie endlich überreden, und der Elfenrat hat mir die Erlaubnis erteilt, euch beim Schließen der Portale zu helfen, sofern ihr auch etwas für uns tut.«

»Und was soll das sein?«, wollte Atorian wissen und richtete sich auf.

Hellblaue Augen wanderten zu ihm. »Unser Volk ist während der letzten fünfhundert Sommer und Winter beträchtlich gewachsen. Wir leben, für unsere Verhältnisse, viel zu dicht beieinander, und das führt zu großen Streitigkeiten.«

»Die Westküste ist ein weitläufiges Gebiet«, wunderte sich

Atorian. »Ihr solltet mehr als genug Platz zur Verfügung haben. Oder beansprucht ihr nun einen Teil des Menschenreichs für euch?«

Argwohn stand in Atorians Augen, aber Lharina schüttelte lächelnd den Kopf.

»Nein, das wollen wir nicht, aber nachdem ihr eine Portalfinderin bei euch habt, bieten sich neue Möglichkeiten. Falls Leána ein Portal in die Urheimat der Elfen findet, möchten wir einen Teil unseres Volkes hindurchführen, bevor ihr es verschließt.«

Die Urheimat der Elfen, überlegte Darian.

Für einen Augenblick herrschte Schweigen, dann wandte sich Nordhalan an das Elfenmädchen. »Meines Wissens nach wurde das Elfenportal im Süden des Landes zerstört – daran kann auch Leána nichts ändern.«

»Vielleicht gibt es ja ein zweites? Es ist nur die vage Hoffnung eines Volkes, das sich nach der alten Welt sehnt. Ich weiß nicht, ob sich diese Hoffnung jemals erfüllt, aber wir möchten als Dank für unsere Hilfe euer Wort, dass ihr es uns mitteilt, falls ihr das Portal findet.«

Nordhalan nickte huldvoll. »Dies würden wir selbstverständlich tun, allerdings wissen wir nicht mit Gewissheit, wo die Portale liegen. Wir sind nur im Besitz einer unvollständigen alten Karte und einer sehr schlecht gezeichneten Skizze des fehlenden Teils.«

Liebevoll streichelte Lharina der kleineren Leána über den Kopf. »Falls ein zweites Portal existiert und es nicht zerstört wurde, wie jenes im Süden, wird Leána es eines Tages finden, und dann kann mein Volk vielleicht in einer anderen Welt ein neues Leben beginnen.«

»Gehst du dann auch fort?«, wollte Leána mit weit aufgerissenen Augen wissen.

»Noch ist die Zeit nicht gekommen, dies zu entscheiden«, versuchte Lharina sie zu beruhigen. »Auch wissen wir nicht, ob die alte Heimat der Elfen überhaupt noch für uns bewohnbar ist. Dennoch möchten wir uns diese Möglichkeit offenhalten.«

»Teilt uns mit, wie wir das Portal schließen können«, verlangte nun Zir'Avan.

Ohne Scheu blickte Lharina zu dem großen Dunkelelfen auf. Kurz schloss sie die Augen, ein kühler Wind kam auf, und als sie den Dunkelelfen erneut ansah, hatte ihre Stimme einen ganz anderen Klang angenommen. »Nachtjäger und Kinder des Lichts vereint, so war es in alter Zeit, und vielleicht wird es erneut so sein.«

Hastig drückte Darian seine kleine Tochter an sich, denn Lharinas Veränderung war gespenstisch. Mit leicht gesenktem Kopf blickte sie zu den Anwesenden auf, ihre Augen hatten einen merkwürdigen Glanz bekommen und schienen von einem uralten, äußerst starken Geist bewohnt.

Nur einen Augenblick später schüttelte sie jedoch ihren blonden Kopf, der Wind legte sich wieder, und fast unschuldig blickte sie zu Zir'Avan, der sie fragend musterte. »Verzeiht bitte, manchmal kommen diese Visionen, und dann bin ich nicht ich selbst.« Sie deutete zuerst auf den Dunkelelfen, dann auf Nordhalan und am Ende auf Mia. »Ihr seid drei Zauberer, von unterschiedlichem Blute, ihr könnt die Portale schließen.«

»Ich bin doch nur eine Nebelhexe«, warf Aramia ein. »Außer Elementargeister zu beschwören verfüge ich kaum über magische Kräfte.«

Ein helles Lachen ertönte von der jungen Elfe. »Nur Elementargeister beschwören! Das ist eine große Kunst, und selbst allein wärst du in der Lage, die Portale für kurze Zeit zu versiegeln.« Als Mia skeptisch die Stirn runzelte, sah Lharina sie mit ihren hellblauen Augen ernst an. »Du kannst einen Bann auf die Steine sprechen, der verhindert, dass die Nebelgeister in die Nähe der Portale kommen. Sie sind Bestandteil der Weltennebel, und wenn sie fort sind, wird ein Durchschreiten des Portals unmöglich sein. Um die Weltenportale endgültig und für alle Zeit zu versiegeln, sind allerdings in der Tat drei mächtige Zauberer nötig, damit ein starker, unumstößlicher Bann auf die Steine gelegt werden kann.«

Staunend hatte Mia zugehört, aber Darian kannte sie gut und sah ihr ihre Zweifel an. »Ich allein soll solch eine Macht haben? Nebelgeister sind launisch und schwer zu beherrschen …«

Lharina legte ihr sanft eine Hand auf den Arm. »Ich werde dir helfen, denn durch meine Ahnin weiß ich, wie man Elementargeister bannt.«

Große Verwirrung und Verunsicherung herrschte, und nun redeten alle aufgeregt durcheinander.

»Warum hast du uns dies alles nicht schon viel früher verraten?«, übertönte Nordhalans kräftige Stimme die der anderen.

»Eine berechtigte Frage«, stimmte Atorian säuerlich zu.

Mit einem leichten Lächeln betrachtete Lharina den alten Zauberer. »Die Zeit war noch nicht reif, auch wusste ich nicht, dass es so etwas wie Portalfinder gibt. Ich spürte nur, dass Leána etwas Besonderes ist, da sie die alten Eichenpfade benutzen kann. Solange ich noch sehr jung war, konnte ich zudem mein Volk nicht überzeugen, euch zu helfen. Außerdem kommen meine Visionen und das alte Wissen Latharas über mich, ohne dass ich beides beeinflussen oder steuern kann. Erst kurz bevor Nordhalan uns um Hilfe bat, suchte mich eine Erinnerung von Lathara heim, und da sah ich, wie ein gefährliches Tor versiegelt wurde.«

An Atorians Miene erkannte Darian deutlich, dass er dem Elfenmädchen nicht uneingeschränkt Glauben schenkte, und Zir'Avans Gesicht blieb zwar gewohnt ausdruckslos, jedoch hatte der Dunkelelf seine Arme vor der Brust verschränkt und seinen Kopf abschätzend zur Seite geneigt. Darian selbst wusste nicht genau, was er denken sollte – einerseits hatte er das Gefühl, Lharina wäre ehrlich, andererseits mochten ihre sanftmütige Art und ihre zerbrechliche Gestalt ihn auch dazu verleiten, sich täuschen zu lassen. Plötzlich erinnerte er sich an etwas. Er zog die Kette mit dem normalerweise unsichtbaren Säckchen vom Kopf und hielt es nun in der Hand.

»Das hast du mir vor langer Zeit gegeben. Ich habe bis heute nicht herausgefunden, wofür es gut ist.«

Lächelnd schloss Lharina seine Hand darum. »Behalte es, es ist Sternenstaub, den ein alter und weiser Magier aus unserer Urheimat hierherbrachte. Auch ich weiß nicht, wozu er gut ist, aber ich sah schon vor langer Zeit in einer Vision, dass du ihn bekommen sollst. Achte gut darauf.«

Enttäuscht hängte sich Darian den kleinen Beutel wieder um, und Leána beobachtete staunend, wie er verschwand, als Darian die Kette über den Kopf streifte.

Während der nächsten drei Tage brachen immer wieder Diskussionen darüber aus, ob man Lharina wirklich trauen konnte oder ob die Elfen mal wieder ihre ganz eigenen Pläne hatten, so wie Zir'Avan es behauptete. Doch Lharina zeigte sich sehr freundlich und hilfsbereit und übte mit Aramia, Nebelgeister zu bannen. Da morgens und abends häufig der weiße Dunst zwischen den Bäumen hing, war dies auch nicht schwierig zu bewerkstelligen. Um Aramias neu erlerntes Können gefahrlos auf die Probe stellen zu können, reisten sie zunächst zurück zu dem kleinen Steinkreis, welchen Leána vor kurzem gefunden hatte, denn dort mussten sie nicht mit Samukals Wachen rechnen.

Sobald Leána sich dem Steinkreis näherte, zogen auch schon dichte Nebelschwaden auf. Konturlose Geister schwebten umher und tanzten zwischen den hohen Monolithen. Nach einem aufmunternden Nicken der kleinen Elfe schloss Aramia ihre Augen. Sie war so nervös, dass sie sich kaum zu konzentrieren vermochte. Dann legte sie jedoch ihre Hände auf den ersten Stein und sprach einen Bann darauf, der die Nebelgeister davon abhalten sollte zu erscheinen.

Aramia hörte wildes, widerspenstiges Gekreische in ihrem Inneren. Konturlose Hände zupften an ihr, aber sie befahl den

Nebelgeistern, sich zurückzuziehen. Tief in sich fühlte sie eine Quelle der Kraft, stellte sich vor, wie diese Kraft sich ausbreitete und sich wie ein imaginärer Schutzkreis um die Monolithen legte. Tatsächlich dehnte sich die feine Energie aus, verwob sich zu einer Art Mauer, die von höherer Dichte war als die Nebelgeister. Diese Magie wirkte sie an jedem einzelnen der Steine, und als sie geendet hatte, war sie entsetzlich erschöpft.

»Hast es funktioniert?«, fragte Darian gespannt.

Unsicher hob Aramia die Schultern, aber als Lharina mit Leána an der Hand zum Steinkreis trat, blieben die Nebel fern. Die verschlungenen Spiralen und Zeichen in den Steinen begannen fahl zu glühen, aber das silberne und goldene Portal spannte sich nicht mehr darüber.

»Du hast es geschafft!« Stolz drückte Darian sie an sich, und auch Zir'Avans ernste Miene drückte Bewunderung und Anerkennung aus, als er eine leichte Verbeugung in Aramias Richtung andeutete.

»Ist es jetzt geschlossen?«, wollte Leána enttäuscht wissen.

»Für den Augenblick ist es das«, bestätigte Lharina, »es sei denn, deine Mutter würde den Bann lösen.«

Erschrocken sah Aramia auf. »Aber Samukal könnte das herausfinden und mich dazu zwingen.«

»In der Tat könnte dies geschehen. Später werde ich gemeinsam mit Nordhalan oder Zir'Avan zurückkehren und das Portal endgültig versiegeln, denn du bist im Augenblick zu erschöpft. Jeder von uns wird einen eigenen Zauber wirken, der dem anderen unbekannt ist, sodass niemand ihn aus uns herauspressen kann. Der Bann der Nebelgeister sollte lediglich eine Übung für dich sein, Aramia, und dir zeigen, dass auch du allein für kurze Zeit ein Portal davor bewahren kannst, missbräuchlich benutzt zu werden.«

Dies erfüllte Aramia mit Erleichterung, und jetzt zweifelte sie auch nicht mehr an Lharinas guten Absichten. Sie musste unbedingt Nordhalan und auch Atorian davon berichten, denn die beiden waren zurückgeblieben, um die Gegend um Alahant herum auszukundschaften. Müde ließ sich Aramia von Darian zu ihrem Pferd führen und stieg in den Sattel.

»Ich als Nebelhexe habe ein magisches Portal geschlossen«, murmelte sie noch immer ungläubig.

Darian, der Leána gerade in den Sattel gehoben hatte, legte seine Hand auf ihre.

»Du bist eben eine wundervolle Zauberin, ich habe das immer gewusst.«

»Das sehen aber hunderte von Bewohnern Albanys anders.«

»Die werden das schon auch noch eines Tages einsehen«, meinte Darian zuversichtlich.

Großes Erstaunen und auch Bewunderung rief Aramias Tat bei Atorian und Nordhalan hervor, als die beiden am Abend von ihrem Erkundungsritt zurückkehrten. Atorian sprang als Erster vom Rücken seines schwitzenden Pferdes, von dem feiner Dampf aufstieg. »Am Stein von Alahant standen nur fünf Wachen, die wir sicher leicht überwältigen können.« Dann runzelte er die Stirn. »Eine Sache war jedoch unheimlich. Ich hatte die ganze Zeit über das Gefühl, beobachtet zu werden«, gab Atorian zu bedenken. »Es hat sich angefühlt wie ein unangenehmes Ziehen im Nacken, aber ich konnte niemanden erkennen.«

Lharina warf Tahilán, ihrem Wächter, einen fragenden Blick zu. »Beobachten unsere Leute den Stein?«

»Das mag sein, Euer Vater war in großer Sorge, Prinzessin.«

Laut seufzend schüttelte Lharina den Kopf. »Zuerst will er nichts mit den Menschen zu tun haben, und dann lässt er mich verfolgen.«

»Er fürchtet um Eure Sicherheit.«

»Mir wird nichts geschehen.«

In Tahiláns edel geschnittenem Gesicht sah man große Zweifel, aber er widersprach nicht, sondern verbeugte sich nur und zog sich ein wenig zurück.

Nachdem sich nun eindeutig herausgestellt hatte, dass Leána eine Portalfinderin war, beschlossen die Gefährten, dass das Mädchen am nächsten Tag abseits warten sollte, bis das Portal am Stein von Alahant verschlossen war. Diesmal wollten Nordhalan, Zir'Avan und Lharina ihre Bannzauber darauflegen, denn Aramia war noch recht ungeübt und benötigte lange für ihren Zauber. Dieses Risiko wollten sie diesmal nicht eingehen. Erst wenn sichergestellt war, dass keine Gefahr durch Samukals Wächter drohte, sollte Leána zum Stein gebracht werden, um sicherzustellen, dass dieser tatsächlich verschlossen war.

Darian sah seiner Gefährtin genau an, wie ungern sie mit Leána in dem Waldstück zurückblieb, das etwa eine halbe Meile vom Stein von Alahant entfernt lag. Vermutlich hätte Mia lieber mit ihnen gekämpft, aber Darian hatte sie überzeugen können, dass sie der beste Schutz für ihre gemeinsame Tochter war

Darian, Atorian und Zir'Avan wollten versuchen, die Wachen – soweit möglich – ohne großes Blutvergießen zu überwältigen, während Nordhalan und das Elfenmädchen mit ihrem Wächter warten sollten, bis der Weg frei war.

Leise schlichen die drei Männer durch das Unterholz und entdeckten bald drei gelangweilte Wachen, die in der Nähe des Monolithen saßen und Karten spielten. Sie schienen nicht sehr aufmerksam, und als sie von hinten angegriffen wurden, waren sie derart überrumpelt, dass sie kaum dazu kamen, Gegenwehr zu leisten. Zwei weitere Wachen, die gerade auf der Jagd gewesen waren, wurden von Zir'Avan schnell und leise niedergeschlagen und herangeschleift.

»Das war ja fast schon zu einfach«, meinte Atorian und sah sich unbehaglich um.

Nun hatte auch Darian das Gefühl, Blicke im Nacken zu spüren, doch selbst Zir'Avans feine Sinne konnten keine Gefahr entdecken. Darian rief leise nach seinen Begleitern, und der Zauberer und die beiden Elfen kamen rasch näher.

Während Darian und Atorian, ihre Schwerter schlagbereit erhoben, Wache hielten, sprachen die drei Magier ihre Bannzauber über den Stein. Nur an den hoch konzentrierten Gesichtern der Zauberer bemerkte er, dass sie etwas taten – weder schossen die von ihm erwarteten Blitze aus ihren Händen, noch geschah sonst etwas ähnlich Spektakuläres. Stattdessen verspürte er irgendwann eine Art Summen in seinem Inneren. Es war ein fremdes, wenn auch nicht direkt unangenehmes Gefühl. Er blickte zu Atorian hinüber, der wachsam die Gegend im Auge behielt.

»Spürst du das?«, wisperte Darian.

Sein Bruder sah ihn fragend an. »Was?«

»Eine Art Vibrieren …«, er deutete auf eine Stelle oberhalb seines Magens, »… etwa hier.«

»Nein, ich merke nichts«, versicherte Atorian, während er sich unbehaglich umsah.

Ob das an meinem Zaubererblut liegt?, überlegte Darian, dann beobachtete er weiterhin die Anstrengungen seiner Gefährten, wobei ihn erneut ein wehmütiges Gefühl beschlich. Jetzt würde er die Welt, in der er aufgewachsen war, niemals wiedersehen, und auch wenn er hier eine Heimat und wunderbare Freunde gefunden hatte, berührte in dies doch sehr.

Endlich kehrten seine Gefährten zurück, und Darian machte sich eilig auf die Suche nach seiner kleinen Familie. In Mias Gesicht stand ganz offene Erleichterung, als sie ihn sah.

»Hattet ihr Erfolg?«

Er nickte und hob Leána auf Menhirs Rücken, bevor auch er aufstieg. »Jetzt wird sich zeigen, ob die drei auch so gut sind wie meine kleine Nebelhexe.«

Mia runzelte nur kritisch die Stirn, setzte zu einer Erwiderung an, stutzte dann aber. Und dann hörte es auch Darian: Aus der Richtung, in der sich der Stein befand, erscholl Kampflärm. Offensichtlich war eine Ablösung für die Wächter gekommen, und Atorian, Zir'Avan und Nordhalan verteidigten sich gegen eine wachsende Anzahl an Männern. Zudem hörte man Warnrufe aus dem Dorf, welches sich unweit des Steins von Alahant an einen bewaldeten Hügel schmiegte.

Tahilán kam gerade mit den versteckten Pferden zurück, und bevor Darian etwas unternehmen konnte, war Mia losgaloppiert, um ihren Freunden Zeit zu verschaffen.

Leise fluchend musste Darian zurückbleiben, denn er wollte Leána nicht allein lassen, so gern er auch geholfen hätte. Trotz seines Ärgers über ihr impulsives Verhalten stellte er mal wieder bewundernd fest, wie leicht Mia vom Sattel aus die Männer in Schach hielt. Sie wendete den jungen Hengst mal hier hin, mal dort hin, ihre Klinge pfiff nur so durch die Luft, und so gelang es Atorian, Zir'Avan und Nordhalan, in die Sättel zu steigen.

»Los!«, rief Atorian schon von weitem. Darian riss Menhir herum und galoppierte durch eine Schneise im Unterholz davon. Ganz kurz glaubte er, so etwas wie eine dunkle Gestalt zwischen den Bäumen zu sehen, und fühlte einen eisigen Hauch, aber dann hatten seine Freunde, verfolgt von den wütend grölenden Dorfbewohnern, schon zu ihm aufgeholt. Mit den Pferden konnten die aufgebrachten Bauern selbstverständlich nicht mithalten, und so hatten Darian und seine Gefährten bald einen sicheren Abstand zwischen sich und das Dorf gebracht. Dennoch ritten sie noch einige Meilen in Richtung Norden, bevor sie anhielten.

In den Bergen versteckt banden sie ihre Pferde an Bäume und setzten sich auf den von der Sonne gewärmten Boden.

»Jetzt müssen wir wohl damit warten, das Portal zu testen«, stellte Atorian fest, dann nahm er einen tiefen Schluck aus seinem Trinkbeutel. »Die Männer werden wachsam sein und Samukal informieren.«

»Eine gute Gelegenheit, sich den Dreckskerl vorzuknöpfen«, meinte Darian, denn schon lange wollte er sich an seinem Ziehvater rächen.

»Das halte ich für keine gute Idee.« Nordhalan hob warnend eine Hand. »Falls Samukal tatsächlich Hilfe von Dämonen hat …«

»Wir haben Zir'Avan, der wird einiges ausgleichen können.«

Der Dunkelelf zog seine feinen dunkelgrauen Augenbrauen in die Höhe. »Dein Vertrauen ehrt mich, junger Mann, aber auch ich kann nicht gegen einen Dämon bestehen.«

Nachdem alle angestrengt nachdachten, ergriff Nordhalan das Wort.

»Ich schlage vor, Darian und Atorian geben sich nun zu erkennen, und wir versuchen, möglichst viele Anhänger zu sammeln, die euren Thronanspruch unterstützen. Darf ich die Karte sehen, Aramia?« Er nahm das Pergament von Mias Urgroßvater entgegen und blickte eine ganze Weile darauf. »Weiter im Norden, etwa an der Grenze zum Zwergenreich, ist ein Portal eingezeichnet. Vielleicht sollten Aramia, Leána und die beiden Elfen dorthin reiten, während wir anderen durch die umliegenden Dörfer ziehen und die Rückkehr der Northcliffbrüder verkünden.«

»Ich muss nach Hause zurückkehren«, wandte jedoch Lharina ein. »Meine Hilfe ist nicht mehr unbedingt vonnöten, und das bekannteste Tor ist geschlossen.«

Einen Augenblick lang stutzte Nordhalan, verbeugte sich dann jedoch vor ihr. »Verzeiht, Prinzessin Lharina, Ihr wart uns eine große Hilfe. Sollten wir auf das Portal ins Reich der Elfen stoßen, werden wir Euch Bescheid geben.« Er zögerte kurz. »Allerdings weiß ich nicht, wie wir es erkennen können.«

Lharinas Augen überzog ein sonderbarer Schleier, dann ritzte sie elfische Schriftzeichen und Symbole in die Erde. »Auf dem Stein, der das Portal in unserem ehemaligen Land im Süden bezeichnete, war dies eingemeißelt. Sollte es ein zweites Portal geben, werden die Zeichen vermutlich auch dort zu finden sein.«

»Gibt es zu jeder Welt mehrere Portale?«, erkundigte sich Darian gespannt.

»Das weiß ich leider nicht, und es ist auch nur eine vage Hoffnung für mein Volk.«

»Geh nicht, Lharina«, bat Leána mit traurigem Blick. Geschmeidig ließ sich Lharina auf die Knie nieder, sodass ihr grünliches Gewand wie flüssig gewordene Seide über das Gras glitt und beinahe mit ihm verschmolz. »Unsere Wege werden sich noch viele Male kreuzen, kleine Nebelhexe«, versprach sie mit einem freundlichen Lächeln, woraufhin sich Leánas Gesicht wieder ein bisschen erhellte.

Nach einer raschen Verabschiedung schwangen sich Lharina und ihr Begleiter auf ihre Pferde. »Falls ihr das Portal findet, schickt einen Boten an den Rand unseres Reiches.« In geschmeidigen Sprüngen galoppierten die Pferde fort und ließen Darian und seine Freunde mit leichter Wehmut zurück.

»Wenn sich die Elfen uns anschlössen, würde sich die Waagschale des Schicksals deutlich zu unseren Gunsten neigen.« Atorian sprach aus, was viele von ihnen dachten, aber gleichzeitig wussten sie, dass das Volk des Westens sich, ähnlich wie auch die Dunkelelfen, meist nur um seine eigenen Angelegenheiten kümmerte.

»Zumindest haben wir Lharina als Freundin gewonnen, und das einzige Samukal bekannte Portal ist jetzt geschlossen«, murmelte Darian nachdenklich, dann sah er kopfschüttelnd in den Himmel. »Wenn wir nur die Drachen zurückbringen könnten, sie fehlen mir.«

Seine Gefährten stimmten ihm wehmütig zu, dann verfielen alle in stumme Grübeleien.

»Hältst du es wirklich für sinnvoll, schon jetzt die Rückkehr der Northcliffbrüder zu enthüllen?«, meinte Mia plötzlich zu Nordhalan gewandt.

Nordhalan nickte. »Ja, in jedem Fall. Es wird noch ein beschwerlicher Weg werden, und ein Herrscher ist nur dann ein wahrer Herrscher, wenn er die Unterstützung des Volkes hat.«

»Ich sehe das wie Nordhalan«, pflichtete Atorian dem Zauberer bei, wobei er einen Fuß auf einen Stein setzte und sich mit den Armen auf sein Knie stützte. »Diese Saat braucht viel Zeit, um aufzugehen, und so müssen wir sie rechtzeitig säen. Und dieser Zeitpunkt ist jetzt.«

Mia schien zu überlegen, dann zuckte sie mit den Schultern. »Vermutlich habt ihr Recht.« Sie warf einen Blick auf Leána. »Ich dachte nur, es wäre sicherer, vorerst im Verborgenen zu bleiben.«

»Ich weiß, was du meinst«, erklärte Darian. »Auch mir ist nicht wohl dabei.«

Atorian trat vor die beiden und legte jedem eine Hand auf die Schulter. »Glaubt mir, ich kann euch beide nur zu gut verstehen. Nach all der Zeit fühle selbst ich mich unwohl bei dem Gedanken, jetzt wieder an die Öffentlichkeit zu treten. Auch hege ich Zweifel, vom Volk akzeptiert zu werden.«

Darian senkte traurig den Blick, und ein schlechtes Gewissen übermannte ihn. »Ich habe ja nicht gerade dazu beigetragen, den guten Ruf der Northcliffs zu fördern.«

»Wir alle wurden das Opfer von Intrigen und unheilvollen Geschehnissen, Darian«, entgegnete Atorian. »Lasst uns jetzt säen, und der Tag der Ernte wird kommen.«

»Wohl gesprochen, Atorian«, pflichtete ihm Nordhalan bei, und damit war es entschieden.

Dass das Portal am Stein von Alahant nicht das einzige war, welches Samukal für seine düsteren Pläne nutzte, konnte natürlich niemand wissen. Der selbsternannte Herrscher über Northcliff war gerade in Culmara beschäftigt und überwachte den Bau eines Tempels, den er, angeblich zu Ehren der Götter, erbauen ließ. Das Ergebnis war ein recht schlichtes Bauwerk, bestehend aus vier Säulen und einem hölzernen Dach. Die Bewohner Culmaras sollten dort ihre Opfergaben für die Götter abgeben, auf dass diese ihre Stadt verschonten.

Schmunzelnd beobachtete Samukal, wie schon jetzt verängstigte Bewohner mit Lebensmitteln und Beuteln, in denen vermutlich Goldstücke steckten, Schlange standen. Während der letzten Tage hatte sich herumgesprochen, dass in einem kleinen Weiler südlich von Culmara die vermeintlichen Diener der Götter gewütet hatten, weil die Bewohner angeblich nicht genügend Buße getan hatten. Zunächst war Samukal wütend deswegen gewesen, denn er hatte keinem seiner Dämonen dazu den Auftrag erteilt, aber nun stellte es sich als durchaus nützlich heraus. Von den Einnahmen, die er hier durch den Steuereintreiber Berem würde einsammeln lassen, konnte er bei den Zwergen eine weitere Straße in Auftrag geben. Zwar gaben sich die Menschen, soweit es ihm seine Propheten berichteten, viel Mühe beim Ausbau der Hauptverbindungen, aber das kleine Volk, das mit Stein vertraut war, würde noch schneller und effektiver arbeiten, und das neue Bündnis zwischen Northcliff und dem Zwergenreich konnte weiter gefestigt werden, wenn sich Samukal als großzügig erwies.

Mitten in diese vielversprechenden Überlegungen hinein spürte er ein leises Ziehen an seiner Halskette. Einer seiner Dämonen versuchte, mit ihm Kontakt aufzunehmen, und so begab sich Samukal rasch außerhalb der Stadt. Im Schatten eines Hügels verborgen, rief er nach dem Dämon.

Eine große, schlanke Gestalt, die in einen dunklen Umhang gehüllt war, manifestierte sich aus dem Schatten. Auf den ersten Blick konnte der Dämon für einen schlanken und sehr bleichen Mann durchgehen, aber wenn man genau hinsah, erkannte man, dass seine Züge nicht wirklich menschlich waren. Weiße, pergamentartige Haut spannte sich über hervorstehenden Knochen, und die Augen besaßen keine Pupillen, sondern spiegelten nur tiefste, alles verschlingende Schwärze wider. Wie immer fühlte sich Samukal in der Anwesenheit eines Dämons unbehaglich, durfte es sich jedoch nicht anmerken lassen denn auch nur ein kleiner Augenblick der Schwäche konnte fatale Folgen haben.

»Was willst du?«, fragte er daher harsch.

Der Dämon verbeugte sich und antwortete mit emotionsloser, monotoner Stimme, die keine den Menschen eigenen Zwischentöne besaß: »Männer tauchten am Stein von Alahant auf, und einer sah aus wie der Zauberer, den Ihr sucht.«

Samukals Rücken versteifte sich. »Hast du ihn getötet?«

»Nein.«

»Wieso nicht, verdammt noch mal?«, tobte der Zauberer.

»Ihr habt mir befohlen, den Stein zu bewachen, nicht zu töten, Gebieter.«

»Du dreimal verfluchte, dämliche Kreatur«, brüllte Samukal außer sich. »Bist du denn ein verdammter Dunkelelf, dass man dir alles ganz genau erklären muss?«

Seine Augen sprühten Funken, er umfasste den schwarzen Opal an seinem Hals, welcher den Dämon an ihn band, und schickte einen magischen Stoß hindurch, woraufhin sich das finstere Wesen in Qualen wand. Dann atmete Samukal tief durch, besann sich und ließ den Opal los. Es war gut, wenn die Dämonen nicht auf eigene Faust handelten, denn so waren sie besser beherrschbar. »Ich erteile dir hiermit den Auftrag, Nordhalan zu töten, wenn er dir noch einmal über den Weg läuft. Oder nein, warte, bring ihn besser zu mir. Wer war noch bei ihm? Etwa ein junger Mann mit dunkelblonden Haaren und eine verfluchte schwarzhaarige Nebelhexenhure?«

Mit sichtlicher Mühe rappelte sich der Dämon wieder auf und verbeugte sich. »Am ersten Tag sah ich den Zauberer und einen bärtigen Menschen mit dunklem Haar.«

Ein Schaudern durchlief den Dämon, was Samukal zunächst als Nachwirkung seiner Strafe ansah, aber dann zweifelte er an seiner eigenen Gewissheit. »Am nächsten Tag, als es zum Kampf kam, konnte ich weitere Wesenheiten spüren, doch plötzlich …«

»Sprich!«

»… bereitete es mir Unbehagen, näher heranzugehen.«

»Was hielt dich auf?«, fragte Samukal, und seine Augenbrauen zogen sich bedrohlich zusammen.

»Etwas hielt mich davon ab – es war wie ein Bann.«

Darauf konnte sich Samukal keinen Reim machen, daher beschloss er, zum Stein von Alahant zu reiten, um sich selbst ein Bild zu machen.

Kapitel 3

Rückkehr einer Legende

Nach langem Nachdenken hatten sich die Gefährten darauf geeinigt, dass Atorian und Nordhalan sich langsam in Richtung Rannocsee zurückbewegen sollten, um unterwegs die Kunde zu verbreiten, dass der älteste Sohn Jarredh von Northcliffs am Leben sei und seinen Thron zurückfordere. Auch wenn Darian dieser Vorgehensweise grundsätzlich zugestimmt hatte, so weigerte er sich doch zunächst recht hartnäckig, sie zu begleiten, denn zum einen war er der Meinung, dass er, der das Land ins Chaos gestürzt hatte, eher hinderlich sei, und zum anderen wollte er Aramia und Leána nicht allein auf die Suche nach weiteren Portalen schicken. Schließlich gelang es Nordhalan und Atorian jedoch, ihn umzustimmen, denn es war äußerst wichtig, den Menschen die Wahrheit zu sagen und damit den Weg der wahren Erben Northcliffs zurück auf den Thron zu bereiten. Schließlich war Darian ja von Fehenius betrogen und abhängig gemacht worden und ein Doppelgänger von ihm an all den Gräueltaten schuld. Wenn er die Menschen persönlich von seinen guten Absichten überzeugte, ihnen zeigte, dass er nun an der Seite seines Bruders stand und Atorian unterstützte, würden sie ihm sicher sein früheres Verhalten verzeihen.

Trotzdem beschlich Darian ein ungutes Gefühl, als er sich von Mia verabschiedete – auch wenn Leána bei ihrer Mutter und Zir'Avan in guten und sicheren Händen war.

»Wir suchen das Portal im Norden und schließen uns euch dann an«, versicherte Mia noch einmal.

Ein dicker Kloß saß Darian in der Kehle, als er erst sie und dann seine kleine Tochter küsste und fest in den Arm nahm. Danach schwang er sich rasch auf Menhirs Rücken und ritt, ohne einen Blick zurückzuwerfen, davon.

»Darian, Aramia ist eine starke Frau, und auch wenn ich niemals geglaubt hätte, einem Dunkelelfen mein Vertrauen schenken zu können, bin ich zu der Überzeugung gelangt, dass Zir'Avan ein Mann von Ehre ist und alles für die beiden tun würde«, versicherte Nordhalan, nachdem er zu Darian aufgeholt hatte.

Der jüngere Mann nickte nur stumm und konzentrierte sich auf seinen Weg. Zu viele Dinge gingen ihm durch den Kopf. Mia, Leána, die mögliche Reaktion des Volkes auf seine und Atorians überraschende Rückkehr. Würde es wirklich so einfach sein, die Menschen auf ihre Seite zu bringen? Konnte es ihnen gelingen, Samukal aus der Burg zu werfen? Und dann waren da noch Elysia und der kleine Kayne. Dem Gesetz nach war er mit Elysia verheiratet und Kayne sein Nachfahre, und so sicher er sich auch war, dass er nicht der Vater sein konnte, beweisen ließ sich das nicht.

Auch Atorian umarmte Aramia, die sich sichtlich versteifte. »Pass gut auf dich auf«, verlangte er und bedachte sie mit einem Blick, der ihr außerordentlich unangenehm war.

»Ich passe auch gut auf«, versicherte Leána, woraufhin Atorian lachte und sie herumwirbelte. »Davon gehe ich aus! Ich möchte, dass du mir von mindestens einem Portal berichtest, das ihr geschlossen habt, wenn ich euch wiedersehe.«

Leána nickte eifrig, dann ließ sie sich von ihrem Großvater aufs Pferd heben und winkte Nordhalan, Atorian und ihrem Vater hinterher, die sich rasch entfernten.

Auf seinem schnellsten Pferd ritt Samukal zum Stein von Alahant, wo ihn aufgeregte Dorfbewohner begrüßten und von dem kürzlich ausgetragenen Scharmützel berichteten. Voller Furcht erzählten sie von Horden von Dunkelelfen und schwer bewaffneten Männern, die über sie hergefallen waren. Samukal war sich der maßlosen Übertreibungen bewusst, und schließlich kristallisierte sich heraus, dass die Beschreibung der Menschen auf Darian und Nordhalan zutraf. Einer von ihnen mochte sogar Atorian sein, was die verrückte Geschichte von Atene bestätigte, die im Winter behauptet hatte, Jarredhs erstgeborenen und totgeglaubten Sohn persönlich gesehen zu haben. Weiterhin berichteten die verängstigten Bauern, ein großer Mann mit langen schwarz-grauen Haaren hätte *irgendein magisches Zeug* am Stein gemacht, ebenso wie eine Elfe, und sogar ein Dunkelelf sollte seinen schrecklichen Zauber gewirkt haben. Dass Elfen und gar Dunkelelfen Nordhalan begleiteten, tat Samukal als dummes Geschwätz einfältiger Bauern ab. Magische Aktivitäten am Portal hingegen erfüllten ihn mit Sorge, zumal er nicht wie sonst dieses intensive Prickeln spürte, wenn er zum Stein trat. Stattdessen ging etwas anderes, ganz Neues von dem Portal aus, das er nicht einzuordnen vermochte. Er nahm sich vor, Rashkár, seinen ältesten und zuverlässigsten Dämon, hierherzuschicken. Dieser sollte ihn sofort rufen, wenn die Weltennebel aufzogen. Samukal beabsichtigte ohnehin, weitere Dämonen zu beschwören, um seine Macht auszubauen. Dazu hatte er sich weitere schwarze Opale aus Ilmor bringen lassen.

Falls Darian, Nordhalan und am Ende sogar Atorian von Northcliff selbst aus der Versenkung aufgetaucht waren, musste Samukal jedoch zunächst andere Maßnahmen ergreifen. Auf seinem schnellsten Pferd ritt er an die zehn Meilen nach Osten und trabte, als die Sonne im Meer versank, ein verborgenes Tal hinab. Zackige, zerklüftete Felswände und knorrige Laubbäume schluckten den letzten Rest Helligkeit. Unheimlich hallten die Huftritte seines Pferdes wider, und der Schrei eines Wildtiers ließ sein Pferd zusammenzucken.

»Furchtsamer Narr«, knurrte Samukal, trat das Pferd in die

Flanken und überspielte damit seine eigene Unsicherheit, denn was er vorhatte, war alles andere als ungefährlich. Am steinigen Grund des Tales stieg er ab, band das Tier in einiger Entfernung an und sammelte in aller Eile Holz, welches er mit Magie entzündete. Hoch flackerten die Flammen rund um ihn herum auf, dann hob er die Hände und rief alle zehn Dämonen zugleich zu sich, etwas, das er noch niemals zuvor getan hatte. Schweißperlen bildeten sich auf seiner Stirn und drohten in seine Augen zu rinnen, als sich nacheinander mehr und mehr finstere Kreaturen im Lichtschein manifestierten und ihn aus gierigen Augen musterten. Eilig gab ihnen Samukal einen wichtigen Auftrag und schickte sie zu seinen Propheten, die über das ganze Land verteilt waren. Nachdem die Dämonen verschwunden waren, sackte er kraftlos auf dem Boden zusammen.

Zwei Tage später erreichten Nordhalan und die beiden Northcliffbrüder das erste Dorf südlich von Culmara. Die Menschen musterten die Neuankömmlinge freundlich, wie es schon immer die Art der Hochlandbewohner gewesen war. Atorian saß stolz aufgerichtet im Sattel, hatte seinen Bart frisch gestutzt und blickte selbstbewusst in die Menge.

»Gute Leute, wärt ihr so freundlich, eine Versammlung einzuberufen, ich habe etwas sehr Wichtiges zu verkünden.«

Leises Gemurmel brach aus, aber dann nickte ein älterer Mann und eilte davon.

Abwartend saßen die drei Gefährten auf ihren Pferden, und Darian spielte nervös an seinen Zügeln herum, während sich mehr und mehr Menschen versammelten.

»Wie können wir euch helfen?«, erkundigte sich schließlich ein weißhaariger Mann, vermutlich der Dorfvorsteher.

»Was ich euch jetzt verkünde, mag euch seltsam vorkommen, aber ich verspreche euch, es ist die volle Wahrheit!« Erwartungsvoll und stolz blickte Atorian von seinem Pferd hinab. »Die wenigsten mögen sich noch an mich erinnern, aber ich bin Atorian von Northcliff, der älteste Sohn von Jarredh, eurem geliebten König.«

Zunächst herrschte atemloses Schweigen, Darian versuchte in den Gesichtern der Menschen zu lesen, aber ehe Atorian noch etwas hinzufügen konnte, schrie irgendjemand: »Ausgeburt der Finsternis!«, ein anderer »Dämonenbrut!« und »Schwarze Magier.« Bedrohlich rückte die Menge näher. Die eben noch freundlichen, interessierten Gesichter waren auf einmal vor Wut verzerrt und voller Hass. Bevor sich Darian überhaupt zu erkennen geben konnte, wurden sie aus dem Dorf gejagt, und da sie die einfachen Leute nicht verletzen wollten, leisteten sie auch keine Gegenwehr.

»Im Namen der Götter, was ist denn nur in die Menschen gefahren?«, fragte Atorian empört und verwirrt zugleich, wobei er sich die Reste eines vergammelten Kürbisses aus den Haaren wischte, den eine hysterisch kreischende Bäuerin nach ihm geworfen hatte. Man sah ihm genau an, dass er mit begeisterter Aufnahme gerechnet hatte, damit, dass sich ihm die Menschen in Scharen anschlossen.

»Im nächsten Dorf wird es besser«, versprach Nordhalan, wenngleich auch er sichtlich verwundert war. »Die Menschen hier stehen wohl sehr unter Samukals Einfluss. Lasst es uns noch einmal versuchen.«

Allerdings stellten sich Nordhalans zuversichtliche Worte als Trugschluss heraus. In den größeren menschlichen Siedlungen wurden sie ähnlich wie im ersten Dorf beschimpft und vertrieben, in den abgelegeneren Weilern hörte man sie hier und da zumindest an, aber dann folgten nur Schimpftiraden auf Darian. Offenbar glaubte ohnehin kaum jemand, dass es sich bei ihm tatsächlich um Darian von Northcliff handelte, und wenn, dann wollten sie seinen Beteuerungen nicht zuhören, er sei unschuldig am Krieg gegen die Zwerge und all dem Leid, das den Menschen in der Vergangenheit geschehen war.

Ein paar Tage später kam für sie zumindest ein klein wenig

Licht in diese eigenartige Angelegenheit, und sie begannen ansatzweise zu verstehen, weshalb sich die Menschen so abweisend verhielten.

Ein untersetzter, rotgesichtiger Bauer, der ihnen zumindest eine Weile zugehört hatte, schwang drohend seine Mistgabel, als sie weiter auf ihn einredeten.

»Wir brauchen keinen wiederauferstandenen Atorian von Northcliff, und schon gar keinen Darian«, blaffte er, »Lord Samukal beschützt uns, er rettet uns vor dem Zorn der Götter, und er lässt Straßen und Abwasserkanäle bauen.« Voller Stolz zeigte er auf eine kleine Hütte abseits seines steinernen Hauses, von der ein Rohr in den Bach daneben gelegt worden war. »Lord Samukal und Prinz Kayne werden uns in eine glorreiche Zukunft führen!«

»Aber wir sind die Erben von Northcliff«, beharrte Atorian und legte seinem unbehaglich dreinschauenden Bruder einen Arm um die Schulter. »Wenn wir erst den Thron zurückerobert haben …«

Der Bauer machte eine abfällige Handbewegung und wandte sich um. »Ihr seid doch nur arme Irre.«

Mal wieder blieb Atorian mit offenem Mund zurück.

»Was fällt dir eigentlich ein, so mit uns zu sprechen? Ich könnte dich für diese Unverschämtheit auf der Stelle hinrichten lassen«, brach es nun aus Atorian heraus, aber Nordhalan zog ihn rasch mit sich.

»Das hat keinen Sinn, lass ihn.«

»Ich verstehe das nicht!« Atorian raufte sich die Haare. »Unsere Familie war von jeher beliebt, man erzählte mir, wie das Volk getrauert hat, als ich für tot erklärt wurde, und wie schockierend es für alle war, als unser Vater starb. Sie können das alles doch nicht vergessen haben.«

»Ich habe alles ruiniert«, murmelte Darian betreten und blickte zu Boden.

»Nein, Darian, das allein kann es nicht sein«, versicherte Atorian. »Da muss mehr dahinterstecken. Ich glaube, wir sollten nach Northcliff reiten und Samukal zur Rede stellen.«

»Ich befürchte, das wird nichts nützen«, wandte Nordhalan ein, »du siehst ja, wie die Menschen reagieren. Niemand glaubt euch, und solange die Drachen verschwunden sind und ihr nicht beweisen könnt, dass ihr tatsächlich die Erben von Northcliff seid, wird sich das auch kaum ändern.« Der Zauberer sah die beiden ernst an. »Im Endeffekt gelten wir alle als tot und verschollen. Ich weiß nicht, wie es Samukal so rasch gelungen ist, uns als Lügner hinzustellen, aber niemand glaubt an unsere Existenz.«

»Nordhalan hat Recht«, Darian schnitt eine Grimasse, »im Augenblick ist den Bewohnern von Albany offensichtlich eine Toilette wichtiger als der rechtmäßige Erbe von Northcliff.«

»Eine was?« Atorian sah seinen Bruder mal wieder verständnislos an, und Darian musste unwillkürlich grinsen, als er bemerkte, dass er, wie so häufig, unbewusst einen Ausdruck aus der anderen Welt verwendet hatte, mit dem Atorian nichts anfangen konnte.

»Ein Scheißhaus«, erwiderte Darian trocken und warf wütend einen Stein in ein Gebüsch. Atorian stieß ebenfalls ein wütendes Knurren aus und regte sich erneut über dumme Bauern auf.

»Dann bleibt offensichtlich nur zu hoffen, dass Leána bald das Portal findet, durch das wir die Drachen zurückrufen können«, fasste Nordhalan zusammen. »Nur sie können Atorian weihen und möglicherweise auch berichten, was auf der Dracheninsel wirklich geschah.«

Voller Sorge wanderte Darians Blick in den Norden, und er hoffte inständig, dass Aramia, seine kleine Tochter und Zir'Avan erfolgreicher waren als sie.

Viele Tage ritten Aramia, Zir'Avan und Leána schon ziellos durch das Gebiet an der Grenze zum Zwergenreich. Die Karte von Ray'Avan war wirklich nur sehr grob gezeichnet, und die Landmarken darauf waren entweder falsch oder hatten sich im

Laufe der Zeit verändert. So einfach es bei den ersten beiden Portalen gewesen war, jetzt schien Leána keines zu spüren, und Aramia wollte schon aufgeben und zu Darian zurückkehren.

»Übe dich in Geduld«, versuchte Zir'Avan sie zu besänftigen, »es gibt viele versteckte Täler hier, das Portal könnte schon hinter dem nächsten Hügel liegen.«

»Oder hinter dem übernächsten oder hinter dem dahinter«, nörgelte Aramia missmutig, trieb den jungen Hengst Lavos jedoch erneut an und trabte eine Anhöhe hinauf. Da sie alle im Dunkeln sehen konnten, reisten sie zumeist in der Dämmerung oder nachts. Zum einen war es Zir'Avan angenehmer, und zum anderen waren sie so vor neugierigen Blicken geschützt.

Als Lavos aufgeregt schnaubte, wollte Aramia ihn schon schelten, denn gelegentlich fürchtete sich das kaum vier Sommer alte Tier vor Dingen, die ihre Stute Liah nicht einmal beachtet hätte. Aber diesmal hatte er offenbar etwas Wichtiges entdeckt. Ein einzelner Reiter ritt in scharfem Tempo unterhalb von ihnen einen grünen Uferstreifen entlang, und Aramias scharfe Augen glaubten, Samukal zu erkennen. Hass auf den Mann, der ihr und Darian so viel angetan hatte, loderte in ihr auf. »Bleibst du bei Leána?«, bat sie ihren Vater.

Zir'Avan zögerte. »Wir sollten zunächst beobachten, was er im Schilde führt. Ich weiß, deine Klinge giert nach seinem Blut, aber unüberlegtes Handeln birgt bei einem starken Magier große Gefahr.«

Zögernd stimmte Aramia zu. Sie wollte den Kerl erledigen und bereute es, dies nicht schon in der anderen Welt getan zu haben, aber jetzt hatte sie eine kleine Tochter, an die sie denken musste.

In großem Abstand folgten sie Samukal, und Aramia war froh um ihre Fähigkeit, in der Dämmerung zu sehen. Irgendwann hielt der Mann, bei dem es sich tatsächlich um Samukal handelte, in einem Talkessel an und entzündete ein Feuer. Die Tatsache, dass Samukal des Nächtens allein durch das Land ritt, zeigte, wie sicher er sich in Albany fühlte. Vielleicht war es aber auch nur Ausdruck seiner grenzenlosen Arroganz.

»Wenn du auf Leána achtest, kann ich ihn bestimmt problemlos töten. Er ist allein und rechnet nicht damit, dass jemand ihn angreift, der bei Nacht sieht«, flüsterte sie ihrem Vater zu.

»Ich hege keinen Zweifel an deinen Fähigkeiten, Aramia, dennoch sollten wir abwarten«, schlug er vor. »Falls er tatsächlich mit Kaz'Ahbrac und seinen Schergen im Bunde ist und sie hier auftauchen, könnte es gefährlich werden.«

Also ließen sie die Pferde zurück und gingen so nah heran, wie sie sich trauten. Aramia ermahnte ihre kleine Tochter, ganz leise zu sein und sich hinter einem großen Findling zu verstecken.

Nachdem Samukal den Dämonen seinen Auftrag erteilt hatte, war er rasch in den Norden geritten. Vor einiger Zeit hatte sein Meister ihm dieses Tal gezeigt, in dem sich ein weiteres Portal befand. Im Schein des Feuers betrachtete er die fünf schwarzen Opale, die er von einem dunkelelfischen Händler aus Ilmor erhalten hatte. Wütend warf er drei der fünf Steine in die Flammen, denn sie waren von schlechter Qualität, mit Rissen durchzogen oder verunreinigt. So etwas konnte er nicht benutzen, denn sie würden die Dämonen nicht vollständig binden. Samukal berührte den etwa zwei Mann hohen, eher unscheinbaren Monolithen. Anders als der Stein von Alahant waren hier keine kunstvollen Zeichen eingraviert, und vermutlich wäre niemandem etwas Besonderes an dem kahlen Felsen aufgefallen, solange er keine magischen Fähigkeiten besaß und nicht nahe heranging. Zu seiner Zufriedenheit spürte Samukal das Kribbeln von Magie in sich. Was auch immer Nordhalan mit dem anderen Stein gemacht hatte, dieser hier war intakt. Er rief einen der Dämonen an, der an diesem Ort stets Wache hielt und ihn benachrichtigte, wenn die Weltennebel aufzogen – was bisher bedauerlicherweise noch nicht geschehen war.

»Du kannst Trolle jagen gehen, ich werde einige Zeit hierbleiben und das Portal selbst bewachen.«

Die Schattengestalt verneigte sich und verschwand in der Finsternis der Berge.

»Hast du das gesehen?«, wisperte Aramia ihrem Vater zu, der das verhüllte Wesen mit Besorgnis beobachtet hatte. Etwas Böses, Grauenhaftes ging davon aus.

»Kann ich bei euch bleiben?«, erklang plötzlich Leánas ängstliche Stimme.

Bevor Aramia antworten konnte, wurde der Monolith vor ihnen in ein sanftes Leuchten getaucht, und wie von Geisterhand wallten die Weltennebel herbei.

Aramia und ihr Vater sahen sich gleichzeitig an. Hier befand sich offenbar ein Portal, welches Leána soeben unbeabsichtigt aktiviert hatte.

Samukal war mehr als erstaunt, als der Monolith zu leuchten begann und ihn das Kribbeln starker Magie erfüllte. Eigentlich hatte er sich hier etwas ausruhen wollen und nicht gedacht, dass die Weltennebel so schnell hier aufziehen würden. Häufig dauerte es nämlich mehrere Monde lang. Anscheinend hatte er Glück gehabt, wenngleich er sich nicht auf der Höhe seiner Kräfte befand. Bedächtig wog er die Opale in der Hand.

Zumindest einen Dämon, dachte er sich, *dafür habe ich genügend Kraft.* Nach einem tiefen Durchatmen schritt er durch das Portal.

»Wo geht er denn hin?«, wunderte sich Aramia und drückte Leána an sich.

»Vielleicht holt er aus dieser Welt seine dämonischen Helfer«, spekulierte Zir'Avan. Entsetzt starrte Aramia ihren Vater an.

Dann kam ihr ein Gedanke. »Wenn wir jetzt sofort das Tor verschließen, ist Samukal gefangen und …«

Sie kam nicht weiter, denn schon trat der Zauberer wieder durch das Portal, und Leána fing voller Entsetzen an zu schreien, denn Samukal folgte eine grauenhafte, nackte und dunkle Gestalt.

Ganz langsam trat Samukal rückwärts durch das Portal hinaus, gefolgt von einem Dämon, den er diesmal nach dem Vorbild der Dunkelelfen erschaffen hatte. Allerdings hatte es ihm etwas an Konzentration gemangelt, daher hatte das Antlitz des Wesens entstellte und fratzenartige Formen angenommen. Vor einiger Zeit hatte Samukal herausgefunden, dass es ihm möglich war, seinen finsteren Dienern ein Aussehen nach seinem Belieben zu geben. Dafür bedurfte es großer Kräfte, und da seine Vorstellung, ein Dämon sei hässlich, tief in ihm verwurzelt war, bot dieses Wesen keinen schönen Anblick. Zudem sich Samukal entschlossen hatte, seinem neuen Diener Flügel zu verleihen. Mit diesem Dämon konnte er seine Untergebenen noch mehr in Angst und Schrecken versetzen – allein schon, wenn er die Kreatur über einem Dorf kreisen ließe, würde jedweder Protest im Keim erstickt werden.

Zufrieden grinsend lockte er den knurrenden, beinahe schwarzgesichtigen Dämon mit den langen spitzen Ohren und den nadelscharfen Zähnen, die aus einem geifernden Maul ragten, mit sich. Langsam, mit gesenktem Haupt, den Blick aus den dunklen Augen stets auf ihn gerichtet, schlich das Wesen auf Samukal zu. Die Bewegungen der Kreatur waren geräuschlos, lediglich, als er seine ledrigen Flügel öffnete, knisterte es, als würde man altes Pergament langsam auseinanderziehen. Von Faszination und Grauen gleichermaßen ergriffen, betrachtete Samukal sein neu erschaffenes Geschöpf.

Ein spitzer Schrei hinter seinem Rücken ließ ihn ruckartig herumfahren, was ihm beinahe zum Verhängnis wurde. Frisch beschworene Dämonen waren noch nicht sehr gehorsam, und Samukal spürte, wie eine spitze Dämonenkralle seinen Ärmel aufriss. Sofort besann er sich und sandte einen magischen Schlag durch den Opal. Das Wesen fiel jaulend zu Boden, zischte ihn jedoch noch immer hasserfüllt an. Forschend schweifte Samukals Blick durch die Finsternis. War das ein Tier gewesen? Eigentlich hatte es geklungen wie ein Kind, doch was sollte ein Kind hier in der Einsamkeit tun?

Mit festen Schritten trat Samukal zu dem sich am Boden windenden Dämon. »Erhebe dich und verbeuge dich vor deinem wahren Meister.«

Knurrend kam das Wesen mit den lederartigen Flügeln am Rücken auf die Beine und sah Samukal aus pupillenlosen Augen boshaft an.

»Ich hörte einen Schrei, sieh nach, ob wir einen Beobachter haben, und bring ihn zur Strecke, dann kehrst du auf der Stelle zu mir zurück.«

Die Kreatur entfaltete ihre Schwingen, die gut und gern zwei Armlängen umfassten, erhob sich in die Lüfte und flog davon, ein dunkler Schatten, gegen den selbst die finsterste Nacht wie ein strahlendes Leuchtfeuer anmutete.

Nach Leánas Schrei hatte Aramia ihre Tochter geistesgegenwärtig ergriffen und war, in Begleitung von Zir'Avan, sofort zu den Pferden gerannt. Sicher hatte Samukal sie gehört, und nun mussten sie auf der Stelle fliehen. In rasendem Galopp entfernten sie sich vom Ort des Schreckens, was nicht ganz ungefährlich war, denn die Pferde sahen in der Dunkelheit nicht halb so gut wie ihre Reiter. Aber zum Glück wusste Aramia den jungen Hengst sicher zu lenken, und das kluge Tier schien die Gefahr zu spüren. Leána weinte noch immer und klammerte sich an den Rücken ihrer Mutter, während sie hinter dem Sattel auf und ab hüpfte.

Sie glaubten sich schon in Sicherheit und hielten auf einer Hügelkuppe an. Immerhin konnten Samukals Augen bei Nacht die Umgebung nicht besser erkennen als die anderer Menschen.

»Jetzt wissen wir, wo er seine Dämonen beschwört«, keuchte Zir'Avan, und Aramia nickte zustimmend. Bevor sie jedoch etwas sagen konnte, spürte sie kalte, boshafte Augen auf sich gerichtet. Ein flüchtiger Schatten huschte durch die Finsternis, ein flappendes Geräusch folgte, und schon stürzte ein geflügeltes Wesen vom Himmel auf sie hernieder.

»Reitet!«, schrie Zir'Avan noch, und es war allein seinen hervorragenden Reflexen zu verdanken, dass er nicht auf der Stelle zerrissen wurde. Er hielt seine Klinge vor sich, als der Dämon sich auf ihn stürzte, und es gelang ihm sogar, diesen zurückzuschlagen.

Die schluchzende Leána hinter sich, galoppierte Aramia auf ein Waldstück zu, da sie hoffte, das grauenhafte Wesen dort irgendwie abschütteln zu können. Schwertschwingend und immer wieder nach dem kreischenden Dämon stoßend, folgte Zir'Avan ihr, aber das Wesen ließ sich einfach nicht vertreiben.

Im Zickzack preschte Aramia durch eng stehende Bäume, was den Dämon zumindest von Angriffen abhielt, aber er blieb auf ihrer Spur und Zir'Avan im Nacken. Schließlich brach sie geradewegs durch dichtes Unterholz, was den Dämon kurz aufhielt, denn hier konnte er ihnen nicht folgen, ohne sich seine weit ausladenden Schwingen zu zerreißen.

Aramia presste die Knie fest an das Pferd, hob die Arme, beschwor kleine dunkle Nachtnymphen und bat sie, den Dämon abzulenken. Dann parierte sie ihr Pferd durch, zog endlich die weinende Leána vor sich in den Sattel und schlang die Arme um sie.

»Wenn die Nachtnymphen versagen, werde ich den Dämon auf meine Fährte lenken«, bot Zir'Avan an, der sie nun eingeholt hatte. »Sieh zu, dass du mit Leána entkommst.«

»Warte.« Aramia lauschte atemlos in die Nacht. Von irgendwoher ertönte ein dämonisches Kreischen, dann hörte sie, wie ganz in der Nähe jemand durch den Wald brach. Es rumpelte und polterte, Äste wurden zur Seite gedrückt oder knackten entzwei.

»Trolle«, flüsterte Zir'Avan.

Kurz darauf erklangen Todesschreie. Aramia und ihr Vater sahen sich gehetzt an.

»Der Dämon ist beschäftigt, schnell, wir verschwinden.« Aramia wendete ihr Pferd und ließ es einen schmalen Pfad durch die Felsen hinauftraben. So schnell sie konnten, brachten sie Abstand zwischen sich und den Dämon und hofften darauf, dass er sie nicht verfolgte.

Erst in der Morgendämmerung hielten sie nahe eines kleinen Baches an.

»Leána, Schatz, hab keine Angst, der Dämon ist weg«, sagte Aramia beruhigend, als sich die Kleine an sie klammerte und mit großen, ängstlichen Augen die Umgebung absuchte. Eigentlich kannte Aramia ihre Tochter gar nicht so furchtsam, aber sie verstand, dass dieses Wesen Leána einen gehörigen Schrecken eingejagt haben musste. Die Bosheit, welche von der Kreatur ausstrahlte, hatte auch ihre Hände zittern lassen.

»Großvater, kannst du machen, dass er nicht mehr wiederkommt?«, schluchzte die Kleine, woraufhin Zir'Avan gütig lächelte und ihr über die Wange strich. Die stets so harten Gesichtszüge des Dunkelelfen entspannten sich etwas. »Alles, was in meiner Macht liegt, werde ich tun, um euch zu beschützen. Das verspreche ich beim Blute unserer Ahnen.«

Es dauerte nicht lange, und Leána war vor Erschöpfung eingeschlafen. Aramia hielt sie im Arm und streichelte ihr beruhigend über die Haare, während ihr Blick unablässig über die Hügel und in den Wald wanderte.

»Ich muss das Portal verschließen«, sagte sie schließlich leise zu ihrem Vater.

»Es wäre eine große Dummheit zurückzukehren«, erwiderte Zir'Avan streng, »du hast gesehen, über welch grauenhafte Kreaturen Samukal gebietet.«

»Und deshalb darf er nicht noch mehr dieser Wesen erschaffen!«

»Aramia, wir Dunkelelfen sehen keine Ehre in der Flucht, aber in diesem Fall war es der einzige Ausweg, um Leánas Sicherheit willen. Gegen diesen Gegner können wir nicht bestehen.«

Sie schüttelte jedoch nur stur den Kopf, legte Leána sanft in Zir'Avans Arme und stand auf.

»Samukal wird nicht mehr dort sein.« Energisch fasste sie ihren Vater an der Schulter. »Es muss beendet werden. Ich reite zum Stein, und du achtest auf Leána. Sollte ich bis zur Dämmerung nicht zurückkehren, bring sie zu Darian.«

Unwillen und Widerspruch funkelten in Zir'Avans Augen auf, aber dann musterte er Aramia durchdringend und nickte schließlich. »Du trägst wahrlich Dunkelelfenblut in dir, Aramia. Du erfüllst mich mit Stolz.«

»Es gab Zeiten, da habe ich mein Dunkelelfenblut verflucht«, erwiderte sie und rannte zu Lavos, schwang sich in den Sattel und galoppierte rasch davon.

Resigniert ritten Darian, Atorian und Nordhalan zurück zu ihrem Lager am Rannocsee. Nach ihren schlechten Erfahrungen in den Dörfern, die auf dem Weg gelegen hatten, wollten sie zunächst überlegen, was sie nun tun konnten, um dem Namen Northcliff wieder zu dem einstigen Ansehen zu verhelfen. Fendor, Nassàr, Markat und Torgal boten an, ihre alten Kontakte spielen zu lassen. Im Norden Albanys und den näher gelegenen Orten hatten sie durchaus einige Freunde gehabt, als sie noch zur Armee von Northcliff gezählt hatten. Diesen Menschen wollten sie nun ins Gewissen reden, und sie hofften, als einfache Soldaten, die bereits unter König Jarredh gedient hatten, eher Gehör beim Volk zu finden. Auch Torgal und seine Männer waren sehr verwundert über das ablehnende Verhalten der Bevölkerung.

»Die Bewohner der Nebelinsel werden sich euch anschließen«, steuerte Lilith bei und zeigte ein Lächeln, das sie direkt attraktiv wirken ließ. »Sofern ihr Halbwesen in eurem Gefolge haben wollt.«

»Natürlich wollen wir das«, versicherte Darian sogleich.

»Aber Nebelhexen könnten die Bevölkerung davon abhalten, sich uns anzuschließen«, gab Atorian zu bedenken.

Schon seit Tagen war Darian angespannt, und die ständigen Misserfolge zehrten nicht nur an seinen Nerven. »Du verzichtest also lieber auf wertvolle Verbündete, nur um den Vorurteilen dummer Bauern gerecht zu werden?«, ereiferte er sich daher mit bissigem Unterton.

»Wie du gesehen hast, haben sie ohnehin genügend Vorurteile.«

»Und niemand weiß besser, dass die unbegründet sind«, schäumte Darian. »Du kennst Mia, du kennst Tagilis und Lilith, und sie alle haben dir schon geholfen.«

»Das weiß ich doch.« Atorian wollte seinem jüngeren Bruder beruhigend eine Hand auf die Schulter legen, aber dieser machte sich unwirsch los. »Darian, wenn wir die Bevölkerung für uns gewinnen wollen, dürfen wir«, er verbeugte sich entschuldigend zu Lilith und Tagilis hin, »sie nicht mit Wesen konfrontieren, vor denen sie ohnehin schon Angst haben.«

»Die Bewohner der Nebelinsel haben mir geholfen, als niemand mehr an mich glaubte. *Sie* nahmen mich herzlich bei sich auf, ohne auf meine Herkunft zu achten …« In Darian brodelte es, aber bevor er weiter auf Atorian einschimpfen konnte, schaltete sich Lilith ein.

»Dein Bruder hat Recht, ihr solltet zunächst die Unterstützung der Menschen gewinnen. Später könnt ihr uns Nebelinselbewohner immer noch dazuholen. Wir sind nicht sehr zahlreich und damit entbehrlich. Bei den jetzigen Zeiten wäre ein Bündnis mit der Nebelinsel dem Ruf der Erben von Northcliff eher abträglich.«

Wütend verließ Darian den Versammlungsplatz in der Mitte der Halbinsel und ging zum Ufer des Sees, wo er kleine Steine ins Wasser warf. Libellen und Heidefeen tanzten über dem klaren blauen Wasser. Die am Himmel vorüberziehenden Wolken warfen bizarre Schatten auf den See. Ein plötzlich niederprasselnder Regenschauer ließ die zarten Wesen rasch verschwinden.

Darian drehte sich nicht um, als er Schritte hinter sich hörte, denn er vermutete, dass ihm Atorian gefolgt war, um ihm mal wieder vorzuhalten, er würde nicht strategisch genug denken. Allerdings war es Edur, der sich neben ihn setzte und ihn mit einem Lächeln auf seinem bärtigen Gesicht eine Weile musterte.

»Was ist?«, fragte Darian unwirsch und zerrupfte einen Grashalm in kleine Teile.

»Weißt du, Darian, ich glaube, in einer besseren Welt wärst du der bessere König von Northcliff.«

»Ha, das hat man ja gesehen!«

»Nein, ehrlich«, erwiderte der junge rothaarige Zwerg ernst. »Du setzt dich für deine Freunde ein, unabhängig davon, ob dir das Schaden oder Nutzen bringt. Du siehst in einem König eher einen Diener des Volkes – Atorian sieht den unumstrittenen Herrscher. Deine Ansicht ist lobenswert, aber leider funktioniert unsere Welt so nicht.«

»Ich weiß ja, dass Atorian im Grunde Recht hat«, gab Darian widerstrebend zu. »Wir müssen die Bevölkerung um jeden Preis auf unsere Seite bringen. Nebelhexen eignen sich dazu wenig.«

»Atorian wurde viele Sommer und Winter von eurem gemeinsamen Vater in politischen Dingen ausgebildet, und soweit ich weiß, musste auch König Jarredh einige Kompromisse eingehen, die ihm nicht sehr gefielen.« Edur streckte seine kurzen, stämmigen Beine aus. »Ob es dir gefällt oder nicht, dein Bruder hat einfach viel mehr Erfahrung, auch wenn ich verstehen kann, dass dich das stört. Schließlich bist ja du der rechtmäßig von den Drachen geweihte König.«

»Edur, glaube mir, es drängt mich nicht wirklich danach, König zu sein.« Darian starrte aufs Wasser, wo Regentropfen wie Geschosse auf die glatte Oberfläche trafen und diese regelrecht zerrissen. Hier unter der alten Linde, deren Blätterkleid ein dichtes Dach bildete, waren sie gut geschützt. »Mir wäre es am liebsten, Atorian könnte in Northcliff herrschen und ich irgendwo in Frieden mit Mia und Leána leben.«

»Möchtest du nicht auf die Burg zurück?«

»Doch, schon, aber nur, wenn die Bevölkerung die beiden voll und ganz akzeptiert.«

Edur fuhr sich über seinen roten Bart. »Das könnte schwierig werden. Vor allem würde es Elysia niemals gestatten, dass jemand ihren Platz einnimmt.«

»Genau und außerdem … Atorian …« Darian winkte ab und zog wütend die Augenbrauen zusammen.

»Was meinst du damit? Was ist mit deinem Bruder?«

Nachdem Darian einmal tief geseufzt hatte, sah er seinen Freund ernst an. »Als ich mit Bas'Akir im Unterreich war, hat er so komische Andeutungen gemacht«, entgegnete Darian, und Edur beugte sich neugierig nach vorn.

»Andeutungen?«

Darian nickte. »Ja. Wie du weißt, ist Mia eine halbe Dunkelelfe, und damit wird auch sie sehr alt werden. Bas'Akir meinte, dass es sicher nicht ihrem Wesen entspräche, ihr Leben lang mit ein und demselben Partner zusammenzubleiben. Dass Atorian zudem der bessere Krieger sei, was Dunkelelfen angeblich viel bedeutet, könne ihre Wahl zugunsten Atorian durchaus beeinflussen. Kurz bevor er starb, hat er dann allerdings gesagt, ich solle mir nicht einreden lassen, Mia sei mir untreu. Ich habe keine Ahnung, was er damit meinte, aber es geht mir einfach nicht aus dem Kopf.«

Nachdenklich sah Edur ihn an. »Wenn ich es genau bedenke,

ist mir auch schon aufgefallen, dass Atorian Aramia ein bisschen zu oft ansieht, aber ich bin mir eigentlich sicher, dass sein Interesse nicht auf Gegenseitigkeit beruht.« Mit einem aufmunternden Lächeln klopfte Edur Darian auf die Schulter. »Bestimmt kommen Leána und Aramia bald gesund und munter hierher zurück, und du wirst mit Atorian schon noch den richtigen Weg finden, wie ihr euer Königreich zurückgewinnt.«

»Edur, es freut mich ja, dass du bei uns bist, aber hast du kein schlechtes Gewissen deinem Volk gegenüber? Ich meine, sie sind mit Samukal verbündet, und du mit uns.«

Mit seinem typisch unbeschwerten Grinsen erhob sich Edur. »Ich denke, die Entscheidung von König Hafran ist falsch, und auch wenn er mein König ist, so muss ich doch das tun, was ich für richtig halte. Mein Onkel Horac hat ohnehin immer gesagt, aus mir wird nix«, ein Lächeln zeichnete sich auf Edurs Gesicht ab, und als er weitersprach, hob er einen Finger, »aber ich glaube, ich bin einfach so wie du und folge eher meinem Herzen als meinem Verstand.«

Das brachte Darian zum Schmunzeln, und er kehrte mit seinem kleinen Freund zum Versammlungsort zurück.

Drei Tage später konnte Darian Mia und Leána in die Arme schließen. Ihre Reise hatten sie unbehelligt hinter sich gebracht, aber als Darian später, während sie gemeinsam aßen, fragte, was vorgefallen war, kam es zum Streit.

Leána erzählte von dem Stein, einem fremden Mann und wie ein grauenhafter Dämon aus dem Portal gekommen sei. Als Mia dann zugab, dass sie ganz allein zurückgekehrt war, um das Portal zu versiegeln, rastete Darian aus.

»Bist du denn wahnsinnig, Leána allein zu lassen und dich ohne Hilfe Samukal und einem Dämon zu stellen?«, schrie er außer sich.

»Samukal war fort, der Dämon ebenfalls, und mein Vater war bei Leána.«

»Trotzdem, du hättest getötet werden können.« Darian war so entsetzt, dass er keinen klaren Gedanken fassen konnte. Die Vorstellung, dass Mia beinahe einem Dämon zum Opfer gefallen wäre, jagte ihm eisige Schauer durch den ganzen Körper.

Während die beiden sich lauthals stritten, führte Lilith Leána fort, die ihre Eltern mit weit aufgerissenen Augen beobachtete.

»Das Tor musste versiegelt werden«, beharrte Mia. »Dieses Wesen war grauenhaft, und wenn Samukal noch mehr davon beschwört, ist unsere Welt dem Untergang geweiht. Darian, ich musste es tun.«

Er stieß einen unartikulierten Laut aus. »Du hättest erst zurückkommen und Hilfe holen sollen!« Nun wandte er sich an Zir'Avan, der bislang noch gar nichts dazu gesagt hatte. »Warum hast du nichts dagegen unternommen?«

»Aramia war die Einzige, die etwas tun konnte, und sie ist eine erfahrene Kriegerin«, bemerkte er und war dabei so gelassen, dass Darian ihm am liebsten an die Kehle gesprungen wäre.

»Verdammt, und wie hätte ich bitte Leána erklären sollen, dass ihre Mutter von einem Dämon zerrissen wurde?«, tobte Darian.

»Musst du ja nicht, außerdem bist auch du schon in gefährliche Situationen geraten«, warf Mia mit zornig gerunzelter Stirn ein.

»Verdammt, Mia, das ist …«

»Etwas anderes, weil du ein Mann bist?«, beendete sie seinen Satz bissig. »Wach auf, Darian, wir leben hier in einer anderen Welt, und ich bin dir absolut ebenbürtig, wenn nicht …«

»Natürlich, du bist besser als ich«, schäumte er. »Reib mir nur immer wieder unter die Nase, was ich für ein Versager bin. Ich habe mein Königreich ins Unglück gestürzt, hatte nicht allein die Kraft, gegen einen verdammten Pilz anzukämpfen, und ich kann noch nicht mal im Dunkeln sehen – oder so gut kämpfen wie Atorian.«

»Darian, hör auf.« Sie wollte zu ihm gehen, aber er stapfte davon, band Menhir vom Baum los und galoppierte den Weg hinauf zum Ausgang des Tales.

Bedrückt sah Aramia ihrem Gefährten hinterher, und nachdem sie sich etwas beruhigt hatte, tat ihr der Streit leid. Sie musste sich eingestehen, dass sie an Darians Stelle vermutlich ähnlich reagiert hätte.

Langsam und in Gedanken versunken wanderte sie am Ufer des Sees entlang und entdeckte plötzlich Atorian, der auf sie zusteuerte.

»Aramia, schön, dass du zurück bist«, sagte er mit einem einnehmenden Lächeln.

Ihres wollte nicht so recht gelingen, und sie lehnte sich mit verschränkten Armen an eine alte Weide. Als Atorian wissen wollte, was los war, erzählte sie ihm von dem Streit.

Er hörte aufmerksam zu und nickte dann verständig. »Darian sieht die Dinge etwas anders als du oder dein Vater oder auch, als ich es tue.«

Diese Worte entlockten ihr nur ein verächtliches Schnauben. »Natürlich, du hättest selbstverständlich nichts dagegen gehabt, dass ich ganz allein zu dem Stein gehe. Jetzt komm schon, Atorian, halte mich nicht für dumm. Du suchst doch nur einen Weg, um gut vor mir dazustehen und deinen Bruder auszustechen.«

»Habe ich das denn nötig?«, fragte er schmunzelnd, wurde dann jedoch ernst. »Ich habe noch nie ein Geheimnis daraus gemacht, dass ich dich mag, aber das hier ist etwas anderes.« Er sah ihr tief in die Augen. »Du wurdest als Kriegerin geboren und ausgebildet, und ich wurde es ebenfalls. Darian dagegen ist in einer Welt aufgewachsen, die ich mir nicht einmal auszumalen vermag, aber er war dort niemals mit Blutvergießen oder Magie konfrontiert, soweit ich das in Erinnerung habe.«

»Ja, das stimmt schon«, gab sie widerstrebend zu, streifte seinen Arm, der sich um ihre Schulter legen wollte, allerdings entnervt ab.

»Auch wenn ihr euch liebt, seid ihr sehr unterschiedlich, und Darian wird wohl oder übel akzeptieren müssen, dass du ihm in vielen Dingen weit voraus bist. Das mag sich in ein- oder zweihundert Sommern ändern, aber bis dahin bist du die Stärkere von euch beiden. Und ob du damit leben möchtest, musst du dir …«

Hastig drehte sie sich um und musterte ihn mit kaltem Blick. »Ja, das will ich, mach dir nur keine falschen Hoffnungen.«

Kapitel 4

Dämonisches Spiel

Samukals Pläne stellten sich während der nächsten Zeit als sehr erfolgreich heraus. Überall ließ er verbreiten, die Götter hätten Dämonen in Gestalt der beiden Northcliffbrüder gesandt, um die Ergebenheit des Volkes auf eine Bewährungsprobe zu stellen. Wer sich ihnen anschlösse, sei dem Untergang und ewiger Pein auch in der Nachwelt geweiht. Auf der anderen Seite führte er geschickt seine Bemühungen um das Volk fort, verteilte großzügig die Gaben, welche die Menschen ohnehin zuvor den Göttern geopfert hatten, und schickte seine finsteren Diener zu jenen, die zweifelten. Die zerstörten Häuser oder Dörfer waren dann angeblich das Werk der »Boten der Götter«, wie er sie mittlerweile nannte. Nach und nach hatte Samukal seine Propheten ausgebildet, sodass sie nun eigenständig in der Lage waren, über einen Teil der Dämonen zu herrschen, was ihm sehr recht war, denn es hatte stark an seinen Kräften gezehrt, die Diener der Finsternis unter Kontrolle zu halten. Maßlos ärgerte ihn jedoch, dass er die beiden Portale nicht mehr benutzen konnte. In dem Tal im Norden zogen die Weltennebel einfach nicht auf, und das Portal am Stein von Alahant öffnete sich gleichfalls nicht mehr. Natürlich gebot er im Augenblick über genügend Dämonen, dennoch machte es ihn nervös, und er hatte bereits Nachricht ins Unterreich geschickt, um seinen Lehrmeister holen zu lassen.

Ansonsten war Samukal zufrieden. Der kleine Kayne entwickelte sich prächtig, Elysia mischte sich nicht in seine Politik ein, und auch die Lords schienen ihm wohlgesinnt. Mit den Zwergen trieb er regen Handel mit Waffen, Bier und Gold, und er entlohnte sie reich mit Korn, da sie den Ausbau der Straßen gut vorantrieben. In den windumtosten Bergen des Zwergenreichs gedieh Getreide nicht sehr gut, das die Zwerge für ihren Morscôta benötigten, und daher war der Handel in beiderseitigem Interesse.

Schmunzelnd fuhr sich Samukal über seinen sauber gestutzten Bart, der ebenso dunkelbraun wie seine ordentlich frisierten kurzen Haare war. Dann setzte er sich in den Thronsessel, warf einen Blick auf das Gemälde von König Jarredh und prostete ihm mit einem Glas Wein zu.

»Niemand will deine wohlgeratenen Söhne mehr haben. Eure Dynastie ist zu Ende.«

Zunächst hatte Samukal zwei Dämonen mit der Suche nach den Northcliffbrüdern beauftragt und sich geärgert, dass sie nicht aufzufinden gewesen waren, aber schließlich war es ihm gleichgültig geworden, denn wie man hörte, fanden sie ohnehin keine Unterstützung.

Unwillkürlich wanderten seine Gedanken zu Atene. Die Zauberin war seit geraumer Zeit erneut verschwunden, was ihm einerseits ganz recht war – er musste dann nicht so vorsichtig mit seinen Dämonen sein –, andererseits vermisste er sie. Atene war eine attraktive Frau, und besonders im Frühling sehnten sich seine Lenden nach ihr. Gerade erwog er, sich eine Magd schicken zu lassen, als die Tür aufging.

Berem, der Steuereintreiber, ein schmächtiger Mann mit fettigen, in die Stirn gekämmten Haaren, verbeugte sich rasch.

»Mein Lord Samukal, darf ich sprechen?«

»Nur zu, Berem.« Während Berem einen äußerst ermüdenden Bericht zu den neuesten Einnahmen abgab, überlegte Samukal, ob er lieber die dralle rothaarige Küchenmagd oder besser doch die schlanke Zofe Elysias nehmen sollte. Dem Bericht des Steuereintreibers über einen Schweinebauern, der angeblich zu wenig Fleisch geliefert hatte, lauschte er nur mit halbem Ohr.

»… außerdem wurden Fragen laut, wann denn der Tempel auf der Dracheninsel gebaut wird«, schloss Berem mit säuerlicher Miene.

Erst ein paar Augenblicke später wurde Samukal bewusst, dass der Steuereintreiber geendet hatte und ihn auffordernd musterte.

»Ja, den Tempel werden wir in Angriff nehmen, sobald die Straße zwischen Ilmor und Culmara fertig gestellt ist«, versicherte Samukal zerstreut. »Noch etwas, Berem?«

Der kleine Mann, der dem Volk gegenüber stets überaus herrisch auftrat, verbeugte sich nervös vor Samukal. »Zauberin Atene war gestern bei mir und … Ich … Wie soll ich es sagen …«

Ruckartig fuhr Samukal auf. »Atene hält sich in Culmara auf?«

Berem nickte, und hektische Flecken bildeten sich an seinem Hals. »Ich weiß nicht, wie es geschehen konnte, aber es gelang ihr, mir zwei Beutel mit Gold abzuschwatzen.«

Samukals Kehle entstieg ein lautes Lachen, was den kleinen Mann sichtlich irritierte. »Ich weiß ganz genau, wie sie es dir abgeschwatzt hat, schließlich hat sie einige beeindruckende Argumente.« Er machte eine sehr eindeutige Handbewegung an der Brust, woraufhin Berem beinahe im Boden versank.

»Mein Lord, Ihr glaubt doch nicht …«

Mit einer gelangweilten Handbewegung entließ er den Steuereintreiber, dann zog er sein bestes Hemd und einen neuen Umhang an und ritt auf schnellstem Wege in die Stadt. Ehrfürchtig verbeugten sich die Menschen auf den Straßen vor ihm, und von überallher kamen Rufe wie: »Ich danke Euch für den neuen Ofen«, »Dank der neuen Straße konnte ich rechtzeitig zur Hochzeit meiner Nichte gelangen«, oder »Der neue Heiler konnte meinen Sohn retten, seid gepriesen, Lord Samukal.«

Mit einem Lächeln auf seinem markanten Gesicht erwiderte er die Grüße. Zufrieden betrachtete er den gut gefüllten Tempel, vor dem Galmár und zwei mit Lanzen bewaffnete Männer Wache hielten. Eigentlich war dies nicht nötig, denn selbst die größten Gauner der Stadt würden es nicht wagen, sich an den Opfergaben der Götter zu vergreifen, aber so war der Tempel noch einmal eindrucksvoller.

An einem kleinen, aber hübsch mit Erkern und Zinnen geschmückten Herrenhaus abseits Culmaras hielt Samukal an und eilte mit wehendem Umhang auf die Treppe zu. Eine hochgewachsene Frau mit fließendem blutrotem Kleid öffnete die Tür, lächelte ihn verführerisch an und zog ihn am Kragen seines Hemdes ins Innere.

»Du kommst früh«, war ihre einzige Begrüßung, dann verführte sie Samukal nach allen Regeln der Kunst. Später lag er unter seidenen Decken mit ihr auf dem hölzernen Bett, welches er ihr kurz vor dem Winter geschenkt hatte.

»Wo warst du so lange, Atene?«, wollte er wissen, und sein Blick wanderte erneut über ihren wohlgeformten nackten Körper.

Atene räkelte sich aufreizend und bedeckte dann mit ihren vollen Lippen seinen Mund. »Die Reise ist sehr viel angenehmer, seitdem du die neuen Straßen bauen lässt, Samukal.« Sie musterte ihn durchdringend mit ihren dunklen, geheimnisvollen Augen. »Das Volk ist sehr angetan von dir, aber sag, woher hast du die Mittel, die Arbeiter zu bezahlen und sogar fahrende Heiler in jedes Dorf zu schicken, um weitere Gehilfen auszubilden?«

Leise schmunzelnd stützte sich Samukal auf seinen Unterarm. »Meine Liebe, ich bin nicht so ein Narr, wie Fehenius es war. Er hat die Menschen nur ausgebeutet, hat wie die Made im Speck gelebt, und viele haben ihn dafür gehasst. Ich hingegen lasse ihnen genug zum Leben und erfreue sie mit kleinen Annehmlichkeiten.«

»Und was ist dein Hintergedanke dabei?« Mit ihrem spitzen

Finger fuhr sie ihm über die Brust, und Samukal seufzte wohlig, dann schlang er jedoch das Laken fest um sich und stand auf. »Man muss nicht bei allem einen Hintergedanken haben.«

Das entlockte Atene ein kehliges Lachen. »Du hast immer Hintergedanken.« Sie umarmte ihn von hinten, und ihre vollen Brüste drückten gegen seinen Rücken. Samukal spürte, wie sich seine Männlichkeit erneut regte.

»Du wirst doch nicht schon gehen wollen«, hauchte Atene ihm ins Ohr. »Wirst du etwa langsam alt, mein Lieber? Vor deinem neunzigsten Geburtstag warst du deutlich ausdauernder.«

»Neunzig Sommer sind kein Alter für einen Zauberer, und das weißt du besser als ich, auch wenn du mir nie verraten hast, wie alt du in Wirklichkeit bist«, erwiderte er ungeduldig und angelte nach seiner Hose. »Ich habe noch etwas …«

»Samukal, was hat es mit den Boten der Götter auf sich?«

Diese Frage hatte Atene ihm schon häufig gestellt. Er küsste ihre hoch aufgerichtete Brustwarze und grinste sie dann hinterhältig an. »Sie sind die Gesandten der Götter, und wenn du es genau wissen möchtest, musst du sie schon selbst fragen.«

Sichtlich beleidigt verschränkte Atene die Hände vor der Brust.

»Und, meine Liebe«, er zog sich energisch die Hose über die Knie, »sei so gut und opfere einen der zwei Beutel mit Gold, die du Berem abgeluchst hast, am Tempel.«

Sie schnaubte empört und warf sich ihre lange Mähne über die Schulter. »Berem ist ein Langweiler und nicht halb so aufregend wie du. Nach dem ersten Mal …«

»Bitte verschone mich mit Einzelheiten«, grollte Samukal. Er wusste, dass Atene mit jedem das Lager teilte, wenn sie sich etwas davon versprach, und nachdem er ohnehin keine ernsten Absichten mit ihr hatte, störte es ihn auch nicht sonderlich.

Sie erhob sich geschmeidig und ließ ihre blutroten Haare wie einen Vorhang über ihren Körper fallen. »Bist du etwa eifersüchtig? Wenn du mich endlich in deine Pläne und Geheimnisse einweihst, werde ich nur dir allein gehören«, schmeichelte sie.

Verführerisch lächelnd nahm er ihre Hand und drückte ihr einen Kuss darauf. »Wir sollten alles so belassen, wie es ist. Wenn du möchtest, kannst du mich auf der Burg besuchen, aber bitte benutze einen der Geheimgänge!« Damit verließ er den Raum und vernahm mit einiger Genugtuung, wie Atene von innen etwas gegen die Tür warf. In einem hatte sie allerdings Recht. Er war erschöpft, die Kontrolle über die Dämonen zehrte an seinen Kräften, und langsam waren diese aufgebraucht.

»Es ist an der Zeit, dass die Propheten sie ganz übernehmen«, murmelte er vor sich hin und beschloss, eine Versammlung mit seinen Lakaien einzuberufen.

Eine sehr unbefriedigende Zeit brach für die beiden Northcliffbrüder an, denn wo sie auch hinkamen, niemand schenkte ihnen Glauben. Zudem war der Konkurrenzkampf der beiden inzwischen ganz offen ausgebrochen. Atorian hatte zugegeben, dass er Mia begehrte. Das trieb Darian zur Weißglut, wenngleich Mia ihm immer wieder versicherte, sie habe kein Interesse an Atorian. So waren die Voraussetzungen für ein Zusammenhalten nicht die besten. Um nicht von Samukals Wachen ausfindig gemacht zu werden, zogen sie durch das Land und versteckten sich mal hier, mal dort, in Höhlen, verlassenen Farmen oder im Wald, ohne neue Verbündete zu finden. Hier und da gelang es Torgal, Fendor oder Nassàr, einen alten Freund oder Bekannten zu überzeugen, welchen sie dann zum Rannocsee schickten. Eine Armee, die entsprechend groß und schlagkräftig gewesen wäre, um Samukal zu stürzen, konnten sie allerdings nicht aufstellen. Abwechselnd blieben zwei der Gruppe in ihrem Hauptlager am Rannocsee, um eventuelle Verbündete zu treffen, und momentan waren Markat und Edur eingeteilt. Nach wie vor war Leána mit Darian und Aramia unterwegs, denn sie sollte weiterhin nach Portalen in andere Welten Ausschau halten, auch wenn die beiden immer sehr darauf achteten, dass man das Mädchen in den Dörfern nicht in ihrer Nähe sah. Samukal sollte auf keinen Fall erfahren, dass sie Darians Tochter war. Auch Zir'Avan blieb abseits von menschlichen Ansiedlungen, um den Bewohnern nicht unnötig Angst zu machen.

Als der Frühling bereits deutlich in den Sommer übergegangen war, machte sich eine gewisse Verzweiflung breit. Samukal hatte Albany und das Volk fest in der Hand, und es bedurfte nicht vieler Finger, um die wenigen Männer zu zählen, die sich um Darian und seinen Bruder Atorian geschart hatten. Ihre Bemühungen blieben erfolglos. Schließlich waren sie gezwungen einzusehen, dass sie ihre Taktik ändern mussten.

Besonders Atorian schien große Ungeduld zu verspüren, und er schlug vor, Samukal ganz offen herauszufordern. Aber Darian war dagegen, was er seinem Bruder auch klar und deutlich sagte, als sie abseits der anderen am Ufer eines leise plätschernden Baches standen, viele Meilen südlich des Rannocsees. Auch hier hatten sie bisher keine Unterstützung gefunden.

»Selbst wenn du ihn besiegst, über wen willst du denn dann herrschen? Über Menschen, die dich für einen von den Göttern gesandten Dämon halten?«

»Wenn Samukal erst unschädlich gemacht ist, werden die Menschen schon merken, dass er sie in die Irre geleitet hat«, beharrte Atorian und starrte seinen jüngeren Bruder herausfordernd an. »Was möchtest du denn tun? Dich mit Frau und Kind auf der Nebelinsel verstecken und das Land deiner Ahnen einem Betrüger und Zauberer überlassen, der vermutlich mit den Mächten des Bösen im Bunde ist?«

Tatsächlich hatte Darian schon genau mit solchen Überlegungen gespielt. Leána hatte drei Portale gefunden, und diese waren jetzt geschlossen. Merradann, das Orakel, hatte ihnen aufgetragen, die Drachen zurückholen, und die Elfen wollten in eine andere Welt, aber am liebsten hätte er einfach nur seine kleine Familie in Sicherheit gewusst. Weit weg von Samukal, von irgendwelchen Dämonen – und weit weg von Atorian.

»Darian!« Sein Bruder fasste ihn energisch an den Schultern. »Es tut mir leid, dass ich mich in deine Gefährtin verliebt habe, aber Gefühle kann man nicht ändern. Trotz allem müssen wir zusammenhalten, Bruder.«

»Halbbruder«, schnaubte Darian, dann machte er sich ungeduldig los. »Wie auch immer, es macht keinen Sinn, wenn du Samukal herausforderst. Vermutlich wird er ohnehin nicht kommen, und wenn, dann sicher einen Hinterhalt planen. Möchtest du mit einer Armee aus alten Männern gegen ihn kämpfen?« Er nickte zu Torgal und Nassàr hinüber, die am Feuer saßen. »Sie sind wunderbare Freunde, und ich vertraue ihnen, aber sie sind nicht mehr die Jüngsten, und die wenigen, die überhaupt in Erwägung ziehen, dass wir tatsächlich Jarredhs Söhne sind, haben alle schon mindestens ihren fünfzigsten Geburtstag gefeiert.«

Unwillig fuhr sich Atorian durch die halblangen dunklen Haare. »Ja, sicher, an unseren Vater können sich inzwischen nur noch die Alten erinnern, und ich bin noch sehr viel früher verschwunden. Ich weiß, es ist eine verfahrene Situation.«

Darian bemerkte, wie sich Nordhalan näherte, und war eigentlich froh darum, denn der alte Zauberer hatte während der letzten Zeit stets versucht, zwischen ihm und Atorian zu vermitteln. Auch jetzt lächelte der Zauberer gütig und reichte ihnen beiden einen Becher mit Honigwein.

»Heute werden wir ein abgelegenes Dorf an der Küste aufsuchen. Möglicherweise stehen sie dort noch nicht unter Samukals Einfluss«, sagte er aufmunternd.

Darian zuckte nur die Achseln und ging zu Mia, um ihr Bescheid zu sagen, dass sie jetzt loswollten. Sie spielte mit Leána flussaufwärts, auch Zir'Avan und Lilith waren bei ihnen. Deren Erscheinung wäre zu auffällig gewesen, daher blieben die beiden zusammen mit Leána außerhalb des nächsten Dorfes, das in der Nähe des Meeres lag. Entfernt konnte man die Wellen an die

Küste branden hören, Möwen zogen am Himmel ihre Kreise. Hier lebten größtenteils Fischer, und wie es aussah, war heute Markttag, denn Menschen mit Karren zogen zum Dorfplatz, wo rund um einen großen Brunnen hölzerne Stände aufgebaut waren. Trotz der sommerlichen Wärme zogen sich Darian, sein Bruder und Nordhalan ihre Kapuzen über den Kopf. Zunächst wollten sie herausfinden, wie die Menschen im Dorf zu Samukal standen. Es war ein idyllisches kleines Örtchen, mit einfachen, aber sauberen strohgedeckten Steinhäusern; hier und da waren auch Holzhütten zu sehen. Das Meer wogte sanft an den nahen Sandstrand, und unweit der Häuser plätscherte ein klarer Bach entlang. Kinder rannten schreiend umher, und Darian dachte sich, dass Leána sicher gerne mit ihnen gespielt hätte. Verschiedenste Waren wurden feilgeboten, von geräuchertem Fisch über Würste, Brot, Sommergemüse und Früchte. Die Männer verteilten sich in der Menge und lauschten den Gesprächen der Dorfbewohner. Darian stellte befriedigt fest, dass es hier noch keinen dieser eigenartigen Tempel gab, die überall sonst geradezu aus dem Boden geschossen waren, und daher hegte er die Hoffnung, dass Samukals Einfluss noch nicht bis hierher durchgedrungen war.

»Ein Gaukler! Ein Gaukler kommt ins Dorf«, war plötzlich von aufgeregten Kinderstimmen zu vernehmen. Selbst die geschäftstüchtigen Marktleute hielten dabei inne, ihre Ware anzupreisen, und blickten neugierig in Richtung der Brücke. Gaukler oder Geschichtenerzähler waren eine Seltenheit, und Darian hörte eine alte Frau aufgeregt rufen, dass noch niemals zuvor einer zu ihnen in den Süden gekommen wäre. In Culmara hatte es sie häufiger gegeben, dort erfreuten sie die Edelleute mit Geschichten aus alter Zeit oder Kunststücken.

Auf einem zotteligen Pferd trabte ein in bunte Lumpen gehüllter Mann über die Brücke, bediente sich ganz selbstverständlich an den Ständen, nahm hier einen Apfel, dort eine Wurst, sprang dann geschmeidig auf den Brunnen und verneigte sich. Die Menschen strömten näher, und auch Darian und seine Freunde schoben sich ein Stück weiter an das Geschehen heran.

»Ich bin Welegor, Gaukler, Geschichtenerzähler und der einzige Mann in Albany, der Feuer speien kann wie ein Drache und dem es gelingt, eine Lanze nur mit seinem Hals zu verbiegen.«

Ungläubige Rufe wurden laut, und der große, magere Mann mit den verfilzten braunen Haaren holte eine kleine Flasche aus seinen Satteltaschen hervor und begann mit seiner Vorführung im Feuerschlucken. Alle Menschen, auch Mia und Atorian, rissen staunend die Augen auf, und bewundernde Rufe waren zu hören, aber Darian erklärte ihnen flüsternd, was dahintersteckte. Er hatte solche Dinge in der anderen Welt gesehen und wusste, wie so etwas funktionierte. Als der Mann sich dann allerdings einen Speer mit spitzer Klinge bringen ließ, diese an seine Kehle legte, während er das andere Ende in den Boden rammte, wurde es plötzlich still, und neugierige Hälse reckten sich empor. Langsam lehnte sich der Gaukler nach vorn, und – tatsächlich – der Speer bog sich in der Mitte durch, ohne dass auch nur die geringste Verletzung an seiner Kehle sichtbar wurde. Nun staunte auch Darian. Jubel und begeisterter Applaus wurden Welegor zuteil, dann ging er mit langsamen Schritten um den Kreis herum, welchen die Menge gebildet hatte.

»Soll ich euch eine Geschichte erzählen?«, flüsterte er so leise, dass sich unwillkürlich alle vorbeugten und den Atem anhielten, um ja keines seiner Worte zu verpassen. »Eine Geschichte von Königen, Göttern und Dämonen.«

»Ja! Wir wollen sie hören!«, schrien mehrere Kinder, und auch die Erwachsenen stimmten mit ein.

Erneut sprang Welegor auf den Brunnen. »Die Götter zerstörten die Dracheninsel, sie straften die hinterlistigen, geflügelten Kreaturen, die den falschen König geweiht hatten.«

Darian entfuhr ein Stöhnen, denn er konnte sich vorstellen, worauf diese Erzählung hinauslief – und er behielt Recht. Welegors Geschichte wurde eine Lobpreisung von Samukal und Prinz Kayne, dem rechtmäßigen Erben Northcliffs. Die Vorstellung des Gauklers war zugegebenermaßen sehr lebhaft, er sprang mal hierhin, mal dorthin und schnitt Grimassen und machte wilde Sprünge, um bestimmte Anekdoten noch interessanter zu gestalten.

»Ich bin Darian von Northcliff«, lallte er irgendwann sehr überzeugend, torkelte durch die Gegend und fiel über seine eigenen Füße zu Boden, was zu großem Gelächter führte. Darian hingegen versteifte sich, und Mia drückte beruhigend seine Hand.

Der Gaukler hatte sich unter seinem Umhang versteckt, und als er plötzlich herumfuhr, trug er eine Dämonenmaske, woraufhin das Volk entsetzt kreischte. »Manche behaupten, König Darian sei gar nicht tot – doch er ist nur ein fleischgewordener Dämon, aus dem Reich der Ahnen zurückgekehrt, um euch zu täuschen …«

»Mir reicht's, diesen Schwachsinn muss ich mir nicht länger anhören«, knurrte Darian, dann wandte er sich rasch ab.

Hinter sich hörte er Mia Nordhalan beruhigend zurufen, sie würde ihm folgen, und er eilte in Richtung Fluss davon.

»Erst diese Propheten, jetzt auch noch Gaukler«, schimpfte er vor sich hin, während hinter ihm das Volk Welegor bejubelte.

»Ihr könnt trotzdem versuchen, sie zu überzeugen, es ist nur ein Geschichtenerzähler«, warf Mia ein, auch wenn ihre Stimme Zweifel verriet.

»Und ihm werden sie sicher lieber glauben als uns, denn er bringt ihnen Abwechslung und Spannung, wir würden sie in einen Krieg führen.«

»Ach, Darian, ich wünschte auch, ihr hättet es einfacher«, seufzte Mia und legte ihren Kopf kurz an seine Schulter.

Die beiden waren in Richtung der Stelle gegangen, wo sie die Pferde zurückgelassen hatten, als Mia plötzlich stutzte. Abseits der meisten Hütten stand eine ärmliche Baracke, und Darian wunderte sich, dass der Mann, der offensichtlich dort wohnte, nicht wie alle anderen im Dorf war. Er tauchte irgendetwas immer wieder verbissen in den Bach. Als das Schreien eines Kindes ertönte, gingen die beiden alarmiert näher heran. Ehe Darian auch nur begreifen konnte, was gerade geschah, war Mia an ihm vorbeigerannt. Sie stürzte sich auf den Bauern, entriss ihm das kleine, tropfnasse Bündel und funkelte ihn dann wild an.

»Was fällt dir ein, Weib?«, blaffte der kleine, untersetzte Mann.

»Du wolltest ihn töten.« Auch Darian war nun herangekommen und blickte verwundert auf ein winziges Kind, das jedoch bereits einen ausgeprägten Bartwuchs hatte, was auf einen zwergischen Vater hindeutete.

»Das ist ein Halblingsbalg«, schimpfte der Bauer mit heiserer Stimme und stapfte auf Mia zu. »Mein Weib muss mich betrogen haben, zum Glück ist sie bei der Geburt ohnehin verreckt.«

Mia drückte Darian das wimmernde Baby in die Hand und sprang dann auf den Mann zu. Sie riss ihn mit einer solchen Wucht zu Boden, dass dieser nicht einmal dazu kam zu schreien.

»Mia! Nicht!«, protestierte Darian. Er wollte eingreifen, denn seine Gefährtin drosch gerade mit hasserverzerrter Miene auf den erschrockenen Bauern ein, aber er wusste nicht wohin mit dem Baby, das leise in seinen Armen jammerte. Schnell sah er sich um, doch niemand war zugegen. Mia schien wie von Sinnen, trat dem Bauern ins Gesicht, in den Unterleib, und der Mann, der seiner Statur nach über enorme Kräfte verfügen musste, vermochte sich ihrer Raserei dennoch nicht zu erwehren.

Als Atorian, Torgal und Nordhalan auftauchten, war Darian sehr erleichtert. Der Zauberer zog die rasende Nebelhexe von dem sich am Boden krümmenden Mann fort, wobei es ihr gelang, ihm noch einmal kräftig zwischen die Beine zu treten. »Ich hoffe, du wirst niemals wirklich ein eigenes Kind zeugen, du Ungeheuer!«

»Aramia, beruhige dich«, bat der Zauberer.

»Er wollte den Kleinen ertränken wie eine Ratte!«, schrie sie jedoch außer sich und setzte erneut dazu an, auf den Bauern loszustürzen, aber nun fasste Atorian sie rasch am Arm und zog sie fort. »So ein widerwärtiges, verabscheuungswürdiges Stück Dreck, *ihn* sollte man ersäufen!« Mit vor Zorn funkelnden Augen deutete sie auf den Mann.

Rasch hatte Darian dem etwas unbeholfen dreinschauenden Torgal das kleine Halblingswesen in die Arme gedrückt und ging nun zu Mia, deren Augen noch immer Funken sprühten.

»Mia, du hast ja Recht, aber bitte lass uns gehen, man hat den Aufruhr ohnehin schon bemerkt.«

Tatsächlich rannten nun Bauern mit Mistgabeln bewaffnet heran, denn vermutlich hatte die Gauklervorstellung ein Ende gefunden.

»Sie würden das Gleiche mit Leána machen, wenn sie wüssten, was sie ist«, schluchzte Mia. Hilflose Wut spiegelte sich in ihren grünen Augen, woraufhin Darian sie tröstend in seine Arme schloss.

»Ich weiß, und ich wünsche mir so sehr, dass das eines Tages anders ist. Aber komm jetzt, in diesem Dorf werden wir auch keinen Erfolg haben.«

In gedrückter Stimmung kehrten sie zurück zum Lagerplatz. Nordhalan erzählte noch, der Gaukler habe die Menschen selbstverständlich aufgefordert, beim Bau eines Tempels mitzuhelfen und großzügige Opfergaben an die Götter abzugeben. Einer der Propheten würde sie bald besuchen, außerdem sollten sie eine Straße bekommen, welche sie mit der Haupthandelsroute nach Culmara verband.

Lilith untersuchte den kleinen Halbling sofort, doch mal abgesehen davon, dass er klatschnass war, wirkte er gesund, munter und kräftig.

Mia saß mit starrer Miene an einem Baum und hatte Leána dicht an sich gezogen, die Kleine interessierte sich allerdings mehr für das Kind.

»Er ist niedlich, sicher wird er sich gut mit Siah verstehen, sie ist auch klein.« Leána seufzte tief. »Siah wird mich sicher schon ganz entsetzlich vermissen, und mein Pony auch.«

»Vielleicht sollten wir alle eine Weile auf die Nebelinsel gehen«, schlug Tagilis vor. »Es sieht nicht so aus, als würden wir viele Verbündete finden.«

»Nein, den Sommer über sollten wir unsere Bemühungen unbedingt fortsetzen«, beharrte Atorian. »Außerdem muss Leána weitere Portale finden, zwei von denen, die Ray'Avan eingezeichnet hat, befinden sich noch im Süden. Falls eines zu den Drachen führt, wäre uns sehr geholfen.«

»Leána ist nicht dein Besitz, du kannst nicht über sie bestimmen«, fuhr Mia ihn an.

»Das sage ich doch gar nicht. Es ist nur so, dass …« Verwirrt sah Atorian sie an, aber Mia wandte sich ruckartig ab, ging zu den Pferden und schickte sich an, diese zu satteln.

»Solch ein Umgang mit Halblingsgeborenen verursacht tiefen Schmerz in ihr«, versuchte Tagilis seinen Gefährten zu erklären. »Als wir früher auf der Suche nach Halblingskindern auf dem Festland unterwegs waren, haben wir schon oft ähnliche Situationen erlebt, und nicht immer gingen sie gut aus.«

»Ich werde den Kleinen auf die Nebelinsel bringen«, schlug Lilith vor.

Zir'Avan, der das kleine Bündel interessiert betrachtete, bot zur sichtlichen Verwunderung aller an, sie zu begleiten. »Du könntest Schutz brauchen, falls du auf Samukals Patrouillen triffst.«

Lilith stutzte kurz, dann nickte sie zustimmend.

»Zir'Avan, sollte Leána bei der Portalsuche fündig werden, benötigen wir dich für das Schließen der Weltentore«, wandte Nordhalan jedoch bedauernd ein.

Aramias Vater räusperte sich, dann verbeugte er sich leicht.

»Verzeih bitte, ich sprach unbedacht und vergaß unsere eigentliche Aufgabe.«

»Dann werde ich Lilith begleiten«, bestimmte Tagilis.

Ein lauer Wind strich über die Festung von Northcliff, welche sich mächtig auf der Klippe ganz im Norden des Landes erhob. Donnernde Wogen brandeten gegen die hohen Felsen und schützten die Burg von Darians und Atorians Vorvätern von der Seeseite her gegen alle Feinde. Samukal übte mit Kayne Schwertkampf, während Elysia im Schatten eines großen Baumes saß und Kayne mit mütterlichem Stolz zusah. Eine leicht rauchige weibliche Stimme ließ die blonde Frau herumfahren.

»Ein ungewöhnliches Talent für einen so kleinen Jungen. Ob er das wohl von seinem Onkel Atorian geerbt hat?« Wie selbstverständlich ließ sich Atene neben der Königin auf der hölzernen Bank nieder. Als Elysias abschätzender Blick sie traf, lächelte sie nur, denn sie wusste sehr wohl, dass die Königin sie nicht ausstehen konnte. Vermutlich hatte Elysia selbst ein Auge auf den gutaussehenden Zauberer geworfen.

»Wahrscheinlich hat er das«, antwortete Elysia knapp, strich sich ihre kunstvoll aufgesteckten Haare glatt und zupfte an ihrem nicht allzu üppigen Dekolleté herum, was Atene erneut zum Schmunzeln brachte.

»Samukal würde einen hervorragenden Ersatzvater für Kayne abgeben«, erwähnte Atene wie beiläufig, streckte dabei ihre langen, in hohen schwarzen Stiefeln steckenden Beine aus und räkelte sich in der Sonne. »Schade nur, dass Darian seinen Platz vielleicht eines Tages zurückfordern wird.«

»Darian ist tot«, behauptete Elysia, wobei ihre Stimme eine Spur zu schrill klang, und Atene vermutete, dass Elysia berechtigte Zweifel daran hegte, dass Darian nicht mehr lebte.

»Ja, ja, und Dämonen in Gestalt von Darian und seinem Bruder machen das Land unsicher«, fügte Atene mit Grabesstimme hinzu, dann lachte sie so laut, dass Samukal aufsah. Die Zauberin erhob sich geschmeidig. »Manchmal holen einen die Dämonen der Vergangenheit ein, Elysia.«

Sie schritt so elegant auf Samukal zu, dass Elysia die Eifersucht ganz offen ins Gesicht geschrieben stand. Atene würdigte die pikierte Königin jedoch keines weiteren Blickes.

»Atene, was tust du denn hier?« Samukal strich Kayne über den Kopf und meinte, für heute sei es genug, woraufhin der dunkelhaarige Junge zu seiner Mutter lief, die die Szene mit zusammengezogenen Augenbrauen beobachtete.

»Es war langweilig in Culmara, da dachte ich, ich statte dir einen Besuch ab.«

»Du weißt, dass ich es nicht mag, wenn man uns zu häufig zusammen sieht«, meinte Samukal missbilligend, dennoch konnte er kaum die Augen von ihr wenden.

»Hast du Angst, deiner kleinen Königin könnte das nicht gefallen?« Absichtlich strich Atene Samukal über die muskulösen Schultern und sah mit einiger Befriedigung, wie sich Elysia kerzengerade aufrichtete. »Sie platzt förmlich vor Eifersucht.«

»Lass die Spielchen, Atene.« Mit einer harschen Bewegung zog Samukal sie mit sich zu einer abgelegenen Stelle bei der Burgmauer, wo er sie wütend ansah. »Es ist wichtig, dass Elysia mir nicht im Wege steht und alle Entscheidungen akzeptiert.«

»Du könntest sie heiraten«, schlug Atene vor und lächelte ihn verführerisch an. »Oder graut dir davor, in zehn oder fünfzehn Wintern nur noch ein faltiges, ausgezehrtes Weib in deinem Bett vorzufinden?«

»Miststück«, knurrte der Zauberer, doch gleichzeitig spielte ein Grinsen um seine Mundwinkel. »Tatsächlich dachte ich daran. Andererseits weiß ich nicht, ob das Volk dann murrt, und das ist mir augenblicklich zu riskant. Aber in fünf oder zehn Sommern, wenn sich meine Macht gefestigt hat, werde ich das vielleicht nachholen.« Er hob eine Augenbraue. »Ins Bett kann ich mir dann ja immer noch jemand anderen holen, an dem der Zahn der Zeit deutlich weniger nagt.«

Sie wurden unterbrochen, als Wachen in den Burghof gelaufen kamen.

»Einer Abordnung König Hafrans verlangt, bei Euch vorsprechen zu dürfen, Lord Samukal.«

Für den Bruchteil eines Augenblicks hatte Atene den Eindruck, ein Lächeln auf Samukals Zügen zu sehen, dann wandte er sich fragend an die Wache. »Was wollen die Zwerge denn?«

»Ihre Goldmine wurde von Dunkelelfen überfallen und ausgeraubt, sie erbitten Eure Hilfe.«

»Von den Dunkelelfen?« Samukal schüttelte betrübt den Kopf. »Dann werden wir unseren Verbündeten wohl zur Seite stehen müssen. Führt die Zwerge in den Thronsaal und bewirtet sie großzügig, ich kleide mich rasch um und stoße dann zu ihnen.« Der Wächter salutierte und entfernte sich im Laufschritt.

Atene hielt Samukal am Ärmel seines dunklen Hemdes fest. »Hast du etwas damit zu tun?«

»Ich? Wie kommst du denn auf so etwas?« Jeder andere hätte ihm seine Empörung abgenommen, wie er so vor ihr stand, die Stirn gerunzelt und den Kopf schüttelnd, aber Atene kannte ihn besser.

»Ich weiß, dass du schon seit langer Zeit mit den Dunkelelfen Geschäfte machst.«

»Dumme Gerüchte. Fehenius hatte wohl tatsächlich gelegentlich mit ihnen zu tun, aber mir liegt so etwas fern.« Er machte sich von ihr los und drehte sich dann noch einmal zu ihr um. »Du kannst schon einmal mein Bett vorwärmen, denn wenn ich von der Beratung zurückkehre, kann ich sicher etwas Zerstreuung gebrauchen.«

Misstrauisch blickte Atene dem hochgewachsenen Zauberer hinterher, der die Stufen zum Tor hinaufrannte und im Inneren der Burg verschwand.

»Irgendwann machst du einen Fehler, Samukal, und dann werde ich dein Geheimnis erfahren«, wisperte sie in den Wind und verschwand wie ein Schatten aus der Burg.

Eine Abordnung König Hafrans saß mit grimmigen Gesichtern im Thronsaal und verneigte sich knapp vor Samukal, als dieser eintrat. Grollend und fluchend berichteten die Zwerge, dass über fünfzig ihres Volkes bei einem Angriff auf die Mine von Altnandun getötet worden seien und man einen Großteil ihres Goldes geraubt hatte.

»Unsere Krieger sind stark und mutig«, schnappte Hauptmann Brambur, ein sehr großer, kräftiger Zwerg mit grauen Haaren und buschigem Bart, »aber gegen diese Ausgeburten der Finsternis konnten sie kaum standhalten. Wir mussten unsere Mine aufgeben, und nun stehen über hundert Zwergenkrieger vor dem Eingang und warten darauf, dass das dunkelhäutige Gesindel herauskommt.«

»Guter Hauptmann«, Samukal schenkte ihm persönlich seinen Bierkrug nach, »unsere Völker sind verbündet. Selbstverständlich werde ich Euch meine Krieger zur Verfügung stellen, damit sie die Dunkelelfen aus Eurer Mine verjagen.«

Der Hauptmann zog misstrauisch seine Augenbrauen zusammen. »Wie wollt Ihr sie dort rausholen? Soweit ich weiß, können auch Menschen im Finstern nicht sehen.«

Mit einem überlegenen Lächeln beugte sich Samukal zu dem Mann vor. »Wir Ihr wisst, bin ich ein Zauberer. Ich selbst werde sie anführen und mit meinen besten Kriegern die finstere Brut vertreiben.«

»Was verlangt Ihr dafür?«

Samukal trommelte auf den Tisch und tat so, als würde er angestrengt nachdenken. »Einen Anteil aus den Erträgen der Mine, sagen wir, eine von fünf Wagenladungen, welche die Mine verlässt, geht an Prinz Kayne und Northcliff.«

»Eine von acht«, verhandelte der Hauptmann.

Samukal seufzte übertrieben. »Meine Männer setzen sich einer großen Gefahr aus und …«

»Also gut, eine von sechs Wagenladungen.« Hauptmann Brambur erhob sich ruckartig. »Wann könnt Ihr an der Mine sein?«

»In zwei Tagen stehen Northcliffs Krieger bereit und eilen Euch zu Hilfe.«

Ohne ein weiteres Wort stapften die Zwerge aus dem Saal, und Samukal setzte sich leise lachend in seinen Thronsessel. »Die Zwerge müssen verdammt verzweifelt sein, wenn sie so großzügig mit ihrem Gold um sich schmeißen!«

Kapitel 5

Gerüchte und Fragen

Auf ihrer Weiterreise nach Süden in Richtung des Kratersees, in dessen Nähe sich laut der alten Karte von Ray'Avan ein Portal befinden sollte, zeigte sich das Land zunehmend dünner besiedelt. Mächtige uralte, von Menschenhand unberührte Wälder erstreckten sich über sanfte Hügel. Hier und da sah man in der Ferne Waldtrolle, doch die hatten offenbar genügend Wild, an dem sie sich gütlich tun konnten, und beachteten die Menschen daher nicht. Schließlich beschloss die Gruppe, sich aufzuteilen. Darian, Atorian, Nassàr und Fendor wollten ihr Glück in den Siedlungen unterhalb Ilmors versuchen, wo früher König Rocal geherrscht hatte. Vielleicht würden sich dessen ehemalige Anhänger eher dazu überreden lassen, etwas gegen Samukal zu unternehmen. Es hatte Gerüchte gegeben, dass der Zauberer Rocal mit einem Hungerlohn abgespeist hatte, und nach dessen mysteriösem Tod waren seine früheren Anhänger möglicherweise bereit, sich ihnen anzuschließen.

Wehmütig sah Darian Mia, Nordhalan, Zir'Avan und Leána hinterher, und es entging ihm nicht, wie ihr auch dieses Mal Atorians Blick folgte.

»Los jetzt«, drängte er daher energisch, dann trieb er Menhir an.

Nach drei Tagen erreichten sie ein Dorf, das an einem dunkel schimmernden See lag. Umgeben von grünen Weiden, befand sich auf einer Erhebung ein großes Gutshaus, das sicher schon bessere Zeiten gesehen hatte. Viele Schindeln hätten erneuert werden müssen, und auch der Rest des Dorfes machte einen ärmlichen Eindruck. Die vier Männer – sie hatten ihre Pferde im Wald zurückgelassen – liefen wachsam über die staubige Lehmstraße.

»Falls Lord Rovant noch am Leben ist, wird er sich an mich erinnern können«, behauptete Atorian mit der ihm typischen Selbstsicherheit. »Wie es aussieht, ist hier noch nicht mit dem Bau von Straßen begonnen worden.«

»Lord Rovant«, wandte Nassàr missmutig ein, »der war doch nie der beste Freund Eures Vaters, und sofern er überhaupt noch lebt, ist es fraglich, ob er Euch glaubt, geschweige denn Euer Anliegen unterstützt.«

»Lord Rovant war immer ein mürrischer Kerl, aber er mochte mich«, beharrte Atorian. »Ich habe einige Zeit bei ihm verbracht, als ich auf der Suche nach der Karte mit den Portalen war.«

Nassàr hob resigniert die Arme. »Von mir aus, eine weitere Niederlage werden wir auch verkraften.«

»Du kommst mir schon vor wie Horac«, scherzte Atorian, der heute von allen die beste Laune zu haben schien, denn normalerweise hätte er Nassàr energisch zurechtgewiesen. »Jetzt komm, wir sehen uns auf dem Gutshof um. Darian und Fendor sollen sich in der Taverne umhören. Später treffen wir uns dort.« Schon zog er den alten grauhaarigen Krieger mit sich.

Darian blickte ihm missmutig hinterher. »Danke, dass du gefragt hast, ob uns das recht ist.«

»Ein kühles Bier wird uns nicht schaden«, lenkte Fendor ein.

Sie schritten über die Dorfstraße und beobachteten beiläufig die ärmlich gekleideten Bauern, die ihren täglichen Aufgaben nachgingen. Zunächst glaubte Darian, sich zu irren, als er vor sich eine junge Frau mit langen dunklen Locken erblickte, die, ein Bündel auf dem Rücken und ein Schwert an ihrer Seite, in ihre Richtung steuerte. Plötzlich rannte sie los, und dann hatte sie auch schon Fendor umarmt. Erst nach einem Blick unter seine Kapuze bedachte sie auch Darian mit einer ebensolch stürmischen Begrüßung.

»Das ist aber ein wunderbarer Zufall«, rief Kaya fröhlich.

»Kaya, was treibt dich denn hier in den Süden?«, wollte Darian wissen.

Die junge Frau zuckte unbekümmert mit den Schultern. »Ich hoffte, hier einigermaßen aus Samukals Reichweite und der seiner Lakaien zu sein, und in Ilmor war es mir auf Dauer zu schmutzig und zu unruhig.«

Darian nickte und blickte sich um. »Na ja, die Gegend hier sieht ja wirklich so aus, als ob man sich nicht allzu viel um Samukal scheren würde.«

»Lass dich davon nicht täuschen, Darian. Noch hat Samukal keine sichtbaren Spuren hinterlassen, aber sein Ruf und der der Dämonen ist ihm vorausgeeilt.« Kaya trat einen Schritt näher an Darian heran. »Auch hier haben die Menschen Angst!«

Darian presste die Lippen aufeinander. Kayas Antwort überraschte ihn nicht wirklich.

»Einer wilden Schönheit wie dir wird doch hier sicher langweilig, oder?«, wollte Fendor wissen, und seine Brust wölbte sich auffällig weit nach vorn.

Mit einer schwungvollen Bewegung warf Kaya einige Haarsträhnen zurück, und ein fast schon listiges Lachen erschien auf ihrem Gesicht. »Da hast du nicht ganz Unrecht, Fendor. Ich wollte schon zu euch nach Norden ziehen, doch jetzt kann ich mir den langen Weg bis zum Rannocsee ja sparen.« Sie schenkte Fendor ein Lächeln, welches den älteren Mann gleich einen halben Kopf wachsen ließ. »Was tut ihr so weit im Süden?«

»Wir versuchen, Verbündete zu finden«, erklärte Darian missmutig. »Allerdings nicht sehr erfolgreich.«

Nun verfinsterte sich auch Kayas Gesicht. Sie zog die Männer von der Straße weg und in eine abgeschiedene Senke, wo sie sich anschickte, ein Feuer zu entzünden. »Das Essen in der Taverne ist ungenießbar. Ich habe allerdings einige Vorräte dabei, die eigentlich für meine Reise nach Norden bestimmt waren.«

Während die junge Frau ihr Bündel auspackte, begann sie davon zu erzählen, wie viel Macht Samukal bereits besaß, auch wenn dies hier im Süden noch nicht wirklich offensichtlich war. »Wenn ich euch nicht kennen würde«, gab sie zu, »würde ich Samukal vermutlich ebenfalls für einen guten Herrscher halten. Er tut sehr viel für die Menschen Albanys.«

»Das ist alles nur ein Trick.« Darian biss gedankenverloren in ein Stück von dem harten dunklen Brot und erzählte Kaya in Kurzfassung von seinen Erlebnissen der letzten Zeit.

»Es tut mir sehr leid, dass Bas'Akir gestorben ist«, sagte er am Ende betreten.

Kaya hatte staunend zugehört, und nun stand offene Trauer in ihren dunklen Augen. In Gedenken an Bas'Akir verbeugte sie sich nach Westen. »Er hatte seine Fehler, aber dennoch hat er mir viel bedeutet.«

»So ging es mir ebenfalls«, stimmte Darian zu.

Tröstend legte Kaya Darian ihre Hand auf den Arm, was Fendor mit einem Stirnrunzeln quittierte, dann lehnte sie sich seufzend gegen den Felsen in ihrem Rücken. »Wie auch immer, ich konnte in der Nähe von Ilmor etwa zwanzig Mann finden, die sich euch anschließen würden, falls es zu einem Krieg gegen Samukal kommt. Es sind ehemalige Anhänger von König Rocal. Es ist nur ein kleiner Haken an der Sache.«

»Welcher?« Darian zog fragend seine Augenbrauen zusammen.

»Sie wollen bezahlt werden, und zwar vorher und nicht erst, wenn ihr gesiegt habt.«

Mit einem Stöhnen ließ sich Darian in das weiche, von der Sonne gewärmte Gras sinken. »Hervorragend, wir haben zwanzig Söldner als Verbündete! Wenn Samukal ihnen den doppelten Preis zahlt, wechseln sie doch garantiert die Seite.«

»Das kann durchaus sein«, räumte Kaya ein und lächelte dann

schuldbewusst. »Tut mir leid, Darian, mehr konnte ich nicht erreichen. Wie gesagt, Samukal und der kleine Kayne sind sehr beliebt.«

»Schon gut, das ist ja nicht deine Schuld.« Gereizt rieb sich Darian die Schläfen. Zumindest sorgte Kaya mit ihrer lustigen, unkomplizierten Art für ein wenig Ablenkung, und besonders Fendors Laune steigerte sich beträchtlich. Nachdem Darian um Fendors Schwäche für die junge Frau wusste, wollte er den beiden etwas gemeinsame Zeit verschaffen und bot daher an, seinen Bruder und Nassàr in der Taverne abzuholen. Zu Fuß machte er sich auf den Weg.

Obwohl Darian mittlerweile einiges gewohnt war, war dieses Gasthaus doch mit Abstand das schmuddeligste, das er jemals gesehen hatte. Wenngleich die Wirtin durchaus ansehnlich war, starrte die ganze Gaststube vor Dreck, das Essen roch vergammelt, und die steinernen Krüge waren mit Sicherheit seit langer Zeit nicht mehr gespült worden. Angeekelt ließ Darian seinen Krug stehen und lauschte den Gesprächen der Bauern, die alle mit furchtsamen Stimmen von der »Strafe der Götter« sprachen und überlegten, wie sie diese gnädig stimmen konnten.

»So ein Blödsinn«, murmelte Darian. Am liebsten hätte er ihnen die Wahrheit gesagt, doch nachdem er kurz darauf hörte, dass diejenigen, die sich dem angeblichen Willen der Götter widersetzten, in manchen Orten sogar hingerichtet und geopfert wurden, schwieg er vorsichtshalber. Kaya hatte Recht. Die Angst hatte auch diese Menschen in ihrem Würgegriff.

Seine Miene war düster, als Atorian und Nassàr endlich in der Tür erschienen, sich suchend umsahen und dann auf ihn zukamen.

»Ich habe gute Neuigkeiten.«

Bevor Darian es verhindern konnte, hatte sein Bruder sich den Bierkrug geschnappt und trank durstig. Kurz darauf spuckte er die Brühe mit angeekeltem Gesicht auf den schmutzigen Boden. »Das ist ja widerlich. Verkaufen die hier Trollpisse?«

Darian verzog das Gesicht zu einem Grinsen. »Was gibt es denn jetzt für Neuigkeiten?«

»Bring mir einen Krug frisches Wasser«, schnauzte Atorian die Wirtin an. »In einem sauberen Krug!« Anschließend bedeutete er Darian, ihm und Nassàr zu einem der Tische zu folgen.

»Lord Rovant ist auf unserer Seite, und sobald wir weitere Verbündete haben, wird er uns seine etwa achtzig Krieger zur Verfügung stellen. Außerdem will er versuchen, auch die Dorfbevölkerung nach und nach davon zu überzeugen, dass Samukal ein falsches Spiel spielt.« Zufrieden streckte sich Atorian. »Er hat gesagt, auf den Thron von Northcliff gehört nur der wahre Erbe, und das bin nun einmal ich.«

»Hat er etwas über mich gesagt?«, erkundigte sich Darian und richtete sich angespannt auf.

»Nun ja, zunächst war er skeptisch, aber er hat mir geglaubt, als ich alles erklärt habe.«

Darian warf Nassàr einen fragenden Blick zu, aber der alte Krieger nickte zustimmend und fügte sogar hinzu: »Ich hätte es nicht gedacht, aber dieser Mann scheint doch noch Ehre in sich zu haben. Seine Freude, Prinz Atorian zu sehen, schien echt, und auch wenn er zunächst sichtlich zweifelte, ließ er sich letztendlich doch überzeugen.«

Nachdem Nassàr niemand war, der sich leicht einwickeln ließ, war Darian geneigt, seinem Bruder auch wirklich zu glauben. Als Atorian fortfuhr, kochte jedoch schon wieder Wut in ihm hoch.

»Stell dir nur vor, ich habe Lord Rovant so von Aramias Kampfkunst vorgeschwärmt, dass er sie sogar kennenlernen möchte.« Vertraulich legte Atorian ihm einen Arm um die Schultern. »Vielleicht werden eines Tages Nebelhexen im ganzen Land anerkannt sein.«

Ruckartig machte sich Darian los. »Ach ja, du hast ihm nicht zufällig auch noch erzählt …« Rasch senkte er seine Stimme. »Hast du ihm etwa von Leána erzählt?«

»Natürlich nicht«, erwiderte Atorian empört und beugte sich nach vorn. Dann seufzte er. »Darian, ich weiß, dass Aramia dich liebt. Es ist nur …«

»Du lässt keine Gelegenheit aus, irgendetwas zu tun, das ihr imponiert.« Wütend knallte Darian eine Kupfermünze für das widerliche Bier auf die Theke, dann murmelte er Nassàr zu, er solle mit ihm kommen.

Der alte Krieger hob zu Atorian hin gewandt die Schultern, dann folgte er Darian ins Freie, wo sich der Abend bereits über das Land gesenkt hatte. Im Norden hatten sich einige finstere Wolken zusammengebraut, und die Luft roch nach Regen. Bald hatte auch Atorian zu ihnen aufgeholt, und die beiden Brüder liefen stumm und angespannt nebeneinanderher. Obwohl Atorian versuchte einzulenken, wollte Darian nichts hören und fuhr ihn an, er solle den Mund halten.

»Verdammt noch mal, ich wollte wirklich nur das Beste«, regte sich der große dunkelhaarige Mann auf. Als sie den Lagerplatz erreichten, wo Kaya und Fendor miteinander scherzend am Feuer saßen, verstummte er jedoch und blickte neugierig drein.

»Wer ist das?«

»Das ist Kaya, du hast sie damals in Ilmor nicht getroffen«, brummte Darian, obwohl er im Augenblick überhaupt keine Lust hatte, mit Atorian Konversation zu betreiben. Aber sein Bruder schien gar nicht zuzuhören. Wie gebannt starrte er die junge Frau an, die sich langsam erhoben hatte. Auch ihr Gesicht drückte Verwunderung aus.

Nassàr trat sichtlich belustigt zu Fendor, der kritisch die Stirn gerunzelt hatte. »Sag mal, haben die beiden die Sprache verloren?«

Noch immer stand Atorian stumm da, dann trat er einen Schritt vor. »Kaya?«

Die junge Frau nickte, offenbar nicht in der Lage, etwas zu sagen. Als Atorian ihre Hand nahm und ihr einen formvollendeten Handkuss daraufdrückte, weiteten sich ihre Augen, und sie schnappte nach Luft. Dann ließ Atorian sie zur Verwunderung aller abrupt los und rannte davon.

»Was hatte das denn zu bedeuten?« Genussvoll biss Nassàr in einen kalten Hühnerschenkel und schaute die vollkommen verdatterte Kaya fragend an.

Behutsam fasste Fendor sie an der Schulter. »Ist alles in Ordnung mit dir?«

Auch Darian kam näher, wo er zu seiner Bestürzung bemerkte, dass Kayas Gesicht tränenverschmiert war.

»Ich weiß nicht … Das war …« Sie keuchte auf, fuchtelte wild in der Luft herum und eilte dann ohne ein weiteres Wort davon.

»Was ist denn los, Kaya?«, rief Darian ihr hinterher.

Nachdenklich betrachtete Aramia ihre kleine Tochter, die mit einem seligen Lächeln im Gesicht neben der Wölfin Fenja saß und dieser über das schwarze Fell strich. Es war ihnen gelungen, ein weiteres Portal im südwestlichen Teil des Landes zu finden und zu verschließen, und sie hoffte, dass Darian und die anderen ebenfalls Erfolg gehabt hatten. In der Dunkelheit der Nacht kämmte sie ihre langen Haare und ließ Leána dabei nicht aus dem Blick.

»Woran denkst du?« Beinahe lautlos trat Zir'Avan zu ihr. Während Nordhalan und Torgal fest schliefen, hielten Aramia und ihr Vater Wache. Auch die kleine Leána war noch nicht müde, sondern erzählte Fenja irgendwelche selbst ausgedachten Geschichten.

»Ich frage mich, ob Leána irgendwann einmal wie ein ganz normales kleines Mädchen aufwachsen kann.«

»Ich befürchte, das wird nicht ihr Schicksal sein. Sie sieht sehr menschlich aus, aber ihre magischen Fähigkeiten werden früher oder später auffallen, und eines Tages wird ihr Dunkelelfenerbe sich zeigen.« Bei diesen Worten hörte Aramia den Stolz in der

Stimme ihres Vaters. »Hadere nicht mit ihrem Schicksal. Leána ist ein tapferes kleines Mädchen.«

»Sie weiß gar nicht, wie gefährlich das alles ist. Für Leána ist die Reise ein großes Abenteuer, so, wie wenn sie mit Murk oder Siah über die Nebelinsel tollt und sich irgendwelche Spiele ausdenkt.«

»Vermutlich ist es besser, wenn sie nicht um die Gefahren weiß«, gab Zir'Avan zu bedenken. »Große Ehre liegt in ihrem Tun, und wir vom Blute der 'Avan und auch unsere Ahnen können sehr stolz sein, eine Portalfinderin unter uns zu haben.«

Mit einem halbherzigen Lächeln nickte Aramia. Zir'Avans Denkweise war ihr in vieler Hinsicht noch immer fremd, aber mittlerweile war sie in der Lage, sie zu akzeptieren. Sie ging zu ihrer kleinen Tochter, die sofort freudig aufsprang.

»Reiten wir jetzt zu Vater und Onkel Atorian?«

»Bist du nicht müde?«

Sofort schüttelte die Kleine den Kopf. »Nein, und Fenja auch nicht.«

Mit einem Schmunzeln auf den Lippen weckte Aramia den Zauberer und den alten Hauptmann auf, dann ritten sie unter ihrer und Zir'Avans Führung durch das nächtliche Land. Die Wesen der Finsternis kreuzten ihren Weg, Nachtnymphen und große Falter flogen umher, Eulen und Fledermäuse waren auf der Jagd, und hier und da sah man auch scheue Wildtiere durch das Unterholz huschen, dem ein harziger Duft entströmte. Fenja, die schwarze Wölfin, trabte wie ein Schatten neben ihnen her, und sie war es auch, die in der dritten Nacht ein lautes Knurren ausstieß, als sie schon ganz nahe am Treffpunkt unweit von Lord Rovants Anwesen lagerten. Das Nackenfell der Wölfin sträubte sich, und sie grub ihre Krallen regelrecht in den Boden. Aramia hatte Wache gehalten und rief ihren Freunden eine rasche Warnung zu. Sofort zog sie ihre schlanke Dunkelelfenklinge, dann eilte sie zu Leána.

»Versteck dich dort hinter dem umgefallenen Baum und

komm nicht hervor, bevor ich es dir sage«, rief sie gehetzt und vergewisserte sich dann, dass das Mädchen auch tat, was sie ihm aufgetragen hatte.

Vermutlich vom Schein des Feuers angelockt, näherte sich eine Gruppe von sechs Kriegern, welche in die dunkelblauen Umhänge von Northcliff gehüllt waren. Ihnen voran ritt ein hochgewachsener, hagerer Mann. Aus dem Augenwinkel bemerkte Aramia, wie sich Zir'Avan in den Schatten eines Baumes zurückzog, wofür sie dankbar war.

»Habt Ihr Platz am Feuer für ein paar müde Reisende?«, erkundigte sich der Hagere zwar freundlich, jedoch mit einem Unterton in der Stimme, der Aramia misstrauisch machte. Und auch wenn Nordhalan und Torgal noch scheinbar gelassen um das heruntergebrannte Feuer saßen, wusste sie, dass auch ihre Hände an den Waffen lagen.

»Was tut Ihr so weit im Süden?«, wollte sie daher wissen, während sie den Anführer in der Finsternis eingehend musterte. Zum Glück konnte er ja nicht wissen, dass sie ihn genau sah, und vermutlich verbarg er deshalb auch sein zynisches Grinsen nicht.

»Das Gleiche könnte ich Euch fragen. Ich bin ein Gesandter der Götter, einer der Propheten, und verkünde ihr Wort. Habt Ihr heute Buße getan? Und wie sieht es mit den Abgaben aus?«

Aramias Hand fasste die Klinge fester. »Wir haben nichts abzugeben, wir besitzen kaum etwas.«

Der Prophet kam näher und betrachtete die Pferde eingehend. Die anderen Soldaten hielten sich zurück, doch Aramia hatte den Eindruck, dass ihre Hände den Griffen ihrer Schwerter etwas näher gekommen waren. »Zwei von ihnen sollten genügen.«

»Wir haben bereits in unserem Heimatdorf Abgaben geleistet«, warf nun Torgal besonnen ein, wobei er sich ganz langsam erhob, ebenso wie Nordhalan.

»Offenbar nicht genug!« Nun hatte die Stimme des Propheten einen scharfen Klang angenommen. Er bedeutete seinen Männern abzusitzen. »Ihr benötigt nicht alle Pferde. Ihr könnt abwechselnd reiten. Zwei Pferde werden die Götter besänftigen, und ihre Strafe wird nicht über Euch kommen.«

»Wir werden keine Pferde abgeben.« Nordhalan trat vor, und während er sprach, klang seine Stimme ruhig und bestimmt. Der Schein des kleinen Lagerfeuers beleuchtete sein Gesicht nur teilweise, und der Prophet trat einen Schritt vor und kniff die Augen zusammen. »Enthülle dein Gesicht und nenne mir deinen Namen und deine Herkunft«, verlangte er. Waffen wurden klirrend aus ihren Scheiden gezogen, eine Armbrust spannte sich knarrend.

Als Nordhalan langsam seine Kapuze herunterzog, stutzte der Prophet kurz.

»Verhaftet sie alle!«, brüllte er dann, doch im gleichen Atemzug hatte Nordhalan seinen Stab gefasst und feuerte einen bläulichen Blitz auf den Boden vor dem Propheten. Erde wurde emporgeschleudert, Funken stoben. Die Runen an Nordhalans magischem Zauberstab glommen auf, als er seinen nächsten Zauber ausführte. Aramia ging auf den nächstbesten Soldaten los, und auch Torgal schnellte vor, während Zir'Avan die Männer von hinten aus der Dunkelheit heraus angriff. Rasch und leise kam der Tod durch die Hand des Dunkelelfen. Drei der Soldaten starben, bevor sie vermutlich auch nur wussten, wie ihnen geschah. Waffengeklirr hallte durch den Wald, und Nordhalan beschränkte sich nun auf sein Geschick mit dem Schwert, was auch besser war, denn seine magischen Blitze hätten seine Freunde nur gefährdet. Auch Fenja trug ihren Teil zur Verteidigung ihrer Gefährten bei. Todesmutig stürzte sie sich auf die feindlichen Soldaten und biss einen von ihnen so heftig in die Schulter, dass Torgal ihn leicht erledigen konnte. Normalerweise wäre der Kampf sehr schnell zuungunsten des Propheten und der Soldaten aus Northcliff ausgefallen, aber urplötzlich erschien eine Gestalt zwischen den Bäumen, deren bloße Anwesenheit lähmende Angst verbreitete. Reflexartig wirbelte Nordhalan herum und schoss der Kreatur Feuer aus seinem magischen Stab entgegen, aber das Wesen wich geschickt aus.

»Hahaha, nun ereilt euch die Strafe der Götter«, keuchte der Prophet. Mittlerweile lag er am Boden und blutete aus einer tiefen Wunde in der Brust.

Seite an Seite stellten sich Aramia und ihr Vater dem Angreifer entgegen, welcher drohend auf sie zukam. Unter seiner Kapuze konnte man kaum sein Gesicht erahnen, aber alles verschlingende Augen schienen daraus hervorzuleuchten.

»Ein Dämon?«, fragte Zir'Avan leise. Aramia nickte.

»Nordhalan!«, rief Aramia. Der Zauberer war umsichtig genug zu erkennen, was sie von ihm wollte, und eilte sofort in Leánas Richtung.

»Torgal, hol du die Pferde«, bestimmte der Zauberer.

Rasch und schonungslos griffen Aramia und Zir'Avan an, doch so gut sie auch kämpften, der Dämon war ihnen ebenbürtig oder sogar überlegen. Stets war seine Bewegung ein wenig schneller. Zwar gelang es ihnen, die schattengleiche Kreatur von dem Zauberer und Torgal fernzuhalten, aber sie wussten nicht, wie sie sie besiegen sollten. Haarscharf zischte eine schlanke Klinge, welche von einer pergamentartigen Dämonenhand gehalten wurde, an Aramias Schulter vorbei. Im letzten Augenblick duckte sie sich und stieß gleichzeitig ihre eigene Waffe nach oben. Aramia spürte einen leichten Widerstand, als ihre Klinge in den Dämon hineinfuhr. Ein durchdringender Schrei ertönte, und der Dämon wich zurück.

»Zu den Pferden!« Aramia nutzte die Gelegenheit, rannte, gefolgt von ihrem Vater, davon, und beide schwangen sich auf ihre Tiere. Nordhalan hatte Leána bereits vor sich im Sattel, nur Torgal hatte Schwierigkeiten; seine braune Stute ließ sich einfach nicht beruhigen.

»Steig auf, verdammt«, schrie Aramia, sah dann, wie sich der alte Hauptmann endlich in den Sattel zog, und galoppierte auch schon los. Ein kurzer Blick über die Schulter zeigte ihr, dass der Dämon schon wieder angriff und ihnen mit einer unmenschlichen Geschwindigkeit folgte. Entsetzt bekam sie mit, wie Torgal von einer Dämonenkralle erfasst und aus dem Sattel geworfen wurde. Er prallte hart auf der Erde auf, wo er regungslos liegen blieb. Bevor Aramia etwas unternehmen konnte, hatte Zir'Avan sein Pferd schon gewendet. Er warf seinen Dolch nach dem Dämon und stellte sich zwischen die Kreatur und den verletzten Hauptmann. Das Wesen zischte bösartig, und als es die Kapuze vom Kopf zog, erkannte Aramia ein auf den ersten Blick gutaussehendes männliches Gesicht. Doch schon bald verzerrte es sich zu einer Maske, und die pupillenlosen Augen flackerten in einer alles verschlingenden Schwärze. Einem Geschoss gleich schnellte das Wesen auf Zir'Avan zu, doch dieser hechtete geschmeidig aus dem Sattel, rollte sich ab und war mit wenigen Schritten bei Torgal. Er half dem Hauptmann auf, dann schrie er seinen Gefährten zu, sie sollten den Dämon ablenken. Schon zischte blaues Feuer aus Nordhalans Zauberstab, Aramia kam schwertschwingend herangestürmt, und so gelang es dem Dunkelelfen schließlich, Torgal auf sein Pferd zu helfen und sich hinter ihm in den Sattel zu schwingen. In rasendem Galopp entfernten sie sich.

Doch wie auch immer der Dämon es schaffte, er blieb auf ihrer Spur – mal ein Huschen zwischen Bäumen, mal ein blitzartiger Angriff aus dem Hinterhalt. Es begann eine wilde Flucht durch den nächtlichen Wald, Pferde schnaubten, Äste peitschten den Reitern ins Gesicht, und Fenja stürmte wie ein schwarzer Schatten neben ihnen her. Rasende Schemen in einer Dunkelheit, die Gestalt angenommen hatte. In regelmäßigen Abständen manifestierte sich die Albtraumgestalt gerade dann, wenn Aramia und ihre Freunde glaubten, sie abgehängt zu haben. Nachdem der Morgen schon widerwillig graute, gelang es Nordhalan endlich, einen magischen Feuerstoß direkt in das Gesicht des Wesens zu werfen. Dessen grausamer Schrei kündete von großen Schmerzen, und die Gefährten nutzten ihre Chance und stürmten über eine ausgedehnte Lichtung auf den nächsten Wald zu. Sie überquerten einen seichten Bach und tauchten dann wieder zwischen den Nadelbäumen ein.

»Soweit ich weiß, meiden Dämonen das Tageslicht«, erklärte Zir'Avan, ließ seinen Blick aber dennoch über die hinter ihnen liegende Lichtung schweifen. Torgal hing halb bewusstlos vor ihm im Sattel, seine Schulter war regelrecht verbrannt und zerfetzt und hätte dringend einer Behandlung bedurft.

»Torgal, hältst du noch ein wenig durch?«, fragte Aramia besorgt.

Als der Hauptmann schwach nickte, trabten sie rasch weiter, aber auch ihre Pferde waren schweißüberströmt, und das harte Tempo der Nacht konnten sie unmöglich noch lange beibehalten. Noch immer hatte Nordhalan die kleine Leána beschützend unter seinem Umhang verborgen. Sie verhielt sich sehr ruhig und spürte wohl, wie angespannt alle waren. Nahe des Waldsees wagten sie es schließlich, eine Pause einzulegen. Nordhalan setzte Leána auf den Boden und schob sie dann zu ihrer Mutter. »Ich werde Wache halten.«

Aramia drückte Leána an sich, die mit ängstlichen Augen zu ihr aufsah. »Hat das Ungeheuer Torgal wehgetan?«

Betreten nickend sah Aramia zu ihrem Vater hinüber, der gerade Torgals Wunde untersuchte. »Leána, bleib bei Fenja, ich bin gleich zurück.« Sie wollte nicht, dass die Kleine die Verletzung sah, andererseits traute sie sich auch nicht, Leána weiter als ein paar Schritte fortzuschicken. Zum Glück setzte sich das Mädchen gehorsam auf den Boden, rief die Wölfin und vergrub ihr Gesicht in deren dunklem Fell.

Torgal hatte inzwischen das Bewusstsein verloren und lag nun blutüberströmt im weichen Gras.

»Der Dämon wird unsere Spur verfolgen«, bemerkte Zir'Avan und sah sich unbehaglich um. »Torgal hält uns auf und …«

»Wenn du jetzt mit so einem Dunkelelfenschwachsinn anfängst, von wegen, wir sollten ihn opfern …«

»Aramia.« Beschwichtigend legte Zir'Avan seine Hand auf ihre. »Ich habe Torgal als einen Mann von Ehre kennengelernt und vermute, er würde es selbst vorschlagen. Ich weiß nicht sehr viel über Dämonen, aber ich denke, es ist ähnlich wie bei den Mhortarras. Haben sie einmal Blut geleckt, kennen sie keine Gnade.«

»Wir lassen ihn nicht zurück!« Aramia verband die Wunde notdürftig, dann klatschte sie dem alten Hauptmann wiederholt auf die Wange.

»Du gefährdest das Leben deiner Tochter.« Zir'Avan sah sie mit zusammengezogenen Augenbrauen und gestrafften Schultern anklagend an.

Wütend funkelte Aramia zu ihrem Vater hinauf. »Torgal ist unser Freund und Verbündeter, und wenn du mit unserer Art zu leben nicht zurechtkommst, dann verschwinde doch wieder in dein Unterreich.«

Endlich schlug Torgal stöhnend die Augen auf. Er wirkte desorientiert, und es gelang ihm kaum, sich aufzusetzen

»Wir müssen weiter, versuch bitte aufzustehen«, bat Aramia sanft.

Nachdem es dem Hauptmann nicht gelang, hob Zir'Avan, dessen Gesicht deutliches Unbehagen und Missmut ausdrückte, ihn hoch und trug ihn zurück zu den Pferden.

»Wie gut kennst du dich mit Heilkunde aus?«, wollte Aramia angespannt wissen.

»Ich verfüge über einige Kenntnisse«, erwiderte Zir'Avan knapp, »aber ob sie bei Wunden hilfreich sind, die von Dämonen verursacht wurden, kann ich nicht mit Gewissheit sagen.«

»Du wirst dein Bestes tun.« Sie versuchte, ihrer Stimme einen sehr bestimmten und entschlossenen Klang zu geben. »Nordhalan, wir reiten weiter!« Eilig hob sie Leána wieder in den Sattel.

Aufs Äußerste angespannt bahnten sie sich ihren Weg durch

den Wald. Jedes Knacken, jedes Rascheln ließ sie zusammenzucken, und Aramia bemerkte, wie Lavos unter ihr vor Erschöpfung immer wieder stolperte. Eine weitere Flucht würden sie kaum überstehen.

Bald kam eine Ansammlung von Häusern in ihr Blickfeld.

»Vielleicht sollten wir einen Heiler aufsuchen, und Aramia, du versuchst Darian und die anderen zu finden«, schlug Nordhalan vor.

»Ein menschlicher Heiler wird kaum etwas ausrichten können, ihre Methoden sind rückständig«, widersprach Zir'Avan, dann warf er seiner Tochter einen Blick zu. »Ich werde in der Tat mein Bestes geben.«

»Fenja, such Darian«, rief die Nebelhexe der Wölfin zu.

Das kluge Tier spitzte die Ohren, sah sie kurz an, dann verschwand Fenja wie ein Schatten im Unterholz.

Hoffentlich hat sie das verstanden. Ich wünschte, Lilith wäre bei uns, dachte Aramia.

Im Schatten eines Haines legten sie Torgal auf einige Decken, und Zir'Avan begann in seinem Bündel zu kramen. Dann erhitzte er Wasser und ließ verschiedene Pulver hineinrieseln, wobei er leise in Dunkelelfensprache vor sich hin murmelte. Aramia bat Nordhalan, auf Leána zu achten, die jetzt doch vor Erschöpfung eingeschlafen war, dann sah sie sich Torgals Wunde an. Die Dämonenkrallen hatten tiefe Furchen hinterlassen, die sich zudem entzündet hatten, außerdem war der alte Hauptmann totenbleich, seine Stirn schweißbedeckt.

»Kannst du ihm helfen?«

Zir'Avan zuckte die Achseln. »Ich kann versuchen, mit den Pulvern und Tinkturen, die ich aus dem Unterreich mitgebracht habe, sein Leben zu retten. Mit den Heilpflanzen der Oberfläche kenne ich mich nicht aus.«

Aramia biss sich auf die Lippe und machte sich dann auf die Suche nach entzündungshemmenden Pflanzen. Auch wenn sie keine Heilerin war, so hatte sie doch einiges von Lilith gelernt.

Kapitel 6
Verlust und Wiederkehr

Im Lager von Darian und seinen Freunden herrschte eine ganz eigenartige Stimmung, denn niemand konnte sich das Verhalten von Atorian und Kaya erklären. Zwar waren die beiden inzwischen zurückgekehrt und warfen sich immer wieder heimliche Blicke zu, jedoch schien keiner mit dem anderen sprechen zu wollen. Auf Darians Fragen reagierten weder Atorian noch Kaya. Ihm war sogar schon der schreckliche Gedanke gekommen, Atorian könnte Kaya irgendetwas angetan oder sie schlecht behandelt haben. Doch bei näherem Nachdenken war dies absurd, denn Atorian hatte eine lange Zeit im Gefängnis gesessen, und später waren sie meist gemeinsam unterwegs gewesen. Die einzige Möglichkeit wäre Ilmor gewesen, doch dass er der jungen Frau bei diesem kurzen Besuch das Herz gebrochen hatte, war auch eher unwahrscheinlich. So blieben Darian nur vage Spekulationen.

Plötzlich raschelte es im Gebüsch, und Darians Hand zuckte zum Schwert. Auch die anderen richteten sich auf, waren kampfbereit.

»Fenja«, rief Darian, als die Wölfin plötzlich zu ihm gerannt kam. Ruckartig sprang er auf. Die Wölfin winselte leise und rannte dann ein Stück weit in die Richtung zurück, aus der sie gekommen war.

»Fenja, ist etwas passiert?«, fragte Darian erschrocken. Natürlich konnte das Tier nicht antworten, aber sein unruhiges Verhalten deutete darauf hin, dass sehr wohl etwas geschehen war.

»Los, wir satteln die Pferde«, bestimmte er daher aufgeregt.

»Ich habe kein Pferd«, jammerte Kaya.

»Du kannst mit auf meinem reiten«, bot Fendor sogleich an, woraufhin sie zögernd lächelnd zustimmte.

In Windeseile war das Lager abgebrochen, und sie trabten Fenja hinterher durch einen dichten Wald und über eine von kniehohem Gras bedeckte Wiese, über der Schmetterlinge und Heidefeen tanzten. Unvermittelt war Fenja verschwunden, dann hörte Darian auch schon Mias leisen Ruf.

»Wir sind hier.«

Noch ehe Menhir zum Stehen gekommen war, sprang Darian aus dem Sattel. Innerhalb weniger Augenblicke registrierte er erleichtert, dass Leána friedlich schlief und auch Mia unverletzt war, aber dann fiel sein Blick auf Torgal.

»Was ist mit ihm?«

Hastig erklärte Mia, was vorgefallen war, und Darian kniete sich neben den alten Hauptmann, der unruhig schlief. Auch Nassàr, Fendor und Atorian waren sehr bestürzt und fragten hektisch, ob sie etwas tun konnten.

»Wir könnten Liliths Hilfe gebrauchen«, meinte Mia besorgt.

»Soll ich sie holen?« Fendor war schon beinahe an seinem Pferd, aber Zir'Avan schüttelte den Kopf.

»Sein Lebensfunke ist am Verblassen, so lange wird er vermutlich nicht durchhalten.«

»Verflucht, wir müssen doch irgendetwas tun«, rief Darian verzweifelt. Plötzlich übermannte ihn panische Angst, seinen guten Freund zu verlieren.

»Entweder meine Mittel helfen, oder er wird die Nacht nicht überstehen«, stellte Zir'Avan nüchtern fest.

Sosehr Darian diese Worte ärgerten, im Endeffekt konnten sie wirklich nur darauf vertrauen, dass die Medizin von Mias Vater Torgals Leben zu retten vermochte.

Nordhalan, Nassàr und Fendor hielten Wache, und die Angst,

der Dämon könnte sie aufspüren, drückte schwer auf die Gemüter. Auch in der Abenddämmerung ging es Torgal nicht besser, er wachte zwar kurz auf, hatte aber ganz offensichtlich Schmerzen und bat Darian schließlich sogar, ihn zurückzulassen.

»Rettet euch, für mich ist es zu spät«, stieß er mühsam hervor.

»Blödsinn.« Die Lippen fest zusammengepresst, wischte ihm Darian die schweißbedeckte Stirn ab. »Du ruhst dich noch etwas aus, und dann ziehen wir weiter.«

»Nein.« Torgal holte tief Luft. »Darian, bitte, bringt Euren Bruder zu mir!«

»Du sollst dich doch nicht anstrengen, du …«

»Bitte!«

Widerstrebend stand Darian auf und ging mit zitternden Beinen zu Atorian, der mit angespanntem Gesicht in die Nacht starrte.

»Torgal möchte dich sehen.«

Geistesabwesend nickte Atorian, und ihm schien wohl nicht nur Torgals Verletzung zu schaffen zu machen, wie Darian vermutete. Der alte Hauptmann sah sie aus fiebrigen Augen an, dann nahm er die Hände der Brüder in seine.

»Ich bin sehr froh, dass ihr beide am Leben seid. Bitte versprecht mir, dass ihr euer Königshaus zurückgewinnt.«

»Natürlich, und du wirst dabei sein«, versicherte Darian, wobei er sich bemühte, ein aufmunterndes Lächeln zustande zu bringen.

Ein tiefes Seufzen entstieg Torgals Kehle. »Ihr müsst euch einig sein und zusammenhalten.«

Darian und Atorian warfen sich einen Blick zu. In letzter Zeit hatten sie sich häufig gestritten, aber jetzt, da Torgal so schwer verletzt war, schien Darian das alles dumm und überflüssig, und er glaubte, die gleichen Gedanken in Atorians Gesicht zu lesen.

»Wir finden einen Weg, Samukal aus unserer Burg zu vertreiben, und es wäre schön, dich an unserer Seite zu wissen«, versicherte Atorian mit so überzeugender Stimme, dass Darian ihn mal wieder beneidete. Atorian drückte Torgals Hand. »So, Hauptmann Torgal, du wirst jetzt durchhalten, um alles Weitere werden wir uns kümmern!«

Die Abenddämmerung war gerade hereingebrochen, als Zir'Avan einen Warnruf ausstieß, und auch Fenja begann zu knurren. Die Pferde stampften unruhig mit den Hufen. Eine schemenhafte Gestalt wurde zwischen den Bäumen sichtbar, und die Runen auf Nordhalans langem Stab leuchteten auf. Bläuliche Feuerkugeln schossen hervor und hielten die Kreatur vermutlich gerade noch rechtzeitig auf. Diesmal nahm Nassàr Torgal mit auf sein Pferd, und auch alle anderen stiegen eilig in die Sättel.

Mia behauptete, sie hätte den Propheten erkannt, aber das konnte eigentlich nicht sein, denn der Mann war entweder tot oder zumindest so schwer verletzt, dass er sie nicht würde verfolgen können.

Darian drückte seine kleine Tochter an sich und versuchte, sie zu beruhigen. Er und Fendor, der Kaya hinter sich im Sattel hatte, ritten allen voran. An den Flanken wachten Mia und Zir'Avan, Nordhalan ritt als Letzter. Das Gefühl, ihren Gegner nicht zu kennen, nicht einmal genau zu wissen, wie viele Verfolger sie hatten und wie sie diese besiegen konnten, lastete schwer auf ihnen. Eine ganze Weile trabten sie unbehelligt durch die Abenddämmerung, dann erfolgte ein überraschender Angriff von links. Etwas schnellte heran, Fendor und Kaya wurden aus dem Sattel geschleudert, und Nordhalan rettete sich nur durch einen plötzlich aufflammenden Schutzschild davor, zerfetzt zu werden.

Darian sah, wie Mia ihre Hände hob, und hörte, wie sie einen Zauber rief, vermutlich, damit Elementargeister den Dämon ablenkten, aber wenngleich sich zunächst einige der durchscheinend grünen Baumgeister um sie sammelten, zerstreuten sie sich schnell wieder.

»Sie haben Angst«, stieß Mia hervor und zog ihr Schwert.

Zum Glück waren Kaya und Fendor rasch wieder im Sattel. Sie galoppierten los und hofften, dass Nordhalan den Dämon zumindest aufgehalten hatte. Wohin sie fliehen sollten, wussten sie nicht, denn auch ein Dorf würde ihnen keinen Schutz bieten und nur die Bewohner in Gefahr bringen.

Die Flucht schien aussichtslos. Beständig griff die verhüllte Schattenkreatur an, Nordhalans Magie erhellte die Nacht, und nur den raschen Reaktionen von Zir'Avan und Mia war es zu verdanken, dass niemand von ihnen getötet wurde. Dennoch wussten sie, ihre Kraftreserven waren nicht unerschöpflich. In donnerndem Galopp preschten sie weiter nach Norden, auf Äste und Büsche, die ihnen allen die Gesichter zerkratzten und die Kleidung zerrissen, achtete schon lange niemand mehr. Auf einer Waldlichtung hielten sie schließlich ihre dampfenden Pferde an und stellten sich wachsam im Kreis auf.

»Ist der Dämon fort?«, fragte Leána jämmerlich. Ihre Augen blickten hoffnungsvoll zu Darian auf.

»Ich weiß es nicht, mein Schatz«, gab er zu, denn es nutzte ja nichts, wenn er sie anlog.

Die Gefährten unterhielten sich leise, während sie in die Nacht starrten, und Darian bat Leána, leise zu sein.

»Vater, ich will hier weg.«

»Ich weiß, Leána, aber bitte sei jetzt still.«

»Vielleicht weiter nach Osten, ich habe gehört, Dämonen überqueren nicht gerne Wasser, und ich glaube, einige Meilen östlich liegt ein größerer Fluss«, schlug Fendor gerade vor.

»Das mit dem Wasser ist vermutlich nur Aberglaube«, wandte Nordhalan skeptisch ein.

»Vater, ich …«

»Leána, ich möchte zuhören.« Darian bemühte sich, ruhig zu bleiben. Er lauschte angestrengt und meldete sich dann selbst zu

Wort. »Lasst es uns mit dem Fluss versuchen, eine große Auswahl an Möglichkeiten haben wir ohnehin nicht.«

Als Leána ihn erneut an seinem Hemd zupfte, lag ihm eine scharfe Zurechtweisung auf der Zunge, aber dann stockte er.

»Dort hinten ist so eine Eiche wie bei uns auf der Insel«, sagte sie weinerlich.

Darian fasste sie an ihrer schmalen Schulter. »Wo, Leána?«

Die Kleine deutete in die für Darian undurchdringliche Dunkelheit.

»Seid still«, rief er laut, woraufhin seine Freunde verstummten. »Leána hat vielleicht einen Eichenpfad entdeckt.«

»Ist das wahr?« Mia ritt zu ihr, und das Mädchen nickte.

»Dort hinten.«

»Das ist die Lösung«, rief Nassàr hörbar erleichtert aus.

»Wir wissen nicht, wohin das Tor führt, aber wir sollten es wagen«, meinte Nordhalan.

»Alles ist besser als dieser Dämon.« Mia trieb ihre Stute an und ließ sich von Leána den Weg weisen.

Tatsächlich tauchten bald zwei ineinander verschlungene Eichen auf, die wie ein Tor aussahen. Mächtige Stämme hatten sich in den Himmel geschraubt und wanden sich weiter oben umeinander, als würde der eine den anderen festhalten. Kribbelnde Magie, die auch Darian spürte, lag in der Luft, und Nordhalan nickte zustimmend. Als Fenja die Nackenhaare sträubte und in eine bestimmte Richtung blickte, ließ er einen bläulichen Blitz aus seinem Zauberstab flammen, der die Umgebung schemenhaft erhellte.

»Gut, wir sollten es versuchen. Ich gehe als Letzter und halte den Dämon auf, falls er auftaucht.« Nordhalan stieg ab und reichte Mia die Zügel seines Pferdes.

»Kann der Dämon auch durch das Tor?«, flüsterte Darian Mia zu.

Diese zuckte nur unschlüssig die Achseln, dann streichelte sie Leána über die Haare. »Alles wird gut, meine Kleine.«

Zir'Avan ritt als Erster durch das Portal. Sein Pferd sträubte sich zunächst etwas, aber schließlich war er verschwunden, so als hätte die Nacht ihn verschluckt. Darian folgte mit Leána vor sich im Sattel. Ein starkes Kribbeln, so als würde sein ganzer Körper vibrieren, breitete sich in ihm aus. Es fühlte sich etwas anders an als damals, als er durch das Portal in Schottland gegangen war – vielleicht ein wenig schwächer, und auch die wirbelnden goldenen und silbernen Lichter fehlten –, dennoch spürte er, dass Magie im Spiel war.

Schließlich fand er sich in einem lichten Wäldchen wieder, Sterne leuchteten von einem klaren Himmel, und nach und nach kamen auch seine Freunde wohlbehalten durch das Eichentor, was Darian mit großer Erleichterung erfüllte. Nur Nordhalan ließ auf sich warten, und sie überlegten bereits, ob einer von ihnen zurückgehen sollte, aber dann trat auch der Zauberer ganz langsam und Schritt für Schritt rückwärts durch das Tor.

Er hielt seinen Stab vor sich ausgestreckt und blickte angestrengt zu der knorrigen Eiche. Bange Momente vergingen, in denen Darian befürchtete, eine Dämonenkralle könne erscheinen, aber die Kreatur folgte ihnen nicht.

»Ich denke, ihr könnt von den Pferden steigen, wir sollten allerdings noch eine Weile hierbleiben. Falls uns der Dämon folgt, kann ich ihn hier besser aufhalten, denn ich würde sofort bemerken, wenn er durch das Tor tritt«, schlug Nordhalan vor.

Erschöpft setzten sie sich auf den Boden. Ein frischer Wind fuhr ihnen durch die Kleider, und Fendor und Kaya gingen rasch los, um Feuerholz zu suchen. Darian durchsuchte die Satteltaschen nach etwas zu essen und beobachtete aus dem Augenwinkel heraus, wie Nassàr Torgal vorsichtig auf seine Decke legte. Der alte Hauptmann stöhnte leise auf, dann öffnete er die Augen und sah seinen ältesten und besten Freund an.

»Es war … eine gute Zeit … mit euch.«

»Das war sie, und sie ist noch lange nicht vorbei.« Nassàrs Stimme klang rau.

»Steh ihnen zur Seite, Nassàr.« Torgals Kopf sackte nach hinten, und Nassàr stieß einen erschrockenen Ruf aus, der Darian erstarren ließ. Zir'Avan hingegen stürzte sofort herbei. Nur ganz langsam und beinahe schon widerwillig trat Darian näher, denn er wollte nicht wahrhaben, was er eigentlich bereits mit trauriger Gewissheit wusste.

Gerade beugte sich der Dunkelelf über den Hauptmann, dann schüttelte er zu Nassàr gewandt den Kopf. Doch der alte grauhaarige Krieger wollte offenbar nicht akzeptieren, dass Torgal gestorben war, und packte den Dunkelelfen hart an der Schulter. »Hilf ihm!«

»Torgal bedarf keiner Hilfe mehr.«

»Verdammt, du kannst ihn doch nicht einfach sterben lassen.« Fassungslos schüttelte Nassàr Torgal, aber dieser rührte sich nicht mehr.

Zir'Avan erhob sich ohne sichtliche Gefühlsregung. »Er befindet sich auf dem Weg dorthin, wo eure menschlichen Seelen hingehen. Es war ein ehrenhafter Tod, der ihm sicher auch im nächsten Leben eine Stellung als Krieger verschaffen wird.«

»Nein!« Nassàr raufte sich die Haare, dann stürmte er einfach in die Nacht davon.

Darian hatte nur erstarrt zugehört, und jetzt kam Mia zu ihm und nahm ihn in den Arm. »Es tut mir leid, Darian«, flüsterte sie, während Tränen ihre Wangen hinabrannen, und auch Leána drückte sich an ihn heran. Wie erstarrt blieb Darians Blick auf Torgal haften, auf jenem Mann, dem er so viel zu verdanken hatte, der einer der Ersten in dieser Welt gewesen war, der ihm geholfen hatte. Einer der wenigen, der selbst dann zu ihm gehalten hatte, als die Dunkelelfendroge seinen Geist verwirrt hatte, und der ihm ohne zu zögern verziehen hatte. Wie ein Schwert bohrte sich die Trauer in Darians Brust und drohte ihn zu ersticken. Eine bedrückte Stille lastete über der kleinen Gruppe, aber schließlich raffte sich Darian auf und ging zu seinem Bruder, der, das Gesicht in den Händen vergraben, an einem Stein lehnte.

»Ich kannte ihn als ganz jungen Mann«, flüsterte Atorian heiser, und Darian setzte sich neben ihn. Er erwiderte nichts, sondern schluckte schwer und nickte nur. Der Streit und die Missgunst der letzten Zeit waren vergessen, jetzt trauerten sie gemeinsam um einen Freund und Weggefährten.

Als Fendor und Kaya mit dem Holz zurückkehrten, erfuhren auch sie die traurige Neuigkeit. Fendor sank in sich zusammen, und Kaya weinte leise, wenngleich sie den Hauptmann nicht allzu gut gekannt hatte. Darian bemerkte, wie ihr Blick zu Atorian wanderte, der, den Kopf auf den Knien, neben ihm saß.

Nach einer Weile bat Nordhalan Zir'Avan, Mia und Fendor, Steine zu suchen, damit sie Torgals Körper bestatten und ihm die letzte Ehre erweisen konnten.

Zir'Avan sah den alten Zauberer mit sichtbarem Entsetzen an. »Würde es nicht seiner Stellung als Krieger entsprechen, ihm eine Feuerbestattung zu gewähren?«

»Sicherlich«, räumte Nordhalan ein, »nur befinden wir uns hier möglicherweise in feindlichem Gebiet, und ich möchte keine Aufmerksamkeit durch ein großes Feuer auf uns ziehen. Auch eine Bestattung mit Steinen ist bei den Menschen nicht ungewöhnlich.«

Ganz offensichtlich empfand Zir'Avan die drohende Gefahr nicht als ausreichenden Grund, und Mia schlug schließlich vor: »Wir könnten bei Tageslicht die Umgebung absuchen und, falls es sicher ist, ihn bei Sonnenuntergang den Flammen übergeben.« Ihre Stimme klang heiser, als sie fortfuhr. »So ist es doch bei den Menschen ohnehin Tradition. Zir'Avan und ich könnten schon jetzt die Gegend erkunden.«

Dankbar lächelte Darian zu ihr hinüber, und auch Nordhalan stimmte schließlich zu. So machten sich Fendor, Mia und Zir'Avan auf den Weg, und auch Kaya und Leána schlossen sich ihnen an. Daher saßen die beiden Brüder schließlich allein am Feuer und unterhielten sich leise darüber, was sie alles mit Torgal erlebt hatten.

»Atorian, was ist eigentlich mit dir und Kaya?«, wollte Darian nach einer Weile wissen.

Wie vom Blitz getroffen zuckte Atorian zusammen. »Wie meinst du das?«

»Kennst du sie vielleicht von früher? Ihr beide verhaltet euch ganz eigenartig.«

Atorian fuhr sich über das Gesicht, und seine dunklen Augen glitzerten im Schein der Flammen. »Ich weiß nicht, ob ich es glauben soll oder will.«

»Was denn?« Darian nickte ihm auffordernd zu, und der Blick seines Bruders wanderte zu ihm. Große Angst, Unsicherheit und Verwirrung waren darin zu lesen, etwas, das Darian bisher selten bei Atorian gesehen hatte. »Readonn hat mir einmal gesagt, dass mein langes Leben nicht nur ein Fluch sei, sondern mir auch die Möglichkeit gebe, diejenigen, die mir etwas bedeuten oder die ich liebe, eines Tages wiederzufinden – in einem anderen Körper.«

»Das hat Readonn damals auch zu mir gesagt, als ich um Mia getrauert habe. Vielleicht sehen wir Torgal irgendwann wieder«, meinte Darian und schluckte hart.

»Es geht gerade nicht um Torgal.« Atorian stieß heftig die Luft aus und fuhr sich dabei durch die Haare. »Darian, ich glaube, Lorana wurde in Kaya wiedergeboren.«

»Wie bitte?« Darian setzte sich kerzengerade auf. »Aber das ist … Hast du … Hast du mit ihr gesprochen? Das ist doch wunderbar!«

»Ich habe nicht mit ihr gesprochen«, gab Atorian zu. »Ich weiß nicht, ob ich es mir nur einbilde, aber es war eine Art von Wiedererkennen, als ich sie gesehen habe … Und als ich sie berührte …«

»Ich verstehe nicht, was das Problem ist. Du hast gesagt, du hast Lorana so lange Zeit vermisst, und wenn sie jetzt tatsächlich wieder deinen Weg kreuzt, ist das doch umso besser.«

»Darian, so einfach ist das nicht.« Nun klang Atorians Stimme direkt zornig. »Sie wird mich für verrückt halten, wenn ich es ihr sage, außerdem …«

»So wie sie dich ansieht, glaube ich das kaum«, unterbrach Darian ihn lächelnd. »Ich denke, sie empfindet das Gleiche wie du, nur weiß sie vielleicht nicht, warum. Sie hat ja keinen Readonn, der es ihr erklärt hat.« Es verwunderte Darian, dass sein Bruder sich nicht freute, sondern eher bedrückt wirkte. »Atorian, was hast du?«

»Sie ist jetzt vermutlich Mitte oder Ende zwanzig. Vielleicht sind uns dreißig oder vierzig Sommer und Winter vergönnt, aber dann …«

Tief berührt von der Traurigkeit in der Stimme seines Bruders, legte Darian ihm tröstend seinen Arm um die Schultern. In seiner ersten Euphorie, die nicht zuletzt daher rührte, dass Atorian sich nun für eine andere Frau als Mia interessierte, hatte er an solche Dinge gar nicht gedacht. Nun tat ihm Atorian allerdings aufrichtig leid, und er drückte ihn fest.

»Ich weiß nicht, was ich dir raten soll, aber sind nicht vierzig Sommer besser, als sie gar nicht mehr an deiner Seite zu haben?«

Nun schwieg Atorian und auch, als die anderen mit Holz zurückkamen, sagte er kein Wort. Jedoch bemerkte Darian, wie seine Augen zu Kaya wanderten, die seinen Blick zwar erwiderte, sich dann aber rasch abwandte. Das Problem der beiden war allerdings schnell vergessen, als sie Torgals Körper auf den Holzstapel legten. Da sie ohnehin nicht wussten, wo sie sich im Augenblick befanden, würden sie bis zum folgenden Abend Totenwache halten und Torgal anschließend verbrennen, damit seine Seele, so der Glauben der Menschen Albanys, mit der untergehenden Sonne zu den Geisterinseln fliegen und von dort aus ihre Reise ins Reich des Lichts antreten konnte.

Am nächsten Morgen teilten sie sich in Zweiergruppen auf, um die nähere Umgebung gründlicher zu erkunden, und vereinbarten, sich noch vor Einbruch der Dunkelheit in der Nähe des Eichentors wiederzutreffen. Die Gegend war rau und von wenig Wald bedeckt, in etwa so wie in der Nähe des Zwergenreichs. Andererseits roch es intensiv nach Meer, sodass die Vermutung nahelag, dass sie an der Küste, vielleicht sogar auf einer der Geisterinseln herausgekommen waren.

Darian wanderte in Gedanken verloren umher und dachte an Torgal. Der alte Hauptmann würde ihm fehlen.

Als sie sich wieder trafen, stellte sich heraus, dass sie sich tatsächlich nahe der Küste befanden. Kaya und Fendor hatten steile Klippen und endloses Meer gesehen, Atorian und Nassàr war ein hoher, größtenteils waldloser Berg im Norden aufgefallen. Mia und Darian waren mit Leána ein Stück in die Wälder vorgedrungen, aber auch sie hatten, nachdem die Sonne ihren höchsten Stand erreicht hatte, in der Ferne die Küste erblickt. Bisher war keiner von ihnen auf menschliche Bewohner gestoßen, was durchaus auf die Geisterinseln hindeutete. Dem widersprachen jedoch kleine Inselchen weiter im Norden.

Als die Sonne über den westlichen Horizont wanderte, wurden, so wie es in Torgals Truppe von jeher Tradition gewesen war, Geschichten über den Verstorbenen erzählt. Wenngleich selbst in Nassàrs sonst meist so beherrschtem Gesicht Tränen standen, wussten er und Fendor auch lustige Begebenheiten zu erzählen, und Darian wurde ein wenig leichter ums Herz. Torgals Leben hatte nicht nur aus Kampf und Entbehrungen bestanden, sondern auch aus echter Freundschaft und fröhlichen Festen. Er hatte für etwas gelebt, an das er glaubte. Schließlich entzündete Nordhalan durch einen magischen Feuerball aus seinem Stab das Holz, und die Flammen prasselten hoch in den klaren Abendhimmel. Großes Staunen breitete sich aus, als Mia Feuergeister beschwor und diese zu Torgals Ehren wilde Tänze ausführten. Die kleinen Flammengestalten formierten sich mal zu lodernden Feuerblumen, mal bildeten sie ein flackerndes Wagenrad. Dann nahmen sie sogar die Gestalt eines Drachen an, bevor sie sich auflösten und verschwanden.

»Das war wunderschön, Mia«, flüsterte Darian ihr gerührt ins Ohr und streichelte seiner kleinen Tochter, die ebenfalls ganz verzaubert dorthin starrte, wo eben noch die Feuergeister getanzt hatten, liebevoll über die Haare. »Hast du den Feuergeistern diese Tänze aufgetragen?«

Mia schüttelte den Kopf. »Nein, ich kann Elementargeistern selten direkt etwas befehlen, aber manchmal habe ich den Eindruck, wenn mir etwas ganz besonders wichtig ist, geben sie sich mehr Mühe als sonst.«

»Torgal hätte das sicher gefallen.«

»Wo ist Torgal jetzt?«, wollte Leána wissen.

Während Darian unsicher über seine Bartstoppeln strich und nicht wusste, was er antworten sollte, kniete sich Mia vor Leána hin. »Seine Seele ist ins Licht gegangen, und er wartet in der Nachwelt darauf, dass seine Freunde zu ihm kommen. Eines Tages wird er vielleicht in einem anderen Körper wiedergeboren und nach Albany oder in eine neue Welt zurückkehren.«

Darians Blick wanderte zu Kaya, die gedankenverloren in die Flammen starrte. Er überlegte, ob er mit ihr sprechen sollte, aber da sah er, wie sein Bruder in ihre Richtung ging, ihr eine Hand auf die Schulter legte und sie daraufhin zusammenzuckte. Nachdem sie ganz leise einige Worte gewechselt hatten, entfernten sich die beiden.

Auch wenn Kaya sich in dieser Gruppe noch ein wenig als Außenseiterin fühlte, so hatte sie heute, bei dieser Trauerfeier, doch das Gefühl gehabt, Teil der Gemeinschaft zu sein. Lange Zeit hatte sie ein rastloses Leben geführt, stets von dem Wunsch beseelt, Fehenius zu töten, der damals dabei gewesen war, als Soldaten aus Northcliff sie als junges Mädchen geschändet hatten. Bewusst hatte sie sich von Männern ferngehalten, war selten Freundschaften eingegangen und kaum einmal lange Zeit an einem Ort geblieben. Aber hier bei Darian, Fendor und den anderen fühlte sie sich ein Stück weit geborgen. Als Atorian von

Northcliff nun zu ihr kam und sie bat, ihn auf einem Spaziergang zu begleiten, wusste sie nicht, was sie denken sollte. Seitdem sie ihn das erste Mal gesehen hatte, geriet jedes Mal ihr Herz aus dem Takt, wenn er sich ihr näherte, ja, wenn sie ihn nur ansah. Auch jetzt fühlte sie ein Kribbeln am ganzen Körper, als er sie sanft an der Schulter berührte. Stumm wanderten sie durch die Dämmerung und lachten über einen winzigen braunen Waldgnom, der über einen Ast stolperte und dabei seine Pilze fallen ließ.

»Armer kleiner Kerl, ich befürchte nur, er wird sich nicht von mir helfen lassen«, meinte Kaya und lächelte zu dem großen dunkelhaarigen Mann auf, dann senkte sie rasch verlegen den Blick.

Atorian trat näher zu ihr heran, und als er ihr Kinn anhob, stockte ihr der Atem. »Ich muss dir etwas sagen. Ich weiß nicht, ob du es auch gespürt hast, aber …«

Sie konnte nur stumm nicken und versank in seinen faszinierenden braunen Augen, die plötzlich sehr traurig und zärtlich zugleich auf sie herabsahen.

»Readonn, ein weiser Mann von der Dracheninsel, ein Hüter der Steine, hat mir einmal etwas erzählt.« Atorian begann Kaya von seiner ersten Frau, deren Tod und seiner Verzweiflung zu berichten. Tröstend legte sie ihm ihre Hand auf den Arm, und da war es wieder – dieses fremde und zugleich vertraute Gefühl der Verbundenheit. Sie hörte seinen Worten gar nicht mehr richtig zu, sondern dachte nur: *Er ist der Erbe von Northcliff, verdammt, das kann nicht gut gehen. Schlag ihn dir aus dem Kopf.*

Als er dann jedoch sagte: »Ich glaube, du bist Loranas Wiedergeburt«, keuchte sie auf und wich unwillkürlich zurück.

»Was soll ich sein?« Kaya spürte selbst, wie ihre Stimme einen hysterischen Klang annahm.

»Kaya, ich weiß es nicht mit Gewissheit«, versuchte Atorian sie zu beschwichtigen und wollte sie berühren, aber sie entzog sich seiner Hand. »Noch niemals zuvor in meinem Leben habe ich so etwas gespürt wie bei dir. Es ist nicht einfach nur, dass du mir gefällst …«, er lächelte sie an, »… wenngleich auch das der Fall ist. Aber das Gefühl der Verbundenheit geht sehr viel tiefer, so als würde ich dich schon immer kennen.«

»Nein … Ich … Das ist mir jetzt alles zu viel.« Kaya hob abwehrend die Hände und rannte davon, bevor Atorian sie festhalten konnte.

Mit hängendem Kopf kehrte Atorian zurück zum Lagerplatz, wo sich Torgals Freunde um ein Feuer versammelt hatten. Darian trat zu seinem Bruder und musterte in fragend.

»Ich habe ihr gesagt, was ich vermute, und sie damit erschreckt.«

»Lass ihr etwas Zeit«, versuchte Darian ihn zu trösten. »So etwas ist den meisten Menschen sicher fremd, wenn sie es nicht sogar als Schock empfindet.«

»Bin ich denn wirklich so schlimm?«, wollte Atorian empört wissen.

»Natürlich nicht, aber Kaya ist ein einfaches Mädchen, und dass sie die Wiedergeburt einer Prinzessin von Northcliff sein soll, ist sicher nicht so leicht zu verkraften.« Darian lachte leise auf. »Ich kann mich noch daran erinnern, als Mia mir gesagt hat, ich wäre der nächste König von Northcliff. Ich dachte, sie sei völlig verrückt.«

»Meinst du, Kaya wird mir glauben und … vielleicht sogar bei mir bleiben?« Selten hatte Darian so viel Furcht in der Stimme seines Bruders gehört und einen solch zärtlichen Ausdruck auf seinem sonst eher harten Gesicht gesehen.

»Ich glaube, sie fühlt wie du, Atorian. Wahrscheinlich muss sie jetzt erst mal ihre Gedanken und Gefühle ordnen.«

»Mein Leben ist ein einziger Wirrwarr«, stöhnte Atorian, setzte sich auf den Boden und starrte missmutig in die Flammen.

Nordhalan bat seine Gefährten zu beratschlagen, was sie am nächsten Tag tun sollten. Erneut durch das magische Tor zu gehen stellte ein unkalkulierbares Risiko dar, da es mehr als wahrscheinlich war, dass am anderen Ende der Dämon auf sie lauerte. Daher beschlossen sie, am Morgen auf den Berg zu reiten, um sich einen Überblick zu verschaffen. Sie wollten so schnell wie möglich zurück zum Rannocsee, um Markat, Edur und, sofern diese bereits zurück waren, auch Tagilis und Lilith die traurige Nachricht von Torgals Tod zu überbringen. Zudem lag noch immer die schwierige Aufgabe vor ihnen, Samukal die Herrschaft über Albany zu entreißen.

Kapitel 7
Blühendes Land

Seitdem Samukal selbst nur noch über vier Dämonen gebot, ging es ihm deutlich besser. Auch diese Wesen zu beherrschen war anstrengend, aber er fühlte sich zumindest nicht mehr so ausgelaugt wie noch vor kurzer Zeit. Albany wuchs und gedieh, der Sommer war mild mit gelegentlichen Regenfällen und wenigen Stürmen und versprach somit reiche Ernte im Herbst. Adlige und Volk schienen gleichermaßen zufrieden, und auf seiner Reise durch das Land, auf die er zum ersten Mal auch den kleinen Kayne mitnahm, schlugen ihm Dankbarkeit und Sympathie entgegen.

»Sieh nur, Kayne, das alles gehört dir«, sagte er, als sie an diesem Tag mit der Kutsche durch ein kleines Städtchen etwa neunzig Meilen südlich von Culmara fuhren.

Mit seinen drei Sommern war Kayne bereits recht groß und ein kluger Bursche. Er deutete auf einen Marktstand, an dem Leckereien aus Honig angeboten wurden.

»Dann will ich das haben.«

Leise lachend rief Samukal dem Kutscher zu anzuhalten. Sie stiegen aus der Kutsche, und das Volk verbeugte sich ehrfürchtig vor ihnen. Während Kayne sich seine Süßigkeiten aussuchte, unterhielt sich Samukal mit einem der Lords, der in der Stadt lebte.

»Leisten die Bauern pünktlich ihre Abgaben?«

Lord Valant, ein Mann im mittleren Alter mit einem buschigen braunen Bart, bestätigte dies mit sichtlicher Genugtuung. »Sie leisten ihre Abgaben und huldigen den Göttern. Außerdem freuen sich alle sehr über die neuen Straßen, und auch die durchs Land ziehenden Gaukler werden mit Begeisterung aufgenommen.«

Das stellte Samukal zufrieden, und so trat er rasch zum Marktstand, wo der Händler hilflos mit den Armen fuchtelte und dabei ein unglückliches Gesicht machte, denn Kayne hatte seinen halben Stand geplündert.

»Kayne, das ist genug!«

»Es gehört aber mir, hast du gesagt«, erwiderte er in kindlichem Trotz, während er nach einem mit Zuckerkruste überzogenen Apfel griff.

Ein strenger Ausdruck trat auf Samukals Gesicht. »Ja, es gehört dir, aber du sollst die guten Leute nicht ausrauben. Man muss den Menschen auch etwas zum Leben lassen und sich als großzügig erweisen.«

Während Kayne bockig auf seine Schätze blickte, nickte der Händler zustimmend.

Samukal beugte sich zu dem kleinen Jungen hinab. »Gib die Hälfte deiner Einkäufe den Kindern des Dorfes. Sie werden sich sehr freuen und dich dafür lieben. Und den guten Kaufmann entlohnen wir großzügig.« Samukal ließ eine Silbermünze in die Hand des Händlers wandern, der sich mehrfach verneigte und sich überschwänglich bedankte.

Zwar schien das nicht gerade in Kaynes Sinne zu sein, aber schließlich beugte er sich Samukals Wort. Samukal rief die im Staub spielenden Kinder zu sich, die zögernd näher kamen, und am Ende schien es Kayne sogar Spaß zu machen, seine Süßigkeiten zu teilen. Er lachte und wollte mit den Kindern des Dorfes zum Spielen gehen, aber das verbot Samukal dann doch.

»Du bist der neue König, Kayne«, flüsterte er. »Sei großzügig zu ihnen, aber gib ihnen immer das Gefühl, über ihnen zu stehen.«

Auch wenn der Junge das sichtlich noch nicht verstand, ging er zögernd mit Samukal in Richtung des Herrenhauses, wo ein Empfang stattfand. Dabei warf er den anderen Kindern immer wieder wehmütige Blicke über seine Schulter zu.

Im Herrenhaus wurde über den Bau einer weiteren Straße beraten. Erfreut wurde außerdem von Vertretern aus vielen Teilen des Landes berichtet, dass die Wald- und Bergtrolle sich kaum noch zeigten und dass auch der Handel mit den Zwergen florierte.

Die Hände voll mit Honigkuchen, stand Kayne traurig am Fenster und blickte hinab auf die Straße, wo die anderen Kinder lärmend und lachend Fangen spielten.

Darian und ein Teil seiner Freunde machten sich am nächsten Morgen auf den Weg, den nächstgelegenen Berg zu erkunden. Nordhalan, Fendor und Zir'Avan wollten am Tor bleiben und dieses bewachen. Erst spät in der Nacht war Kaya zurückgekehrt, und wenngleich sie Atorian beständig heimliche Blicke zuwarf, war sie doch seltsam zurückhaltend.

Irgendwann ritt Darian neben sie und fragte, wie es ihr ging.

Unschlüssig hob sie die Schultern. Kayas sonst so fröhliche Augen wirkten heute bedrückt. »Ich bin verwirrt.«

»Empfindest du denn nichts für Atorian?«

»Doch!«, erwiderte sie impulsiv, senkte dann aber den Blick. »Es ist vollkommen verrückt. Ich kenne ihn kaum ein paar Tage, und dennoch fühle ich mich so sehr zu ihm hingezogen, wie es zuvor noch niemals bei einem Mann der Fall war.« Sie schnitt eine Grimasse. »Ich scheine eine große Vorliebe für komplizierte Northclifferben zu haben.«

Das brachte Darian zum Lachen, und er legte ihr eine Hand auf den Arm. »Aber das ist doch wunderbar, Atorian hat mir das Gleiche über dich erzählt.« Erneut verfinsterte sich Kayas hübsches Gesicht. »Was hast du für ein Problem, Kaya?«

»Ich weiß nicht, ob er sich in mich verliebt hat oder in den

Schatten der Frau, die er in mir zu sehen glaubt.« Große Unsicherheit stand in Kayas Augen. »Ich habe Geschichten von Lorana gehört. Sie muss eine anmutige, gebildete Adlige gewesen sein. Das alles bin ich nicht.«

»Ach, Kaya«, Darian lächelte sie aufmunternd an, »du bist vielleicht nicht adlig, aber ganz sicher nicht dumm. Du bist sehr mutig und eine gute Kriegerin, das alles sind Eigenschaften, die Atorian sehr schätzt. Wenn ihr euch erst näher kennenlernt, wirst du das schon noch merken.«

»Aber ich bin nicht Lorana«, beharrte sie, und Darian konnte sie sogar ein Stück weit verstehen.

»Lass dir Zeit, lernt euch langsam kennen, und dann kannst du immer noch entscheiden, ob du mit ihm leben willst.«

»Ich würde vielleicht Königin werden.« Ihre ganze Miene drückte Unbehagen aus, und erneut musste Darian schmunzeln.

»Tausende von Damen in ganz Albany würden dich darum beneiden.«

»Ich bin aber nicht tausende.« Mit einem sehr tiefen Seufzen schweifte ihr Blick nach vorn, wo Atorian aufrecht und beeindruckend auf seinem Pferd saß. »Andererseits trifft man den Gefährten, der für einen bestimmt ist, vielleicht nur einmal im Leben.« Sie hob den Kopf und blickte Darian an. »Wie war es bei dir und Aramia? Hast du dich gleich in sie verliebt?«

Darian lachte laut auf und schüttelte dann den Kopf. »Nein, sie ist mir lange Zeit überhaupt nicht aufgefallen, und zuerst hielt ich sie für eine Vogelscheuche.«

»Was? Aramia? Wie kann man so eine faszinierende Frau denn für eine Vogelscheuche halten?«

»Sie hatte sich verkleidet und zusätzlich mit einem Zauber irgendwie verschleiert. Frag mich nicht, wie das funktioniert. Auf jeden Fall habe ich erst eines Nachts, als wir zufällig allein waren, erkannt, wer sie wirklich ist.« Dann hob er die Schultern. »Gut verstanden haben wir uns schon vorher. Ich weiß nicht, wie ich es sagen soll, es war eine viel tiefere Verbundenheit, als ich sie bei meinen vorherigen Freundinnen gespürt habe. Wir haben uns langsam kennengelernt, und es hat auch eine Weile gedauert, bis ich wirklich geglaubt habe, dass sie aus einer anderen Welt stammt.«

»Werden in der anderen Welt die Nebelhexen auch verachtet?«, erkundigte sich Kaya vorsichtig.

»Dort kennt man keine Nebelhexen und … Ich möchte mir lieber nicht ausmalen, was die Menschen dort tun würden, wenn sie eine in die Finger bekämen.«

Während Samukals und Kaynes Reise durch Albany sehr angenehm verlaufen war, erwarteten sie bei ihrer Rückkehr unschöne Neuigkeiten. Ein Dorfvorsteher beschwerte sich, drei Bauernfamilien seien regelrecht hingerichtet worden, obwohl sie jeden Tag Buße getan und pünktlich ihre Abgaben geleistet hatten. Samukal redete sich damit heraus, dass die Bauern sicher heimliche Reichtümer angehäuft hatten, und schleuste diskret Beweise in das Dorf ein, die dies bestätigten. Außerdem ließ er nach dem verantwortlichen Propheten schicken, um ihn zur Rede zu stellen. Als der Prophet nicht aufzufinden war, rief Samukal nach Rashkár und schickte den Dämon auf die Suche.

»Verfluchte Dämonenbrut«, murmelte Samukal und rieb sich die Schläfen. Zusätzlich zu diesem Ärger lag ihm der Bericht eines Dorfvorstehers an der Grenze zum Zwergenreich vor, in dem stand, die »Diener der Götter« hätten auch sie zu Unrecht bestraft. Er überlegte ernsthaft, ob er den Propheten die schwarzen Opale wieder wegnehmen sollte, da sie ihre Dämonen offenbar nicht richtig unter Kontrolle hatten.

Ein unangenehmes Gefühl im Nacken ließ Samukal herumfahren. »Rashkár, du kannst doch unmöglich schon wieder …« Er zog die Augenbrauen zusammen, konnte seinen finsteren Diener jedoch nicht entdecken. Vorsichtshalber fasste er sein Schwert, sah sich lauernd im Raum um und wollte sich schon einreden, er habe sich geirrt. Plötzlich jedoch entdeckte er genau in der finstersten Ecke neben dem Bücherregal eine verhüllte Gestalt. Bewegungslos musterte sie ihn aus den Tiefen ihrer Kapuze. »Wer bist du – zeig mir dein Gesicht!«, herrschte er sie an.

Aufreizend langsam strich sich die Gestalt die Kapuze aus dem Gesicht, und zunächst dachte Samukal, es handle sich um Atene. Doch dann wurde er der Dämonin gewahr. Unwillkürlich umklammerte er den schwarzen Opal, welcher sie an ihn band. »Was willst du?« Normalerweise kündigten sich Dämonen dadurch an, dass Samukal eine kalte Berührung durch den Opal spürte, aber diese Dämonin hatte sich völlig unbemerkt manifestiert, und das bereitete Samukal Unbehagen.

»Blut, ich will Blut …«, zischte das Wesen, während es mit geschmeidigen, fließenden Bewegungen näher kam.

Ein Schweißtropfen bildete sich auf Samukals Stirn und lief ihm ins rechte Auge, doch er traute sich nicht, ihn wegzuwischen, da dies ein Zeichen von Schwäche gewesen wäre.

»Geh in den Osten und jag Trolle«, befahl er energisch.

»Trolle – stinkendes Trollblut«, fauchte die finstere Kreatur. Pupillenlose schwarze Augen bohrten sich in die von Samukal. »Ich will menschliches Blut.«

Nach einem Augenblick des Zögerns sandte Samukal einen Energiestoß durch den Opal, woraufhin die Dämonin aufkreischte. Dennoch wich sie nicht wie sonst sofort zurück. Samukal verstärkte seinen Zauber, und endlich krümmte sich das finstere Wesen am Boden. »Geh in die Berge, jag Trolle und Kobolde und kehre erst zurück, wenn ich es dir gebiete, Finstere!«

Die Dämonin verschwand geradewegs durch die Wand, und Samukal wartete einige Augenblicke, bis er sich erschöpft in den Sessel sinken ließ. Sein Herz hämmerte zum Zerspringen, eine lähmende Schwäche breitete sich in ihm aus, und das erste Mal in seinem Leben fühlte er sich so alt, wie es ein normaler Mensch getan hätte, der über neunzig Sommer und Winter gesehen hatte.

Von der Spitze des Berges aus hatte man einen fantastischen Ausblick über das Land. Grüne Haine erstreckten sich nach Westen, im Süden leuchtete saftiges, von Menschenhand unberührtes Grasland in der Sonne. Schnell wurde klar, dass Darian und seine Freunde sich auf einer verhältnismäßig kleinen Insel befanden.

»Wir müssen auf einer der nördlichen Dracheninseln sein«, vermutete Atorian und schirmte seine Augen gegen die helle Sonne ab. Er deutete nach Süden. »Weit dort unten, auf der Hauptinsel, lag der Kreis von Borogán.«

Schaudernd versuchte Darian etwas zu erkennen, aber der uralte Steinkreis, an dem er seine Weihe zur Unsterblichkeit erhalten hatte und zum König gekrönt worden war, existierte nicht mehr.

»Und was machen wir jetzt?«

»Bei Ebbe kann man auch ohne Schiffe von einer Insel zur anderen gelangen«, überlegte Atorian. »Wir könnten auf die Südinsel reiten und von dort aus mit einem Boot aufs Festland übersetzen. Als ich damals mit Edur hier war, lagen noch Boote im Hafen.«

»Wir müssten die Pferde zurücklassen und würden dann das Zwergenreich betreten müssen. Wer weiß, wie man uns dort empfängt«, gab Mia zu bedenken.

»Der Dämon jenseits des Tores ist meiner Ansicht nach nicht verlockender«, warf Nassàr ein, was die anderen zu zustimmendem Gemurmel verleitete.

Also ritten sie wieder zu ihrem ursprünglichen Lagerplatz und besprachen mit den anderen, was sie herausgefunden hatten. Bald waren ihre Sachen gepackt, der Lagerplatz verlassen. Darian warf noch einmal einen wehmütigen Blick zurück auf die Stelle, an der sie Torgals Körper verbrannt hatten. Sie hatten ein steinernes Denkmal über seiner Asche errichtet, und Leána hatte bunte Blumen darauf niedergelegt.

»Möchtest du auf meinem Pferd mitreiten?«, bot Atorian Kaya an.

Diese zuckte erschrocken zusammen. »Ich reite mit Fendor.«

Sichtlich enttäuscht ließ Atorian die Arme hängen, während Fendors Blick klar sagte: *Sie zieht mich einem König vor, unglaublich!* Sehr höflich half er ihr aufs Pferd, dann ritten sie nach Süden. Die Insel war von Menschen unbewohnt, in den Wäldern lebten viele Wildtiere, und vor allem Seevögel waren hier häufig zu sehen. Staunend beobachtete Darian einen gewaltigen Seeadler, der über dem blauen Meer, das ganz in der Nähe gegen die Klippen donnerte, seine Kreise zog.

Bald mussten die Gefährten eine Meerenge überqueren. Zum Glück zog sich die See ohnehin gerade zurück, und so konnten sie mit ihren Pferden durch das nicht viel mehr als fesselhohe Wasser traben. Die nächste Insel zeigte sich deutlich baumloser, von hohen Felsmassiven durchzogen, und sah in etwa so aus, wie Darian das Schottland der anderen Welt kennengelernt hatte. Oft wurden in den Berghängen die Öffnungen großer Höhlen sichtbar, und Nordhalan bestätigte Darians Vermutung, dass dies die Wohnorte der Drachen gewesen waren. Er mochte noch immer kaum glauben, dass diese machtvollen und faszinierenden Wesen tatsächlich aus Albany verschwunden waren.

In leichtem Trab überquerten sie eine mit winzigen weißen Blumen bewachsene Wiese, über der im weichen rötlichen Licht der Abenddämmerung Heidefeen tanzten. Die Gefährten hielten nach einem geeigneten Lagerplatz Ausschau, der sie vor dem auffrischenden Wind schützen würde. Darians Blick wurde von einem ungewöhnlich geformten Felsen angezogen, der ganz in der Nähe in einem Hain aus Laubbäumen stand.

»Leána«, sagte er leise zu seiner kleinen Tochter, die vor ihm im Sattel saß, »kann es sein, dass das dort hinten so eine Eiche ist wie die, durch die wir gekommen sind?«

Das Mädchen richtete sich auf und blinzelte, dann gähnte es. Kurz darauf sah es jedoch wieder ganz wach aus und nickte begeistert.

»Wartet«, rief Darian leise, »wir haben eines der Eichentore gefunden.«

Sofort hielten alle ihre Pferde an und folgten Darian und Leána. Diese hielten auf eine knorrige Eiche zu, deren dicke Wurzeln sich um einen beinahe runden Felsen gekrallt hatten. Die Eiche besaß einen mannshohen, breiten Spalt in der Mitte ihres borkigen Stammes. Ein paar kleine bunte Vögel flogen auf, als sich die Reiter näherten, und ein Eichhörnchen huschte den rauen Stamm hinauf.

»Wenn wir nur wüssten, wohin es führt«, meinte Nordhalan.

»Es wäre klug, wenn zwei oder drei von uns nachsehen und der Rest hier wartet«, schlug Zir'Avan vor, und niemand hatte etwas dagegen einzuwenden.

»Ich gehe«, bot Darian an, und Atorian wollte ihm schon folgen, da legte sich Nordhalans Hand auf seine Schulter.

»Solltet ihr in einen Hinterhalt geraten, sind beide Northcliffbrüder tot und das Menschenreich verloren. Einer muss bleiben«, wandte Zir'Avan nüchtern ein, ehe der Zauberer, der wohl den gleichen Gedanken gehabt hatte, etwas sagen konnte. Nur hätte Nordhalan es wohl etwas anders formuliert, vermutete Darian.

»Ich gehe davon aus, Ihr meldet euch freiwillig«, meinte Nassàr herausfordernd.

Doch Zir'Avan verbeugte sich nur. »Selbstverständlich. Es wäre mir eine Ehre, für das Gelingen unseres Vorhabens zu sterben, wenn dies vonnöten ist.«

Daraufhin hob Nassàr nur seine grauen Augenbrauen. »Gut, ich bin auch dabei«, sagte er schließlich.

»Darian, sei vorsichtig. Ihr wisst nicht, was euch erwartet und wo ihr herauskommt«, warnte Mia zum Abschied, als sie ihn umarmte.

Er lächelte beruhigend, dann zwinkerte er Leána zu. »Du achtest gut auf alle, in Ordnung?«

»Ja, mach ich, und Fenja hilft mir dabei.«

Gemeinsam mit Zir'Avan und Nassàr trat Darian auf die Eiche zu, die sicher schon mehrere hundert Sommer und Winter gesehen hatte. Ein leichtes Prickeln machte sich in ihm bemerkbar – dies schien tatsächlich eines der magischen Tore zu sein. Nachdem er kurz durchgeatmet hatte, trat er mit gezogenem Schwert durch das flimmernde Tor, welches sich nun wie von Geisterhand in dem Spalt des Eichenstamms öffnete. Darian staunte, wie einfach diese Eichenpfade zu benutzen waren. Um die Weltentore zu aktivieren, mussten die Weltennebel aufziehen, aber diese magischen Verbindungen innerhalb Albanys waren offenbar für jeden, der davon wusste, frei zugänglich. Möglicherweise lag es aber auch daran, dass Zir'Avan ein Zauberer war – und Darian wusste ja inzwischen, dass auch er Magierblut besaß.

Sofort nach der Durchquerung gingen die drei Gefährten in Kampfstellung. Und auch, wenn sie kein Feind auf der anderen Seite erwartete, versetzte das, was sie sahen, doch vor allem Darian in Erstaunen: Eine beinahe vegetationslose Mondlandschaft erstreckte sich vor ihnen. Der Boden war steinig, nur hier und da hatten sich Gras oder dornige Büsche einen Platz erobert. Wie ein gigantischer Exot wirkte der Baum, der sich in den Schutz von zwei Felsen krallte. Diese erhoben sich weit über ihm und neigten sich über der Krone einander zu, wodurch sie eine Art Dach bildeten. Einige Meilen im Norden war eine ausgedehnte Wasserfläche zu sehen.

»Wir sind südlich des Kratersees herausgekommen«, staunte Nassàr.

Nun wurde Darian einiges klar, allerdings schockierte es ihn doch zu sehen, was die Naturkatastrophe, die vor so langer Zeit stattgefunden hatte, mit dem Land angerichtet hatte, welches er als England gekannt hatte. So weit das Auge reichte, konnte er nur Steine und Felsen ausmachen, die Erde war zerfurcht und von teilweise mehrere Meilen tiefen Kratern zerteilt.

»Gibt es irgendeinen Weg, der um den See herumführt?«, wollte er von Nassàr wissen.

»Ich habe es niemals versucht. Man erzählt sich zwar, es wäre unmöglich, aber andererseits sollen ja König Rocal und seine Männer aus dem Süden nach Albany gekommen sein.«

»Ich glaube eher, dass Rocal ein Aufschneider war und gelogen hat.« Darian ging ein Stück auf den Kratersee zu, der sich einem Meer gleich in alle Himmelsrichtungen erstreckte.

»Trotzdem wäre es einfacher, von hier aus zurück zum Rannocsee zu gelangen«, überlegte er weiter, »wir müssten kein Boot nehmen und könnten sogar die Pferde behalten.«

»Oder wir stellen fest, dass wir den See nicht umrunden können, müssen dann zurück durch das Eichentor und landen erneut auf der Insel.« Zir'Avan sah Darian fragend an. »Wenn du möchtest, laufe ich zum See. Noch vor Einbruch der Morgendämmerung kehre ich zurück. Du kannst die anderen herholen, und wir entscheiden dann.«

Dies schien Darian ein sinnvoller Vorschlag zu sein. Er verabschiedete sich von Nassàr, der an der alten Eiche bleiben wollte, und sah Zir'Avans großer, schlanker Gestalt hinterher, die wie ein dunkler Schatten in der Dämmerung verschwand. Dann trat er erneut durch das magische Tor und wurde kurz darauf von der erleichterten Mia begrüßt.

Rasch erklärte er, was er und Zir'Avan ausgemacht hatten, dann nahm er Leána auf den Arm, die übermüdet und quengelig war.

»Ich mag nicht zum Kratersee, Murk hat gesagt, dort gibt es Monster.« Sie hatte ihre kleine Nase gerümpft und sah sehr unwillig aus.

»Jetzt komm schon, Leána, die anderen warten auf uns«, meinte Darian. »Setz dich auf Menhir, wir gehen als Erste durch das Tor.«

An Leánas Gesicht erkannte man, dass ihr das überhaupt nicht gefiel. Bisher hatte sie die ganze anstrengende Reise und alle Gefahren ohne zu murren auf sich genommen, aber im Augenblick war sie einfach nur ein müdes kleines Mädchen, das aus reinem Trotz nicht das tun wollte, was ihr Vater sagte. Mit Menhir am Zügel schritt Darian voran, Mia, Nordhalan und die anderen folgten ihm. Sie traten auf die Eiche zu, das magische Kribbeln durchfuhr ihn – doch als sie die andere Seite erreichten und wieder klar sehen konnten, erstarrte Darian. Das war nicht der Ort, an dem sie noch wenige Augenblicke zuvor gewesen waren. Hier war alles von uralten, knorrigen und mit Moos bewachsenen Bäumen bedeckt. Büsche und Flechten rankten sich über schroffe Felsen, und den Boden bildete ein weicher Grasteppich.

»Wo ist denn der Kratersee?«, wunderte sich auch Mia, als sie nach ihm heraustrat.

»Das verstehe ich nicht.« Verwirrt und nervös sah Darian sich um. »Ich schwöre dir, beim letzten Mal sah alles ganz anders aus.«

»Was ist mit Nassàr und dem Dunkelelfen?«, wollte nun Fendor wissen.

»Ich weiß es nicht, verdammt! Ich denke, wir sollten wieder zurückgehen«, schlug Darian vor. Auch hier wuchs eine mächtige Eiche, deren dicke Äste ein dichtes Blätterdach bildeten.

»Wer weiß, welcher Ort dann auf uns wartet«, wandte Nordhalan ein und sah sich genauer um. »Offenbar öffnen sich die Tore nicht immer an den gleichen Orten – das ist faszinierend.«

»Zir'Avan und Nassàr werden sich große Sorgen machen.« Kaya sah unsicher zu Atorian, der sich mit gerunzelter Stirn umsah und ihr zustimmte.

Sie überlegten hin und her, erwogen, zumindest einen von ihnen zurückzuschicken, verwarfen diesen Gedanken dann jedoch wieder. Sollte Nordhalans Vermutung zutreffen, liefen sie

Gefahr, sich nach und nach an verschiedenen Orten des Landes zu verlieren.

»Die beiden sind nicht dumm. Sie werden versuchen, nach Norden zu reisen, und, falls das nicht klappt, zurück auf die Dracheninsel gehen und mit einem Boot übersetzen«, entschied Atorian am Ende. »Wir sehen zu, dass wir diesen Wald so schnell wie möglich verlassen – wenn mich nicht alles täuscht, ist das hier Elfenland –, und reisen dann zum Rannocsee. Sicher werden sie dort auf uns warten. Wir sollten hier rasten, es ist bereits spät, und in der Nacht möchte ich ohne Zir'Avan ungern durch diesen dichten Wald reiten.«

Nicht alle waren uneingeschränkt Atorians Meinung, aber schließlich ließen sie sich doch auf dem weichen Boden nieder. Leána schlief ohnehin schon selig in einer moosbedeckten Kuhle, und Darian deckte sie noch mit einer Wolldecke zu.

Obwohl Darian müde war, konnte er nicht schlafen und leistete daher Mia auf ihrem Wachposten Gesellschaft. Leise trat er neben sie. »Hoffentlich kommen die beiden zurecht.«

»Zir'Avan wird sich vermutlich keine großen Sorgen machen, sondern einfach ganz nüchtern und sachlich entscheiden, aber Nassàr tut mir leid«, erwiderte sie. »Erst verliert er seinen Anführer und besten Freund, und dann sind auch noch wir verschwunden. Allein mit einem Dunkelelfen zu reisen wird ihm kaum behagen.«

Bedrückt lehnte sich Darian an den glatten Stamm einer gewaltigen Buche.

»Für dich tut es mir ebenfalls leid, Darian«, ergänzte Mia mitfühlend und streichelte seine Hand, »aber du wirst schon deshalb noch viele deiner Freunde sterben sehen, weil du sehr alt wirst.«

Und davor graut mir manchmal, dachte er bei sich.

Kaya wälzte sich unruhig hin und her. Dieser uralte, mächtige Wald erfüllte sie mit Unbehagen, auch wenn sie sonst ganz sicher nicht zu den ängstlichen Frauen gehörte. Fendor schnarchte bereits leise neben ihr, und als sie sich umdrehte, blickte sie in die geöffneten Augen von Atorian. Offenbar hatte er sie beobachtet.

»Kannst du nicht schlafen?«, erkundigte er sich leise.

Seufzend setzte sie sich auf und fuhr sich durch die schulterlangen dunklen Haare. »Ich fühle mich irgendwie beobachtet«, gab sie zu.

Atorian stützte sich auf einen Unterarm, dann sah er einige Zeit stumm zu ihr herüber, bevor er zu sprechen begann. »Möchtest du zu mir kommen?«

Fast wäre Kaya aufgesprungen, wäre einem ersten Impuls gefolgt, doch ihr Verstand verbot es ihr.

»Du misstraust deinen eigenen Gefühlen, nicht wahr?«, fragte Atorian.

»Ja, vermutlich«, gab sie nach einigem Zögern zu. »Sie sind einerseits so mächtig, aber andererseits so wenig erklärbar für mich.«

»Bedarf es denn einer Erklärung? Mal abgesehen davon, dass ich dir sogar eine angeboten habe?«

»Atorian«, begann Kaya und überlegte, wie sie am besten ausdrücken konnte, was ihr schon die ganze Zeit durch den Kopf ging, »wie kann ich sicher sein, wem deine Gefühle gelten? Deiner verstorbenen Frau oder mir?«

»Für mich macht dies keinen …«

»Für mich sehr wohl«, entgegnete Kaya rasch und hob die Hand. »Selbst wenn deine Vermutung stimmt und ich tatsächlich Loranas Wiedergeburt bin, so bin ich dennoch auch jemand anderes. Mein bisheriges Leben hat mich geprägt, ich habe meine eigenen Erfahrungen gemacht und Dinge gesehen, die Lorana nie durchlebt hat. Ich bin Kaya, nicht Lorana.«

Atorian musterte sie eine ganze Weile lang, doch irgendwann nickte er. »Ich glaube, ich verstehe, was du meinst.« Ein Lächeln machte sich auf seinem Gesicht breit. »Und das ist ein

Grund mehr, zu mir zu kommen und mir von dir zu erzählen. Ich würde Kaya gerne kennenlernen.« Er klopfte mit der flachen Hand auf die Stelle neben sich. Eine ganze Weile noch kämpfte Kaya mit sich, beschloss dann aber, ihrem Herzen zu folgen. Sie nahm ihre Decke und krabbelte zu Atorian der sich an einen moosbewachsenen Felsen gelehnt hatte. Einladend hob er einen Arm, und Kaya kroch zu ihm unter die Decke. Als er sie berührte und vorsichtig, beinahe unsicher an sich zog, waren urplötzlich alle Ängste und Zweifel verflogen. In seiner Umarmung fühlte sie sich geborgen und war sich sicher, dass nichts und niemand ihr in dieser Nacht etwas würde antun können.

Am nächsten Morgen lagen Kaya und Atorian noch immer dicht aneinandergeschmiegt im Gras, und Darian lächelte Mia an. »Es würde mich freuen, wenn Atorian auch endlich eine Frau gefunden hätte.«

»Dann bist du jetzt also nicht mehr eifersüchtig?« Sie hob fragend eine Augenbraue, und Darian drückte ihr einen Kuss auf die Wange.

»Ich weiß, dass ich dir vertrauen kann. Es ist nur … Diese Welt ist mir noch immer fremd, ich bin kein so guter Schwertkämpfer wie mein Bruder, und …«

Sie unterbrach ihn kopfschüttelnd. »Darauf kommt es nicht an, Darian, ich habe mich schon in dich verliebt, als du kaum auf einem Pony sitzen konntest und vermutlich selbst Leána dir das Schwert aus der Hand hätte schlagen können.«

Empört schnaubend warf er ein Grasbüschel nach ihr. »So schlecht war ich auch wieder nicht, du hast es damals selbst gesagt.«

Mia brachte sich leise lachend hinter einem Stein in Sicherheit. »Das habe ich nur gesagt, damit du nicht vollkommen frustriert bist.«

Knurrend stürzte sich Darian auf sie, und Leána, die zuvor

bei Nordhalan gesessen hatte, beteiligte sich an der wilden Jagd ihrer Eltern.

»Leána, kitzle deine Mutter kräftig durch, sie hat mich beleidigt«, verlangte Darian, als er die lachende und sich windende Mia festzuhalten versuchte.

Das kleine Mädchen ließ sich so etwas natürlich nicht zweimal sagen, wurde jedoch abgelenkt, als sich ein Schwarm grünlicher Baumgeister auf sie und Darian stürzte.

»Das ist gemein, du verteidigst dich mit Magie.« Ungeduldig schlug Darian nach den flatternden Wesen, während Mia anmutig ihre Haare zurückstrich.

»Wenn sich meine Familie gegen mich verbündet, habe ich ja keine Wahl.«

Die anderen hatten schmunzelnd zugesehen, aber nun packten sie rasch ihre Sachen zusammen und überlegten, in welche Richtung sie reiten sollten. Wegen des dichten Blätterdaches konnte man die Himmelsrichtung nicht bestimmen.

»Ich will Lharina besuchen«, verkündete Leána, gerade als sie sich entschlossen hatten, einfach in die Richtung zu reiten, in der das Unterholz weniger dicht und undurchdringlich wirkte.

»Dafür haben wir aber jetzt keine Zeit«, erklärte Mia geduldig.

»Ich will sie aber sehen!«, beharrte die Kleine, wobei sie ein sehr stures Gesicht zog.

»Leána, wir wissen doch nicht einmal, wo sie lebt und ob wir uns tatsächlich im Elfenreich befinden.« Darian streichelte ihr beruhigend über den Kopf.

»Wir sind im Elfenreich«, behauptete sie selbstbewusst.

Da die kaum sichtbaren Pfade ohnehin sehr eng waren und die Äste weit hinabhingen, entschlossen sich die Gefährten, ihre Pferde am Zügel mitzuführen, nur Leána thronte stolz auf Menhirs Rücken. Der Wald wirkte märchenhaft und verwunschen, mit knorrigen Bäumen, die teilweise nicht einmal fünf erwachsene Männer hätten umfassen können. Selbst der Hufschlag ihrer Pferde wurde von dem weichen, mit Moos oder Gras bewachsenen Boden beinahe vollständig verschluckt. Kleine oder größere Seen, über denen Libellen und durchscheinende Wassergeister tanzten, durchzogen das Elfenreich. Im feinen Dunst des Morgens fast noch verborgen, lagen moosbewachsene Findlinge wie erstarrte Fabelwesen zwischen den Bäumen. Unwillkürlich musste Darian an ein Bild denken, das er vor langer Zeit in einem Fotoband über Schottland gesehen hatte. Es hatte die Reste des kaledonischen Waldes gezeigt, die in einigen Teilen Schottlands noch zu finden waren. Hier sah es ähnlich aus, jedoch noch viel urtümlicher. Bizarre Felsformationen säumten ihren Weg, und im verwachsenen Unterholz meinte Darian häufig, kleine Gestalten zu sehen, die sich dann meist als Wurzeln herausstellten, manchmal jedoch tatsächlich Waldgnome waren und eilig davonhuschten.

Als es zu regnen begann, waren die Gefährten durch das dichte Blätterdach beinahe vollständig vor den dicken, prasselnden Tropfen geschützt. Allerdings war es ihnen weiterhin nicht möglich, die Himmelsrichtung zu bestimmen, denn auf den wenigen, kleinen Lichtungen konnte man den Stand der Sonne nicht erkennen, und jetzt hingen ohnehin Regenwolken am Himmel. Sämtliche Geräusche wurden von dem dichten Grün verschluckt, nur das leise Prasseln des Regens war zu hören. Doch wenngleich der Wald eine geheimnisvolle Atmosphäre verbreitete, fühlte sich Darian doch nicht bedroht.

»Beim letzten Mal haben mich die Elfen gefunden«, meinte Nordhalan, als sie an einem munter plätschernden, sich in zahllosen Windungen durch das Moos schlängelnden Bach Rast machten und ihre Wasserbeutel auffüllten. Leána lachte über eine bunt schillernde Libelle, die ihr immer wieder vor der Nase herumflog.

»Bei mir war das damals ähnlich«, stimmte Darian zu und musste daran denken, wie viel Zeit seither vergangen war. Damals, bei seiner ersten Begegnung mit den Elfen, war er noch nicht lange zum König geweiht worden und hatte keine Ahnung gehabt, dass Mia noch lebte oder dass es Leána gab. Außerdem war Torgal bei ihm gewesen. Darian schluckte hart, denn der alte Hauptmann fehlte ihm wirklich sehr. Dann fuhr seine Hand unwillkürlich zu dem kleinen, unsichtbaren Ledersäckchen an seinem Hals, und er fragte sich, ob er jemals herausbekommen würde, für was der silbrige Staub darin gut war.

Sie waren gerade wieder im Aufbruch begriffen, als Fenja leise zu winseln begann. Auch die Pferde hoben ihre Köpfe, und innerhalb weniger Augenblicke hatten alle ihre Waffen in der Hand. Doch wer ihnen entgegenkam, während sich Äste und Büsche fast wie von selbst zur Seite neigten, war nur das Elfenmädchen Lharina auf einem eisengrauen Pferd. In fließende waldfarbene Gewänder gekleidet, wäre sie ohne ihr Pferd vermutlich einfach mit dem Grün der Büsche verschmolzen, und tatsächlich hatte es für Darian einen Augenblick lang so ausgesehen, als ob das Tier allein aus dem Wald hervorgetreten wäre.

»Es tut mir leid, erst jetzt habe ich Kunde erhalten, dass ihr unser Reich betreten habt«, erklärte sie, und die Gefährten kamen nicht umhin zu bemerken, dass ihr schmales, blasses Gesicht Trauer ausdrückte. Ringe lagen unter ihren sonst so strahlenden hellblauen Augen, und es sah aus, als hätte sie erst vor kurzem geweint.

Leána war die Erste, die auf sie zurannte. »Warum bist du denn so traurig?«, fragte sie bestürzt.

Die junge Elfe hob den Kopf, und nun kullerten tatsächlich Tränen über ihre Wangen.

»Eines unserer Dörfer wurde zerstört«, erklärte sie mit zitternder Stimme. »Viele sind gestorben, und ich konnte mein Volk nicht beschützen – dabei hätte ich das alles doch vorhersehen müssen. Und leider entzieht es sich auch unserer Kenntnis, weshalb die magischen Grenzen, die unser Land beschützen, plötzlich versagt haben.«

Kapitel 8

Diener der Finsternis

Es war zum Verrücktwerden, Samukal bekam einfach keinen Kontakt zu dreien seiner Propheten. Gleichzeitig mehrten sich auch die Hilferufe verschiedener Dörfer, die darüber klagten, die Strafe der Götter hätte sie zu Unrecht getroffen. Samukal beschwor Rashkár und wies ihn an, alle Propheten samt ihren Dämonen zu suchen und ihnen zu befehlen, sofort nach Northcliff zu reisen, damit er sie zur Rede stellen konnte. Als sein unheimlicher Diener verschwand, ließ sich Samukal erschöpft in den Thronsessel fallen.

»Stümper, allesamt Stümper«, schimpfte er leise vor sich hin und griff mit zitternder Hand nach einem Stärkungstrunk, den er sich erst vor kurzem gebraut hatte. »Vielleicht hätte ich die Opale doch nicht aus der Hand geben sollen«, überlegte er laut. Gleichzeitig wusste er jedoch nur zu gut, dass es notwendig gewesen war. Lange dachte er darüber nach, wie er die Dämonen wieder loswerden und in ihr finsteres Reich zurückschicken konnte. Vielleicht wäre jetzt genau der richtige Zeitpunkt dazu. Albany entwickelte sich prächtig, die Menschen leisteten brav und größtenteils ohne zu murren ihre Abgaben, und vielleicht wären seine dämonischen Diener in absehbarer Zeit gar nicht mehr nötig. »Ich könnte ein oder zwei dieser Biester behalten«, murmelte er vor sich hin, bevor er erschöpft die Augen schloss.

Kurz darauf schrak er allerdings wieder auf. Ein kalter Luftzug und ein bedrückendes Gefühl kündeten einen ungebetenen Besucher an, und wiederum handelte es sich um einen Dämon.

Lange blutrote Haare umrahmten ein bleiches Gesicht, und Samukal stöhnte insgeheim auf. Es war jene Dämonin, die er als die gierigste und, wie er glaubte, stärkste und gefährlichste ihrer Art einschätzte. Vorsichtshalber umklammerte er sofort den Opal, der sie beherrschte, und sah ihr mit festem Blick in das Gesicht. Er hatte es nach Atenes Vorbild geschaffen, doch ihres verfügte nicht über die sinnliche Schönheit der Zauberin. Das der Dämonin war kantiger, man sah Knochen und Adern durch papierartige Haut schimmern – dennoch stellte sie eine deutlich angenehmere Erscheinung als Rashkár dar.

Die Dämonin verbeugte sich vor ihrem Meister.

»Was willst du? Ich hatte dir aufgetragen, Trolle zu jagen.«

»Trolle, stinkende, dumme, plumpe Wesen«, zischte sie und begann um Samukals Thron herumzuschleichen. »Menschenblut. Ich will Menschenblut«, wiederholte sie, so wie beim letzten Mal.

»Nun gut.« Mit einem leichten Grinsen deutete Samukal auf eines der Porträts an der Wand. »Siehst du diesen Mann? Such ihn und töte ihn!« Nachdem sich die Gerüchte mehrten, dass Atorian auf der Suche nach Verbündeten durch das Land zog, konnte es nicht schaden, ihn loszuwerden, falls das Gerücht der Wahrheit entsprach. »Nur ihn, aber sag mir, wer bei ihm war, wenn du ihn gefunden hast.« Eine ganze Weile musterten die pupillenlosen, wie Kohlen glühenden Augen der Dämonin das Bild, dann wandte sie sich abrupt Samukal zu. »Wo soll ich ihn suchen?«, fauchte sie mit einer dunklen Stimme, die von Blutdurst kündete. Ein Speichelfaden rann aus ihrem linken Mundwinkel.

»Er wurde im Westen des Landes gesehen, aber er kann auch an einem anderen Ort sein.«

»Habt Ihr etwas, das ihm gehört? Ein Schmuckstück oder ein Hemd? Dann kann ich seine Witterung aufnehmen.«

»Warte, ich …« Er konnte seinen Satz nicht beenden, denn da trat überraschend Atene in den Raum.

»Verschwinde!«, zischte Samukal der Dämonin zu, die wie ein Schatten mit der Wand verschmolz.

Atene hingegen blieb wie gebannt stehen. Sie runzelte ihre glatte Stirn, rieb sich schaudernd die Arme und kam dann mit Argwohn im Gesicht näher. »Was war das?«

»Was, meine Liebe?« Betont gelassen trat Samukal zu der Vitrine, in der er eine Karaffe mit dem besten Wein und mit vorzüglichem Morscôta, einem Geschenk des Zwergenkönigs Hafran, aufbewahrte.

»Dieses …« Ein langer schlanker Finger, der in einem spitz zugefeilten Fingernagel endete, deutete zitternd auf die Wand, »dieses Ding!«

»Da war nichts, du hast dich getäuscht.« Samukal trat zu Atene, die noch immer ein wenig verstört wirkte, und sein Mund näherte sich dem ihren. Doch diesmal stieß sie ihn von sich.

»Verkauf mich nicht für dumm, da war etwas … etwas Unnatürliches im Raum. Ich konnte Kälte und Hass spüren.«

Lachend trank Samukal von seinem Wein und gab vor, sich nicht beirren zu lassen, auch wenn er sich insgeheim ärgerte, dass Atene die Dämonin zu Gesicht bekommen hatte.

»Das ist eine alte Burg, Geister gehen hier ein und aus.« Schmunzelnd ließ sich Samukal auf dem Thronsessel nieder und prostete dem Porträt des letzten Königs von Northcliff zu. »Vielleicht war es König Jarredh persönlich, der aus seinem Grab gestiegen ist, weil er sich grämt, einen solch unwürdigen Sohn in die Welt gesetzt zu haben.«

Atene war ganz genau anzusehen, dass sie Samukal kein Wort glaubte. »Sag mir, was das war, oder ich werde in ganz Albany verbreiten, dass die Dunkelelfen in der Nacht von König Jarredhs Tod auf dein Geheiß hin in die Burg kamen.«

Den Kopf in Trauer gesenkt, ritt Lharina ihren menschlichen Gästen voran durch den Wald. Wege, die zuvor unsichtbar gewesen waren, taten sich vor ihnen auf, und auch wenn es unmöglich erschien, beinahe hatte man den Eindruck, als würden Bäume und Büsche zur Seite rücken, um den Reitern und ihren Pferden Platz zu machen. Bald wurde der Wald lichter, einzelne Sonnenstrahlen fielen durch das Laubdach, und die Erde begann zu dampfen. Nebelschwaden hingen wie Geister zwischen Blumen und Büschen, und alles war viel lieblicher und freundlicher als noch kurze Zeit zuvor.

»Die größte unserer Elfensiedlungen wurde letzte Nacht zerstört«, erklärte Lharina unterwegs. »Ich konnte die Trauerfeier nicht eher verlassen, da ich sonst die Seelen der Gefallenen entehrt hätte.«

»Bist du ganz allein?«, wunderte sich Darian, denn er hatte die junge Elfe noch niemals zuvor ohne ihren Beschützer gesehen.

»Ich schlich mich fort, weil ich eure Gegenwart spürte. Ich wollte nicht, dass man euch versehentlich tötet, weil man euch für die Schuldigen hält.«

»Sehr nett«, knurrte Fendor, der sich sichtlich unwohl in dem Wald fühlte.

Wieder strömten Tränen ihre Wangen hinab. »Meine Eltern sind tot, und viele meiner Freunde ebenso.«

»Das tut uns sehr leid, Lharina«, drückte Nordhalan sein Bedauern aus. »Wenn wir euch irgendwie helfen können …«

»Ich weiß es nicht … vielleicht«, entgegnete sie, wollte vermutlich noch etwas hinzufügen, senkte dann jedoch bedrückt den Blick.

Nach einer Weile wurden die Abstände zwischen den Bäumen noch breiter. Deutlich mehr bizarre Felsformationen wurden sichtbar, und nach kurzer Zeit erschienen auch schon die ersten mit Langbogen oder schlanken Schwertern bewaffneten Elfen. Lharina redete mit ihnen in ihrer Sprache, und als Mias Blick zu Darian wanderte, nickte dieser ihr beruhigend zu. Lharina hatte nur gesagt, sie seien Freunde und kämen in Frieden.

Obwohl Darian keine Ahnung von den Lebensgewohnheiten

der Elfen hatte, hatte er insgeheim immer gedacht, sie würden in prächtigen Palästen leben, vielleicht ähnlich denen der Dunkelelfen, nur sehr viel größer, heller und luftiger. Doch er hatte sich geirrt. Als Lharina verkündete, dies sei eine der Hauptsiedlungen ihres Volkes, stutzte er, denn er konnte kein einziges Haus erkennen. Nur wenige Elfen wandelten zwischen den Bäumen. Ihre schmalen, ernsten Gesichter waren von Trauer gezeichnet, und sie betrachteten die Menschen misstrauisch.

Ein ringförmiges Felsmassiv, dessen Eingang wie ein Tor geformt war – man konnte kaum sagen, ob es natürlichen Ursprungs war oder nicht –, führte zu einem großen Platz, auf dem zwanzig oder dreißig Elfen versammelt waren. Rundherum standen mächtige Eichen, Buchen und andere Bäume. Vor ihren gewaltigen, mehr als mannshohen Wurzeln hingen teilweise Tücher, in welche kunstvolle Bilder von Bäumen, Blumen oder Tieren eingewebt waren. Einer der Elfen löste sich aus der Menge, und Darian erkannte Tahilán, Lharinas Leibwächter und Beschützer. Dieser redete sehr schnell und offenbar wütend und besorgt in Elfensprache auf sie ein und verkündete, man hätte gerade einen Suchtrupp zusammengestellt, da man befürchtet hatte, sie wäre entführt worden.

»Bitte sprecht in den Worten der Menschen«, rief Lharina laut und mit klarer Stimme. »Wir haben Gäste, die uns vielleicht helfen können.«

Gemurmel erhob sich, dann setzten sich die Elfen auf die Steine rund um eine erloschene Feuerstelle. Lharina bat auch ihre Gäste, sich niederzulassen, und erklärte den versammelten Elfen, dass dies eine Gruppe Verbündeter war, welche die Portale verschlossen und somit möglicherweise weiteres Unheil verhindern konnten.

»Offensichtlich waren eure Bemühungen nicht von Erfolg gekrönt«, schimpfte ein vermutlich sehr alter Elf, dessen blasse Haut sich über sein Gesicht spannte. »Wir gehen davon aus, dass Dämonen das Dorf im Osten überfallen haben.«

Zustimmendes Gemurmel wurde deutlich, und Lharina hob eine Hand. Das Elfenmädchen saß aufrecht auf einem Stein, ihr langes Haar ergoss sich wie ein honigblonder Fluss über ihre Schultern. Geschickt ließ sie einige Atemzüge verstreichen, um sicherzugehen, auch wirklich die ungeteilte Aufmerksamkeit aller zu haben. Dabei strahlte sie trotz ihrer vermeintlichen Jugend Autorität aus. Tatsächlich verstummten die Elfen sofort wieder und wandten sich ihr zu.

»Wir vermuten, dass Albany bereits von Dämonen heimgesucht wurde, bevor die Portale geschlossen wurden.« Lharina bat die Gefährten zu berichten, welche Portale sie in der Zwischenzeit gefunden und versiegelt hatten, woraufhin die Elfen etwas zugänglicher wurden. Hände, die vereinzelt noch an Waffen gelegen hatten, sanken ein wenig herab, unbewegte Mienen entspannten sich.

Atorian erhob sich und verbeugte sich vor den Elfen. Anschließend sprach er mit klarer, selbstbewusster Stimme, seine Schultern waren gestrafft, sein Kopf stolz erhoben. »Die Schuld an allem trägt höchstwahrscheinlich Samukal, auch wenn wir nicht mit Sicherheit wissen, inwiefern seine Taten mit denen der Dämonen zu tun haben. Mein Bruder und ich«, er deutete auf Darian, »sind auf der Suche nach Verbündeten, um unsere Burg und unseren Titel zurückzufordern. Allerdings sind die Menschen nicht sehr einsichtig und schenken uns keinen Glauben. Zu lange hat Samukal auf listige Weise seine Fäden gesponnen und das Volk darin eingewickelt. Er hat ihnen Heiler gegeben, Straßen gebaut, und auch wenn er sie ausbeutet, so ist es ihm dennoch gelungen, den Leuten das Gefühl zu geben, ein besseres Leben zu führen. Schmerzhaft mussten wir erfahren, dass unser Vorhaben kein einfaches sein wird, und es soll auch nicht verschwiegen werden, dass es Blut fordern wird.« Atorian schwieg, drehte sich langsam im Kreis, als versuche er, jedem Elfen einzeln kurz in die Augen zu blicken. »Können wir mit der Unterstützung der Elfen rechnen, wenn wir versuchen, Samukal zu stürzen?« Seine Stimme klang laut und fest, dann schwieg er und wartete ab.

Viele verwunderte Blicke trafen ihn, die Elfen tuschelten leise miteinander, und schließlich wanderten ihrer aller Augen zu Lharina.

»Wir werden darüber beratschlagen müssen«, verkündete ein hochgewachsener Elf mit beinahe weißem Haar.

»Estell ist einer unserer Magier«, stellte Lharina ihn vor. »Er war Vahiras Schüler.«

Wie vom Blitz getroffen fuhr Nordhalan auf. »Hat sie Euch in … wie soll ich sagen …«, er fuhr sich durch den dichten Bart, »bestimmte Geheimnisse eingewiesen?« Der alte Zauberer sah den Elfen sehr eindringlich und fragend an.

»Nicht in die Geheimnisse, die Ihr vermutlich meint«, entgegnete Estell würdevoll, und Darian bemerkte, wie seine Lippen stumm *Diomár* formten, dann schüttelte er den Kopf.

Enttäuscht seufzend setzte sich Nordhalan wieder hin, dann berichteten er und Atorian abwechselnd, was in letzter Zeit geschehen war, angefangen von Atorians und Darians Flucht aus Rodgill, über ihren Besuch bei Merradann und ihre Reise ins Reich der Dunkelelfen. Auch, dass Nassàr und Zir'Avan auf der Suche nach ihnen waren, erwähnte er.

»Ihr seid mit Dunkelelfen verbündet?« Abscheu und Unglaube schwangen in der Stimme des Sprechers, und sein edles, beherrschtes Gesicht verzog sich zu einer abwehrenden Grimasse.

»Zir'Avan war uns eine große Hilfe«, beteuerte Atorian. »Er hat uns aus dem Unterreich geführt, und nur dank seiner Heilkunst habe ich überlebt. Durch ihn und seinen Großvater kamen wir an die Karte mit den Portalen, und ihre Erzählungen waren es, die uns erkennen ließen, dass Leána eine Portalfinderin ist.«

Darian, der das Gefühl hatte, auch irgendetwas sagen zu müssen, stellte sich hinter Mia. »Meine Gefährtin und Mutter von

Leána trägt ebenfalls Dunkelelfenblut in sich. Wenn ihr beschließt, euch uns anzuschließen, müsst ihr sie akzeptieren.«

Während Atorian hektische Bewegungen machte, dass er lieber schweigen sollte, warf Mia Darian einen zugleich erschrockenen und gerührten Blick zu. »Darian, wir …«

Darian legte ihr nur einen Finger auf die Lippen und wandte sich dann den Elfen zu. »Wenn wir ein Bündnis miteinander eingehen sollen, sollt ihr die Wahrheit erfahren, auch wenn euch diese missfällt. Ich hoffe, ihr seht es als Vertrauensbeweis.«

Vermutlich war es nicht sehr klug, die Elfen unter Druck zu setzen, aber gleichzeitig zauberte Darians Einsatz ein glückliches Lächeln auf Mias ernstes Gesicht. Auch bei Lharina und Nordhalan glaubte er die Andeutung eines anerkennenden Nickens zu sehen.

»Wir müssen uns beraten«, wiederholte Estell nur steif, dann deutete er auf eine Elfenfrau mit dunkelblonden Haaren. »Tivala wird euch in eines der Gästequartiere führen.«

Zögernd erhoben sich die Gefährten und folgten der Elfe zu einer Buche mit mehr als mannshohen Wurzeln. Tivala schlug die von eingewebten Ranken und Blumen geschmückte Decke am Eingang zurück. Ein behaglicher, heller Raum empfing sie, mit aus Holz gefertigten Stühlen, die prächtige verschlungene Verzierungen zeigten, ähnlich denen, die Darian in der anderen Welt als keltische Kunst gekannt hatte. An den Wänden, sofern man die Wurzeln so nennen mochte, standen mit Moos und Farnen gefüllte Betten. Der Geruch von Holz, Moos und feuchter Erde war allgegenwärtig, jedoch nicht unangenehm, sondern eher erfrischend.

»Ich werde später Decken und Felle bringen«, erklärte Tivala, und ihre Stimme klang sanft und melodisch, auch wenn die menschlichen Worte ungewohnt für sie zu sein schienen. Sie hob eine weitere Seidendecke rechts von sich an. »Dort drüben befindet sich ein zusätzlicher Raum. Ich hoffe, ihr findet ausreichend Platz.«

Nordhalan verbeugte sich vor ihr. »Vielen Dank, die Räume reichen vollkommen aus.«

Rasch, so als wäre ihr die menschliche Gesellschaft unangenehm, schlüpfte Tivala wieder hinaus.

Darian ließ sich seufzend auf eines der Betten fallen. »Elfen leben also unter Wurzeln, verrückt.«

»Einige von ihnen bevorzugen auch Baumhäuser, habe ich gehört«, erklärte Nordhalan und ließ sich auf einem der Stühle nieder. Leána kletterte zu ihm auf den Schoß und begann schon wieder an seinem Bart herumzuspielen.

»Darian, du solltest dir auch einen wachsen lassen«, stöhnte der Zauberer, während Leána kicherte.

Doch Darian schmunzelte nur und meinte: »Bis mein Bart so lang wäre wie deiner, Nordhalan, ist Leána ohnehin schon erwachsen und hat vermutlich höchstens an den Bärten anderer Männer Interesse.«

»Wie die Elfen wohl entscheiden werden?«, fragte sich Mia und begann nervös im Raum auf und ab zu laufen.

Darüber machte sich natürlich auch Darian Gedanken. Nebelhexen waren nirgends gern gesehen, und Lharina mochte zwar die Tochter des Königs und ihnen wohlgesinnt sein, aber sie war noch jung und besaß vermutlich nicht allzu viel Einfluss.

»Wahrscheinlich verspeisen sie uns zum Abendessen«, murmelte Kaya, während sie sich ebenfalls auf eines der Betten setzte. Fendor ließ sich neben ihr nieder und legte ihr tröstend einen Arm um die Schulter, was Atorian zu einem gereizten Stirnrunzeln animierte.

»Ich passe auf dich auf.«

Doch Kaya erhob sich ohnehin schon ruckartig. »Natürlich wirst du in einem fremden, magischen Reich unglaublich viel ausrichten können!«

»Ich wollte doch nur …« Der ältere Krieger sah ihr verwirrt nach, wie sie in dem anderen Raum verschwand.

»Wir sollten versuchen, die Nerven zu behalten«, schlug Nordhalan vor. »Ruht euch aus. Lharina ist auf unserer Seite, und auch wenn die Elfen wegen des Angriffs auf ihr Dorf nervös sind, werden sie uns sicher helfen, Samukals Schrecken ein Ende zu setzen.«

Mit unbehaglichen Gesichtern ließen sich Nordhalans Gefährten auf den überraschend weichen Moos- und Farnbetten nieder und warteten unruhig ab.

Nach kurzer Zeit stand Atorian auf, zögerte kurz, betrat dann den angrenzenden Raum und ging zu Kaya, die mit dem Rücken zu ihm saß und sich hastig über die Augen wischte, als sie ihn hörte.

»Uns wird sicher nichts geschehen«, versprach er sanft und wollte sie in den Arm nehmen. Aber Kaya stand auf und wich langsam zurück. »Kaya, wir gehören zusammen, auch wenn ich es selbst kaum fassen kann.«

»Nicht jetzt, bitte nicht jetzt. Ich bin vollkommen durcheinander und …« Sie rang nach Worten, fuhr sich durch die dichten dunkelbraunen Haare, verließ dann fluchtartig den Raum und stürmte an ihren anderen Gefährten vorbei nach draußen.

»Sollten wir ihr nicht lieber folgen?«, fragte Fendor unbehaglich. »Die Elfen haben schließlich gesagt, wir sollen hier warten.«

»Ich denke, wir sollten sie kurz allein lassen«, wandte Nordhalan mit einem raschen Blick auf Atorian ein.

Verwirrt von ihren Gefühlen für Atorian und dieser ganzen Situation im Elfenreich, lief Kaya über den Platz. Noch niemals zuvor hatte sie einen Elfen gesehen. Ja, mit Dunkelelfen hatte sie zu tun gehabt – doch diese waren ihr deutlich berechenbarer vorgekommen. Sie lebten für den Kampf, waren stolz, und sie wusste, dass man ihnen nicht unbedingt trauen konnte. Aber diese hochgewachsenen ernsten Wesen hier mit der hellen Haut und den zumeist hellen Haaren waren ihr unheimlich. Kaya war froh, dass sie zumindest nicht aufgehalten wurde, was darauf hindeutete, dass sie und ihre Gefährten keine Gefangenen waren. Sie entfernte sich von den eigenartigen Behausungen und setzte sich an einen kleinen See, der von einem leise plätschernden Wasserfall gespeist wurde. Blumen blühten in verschwenderischer Pracht, und schillernd bunte Libellen tanzten über der Wasseroberfläche. Ein winziger Waldgnom huschte vorbei, wobei er Kaya mit einem scheuen Blick aus seinen kleinen dunklen Augen beobachtete.

»Dieser Ort war immer einer meiner Lieblingsplätze«, ertönte eine sanfte Stimme hinter ihr, und sie fuhr herum.

Hinter ihr stand Lharina, gekleidet in ein hellgelbes, seidenes Gewand, und strich verträumt über ein Büschel Schilfgras.

»Haben sich deine Leute entschieden?«, wollte Kaya vorsichtig wissen.

»Nein.« Leise seufzend ließ sich Lharina auf einen flachen Felsen sinken. »Die Ältesten beratschlagen, schmieden Pläne und verwerfen sie wieder. Mich ermüdet so etwas.«

»Das kann ich verstehen.«

Der durchdringende Blick Lharinas machte Kaya nervös, und sie begann an dem Bändchen herumzuspielen, welches ihr einfaches hellbraunes Hemd zusammenhielt.

»Du besitzt auch eine alte Seele«, flüsterte Lharina. Ihre Stimme klang jetzt geheimnisvoll und viel älter als zuvor, und Kaya lief ein kalter Schauer über den Rücken.

»Was … Woher … weißt du das?«

»Ich spüre es, denn auch ich wurde wiedergeboren.« Eine schmale, zarte Elfenhand fasste Kaya am Arm, dann riss die junge Elfe ihre hellblauen Augen auf.

»Weißt du, wer ich bin, oder besser gesagt, wer ich einmal war?« Kaya befürchtete, Lharina hätte ihre vor Aufregung heisere Stimme gar nicht vernommen, aber dann nickte die junge Elfe.

»Möchtest du, dass ich es dir verrate?«

»Ich weiß es bereits.« Kaya schnitt eine Grimasse. »Und ich habe keine Ahnung, wie ich damit umgehen soll. Ist es für dich nicht verwirrend, schon einmal gelebt zu haben?«

Eine ganze Weile unterhielten sich die beiden, und Lharina erzählte, dass ihre Erinnerung an ihr früheres Leben als Seherin nur langsam und in Bruchstücken zu ihr durchdrang. Als Kaya behauptete, sie könne sich an gar nichts erinnern, lächelte Lharina nur.

»Hast du nicht manchmal das Gefühl, einen Ort zu kennen, obwohl du noch niemals zuvor dort gewesen bist?«

»Na ja, ich weiß nicht.« Kaya runzelte ihre Stirn, dann fuhr sie kaum hörbar fort. »Die Burg von Northcliff – ich habe mich damals sofort dort zurechtgefunden. Bisher war mir das gar nicht bewusst.«

»Fühlst du dich nicht hin und wieder ganz besonders zu einem Menschen hingezogen, obwohl du nicht einmal ein einziges Wort mit ihm gewechselt hast?«

»Doch«, stöhnte Kaya auf und fuhr sich durch ihre dichten Haare, »Atorian, aber er ist der König von Northcliff, und ich kann nicht fassen, dass ich vor langer Zeit seine Frau gewesen sein soll. Es … macht mir Angst!«

Tröstend streichelte Lharina ihr über die Wange. »Aber es ist doch wunderbar, dass ihr euch wiedergefunden habt. Jemanden, den man liebt, ein zweites Mal zu finden ist ein großes Geschenk. Mein Gefährte, den ich als Lathara kannte, verweilt noch im Licht, und ich sehne den Tag herbei, an dem wir wieder vereint sind.«

»Oh.« Kaya musste schlucken, dann lauschte sie eine ganze Weile fasziniert den Worten der jungen Elfe, die seltsam tröstend und einleuchtend klangen. Hier im Elfenreich war es offenbar vollkommen normal, dass man auf die Wiedergeburt eines geliebten Gefährten, eines Elternteils oder Kindes wartete, das vor einem gestorben war.

»Atorian kann noch mindestens zweihundertfünfzig Sommer

leben, und ich werde alt und runzlig sein, bevor er auch nur ein graues Haar hat«, gab sie jedoch düster zu bedenken.

»Möchtest du deshalb auf die Liebe verzichten? Auf den Mann, der dich seit so langer Zeit vermisst hat? Man weiß nie, was geschieht. Ihr befindet euch im Streit mit einem mächtigen Gegner, es kann sein, dass Atorian getötet wird oder auch du, noch lange bevor eure Zeit abgelaufen ist. Möchtet ihr sie nicht lieber gemeinsam nutzen?«

Während sich ein leiser Wind erhob und sanft über Kayas Wangen fuhr, dachte sie über Lharinas Worte nach, und ein vorsichtiges Lächeln breitete sich auf ihrem Gesicht aus.

»Danke, ich denke, du hast Recht.« Sie drückte die Hand der jungen Elfe und grinste. »Ich glaube, ich mag Elfen doch, und jetzt gehe ich zu Atorian.«

Mit einem weisen Lächeln, das ihr Alter erneut Lügen strafte, sah Lharina Kaya hinterher, die mit beschwingten und befreiten Schritten auf die Elfensiedlung zueilte.

Kapitel 9

Lharinas Vision

Am Abend wurden die menschlichen Gäste auf den Versammlungsplatz gebeten. Fisch, Fleisch und knuspriges Haferbrot brutzelten über dem offenen Feuer, und die mit Kräutern verfeinerten Aufstriche schmeckten köstlich, obwohl sich außer Leána niemand wirklich daran freuen konnte. Das kleine Mädchen hüpfte fröhlich durch die Gegend, forderte die wenigen elfischen Kinder, zwei Mädchen und drei Jungen, gleich zum Spielen auf, und bald waren sie zwischen den mannshohen Farnen untergetaucht.

»Mach dir keine Sorgen«, flüsterte Mia Darian ins Ohr, der Leánas dunklem Haarschopf hinterhersah, welcher zwischen den fünf blonden deutlich herausstach. »Leána hat einen hervorragenden Orientierungssinn, zudem haben die Elfen versichert, sie hätten überall Wachen aufgestellt.«

»Hoffentlich«, brummte er, entspannte sich jedoch ein wenig, als er sah, dass Fenja Leána hinterhereilte.

Bisher hatten die Elfen nichts von einem Beschluss verlauten lassen. Die Ältesten waren nicht anwesend, wenngleich es den Menschen ohnehin schwerfiel, die hochgewachsenen Wesen auseinanderzuhalten. Die versammelten Elfen behandelten sie höflich, jedoch auch mit sichtlichem Argwohn.

Darian blickte sich um und stellte fest, dass Atorian schon seit einiger Zeit verschwunden war, ebenso wie Kaya. Als die beiden, die Nacht hatte sich bereits über den lichten Wald gesenkt, Arm in Arm zurückkamen, wunderten sich alle. Fendor blieb sogar der letzte Bissen im Hals stecken, und Nordhalan musste ihm kräftig auf den Rücken klopfen.

Auf Atorians Gesicht war ein so strahlendes Lächeln zu sehen, wie Darian es noch niemals zuvor an ihm bemerkt hatte. Etwas von der Bitterkeit, die sich häufig in seinen Gesten und seinen Worten widergespiegelt hatte, schien von ihm abgefallen zu sein.

»Kaya und ich sind jetzt ein Paar«, verkündete er seinen Gefährten und drückte sie noch fester an sich. »Sobald wir Northcliff zurückerobert haben, werden wir heiraten.«

»Wie es aussieht, bist du ein Mann der Tat«, lachte Darian, dann stand er auf, um seinem Bruder und Kaya zu gratulieren, die zwar glücklich, jedoch auch etwas unsicher wirkte.

Einzig Fendor wandte sich ab und entfernte sich mit verschlossener Miene und ohne ein Wort vom Feuer. Während alle anderen sich für das junge Paar freuten, ging Darian zu ihm und fasste ihn tröstend an der Schulter. »Es tut mir leid für dich.«

»Natürlich, wer nimmt schon einen alternden Krieger, wenn er einen König haben kann«, lachte er bitter.

»Fendor, ich bin mir sicher, Kaya hat dich sehr gern, aber das mit Atorian …«

»Hör doch auf! Ich bin ihr nicht gut genug.«

»Nein, das mit den beiden geht sehr viel tiefer.« Während der Mond sich langsam im Osten erhob, versuchte Darian Fendor die besondere, vor langer Zeit entstandene Verbindung zwischen Atorian und Kaya zu erklären, und obwohl er deutliche Zweifel in den Augen des alten Kriegers sah, nickte Fendor schließlich.

»Ich kann es ohnehin nicht ändern, ich werde mir eben ein anderes Mädchen suchen.« Fendor ging mit hängenden Schultern in sein Quartier, während Darian zum Lagerfeuer zurückkehrte.

Der Abend verging ansonsten recht entspannt. Die Gefährten saßen in der milden Abendluft am Feuer, und einige der Elfen – vermutlich eher junge Vertreter ihres Volkes, die neugierig waren – stellten ihnen sogar die ein oder andere Frage zum Leben jenseits ihrer Grenzen. Erst lange nach Einbruch der Dunkelheit kam Leána zurück. Ihre Haare waren wirr und mit Ästen und Moos durchsetzt, aber ihre Augen strahlten, und sie erzählte begeistert, dass sie mit ihren neuen kleinen Freunden Verstecken gespielt und immer gewonnen hatte.

»Das ist aber nicht fair, Leána«, rügte Mia, jedoch mit liebevollem Unterton und zog ihr eine Distel aus den Haaren. »Du weißt, dass du im Vorteil bist!«

»Pschscht.« Das kleine Mädchen sah sich ertappt um. »Das müssen sie ja nicht wissen. Jeder wollte sich mit mir zusammen verstecken, weil ich immer schon von weitem bemerkt habe, wenn sich jemand nähert.«

»Geh jetzt zum Feuer und lass dir etwas zu essen geben. Und anschließend gehst du ins Bett.«

»Ich bin überhaupt kein bisschen müde«, behauptete Leána entrüstet, doch Mia bestand energisch darauf.

Als sich die Kleine trollte, sah Darian ihr lächelnd hinterher. »Ich glaube, in dieser Beziehung sind alle kleinen Kinder gleich, ob nun Elf, Mensch oder Nebelhexe.«

Gedankenverloren löste Mia ihren Zopf und fuhr sich durch die seidigen Haare, die sich einer schwarzen Flut gleich über ihre Schultern ergossen. Das sanfte Mondlicht zauberte diesen besonderen Ausdruck auf ihr Gesicht, der Darian auch heute, obwohl er sie schon so lange kannte, von neuem in seinen Bann zog.

»Für Leána gibt es eigentlich gar keine richtige Bezeichnung. Sie ist im Grunde genommen gar keine Nebelhexe, denn diese sind stets normale Mischlinge. Eigentlich dürfte es Leána nicht einmal geben.«

»Das ist doch Blödsinn, Mia, dieses dumme Gesetz, dass sich Nebelhexen nicht fortpflanzen dürfen, ist ebenso grausam wie sinnlos.«

»Ich weiß es nicht, Darian. Manche von uns tragen durchaus

ein großes Gewaltpotential in sich. Ganz besonders die Trollmischlinge.« Sie runzelte die Stirn. »Von Dunkelelfen mal ganz zu schweigen.«

»Du bist ja auch nicht gewalttätig.« Er wollte sie in seine Arme ziehen, aber Mia sah ihn ernst an. »Als junges Mädchen habe ich sehr zu Überreaktionen geneigt und auch den ein oder anderen Soldaten getötet, der es vielleicht nicht unbedingt verdient hätte.«

Darian schluckte. Zu gern verdrängte er die schnell entflammbare Leidenschaft für den Kampf und das Unbeherrschte, das zweifellos in seiner Gefährtin schlummerte.

»Du hast aber gelernt, es zu kontrollieren.«

»Ja«, Mia lehnte sich nun doch an ihn, »aber nur durch Freunde wie Lilith und Tagilis.«

»Und aus unserer Tochter wird ein ebenso wunderbares Wesen werden, wie du es bist«, versicherte ihr Darian.

Nach und nach zogen sich Menschen und Elfen in ihre Quartiere zurück, und auch Darian und Mia wollten sich erheben. Aber dann drang ein leiser und doch machtvoller Gesang an ihre Ohren, und statt sich in ihre Räume zu begeben, folgten sie den Stimmen des sanft wie eine Meereswoge auf und ab tönenden Liedes.

Mitten im Wald stand eine Gruppe von Elfen. Sie alle hatten sich an den Händen gefasst und blickten, während sie sangen, hinauf in den über der Baumgrenze stehenden Mond, dessen silbernes Leuchten ihre Gesichter noch filigraner erscheinen ließ. Anders als Darian verstand Mia die Worte nicht, aber als er ihr erklärte, dass die Elfen ihre Toten besangen, von ihrem Leben erzählten, nickte sie sogleich, denn vermutlich hatte sie es tief in ihrem Inneren gespürt.

»Sie sagen, sie würden darauf warten, dass ihre Gefährten wiedergeboren werden, und wenn nicht, würden sie sich eines Tages im Licht treffen«, flüsterte er, denn laut zu sprechen schien ihm in dieser feierlichen Atmosphäre unangemessen.

»So wie Atorian und Kaya«, fügte Mia leise hinzu, und Darian nickte. Dann sah er ihr voller Liebe in die Augen.

»Ich würde auch auf dich warten, egal ob in dieser oder in einer anderen Welt.«

Stumm entfernten sie sich von der Trauerfeier, denn sie fühlten, dass dies ein sehr persönliches und heiliges Ritual für die Verstorbenen war.

Ein leichtes Sommergewitter in der Nacht hatte Regen gebracht, und somit wurde die nächste Versammlung nach drinnen verlegt. Ein ernster, betagt aussehender Elf führte die Gefährten in ein anderes Elfenhaus, welches sehr viel prächtiger war als ihre Gastunterkunft. In dem Wurzelstock und dem ausgehöhlten Stamm einer uralten Esche war eine Art Versammlungsraum gebaut. In Form gemeißelte Steine dienten als Stühle, die überraschend bequem waren. Sie standen um eine lange Tafel herum, an deren Kopfende Lharina saß.

Durch Löcher, welche vermutlich hinter Ranken und Moos verborgen waren, fiel Licht herein und erhellte das Innere der natürlichen Behausung.

Kunstvolle Gemälde von Wasserfällen, Bäumen und Blumen zierten die Wände, und in mit Ornamenten versehenen Regalen befanden sich hunderte von Schriftrollen. Darian sah Nordhalan deutlich an, dass er diese zu gern studiert hätte, denn der Zauberer ließ seinen Blick versonnen über die Bibliothek schweifen.

Die Elfen bewirteten ihre Gäste mit erfrischenden Fruchtsäften. Fendor knurrte, er hätte lieber ein Bier – aber er war wegen Atorians und Kayas trauter Zweisamkeit ohnehin schlecht gelaunt.

»Wir haben einen Entschluss gefasst«, begann Estell, der weißblonde Elfenmagier, würdevoll. »Lharina hatte letzte Nacht eine Vision und wird euch sogleich davon berichten. Bevor wir endgültig entscheiden, ob wir uns euch anschließen, werden eingehende Beratungen vonnöten sein, denn wir wissen nicht, was unsere Grenzen wirklich schwächt.«

Atorian entfuhr ein leises Stöhnen. »Elfische Beratungen können sich über eine lange Zeit hinziehen«, raunte er Darian zu. »Wesen, die über tausend Sommer alt werden, lassen sich nicht zu überstürzten Entscheidungen hinreißen.«

Geschmeidig erhob sich Lharina aus ihrem Stuhl; eine gewisse Müdigkeit lag auf ihren lieblichen, weichen Zügen. »Große Gefahr droht unserem Land«, begann sie, »nicht nur dem Reich der Elfen, sondern allen Völkern. Ich sah Trolle und Zwerge sterben, Menschen, Elfen und sogar Elementarwesen.« Ihr durchdringender Blick traf Leána. »Ihr konntet einige Portale schließen und damit verhindern, dass noch weiteres Unheil in unsere Welt gerät, aber nun müssen wir überlegen, wie wir die Dämonen besiegen können. In meiner Vision sah ich Leána, und über ihrem Kopf kreisten Drachen, doch sie wurde von einem dunklen Schatten bedroht.«

Darian hielt die Luft an, und er spürte, wie sich auch Mia versteifte und kerzengerade aufrichtete.

»Bringt sie in Sicherheit, denn das Finstere in Albany wird stärker, und bevor wir nicht wissen, wie wir dagegen ankämpfen können, ist sie in großer Gefahr.«

»Die Gefahr war immer da«, schaltete sich Atorian ein. »Und wo sollen wir sie in Sicherheit bringen? Diese gibt es nicht mehr in Albany.«

»Auf die Nebelinsel«, antwortete die junge Elfe ernst. »Geschützt von uralten und mächtigen Elementarwesen und Freunden, denen ihr vertrauen könnt, soll sie warten, bis wir mehr über die Herkunft und die Kraft der Dämonen herausgefunden haben. Denn sie sind es, die an Stärke gewinnen werden. Die wahre Bedrohung geht von den Dämonen aus, nicht von Samukal.« Sie lächelte Nordhalan an. »Dich bitten wir, bei uns zu bleiben und mit uns zu beratschlagen und zu meditieren. Ich hoffe, dass ich weitere Visionen erhalte oder dass mich die Erinnerungen an mein früheres Leben überkommen und ich euch helfen kann. Aber für diesen Sommer und vermutlich auch den Winter über solltet ihr auf die Nebelinsel zurückkehren.«

»Sollte nicht zumindest ich mit einigen Kriegern weiterhin versuchen, die Menschen auf meine Seite zu bringen?« Während Atorians Einspruch sah Darian seinem Bruder deutlich an, dass ihm Lharinas Worte überhaupt nicht behagten.

»Euch allen droht große Gefahr, und ich weiß nicht, was ich dir raten soll.« Jetzt klang Lharinas Stimme wieder sehr erwachsen und düster. »Schon jetzt sehe ich einen dunklen Schatten auch über dir schweben, Atorian von Northcliff. Natürlich wäre es gut, menschliche Verbündete zu haben, aber du darfst die Gefahr nicht unterschätzen.«

»Vielleicht sollten wir wirklich lieber mit auf die Nebelinsel gehen.« Kaya hatte Atorians Hand genommen und wirkte nun reichlich blass um die Nase.

»Ich muss darüber nachdenken.« Atorian nickte Lharina zu, und seine Züge waren sehr ernst und angespannt.

»Jemand sollte aber in jedem Fall Nassàr und Zir'Avan entgegenreiten und unsere Freunde am Rannocsee warnen«, schlug Nordhalan vor, dann verbeugte er sich vor den Elfen. »Ich fühle mich geehrt, dass ihr mich in Eure Beratungen mit einbeziehen wollt.«

»Das war Estells Vorschlag«, entgegnete ein älterer Elf scharf, und Nordhalan nickte dem Elfenmagier dankbar zu.

»Ich werde zum Rannocsee reiten«, bot Fendor mit unbewegtem Gesichtsausdruck an, und ein jeder konnte sich denken, weshalb er das tat. »Mich sucht ganz sicher niemand, ganz im Gegensatz zu den Northcliffbrüdern.«

»Dann sollten wir bald aufbrechen«, meinte Darian. Er machte sich jetzt ernsthafte Sorgen um Leána, die sich draußen befand und mit ihren neuen Freunden spielte.

»Ihr könnt einen der Eichenpfade nehmen, dann gelangt ihr sehr schnell und sicher zur Nebelinsel«, schlug Lharina vor.

Besorgt runzelte Darian die Stirn. »Trotzdem müssen wir erst nach Westen reiten, zu dem Tor bei Cadman, denn nur dieses führt auf die Nebelinsel.«

»Nein«, Lharina schüttelte ihren blonden Schopf, dann lächelte sie freudig, »ich konnte mich erinnern. In meinem früheren Leben war es üblich, dass wir Elfen die Eichenpfade benutzten. Sehr starke Magier können beeinflussen, wo sie herauskommen.«

»Wirklich?«, fragte Mia verdutzt.

»Ja, die stärkste und direkteste Verbindung besteht zwischen zwei oder drei Eichentoren, so wie es zwischen diesem im Elfenreich, dem auf der Nebelinsel und dem beim Wolfsvater der Fall ist. Aber an sich sind alle Eichentore in Albany miteinander verbunden, und in vergangenen Tagen führten sie sogar in andere Länder. Auf die Insel der Riesen oder die Grasländer im Westen, die im Feuer der fallenden Himmelssteine untergingen.«

Darian schauderte. *Fallende Himmelssteine* – damit meinte das Elfenmädchen sicher die Meteoriteneinschläge, welche diese Welt beinahe vernichtet hatten. Ein wenig wunderte er sich darüber, dass sie nicht vom *Zorn der Götter* sprach, so wie es die Menschen taten, aber dann lauschte er weiter ihren Ausführungen.

»Eine sehr starke Magierin, und eine solche ist Leána bereits, kann an jedem beliebigen Ort durch das Tor treten. Allerdings muss sie jenen Ort schon einmal gesehen haben und sich sehr konzentrieren. Erst gestern wurde mir klar, warum ich Leána viele Male auf der Nebelinsel besuchen konnte. Ich verspürte vor einigen Sommern das Gefühl, dass mich jemand braucht, und so folgte ich Leánas Ruf durch das Portal und freundete mich mit ihr an. Aber manchmal kam ich nicht bei ihr heraus, sondern in einem Tal weit im Norden des Landes. Das verwirrte mich lange Zeit, doch nun verstehe ich es. Mit meinem Wunsch habe ich den Eichenpfad beeinflusst – nur gelegentlich habe ich mich wohl nicht genügend auf sie konzentriert.«

»Unglaublich«, hauchte Mia und schlang sich die Arme um den Oberkörper, so als könne sie noch immer nicht glauben, wie viel Macht in Leána schlummerte.

»Kannst du das auch? An jeden beliebigen Ort reisen?«, erkundigte sich Darian gespannt.

Ein melancholisches Lächeln traf ihn. »Erst letzte Nacht, kurz nachdem ich die Vision hatte, konnte ich mich an das alte Wissen um die magischen Pfade erinnern. Ich werde es versuchen, sei gewiss, und durch das Eichentor kann ich mit euch auf der Nebelinsel in Verbindung bleiben.«

»Das ist gut«, murmelte Darian, in Gedanken an die Zukunft verloren.

Kapitel 10

Trügerischer Friede

Nach einer langen nächtlichen Diskussion war am Morgen die Entscheidung gefallen. Aramia, Darian und Leána wollten durch das Eichentor auf die Nebelinsel reisen, zumindest so lange, bis Nordhalan und die Elfen herausgefunden hatten, weshalb die Magie in Albany immer schwächer wurde und die magischen Grenzen des Elfenreichs versagt und Dämonen durchgelassen hatten. Selbst Nordhalan gab zu, dass er es mittlerweile spürte, wie sich irgendetwas, das er nicht wirklich greifen konnte, verändert hatte. Wenn er zaubern wollte, kostete ihn das sehr viel mehr Kraft als früher, und die Zauber gelangen auch nicht so präzise, wie er es eigentlich gewohnt war. In der Nacht hatte er es gemeinsam mit Estell ausprobiert, und der junge Elfenmagier beklagte die gleichen Probleme. Wenn man genau hinsah, waren sogar Elementarwesen wie Wassergeister und Heidefeen träger als normalerweise. Ihre Tänze wirkten nur halbherzig, und als Aramia versuchte, sie zu beschwören, gelang ihr dies kaum. All dies, zusammen mit dem brutalen Überfall auf das Elfendorf, beunruhigte nicht nur diejenigen, die mit Magie vertraut waren. Nordhalan hegte die Vermutung, dass die finstere Macht der Dämonen alles Magische im Land schwächte – die Elfen jedoch waren anderer Meinung. Daher stellte sich der alte Zauberer auf lange Gespräche und genaue Nachforschungen ein.

Atorian hatte sich entschlossen, trotz der bestehenden Gefahr weiterhin nach Menschen zu suchen, die ihn und Darian unterstützten, und Kaya, die kaum noch von seiner Seite wich, wollte ihn selbstverständlich begleiten. Darian versuchte, seinem Bruder ins Gewissen zu reden, damit er sich ihnen anschloss, musste letztendlich jedoch, so wie alle anderen auch, akzeptieren, dass Atorian einfach etwas unternehmen musste. Er wollte sich nicht allein auf die Elfen verlassen, sondern zumindest eine kleine Armee aufstellen und ausbilden, die eines Tages gegen die Dämonen und Samukal ziehen konnte. Wie Fendor bereits angekündigt hatte, beabsichtigte er, allein zum Rannocsee aufzubrechen, um ihre wenigen Verbündeten zu unterrichten und gegebenenfalls nach Zir'Avan und Nassàr zu suchen.

Bei der Verabschiedung steckte Darian ein dicker Kloß im Hals, denn sie wussten nicht, wann und ob sie sich jemals wiedersehen würden. Die so voller Hoffnung und Zuversicht begonnene Mission, ihr Königreich zurückzugewinnen und die Bevölkerung auf ihre Seite zu bekommen, war fehlgeschlagen, was Atorian ganz besonders zu belasten schien. Er und sein Vater waren immer beliebt gewesen, und er konnte es kaum fassen, dass die Menschen ihnen nicht glaubten und sich Samukal so bedingungslos angeschlossen hatten. An vielen Abenden hatte Kaya versucht, ihnen dies alles aus der Sicht der einfachen Menschen zu erklären. Von Darian war das Volk nur Schlechtes gewohnt gewesen. Atorian kannte heute kaum noch jemand, und gerade die Jungen ließen sich von neuen Straßen, verbesserter medizinischer Versorgung und Gauklern, die ihnen das Leben versüßten, einwickeln. Dennoch versprach sie ihm, alles zu tun, um ihn zu unterstützen.

Fendor war noch immer sichtlich verletzt und beleidigt, und sein Abschied fiel sehr kühl aus. Er ließ sich, gemeinsam mit Kaya und Atorian, an den Rand des Elfenreichs führen, wo sich ihre Wege allerdings trennten.

Darian, Mia und Leána brachen zusammen mit Lharina und Nordhalan zum Eichentor auf. Beinahe hatte Darian ein schlechtes Gewissen, seinen Bruder allein zu lassen; andererseits wollte er unbedingt bei seiner kleinen Familie bleiben, um sie zu beschützen. Auch Atorian war schließlich der Meinung gewesen, dass Leánas Sicherheit von entscheidender Bedeutung war. In jedem Fall wollten sie sich spätestens nach dem Winter am Rannocsee treffen und weitere Pläne schmieden.

Leána maulte ein wenig, weil sie sich mit drei Elfenkindern angefreundet hatte und jetzt nicht gehen wollte, allerdings hielt ihre schlechte Laune nicht lange an, als Mia ihr sagte, Siah und Murk würden sicher auf sie warten.

»Vhin und mein Pony haben mich bestimmt auch vermisst«, meinte sie und strahlte schon wieder.

Als sie an der knorrigen alten Eiche anhielten, sah Lharina Leána tief in die Augen. »Du musst dir jetzt die Nebelinsel vorstellen. Den Ort, an dem wir uns das erste Mal gesehen haben.«

»Ja, mache ich«, antwortete Leána unbekümmert und sah sich dann nach Fenja um, die mal wieder verschwunden war.

»Leána, es ist wirklich wichtig, dass ihr auf die Nebelinsel gelangt.« Die junge Elfe kniete sich vor das kleinere Mädchen. »Du darfst, wenn du durch das Tor gehst, an nichts anderes denken.«

Jetzt nickte Leána ernst und fragte dann: »Besuchst du mich?«

»Natürlich, ich werde so oft wie möglich zu euch kommen.« Lharina strich dem Mädchen über die dunklen Haare und lächelte.

»Wir werden immer einen Bewohner der Nebelinsel am Tor Wache halten lassen«, versprach Mia, dann zögerte sie, »es sei denn, du hast Angst vor uns Mischlingen.«

Doch Lharina lachte nur hell auf. »Nein, ganz sicher nicht. Ich kenne schließlich dich und Leána und habe euch sehr gern.« Sie umarmte sie alle nacheinander.

Mit gemischten Gefühlen ging Darian auf das Tor zu, und auch in Mias Augen sah er Zweifel. Würden sie tatsächlich auf der Nebelinsel herauskommen oder an einem weit entfernten

Ort, von dem aus sie am Ende doch noch eine lange und gefährliche Reise auf sich nehmen mussten?

»Leána, denk an zu Hause, an die Eiche auf der Nebelinsel«, erinnerte Mia ihre kleine Tochter.

Leána versprach es begeistert, umarmte Fenja, die gerade hechelnd angerannt kam, und schritt dann an der Seite der Wölfin selbstbewusst auf die knorrige Eiche zu. Mia und Darian folgten mit Lavos und Menhir am Zügel dichtauf. Wieder war dieses magische Prickeln zu spüren, doch dann kam es Darian kurz so vor, als würde er in bodenlose Tiefe stürzen. Nach Luft schnappend griff er vor sich, trat dann aber auch schon auf weichen Grasboden, und zu seiner grenzenlosen Erleichterung stand kurz darauf Mia vor ihm, die den hysterisch schnaubenden Lavos allerdings kaum beruhigen konnte. Das braune Pferd gebärdete sich wie wild, versuchte immer wieder zu steigen und rollte mit den Augen.

»Hast du das gespürt, Darian?«, fragte Mia. Sie sah über ihre Schulter hinweg zu der Eiche, die still und mächtig dastand. Jetzt zeugte nichts mehr davon, dass sich hier der Zugang zu einem magischen Weg befand.

»Es war, als würde die Magie kurz versiegen, oder?«, versuchte Darian seine Empfindungen in Worte zu fassen.

Mia stimmte ihm zu. »Zumindest sind wir eindeutig zu Hause. Leána, du hast das sehr gut gemacht.«

»Darf ich schon vorlaufen?« Bevor die Kleine jedoch eine Antwort erhalten hatte, war sie bereits losgeflitzt, und Darian verdrehte die Augen.

»Mach dir keine Sorgen, auf den Pferden holen wir sie schnell ein.« Mia schwang sich auf Lavos, der sich inzwischen ein wenig beruhigt hatte, und auch Darian stieg rasch auf Menhirs Rücken.

Sie ritten durch ein lichtes Nadelwäldchen, dann einen mit Felsbrocken und Heidekraut übersäten Abhang hinab. Als sie über den nächsten Hügel galoppierten, erblickten sie vor sich das strahlend blaue Meer, über dem Seevögel ihre Kreise zogen.

Eine leichte, angenehme Meeresbrise brachte den Geruch von Algen und Salzwasser mit sich. Unter ihnen, an grüne Hügel geschmiegt, die Schutz vor dem immer währenden Wind boten, lag das Dorf, in dem ein Großteil der Nebelinselbewohner Zuflucht gefunden hatten. Weiter im Norden gab es noch einige kleinere Siedlungen, aber wie Darian wusste, hielten sich hier die meisten Nebelhexen auf. Vor allem die jungen Halblinge wurden hierhergebracht, wo man ihnen eine Ausbildung zuteilwerden ließ. So konnten sie sich an das Leben in der Gemeinschaft gewöhnen.

»Sag mal, wie kann denn Leána so schnell …« Darian beendete seinen Satz nicht, denn nun sah er mit einem liebevollen Lächeln auf dem Gesicht, wie seine Tochter auf kurzen Beinen auf ein winziges Mädchen zurannte und die beiden sich in die Arme fielen, während die Wölfin Fenja um sie herumsprang. Im Dorf entstand Aufruhr, und kurze Zeit später walzte auch schon eine große kräftige Gestalt auf die Mädchen zu.

»Los, wir sollten die Ersten sein, die Murks Begeisterung abbekommen«, meinte Darian und schnitt eine Grimasse. »Die arme Leána würde er sicher zerquetschen.«

Mia lachte laut auf, dann galoppierte sie hinter Darian her, einen mit Gras bewachsenen Pfad hinab.

Die kleine Siah winkte ihnen fröhlich zu, und kurz darauf hatten sie den heftig schnaufenden Halbtroll erreicht. Sein breites, derbes Gesicht, das jeden, der ihn nicht kannte, auf Anhieb dazu veranlasste, einige Schritte zurückzutreten, war vor Anstrengung verzerrt, und seine normalerweise gräulich braune Haut hatte eine eigentümlich rostbraune Farbe angenommen.

»Endlich … wieder … da … seid«, japste er und beglückte Darian, der als Erster vom Pferd sprang, mit einer Umarmung nach Trollart, die jedem weniger robust gebauten Menschen vermutlich die Knochen gebrochen hätte.

»Ich freue mich auch, dich zu sehen.« Energisch schob Darian den Halbtroll ein Stück von sich und schnappte nach Luft.

»Murk, ich grüße dich.« Mia drückte ihm nur einen raschen Kuss auf die Wange und brachte sich anschließend hinter Lavos in Sicherheit.

»Dorf größer worden«, erklärte Murk mit wichtiger Miene, wobei er sich auf die breite Brust klopfte, deren ausgeprägte Muskeln das verwaschene graue Hemd kaum verbarg. »Viele Hütten baut.«

»Das ist wunderbar, Murk«, lobte Mia, dann setzte sie Leána und Siah, die aufgeregt miteinander schwatzten, auf Lavos' Rücken und führte sie das letzte Stück bis zu den Hütten. Von überallher erklangen begeisterte Rufe und Beteuerungen, wie froh alle waren, dass Mia, Darian und Leána wohlbehalten zurückgekehrt waren. Für die meisten Bewohner der Nebelinsel war das Festland ein Ort des Grauens und großer Gefahren. Die den Nebelhexen größtenteils feindlich gesinnten Menschen machten ihnen Angst, und es hatte einige Zeit gedauert, bis sie Darian akzeptiert hatten.

»Ich bin sehr glücklich, dass ihr hier seid.« Lilith trat aus einer der Hütten und strich sich eine blonde Haarsträhne aus dem Gesicht. Ihre Hände waren grün und rot bespritzt. Vermutlich hatte sie gerade Stoffe gefärbt oder mit irgendwelchen Kräutern experimentiert. »Ihr seid sicher hungrig. Arvena, richte doch bitte ein Essen her.«

Eine kleine, stämmige Frau, deren Gesichtsbehaarung von einem Teil Zwergenblut sprach, nickte stumm und eilte dann auf krummen Beinen davon.

Lilith bat ihre Freunde in ihre Hütte, wo sie sich erzählen ließ, was sie in letzter Zeit erlebt hatten.

»Wie geht es dem Mischlingskind?«, erkundigte sich Mia im Anschluss.

»Ihm geht es sehr gut«, versicherte die kleine Halbgnomin, »er lebt im Norden, und Evellith kümmert sich rührend um ihn.«

Dies schien Mia zu beruhigen, und als Darian fragte, wer Evellith sei, erklärte Lilith, die Frau habe sowohl Elfen- als auch

Trollblut. Evellith habe sich immer ein Kind gewünscht, sich jedoch wegen des allgemeinen Verbotes, das besagte, dass Nebelhexen keine Kinder bekommen durften, und wegen der Verachtung, die sie selbst erfahren hatte, gescheut, selbst Mutter zu werden.

Insgeheim fragte sich Darian, wie ein solches Wesen wohl aussehen mochte. Die Derbheit der Trolle und die Anmut der Elfen mussten eine verrückte Mischung abgeben. Dennoch freute er sich für das kleine Mischlingskind, dass es nun ein liebevolles Zuhause gefunden hatte.

»Ist Tagilis auch hier?«, wollte Darian wissen.

»Er ist bereits vor einiger Zeit zum Rannocsee aufgebrochen, weil er sich erkundigen wollte, wo ihr seid. Vielleicht hilft er nun bei der Suche nach Nassàr und Zir'Avan«, vermutete Lilith, und ihr Blick drückte für einen Augenblick Besorgnis aus. Dann eilte sie rasch nach draußen, um nach dem Essen zu sehen.

»Es ist, als würden wir nach Hause kommen, oder?«, fragte Darian und legte einen Arm um seine Gefährtin, die sich glücklich an ihn lehnte. Und für einen Moment konnten sie die drohende Gefahr, die Sorgen um ihre Freunde und sogar Samukal vergessen.

Wohl oder übel war Samukal Atene gegenüber schließlich damit herausgerückt, dass er über einen Dämon gebot. Eine gewisse Befriedigung hatte ihm der entsetzte und, wie er zu erkennen glaubte, auch bewundernde Blick in Atenes Augen bereitet. Nun ging sie ihm allerdings schon den ganzen Sommer lang auf die Nerven und wollte wissen, wie er den Dämon beherrschte. Außerdem vermutete sie sehr richtig, dass es nicht nur einer sei, denn aus verschiedenen Teilen des Landes hörte man von brutalen Überfällen und Toten. Samukal stellte es vor ihr so dar, als wäre dies alles Teil seines Plans – doch in Wirklichkeit hatte er keine Ahnung, welche Dämonen dahintersteckten, da es ihm zunehmend schwerfiel, zu einigen der Propheten Kontakt aufzunehmen. Vier von ihnen hatte er zu sich beordert und ihnen gehörig den Kopf gewaschen, aber drei schienen wie vom Erdboden verschluckt. Unter ihnen auch derjenige, der den geflügelten Dämonen beherrschte, welcher offenkundig das größte Unheil anrichtete. Seit der letzte Sommermond angebrochen war, gab es außerdem Gerüchte aus dem Süden des Landes, dass sich Menschen, die Haus und Hof verloren hatten, nun doch Atorian anschlossen, und das war etwas, was Samukal im Keim ersticken musste.

»Ich werde die verdammten Propheten alle hinrichten lassen und wieder selbst die Kontrolle übernehmen«, knurrte er auch deswegen, als er an diesem Sommertag an der Burgmauer stand und auf das unter ihm an die Klippen brandende Meer blickte. Weiße Schaumkronen tanzten auf den Wellen, und für einen Augenblick wünschte er sich, er könne ein Boot nehmen und einfach davonsegeln. Dann kam jedoch Kayne auf ihn zugerannt und zeigte ihm voller kindlicher Begeisterung einen kleinen Holzbogen.

»Lord Olvis und Lady Tilina haben ihn mir geschenkt«, erzählte er stolz.

»Ich hoffe, du hast dich gebührend bedankt?«, erkundigte sich Samukal streng und fügte in Gedanken hinzu: *Sicher will dieser Gierschlund sich schon wieder einen Beutel Gold leihen.* Dann grinste Samukal jedoch. *Es wird wohl Zeit, dass ich dem guten Lord beibringe, was Zinsen sind.*

»Geh mit dem Bogen üben, Hauptmann Greshar soll dir eine Zielscheibe aufstellen und dich unterrichten. Später werde ich mir ansehen, wie viele deiner Pfeile das Ziel gefunden haben.«

Der dunkelhaarige Junge rannte lachend davon, und Samukal sah ihm eine ganze Weile hinterher. Dann begab er sich zu seinem Arbeitszimmer, wo der Lord aus Culmara tatsächlich wartete und um eine größere Menge Gold bat.

Nach einer anstrengenden Verhandlung und einem schriftlichen Vertrag, welcher Lord Olvis zunächst gar nicht behagt hatte, ließ sich Samukal erschöpft in den weichen Ledersessel sinken. Die mentale Beeinflussung des einfältigen Mannes hatte ihn mehr angestrengt, als er gedacht hatte. Auch hatte der Zauber einige Zeit gebraucht, bis er gewirkt hatte und Lord Olvis in dem festen Glauben gegangen war, er hätte einen äußerst fairen Handel abgeschlossen. Seufzend öffnete Samukal eine Klappe in dem alten hölzernen Schreibtisch und griff nach seinem Stärkungstrunk. Unbehaglich stellte er fest, dass davon nicht mehr allzu viel übrig war.

Ich muss dringend mehr davon herstellen, bevor ich einem der Dämonen entgegentrete, überlegte er und nahm einen tiefen Schluck.

Nach einiger Zeit fühlte er sich deutlich kräftiger und spürte seine magischen Kräfte zurückkehren. Dennoch zuckte er zusammen, als die Geheimtür neben dem Regal aufschwang.

Idiot, schalt er sich selbst, *Dämonen benutzen keine Tür.*

»Atene, meine Liebe, was kann ich für dich tun?«, fragte er betont gelangweilt.

Voller Anmut ließ sie sich auf der breiten Lehne des Sessels nieder und begann seinen kurzen Bart zu kraulen. »Samukal, ich möchte auch einen Dämon, nur einen ganz kleinen«, bat sie schmeichelnd.

Doch Samukal lachte nur laut auf. »Träum weiter, meine Liebe, du könntest ihn niemals beherrschen.«

»Aber du kannst es.« Atenes unergründliche Augen bohrten sich in die seinen. »Ich möchte wissen, wie du das machst, du könntest es mich lehren.«

»Nein!« Er stand ruckartig auf und sah aus dem Augenwinkel, wie Atene lautlos fluchte.

»Ich könnte verbreiten …«

»Atene, das hatten wir doch schon mal. Ich habe mich breitschlagen lassen, dir zu verraten, was mein Geheimnis ist, und du wolltest dafür diese dummen Verleumdungen für dich behalten, dass ich am Tode von König Jarredh schuld sein soll.« Samukal richtete sich auf, hob selbstsicher eine Augenbraue und sah sie an. »Mal abgesehen davon interessiert sich mittlerweile niemand mehr für König Jarredh oder einen seiner Söhne. Das Volk liebt mich und Prinz Kayne, wir beschützen sie und bieten ihnen mehr, als sie seit hunderten von Sommern hatten.«

»Aber wenn sie erfahren, dass von dir beherrschte Dämonen und nicht Götter an den Hinrichtungen schuld sind …«

Zwei lange Schritte brachten Samukal zu Atene, und er fasste sie so hart am Kinn, dass ihr ein gereiztes Zischen entwich. »Treib es nicht zu weit, Atene, du weißt sehr wohl, dass ich stärker bin als du, und es könnte sein, dass ich beschließe, einen meiner finsteren Helfer zu dir zu schicken. Für deine Reize werden sie kaum zugänglich sein.«

»Ist ja schon gut.« Sie drückte seine Hand hinunter, und obwohl Ärger in Atenes faszinierendem Gesicht stand, schlug sie nun wieder einen versöhnlicheren Tonfall an. »Ich möchte nur ein wenig mehr Macht haben.« Sie strich ihm mit der Hand um das Kinn. »Gerade du solltest das doch verstehen.«

»Natürlich verstehe ich das, meine Teuerste, aber leider ist es mir nicht möglich, alles mit dir zu teilen.«

Mit unzufriedener Miene schwang Atene ihre langen, schlanken Beine über die Sessellehne und ließ sie vor und zurück baumeln. Dass dabei mehr offenbart als verhüllt wurde, war unter Garantie Absicht, aber diesmal ließ Samukal sich nicht einwickeln und sah ungerührt einige Dokumente durch.

Nachdem sie eine ganze Weile geschwiegen hatte, sprang Atene plötzlich ruckartig auf und stellte sich vor Samukal. »Wenn ich dir etwas bringe, das dir die Kontrolle über Darian und seinen Bruder verschafft, verrätst du mir dann, wie du die Dämonen beherrschst?«

»Und was soll das bitte sein?« Bewusst verlieh Samukal seiner Stimme einen desinteressierten Klang, wenngleich er insgeheim gespannt war, was Atene ihm zu bieten hatte.

»Ich habe gewisse Verbindungen«, gurrte sie, und ihre sinnlichen Lippen näherten sich seinem Hals.

»Lass das und sprich.«

Als sie ihm etwas ins Ohr flüsterte, riss Samukal zunächst überrascht die Augen auf, dann packte er sie hart an den Handgelenken.

»Miststück, warum hast du mir das nicht schon viel früher gesagt?«

»Ach, mein Lieber, leider ist es mir nicht möglich, all meine Geheimnisse mit dir zu teilen«, ahmte sie ihn nach, und Samukal hätte sie in diesem Augenblick am liebsten geschlagen

»Also gut, beweise mir, dass du nicht lügst.«

Sie nickte, verschwand dann wie ein roter Schatten durch den Geheimgang und ließ Samukal nachdenklich zurück. Atenes Neuigkeiten eröffneten ihm vollkommen unerwartete Perspektiven.

Der Spätsommer und auch der Herbst vergingen recht betriebsam auf der Nebelinsel. Heu, Korn und Gemüse mussten für den kommenden Winter eingebracht werden, Brot wurde gebacken, Würste und Fleisch geräuchert oder eingesalzen. Rund um das Dorf waren verstärkt Wachen aufgestellt worden, wenngleich sich Lilith und die anderen sicher waren, dass der Culahan, der Berggeist, der den Pass von Süden her bewachte, und die anderen Geister der Nebelinsel sie mit wachem Auge gegen ungebetene Besucher schützten. Doch nachdem Lharinas Worte Darian einfach nicht aus dem Kopf gehen wollten, hatten sie sich ihm zuliebe auf zusätzliche Vorsichtsmaßnahmen eingelassen. *In meiner Vision sah ich Leána, und über ihrem Kopf kreisten Drachen. Doch sie wurde von einem dunklen Schatten bedroht.* Das hatte die junge Elfe gesagt, und Darian ließ Leána auch hier nur ungern aus den Augen, wenngleich er wusste, dass jede der Nebelhexen und auch die männlichen Halbwesen sie mit ihrem Leben beschützen würden. Gleichzeitig wurde auch schnell klar, dass er das quirlige Mädchen nicht überallhin begleiten konnte. Leána war hier mit ihren Freunden so ausgelassen und fröhlich, dass er ihr mit seinen Sorgen keine Angst einjagen wollte, und so ließ er sie, wenn auch schweren Herzens, durch Wälder und Wiesen streifen. Nur bestand er darauf, dass zumindest immer einer ihrer Freunde mit dabei war. Am liebsten wäre ihm Murk gewesen, aber der gewaltige Halbtroll wurde dringend bei der Ernte oder beim Holzmachen benötigt, sodass die kleinen Kinder eher unter sich blieben.

Manchmal ließ sich Darian von dem friedvollen Gefühl der Sicherheit auf der Insel einlullen. Die Spätsommertage waren wunderbar warm, und nach getaner Arbeit saß er mit den Dorfbewohnern noch lange auf dem Dorfplatz am prasselnden Feuer, wo sie über gemeinsame Erlebnisse lachten oder einfach nur stumm, zufrieden und müde in den glitzernden Sternenhimmel blickten.

Zweimal war Lharina auf die Nebelinsel gekommen und hatte berichtet, dass es zwar keine weiteren Überfälle auf das Elfenreich gegeben hätte, aber doch eigenartige Dinge in Albany vor sich gingen. Die Trolle verhielten sich seltsam ängstlich und zogen sich weiter in den Osten zurück, immer mehr Elementarwesen suchten Schutz im Elfenreich und wären kaum dazu zu bewegen, in andere Teile des Landes zu gehen, und auch die Wildtiere wirkten verstört und furchtsam. Das Elfenmädchen ließ herzliche Grüße von Nordhalan ausrichten, dem es gut gehe und der den Elfen eine große Hilfe sei. Die Elfen und der Zauberer überlegten, erneut den Rat des Orakels zu erbitten, und wollten versuchen, durch das Eichentor auf die Geisterinsel zu gelangen.

Mitte des zweiten Herbstmondes kehrte Tagilis in Begleitung von Zir'Avan auf die Nebelinsel zurück. Der Dunkelelf wurde von vielen Nebelhexen argwöhnisch beäugt, aber Darian fiel auf, dass sie diesem geheimnisvollen und nachweislich tödlichen Wesen weniger feindselig gegenüberstanden, als es früher bei ihm der Fall gewesen war. Vermutlich hatte hier einfach noch niemand schlechte Erfahrungen mit Dunkelelfen gemacht, mit Menschen hingegen zuhauf.

»Es hat mich einiges an Mühe gekostet, den Culahan zu besänftigen«, erzählte Tagilis und trank lächelnd von dem Heidelbeersaft, den Leána ihm brachte, bevor sie sich freudig auf den Schoß ihres Großvaters setzte und – vermutlich mangels eines Bartes – seine anthrazitfarbenen Haare zu Zöpfen flocht. Zir'Avan musterte das Mädchen mit kritisch emporgezogenen Augenbrauen, ließ die Kleine jedoch gewähren.

»Außer Aramia hatten wir noch keine Dunkelelfenmischlinge auf der Insel«, meinte Lilith, dann verbeugte sie sich vor Zir'Avan, und ein leichtes Rot hatte ihre Wangen zart gefärbt. »Es freut mich, dass Ihr Tagilis begleitet habt.«

»Es war mir ein Bedürfnis, den Ort kennenzulernen, an dem meine Tochter aufgewachsen ist«, verkündete Zir'Avan würdevoll und berichtete anschließend, wie er und Nassàr ohne große Schwierigkeiten vom Kratersee zum Lager am Rannocsee gereist waren und dort auch Fendor wiedergesehen hatten. »Der Krieger Nassàr hat ununterbrochen geschimpft und sämtliche Magie verflucht«, stellte Zir'Avan missbilligend fest. »Dabei war die Reise nicht sonderlich beschwerlich. Man konnte den Kratersee zu Fuß umrunden, und auch zum Rannocsee gelangten wir, ohne auf Schwierigkeiten zu treffen.«

»Es gibt gute Neuigkeiten«, fügte Tagilis mit seiner im Gegensatz zu Zir'Avan sehr sanft klingenden Stimme hinzu. »Nun ja, für viele Menschen sind sie nicht gut, denn einige Dörfer wurden zerstört, aber diejenigen, die glaubten, alles getan zu haben, was Samukal und seine Propheten verlangten, und trotz allem ihr Zuhause verloren, haben sich zu großen Teilen Atorian angeschlossen.«

»Wirklich?« Darian sprang auf, und ein Lächeln erhellte sein Gesicht.

»Ja. Zwar lässt Samukal nun wohl das Gerücht streuen, Atorian sei gar nicht zurück, es sei ein von einem Dämon besessener Lügner, aber nicht zuletzt dank Kaya, die gute Verbindungen zu vielen Bewohnern in ihrem Heimatdorf und einigen weiteren, in denen sie gelebt hat, besitzt, wächst Atorians Einfluss von Tag zu Tag. Erfreulicherweise haben viele von Kayas früheren Bekannten weitere Freunde oder Verwandte, die sich ihm nach und nach anschließen. Inzwischen gibt es unterschiedliche Lager in den Wäldern im Westen. Das am Rannocsee bleibt allerdings unseren engsten Verbündeten vorbehalten. Atorian hat entschieden, vorerst auf die Söldner aus Ilmor zu verzichten, da sie zu schwer einzuschätzen sind.«

»Ist wohl auch besser so«, stimmte Darian zu, dann blickte er angestrengt in den über dem Meer aufziehenden Nebel.

»Was bedrückt dich, mein Freund?«, wollte Tagilis wissen, während Mia sich weiter mit ihrem Vater unterhielt und ihn schließlich von seiner Enkelin befreite, die ihm auch noch Herbstblumen in die Zöpfe stecken wollte.

»Ich gönne Atorian seinen Erfolg, aber …«

»Du wärst gerne dabei«, vermutete der Halbelf.

Darian erhob sich und ging mit seinem Freund ein Stück in Richtung Meer. Leise plätscherten die Wellen an das steinige Ufer und brachten Erinnerungen an früher mit sich.

»Vielleicht ist es besser, wenn mein Bruder allein ist. Er hat zumindest nicht beinahe das Königreich ruiniert.«

»Darian, eines Tages wird sich alles aufklären.« Tagilis lächelte. »Ihr Menschen seid immer so entsetzlich ungeduldig. Manche Dinge benötigen ihre Zeit, und wenn die Bevölkerung erst Atorian Glauben schenkt, werden sie auch dir zuhören, wenn du ihnen erklärst, dass Fehenius Schuld an deinem Zustand hatte.«

»Ja, vielleicht.« Seufzend ließ sich Darian auf einem glatten Felsen nieder. »Am liebsten würde ich ohnehin für immer hier auf der Insel bleiben.«

»Und eure Burg? Das Erbe deiner Vorväter?«

»Northcliff ist mir wichtig, und ich denke, ich würde Atorian und Kaya auch gerne dort besuchen, aber nur, wenn Mia und Leána ebenfalls erwünscht sind.«

»Du bist ein Mann mit Prinzipien«, stellte der Halbelf schmunzelnd fest. »Ein anderer würde vermutlich auf seinem verliehenen Amt bestehen und Frau und Kind sogar verleugnen.«

»So bin ich nicht!«

»Und deshalb wärst du unter Umständen sogar der bessere König.«

Tagilis war nach Edur nun schon der Zweite, der das behauptete. »Wie meinst du das?« Verwirrt zog Darian die Augenbrauen zusammen. »Magst du Atorian nicht?«

»Doch, und ich vermute, er wird auch ein guter König werden, falls es euch tatsächlich gelingt, Samukal aus der Burg zu werfen, aber Atorian legt deutlich mehr Wert auf Macht und Einfluss als du. Vermutlich sind das Eigenschaften, die nötig sind, um ein menschlicher König zu werden, aber unter dir würde es uns Bewohnern der Nebelinsel besser gehen als unter jedem König zuvor. Und was Kaya angeht, so denke ich, dass Atorian auf sie verzichtet hätte, wäre sie eine Nebelhexe, ganz gleich, wie sehr er sie auch liebt. Er hätte nicht wegen einer Frau den Thron einem anderen überlassen.«

»Das kann schon sein«, gab Darian zögernd zu, dann legte er Tagilis eine Hand auf den Arm. »Aber ich verspreche dir, sollte Atorian erst einmal König sein, dann werde ich mich für die Bewohner der Nebelinsel einsetzen, damit sie die gleichen Rechte bekommen wie alle anderen Menschen. Schließlich bin auch ich ein Sohn von Jarredh.«

Diese Worte schienen Tagilis allerdings nicht ganz zu überzeugen. »Du hast noch viele Sommer vor dir, vielleicht wird es irgendwann so sein.«

Eisige Stürme mit heftigem Regen läuteten das Ende des zweiten Herbstmondes ein, und Samukal wartete ungeduldig auf Atenes Rückkehr. Weitere Dörfer waren überfallen und ausgelöscht worden, und die Kunde davon, dass Atorian von Northcliff zurück sei, breitete sich allmählich in Albany aus. Samukal hatte die Dämonin in eines der Dörfer geschickt und diese dort wüten lassen, als Zeichen dafür, dass die Götter diejenigen straften, die vom falschen Weg abkamen, aber offenkundig konnte inzwischen niemand mehr erkennen, wer an welchen Taten schuld war – nicht einmal Samukal selbst. Um das Volk zu besänftigen, ließ Samukal an diesem Tage vier Propheten öffentlich hängen. Er verkündete, sie wären auf die Beteuerungen des falschen Atorian hereingefallen und hätten sich von den Göttern abgewandt. Nur deshalb sei die Strafe der Götter über bestimmte Teile des Landes gekommen, auch über die Propheten und diejenigen, die sich ihnen angeschlossen hatten. Die schwarzen Opale hingen nun wieder um Samukals Hals. Er wusste, dass die grausigen Wesen nach Blut dürsteten, musste aber zunächst unbedingt herausfinden, was mit den übrigen Dämonen passiert war. Er hatte Rashkár auf die Suche nach ihnen geschickt, außerdem eine erneute Nachricht an seinen Lehrmeister. Vieles verlief anders, als er es geplant hatte, und er musste die Vorkommnisse unbedingt wieder unter seine Kontrolle bekommen.

Gereizt rieb sich Samukal die Schläfen, machte dem Henker ein Zeichen, und kurz darauf baumelten vier Männer am Strick, während das Volk zustimmend murmelte. Nachdem die Leichen stumm im kalten Wind schaukelten, verteilten sich die Leute leise schwatzend. Samukal hatte Freibier in allen Tavernen versprochen, und so hoffte er, für einige Zeit Ruhe ins Land gebracht zu haben.

Als eine große, hagere Gestalt in einem unauffälligen schwarzen Umhang auf ihn zukam, straffte er die Schultern.

»Dimitan, mein Lieber, ich hoffe, in Culmara ist alles zu deiner Zufriedenheit.«

Das ausgemergelte Gesicht des Zauberers verzog sich missbilligend. »In Culmara durchaus, aber der Rest des Landes …«

»Wie du siehst, sind die Schuldigen tot.«

»Verkauf mich nicht für dumm, Samukal«, entgegnete Dimitan scharf, »ich bin kein Bauer, den du mit einem Humpen Bier besänftigen kannst. Was soll dieser Blödsinn mit den Propheten? Du hast mir die Befehlsgewalt über sie erteilt, allerdings musste ich niemals mehr tun, als ihre Einnahmen zu dokumentieren.«

»Eine angenehme Beschäftigung, die nach deinem Geschmack sein sollte«, entgegnete Samukal süffisant, aber diesmal ließ sich Dimitan nicht so einfach abspeisen. Seine ausgemergelte Hand, über deren Knochen sich bleiche, von Altersflecken gezeichnete Haut spannte, ergriff den Ärmel seines Hemdes.

»Die Propheten haben schlechte Arbeit geleistet, und normalerweise hättest du mich dafür verantwortlich gemacht. Also, Samukal, was steckt dahinter? Sprich!«

Samukals Kiefer spannte sich an. Während ihm Regen über das Gesicht lief, musterte er Dimitan eine ganze Weile. Schließlich fasste er den Zauberer am Arm und bat ihn, ihm in die Kutsche zu folgen. Gemeinsam fuhren sie zurück nach Northcliff, und wenngleich Samukal zögerte, stellte er Dimitan schließlich die Frage, die ihm schon so lange im Kopf herumging.

»Möchtest du einer der mächtigsten Zauberer werden, den es jemals in der Geschichte Northcliffs gegeben hat?«

»Streben wir nicht alle nach Macht?« Misstrauisch legte Dimitan seine Stirn in Falten.

»Ich habe ein Angebot für dich, Dimitan.« Samukal beugte sich vertraulich zu dem glatzköpfigen Mann vor, dessen Augen sich mehr und mehr weiteten, je länger er Samukal zuhörte.

»Ich soll lernen, Dämonen zu beschwören?« Dimitans Stimme hatte einen ungläubigen und zugleich auch leicht hysterischen Klang angenommen.

»Die schwierigste und zugleich machtvollste aller Beschwörungen, eine Beschwörung, die eines wahren Meisters bedarf.« Eindringlich drückte Samukal Dimitans dürren Arm. »Du bist ein starker Zauberer, du könntest es erlernen.«

»Ha!« Dimitan fuhr sich über die Glatze, dann über das Gesicht. Kleine Schweißperlen bildeten sich auf seiner Stirn. »Samukal, ich …«

»Schlag ein und herrsche mit mir gemeinsam. Macht über das Volk, Macht über die Zwerge und vielleicht eines Tages sogar über die Elfen. Wir können Albany zum Blühen bringen. Nur benötige ich ein klein wenig Hilfe dabei.« Beschwörend und einnehmend kamen die Worte aus Samukals Mund, er nickte dem unsicher wirkenden Dimitan zu, und ganz langsam und zögernd streckte sich Dimitans Hand der Samukals entgegen. Dann schlug Dimitan ein.

Ein sanfter Wind ließ die Blätter der alten Eiche rauschen. Viele von ihnen hatten sich schon bunt gefärbt und tanzten nun, den fröhlichen Baumgeistern gleich, in der leichten Abendbrise zu Boden. In seine braune Wolldecke gewickelt – die Nächte wurden jetzt schon empfindlich kalt –, beobachtete Darian zwei winzige, durchscheinende Heidefeen, die in der Dämmerung miteinander Fangen spielten. Nur wirkte ihr Tanz nicht so freudig und unbeschwert, wie er es eigentlich von den Naturgeistern kannte. Seine in Magie besser bewanderten Freunde hatten vermutlich Recht – irgendetwas ging vor in Albany. Darian erinnerte sich an ein Gespräch mit Tagilis, der ihm betrübt berichtet hatte, seiner Gefährtin Veliah, dem Geist einer Nebelhexe, fiele es zunehmend schwer, zu ihm zu kommen. Irgendetwas würde sie schwächen und davon abhalten, in der Welt der Lebenden zu verweilen. Darian glaubte zu erahnen, wie traurig das den Halbelfen machte, der sich mehr denn je zurückzog und meditierte, um seiner Geliebten näher zu sein.

Heute war Darian an der Reihe, Wache am Eichenportal zu halten. Er beneidete Mia und Leána, die jetzt vermutlich in Liliths Hütte am Feuer saßen. Gemeinsam mit Murk und Karad, der halb Gnom, halb Troll war, hatte Darian begonnen, eine eigene Hütte für sich und seine Familie zu bauen. Natürlich wusste er nicht, wie lange sie auf der Insel bleiben konnten, aber er hatte das Gefühl gehabt, hier irgendetwas aufbauen zu müssen, das sie auch in unruhigen Zeiten daran erinnern würde, wo sie zu Hause waren. Die Seitenwände aus den grob behauenen Steinen der Umgebung standen bereits, auch einen Kamin hatte er mit seinen Freunden gemauert. Nun fehlte nur noch das Dach, für welches Leána während der letzten Tage eifrig Heidekraut und Stroh gesammelt hatte.

Ein Knacken im Gebüsch ließ Darian auffahren, er griff nach seinem Schwert, welches am Baum neben ihm lehnte, und stellte sich in Angriffsposition mit dem Rücken zur Felswand. Ein schwarzer Schatten brach durch das Gestrüpp aus wilden Himbeeren links von ihm, und Darian hätte beinahe zugeschlagen.

»Fenja, musst du mich so erschrecken?« Kopfschüttelnd tätschelte Darian der schwarzen Wölfin den Kopf, während sie ihm ein totes Moorhuhn vor die Füße legte. Ihre Schnauze war blutig, und sie wedelte begeistert mit ihrer Rute.

»Vielen Dank, ich habe schon gegessen«, seufzte er, nahm das tote Huhn und hielt es Fenja wieder hin.

Kurz fiepte die Wölfin verwirrt, dann verspeiste sie es jedoch mit wenigen Bissen und einem lauten Knacken von Knochen, bevor sie sich genüsslich das Maul leckte. Erneut ließ sich Darian auf den Boden sinken, aber plötzlich glomm ein weiches, weiß-silbriges Licht um die Eiche herum auf. Fenjas eben noch bedrohlich hochgezogenen Lefzen senkten sich wieder, und sie trabte auf das Elfenmädchen zu.

»Ich grüße dich, Darian.«

»Und ich grüße dich. Gibt es Neuigkeiten, Lharina?«

Die junge Elfe nickte, dann setzte sie sich zu Darian auf den weichen Boden. »Wir sind zu der Erkenntnis gelangt, dass das Verschwinden der Drachen die magischen Verhältnisse dieser Welt ins Ungleichgewicht gestürzt hat. Ich brauchte drei Anläufe, bis ich hierher auf die Insel kam. Bei meinem ersten Versuch war es mir überhaupt nicht möglich, durch das Eichentor zu gehen. Wir ersuchten viele Male Readonn um Rat, konnten ihn jedoch kein einziges Mal beschwören, was unsere Vermutung stützt.«

Darian nickte zwar zögernd, doch Lharina schien ihm anzusehen, dass er die Zusammenhänge nicht wirklich verstand. »Die Drachen sind uralte Wesen«, begann sie zu erklären und kraulte Fenja dabei beiläufig das Fell. »Wir Elfen gehen sogar davon aus, dass die Drachen die ersten magischen Wesen überhaupt waren. Sie vereinen große Kräfte in sich, und wie kaum ein anderes Wesen haben sie die Macht, die Waagschale des Lebens in alle Richtungen kippen zu lassen. Die Drachen der Dracheninsel haben dabei stets Gerechtigkeit walten lassen und diese auch bei der Weihe der Könige zugrunde gelegt. Jemandem, in dessen Herzen keine Gerechtigkeit wohnt, hätten sie die Weihe verwehrt. Ihr Ziel war es, das Gleichgewicht zu bewahren.«

Plötzlich durchzuckte Darian eine Erinnerung an seine Weihe zum König von Northcliff, und er unterbrach die junge Elfe. »Lharina, damals im Steinkreis hatte ich das Gefühl, Apophyllion hätte gezögert.« Er kaute auf seiner Unterlippe herum. »Meinst du, es war, weil er spürte, dass ich mich meines Amtes als nicht würdig erweisen werde?«

Zunächst musterte Lharina ihn erstaunt, aber dann schüttelte sie entschieden den Kopf. »Nein, das glaube ich nicht. Es mag jedoch sein, dass er das Gift des Dunkelelfenpilzes in dir erahnte, oder«, sie lächelte zaghaft, »auch das Magierblut deiner Mutter.«

»Du weißt davon?«, wunderte sich Darian.

»Vertreter meines Volkes waren damals bei deiner Weihe anwesend. Auch sie bemerkten das Zögern des Herrn des Nordens, und vor kurzem sprach ich mit Nordhalan darüber, woraufhin er mir im Vertrauen von deinem Erbe erzählte. Ich gehe davon aus, dass Apophyllion überlegte, ob er es wagen kann, einen magiebegabten und sehr jungen König über Northcliff herrschen zu lassen. Doch mit Gewissheit werden wir das vermutlich nicht mehr erfahren. Darian, dein Geheimnis ist bei mir gut aufgehoben«, versicherte sie am Schluss noch. »Nicht einmal meinem Volk werde ich davon berichten.«

»Ich danke dir«, bemerkte er und wunderte sich, bei der Weihe überhaupt keine Elfen bemerkt zu haben. Dann aber schob er die Vergangenheit beiseite. »Was habt ihr noch besprochen?«

Lharina legte bedächtig den Kopf zur Seite. »Zusammen mit Nordhalan und einem Rat kundiger Elfen sind wir zu dem Schluss gekommen, dass die Drachen ein magisches Zentrum in Albany bilden und es keinen Magiestrom gibt, und sei er auch noch so fein, der nicht durch die Herzen der Drachen fließt. In den Herzen dieser Himmelswesen nämlich werden die Magieströme gereinigt und gestärkt, und es erfolgt ein Ausgleich zwischen Gut und Böse. Nachdem die Drachen nun fort sind, findet dieser Ausgleich nicht mehr statt, und die Magie verzerrt sich, wird verunreinigt und schwächer.«

Darian holte tief Luft und seufzte. Lharinas Ausführungen machten die Geschehnisse etwas plausibler, doch nicht minder erschreckend.

»Und, was sollen wir tun?«

»Es ist von unermesslicher Wichtigkeit, die Drachen zurückzuholen. Ihr Fehlen ist es, wodurch unsere Magie geschwächt wird und wir unseren Feinden kaum noch etwas entgegenzusetzen haben. Außerdem gewinnen die Dämonen ohne die reinigenden Magieströme der Himmelswesen mehr und mehr an Macht.«

»Aber wir wissen immer noch nicht, ob es ein Portal dorthin gibt, wo die Drachen jetzt leben.«

»Ihr müsst es suchen, noch vor dem Winter«, drängte sie. »Wir waren auf der Geisterinsel, aber Readonn folgte unserem Ruf nicht. Allerdings hatte ich dort eine Vision. Ich sah einen Drachen auf der Insel der Drachen, und Leána sprach mit ihm.«

»Es gibt keine Drachen mehr.«

»Aber vielleicht liegt dort der Schlüssel, sie zu finden.«

»Laut Atorian und Edur wurde der Kreis von Borogán zerstört, dort kann auch Leána kein Portal mehr finden.«

»Die Dracheninseln bestehen aus mehreren kleinen Eilanden. Vielleicht gibt es auf einer der anderen Inseln ein Portal – oder es mag sein, dass sich der Geist eines Drachen dort aufhält.«

»Lharina!« Darian fuhr sich durch die dunkelblonden Haare. »Es ist bald Winter, die Stürme haben schon eingesetzt. Können wir nicht bis zum Frühling warten?«

»Nein. Aber ihr könnt, sofern die Magie nicht wieder versagt, durch das Eichenportal hier auf der Insel direkt zur Dracheninsel reisen, dann bleiben euch eine Reise in den Norden und die gefährliche Fahrt über das Meer erspart. Nordhalan ist bereits auf dem Weg zum Rannocsee. Er wird Atorian, Kaya, Nassàr, Fendor und vielleicht auch Edur holen und zum Eichentor bei Cadman, dem Wolfsvater, führen, damit sie zu euch auf die Nebelinsel gelangen.« Beiläufig streichelte sie Fenja über das dichte Fell. »Ihr könnt euch etwa sieben Tage Zeit lassen und Vorräte einpacken. Ich werde bei Cadman warten und euch Bescheid geben, wenn ihr aufbrechen könnt, dann trefft ihr zur gleichen Zeit auf der Dracheninsel ein.«

»Verflucht!« Unter Lharinas fragendem Blick trat er wütend einen Stein ins Unterholz. »Ich dachte, Leána könnte den Winter hier in Sicherheit auf der Insel verbringen und sich ausruhen.«

»Darian, bitte, es ist wichtig.«

»Ja, ja, es ist wichtig«, wiederholte er zornig, »es war eine verfluchte Vision, du hast keine Ahnung, ob wir die Drachen wirklich finden, und am Ende lässt Samukal die Dracheninsel bewachen, weil er ebenfalls eine ›Vision‹ hatte. Verdammt, Lharina, was ist mit der Vision, in der du gesehen hast, dass Leána in Gefahr ist? Es kann doch nicht sein, dass ein sieben Jahre altes Mädchen der Schlüssel zur Befreiung eines ganzen Landes ist.«

»Aus dir spricht der Vater, Darian. Ich verstehe deine Worte, und ich weiß, dies alles ist nicht einfach für dich«, versuchte Lharina ihn zu besänftigen. Sie wollte beruhigend seine Hand nehmen, aber Darian wandte sich schnaubend ab.

»Leána ist noch so jung. Lass uns zumindest diesen Winter abwarten.«

Lharina beugte sich nach vorn, und in ihrem Blick lag ein dringliches Flehen. »Es tut mir leid, aber weitere Menschendörfer wurden zerstört, und auch am Rande des Elfenreichs wurden kalte, todbringende Schatten gesehen, die nur darauf warten, unsere Magie völlig versiegen zu sehen.«

Resigniert lehnte Darian seinen Kopf an den kalten Stein.

»Leána ist stärker, als du glaubst.« Tröstend streichelte Lharina ihm über die Wange. »Vertrau ihr, sie wird alles richtig machen.«

Obwohl sich alles in Darian dagegen sträubte, nickte er und machte sich mit hängenden Schultern auf den Weg zum Dorf.

Kapitel 11

Verraten

Mitten in der Nacht schlich sich eine in ihren grauen Umhang gehüllte Gestalt aus der Burg von Northcliff. Immer wieder sah sich der Mann gehetzt um, zuckte bei jedem Geräusch zusammen und drückte sich in dunkle Nischen, sobald er Schritte oder Stimmen vernahm. Er wagte auch kaum zu atmen, denn er fürchtete, jemand könnte die kleinen Wölkchen entdecken, die sein Atem in der kühlen Nacht verursachte.

Der Mann nahm sich ein Pferd aus den Stallungen, und obwohl er weder ein guter noch ein passionierter Reiter war, ritt er, als wären sämtliche Dämonen der Zwischenwelt hinter ihm her. In allen Dörfern, durch die er kam, hörte er sich unauffällig nach Anhängern von Atorian um. In der Nähe von Culmara hatte er kaum Glück, und selbst wenn es den ein oder anderen geben mochte, der an Samukal zweifelte, so wagte man dies nicht offen kundzutun. Am vierten Tag seiner Reise, etwa achtzig Meilen von Culmara entfernt, waren seine Bemühungen endlich von Erfolg gekrönt. Eine Gruppe von fünf Männern standen, die Haare angesengt, die Kleider zerrissen, vor den Überresten eines verbrannten Bauernhofes. Die Männer hatten ihn noch nicht bemerkt, und er band sein Pferd etwas abseits an einem Baum an. Dann schlich er näher.

»... nichts haben mein Bruder und seine Familie falsch gemacht. Sie haben Berem in diesem Herbst sogar vorsichtshalber mehr gegeben, als er verlangt hat.«

»Diese verfluchten Propheten haben gelogen, ich weiß, dass

Vergod und Relira stets zu den Göttern gebetet und ihnen gehuldigt haben«, fügte einer der Männer hinzu. Er kratzte sich die imposante gebogene Nase und strich sich dann durch die zottigen Haare, die an die eines schlecht geschorenen Schafs erinnerten.

»Mir reicht's! Lord Samukals Straßen mögen uns Vorteile bringen, aber wenn er uns nicht vor dem Schrecken schützt, der über uns herfällt, obwohl wir alles tun, um die Götter zu besänftigen, kann mir das gestohlen bleiben. Ich werde mich Prinz Atorians Widerstand anschließen«, verkündete der erste Redner.

»Und wenn es doch ein Dämon ist, der Atorians Gestalt angenommen hat?«, warf einer der anderen Männer ängstlich ein, woraufhin leises Getuschel zu vernehmen war.

»Wir sind früher gut mit den Northcliffs gefahren«, meldete sich der Hakennasige wieder zu Wort. »Gut, Prinz Darian war eine Enttäuschung, aber er kam aus einer anderen Welt. Mein Vater hingegen sprach stets voller Hochachtung von König Jarredh und seinem Sohn.«

Während die Männer in mehr oder weniger zustimmendes Gemurmel verfielen, trat der Reiter lautlos zu ihnen.

»Führt mich zu Prinz Atorian, auch ich möchte mich ihm anschließen.«

Augenblicklich verstummte die Diskussion, alle wandten sich um und starrten ihn aus weit aufgerissenen Augen an.

Ganz wohl war Darian nicht gewesen, als er Mia und den Dorfbewohnern mitgeteilt hatte, was Lharina ihm gesagt hatte. Auch Mia sah man ihre Besorgnis deutlich an, aber sie schien sich besser mit der drohenden Gefahr abzufinden als Darian, was ihn insgeheim ärgerte. Als er nun am nächsten Tag mit Tagilis in den Wald ging, um das von Murk und Karad geschlagene Holz zu holen, sprach er mit seinem Freund darüber.

»Aramia macht sich genauso viel Gedanken wie du«, meinte der Halbelf, »sie ist eben nur in dieser Welt hier aufgewachsen, in der es wohl eher der Normalität entspricht, dass auch kleine Kinder, besonders Nebelhexen, großen Gefahren und Entbehrungen ausgesetzt sind.«

»Das mag sein«, schnaubte Darian und zog Menhir weiter, der ein Geschirr und eine Art Schlitten hinter sich herschleppte, auf den sie später das Holz laden konnten, »trotzdem finde ich, sie nimmt es etwas zu leicht.«

»Darian«, Tagilis blieb auf einer von dunkelroten Herbstblumen bewachsenen Lichtung stehen, »was soll sie denn tun? Wir alle wissen, dass Leána die Einzige ist, die das Drachentor finden kann. Selbst wenn wir dann fündig werden sollten, wird es schwierig genug, die Herren der Lüfte dazu zu bewegen, wieder nach Albany zu kommen. Schließlich wurde ihnen hier großes Unrecht angetan.«

»Ja, wahrscheinlich hast du Recht. Wirst du uns begleiten, Tagilis?«

Der hochgewachsene, schlanke Mann verbeugte sich. »Natürlich. Ihr seid meine Freunde, und wenn ich dabei helfen kann, Albany zu einem besseren Ort zu machen, dann würde mich das freuen.«

»Vielen Dank, das bedeutet mir sehr viel.«

In stummem Einvernehmen luden die beiden Männer das in große Scheite gehackte Holz auf den Wagen und machten sich, als die Sonne tief über den westlichen Hügeln stand, auf den Heimweg. Der Herbst hatte dem Land einen bunten Anstrich verliehen, und die Abendsonne ließ die roten und gelb-orangefarbenen Blätter in den schönsten Farben erstrahlen.

Auf dem Dorfplatz brannte ein großes Feuer, der verlockende Duft von Eintopf hing in der Luft, und sowohl Tagilis als auch Darian freuten sich auf ein schmackhaftes Abendessen. Gerade waren sie dabei, Menhir auszuspannen, als die große Gestalt Murks von den nördlichen Weiden her angerannt kam.

Der Halbtroll atmete schwer und blieb dann wild gestikulierend vor Darian stehen. »Leána – weg!«

»Was ist mit Leána?«, hakte Darian alarmiert nach.

»Weg, fort, verschwunden. Aufpasst hab, aber weg!« Murk hatte seine großen dunklen Augen vor Schrecken weit aufgerissen und fuchtelte noch immer in der Gegend herum.

»Murk, was ist mit Leána, und wo ist sie?« Eine eisige Hand krallte sich um Darians Herz, und er hatte beim besten Willen keine Nerven für die unzusammenhängenden Erklärungen des Halbtrolls, auch wenn er wusste, dass dieser einfach nicht anders sprechen konnte.

»Wir waren Heidelbeeren sammeln«, meldete sich die kleine Siah zu Wort, die nun hinter Murks breitem Rücken hervorkam. »Unsere Körbe waren schnell voll, und dann haben wir Verstecken gespielt.«

»Wo war das, Siah?«

Das winzige Mädchen, das Darian gerade einmal bis zum Knie reichte, deutete mit ängstlicher Miene nach Norden. »Ein paar Meilen nördlich, ich kann euch hinführen.«

Jetzt waren auch Lilith und Mia hinzugekommen, und Letztere versuchte, ihren aufgebrachten Gefährten zu beruhigen. »Wahrscheinlich erlaubt sich Leána nur einen Scherz und hat sich irgendwo versteckt.«

»Überall sucht. Rufen haben. Leána weg«, wiederholte Murk ernst, nicht ahnend, dass er damit Darians Gefühlswelt nur noch mehr in Aufruhr versetzte.

»Sattelt die Pferde, wir reiten sofort los«, entschied Lilith, und schon brach eilige Geschäftigkeit aus.

Bald waren sie an der von Siah beschriebenen Stelle angelangt. Ein lichter Wald erstreckte sich über sanfte Hügel und ging dann in ein Sumpfgebiet über.

»Was ist, wenn sie in ein Moorloch gefallen ist?«, fragte Darian atemlos, nachdem er lange Zeit nach Leána gerufen hatte.

»Leána ist nicht dumm, sie ist mit den Gefahren der Insel vertraut.« An seiner Seite wanderte Mia durch das Schilf am westlichen Rand des Moores.

»Und wenn eine Sumpfnyade sie zu sich gelockt hat?«

»Leána hat Dunkelelfenblut, und die sind für die Verlockungen der Nyaden unempfänglich.«

»Machst du dir denn überhaupt keine Sorgen, verdammt?«, brach es aus Darian heraus, und er fasste Mia fest an den Schultern, während er sie wütend anfunkelte.

»Natürlich tue ich das«, rief sie, und nun glitzerten Tränen in ihren Augenwinkeln. »Aber es hat keinen Sinn, sich über Dinge Gedanken zu machen, die mehr als unwahrscheinlich sind. Entweder, sie erlaubt sich einen sehr dummen Scherz, oder …«

»Oder?«

»Es ist etwas wirklich Schlimmes geschehen«, gab sie leise zu, woraufhin Darian sie in den Arm nahm. Eine Träne hinterließ ihre Spur auf Mias ungewöhnlich blassem Gesicht.

Bis spät in den Abend hinein suchten die Bewohner der Nebelinsel nach Leána. Mia hatte die Wesen der Nacht beschworen, die sich auf die Suche machen sollten, und Tagilis hatte Veliah gebeten, nach der Kleinen Ausschau zu halten, denn sie als Geist war sehr viel schneller unterwegs als alle anderen. Als die Nacht hereinbrach, wurde beschlossen, dass nur Zir'Avan und Mia weitersuchten, während die anderen sich ausruhten. Aber Darian fand keinen Schlaf. Er starrte ins Feuer und wusste tief in seinem Herzen, dass Leána etwas zugestoßen war. Als Lilith ihm anbot, einen Schlaftrank zu brauen, wollte er dies nicht annehmen.

»Wenn du dich später auf die Suche machst, solltest du ausgeruht sein«, ermahnte ihn die kleine Heilerin.

»Ich weiß, aber ich kann jetzt nicht schlafen, ich will es sofort wissen, falls sie gefunden wird.« Er war unendlich traurig, als er Lilith ansah. »Leána würde sich doch nicht so lange verstecken, nur um uns oder Murk zu ärgern.«

»Vermutlich nicht«, gab Lilith zögernd zu. »War Fenja bei ihr?«

»Ich glaube nicht, die Wölfin ist schon seit einigen Tagen verschwunden.« Darian fuhr sich durch die dunkelblonden Haare. »Warum habe ich sie nur nicht begleitet? Ich hätte sie nicht aus den Augen lassen dürfen und …«

»Es war nicht deine Schuld. Murk hätte sie beschützt, wenn ihm etwas aufgefallen wäre, und du kannst ein Kind nicht anbinden, schon gar kein so wildes und neugieriges wie Leána.«

Auch am Morgen war keine Spur von Leána gefunden worden. »Sämtliche Wege und Pässe der Insel werden bewacht«, versicherte Tagilis. »Veliah achtet im Süden darauf, dass niemand ungesehen die Insel verlässt. Zudem wird gerade die gesamte Insel systematisch durchkämmt.«

»Das mag ja sein«, entgegnete Darian und raufte sich die Haare. »Doch es gibt jede Menge einsame Täler und Schluchten, dichte Wälder bedecken einen Großteil der Insel, und sollte Leána vielleicht über eine Klippe ins Meer gestürzt sein, so ist es sehr fraglich, ob sie jemals gefunden wird. Vielleicht ist sie gar einem Dämon zum Opfer gefallen und …«

»Darian«, unterbrach ihn Mia vernünftig, »ein Dämon hätte vermutlich das gesamte Dorf zerstört.«

Darian konnte sich jedoch nicht beruhigen, ständig musste er an Lharinas unheilvolle Vision denken.

»Ich bezweifle, dass die Kleine entführt worden ist«, meinte Tagilis. »Die Geister der Insel sind wachsam und teilen es den Nebelhexen normalerweise zuverlässig mit, sollte ein Fremder die wohlbehüteten Grenzen der Insel überschritten haben.« Dann legte der Halbelf jedoch einen Finger an seine Lippen. »Andererseits darf auch die Gefahr durch einen Dämon nicht unterschätzt werden. Niemand hat Erfahrung mit solchen Wesen oder den Kräften, die ihnen innewohnen.«

Nachdem Mia die ganze Nacht und auch den Tag über pausenlos weitergesucht hatte, kehrte sie zum Treffpunkt unweit des Pfades, der nach Süden führte, zurück. In Darians Armen fing sie hemmungslos an zu weinen.

Auch er war mit den Nerven am Ende, hatte dunkle Ringe unter den Augen und wusste einfach nicht mehr weiter.

»Meinst du, sie könnte durch das Eichentor zu Lharina gegangen sein und kann jetzt nicht mehr zurück, weil irgendetwas mit der Magie nicht stimmt?«, kam ihm urplötzlich in den Sinn.

Ruckartig fuhr Mias Kopf hoch. »Das wäre eine Möglichkeit. Ich gehe sofort zur Eiche und versuche, zu den Elfen Kontakt aufzunehmen.«

Schon rannte Mia zu den Pferden und schwang sich auf Lavos' Rücken.

Kapitel 12

Spiel mit dem Feuer

Einen Tag zuvor saß Leána mit einer großen Portion Heidelbeeren in der Hand in ihrem Versteck im Schilf und grinste vor sich hin. Sie war sich sicher, dass Murk sie hier kaum finden würde, denn der große, schwere Kerl sank schon ganz am Rande des Moores tief in den Morast ein. Wo Siah sich versteckte, wusste Leána nicht, aber ihre kleine Freundin würde bestimmt nichts verraten.

Weit entfernt konnte Leána Murk durchs Unterholz brechen hören und kicherte leise. Ein Platschen von rechts ließ sie aufschauen, und für einen Augenblick erschrak sie. Eine Gestalt mit schlammfarbener Haut und einem wolfsartigen Gesicht erhob sich aus dem Sumpf. In Strömen rann das brackige Wasser von ihrem unbekleideten weiblichen Körper, den borstige Haare am Rücken verunzierten.

»Guten Tag, Tena«, grüßte Leána freundlich, als sie die Nebelhexe erkannte, und hielt ihr ein paar Beeren hin, welche das fremdartige Wesen lächelnd annahm.

»Leána, es wäre schön, wenn du mit mir kommst. Jemand möchte dich sehr gern kennenlernen.«

»Wer denn?«, wollte das kleine Mädchen neugierig wissen.

»Das wirst du bald erfahren.«

»Hmm.« Leána legte einen Finger an ihre kleine Nase. »Ich darf nicht fortgehen, ohne meinen Eltern oder Lilith Bescheid zu sagen. Zuerst muss ich zum Dorf.«

»Ich habe bereits gefragt, deine Eltern haben nichts dagegen.

Komm mit mir.« Tena streckte ihre schlammfarbene Hand aus. Zögernd griff Leána zu.

»Aber ich muss erst Murk und Siah sagen, dass ich nicht mehr mitspiele.«

»Sie sind schon lange zurückgegangen, komm jetzt, wir müssen uns beeilen.«

Kurz lauschte Leána, aber sie konnte wirklich nichts mehr von Murk oder Siah hören, also nickte sie. »Gut, Vater hat gesagt, ich darf nicht mit Fremden gehen, aber du bist ja keine Fremde«, meinte sie vertrauensvoll.

Tena grinste und zeigte dabei ihre spitzen, strahlend weißen Zähne. Dann nahm sie Leána auf ihre Arme und eilte flink mit ihr durchs Moor.

»Tena, bitte erzähl mir doch, wen wir besuchen gehen«, quengelte Leána zum wiederholten Male.

Tena zischte missbilligend, dann hielt sie kurz an. »Wir besuchen deinen Großvater.«

»Aber Großvater Zir'Avan ist doch hier auf der Insel.«

»Zir'Avan?«

»Ja, er ist groß und hat ganz tolle lange Haare, außerdem bringt er mir bei, wie man mit dem Schwert kämpft«, erzählte die Kleine stolz.

»Du hast noch einen Großvater.« Tena wollte schon loslaufen, aber Leána zupfte sie am Ohr.

»Und wo lebt er?«

»Auf dem Festland, und jetzt sei still, wir haben einen weiten Weg vor uns.«

»Wieso benutzen wir dann nicht das Eichentor, dann geht es schneller.«

»Was denn für ein Eichentor?«, erkundigte sich Tena leicht gereizt, aber als Leána voller kindlicher Begeisterung von den magischen Wegen erzählte, die von der Insel aufs Festland führten, änderte Tena die Richtung, holte aus einem Versteck in einer Felsspalte ein dickes Bündel und rannte zurück nach Norden.

Müde von einem anstrengenden Ritt, lehnte Atorian mit halb geschlossenen Augen an einem Felsen. Das dichte Blätterdach der knorrigen Buche bot ausreichend Schutz vor dem leichten Nieselregen. Der Geruch von feuchter Erde und Laub hing in der Luft, und Atorian ließ mit träger werdenden Gedanken die letzten beiden Tage Revue passieren. Sie waren in ein unwirtliches Berggebiet in der Mitte des Landes vorgestoßen, denn es hatte Gerüchte gegeben, dass eines der Dörfer vollkommen ausgelöscht worden wäre. Also war Atorian mit Kaya und fünfzehn Männern dorthin geritten. Einige der Alten hatten ihn sogar noch persönlich gekannt und mit offenen Armen empfangen. Bis hierher waren Samukals Propheten nicht vorgedrungen, die Dorfbewohner hatten nicht von Straßen oder neuen Abwasserkanälen profitiert, sondern nur erlebt, wie grauenhafte Albtraumgestalten über eine Siedlung hergefallen waren und deren Bewohner, scheinbar grundlos, regelrecht zerfetzt hatten. Nun konnte Atorian an die fünfzig kampffähige Männer zu seiner kleinen Gefolgschaft hinzufügen, und die Frauen und Alten hatten versprochen, allen Durchreisenden zu erzählen, dass er ganz sicher kein Dämon, sondern aus Fleisch und Blut sei. Maßgeblich dazu beigetragen hatte auch Nordhalan, der vor kurzem aus dem Elfenreich zurückgekehrt und zu ihnen gestoßen war. Er hatte den Menschen mitgeteilt, was es mit dem Verschwinden der Drachen und dem vermutlich daraus resultierenden magischen Ungleichgewicht auf sich hatte. Während Atorian und die jüngeren Männer bald wieder aufgebrochen waren und nun einen Gewaltmarsch über die rauen Berge hinter sich hatten, war Nordhalan geblieben, um die beiden einzigen Überlebenden des Massakers zu behandeln.

Obwohl die Männer, die sich ihm angeschlossen hatten, alle verängstigt und erschöpft waren, hatte Atorian ihnen in der letzten Nacht noch lange erzählen müssen, wo er die vergangenen dreißig Sommer gewesen war. Auch versuchte er nach und nach, die neuen Verbündeten vorsichtig auf Gefährten wie Zir'Avan und Tagilis vorzubereiten, was zu allgemeinem Argwohn, jedoch nicht zu grundsätzlicher Abneigung geführt hatte.

Als sich eine Hand auf Atorians Schulter legte, fuhr er aus seinem sanften Schlummer.

»Es tut mir leid, ich würde dich lieber schlafen lassen«, sagte Kaya bedauernd, »aber unsere Späher haben Männer aufgegriffen, die sich dir anschließen wollen, und einer von ihnen behauptet, ein Zauberer zu sein.«

»Was?« Schlagartig war Atorian hellwach und sprang behände auf. Er klopfte sich Laub und Nadeln von den Kleidern, dann fuhr er sich durch die zottelig gewordenen braunen Haare.

Atorian folgte seiner Gefährtin auf eine von lilafarbenem Heidekraut bewachsene Wiese, auf welcher, unter strenger Bewachung, eine Gruppe von Männern stand. Dann straffte er seine Schultern und ging selbstbewusst auf die Neuankömmlinge zu.

»Wer von euch behauptet, ein Zauberer zu sein?« Er ließ seinen Blick über die Neuankömmlinge schweifen. Atorian kannte die meisten Zauberer Albanys nur flüchtig, aber als er den hochgewachsenen Glatzkopf entdeckte, konnte er sich erinnern.

»Ich bin Zauberer Dimitan, und ich nehme an, Ihr seid derjenige, der vorgibt, Atorian von Northcliff zu sein?«

Diese arrogante Antwort veranlasste Atorian dazu, scharf einzuatmen. »Es mag sein, dass mein Aufzug wenig königlich ist.« Er deutete auf seine fleckige Lederhose und das Hemd, welches dringend einer Wäsche bedurft hätte. »Aber ich bin Prinz Atorian, Sohn von Jarredh von Northcliff, und sofern das Alter Euren Geist nicht getrübt hat, sollte Euch das klar sein.«

»Ich muss dringend mit Nordhalan sprechen«, erklärte der hagere Mann, ohne auf Atorians Zurechtweisung einzugehen. Seine dünnen Augenbrauen zogen sich zusammen, während seine Augen die Gegend absuchten. »Es geht um Samukal und seine Machenschaften. Was ich zu berichten habe, ist von größter Dringlichkeit.«

»Soweit es mir bekannt ist, macht Ihr mit Samukal gemeinsame Sache«, entgegnete Atorian eisig, und die Männer welche Dimitan begleitet hatten, traten unruhig von einem Bein aufs andere.

»Ich machte gemeinsame Sache mit ihm, aber das hat sich geändert. Bitte führt mich zu ihm – Prinz Atorian!«

Atorian kam nicht umhin zu bemerken, dass die letzten Worte etwas zynisch klangen, aber er ging nicht weiter darauf ein.

»Nordhalan wird vermutlich morgen eintreffen, allerdings nicht vor der Mittagszeit. So lange müsst Ihr Euch gedulden.« Atorian wandte sich ab und unterwies Nassàr, die Neuen genau darüber zu befragen, welche Fähigkeiten sie mit Schwert, Bogen oder Lanze hatten. Dann ging er zurück zu Kaya, die etwas abseits gewartet hatte.

»Es ist Dimitan, ich habe ihn schon einmal in Culmara gesehen«, flüsterte sie und warf dem barhäuptigen Zauberer einen kritischen Blick zu. »Allerdings ist er mir höchst unsympathisch.«

»Mir ebenfalls.« Atorian schöpfte einen Becher voll Suppe, die in einem Kessel über dem offenen Feuer hing, und verzog den Mund, als er davon getrunken hatte. »Den Koch sollte man hängen lassen. Wer hat das denn verzapft?«

»Ich«, gab Kaya kleinlaut zu, »es waren kaum Kräuter zu finden, und …«

Lachend nahm Atorian sie in den Arm. »Zum Glück wird es, wenn wir endlich in Northcliff sind, eine Köchin geben, denn Kochen gehört sicher nicht zu deinen größten Stärken.«

Die schlanke dunkelhaarige Frau stemmte die Hände in die Hüften. »Du kannst dir ja so lange eine dicke, im Schwertkampf vollkommen unerfahrene …«

Mit einem leidenschaftlichen Kuss erstickte er ihren Protest. »Für kein Gold der Welt würde ich dich wieder hergeben, und ich habe auch nichts an dir auszusetzen.«

»Schmeichler«, grummelte sie und boxte ihn auf den muskulösen Oberarm, kurz erschien ein verliebtes Lächeln auf ihrem

Gesicht, dann wurde sie jedoch wieder ernst. »Atorian, sei vorsichtig mit dem Zauberer. Es könnte gut sein, dass Samukal ihn geschickt hat, um dich umzubringen, schließlich hast du inzwischen einige Anhänger gefunden.«

»Ich weiß, Kaya«, gab Atorian zu und runzelte nachdenklich die Stirn. »Wenn wir jedoch neben Nordhalan noch einen Magier von Northcliff an unserer Seite haben, besteht Hoffnung, dass weitere folgen. Dann haben wir Samukal auch auf diesem Gebiet etwas entgegenzusetzen.« Atorian sah Kaya in die Augen und strich ihr dann über die Wange. »Ich werde mich vorsehen«, versprach er ernst.

Tatsächlich wurden fünf Männer abgestellt, um Dimitan zu bewachen, denn da dieser ein Zauberer war, beging niemand den Fehler, ihn zu unterschätzen. Atorian war sehr wohl bewusst, dass Kaya ihn nicht aus den Augen ließ und ihn, so gut es ging, von Dimitan fernhielt, was ihn insgeheim rührte und zugleich sehr glücklich machte. Er spürte, wie die junge Frau mit jedem Tag, den sie gemeinsam verbrachten, mehr ein Teil von ihm wurde. Seine Liebe zu Kaya war tiefer, inniger und leidenschaftlicher, als er es jemals zu hoffen gewagt hatte. Es war so ähnlich wie damals mit Lorana, und doch wieder anders, und Atorian schwor sich, Kaya mit seinem Leben zu beschützen. Er wollte sie nicht noch einmal verlieren – zumindest nicht vorzeitig. Und auch wenn ihm schon heute vor dem Tag graute, an dem ihre natürliche Lebenszeit abgelaufen sein würde, so nahm er sich doch vor, jeden Augenblick mit ihr zu genießen, als wäre es ihr letzter.

Als Nordhalan am nächsten Abend erschöpft zum Lagerplatz kam, erzählte Atorian ihm sofort die Neuigkeiten. Auf dem Gesicht des alten Zauberers zeichnete sich Erstaunen ab.

»Dimitan? Hat er gesagt, was genau er will?«

Atorian schüttelte den Kopf. »Nein, nur, dass er mit dir über Samukal sprechen möchte und beabsichtigt, sich uns anzuschließen.«

Das entlockte Nordhalan nur ein misstrauisches Schnauben, aber er eilte sofort zu dem Baum, unter dem Dimitan saß. Die fünf Wachen, die recht nervös wirkten, umringten den Zauberer, ein jeder mit Schwert oder Dolch in der Hand.

»Ich grüße dich, Nordhalan.« Auf Dimitans länglichem Gesicht machte sich deutliche Erleichterung breit, und er erhob sich rasch. »Ich muss dringend mit dir sprechen.«

Nordhalan machte den Wachen ein eiliges Zeichen, damit sie sich entfernten. Atorian ging nicht davon aus, dass Dimitan, sollte er etwas im Schilde führen, Nordhalan offen angreifen würde, dennoch legte er eine Hand an seinen Schwertknauf.

»Was hast du mir zu sagen?«, erkundigte sich Nordhalan, stemmte die Hände in die Hüften und musterte Dimitan von oben bis unten.

»Samukal gebietet über Dämonen«, flüsterte Dimitan kaum hörbar.

»Das haben wir bereits seit geraumer Zeit vermutet. Also, was willst du von uns?«

Sichtlich überrascht zuckte Dimitan zurück, dann fuhr er sich nervös über den kahlen Schädel. »Samukal wollte mich dazu bringen, über einen Dämon zu herrschen. Selbstverständlich bin ich auf der Stelle geflohen.«

Voller Misstrauen zog Nordhalan seine dunkelgrauen Augenbrauen zusammen. »Bisher hast du es dir in Culmara ja ganz gut gehen lassen.«

»Ich gebe zu, ich habe Fehler gemacht«, gestand Dimitan mit zerknirschter Miene ein, von der Atorian nicht sagen konnte, ob sie echt oder gespielt war. »Aber Nordhalan – ein Dämon! Das geht entschieden zu weit«, fügte er hinzu und sah sich unbehaglich um, so als befürchte Dimitan, er würde verfolgt werden.

»Ich weiß nicht, ob ich dir glauben soll, geschweige denn vertrauen«, entgegnete Nordhalan kühl. »Du hast bisher nichts getan, um Atorian oder Darian zu unterstützen, und ich finde es sehr wahrscheinlich, dass du als Spitzel von Samukal eingeschleust wurdest.« Abwartend musterte Nordhalan den anderen Zauberer. Dieser sog zunächst empört die Luft ein, dann aber straffte der große hagere Mann die Schultern. »Ich gebe zu, ich habe mich ein wenig in Samukals Macht gesonnt. Jetzt allerdings sind Dämonen im Spiel, und ich kann nicht zulassen, dass sie weiterhin unser Land zerstören. Zudem hege ich den Verdacht, dass Samukal die Vorkommnisse entgleiten.« Er machte einen Schritt auf Nordhalan zu, und Atorians Griff um das Heft seiner Klinge festigte sich. »Es würde mich in große Gefahr bringen, wenn mein Besuch bei euch herauskäme. Ich möchte euch unterstützen.«

»Hmm.« Grübelnd fuhr sich Nordhalan durch seinen dichten Bart. »Hast du dir zeigen lassen, wie man einen Dämon beherrscht?«

»Selbstverständlich nicht«, raunte Dimitan. »Ich habe zugesehen, dass ich möglichst viele Meilen zwischen mich und die Burg von Northcliff bringe.«

Einen kritischen Blick auf den anderen Zauberer werfend, entgegnete Nordhalan: »Das hätte uns aber zumindest weitergeholfen.«

»Bist du von Sinnen?«, plusterte sich Dimitan auf. »Ich riskiere doch nicht mein Leben und meinen guten Ruf als Zauberer und lasse mich mit Dämonen ein.«

Ein Schmunzeln machte sich auf Nordhalans Gesicht breit, und er schüttelte ganz leicht den Kopf. »Dein Ruf war noch niemals der beste, Dimitan.«

Mit säuerlicher Miene holte Dimitan Luft, dann sackten seine Schultern nach vorn. »Bitte, nehmt mich bei euch auf. Ich bereue es aufrichtig, mich euch nicht längst angeschlossen zu haben.«

»Wir werden sehen. Zunächst bleibst du unter strenger Bewachung.« Ohne ein weiteres Wort wandte sich Nordhalan ab und ließ den ernüchterten Dimitan zurück.

»Was hältst du von ihm?«, wollte Atorian sogleich wissen.

»Ich traue ihm nicht über den Weg. Wir behalten ihn genau im Auge, und ich werde zusehen, dass ich so viele Informationen wie möglich von ihm erhalte.« Er wandte sich um und blickte misstrauisch zu Dimitan hinüber. »Ob diese dann allerdings der Wahrheit entsprechen, wird sich zeigen.«

»Wenn er uns bespitzeln will, werde ich ihn persönlich vierteilen«, verkündete Kaya mit wild funkelnden Augen.

»Du hast zu viel Zeit mit Dunkelelfen verbracht«, scherzte Atorian.

»Kayas Bedenken sind nicht unbegründet, wir sollten auf der Hut sein, besonders du, Atorian«, warnte Nordhalan. »Die Menschen beginnen dir zu glauben, und wenn sich das weiter herumspricht, wirst du zu einer ernsthaften Gefahr für Samukal.« Mahnend hob er einen Finger. »Eine Gefahr, die er sich nicht leisten kann.«

»Ich passe schon auf ihn auf!«, versicherte Kaya und schlang ihre Arme um seinen Oberkörper.

Lächelnd blickte Atorian zu der gut einen Kopf kleineren Frau hinab und zwinkerte Nordhalan dann zu. »Wie du siehst, muss ich mir keine Sorgen machen.«

Unbemerkt von den restlichen Bewohnern der Nebelinsel waren Tena und Leána durch das Eichentor getreten. Für die Nebelhexe war es eine glückliche Fügung gewesen, dass der Koboldmischling Utz, an einen Baum gelehnt, tief und fest geschlafen hatte. Zu ihrer eigenen Verwunderung waren sie auf dem Festland, in der Nähe von Cadman, dem Wolfsvater, herausgekommen. Obwohl Leána ihren alten Freund unbedingt besuchen wollte, ließ Tena das nicht zu.

»Pass auf«, sagte die Nebelhexe eindringlich zu dem kleinen Mädchen, das wütend die Unterlippe vorgeschoben hatte, »dein Großvater freut sich sehr darauf, dich zu sehen, und wir müssen uns beeilen. Etwa fünf Meilen entfernt liegt ein ungewöhnlich geformter Stein, dort wartet eine Frau, die dich zu deinem Großvater bringt.«

Plötzlich sah Leána wieder neugierig aus und schien Cadman vergessen zu haben. »Na los, dann komm«, drängte Leána unternehmungslustig, nahm Tena an der Hand und hüpfte voran.

Einige Meilen eilten sie durch den Wald, wobei Tena beständig ihren wolfsähnlichen Kopf von links nach rechts drehte. Schließlich deutete sie auf eine Felsformation. Die mehr als mannshohen Steine schlossen sich oben zu einer Art Gang, der genug Platz bot für ein Kind oder einen schlanken Erwachsenen.

»Du musst dort warten, die Frau wird dich abholen.«

»Und wo gehst du hin?«, fragte Leána mit einem etwas ängstlich wirkenden Blick auf den finsteren Felsspalt.

»Ich muss zurück auf die Nebelinsel.« Tena sah sich nervös um.

»Ich will aber nicht allein hierbleiben.« Auf einmal klang Leánas Stimme weinerlich. »Außerdem darf ich nicht mit fremden Menschen gehen.«

Tena kniete sich vor ihr auf den Boden und nahm sie an den Schultern. »Die Frau, die dich abholt, ist eine gute Freundin von mir. Das ist dann genauso, als wäre sie deine Freundin.«

»Hmm.« Leána biss sich auf die Lippe, aber Tena fuhr beschwörend fort.

»Was denkst du denn, was Murk und Siah sagen würden, wenn sie wüssten, dass du dich nicht traust, für ganz kurze Zeit allein zu bleiben?«

Jetzt runzelte Leána ihre Stirn, dann richtete sie sich auf. »Na gut, wann kommt die Frau denn, und wie heißt sie?«

Tena lächelte und streichelte der Kleinen über den Kopf. »Du bist ein mutiges Mädchen, Leána, deine Eltern werden stolz auf dich sein. Die Frau hat lange dunkelrote Haare und wird gleich bei dir sein.« Wie ein Blitz und ohne Erklärung verschwand Tena im Unterholz und ließ Leána zurück, die sich an den Felsen drückte und mit großen blauen Augen um sich blickte.

Auf der Nebelinsel herrschte gedrückte Stimmung. Auch die vage Hoffnung, Leána könnte durch den Eichenpfad zu den Elfen gegangen sein, hatte sich zerschlagen. Mia war durch das Tor an den alten Eichen getreten und hatte mit dem auf der anderen Seite Wache haltenden Elfen gesprochen, aber dieser hatte versichert, Leána sei nicht hindurchgekommen. Allerdings hatte er versprochen, einige Krieger seines Volkes zur Unterstützung auf die Nebelinsel zu schicken.

Tag und Nacht waren Bewohner der Nebelinsel mit der Suche beschäftigt, und selbst Fenja, die unverhofft aufgetaucht war, schien sich zu bemühen, ihre kleine Freundin aufzuspüren. Obwohl Mia selbst mittlerweile am Ende ihrer Kräfte war, versuchte sie, Darian zu beruhigen. Leána sei ein kluges und selbstständiges Kind und würde sicher nach Hause kommen, wenn ihr das möglich sei. Allerdings konnte und wollte sich Darian nicht beschwichtigen lassen. Bis zur totalen Erschöpfung ritt er mit Menhir über die Insel und wusste schon gar nicht mehr, wo er noch suchen sollte. Die böse Vorahnung, dass seiner kleinen Tochter etwas Schlimmes geschehen war, wurde immer stärker, und nach drei Tagen vergeblicher Suche schrie er auch seine besten Freunde nur noch an.

»Ich halte dies Ungewissheit nicht mehr aus«, rief Darian an diesem Abend wütend, als sie sich in dem kleinen Dorf an der Küste versammelt hatten und wieder einmal niemand etwas Neues zu berichten wusste. Voller Zorn fegte er seinen Teller mit Essen und einen Tonbecher mit der Hand vom Tisch. Scheppernd zerbarst das Geschirr in seine Einzelteile, und Murk fragte mit wenig intelligentem Gesichtsausdruck: »Pilz trinkt?«

Damit wollte der Halbtroll wohl auf Darians frühere Sucht anspielen, denn auch als er von dem Azéta abhängig gewesen war, hatte er zu Gewaltausbrüchen geneigt.

»Nein, Murk«, versicherte Lilith leise und streichelte ihm über die raue gräulich braune Haut an seinem Arm. »Darian ist nur traurig und verzweifelt, weil wir Leána nicht finden.«

»Zurück kommt«, beteuerte der Halbtroll und reichte Darian zögernd den Hühnerschenkel, der sich auf seinem eigenen Teller befand.

»Danke, Murk, aber ich habe keinen Hunger.« Darian stützte den Kopf in die Hände. Obwohl es schon dunkel war und er wusste, dass Mia und Zir'Avan ebenso suchten wie alle anderen nachtsichtigen Wesen der Insel, wollte er am liebsten wieder nach draußen gehen, nur um nicht tatenlos hier herumsitzen zu müssen.

Ächzend stand Murk auf und tätschelte Darian unbeholfen am Arm. »Gut wird, Leána aufpasst.«

»Verflucht noch mal, hättest du nicht besser auf sie achten können?«

»Darian, hör auf, Murk kann auch nichts dafür«, wies ihn die kleine Heilerin zurecht.

Ein verzweifeltes Schluchzen entwich Darians Kehle, dann wischte er sich verschämt über die Augen und atmete tief durch. »Es tut mir leid, Murk, bitte vergiss, was ich gesagt habe.«

Murk blinzelte verwirrt, dann nickte er zaghaft.

»Du wirst jetzt diesen Kräutertrank nehmen.« Lilith hielt ihm auffordernd eine kleine Phiole hin, und zunächst wollte Darian widersprechen, aber schließlich gab er nach und trank Liliths Schlaftrunk. Wenngleich er merkte, wie sich seine verkrampften Muskeln langsam lockerten und seine kreisenden Gedanken träger wurden, während er auf seinem Bett lag, schreckte er anfangs immer wieder hoch. *Leána, hoffentlich geht es dir gut,* dachte er noch, dann fielen ihm endgültig die Augen zu, und für kurze Zeit konnte er all seine Sorgen vergessen.

Leána war schon häufig allein im Wald gewesen, und eigentlich fürchtete sie sich vor kaum etwas, aber hier war ihr alles fremd. Sie wusste nicht, wo sie sich befand, und wünschte, Tena würde zurückkommen. Eine kleine, träge Heidefee flog an ihr vorbei, und Leána streckte die Hand aus. Das winzige, beinahe durchscheinende Wesen ließ sich darauf nieder und sah Leána mit müden Augen an.

»Sind deine Freunde auch nicht bei dir?«, fragte das kleine Mädchen mitleidig. Die Heidefee blinzelte, strich sich durch die langen silbrigen Haare und flog dann wieder davon.

»Wenn wenigstens Fenja hier wäre«, murmelte Leána, setzte sich auf den Boden und schlang ihre Arme um die Knie.

Langsam senkte sich die Abenddämmerung über das Land, und Nebelschwaden schwebten wie Geister durch die Bäume. Da Leána nachts beinahe so gut sehen konnte wie am Tag, vertrieb sie sich die Zeit damit, Wildtiere zu beobachten. Zwei Kaninchen spitzten aus ihrem Bau, ein junger Hirschbock trabte lautlos durchs Unterholz, und ein kleiner Waldgnom stromerte, vermutlich auf der Suche nach Pilzen, zwischen heruntergebrochenen Baumstämmen umher.

Irgendwann vernahm Leána leise Schritte von rechts und zog sich vorsichtshalber weiter in die Felsspalte zurück. Von der Zeit, die sie mit ihren Eltern auf dem Festland verbracht hatte, wusste sie, dass Waldtrolle sich hier herumtrieben, und denen wollte sie lieber nicht begegnen.

Der Schatten einer großen Erscheinung schob sich vor den Spalt, und Leána kauerte sich noch mehr zusammen.

»Komm her, Leána, ich tue dir nichts«, sprach eine dunkle Frauenstimme, und eine schlanke Hand streckte sich ihr entgegen.

Dennoch blieb Leána, wo sie war. »Wer bist du?«

»Tenas Freundin, und jetzt komm aus diesem düsteren Loch!«

Erleichtert kam Leána auf die Füße und trat ins Freie. Sie staunte, als sie die große Frau mit den hüftlangen dunkelroten Haaren sah. Sie trug ein bodenlanges blutrotes Kleid mit schwarzen Rüschen als Borte, und Leána glaubte in diesem Augenblick, niemals eine schönere Frau gesehen zu haben.

»Wie heißt du?«, wollte das kleine Mädchen wissen.

Mit einem freundlichen Lächeln beugte sich die Frau zu ihr hinab. »Ich bin Atene und werde dich zu deinem Großvater bringen.«

Gemeinsam mit Nordhalan und dem streng bewachten Dimitan bewegte sich Atorian mit einem Teil seiner kleinen Armee in den Süden. Es gab Gerüchte, dass weitere Dörfer zerstört worden seien, auch sprach man von Dunkelelfenüberfällen. Nun hatten Atorian und Nordhalan beschlossen, an den Ort des Geschehens aufzubrechen, um die Überlebenden auf ihre Seite zu bringen und ihnen zu erklären, was es mit den Dunkelelfen auf sich hatte, denn wie Atorian und seine Freunde mittlerweile wussten, waren die mordenden dunklen Krieger nur eine kleine Splittergruppe. Eine ehemals einflussreiche Familie, Dunkelelfen vom Blute der 'Ahbrac und deren Söldner, hatte sich mit Fehenius und vermutlich auch mit Samukal verbündet und überzog nun das Reich der Menschen mit Terror.

Dimitan bemühte sich, Atorian und Nordhalan, so gut es ging, von seiner Aufrichtigkeit zu überzeugen. Er lieferte ihnen Informationen darüber, welche Adligen loyal hinter Samukal standen und was dieser für die nächste Zeit geplant hatte. Dennoch ließen sowohl Atorian als auch Nordhalan Dimitan gegenüber Vorsicht walten, zumal ihnen der Zauberer wirklich wertvolle Hinweise schuldig blieb.

Um Zeit zu sparen, reisten sie auf der neu ausgebauten Straße in Richtung Ilmor. Zwei Kundschafter, heute waren es Nassàr und ein Bauer aus dem Norden, ritten immer voran und warnten ihre Gefährten, falls Samukals Soldaten auftauchten. In unzähligen Biegungen schlängelte sich die teilweise mit Steinen und Kies, teilweise mit Sand befestigte Straße nach Süden.

»Trotz allem, was Samukal in diesem Land angerichtet hat, die Reisen sind deutlich bequemer geworden«, stellte Kaya fest. Sie ritt auf einem grauen Wallach und blickte in den dunkler werdenden Wald.

»Damit hast du Recht, allerdings …« Weiter kam Atorian nicht mehr, denn ohne jegliche Vorwarnung sprangen dunkle Gestalten aus dem Gebüsch und griffen auch schon die ersten Reiter an.

Nordhalan riss seinen mit Runen und verschlungenen Mustern verzierten Zauberstab aus der Halterung am Sattel und bewahrte den heranstürmenden Nassàr im letzten Augenblick davor, vom Pferd gerissen zu werden. Eine in einen Umhang gehüllte Gestalt stürzte sich nämlich von einem dicken Ast direkt auf den ahnungslosen Mann. Magisches Feuer blitzte silbrig blau aus Nordhalans Stab hervor, erfasste den Angreifer im Flug und schleuderte ihn gegen den nächsten Baum.

Kaya war zu Boden gesprungen und kämpfte geschickt gegen einen der Angreifer. Eine Klinge sauste heran, Kaya glitt nach rechts, dann nach links. Ihr Schwert schnellte nach vorn, der Gegner parierte nicht minder geschickt, doch die junge Frau setzte nach. Noch einmal zischte die gegnerische Waffe über ihren Kopf hinweg, als Kaya darunter wegtauchte, dann rammte sie ihr Schwert direkt in den Bauch ihres Feindes. Ein zufriedenes Grinsen breitete sich auf ihrem Gesicht aus. Auch wenn sie auf dem Pferd nicht die Geschickteste im Schwertkampf war – am Boden wusste sie hervorragend zu fechten. Bas'Akir war ein guter Lehrer gewesen. »Es sind Dunkelelfen«, schrie sie, obwohl das vermutlich ohnehin schon alle anderen mitbekommen hatten, denn die Feinde schlugen mit unfassbar behänden und geschmeidigen Bewegungen zu.

Wieder einmal war Atorian froh um das Training mit Bas'Akir und Zir'Avan. Er bemerkte, dass es ihm nun merklich leichter fiel, sich auf die rasenden Schläge der Dunkelelfen einzustellen. Heute jedoch verfluchte er sein Pferd, denn es war kein ausgebildetes Kriegsross, sondern nur ein ehemaliges Kutschpferd, das sie in einem der größeren Dörfer gestohlen hatten. Im letzten Augenblick riss Atorian den Wallach herum, und der silberhaarige Dunkelelf, der mit tückischem Grinsen nach ihm schlug, wurde von der Kruppe des Pferdes ins nächste Gebüsch katapultiert. Nun presste Atorian dem schwerfälligen Tier die Hacken seiner Stiefel in die Seite, um einem Gefährten zur Seite zu eilen, der von zwei Dunkelelfen gleichzeitig angegriffen wurde. Dann sah er jedoch, wie Kaya immer weiter in den Wald gedrängt wurde, und ahnte, dass sich ihr von hinten ein weiterer Feind näherte.

»Hierher, zu mir!«, schrie er dem dunklen Angreifer zu, der wirbelnd auf Kaya einschlug. Gerade wollte er über einen kleinen Graben direkt auf den Dunkelelfen zuspringen, als er einen Schatten über sich wahrnahm. Grauen und Kälte breiteten sich in Atorians Innerem aus. Der Wallach stieg auf die Hinterbeine und rutschte auf der feuchten Erde aus. Entsetzt erblickte Atorian die dämonische Fratze eines geflügelten Wesens über sich. Mächtige Muskeln bewegten sich unter der ledrigen Haut. Atorians Pferd bemühte sich, Halt zu finden, aber vergeblich – Atorian stürzte mitsamt dem Wallach in den Graben. Kurz spürte er einen schmerzhaften Schlag im Rücken, dann sah er nur noch, wie schätzungsweise zwölfhundert Pfund Pferd auf ihn herabkrachten.

Atene war sehr erleichtert, dass Leána so schnell Vertrauen zu ihr gefasst hatte. Bald plauderte sie ganz unbeschwert vor sich hin und freute sich, wenn sie mit ihr scherzte.

»Leána«, sagte Leánas neue Freundin irgendwann ernst, »kannst du gut Geheimnisse für dich behalten?«

Die Kleine nickte eifrig.

»Weißt du«, Atene strich ihr beiläufig über die Haare, »ich finde, dein Großvater sollte nichts über die Eichenpfade wissen.«

Leána sah die rothaarige Frau staunend an. »Reist du auch immer auf den Eichenpfaden, so wie Mutter und ich?«

Atene hob eine schmale Augenbraue. »Nein, meine Freundin Tena hat mir davon erzählt. Also, Leána, wirst du schweigen?«

»Aber wieso denn?«

»Na ja, es ist so«, Atene rang nach Worten, »Großväter machen sich immer Sorgen um ihre Enkel, und es ist besser, wenn du es ihm nicht erzählst.«

»Aber die Eichenpfade sind doch gar nicht gefährlich.«

»Trotzdem«, Atene kniete sich zu dem Mädchen hinab, »er könnte dir verbieten, die Pfade zu benutzen, und außerdem sind wir doch jetzt Freunde, oder nicht?« Unschlüssig hob Leána die Schultern. »Und es ist gut, wenn Freunde ein gemeinsames Geheimnis haben.«

»Von mir aus«, gab Leána nach, »mit Siah habe ich auch ein Geheimnis.«

»Na, siehst du!« Atene grinste zufrieden und stand auf. »Wir sollten uns ein Pferd besorgen.« Unwillig betrachtete sie ihre verkratzten Stiefel und die Dornen, die ihr Kleid zerrissen hatten. Atene konnte es nicht ausstehen, schlecht gekleidet zu sein.

»Ich habe ein eigenes Pony auf der Nebelinsel«, erzählte Leána stolz, woraufhin die Zauberin lächelte.

Nach einer knappen weiteren Meile durch unwegsames Gelände erspähte Atene etwas, das ihr Hoffnung auf ein angenehmeres Vorwärtskommen verlieh. Auf dem Pfad vor ihnen lagerten einige Soldaten in der Uniform Northcliffs.

»Leána, du wartest hier, ich muss etwas mit den Männern besprechen.«

»Kann ich nicht mitkommen?«, nörgelte die Kleine.

»Nein, aber ich bringe dir etwas zu essen mit.«

Seufzend ließ sich Leána auf weiches Moos sinken und sah der schönen fremden Frau hinterher.

»Edle Krieger aus Northcliff!« Atene trat wie ein Schatten auf den Pfad, und die meisten der fünfzehn Soldaten sprangen auf der Stelle hoch.

»Keine Sorge, ich stelle keine Gefahr für euch dar«, versicherte sie schmeichelnd.

»Was willst du?«, fragte einer der Männer, und während er

misstrauisch eine Augenbraue hochzog, wanderte sein Blick über Atenes Körper.

Mit wiegenden Hüften trat die Zauberin näher. Sie hatte sich absichtlich den Ausschnitt ihres Kleides so drapiert, dass man einen Teil ihrer wohlgeformten Brüste sehen konnte.

Nun glotzte der Soldat ungeniert hinein, und als er den Mund öffnete, erkannte Atene angeekelt, dass er nur noch zwei Zähne hatte. Dennoch näherte sie sich ihm aufreizend, und auch, wenn ihr sein übler Atem entgegenschlug, drückte sie sich doch ganz nah an ihn heran.

»Ich bin Zauberin Atene. Leider wurde ich von Ganoven überfallen. Hättet ihr nicht etwas zu essen und ein schnelles Pferd für mich?«

Der Soldat nickte dümmlich und knurrte dann einem seiner Kumpane zu, er solle das Gewünschte holen.

»Ihr seid tatsächlich Atene?«, fragte der Soldat, der vermutlich der Anführer der Gruppe war, als er seinen Blick endlich von ihrem Ausschnitt gelöst hatte.

»Ja, und ich soll euch eine Botschaft von Lord Samukal überbringen.«

»Woher wissen wir, dass du nicht lügst? Am Ende bist du keine Zauberin«, hakte ein anderer Mann mit heiserer Stimme nach, und einige seiner Gefährten nickten.

»Euer Feuer ist etwas mickrig«, stellte Atene statt einer Antwort fest.

»Das verfluchte Holz war feucht«, brummte der Anführer.

Atene fixierte das Feuer, zischte einen Zauberspruch und vollführte eine rasche Handbewegung. Sofort loderten die Flammen mehr als doppelt so hoch auf, und die Männer traten eilig zurück. Erstaunte Ausrufe folgten.

Verführerisch lächelnd wandte sich Atene dem Zahnlosen zu. »Ist das Beweis genug?«

Als der Mann mit offenem Mund nickte, löste sie mit spitzen Fingern seinen Umhang. »Ich finde, du solltest einer Lady damit aushelfen. Lord Samukal wird dich sicher reich entlohnen.« Dummerweise stank auch dieses Kleidungsstück erbärmlich und war äußerst schmutzig, doch ihren eigenen Umhang hatte sie nicht mitgenommen, und dieser würde sie und die Kleine zumindest wärmen.

Sie sprach noch eine ganze Weile mit den Männern, ließ sich einen Großteil ihres Proviants geben und ging, als die Nacht bereits weit fortgeschritten war, mit dem Umhang und dem Pferd zurück zu Leána. Das Mädchen schlief tief und fest im Moos, und Atene beugte sich zu ihr hinab, um den Umhang über sie zu breiten.

»Du bist eine hübsche kleine Nebelhexe, ganz anders als viele deines Volkes«, seufzte sie, dann lachte sie hell in den Nachthimmel. »Die Soldaten werden sich in ihre Hosen machen, wenn sie auf die Nebelinsel reiten, um die Botschaft zu übermitteln.«

Nach einer weiteren Nacht vergeblichen Suchens kehrte Aramia erschöpft ins Dorf zurück. Pausenlos fragte sie sich, was ihrer kleinen Tochter zugestoßen sein konnte, und die Ungewissheit raubte ihr den Verstand.

»Schläft Darian?«, erkundigte sie sich müde, bevor sie eine Holzschüssel voll Suppe von Lilith entgegennahm.

Diese nickte und streichelte ihrer Freundin mitfühlend über die Wange. »Ich weiß nicht warum, aber ich habe das Gefühl, dass es Leána gut geht.«

Seufzend stützte Aramia den Kopf in die Hände. Obwohl sie deutlich weniger Schlaf benötigte als ein Mensch, zehrten die nächtelangen Suchaktionen mittlerweile auch an ihren Kräften.

»Lilith, wo kann sie denn nur sein? Selbst wenn sie jemand entführt oder gar umgebracht haben sollte …«

Mit einem lauten Knall flog die Holztür der Hütte auf, und Tagilis stürmte in den Raum. »Ich habe Nachricht von Veliah. Im Süden befindet sich eine Gruppe von Soldaten, sie wollen mit Darian sprechen. Sie sagen, sie wüssten, wo sich Leána befindet.«

Ruckartig sprang Aramia auf die Füße. »Ist sie bei ihnen? Geht es ihr gut?«

»Ich weiß es nicht«, erklärte Tagilis ruhig. »Karad und ein paar andere von uns halten sie fest. Obwohl den Männern die Angst ins Gesicht gezeichnet ist, bestehen sie auf einer Unterredung mit Darian.«

Sofort eilte Aramia in den kleinen Raum, wo Darian schlief. Beinahe tat es ihr leid, ihn zu wecken, denn sein Gesicht sah erschöpft und eingefallen aus. Dann aber rüttelte sie ihn doch an der Schulter.

»Was … Wie, Mia?« Benommen richtete er sich auf und blinzelte ein paar Mal.

»Wir haben endlich eine Spur«, rief sie aufgeregt. Darian starrte sie einen Augenblick lang an, dann riss er die Augen auf und schnellte regelrecht aus dem Bett. Während er sich hastig anzog, erzählte Aramia ihm, was sie von Tagilis erfahren hatte.

»Dann ist sie zumindest am Leben!«, rief Darian erleichtert.

Er stürmte hinaus, wo Lilith und Tagilis mit den gesattelten Pferden warteten. Auch Murk wollte sich anschließen, aber da er nicht reiten konnte, baten sie ihn, zu Fuß nachzukommen.

Im sanften Licht der Morgendämmerung, das durch den herrschenden Nebel gedämpft wurde, stürmten Darian und seine Freunde in Richtung Südosten. Die Strecke bis zum Bergpass, welcher vom Culahan bewacht wurde, war in recht gutem Zustand, aber auch das ausdauerndste Pferd konnte nicht pausenlos galoppieren, und so waren sie gezwungen, regelmäßig kurze Pausen einzulegen, auch wenn das weder Darian noch Mia gefiel. Mächtig und drohend erhob sich am frühen Nachmittag die vorwiegend baumlose Bergkette vor ihnen, die den südlichen Teil der Insel vom Norden trennte. Dunkle Wolken thronten auf den Gipfeln und trübten die ohnehin schon schlechte Stimmung noch weiter. Die Reiter hofften, dass es nicht auch noch anfing zu regnen, was ihre Reise zusätzlich behindern würde. An einem sprudelnden, eiskalten Gebirgsbach ließen sie die Pferde trinken und nahmen selbst einen Schluck von dem klaren, durch den hohen Torfgehalt leicht gelblichen Wasser. Obwohl Darian vor Aufregung keinen Hunger hatte, ließ er sich zu einem Stück hartem Käse und Haferbrot überreden.

Noch einmal erzählte Tagilis das Wenige, das er von seiner Gefährtin erfahren hatte. Veliah war zurück in den Süden geeilt, um dem Soldatentrupp zu versichern, dass Darian und Mia auf dem Weg waren.

Nach einer sehr kurzen Rast stiegen sie wieder auf ihre Pferde. Darian griff wachsam nach seinem Schwert, als Menhir plötzlich den Kopf hob. Eine gewaltige graue Gestalt füllte den Pfad vor ihnen beinahe aus. Wie fließendes, durchscheinendes Gestein erschien das Wesen, und es sprach mit grollender Stimme, die klang, als würde eine Felslawine einen steilen Abhang hinunterpoltern.

»Das Gestein hat mir soeben geflüstert, dass Menschen unsere Insel betreten haben. Wünscht ihr, dass ich mit euch komme und sie zerquetsche?«

»Nein, das musst du nicht«, versicherte Lilith dem Culahan.

Der Berggeist brüllte auf, und Darian hielt sich die Ohren zu, denn es hörte sich an, als würde ein ganzes Gebirge zerbersten. Schon mehrmals war er dem Culahan begegnet, und auch wenn er immer tiefsten Respekt vor diesem Wesen und zu Anfang sogar Furcht gehabt hatte, so hatte er den Culahan noch niemals so aufgebracht gesehen. Nun erahnte er, dass sein erster Besuch auf der Nebelinsel vermutlich auch sein letzter gewesen wäre, hätte der Berggeist beschlossen, ihn als Bedrohung anzusehen.

»Wir müssen mit den Männern sprechen, um herauszubekommen, wo Leána ist«, erklärte Mia ungeduldig.

»Ich werde eurem Ruf folgen, sollte meine Hilfe vonnöten sein«, grollte der Berggeist und verschwand wie eine riesige Nebelschwade zwischen den unzähligen Spalten der grauen Felsen.

Die Weiterreise ans südliche Ende der Insel gestaltete sich etwas schwieriger. Gegen Abend begann es tatsächlich zu regnen, und wenngleich sie dank Mia auch in der Nacht reiten konnten, kamen sie doch nur im Schritttempo voran. Hier gab es kaum Pfade, und die Pferde mussten Acht geben, um nicht zu stolpern.

Erst gegen Mittag des nächsten Tages erreichten sie klatschnass und durchgefroren das südlichste Ufer der Nebelinsel, die heute ihrem Namen alle Ehre machte. Man konnte kaum die Hand vor Augen sehen, und auch wenn hier und da einzelne Sonnenstrahlen davon kündeten, dass die Wolken vielleicht bald aufreißen würden, erschien die Umgebung doch ausgesprochen unheimlich. Alles war sehr still, der Wind schwieg, und die Bäume standen wie geisterhafte Traumgestalten reglos zwischen Felsen und Heidekrautfeldern.

Als sich aus dem undurchdringlichen Weiß graue Umrisse herauslösten, hob Mia die Hand, und die kleine Gruppe ritt noch langsamer weiter.

Dann erkannten sie endlich fünf Männer, die nahe des steinigen Ufers standen und sich unablässig ängstlich umblickten. Einige Bewohner der Nebelinsel, die in den Augen der Fremden sicher furchteinflößend sein mussten, umzingelten und bewachten sie; Karad, der gedrungene, äußerst kräftige Mischling aus Troll und Gnom mit grünlich grauer Haut und Pranken, die einen Menschen ohne weiteres hätten zerquetschen können, führte zusätzlich mit seiner Keule bedrohliche Bewegungen aus. Er brüllte laut, als er Lilith und die anderen sah. Sogleich wichen die Soldaten zurück, denn sie konnten ja nicht wissen, dass das für Karads Verhältnisse eine freudige Begrüßung war. Die Menschensprache hatte er nie richtig zu sprechen gelernt und konnte nur einzelne kehlige Laute hervorstoßen.

»Wir sind hier, ihr könnt euch jetzt zurückziehen«, sagte die kleine Heilerin.

Leise vor sich hin murmelnd, aber mit noch immer drohenden Blicken zogen sich die Halbwesen zurück, und die Soldaten entspannten sich sichtlich.

Obwohl es Darians ganze Beherrschung kostete, zwang er sich, langsam vom Pferd zu steigen. Dabei ließ er die Männer nicht aus dem Blick, und diese zogen nun wieder die Schultern ein und traten unsicher von einem Bein aufs andere. Mit starrer Miene stellte er sich vor die Soldaten und packte dann den Erstbesten am Kragen.

»Wo ist meine Tochter? Was habt ihr mit ihr gemacht?«

»Ich soll doch nur eine Nachricht überbringen«, jammerte der Mann.

Darian ließ ihn los. »Dann sprich!«

»Lord Samukal lässt ausrichten, dass er Darian und Atorian von Northcliff in zehn Tagen am Bennachsee treffen will. Nur Ihr, Euer Bruder und nicht mehr als zwei weitere Männer sollen bei Einbruch der Dämmerung am Westufer warten. Kein Zauberer und keine Nebelhexe. Dann wird er Euch das Mädchen übergeben.« Während der Mann gesprochen hatte, war er immer weiter vor Darian zurückgewichen, und als dieser nun drohend näher kam, hob der Soldat voller Panik seine Hände vors Gesicht.

»Bitte, ich bin nur der Bote, ich habe Euch nichts getan, bitte nehmt mich nicht mit ins Reich der Dämonen, ich flehe Euch an.«

Kurz stockte Darian, dann erinnerte er sich, dass er für die meisten Menschen ja als tot galt und Samukal das Gerücht in die Welt gesetzt hatte, er und Atorian wären Dämonen, die nur menschliche Gestalt angenommen hätten, um die Bevölkerung zu täuschen.

»Lügst du? Oder verschweigst du mir etwas? Denn wenn ich wirklich ein Dämon bin, dann kann ich deine Gedanken aussaugen, wenn ich das will!«

Wimmernd fiel der Mann auf die Knie.

»Darian, jetzt mach ihm doch keine …« Ungeduldig schüttelte Darian Liliths Hand ab und beugte sich zu dem Soldaten hinab.

»Ich habe das Kind nicht entführt, ich habe es nicht einmal gesehen. Ich sollte nur die Botschaft überbringen. Bitte, verschont mich, mein Herr.«

Noch einige Herzschläge lang sah Darian dem Soldaten prüfend in die Augen, dann zog er ihn an seinem Hemd nach oben.

»Ich hoffe, du weißt, wer der wahre König von Northcliff ist«, raunte er dem Mann zu. »Aber wie auch immer, lauf zurück zu Samukal und sag ihm, wir kommen.«

Der Mann nickte eifrig und hastete dann stolpernd zu seinem Pferd zurück, wobei er immer wieder hektische Blicke zurückwarf.

»Ich bin übrigens kein Dämon«, rief Darian ihm nach. »Aber du kannst Samukal sagen, wenn er mir meine Tochter nicht unversehrt zurückgibt, wird er sich wünschen, nur einem Dämon gegenüberzustehen.«

Der Soldat trieb sein Pferd so hektisch an, dass dieses beinahe auf den glitschigen Steinen ausrutschte, dann galoppierten er und seine Männer durch das rasch steigende Wasser aufs Festland zu.

»Ich hoffe, sie ertrinken nicht, sonst können sie die Botschaft nicht überbringen«, meinte Tagilis und blickte ihnen kopfschüttelnd hinterher.

»Auch wir müssen sofort los und Atorian suchen.« Schon saß Darian im Sattel.

»Du weißt, dass das eine Falle ist«, warf Lilith ein. »Wenn ihr tatsächlich alle beide auftaucht, wird er euch töten.«

»Dessen bin ich mir bewusst«, erwiderte Darian ungeduldig. »Aber was sollen wir sonst tun? Wir können Leána nicht bei Samukal lassen.«

»Ich frage mich nur, wie es ihm gelungen ist, sie zu entführen, und vor allem, woher er überhaupt von ihr wusste«, überlegte Lilith. Nachdenklich tippte sie sich auf die dicke Nase und legte ihre Stirn in Falten.

Sie entschlossen sich, sofort aufs Festland zu reiten und nach Atorian zu suchen. Zehn Tage waren ausreichend Zeit, um ihre eigenen Leute rund um den See zu postieren und die Gegend im Auge zu behalten. Zwar war ihnen klar, dass auch Samukals Männer dort sein würden, aber wie es derzeit aussah, blieb ihnen mangels Alternativen keine andere Wahl.

Kapitel 13

Auf Messers Schneide

»… eine Bewegung oder auch nur ein Wort, und ich mache dich einen Kopf kürzer.«

»Nimm doch Vernunft an, ich bin der Einzige, der ihm helfen kann.«

»Einem wie dir traue ich nicht.«

Verschwommen vernahm Atorian Stimmen, die er im ersten Augenblick nicht richtig zuordnen konnte. Irgendetwas drückte schmerzhaft auf seinen Brustkorb, der Versuch, sich zu bewegen, jagte Wellen von Übelkeit durch seinen Körper, und er war nahe dran, schon wieder das Bewusstsein zu verlieren. Als er ganz langsam und vorsichtig die Augen öffnete, sah er, wie Dimitan mit erhobenen Händen neben ihm kniete, und jetzt erkannte er auch Kayas Stimme, die auf den Zauberer einschimpfte. Ein vorsichtiger Blick nach links zeigte ihr von Tränen, Blut und Schmutz verschmiertes Gesicht. Die Spitze ihres Schwertes zeigte auf Dimitans Kehle.

»Wie im Namen der Götter willst du dummes, einfältiges Geschöpf ein totes Pferd von ihm herunterbekommen?«, fragte gerade Dimitan in seinem gewohnt kühlen und überlegenen Tonfall.

Totes Pferd, dachte Atorian träge und konnte endlich den braunen Fellberg vor seinem Gesicht zuordnen, der ihn unbarmherzig auf den Boden drückte.

»Kaya«, brachte er krächzend heraus.

Sofort war ihr erschrockenes Gesicht vor seinen Augen.

»Atorian, wie geht es dir? Kannst du dich bewegen?«

»Ich … bekomme … keine Luft«, keuchte er.

Kayas zitternde Hand legte sich auf seine Wange.

»Jetzt lass mich doch endlich mit Magie nachhelfen, Mädchen, sonst stirbt er ohnehin.«

»Bleib bloß, wo du bist. Du hättest Atorian umgebracht, wenn ich nicht gekommen wäre, schließlich habe ich selbst den magischen Blitz gesehen«, rief Kaya mit Panik in der Stimme.

Ein lautes Fluchen von Dimitan ertönte. »Ich habe das verdammte Pferd getötet, bevor es ihn vollends zerquetscht hätte, weil es mit seinen gebrochenen Beinen nicht aufstehen konnte.«

»Das behauptest du!«

»Ich verlange eine angemessen respektvolle Anrede, Weib.«

»Dann gewöhn dir an, auch mich mit Respekt …«

»Kaya.« Als Atorian versuchte, sich auch nur ein kleines Stück zu bewegen, fuhr ein sengender Schmerz durch seinen Kopf und seinen gesamten Körper. Er stöhnte laut auf und kämpfte eisern darum, bei Bewusstsein zu bleiben.

Ganz entfernt hörte er Kayas aufgeregte und besorgte Stimme, fühlte erneut ihre Hand an seinem Gesicht, dann schaffte er es endlich, wieder genügend Luft in seine Lungen zu bekommen, um zu sprechen.

»Lass … ihn … etwas tun.«

Eine Träne tropfte auf sein Gesicht. »Er könnte dich umbringen.«

»Du törichtes Weib …«, setzte Dimitan schon wieder an, aber Atorian sah Kaya ohnehin schon flehend an.

»Bitte … ich halte das … nicht mehr aus.«

»Gut.« Noch einmal legte sich ihre Hand auf Atorians Wange, dann stellte sie sich neben Dimitan.

»Du machst jetzt dein magisches Zeugs und hebst das Pferd hoch. Wenn du sonst etwas tust, schlitze ich dich auf«, drohte sie.

Dimitan schnaubte verächtlich. »Du musst ihn hervorziehen. Schließlich kann ich das schwere Tier nicht eine halbe Meile weit durch die Luft schweben lassen.«

Kaya zögerte sichtlich, dann blitzte sie den Zauberer noch einmal drohend an. »Ich wurde schon einmal wiedergeboren, notfalls finde ich dich auch in meinem nächsten Leben.«

»Jetzt schweig doch endlich, ich muss mich konzentrieren!« Der Zauberer schloss die Augen, streckte die Hände aus, und nach kurzer Zeit hob sich der tote Körper des Pferdes kaum merklich an.

Kaya hatte Atorian unter den Achseln gefasst, und als sie versuchte, ihn unter dem Kadaver hervorzuziehen, biss er sich vor Schmerz die Lippe blutig. »Gleich, wir haben's gleich geschafft«, versicherte sie und rief dann Dimitan zu: »Höher!«

Dem Zauberer standen Schweißperlen auf der Stirn, und seine Hände zitterten.

»Nassàr, hilf mir«, schrie Kaya plötzlich, und der alte Krieger eilte mit erschrockenem Gesicht zu ihr.

Dimitan rief eine Beschwörung, woraufhin der Körper des Pferdes sich noch einmal eine Hand breit hob. Gemeinsam zogen Kaya und Nassàr Atorian in Sicherheit. Sein Schmerzensschrei ging in dem donnernden Geräusch unter, als Dimitan seinen Zauber fallen ließ und der Pferdekadaver auf dem Boden aufschlug.

Samukal wusste nicht, ob er Atenes Botschaft tatsächlich Glauben schenken sollte. Hatte sie wirklich Darians Tochter gefunden? Das wären endlich wieder einmal positive Nachrichten, denn seine Dämonen bereiteten ihm zunehmend Schwierigkeiten. Noch immer hatte er Galmár und die zwei anderen fehlenden Propheten nicht ausfindig machen können. Jetzt gebot er wieder über die restlichen Dämonen, aber diese beständig zu kontrollieren schwächte ihn sehr. Er hatte bereits einige Anstrengungen unternommen, sie wieder loszuwerden, doch aus einem für Samukal unerfindlichen Grund war es ihm nicht gelungen. Der Wunsch, mit seinem Lehrmeister zu sprechen, wurde daher immer dringlicher, aber dieser schien seine Hilferufe zu ignorieren. Wenn Samukal mit Darians Tochter ein Druckmittel hatte, könnte er zumindest Atorians wachsendem Einfluss Einhalt gebieten.

So rasch sein Pferd ihn trug, ritt er nach Süden, wechselte in den an der neuen Straße liegenden Dörfern und Städten immer wieder sein Reittier und erfreute sich dabei am Wohlstand Albanys. »Ich lasse mir das nicht von dir wegnehmen, Atorian«, murmelte er, als er am verabredeten Treffpunkt ankam. Bei diesem handelte es sich um die Ruine eines Herrenhauses in einem einsamen Waldstück etwa sechzig Meilen nördlich des Rannocsees.

Prüfend sah er sich um, aber alles blieb ruhig. Der Wind strich leise um das graue Gemäuer. Niemand zeigte sich. Krähen hatten in einem alten Turm ihr Nest gebaut und schimpften von dort oben auf den menschlichen Eindringling hinab. Als urplötzlich Atene hinter einer heruntergebrochenen Mauer hervortrat, konnte Samukal ein Grinsen nicht unterdrücken.

»Strebst du eine Karriere als Soldatin an?«

Sie hob nur eine Augenbraue und kam gewohnt geschmeidig näher; der derbe Umhang tat ihrer Eleganz keinen Abbruch. »Ich werde mir bald passendere Kleider besorgen.«

»Wo ist das Kind, Atene?«

»Zuerst zeigst du mir, wie man über einen Dämon gebietet.«

Das entlockte Samukal ein lautes Lachen. »Ich traue dir ohne weiteres zu, dass du mir Theater vorspielst und Darian gar keine Tochter hat.« Dann jedoch wurde er ernst und trat einen Schritt auf Atene zu. »Zeig mir das Kind, dann wirst du sehen, wie man einen Dämon beschwört. Und vielleicht bekommst du auch tatsächlich einen eigenen.«

»Sie könnte Angst bekommen, wenn sie den Dämon sieht«, wandte Atene ein.

Mit wütend funkelnden Augen trat Samukal zu ihr und fasste sie energisch am Kinn. »Ist das Kind hier oder nicht? Strapaziere nicht meine Geduld!«

»Ja, sie wartet in einem der alten Schlafgemächer. Gibst du mir dein Wort, Samukal, dass du mir zeigst, wie man einen Dämon beschwört?«

»Ja, das tue ich.«

Also nahm Atene ihn an der Hand und führte ihn durch die hallenden, zum großen Teil verfallenen Gänge des einst prächtigen Herrenhauses. Ein kleines dunkelhaariges Mädchen spielte zwischen den kaputten Mauern, aber Samukal traute Atene nicht – die Kleine konnte jedes beliebige Kind aus einem der umliegenden Dörfer sein. Als sie allerdings auf ihn zurannte und er in ihre strahlend blauen Augen sah, konnte er die Ähnlichkeit zu Darian nicht mehr leugnen. »Bist du mein Großvater?«

Zunächst warf Samukal Atene einen fragenden Blick zu, dann nickte er und kniete sich vor die Kleine hin, die ihn umarmte.

»Ich heiße Leána.«

»Das ist ein schöner Name«, lobte Samukal, dann sah er ihr tief in die Augen. »Wie lautet der Name deiner Eltern?«

»Aramia und Darian.«

»Und wo lebst du?«

»Na, auf der Nebelinsel natürlich«, lachte sie unbekümmert, »ich bin doch eine Nebelhexe.«

Auf den zweiten Blick glaubte Samukal, tatsächlich auch etwas von Aramias feinen dunkelelfischen Zügen an der Kleinen zu erkennen, dennoch wollte er weitere Beweise.

»Dann kannst du doch sicher zaubern, Leána.«

Die Kleine biss sich auf die Lippe, dann schüttelte sie den Kopf. Samukals Blick wanderte zu Atene, aber da sprach Leána schon weiter.

»Zaubern kann ich nicht, nur Portale finden.« Sie strahlte ihn an. »Und bald werde ich das Drachenportal finden.«

»Das ist aber interessant«, sagte Samukal lauernd und nahm Leána auf den Arm. »Erzähl mir doch mehr davon.«

»Einen Augenblick, dein Großvater und ich haben noch etwas zu erledigen«, unterbrach Atene entschieden. »Leána, geh doch ein wenig hinaus und pflücke deinem Großvater einen Strauß Blumen.«

Samukal ließ das Mädchen herunter, Leána lächelte ihn noch einmal an und rannte dann aus dem Raum. Kopfschüttelnd blickte Samukal ihr hinterher.

»Der Dämon«, erinnerte ihn Atene.

»Also gut.« Samukal griff an seine Halskette, konzentrierte sich und murmelte eine Beschwörung. Nur wenig später erschien Rashkárs schattenhafte Präsenz in der dunkelsten Ecke des Raumes.

Befriedigt bemerkte Samukal, wie Atene die Augen weit aufriss und unwillkürlich einen Schritt zurückwich.

»Was wünscht Ihr, Meister?« Rashkár verbeugte sich und blieb abwartend stehen.

»Diese hübsche junge Frau wollte meinen treusten Diener kennenlernen«, meinte Samukal zynisch.

»Wie rufst du ihn, und wie kann man ihn beherrschen?«, wollte Atene wissen, die ihre Erschütterung rasch wieder überwunden zu haben schien.

»Das erkläre ich dir ein anderes Mal.« Samukal holte zu einer Handbewegung aus, die den Dämon fortschicken sollte, aber Atene hielt seine Hand fest, und ihre dunklen Augen blitzten.

»Ich habe dir das Kind gebracht, und du wirst mir jetzt sagen, wie man den Dämon beherrscht.«

»Na schön«, seufzte Samukal, denn klammheimlich hatte er schon die ganze Zeit darüber nachgedacht, Atene zu unterrichten. Ihr traute er das notwendige Durchhaltevermögen sowie die Kraft zu, diese dunklen Kreaturen zu dominieren. Er holte einen Opal hervor und hielt ihn Atene auf der flachen Hand unter die

Nase. »Ein Teil seines Wesens ist in diesem schwarzen Opal eingeschlossen, dadurch erlange ich Kontrolle über ihn.«

»Zeig es mir!«

Samukal umschloss den Edelstein, murmelte einige Worte, und kurz darauf krümmte Rashkár sich am Boden. »Reicht dir das?«

Mit einem Gesichtsausdruck, der zugleich von Faszination und Entsetzen zeugte, sah Atene zu dem sich windenden Dämon. »Kannst du ihn damit auch töten?«, wollte sie wissen.

»Nein, aber dazu werde ich dir mehr erzählen, wenn wir wieder auf der Burg sind.« Beiläufig entließ Samukal Rashkár, dann küsste er Atene leidenschaftlich.

Der Dunkelelfenüberfall hatte die kleine Gruppe in alle Richtungen zerstreut. Nordhalan war es zumindest gelungen, den widerwärtigen geflügelten Dämon von Atorian fortzulocken. Allerdings hatte er dann selbst um sein Leben reiten müssen, war immer wieder zu riskanten Ausweichmanövern oder zu Richtungswechseln gezwungen worden. Es war ihm nicht gelungen, das Wesen zu töten, und vermutlich hatte er einfach nur reines Glück gehabt, als sich der Dämon einigen fliehenden Dunkelelfen zugewandt hatte. Für Nordhalan ein klares Zeichen, dass Dämon und Dunkelelfen nicht gemeinsame Sache gemacht hatten. Als er zum Ort des Überfalls zurückkehrte, fand er die Leichen von acht Männern vor. Kurz darauf kam ihm Nassàr entgegen. Der alte Krieger sah zerschunden und erschöpft aus, schien jedoch nicht ernsthaft verletzt zu sein.

»Schnell – Atorian. Es sieht nicht gut aus.«

Eine eisige Hand griff nach Nordhalans Herzen, und er stieg vom Pferd, um Nassàr zu folgen. Neben der Straße in einem Gebüsch lag ein totes Pferd, nicht weit entfernt davon Atorian. Neben ihm kniete die vollkommen aufgelöste Kaya. Mit einem Kopfnicken nahm Nordhalan zur Kenntnis, dass Dimitan noch am Leben war.

»Das Pferd ist auf ihn gestürzt. Wir konnten ihn darunter hervorziehen, aber er ist schon seit einer Weile nicht mehr aufgewacht«, erklärte Nassàr besorgt.

»Ich habe ihnen geholfen«, ergänzte Dimitan. Doch Nordhalan ging nicht darauf ein und rauschte schnurstracks an ihm vorüber.

Er kniete sich neben Atorian, der schwach und unregelmäßig atmete, am ganzen Körper Blutergüsse und Prellungen und vermutlich sämtliche Rippen gebrochen hatte.

»Ich bin kein sonderlich guter Heilkundiger«, gab Nordhalan zu. »Ich kann ihm einen Schmerztrunk brauen, aber wir sollten ihn auf jeden Fall in ein Dorf bringen. Nassàr, das Beste wird sein, wir lassen diese Lilith von der Nebelinsel kommen.«

Der alte Krieger nickte; doch sein Blick sagte deutlich: *Sofern er so lange durchhält.*

Nach einer Weile kehrten noch drei ihrer Verbündeten zurück, die sofort damit beauftragt wurden, starke Äste zu suchen und eine Trage zu bauen. Auch wenn Nordhalan sich scheute, Atorian zu transportieren, hier konnten sie ihn nicht liegen lassen, bis Hilfe eintraf.

So rasch sie konnten, ritten Darian, Mia, Lilith und Tagilis in Richtung des Bennachsees, der von der Küste aus nur etwa vierzig Meilen entfernt war. Tagilis hatte Veliah losgeschickt, damit sie Nordhalan suchte, denn sie konnte sich ohne großen Zeitverlust an jedem Ort Albanys manifestieren. Allerdings gelang es Tagilis nicht immer, sie zu rufen oder Kontakt zu ihr aufzunehmen. In der Zwischenwelt schienen andere Gesetze zu gelten, und in letzter Zeit waren Veliahs Kräfte ohnehin schwächer als sonst.

In der zweiten Nacht stieß unerwartet Zir'Avan zu ihnen. Er hatte von anderen Suchenden erfahren, dass Soldaten eine Botschaft überbracht hatten, und war ihnen daher durch das Eichentor gefolgt.

»Lasst mich mit euch kommen«, bat er, und in seinen Augen flackerte Kampflust auf, »ich bin mir sicher, ich werde diesen Samukal bezwingen.«

»Er hat gesagt, nur ich und Atorian. Ich will Leána nicht gefährden«, protestierte Darian.

Auch Mia war skeptisch. »Du bist ein hervorragender Schwertkämpfer, und über Zauberkräfte verfügst du auch, aber was ist, wenn er Dämonen bei sich hat?«

Eine aufgeregte Diskussion entbrannte, aber am Ende waren sich alle einig, dass es zumindest gut war, wenn sich Zir'Avan in der Nähe befand.

»Veliah!«, rief Tagilis überrascht, als sich die durchscheinende Gestalt der Halbelfe vor ihnen zeigte.

»Ihr müsst schnell mit mir kommen. Atorian wurde verletzt.«

»Was?« Erschrocken sprang Darian auf. Bis zum Treffpunkt zum Bennachsee war es nicht mehr weit. Natürlich sorgte er sich um seinen Bruder, aber er wollte auch unbedingt rechtzeitig bei Leána sein.

»Nordhalan sagt, sein Zustand sei mehr als bedenklich und sein Überleben nicht sicher«, lieferte ihm Veliah die entscheidenden Informationen. »Wenn ihr sofort losreitet, könnt ihr in drei Tagen dort sein.«

»So soll es sein«, entschied Zir'Avan. »Ich reite mit Tagilis zum See, ihr anderen seht nach, was Atorian zugestoßen ist. Solltet ihr euch verspäten, werden wir uns bemühen, Samukal ein oder zwei Tage hinzuhalten.«

»Dann reite ich mit zum See«, warf Mia ein, und Darian wurde etwas leichter ums Herz, weil zumindest sie in der Nähe seiner kleinen Tochter sein würde.

»Danke.« Voller Sorge stieg Darian in den Sattel und folgte dem Geist Veliahs, der bereits vor ihm durch die Bäume schwebte.

Ein kalter Regenschleier hatte sich über das Land gelegt, als Darian und Lilith zu der Ansammlung aus drei kleinen Hütten kamen. Wäre Nassàr ihnen nicht am letzten Tag unverhofft begegnet, hätten sie das Dorf vermutlich gar nicht gefunden. Was er erzählte, versetzte alle in große Angst um Atorian, und als sie die Hütte betraten, in der er lag, vergaß Darian sogar für einen Augenblick die Sorge um seine kleine Tochter.

Ganz offensichtlich hatte Atorian trotz Nordhalans Tränken große Schmerzen. Er war kaum ansprechbar und erkannte selbst seinen Bruder nicht.

Schließlich schickte Lilith alle energisch hinaus, ließ sich von Nordhalan erklären, was genau geschehen war, und begann Atorian dann zu untersuchen.

»Habt ihr ihn viel bewegt?«, wollte sie wissen, nachdem sie wieder in den Wohnraum kam, wo sich Darian, Nordhalan und Nassàr ums Feuer drängten.

»So wenig wie möglich, aber wir konnten ihn ja kaum im Wald liegen lassen«, berichtete Nassàr.

Die kleine Heilerin nickte mit ernstem Gesicht, dann kramte sie in ihrem Beutel herum.

Darian stand von seinem Stuhl auf. »Was fehlt ihm denn?«

Ohne aufzublicken, sagte Lilith ruhig: »Er blutet innerlich, außerdem ist sein Rückgrat durch den Sturz gebrochen.«

Darian keuchte entsetzt auf, dann ließ er sich auf den Stuhl fallen und bedeckte sein Gesicht mit den Händen. Als er immer wieder fassungslos den Kopf schüttelte, trat Lilith zu ihm. Sie wies Nassàr an, die Kräuter zu zerstampfen und einige davon zu kochen.

»Darian, es tut mir leid, aber du darfst jetzt nicht verzagen«, sagte Lilith sanft und streichelte ihm über den Kopf.

»Meine Tochter wurde entführt, und mein Bruder stirbt gerade«, flüsterte er mit belegter Stimme.

»Aber nein, Atorian wird nicht sterben.«

»Was?« Darian wischte sich über die Augen. »Aber du hast

doch gesagt … Er müsste operiert werden … Das geht doch hier nicht …«

»Was soll ich mit ihm machen?«, erkundigte sich Lilith verständnislos.

»Die inneren Blutungen, du musst …«

»Darian, es gibt hervorragende Heilkräuter für solche Fälle«, versuchte Lilith ihn zu beruhigen, und als er einen Blick zu Nordhalan warf, nickte dieser bestätigend.

»Und was ist mit seinem Rücken? Du hast gesagt, seine Wirbelsäule ist gebrochen. Man müsste ihn wohl aufschneiden und die Knochen richten, und selbst dann könnte er höchstwahrscheinlich den Rest seines Lebens nicht mehr laufen.«

»Weshalb sollte ich ihn denn aufschneiden?« Großes Entsetzen stand in Liliths Augen.

»Vermutlich hat man das in der anderen Welt so gemacht«, wagte Nordhalan einen Erklärungsversuch.

»Man hat die Menschen aufgeschnitten, um sie zu heilen?« Dies schockierte Lilith so offensichtlich, dass Darian gegen seinen Willen lachen musste.

»Was hast du denn vor?«

»Ich gebe zu, meine Methoden sind auch in Albany nicht sehr verbreitet, aber mit meinen Heilpflanzen kann ich das beschädigte Gewebe dazu bringen, sich wieder zu regenerieren. Leider sind schon einige Tage vergangen«, beruhigend legte Lilith Darian eine Hand auf den Arm, »aber dein Bruder hat einen starken Willen. Er möchte in dieser Welt bleiben, und das ist sehr wichtig, damit er gesund wird. Wir müssen ihm ein Gestell bauen, damit er ganz ruhig liegt. Darunter werde ich Heilsteine legen. Die Steingeister werden seinen Knochen helfen, wieder in die richtige Position zu kommen. Außerdem gibt es Tränke, die sie schneller zusammenwachsen lassen.«

Staunend lauschte Darian der zierlichen Heilerin, die mit ihren Ausführungen noch nicht fertig war. »Für ein oder zwei Monde wird es sehr unangenehm für ihn sein, so bewegungslos dazuliegen, und es wird ihm Schmerzen bereiten, wenn er wieder zu laufen beginnt. Aber im Frühling sollte er anfangen können zu reiten und sein Schwert zu schwingen.«

Stürmisch umarmte Darian die kleine Heilerin und drückte ihr einen Kuss auf die Wange. »Danke, Lilith, du bist wirklich ein Schatz, ach, was sage ich, du bist mehr wert als alle Schätze sämtlicher Welten zusammen!«

Lilith lachte herzlich auf. »Ich wusste ja, dass die Menschen in dieser Welt rückständig sind.« Ein tiefes Seufzen entfuhr ihr. »Leider hören sie schon seit Generationen nicht auf die Heiler unter uns Nebelhexen. Aber ich dachte, in deiner alten Welt würde man vielleicht bessere Heilerfolge erzielen.«

»Sie halten sich für ungemein fortschrittlich, aber wie ich gerade zu erahnen beginne, sind sie das nicht wirklich. Und auch diese Menschen würden ganz sicher auf keine Nebelhexe hören.«

Achselzuckend rührte Lilith den Sud um, dann ging sie zurück zu Atorian, um ihm etwas davon einzuflößen.

Nach einer Weile kam Kaya herein. Als Darian sah, wie müde und traurig sie wirkte, nahm er sie rasch in den Arm und erklärte, was Lilith ihnen gesagt hatte. Zunächst sah er ähnlichen Unglauben in ihren Augen wie zuvor bei ihm, aber dann erhellte ein Strahlen ihr gerade noch so blasses Gesicht.

»Ich dachte, ich hätte ihn verloren, obwohl ich ihn doch gerade erst gefunden habe«, rief sie erleichtert und wollte rasch zu ihm gehen. Darian hielt sie auf.

»Warte noch kurz, Lilith ist gerade bei ihm.«

Mit einem erschöpften Seufzer setzte sich Kaya ans Feuer, und Nordhalan reichte ihr einen Becher Tee.

»Ich weiß noch immer nicht, ob wir Dimitan trauen können. Er sagt, er wollte Atorian nur helfen, aber es kann auch sein, dass er lügt.« Noch während sie trank, fielen Kaya die Augen zu, ihre Stimme wurde leiser, und schließlich schlief sie, den Becher noch in der Hand, einfach ein.

»Sie hat die ganze Zeit über keine Ruhe gefunden«, flüsterte Nordhalan, nahm ihr sanft die Tasse aus der Hand und hob sie auf seine Arme. »Ich bringe sie jetzt ins Bett.«

Darian nickte und legte erleichtert seinen Kopf auf die Tischkante. »Zumindest eine Sorge weniger.«

»Samukal wird Leána nichts antun, da bin ich mir sicher«, versprach der alte Zauberer.

Als kurze Zeit später leise die Tür zu der kleinen Schlafkammer aufging, war Darian selbst beinahe eingenickt.

Er blinzelte kurz und richtete sich auf, als er Lilith auf sich zukommen sah. »Atorian ist wach, und er hat nach dir gefragt. Aber bleib nicht zu lange, er muss sich ausruhen.«

»Gut, ich rede nur kurz mit ihm«, versprach er und ging zum Bett seines Bruders.

»Hey, warum legst du dich unter ein zwölfhundert Pfund schweres Pferd?«, versuchte Darian zu scherzen.

Atorian, der ihn jetzt mit klaren Augen ansah, schnitt eine Grimasse. »Ich dachte, dann fällt der arme Kerl weicher. Hat ihm aber auch nichts genützt.«

»Lilith kann deine Verletzungen heilen. Ihre Heilkünste sind erstaunlich.« Darian drückte die Hand seines Bruders, und dieser nickte zögernd.

»Verdammt, ich habe wirklich gedacht, ich überlebe das nicht, aber jetzt geht es mir schon besser. Ich befürchte nur, dass du in der nächsten Zeit ohne mich durch die Dörfer reiten musst.«

»Mach dir keine Sorgen, wir schaffen das schon.« Darian wollte Atorian nichts von Leána erzählen, damit dieser sich einzig und allein darauf konzentrieren konnte, gesund zu werden. »Ich muss morgen weiterreiten. Hör bitte genau auf das, was Lilith sagt. Sie hat mir damals geholfen, als ich von dem Pilz abhängig war, und sie ist die beste Heilerin ganz Albanys.«

»In Ordnung. Wo reitest du denn …« Als Atorian versuchte, sich zu drehen, kniff er gequält die Augen zusammen, und ein leises Stöhnen kam über seine Lippen.

»Du musst ganz ruhig liegen«, verlangte Darian erschrocken.

Keuchend holte Atorian Luft, dann nickte er.

»Schlaf jetzt. Wenn Liliths Kräuter erst richtig zu wirken beginnen, wird es dir besser gehen.« Aufmunternd drückte Darian die Schulter seines Bruders und verließ dann den Raum. In stummer Dankbarkeit schloss er die Augen. Er war unendlich froh, dass Lilith bei ihnen war.

»Schade, dass du keinen langen Bart hast«, meinte Leána bedauernd, als sie Samukal den Blumenkranz, den sie für ihn geflochten hatte, über den Kopf hängte.

Mit hochgehobenen Augenbrauen betrachtete der Zauberer das Kunstwerk. »Wieso das denn?«

»Ich mag Bärte, aber Großvater Zir'Avan hat leider auch keinen.«

»Großvater Zir'Avan?«

»Ja, er hat uns auf der Nebelinsel besucht.«

»Zir'Avan – ist er etwa ein Dunkelelf?«

Leána nickte unbekümmert und rückte ihre Blumenkette an Samukals Hals zurecht, bis sie zufrieden war.

Der Zauberer bemühte sich, noch etwas aus ihr herauszubekommen, aber Leána wusste offenbar nicht viel mehr, als dass Zir'Avan Aramias Vater und vor einer Weile auf die Nebelinsel gekommen war.

»Also, zweifelst du jetzt noch daran, dass sie Darians Tochter ist?«, wollte Atene wissen, als Leána davonrannte, um eine Heidefee zu jagen.

»Nein, aber es wundert und beunruhigt mich, dass sie einen Dunkelelfen bei sich haben. Na gut, aber wir werden mehr erfahren, wenn die beiden Northcliffbrüder erst hier sind. Diesmal warst du von großem Nutzen, Atene, die Kleine ist ein hervorragendes Druckmittel.«

»Du wirst ihr aber nichts antun?«

»Welch unerwartete Züge an dir, meine Liebe«, Samukal lachte laut und höhnisch auf, »du wirst doch nicht etwa Muttergefühle entwickeln?«

»Blödsinn, aber …«

»Keine Sorge, Atene«, er legte ihr seinen Arm um die Schulter und blickte auf Leána hinab, die hingebungsvoll versuchte, aus runden Kieselsteinen einen Turm zu bauen, »die Kleine ist niedlich, und ich weiß, wie es ist …« Er unterbrach sich selbst, was Atene die Stirn runzeln ließ. »Leána wird nichts geschehen, und ich glaube ohnehin kaum, dass Darian so dumm ist, irgendetwas zu tun, das sie gefährden könnte.«

Kapitel 14

Freund oder Feind

Wenngleich Darian jetzt, wo er wusste, dass Atorian wieder gesund wurde, etwas leichter ums Herz war, merkte er doch mit jeder Meile, die er nach Norden ritt, wie die Angst um Leána zurückkehrte. Nassàr begleitete ihn, während Nordhalan zu Atorians Schutz im Dorf geblieben war. Auch wollte er Dimitan bewachen, dem noch immer niemand traute – wie sehr sich dieser auch als Atorians Retter pries. Da Veliah sich nicht mehr zeigte und somit auch keine Botschaft überbringen konnte, hatte Nordhalan Boten zum nahen Rannocsee geschickt und Männer zu Darians Unterstützung zum Bennachsee beordert.

Noch zwei Tage blieben ihnen bis zum Treffen mit Samukal, aber Nassàr und Darian beeilten sich, um rechtzeitig vorher dort zu sein. Eine breite Regenwand zog über das Land, und kräftige Sturmböen fegten die zum größten Teil bunt gefärbten Blätter von den Bäumen. Der Geruch von modrigem Laub hing in der Luft, während die Pferde auf kaum erkennbaren Pfaden nach Norden trabten und raschelnde Laubwolken aufwirbelten. Ein baumloser Hügel verschaffte ihnen einen Ausblick über das Land. Dichte Wälder erstreckten sich nach Ost und West, aber Nassàr versicherte, er kenne den Weg zum Bennachsee.

»Wir sollten die Pferde zurücklassen, es sind noch höchstens drei Meilen bis zum See. Falls Samukals Männer dort warten, können wir uns zu Fuß unbemerkt anschleichen.«

»In Ordnung.« Darian stieg ab und befreite Menhir von Sattel und Zaumzeug. »Ich hoffe, die Pferde laufen nicht fort. Es wäre besser, wenn Fenja hier wäre, die würde auf sie achten.«

»Ja, das stimmt.« Nassàr schickte sich an, seine fuchsfarbene Stute ebenfalls abzusatteln. »Andererseits wächst hier genügend Gras. Falls sie nicht ein Wolf, Bär oder Troll erschreckt, werden sie sich vermutlich nicht weit entfernen.«

»Du lässt dich von keinem Troll fressen, verstanden«, flüsterte Darian seinem graubraunen Pferd ins Ohr und verstrubbelte ihm den dichten schwarzen Schopf. »Wir sind jetzt schon so lange Freunde, ich würde dich vermissen.«

Ungerührt begann Menhir das lange Gras zu rupfen und zuckte mit dem Ohr, als sich eine neugierige Baumnymphe darauf niederließ. Nassàr und Darian schulterten ihre Bündel mit Verpflegung, Ersatzkleidung, Essen und einer Notausrüstung an Verbandsmaterial, dann machten sie sich zu Fuß auf den Weg. Nebel hing zwischen den Bäumen, und selbst das Vogelgezwitscher erklang nur gedämpft. Ein Geräusch von rechts ließ die Männer herumfahren. Blitzschnell sprangen sie in den Schutz eines Felsens und gingen in Kampfstellung. Es krachte laut, und die beiden spähten um den moosbewachsenen Stein herum. Als eine Bärenfamilie durch das Unterholz brach, entspannten sie sich wieder.

Träge tapste die Braunbärin mit ihren beiden Jungen durch die dichten Büsche und tat sich an Brombeeren und Pilzen gütlich.

»Kommt«, flüsterte der grauhaarige Krieger, »wir verhalten uns ruhig, dann lassen sie uns in Ruhe.«

Darian nickte, und für einen Augenblick beneidete er die Bärin, die hier friedlich durch den Wald stromerte und sich nicht um Königreiche, Politik oder entführten Nachwuchs sorgen musste.

Nach etwa zwei Meilen durch urwüchsigen Wald mit teilweise hüfthohen Farnen erkannten sie in der fernen Abenddämmerung einen schimmernden See. Die letzten Sonnenstrahlen brachen sich auf dem Wasser und tauchten die Umgebung in intensive Rot- und Gelbtöne.

»Wir warten besser, bis es dunkel ist«, schlug Darian vor. »Samukals Soldaten sehen bei Nacht nicht. Dann können wir Zir'Avan und Mia suchen, die uns sicher schon auf weite Entfernung erkennen. Außerdem sollten wir Samukals Männer zuerst ausfindig machen, nicht umgekehrt.«

»Gut, von mir aus«, stimmte Nassàr zu, wenngleich es ihm offenbar überhaupt nicht behagte, blind in der Nacht herumzustolpern.

Müde wollte sich Darian an einem seltsam geformten Hügel niederlassen, der wie ein kleiner Vulkan aussah. Auf der einen Seite war er von mannshohem Farn bewachsen, auf der anderen von weichem, bequem aussehendem Moos.

»Das solltet Ihr besser lassen«, warnte Nassàr leise.

»Weshalb denn?« Darian blieb überrascht stehen.

»Das ist ein Feenhügel. Bald werden Nachtnymphen dort herausfliegen, und die Biester schätzen es nicht sonderlich, wenn Menschen sich auf ihr Haus setzen.«

»Oh.« Darian machte es sich stattdessen an einem knorrigen Laubbaum bequem, für den er nicht einmal einen Namen kannte, und packte etwas Proviant aus. Nassàr setzte sich neben ihn und kaute auf hartem dunklem Brot und geräuchertem Schinken herum. Tatsächlich dauerte es nicht lange, und winzige, durchscheinend schwarze Wesen stiegen aus dem Feenhügel hervor. Auf den ersten Blick hätte man sie für dunkle Libellen oder andere große Insekten halten können. Wenn sie allerdings näher heranschwebten, erkannte man winzige Frauengestalten mit filigranen Flügeln und spitzen Zähnchen im Gesicht. Sie ignorierten die beiden Menschen, die, in ein leises Gespräch vertieft, darauf warteten, dass sich die Nacht wie ein schützendes Tuch über das Land senkte.

Während das Tageslicht nach und nach verblasste, fragte Darian sich, wie das Treffen mit Samukal wohl verlaufen würde. Seit jenem Tag am Stein von Altnaharra in Schottland hatte Darian seinen Ziehvater nicht mehr gesehen, aber die Wut auf diesen Verräter tobte unvermindert heftig in ihm.

Ich bin stärker geworden, Samukal, diesmal wirst du mir nicht so einfach entkommen, sandte er ein stummes Versprechen in die Dunkelheit, dann bedeutete er Nassàr mit einer Geste, sich zu erheben.

Die Luft war von den Geräuschen unzähliger nachtaktiver Tiere erfüllt. Eine Eule flog haarscharf über Darians Kopf vorbei, bevor sie pfeilschnell ins nächste Gebüsch stieß. Ein leises Quieken kündete davon, dass sie ihre Beute gefunden hatte, dann schwang sich der Vogel im Licht der Sterne, die hier und da durch die Bäume leuchteten, erneut in die Lüfte. Darian konnte nicht weit sehen und verließ sich daher auf seine restlichen Sinne, die ihm im Vergleich zu früher deutlich schärfer vorkamen. Zumindest herrschte hier im Wald nicht die absolute und alles verschlingende Dunkelheit wie in Teilen des Unterreichs. Mit Schaudern dachte Darian erneut an die Zeit, als er sich verirrt und nicht geglaubt hatte, jemals wieder das Tageslicht zu erblicken.

Fröstelnd schlang er seinen klammen Umhang dichter um sich, dann hielt er die Luft an, als ein Schatten durch die Bäume flog. Instinktiv wusste er, dass das kein Nachtvogel war. Ein lähmendes Grauen breitete sich in seinem Inneren aus, jedes einzelne Haar am Körper schien sich aufzustellen. Seine Hand zitterte, als er nach seinem Schwert griff.

Mia, bitte sei vorsichtig, schoss es Darian durch den Kopf.

Unschlüssig und so leise sie konnten, schlichen er und Nassàr weiter durch die Bäume. Ein ohrenbetäubendes Brüllen ertönte plötzlich von links, und Darian presste sich in den Schutz einer mächtigen Buche, deren Stamm ausgehöhlt war. Kurz darauf trampelte eine Gruppe von Waldtrollen schreiend durch das Unterholz. Darian konnte nicht genau erkennen, wie viele es waren, aber den Erschütterungen nach zu schließen mussten es mindestens zehn sein. In ihrer grunzenden, kehligen Sprache schrien sie sich immer wieder Warnungen zu.

Lauft – schnell – Gefahr, verstand Darian.

»Nassàr, da ist etwas, nimm dich in Acht«, wisperte Darian kaum hörbar. Aber diese Warnung wäre gar nicht nötig gewesen, denn der alte Krieger bewegte sich ohnehin schon ebenso vorsichtig wie Darian.

Die Waldtrolle waren beinahe an ihnen vorbei, als eines der Wesen einen Schmerzensschrei ausstieß. Seine Kumpane drehten sich kurz um, rannten dann jedoch umso schneller weiter. Hinter dem Baum vorlugend, erkannte Darian eine am Boden liegende, sich windende Gestalt, die unverständliche Laute ausstieß und um sich schlug. Da gerade der Mond durch die Bäume brach, konnte er relativ deutlich sehen, wie das Wesen um sein Leben kämpfte und irgendetwas, das sich an seinem Oberkörper verkrallt zu haben schien, abzuschütteln versuchte. Aus einem Impuls heraus wollte Darian dem Troll zu Hilfe eilen, auch wenn er wusste, dass diese Rasse den Menschen nicht unbedingt in Freundschaft verbunden war, aber da erschlaffte dessen Körper auch schon. Eine geflügelte Albtraumgestalt, deutlich größer als ein Raubvogel und mit einem Gesicht, welches Darian flüchtig an einen Dunkelelfen erinnerte, erhob sich im Mondlicht. Sie riss ein großes Stück aus dem toten Troll, schnellte dann auch schon wieder in die Höhe, verhüllte einen Atemzug lang den Mond und flog wie ein lautloser Todesschatten davon.

»Im Namen der Götter, was war das denn?«, stieß Nassàr schockiert hervor.

Mit zitternden Knien ließ sich Darian gegen den Baumstamm sinken. Es war pures Glück gewesen, dass der Dämon nicht ihn, Mia oder einen ihrer Freunde erwischt hatte.

»Bleib hier, Nassàr.« Vorsichtig trat Darian aus seinem Versteck und ging zu der Leiche, was er sofort wieder bereute. Der Waldtroll war geradezu in Stücke gerissen worden, Gedärme, Fleischbrocken und Blut bedeckten den Waldboden.

»Verdammt.« Darian presste eine Hand auf den Mund, die andere auf den Magen, dann stolperte er ins nächste Gebüsch und hielt sich am Stamm einer jungen Birke fest.

»Darian?« Ein leises Knacken, dann stand unvermittelt Mia neben ihm. »Zum Glück habe ich dich gefunden! Was ist denn mit dir?«, fügte sie besorgt hinzu.

Darian atmete einmal tief durch. »Der Dämon, hast du ihn gesehen?«

»Nein, fehlt dir etwas?«

Er schüttelte rasch den Kopf, obwohl ihm immer noch übel war, dann erzählte er, was er beobachtet hatte, und rief leise nach Nassàr.

»Bei den Ahnen – so etwas habe ich noch nicht gesehen«, bemerkte dieser, als er die Überreste des Waldtrolls entdeckte, dann nickte er Mia kurz zu.

Mia blickte um sich, konnte jedoch keine Gefahr erkennen. Der Dämon schien verschwunden zu sein, vermutlich labte er sich gerade an seiner Beute. Also erzählte Darian ihr in Kurzfassung von Atorians Unfall. Dann berichtete Mia ihrerseits, dass sie noch keine Spur von Samukal oder Leána gefunden hatten.

»Zir'Avan und Tagilis halten am anderen Ufer Wache.«

»Das ist gut.« Noch einmal ließ Darian frische Luft in seine Lungen strömen, und langsam beruhigte sich sein Magen wieder. Der Troll war beileibe nicht die erste Leiche, die er gesehen hatte, aber die Brutalität des Dämons war für seine ohnehin schon überreizten Nerven einfach zu viel gewesen. Darian musste an die vielen zerstörten Dörfer denken, dann schüttelte er solche Überlegungen energisch ab. »Komm, Mia, wir gehen zu Zir'Avan.«

Schon lief Mia los, und Darian und Nassàr folgten ihr dichtauf durch die eng stehenden Bäume. Wiederholt warnte Mia sie vor Hindernissen am Boden, denn nicht überall wurde die Umgebung vom Licht der Sterne oder des Mondes erhellt. Darian musste sich sehr zusammenreißen, nicht bei jedem zweiten Schritt um sich zu blicken, denn er hatte beständig das Gefühl, dass ihn etwas beobachtete, und glaubte, jeden Augenblick scharfe Dämonenkrallen in seinem Nacken zu spüren.

Als Mia abrupt anhielt, stolperte er gegen sie. »Entschuldige bitte.«

»Ich grüße euch«, erklang Zir'Avans Stimme aus der Finsternis.

»Zir'Avan, schön, dich gesund anzutreffen.« Darian kniff die Augen zusammen, und jetzt, wo er genau hinsah, konnte er die schlanke Gestalt des Dunkelelfen neben dem Baum rechts von ihm ausmachen. »Wie sieht es aus? Konntet ihr irgendetwas erkennen?«

»Heute Nacht erschienen lediglich zwei Soldaten in der Uniform deines Königshauses, was uns etwas wundert.«

»Und Leána?«

»Keine Spur von ihr, aber ich vermute, Samukal ist klug genug, sie bis zuletzt versteckt zu halten.«

Darian fluchte lautlos, denn insgeheim hatte er darauf gehofft, seine Tochter schon vor dem Zusammentreffen mit Samukal befreien zu können. Als sie Tagilis und Zir'Avan von Atorian erzählten, waren auch diese beiden bestürzt. Allerdings spielte kurz darauf ein leichtes Lächeln um Zir'Avans Mundwinkel. »Lilith, die kleine Heilerin, ist in der Tat eine erstaunliche Person.«

Noch die ganze restliche Nacht über diskutierten sie, wie sie sich Samukal gegenüber verhalten sollten. Dass Atorian nicht dabei war, konnte zu Schwierigkeiten führen und Samukal verärgern. So leidenschaftlich Mia darum kämpfte, Darian zu begleiten, am Ende musste sie ihrem Vater Recht geben. Sollte irgendetwas Unvorhergesehenes geschehen, würde Leána am Ende als Waise dastehen. Daher versprach sie, mit Tagilis im Hintergrund zu bleiben. Ungeduldig warteten Gefährten auf die von Nordhalan versprochene Verstärkung vom Rannocsee, doch es war mehr als fraglich, ob diese rechtzeitig eintreffen würde.

»Es war schön, dich kennenzulernen«, sagte Leána an diesem Abend höflich, »aber ich möchte jetzt wieder nach Hause.«

»Ein wenig wirst du schon noch bei mir bleiben müssen, meine Kleine.« Samukal streichelte ihr gedankenverloren über die dunklen Haare, aber Leána schüttelte energisch den Kopf.

»Ich muss wirklich zurück, wir wollen auf die Dracheninseln.«

»Was habt ihr denn dort vor?« Nun war Samukal ganz Ohr.

»Wir müssen die Drachen zurückholen«, erzählte Leána unschuldig. »Alle magischen Wesen sind traurig, besonders die Heidefeen.«

»Hmm.« Samukal fuhr sich über seinen kurzgeschnittenen Bart. »Und wie willst du das anstellen? Die Drachen sind fort, und niemand weiß, wohin sie entschwunden sind.«

»Na, ich bin doch eine Portalfinderin!«, strahlte Leána. »Irgendwann finde ich ganz bestimmt das Portal, das in ihre Welt führt.«

»Das ist ja interessant. Und wie findest du die Portale?«, fragte Samukal und beugte sich nach vorn. Leána wickelte einige Haarsträhnen um ihren Finger und zuckte dann mit den Schultern. »Ich weiß nicht. Ich finde sie einfach.«

Es missfiel Samukal, keine Einzelheiten über Leánas Magie in Erfahrung bringen zu können, allerdings war es für ihn schon ausgesprochen bemerkenswert, dass es so etwas wie Portalfinder überhaupt gab.

»Leána, du bleibst noch ein wenig bei mir. Dein Vater und dein Onkel werden dich bald besuchen.« Er sah sie prüfend an. »Du kennst deinen Onkel doch, oder?«

»Natürlich, Onkel Atorian.« Sie kicherte. »Er hat Angst vor Murk, aber sonst ist er sehr nett.«

Also ist es doch kein Gerücht, dass Atorian lebt. Ich frage mich nur, wo er über dreißig Sommer und Winter gewesen ist, überlegte Samukal. Laut sagte er: »Du gehst jetzt schlafen.«

»Ich bin nicht müde«, murrte Leána und fügte dann hinzu: »Ich habe Dunkelelfenblut, deswegen muss ich nicht so viel schlafen.«

»Trotzdem, du legst dich jetzt hin.« Samukal breitete seinen Umhang in einer Ecke des Raumes aus und deutete auffordernd darauf.

Mit einem tiefen Seufzen gehorchte Leána, wickelte sich in den Umhang, und obwohl sie noch einmal beteuerte, nicht einschlafen zu können, hörte Samukal kurz darauf tiefe, ruhige Atemzüge.

Kopfschüttelnd und mit einem leichten Lächeln beobachtete er das Mädchen. Als Atene hereinkam, sah er sie fragend an.

»Wusstest du, dass sie eine Portalfinderin ist?«

»Nein, eine solche Fähigkeit ist mir nicht bekannt.« Atene runzelte die Stirn und betrachtete Samukal prüfend.

»Sie will die Drachen zurückholen.«

»Ach!«

»Wusstest du das etwa!?« Drohend kam er näher und fasste Atene am Kinn. Sie hielt seinem Blick stand und begann mit ihrem Schuh sein Bein hinabzufahren.

»Lass das, mir steht jetzt nicht der Sinn nach so etwas.«

»Wie schade.« Atene wandte sich ab und warf ihre blutroten Haare über die Schulter. »Nein, ich hatte keine Ahnung, dass sie die Drachen zurückholen wollten.«

»Woher wusstest du eigentlich, wo sich die Kleine aufhält? Sicher haben Darian und Aramia gut darauf geachtet, dass sie niemand findet.«

»Ich habe so meine Informationsquellen.«

»Atene!« Die Augenbrauen drohend zusammengezogen, trat Samukal auf sie zu, aber die Zauberin ließ sich nicht einschüchtern.

»Lieber Samukal, wir spielen beide nicht mit offenen Karten, und ich finde, das macht doch gerade den Reiz unserer Verbindung aus, oder etwa nicht?«

Samukal knurrte unzufrieden, warf dann aber doch noch einen Blick auf die kleine Leána und zog Atene in den Nebenraum, um sich ihren Verführungskünsten hinzugeben.

»Samukal wird gleich bemerken, dass du nicht Atorian bist«, sagte Darian unbehaglich, während er Zir'Avan dabei zusah, wie dieser sich seine Kapuze über den Kopf zog. Von ihren Verbündeten war keine Spur zu sehen, und sie konnten jetzt einfach nicht mehr länger warten. Heute mussten sie sich zeigen, und der Tag war schon weit fortgeschritten.

»Darian … Ich …« Mia umarmte ihn und war offenkundig nicht in der Lage weiterzusprechen. Aber ihre Augen drückten große Angst aus.

»Ich werde alles tun, um Leána zurückzuholen.«

»Aber pass auch auf dich auf«, fügte sie heiser hinzu, dann wandte sie sich rasch ab.

»Ihr solltet in einigem Abstand warten und nicht zu nah herankommen«, warnte Zir'Avan noch einmal, dann eilte er auch schon los, wobei Darian Schwierigkeiten hatte, ihm zu folgen.

Die beiden warfen unbehagliche Blicke nach rechts und links, während sie unweit des Ufers einen verwachsenen Wildpfad entlanggingen.

»Links von uns, vielleicht fünfzig Schritte entfernt hinter der Felsformation befinden sich zwei Männer«, flüsterte der Dunkelelf Darian irgendwann zu.

Dieser blickte unauffällig in die angegebene Richtung, konnte jedoch zunächst nichts erkennen. Dann glaubte er, flüchtig einen blauen Umhang sehen zu können. Er war froh, dass der scharfsichtige Dunkelelf bei ihm war. Kleine Ringe, die sich auf dem Wasser bildeten, kündeten von einem erneuten Regenschauer. Urplötzlich wurde eine Wasserfontäne in die Luft geschleudert, und schon schnellte eine Wasserschlange aus dem See. Reflexartig warfen sich Darian und Zir'Avan vor Schreck ins nächste Gebüsch.

»Eigenartige Tiere habt ihr an der Oberfläche«, stellte Zir'Avan fest.

Mit klopfendem Herzen sah Darian dem Wesen nach, das man in der anderen Welt als »Ungeheuer von Loch Ness« bezeichnet hätte. Blubbernd tauchte es wieder in die Tiefen des beinahe nachtschwarzen Sees ab. »Angeblich sind sie harmlos.«

Die beiden Gefährten schritten achtsam weiter und lauschten auf jedes Geräusch. Als sie am sandigen Ufer des Sees eine einzelne Gestalt erblickten, blieben sie ruckartig stehen.

»Handelt es sich bei diesem Menschen um Samukal?«

»Ich glaube nicht.« Darian kniff die Augen zusammen. Die Dämmerung war inzwischen hereingebrochen, aber Samukal war größer als dieser Mann, dem zudem Samukals geschmeidige Bewegungen fehlten, als er jetzt, sein Schwert beiläufig in der Hand drehend, auf und ab ging.

Zir'Avan nickte Darian noch einmal zu, dann traten sie, die Hände erhoben, aus dem Gebüsch.

Als der Mann sich umdrehte und Darian ihn erkannte, versteifte er sich, und seine Hand fuhr zum Schwert.

»Greshar«, knurrte Darian.

Der neue Hauptmann von Northcliff grinste ihn hinterhältig an.

»Sieh mal einer an, Darian von Northcliff, auferstanden von den Toten.«

»Wo ist Samukal?«, wollte Darian wissen, ohne auf den unverschämten Tonfall einzugehen. Das höhnische Lachen verstummte, und Greshar wurde ernst.

»Ich soll euch abholen. Lord Samukal wartet an einem geheimen Treffpunkt.« Greshar bemühte sich sichtlich, unter Zir'Avans Kapuze zu blicken.

»Ich konnte Atorian nicht finden, ich habe einen anderen Gefährten mitgebracht.«

»Das wird Lord Samukal aber gar nicht gefallen.«

»Es kümmert mich einen Dreck, was *Lord* Samukal …«, Darian atmete tief durch und sagte dann ruhig. »Bring uns jetzt zu ihm.«

Greshar winkte zackig und bedeutete ihnen mitzukommen. Dann machte er auf dem Absatz kehrt, und die beiden folgten ihm beinahe eine Meile durch dichtes Unterholz. Als sie eine Kutsche sahen und Greshar sie aufforderte einzusteigen, wisperte Zir'Avan Darian in Dunkelelfensprache zu: »Aramia und Tagilis werden uns nicht begleiten können.«

Diese Tatsache bereitete Darian ebenfalls Unbehagen. Er sah sich suchend um, denn er vermutete, dass die beiden in sicherem Abstand gefolgt waren und sie nun beobachteten.

»Der Treffpunkt war am See vereinbart«, sagte er harsch zu Greshar.

Scheinbar gelangweilt säuberte sich dieser mit seinem Dolch die Fingernägel. »Wollt Ihr Eure Tochter zurück oder nicht?«

Nur mühsam behielt Darian die Fassung. Er hätte Greshar am liebsten auf der Stelle erwürgt. Dieser Kerl hatte ihm schon genügend Schwierigkeiten bereitet, aber er wusste, dass er sich jetzt zusammenreißen musste. Widerstrebend stieg er gemeinsam mit Zir'Avan ein, und während die Kutsche durch die Dunkelheit rumpelte, musste er an Mia denken, die sich sicher die größten Sorgen machte.

»Die Pferde traben nicht schnell, vermutlich sind die Wege schlecht. Vielleicht können die beiden unserer Spur folgen«, raunte Zir'Avan.

»Was ist das für eine Sprache?«, herrschte Greshar sie an. »Sprecht gefälligst so, dass ich es verstehe.«

Darian schnellte nach vorn und packte den erschrocken aufquietschenden Greshar an der Kehle. »Du bist hier nur der Bote, und ich glaube kaum, dass Samukal gesteigerten Wert auf dein Weiterleben legt.«

»Ihr wisst nicht, wohin Ihr müsst«, keuchte der Hauptmann.

»Ich gehe davon aus, der Kutscher hat Anweisungen erhalten.«

»Darian, lass diese armselige Kreatur in Frieden«, schaltete sich Zir'Avan mit ruhiger und kalter Stimme ins Gespräch ein, nun aber so, dass auch Greshar ihn verstand. »Eines Tages wird sein Blut über deine Klinge laufen, aber heute ist nicht der richtige Zeitpunkt.«

Greshar japste nach Luft, als Darian ihn losließ, und rieb sich die Kehle. »Das werde ich meinem Herrn sagen.«

»Das werde ich meinem Herrn sagen!«, ahmte Darian ihn weinerlich nach, dann ließ er sich jedoch gegen die hölzerne Wand der Kutsche sinken. Es machte keinen Sinn, sich mit Greshar anzulegen, er sollte sich seine Kräfte lieber sparen.

Eine quälend lange Zeit rumpelte die Kutsche durch den Wald. Die Fenster waren geschlossen, sodass sich Darian und Zir'Avan nicht orientieren konnten. Nachdem die Pferde dann endlich zum Stehen kamen, stieg Greshar als Erster aus.

»Lasst Eure Waffen zurück.«

»Fürchtet Samukal uns so sehr?«, provozierte Darian sein Gegenüber.

»Dieser Mensch ist ein Zauberer, eine Klinge würde uns ohnehin kaum von Nutzen sein.« Zir'Avan schnallte seinen Gürtel mit der schlanken Dunkelelfenklinge ab, wobei er Greshar nicht aus den Augen ließ, und lehnte ihn an eine steinerne Mauer. Im fahlen Mondlicht, welches immer wieder von Wolken verschluckt wurde, konnte man die Ruine einer kleinen Burg erkennen, deren brüchige Zinnen sich wie das geöffnete Maul eines Raubtieres gegen einen bewaldeten Hügel abzeichneten. In einem der oberen Zimmer flackerte Licht. Darian hatte keine Ahnung, wo sie sich befanden, und legte unbehaglich auch seine Waffen ab. Nur ein kleines Messer, das in seinem Stiefel steckte, behielt er und hoffte, dass Greshar ihn nicht durchsuchen würde. Doch der kräftige, durchtrainierte Hauptmann schritt schon auf den halb heruntergebrochenen Torbogen zu.

Darian blickte sich nach weiteren Wachen um, konnte jedoch niemanden entdecken. Ein leiser Wind strich klagend durch das alte, verlassene Gemäuer, und ihre Schritte hallten von den kahlen Wänden wider und wurden sogleich von der Nacht verschluckt. Von der Wendeltreppe war nur noch etwas mehr als die Hälfte erhalten, und Darian und Zir'Avan mussten sich an den äußersten rechten Rand pressen, da links von ihnen ein tiefer Spalt klaffte.

Als sie das oberste Stockwerk erreicht hatten, blieb Greshar vor einer Tür stehen, von der nur noch der hölzerne, abgesplitterte Rahmen geblieben war. Sie gehörte zu dem Raum, in dem sie das Flackern bemerkt hatten.

»Lord Samukal erwartet Euch.«

Darian trat als Erster ein und spannte sich unwillkürlich an, als er die beeindruckende Gestalt seines ehemaligen Ziehvaters im Raum stehen sah. Sofort flammte der altvertraute Hass wieder in ihm auf.

»Wo ist Leána?«

»Sei gegrüßt, Darian, ich freue mich, dich wiederzusehen.« Samukals dunkle Stimme klang ruhig und einnehmend wie immer, allerdings schwang eine Spur von Zynismus darin mit. »Atorian, es ist mir eine Ehre. Würdet Ihr so freundlich sein, mir Euer königliches Antlitz zu zeigen?«

»Ich konnte Atorian nicht rechtzeitig finden, deshalb bin ich mit einem Freund gekommen.«

»Wie bedauerlich. Greshar, du kannst übrigens gehen.« Samukal winkte beiläufig. Der Hauptmann salutierte, und kurz darauf hallten seine gedämpften Schritte von der Wendeltreppe herauf.

Mit provozierender Langsamkeit nahm Samukal einen Krug von einer verwitterten Truhe, die in der hinteren Ecke stand, und goss zwei Kelche voll. »Dann könnte es sein, dass wir gar nicht ins Geschäft kommen.«

»Verdammt, du hast mir kaum Zeit gelassen. Jetzt gib mir auf der Stelle meine Tochter«, brauste Darian auf.

»Mein lieber Junge, sei doch nicht so unbeherrscht!«

»Ich bin nicht *dein lieber Junge,* und jetzt lass das Gewäsch.« Darian schlug Samukal den Becher aus der Hand, der laut scheppernd am Boden zerbarst.

»Nun gut«, seufzte Samukal und stellte sich vor Darian. Im flackernden Feuerschein bemerkte Darian etwas, das ihn sehr überraschte. »Du siehst alt aus«, stellte er fest, und kurz glaubte er, einen Hauch von Unsicherheit bei Samukal aufflackern zu sehen. Tatsächlich hatten sich Falten um seine Augen eingegraben, und dunkle Ringe zeugten von wenig erholsamem Schlaf. Natürlich wusste Darian, dass Samukal älter war, als man auf den ersten Blick annehmen würde, dennoch stimmte es ihn nachdenklich. Und in ihm regte sich die Hoffnung, die Zeit könne zu ihrem Verbündeten gegen den Zauberer geworden sein.

»Du und dein Bruder, ihr habt ein paar dieser dummen Bauerntölpel auf eure Seite gebracht«, bemerkte Samukal, ohne auf Darians Provokation einzugehen. »Das ist bedauerlich, aber an sich kein Problem für mich, und euch wird es auf Dauer auch nichts bringen. Ich biete dir folgendes Geschäft an. Du nimmst deinen Bruder und deine Nebelhexe und kehrst durch das Portal nach Schottland zurück. Dann schicke ich euch eure Tochter hinterher.«

Einen Augenblick lang schwieg Darian, dann lachte er auf. »Das ist doch nicht dein Ernst! Glaubst du wirklich, wir überlassen dir unser Land und unseren Thron?«

»Darian, kein Mensch will euch mehr auf dem Thron sehen.«

»Dank deiner Dämonenüberfälle dürfte es sehr wohl einige Dorfbewohner geben, die da anderer Meinung sind«, zischte Darian und sah Samukal in die Augen. »Und wenn wir keine Gefahr für dich wären, würdest du uns auch nicht so dringend loswerden wollen, nicht wahr?«

Samukal nippte an seinem Wein und betrachtete Darian über den Rand des Kelches hinweg aus zusammengekniffenen Augen.

»Wie auch immer«, sagte er dann. »Entweder ihr geht, oder du siehst deine Tochter niemals wieder. Ein niedliches Mädchen übrigens.«

»Wir können nicht durch das Portal gehen«, presste Darian mühsam beherrscht hervor.

»Und weshalb nicht?«

»Zeig mir Leána, vorher werde ich nicht weiter mit dir verhandeln.« Darian verschränkte die Arme und wartete.

»Meinetwegen, aber im Interesse deiner Tochter solltest du Contenance bewahren.«

Darian richtete sich kerzengerade auf und nickte.

»Atene, komm bitte herein«, rief Samukal über seine Schulter hinweg.

Im ersten Augenblick war Darian so erleichtert, Leána gesund und munter in der Tür stehen zu sehen, dass er nicht einmal dazu kam, sich über die Zauberin zu wundern, die seine kleine Tochter an der Hand hielt.

»Vater!« Leána wollte auf ihn zurennen, aber Atene hielt sie fest. Darian konnte spüren, wie auch Zir'Avan sich anspannte und fast unbemerkt einen Schritt nach vorn trat.

»Leána, mein Schatz, dein Vater und ich haben noch etwas Wichtiges zu bereden, sei so gut und warte mit Atene im Nebenraum«, verlangte Samukal.

»Leána.« Darians Stimme zitterte hörbar. Er ging in die Knie und streckte die Arme aus. Die Kleine wollte sich losmachen und trat Atene sogar kräftig auf den Fuß, als diese sie daran hindern wollte. Atene fluchte unterdrückt und wenig damenhaft, während Leána weiterhin an ihrer Hand zerrte.

»Ich will aber *jetzt* zu meinem Vater.«

Samukal nahm das zappelnde Kind auf seinen Arm, woraufhin sich Darians Gesicht zum Zerreißen anspannte.

»Du darfst deinem Vater einen Kuss geben, und dann hörst du brav auf deinen Großvater und gehst mit Atene.«

»Großvater«, schnaubte Darian empört, dann spürte er auch

schon, wie ihn Leána freudig umarmte und ihm einen dicken Kuss auf die Wange drückte.

»Bist du traurig?«, fragte sie erschrocken und wischte eine Träne weg, die über seine Wange lief.

»Nein, ich habe nur Staub im Auge«, behauptete er und streichelte ihr mit zitternder Hand über den Kopf.

»Großvater Samukal erzählt lustige Geschichten aus der anderen Welt«, plapperte sie unbekümmert los. »Aber ich möchte lieber wieder nach Hause. Ist Mutter auch hier?«

Darian räusperte sich krampfhaft. »Du bist bald wieder bei uns, Leána.«

»Nun geh. Solange wir uns unterhalten, wirst du mit Atene spielen. Sie wird auf dich Acht geben.« Darian warf der Frau mit den roten Haaren bewusst einen finsteren Blick zu. Samukal trat Schritt für Schritt nach hinten, wobei er Darian nicht aus dem Blick ließ, dann drückte er der Zauberin das Mädchen in den Arm.

»Atene, wenn ich dich jemals …« Darian schluckte den letzten Satz herunter, da er Leána keine Angst machen wollte, und sah hilflos mit an, wie seine Tochter durch die Tür verschwand.

»Also, ich höre. Wieso könnt ihr nicht durch das Portal gehen?«

»Nun, sagen wir, es wurde von einem starken Zauber heimgesucht und verschlossen, damit du keine weiteren Dämonen beschwören kannst.«

Sichtlich überrascht zog Samukal seine Stirn kraus. »Das ist natürlich bedauerlich, denn ihr hättet in der anderen Welt ein behagliches Leben führen können. Na gut, ich werde mir etwas einfallen lassen.« Langsam wich Samukal zurück. »Am dritten Tag nach dem ersten Frühlingsvollmond werde ich genau hier auf dich und Atorian warten, und ich gehe davon aus, dass ihr während dieser Zeit keine weiteren Anstrengungen unternehmen werdet, mein Volk gegen mich aufzuhetzen.«

»Dein Volk! Die Menschen gehören dir nicht und Leána genauso wenig. Du kannst mir meine Tochter nicht so lange Zeit vorenthalten.«

»Ach, das wirst du schon verkraften«, meinte Samukal spöttisch. »Um deinen Sohn kümmerst du dich schließlich auch nicht.«

»Kayne ist nicht mein Sohn.« Schritt für Schritt folgte Darian dem Zauberer, aber dieser hob abwehrend die Hand und ließ auch den noch immer verhüllten Zir'Avan, der bis dahin kein Wort gesprochen hatte, nicht aus dem Blick.

»Darian, deine kleine Tochter befindet sich im Nebenraum, und du wirst sie doch nicht gefährden wollen.«

»Du verdammter, widerlicher Mistkerl!«, brach es aus Darian heraus. »Wie kannst du dich hinter einem kleinen Mädchen verstecken?«

»Ich kann es.« Gerade wollte Samukal durch die Tür verschwinden, da sprang Darian entgegen aller Vernunft nach vorn. Beinahe im gleichen Augenblick flammte eine Feuerwand vor ihm auf, und Darian wich wieder zurück, die Arme schützend vor seinem Gesicht.

»Es gibt sicher noch einen zweiten Aufgang.« Schattengleich rannte Zir'Avan die Treppe hinab, aber Darian zögerte. Er sah Samukals grinsendes Gesicht hinter der prasselnden Feuerwand, zog sich rasch seinen Umhang über den Kopf und sprang mitten durch die Flammen. Er erwischte Samukal am Bein, dieser schien überrumpelt zu sein und stolperte.

»Atene, bring das Kind weg!«

Während Darian noch mit Samukal rang, bekam er aus dem Augenwinkel heraus mit, wie Atene mit der schreienden Leána auf dem Arm in einem dunklen Korridor verschwand. Darian deckte Samukal mit Schlägen ein und hoffte, diesen so sehr abzulenken, dass er sich auf keinen neuen Zauber konzentrieren konnte. Die alten Holzbalken der Burg und die wenigen verrotteten Möbel, die sich noch hier befanden, hatten im Nu Feuer gefangen und brannten wie Zunder. Auch Darians Umhang stand in Flammen, daher warf er ihn rasch ab.

»Sei doch kein Narr, ich will nicht deinen Tod«, schrie Samukal und stieß ihn von sich. Sofort hatte er ein Schwert in der Hand.

Darian umkreiste ihn lauernd, während das Prasseln der Flammen immer lauter und bedrohlicher wurde. »Gib mir meine Tochter zurück!«

Darian erkannte eine Gestalt hinter Samukal und versuchte, die Aufmerksamkeit seines Widersachers auf sich zu lenken.

Da fuhr Samukal allerdings auch schon ruckartig herum und zog gleichzeitig einen Schutzschild um sich, sodass Zir'Avans Zauber wirkungslos blieb.

»Sieh mal einer an, du bist mit einem Dunkelelfen verbündet.« Samukal fasste an seinen Hals, ein Schatten erschien in der Tür, und sofort rief Darian Zir'Avan eine Warnung zu. Ein in lumpige Umhänge gehüllter Dämon manifestierte sich hinter dem Dunkelelfen, das pergamentartige Gesicht hassvoll verzerrt, die eine knochige Hand bereits nach ihm ausgestreckt. Offenkundig wusste Zir'Avan sich nicht anders zu helfen, als aus dem Fenster zu springen, und Darian schloss kurz die Augen. Ein Sprung aus dieser Höhe war vermutlich tödlich. Dann stürzte sich der Dämon auch schon auf ihn selbst. Darian wich zur Seite aus, dennoch erwischte ihn eine scharfe Kralle an der rechten Wange. Darians Schmerzensschrei vermischte sich mit einem gebrüllten Befehl Samukals. Aus dem Augenwinkel heraus glaubte Darian, Samukals erschrockenes Gesicht zu sehen, kurz darauf wand sich der Dämon am Boden, während marode Holzbalken brennend auf Darian herabstürzten. Steine polterten auf den Boden, und Staub und Qualm erfüllten die Luft. Augenblicke später waren weder Samukal noch der Dämon zu sehen.

Darian schnappte verzweifelt nach Luft. Seine Wange brannte wie Feuer, sein rechtes Bein war unter einem Balken eingeklemmt, und sein Hemd hatte zu brennen begonnen. Er wälzte seinen Oberkörper, so gut es ging, am Boden hin und her, um das Feuer zu löschen, dann zog er hektisch an seinem Bein, konnte es aber nicht befreien. Vor ihm hatte sich eine Feuerwand ausgebreitet, und als er endlich unter großer Anstrengung den qualmenden Balken so weit hochgehoben hatte, dass er sein Bein herausziehen konnte, sah er keinen Ausweg mehr. Hustend hielt er sich ein Stück seines Ärmels vor den Mund, konnte aber dennoch kaum atmen. Seine Augen brannten, und er wich immer weiter vor dem flammenden Inferno zurück. Hektisch blickte er sich um – es gab keine Fluchtmöglichkeit. Hinter ihm war nur die Wand, und über ihm hing ein weiterer brennender Balken, der kurz davor war herabzustürzen. Ganz langsam schwanden ihm die Sinne, und als Darian plötzlich wahrnahm, wie sich die Flammen teilten und Mia und Zir'Avan auf ihn zukamen, glaubte er zu träumen oder bereits tot zu sein. Mia fasste ihn an der Hand, zog ihn mit sich, und aus dem Augenwinkel heraus sah er, wie hunderte kleiner Flammengestalten um sie herumtanzten und einen Korridor bildeten, sodass sie fliehen konnten. Zir'Avan stützte ihn auf dem Weg nach unten. Endlich im Freien, ließ sich Darian auf die Knie fallen und rang keuchend und hustend nach Luft. Mia streichelte seinen Rücken, dann hielt sie ihm einen Trinkschlauch hin.

»Wo … kommst du her? Leána?« Mit tränenden Augen richtete er sich auf, und sie umarmte ihn vorsichtig.

»Samukal konnte entkommen. Tagilis verfolgt ihn, ich denke, Leána ist bei ihm. Aber jetzt komm erst mal richtig zu dir. Darian, was ist mit deinem Gesicht?«

An ihren Augen konnte er ablesen, dass er furchtbar aussehen musste, aber im Augenblick war seine schmerzende Gesichtshälfte sein geringstes Problem. Noch immer fiel ihm das Atmen schwer. »Wie konntest du überleben, Zir'Avan?«

»Wir Dunkelelfen sind gelenkig. Ich konnte mich an einem Vorsprung festhalten und bin im nächsten Stockwerk wieder nach drinnen geklettert. Wenn man vorgibt, tot zu sein, kann man den Feind meist überraschen. Leider gelang es mir nicht, früher bei dir zu sein, was ich aufrichtig bedaure.«

Darian winkte ab und nahm einen weiteren Schluck Wasser. »Ich dachte, der Dämon bringt mich um«, murmelte er.

Mia kramte in ihrem Bündel und wusch dann Darians Gesicht vorsichtig ab, allerdings war das so schmerzhaft, dass Zir'Avan ihn festhalten musste und er immer wieder beinahe ohnmächtig wurde. Am Ende legte er sich stöhnend auf den Boden, während Mia ihn besorgt betrachtete.

»Wir müssen Leána suchen. Ich kann nicht glauben, dass Atene mit ihm gemeinsame Sache gemacht hat.«

»Atene?«, fragte Mia verwirrt, dann nahm ihre Stimme einen bedrückten Klang an. »Ging es Leána gut?«

»Ja, ich glaube, sie hat nicht einmal Angst vor Samukal, außerdem hält sie ihn für ihren Großvater.«

»Die Behandlung dieser Wunde bedarf einer Heilerin wie Lilith«, bemerkte Zir'Avan ernst, während er beobachtete, wie Mia Darians Kopf mit einem sauberen Stück Leinentuch verband.

Er zuckte zusammen und verdrehte die Augen. »Leána ist wichtiger.«

»Darian, wir …« Mia umarmte ihn, aber da kam auch schon Tagilis angerannt.

»Es tut mir leid, aber ich konnte Samukal nicht folgen. Ich befürchte, er hat einen Tarnzauber über sich gelegt, und ich musste seinen Wachen aus dem Weg gehen. Auch von Leána gibt es keine Spur.« Er sah sich unbehaglich um. »Ich denke, wir sollten verschwinden. Darian, ist mit dir alles in Ordnung?«

Darian nickte ihm beruhigend zu, kam schwankend auf die Beine und sah dann von großer Sorge erfüllt in den Wald. »Wir können sie nicht im Stich lassen.«

»Sicher wird Samukal sich erneut melden, und dann werden wir geeignetere Vorkehrungen treffen. Komm, wir reiten zurück zu deinem Bruder.« Zir'Avan fasste Darian am Arm.

»Ich kann allein gehen«, protestierte er jedoch. Es machte ihn beinahe verrückt, dass Leána so nah gewesen war und nun doch für ihn verloren.

Den Rest der Nacht über eilten sie durch den Wald, um zurück zu ihren Pferden zu gelangen. Obwohl Mia Darian eine Paste auf das Gesicht gestrichen und er einige Beeren gekaut hatte, die schmerzlindernd wirkten, musste er bald die Zähne zusammenbeißen, um nicht bei jedem Schritt zu stöhnen. Die Brandwunde pochte heftig und jagte fürchterliche Schmerzwellen durch seinen ganzen Körper. Als er gegen Morgen aus einem kleinen See trank und vorsichtig den Verband löste, wusste er, weshalb seine Gefährtin so erschrocken gewesen war.

»Scheiße!«, entfuhr es ihm, während er sein verschwommenes Spiegelbild betrachtete. Ein Großteil seiner rechten Gesichtshälfte war verbrannt, ein tiefer Riss zog sich über seine Wange, und ein Teil seiner Haare war verkohlt.

»Lilith bekommt das schon wieder hin«, versuchte Mia ihn aufzumuntern, allerdings bemerkte er, wie sehr ihre Stimme zitterte. So vorsichtig wie möglich legte sie einen neuen Verband an und half Darian dann auf.

»Wir können die Pferde auch herholen«, schlug Tagilis besorgt vor, aber Darian bestand darauf weiterzugehen.

Zum Glück waren Menhir und Lavos noch etwa an der Stelle, wo die beiden sie zurückgelassen hatten, und auch Zir'Avan und Tagilis fanden ihre Pferde nur kurze Zeit später. Gerade setzte Darian seinen Fuß in den Steigbügel, da verharrte er fassungslos und glaubte seinen Augen nicht zu trauen.

Wie ein kleiner Wirbelwind, ihre langen schwarzen Haare wehten einer Fahne gleich hinter ihr her, kam völlig unverhofft Leána über die Lichtung gerannt.

»Mutter, du bist ja doch hier!«, jubelte sie mit ihrer hellen Stimme und warf sich in Mias Arme.

Darian konnte nicht glauben, was gerade geschah, und auch Mia drückte ihre Tochter fassungslos an sich. Nur Augenblicke später stand Atene vor ihnen. Sie hatte beide Arme erhoben und wehrte sich auch nicht, als Zir'Avan ihr wutentbrannt sein Schwert an die Kehle hielt.

»Ich bin euch eine Erklärung schuldig.«

»Allerdings.« Mühsam schwankte Darian näher, und Atene betrachtete ihn sichtlich besorgt von oben bis unten.

»Hat Euch der Dämon erwischt, Darian?«

»Ja, aber das tut nichts zur Sache.«

»Dann müsst Ihr dringend behandelt werden, es wäre sonst schade um Euer hübsches Gesicht. Die Heilerin Lilith wäre die geeignete Wahl.«

»Der verdammte Dämon schert mich einen Dreck, erkläre uns lieber, was du mit Samukal zu schaffen hast, und warum du meine Tochter entführst!« Dann stockte Darian. »Woher kennst du Lilith überhaupt?«

Ganz langsam kam Atene näher. »Ich werde euch alles erklären, aber mit von Dämonen hervorgerufenen Wunden ist nicht zu spaßen. Ich erzähle euch, während wir reiten, weshalb Leána bei mir war.«

»Darian, sie hat Recht. Wir müssen weiter. Unterwegs können wir uns anhören, was sie zu sagen hat.« Mia warf Atene einen düsteren Blick zu, nahm Darians Hand in ihre und drückte gleichzeitig Leána an sich.

»Also gut, Atene reitet mit Zir'Avan, er wird auf sie achten«, bestimmte Darian.

Atene lächelte dem Dunkelelfen verführerisch zu, welcher jedoch nur kritisch die Stirn runzelte und ihr ohne große Gefühlsregung bedeutete aufzusteigen.

Unterwegs behauptete Atene, sie hätte ihnen Leána schon viel früher zurückgeben wollen, wäre jedoch von Samukal aufgehalten worden und hätte nicht eher verschwinden können.

»Hast du sie von der Nebelinsel entführt?«, fragte Mia scharf.

»Mich hat doch niemand entführt, ich bin nur mit Tena gegangen, um meinen Großvater zu besuchen«, warf Leána unschuldig ein.

»Vielleicht sollten wir das später besprechen«, schlug Darian mit Blick auf seine kleine Tochter vor, denn er wollte nicht, dass sie sich noch im Nachhinein ängstigte, auch wenn ihm Leánas Entführung höchst sonderbar anmutete.

»Wenn ihr das wünscht, aber seid versichert, ich bin nicht euer Feind.« Atene saß aufrecht vor Zir'Avan im Sattel, und obwohl sie von allen misstrauisch beäugt wurde, strahlte sie noch immer die ihr eigene Selbstsicherheit aus.

Sie brachten ein gutes Stück Weg hinter sich, bis sie eine Rast einlegten. Zum Glück schlief Leána sehr schnell ein, daher konnten sie nun Atene befragen. Diese beteuerte, niemals etwas Böses im Sinn gehabt zu haben.

»Ich beobachte Samukal schon seit geraumer Zeit«, Atene schürzte die vollen, sinnlichen Lippen, »sagen wir, etwas eingehender. Mir war klar, dass er irgendetwas mit den Dämonenüberfällen und der Zerstörung der Dracheninsel zu tun hatte, nur wusste ich nie, wie er die Dämonen beherrscht.«

»Und jetzt weißt du es?«, erkundigte sich Mia misstrauisch.

»Ja, in der Tat. Nur leider musste ich ihm dafür etwas bieten, das er wirklich begehrt.«

Mit einem Satz war Darian bei ihr und funkelte sie an, während er sie am Kragen ihres Gewandes packte. »Und da hast du dir gedacht, du entführst mal eben meine Tochter. Sag mal, hast du sie nicht mehr alle?«, zischte er außer sich, dann senkte er seine Stimme, da Leána unruhig wurde. »Ich könnte dich auf der Stelle in Stücke hacken.«

»Ja, das könntest du.« Langsam schlossen sich Atenes Finger um sein Handgelenk, und gelassen löste sie seine Hand von ihrem Hemd. »Aber dann werdet ihr nie erfahren, wie ihr die Dämonen besiegen könnt.«

»Verdammt, du …« Darian ballte die Fäuste, dann trat er einen Schritt zurück, bevor er sich vergaß.

»Und wie können wir die Dämonen besiegen?« Zir'Avan musterte die rothaarige Zauberin durchdringend.

»Zunächst möchte ich mit Nordhalan darüber sprechen. Und ich beabsichtige, ein Teil eurer Gemeinschaft zu werden.«

»Glaubst du allen Ernstes, wir würden dir trauen?«, rief Darian aus.

»Ich habe dir deine Tochter zurückgebracht, wenn ich dich daran erinnern darf.«

»Natürlich, aber vorher hast du sie entführt, wenn ich dich *daran* erinnern darf?«

»Wie hast du Tena eigentlich dazu gebracht, mit dir zusammenzuarbeiten?«, schaltete sich Mia ein. »Normalerweise hat sie nicht viel für Menschen übrig.«

Atene spielte an ihren dichten langen Haaren herum. »Sagen wir mal so, wir kennen uns schon sehr lange.«

»Verdammte Moorhexe, ich drehe ihr den Hals um, wenn ich sie jemals wiedersehe«, schimpfte Darian.

»Weder Tena noch ich haben der Kleinen etwas getan«, versuchte sich Atene zu rechtfertigen. »Ich gebe zu, ich habe Leána benutzt, aber es gab keinen anderen Weg, um etwas aus Samukal herauszubekommen. Dies sind schwere Zeiten für Albany, und es bedarf drastischer Maßnahmen, um noch Schlimmeres abzuwenden.«

Während Darian die Lippen aufeinanderpresste und sich rote Flecken an seinem Hals bildeten, meinte Zir'Avan: »Ihre Worte enthalten eine Spur von Wahrheit, auch wenn ich es nicht für gutheiße, Kinder für seine Zwecke zu missbrauchen. Sollte diese Frau jedoch tatsächlich wissen, wie man die Dämonen besiegt, wäre sie eine gute Verbündete, anderenfalls könnt ihr sie noch immer töten.«

Sichtlich irritiert über Zir'Avans nüchterne Feststellung, stutzte Atene, aber dann nickte sie zustimmend.

»Also gut, von mir aus.« Erschöpft ließ sich Darian zu Boden sinken. »Dann nehmen wir sie eben mit.«

»Ruht euch aus, ich halte Wache«, versprach Tagilis, sprang auf und verschwand zwischen den Bäumen.

Atene ließ sich etwas abseits anmutig auf den Boden sinken und begann unter dem strengen Blick Zir'Avans ihre Haare zu entwirren.

Darian legte sich neben Leána auf den Boden und streichelte ihr sanft über den Kopf. »Jetzt lassen wir sie aber nicht mehr aus den Augen.«

»Nein.« Mit einem liebevollen Lächeln betrachtete Mia ihr Kind, dann sah sie Darian prüfend an. »Soll ich deine Verletzung neu verbinden?«

»Nein, es geht schon«, versicherte er. »Mia, vielen Dank, dass du mich aus dem Feuer geholt hast.«

»Für irgendetwas muss es ja gut sein, Elementargeister beschwören zu können«, meinte sie schmunzelnd, dann wurde sie ernst. »Ich bin sehr froh, dass sie diesmal gehorcht haben.«

Darian und Leána schliefen tief und fest, als Tagilis zurückkehrte. Neben ihm schwebte die durchscheinende Gestalt von Veliah.

»Ich bedaure es sehr, dass ich mich euch so lange Zeit nicht zeigen konnte, aber die Welt der Lebenden bleibt mir immer öfter verschlossen«, entschuldigte sie sich mit bedrückter Stimme, und auch Tagilis nickte betrübt. »Markat, Fendor und Edur sind gerade am Bennachsee eingetroffen und ärgern sich nun, dass sie zu spät gekommen sind.«

»Vielen Dank, Veliah, sag ihnen, sie sollen«, Aramia warf einen prüfenden Blick auf Atene, doch da sie sich nicht sicher war, ob die Zauberin wirklich schlief, sagte sie nur: »zum Lager zurückkehren. Und Veliah, bitte richte Lilith aus, sie möge uns entgegenreiten. Darians Verletzung macht mir Sorgen, und es gibt leider nicht viel, was ich für ihn tun kann.«

Der Geist verbeugte sich leicht, woraufhin feine helle Haare vor sein blasses, beinahe durchscheinendes Gesicht fielen. Sie lächelte Tagilis noch einmal zu und war dann auch schon wieder verschwunden. Der Halbelf sah lange auf die Stelle, an der Veliah gestanden hatte, dann senkte er den Blick.

»Es muss schwer sein, so zu leben«, sagte Aramia mitfühlend.

»Man gewöhnt sich daran.« Tagilis lächelte melancholisch. »Und ich bin froh, sie überhaupt um mich zu haben.«

Nach einer leider viel zu kurzen Pause weckte Aramia Leána auf. Sie selbst hatte überhaupt nicht geschlafen.

»Darian, wir müssen weiter«, sagte sie leise und rüttelte ihn sanft an der Schulter.

Er murmelte etwas, öffnete blinzelnd die Augen und blickte sich erschrocken um. »Leána?«

»Sie ist hier, keine Angst.«

Ein Blick nach links überzeugte Darian vollends davon, dass er nicht nur geträumt hatte, denn Leána stand bereits bei Menhir und kraulte ihn ausgiebig am Kopf.

»Du hast doch Fieber.« Aramia legte ihre Hand auf seine unverletzte Wange, und er schloss für einen Augenblick wieder die Augen.

»Ach was, wir sind bald bei Lilith.«

Sorgenvoll beobachtete Aramia Darian, der sich sichtlich bemühte, nicht zu schwanken, als er zu Menhir ging.

»Wenn du nicht mehr weiterkannst, dann sag Bescheid«, verlangte sie ernst.

Mit einem zustimmenden Nicken zog sich Darian in den Sattel, dann setzten sie sich wieder in Bewegung.

Vor Wut schäumend ließ Samukal den ganzen Wald rund um die Ruine absuchen. Er hatte keine Ahnung, wo Atene mit der kleinen Leána abgeblieben war. Nachdem Samukal den Dämon zurechtgewiesen hatte, war er vor dem flammenden Inferno geflüchtet und hatte Gewissensbisse gehabt, Darian seinem Schicksal überlassen zu haben – nicht ohne sich gleich wieder darüber zu ärgern und diese Gedanken abzuschütteln. Nach einer Weile war er zu der qualmenden Ruine zurückgekehrt und hatte keine Leiche gefunden, daher vermutete er, dass es Darians Freunden irgendwie gelungen war, ihn doch noch zu retten. Allerdings wurmte es ihn, dass Atene nicht am vereinbarten Treffpunkt wartete. Auch die Soldaten hatten sie nicht gesehen, und in Samukal wuchs die Gewissheit, dass sie mal wieder eines ihrer Spiele mit ihm trieb. Atenes Leidenschaft im Schlafgemach wusste er sehr zu schätzen, doch zu glauben, sie wäre ihm eine nützliche Verbündete bei der Beherrschung von Dämonen, war naiv gewesen.

»Man kann sich einfach auf niemanden mehr verlassen«, schimpfte er vor sich hin und rieb sich dann die Schläfen. Der Dämon war ohne seinen Befehl auf Darian losgegangen – eigentlich hatte er nur den Dunkelelfen erledigen sollen. Er musste sich langsam wirklich etwas einfallen lassen, um den maßlosen Blutdurst der finsteren Kreaturen zu stillen. Oder besser, sich ihrer wieder zu entledigen.

Tatsächlich waren die nächsten Tage kein Vergnügen für Darian. Am letzten Abend konnte er sich kaum noch im Sattel halten, hatte Schüttelfrost, und die Wunde war übel entzündet und eiterte. Zum Glück hatte Veliah die Nachricht übermittelt, und Lilith war ihnen sofort entgegengeritten. Sie hatte Kräuter mitgebracht, die Darian auch noch das letzte Stück durchhalten ließen. Allerdings mussten ihn Tagilis und Zir'Avan dann in die Hütte schleppen, weil ihm bei jedem zweiten Schritt die Beine wegknickten.

Nach zwei Tagen Schlaf fühlte er sich nun schon deutlich besser und freute sich, als Leána zu ihm kam und ihm ein selbst geschnitztes Pferd zeigte. »Das habe ich mit Edur zusammen gemacht«, berichtete sie stolz.

Verwundert richtete sich Darian im Bett auf. »Edur?«

»Ja, ich bin nicht zurück zum Rannocsee gegangen, sondern wollte sehen, wie es dir geht.« Mit dem typisch breiten Grinsen stand der rothaarige Zwerg in der Tür und umarmte Darian dann vorsichtig.

»Fühlt sich nicht mehr ganz so schlimm an.« Darian tastete

nach dem Verband, der um seinen Kopf und die ganze rechte Gesichtshälfte gewickelt war. »Aber jetzt muss ich nach meinem Bruder sehen.«

Darian schwang sich aus dem Bett, zog sich seine Lederhose und die Stiefel an und trat dann aus der kleinen Holzhütte, die nur aus einem Raum bestand. Neugierige Blicke der Dorfbewohner trafen ihn, und er fragte sich, wer wohl seinen Schlafplatz für ihn geräumt hatte. Leána rannte schon los, da sie Atorian erzählen wollte, dass er Besuch bekam. Vom Brunnen aus kam ihm Lilith entgegen.

»Wie fühlst du dich?«

»Ganz gut. Aber sag mal, Lilith, ich werde mein Leben lang von den Brandnarben entstellt sein, nicht wahr?«

Die kleine Heilerin schüttelte energisch den Kopf. Dennoch bildete sich eine Sorgenfalte auf ihrem Gesicht. »Die Brandverletzung wird gut abheilen, und ich kann Kräuterumschläge auflegen, die nach und nach vorsichtig die zerstörte Haut ablösen und neue, gesunde nachwachsen lassen. Nur diese Verletzung von der Dämonenkralle …«

»Was ist damit?« Darian fühlte sich wieder kräftig und gesund, höchstens ein wenig müde. Und die Haut im Gesicht spannte.

Vorsichtig nahm die Mischlingsfrau seine Hand in ihre. »Ich bin mir nicht sicher, wie ich die Verletzung behandeln soll. Zum Glück konnte ich mich daran erinnern, dass eine Heilerin auf der Nebelinsel, die heute nicht mehr lebt, von einer Pflanze namens *Dämonenkraut* gesprochen hat. Leider weiß ich nicht, ob das nur eine allgemeine Bezeichnung ist oder ob dieses Kraut tatsächlich gegen Verletzungen hilft, die von Dämonen hervorgerufen wurden. Tagilis ist schon auf der Suche danach. Dämonenkraut soll in der Nähe von Kraftorten wie Steinkreisen oder auch Portalsteinen wachsen. Ich hoffe, er ist bald zurück.«

»Und wenn es nicht hilft?« Jetzt fühlte sich Darian doch unbehaglich, und obwohl Lilith ihn davon abzuhalten versuchte, schob er den Verband zur Seite. Als er in einer milchigen Fensterscheibe sein verkohltes Gesicht mit der klaffenden, schwarz geränderten Wunde sah, torkelte er zurück. »Lilith, was passiert, wenn dieses Kraut nicht wirkt?«

»Ich werde etwas finden, das dir hilft.«

»Was wenn nicht?«

Sie biss sich auf die Lippe und sah ihn dann betreten an. »Ich befürchte, dann wird dich die Wunde nach und nach vergiften.«

»Aber ich fühle mich gut«, erwiderte er zittrig.

»Du hast Stärkungstränke bekommen und schmerzlindernde Tinkturen.«

Darian atmete tief durch und versuchte, die aufsteigende Panik niederzukämpfen. »Weiß Mia davon?«

»Ja, und sie ist mit Tagilis geritten, um das Kraut zu suchen.«

»Atorian?«

Lilith schüttelte den Kopf. »Nein, ich dachte, es wäre besser, er macht sich nicht zu viele Gedanken.«

»Danke, Lilith, das soll auch so bleiben.« Nachdem er sich ein klein wenig beruhigt hatte, betrat Darian die Hütte, in welcher sein Bruder lag. Inzwischen hatten Edur und einige andere Männer aus dem Dorf das Gestell fertiggebaut, und Atorian war zwischen den hölzernen Stangen festgebunden. Die Konstruktion konnte man so einstellen, dass er wahlweise aufrecht in der Bahre hing, darin lag oder halb aufgerichtet darin sitzen konnte, ohne selbst seinen Rücken zu bewegen. Direkt unter die mit Stroh gefüllte Matratze hatte Lilith Heilsteine eingenäht. Sie hatte Darian die Steine gezeigt und erklärt, der blaue Apatit, Rhondit und ein eigenartig weißer gemaserter Stein, den sie Moravat nannte, würden dabei helfen, Atorians Knochen rasch wieder zusammenwachsen zu lassen. Darian konnte noch immer nicht wirklich glauben, dass so etwas funktionieren sollte, dafür war er in einer zu nüchternen und technisierten Welt aufgewachsen. Andererseits hatte er hier in Albany auch schon viele andere Wunder gesehen, und so hoffte er wirklich, dass Lilith Recht behielt.

»Darian, ich bin so froh, dich zu sehen!«

Dass zumindest sein Bruder schon deutlich gesünder aussah, erfüllte Darian mit Erleichterung, und er schaffte es sogar, ein Lächeln zustande zu bringen.

»Wie geht es deinem Rücken?«

Atorian hob die Hände. »Dank Liliths Medizin habe ich kaum Schmerzen, und eigentlich denke ich, ich könnte schon wieder auf einem Pferd sitzen. Allerdings hat sie mir das energisch ausgeredet. Ich weiß kaum, wie ich die nächsten Monde überstehen soll in diesem Gestell. Wenn Kaya nicht wäre …« Ein verliebtes Lächeln überzog sein Gesicht, und Darian nickte nachdenklich. »Warum hast du mir eigentlich nicht gesagt, dass Samukal Leána entführt hat?«, regte sich Atorian dann auf.

»Du hättest ohnehin nichts tun können, und ich wollte nicht, dass du dir noch mehr Sorgen machst.«

Von Atorian kam ein Schnauben, dann sah er Darian mit zusammengezogenen Augenbrauen an. »Zum Glück konntest du Samukal entkommen, und dein Gesicht wird sicher auch bald heilen.«

Darian senkte den Blick und nickte bedrückt.

»Komm schon, kleiner Bruder, deine Tochter ist wieder hier. Nur Atene traue ich nicht über den Weg. Jetzt haben wir gleich zwei fragwürdige Zauberer im Dorf. Ich weiß nicht, ob mir das gefallen soll.«

Die beiden unterhielten sich noch eine Weile, dann kam Nordhalan hinzu, der ausgiebig Atene befragt hatte. Auch er gab zu, dass er nicht wusste, was er von ihren Erklärungen halten sollte. Einerseits klangen sie durchaus plausibel, andererseits konnte es genauso gut eine Falle sein, und falls Samukal Atene und Dimitan eingeschleust hatte, stellten die beiden eine große Gefahr dar.

»Atene und Dimitan liegen sich schon seit Tagen in den Haaren. Jeder beschuldigt den anderen, Samukals Spitzel zu sein.«

»Was denkst du, was wir tun sollen?«, fragte Atorian.

»Als Erstes sollten wir Leána in Sicherheit bringen. Zir'Avan hat vorgeschlagen, sie mit ins Dunkelelfenreich zu nehmen.«

»Was?« Entsetzt sprang Darian auf, aber Nordhalan hob beruhigend eine Hand.

»Aramia wollte das auch nicht. Leider hat sich gezeigt, dass die Nebelinsel ebenfalls nicht sicher ist, aber sofern du einverstanden bist, Darian, werden wir sie in der Obhut des Culahan lassen, denn mit ihm wird sich ganz sicher niemand anlegen.«

Darian kämpfte mit sich. Natürlich war ihm klar, dass Leána nicht hierbleiben konnte, andererseits wollte er sie bei sich haben – er hatte schließlich vielleicht nicht mehr lange zu leben. Nordhalan schien ihm seine Gedanken angesehen zu haben und legte ihm tröstend eine Hand auf den Arm. »Lilith wird etwas einfallen.«

»Was soll Lilith einfallen?«, hakte Atorian alarmiert nach.

»Nichts, ich mache mir nur Sorgen um Leána.«

»Ihr verschweigt mir doch etwas.« Atorian zog an dem Hebel, der ihn aufrecht sitzen ließ. »Darian, was ist los?«

»Ach weißt du …« Nach Worten ringend fuchtelte er in der Luft herum. »Du bist verletzt, meine Tochter ist in höchster Gefahr, und ich habe keine Ahnung, was wir als Nächstes tun sollen.«

Zwar wirkte Atorian noch immer misstrauisch, dann jedoch winkte er Darian zu sich und sah ihm fest in die Augen. »Wir lassen uns einfach den Winter über beide Zeit, ganz gesund zu werden. Du bringst deine Tochter in Sicherheit, und sobald ich wieder laufen kann, werden wir Samukal in seine Schranken weisen.«

Zu gern hätte Darian den optimistischen Worten seines Bruders Glauben geschenkt, aber die Angst, durch die Hand des Dämons zu sterben, blieb an ihm haften.

Kapitel 15

Dämonenfeuer

Nach zwei Tagen waren Tagilis und Mia zurück. Sie hatten einen ganzen Beutel voll mit dem kleinblättrigen dunkelgrünen Kraut bei sich, das Lilith ihnen beschrieben hatte. Zir'Avan war noch unterwegs, denn auch er hatte sich auf die Suche begeben. Er hielt sich ohnehin meist außerhalb des Dorfes auf, da er die Bewohner nicht ängstigen wollte.

»Darian, wie geht es dir?« Mia eilte auf ihn zu und umarmte ihn.

»Alles in Ordnung«, versicherte er aufmunternd, obwohl er während der letzten beiden Tage eine eigenartige Schwäche in sich hatte aufsteigen fühlen, die er nur schwer verdrängen konnte. Nun beobachtete er gespannt, wie Lilith in dem Beutel herumkramte, an dem Kraut roch, es zwischen den Fingern zerrieb und es in die Sonne hielt. Anschließend nickte sie erleichtert. »Ich spüre, dass es starke Heilkräfte besitzt und gegen finstere Mächte hilft. Da ich es noch niemals zuvor benutzt habe, weiß ich allerdings nicht, ob man es innerlich oder äußerlich anwenden muss«, überlegte sie laut. »Das Beste wäre, jemand würde meine Aufzeichnungen von der Nebelinsel holen, denn auch wenn es schon lange her ist, dass ich von dem Dämonenkraut hörte, habe ich möglicherweise etwas darüber notiert. Ich möchte aber nicht zu lange warten.« Sie sah Darian besorgt an.

»Ich könnte«, Tagilis sah sich um, ob sie auch nicht belauscht wurden, und senkte dann die Stimme, »Leána durch das Eichentor bringen, deine Schriftrollen holen und zurückkehren.«

»Ja, das kannst du tun, aber wie gesagt, ich wage es nicht, so lange zu warten.«

»Dann müssen wir es eben ausprobieren«, schlug Darian vor. »Es wird schon nicht schaden.«

Lilith wiegte bedächtig den Kopf, dann wies sie Edur an, einen Teil der Pflanze zu zerstampfen. »Tagilis, du solltest bald mit Leána aufbrechen, und bring vorsichtshalber auch das abgegriffene ledergebundene Buch mit, das ganz unten in der Truhe rechts neben der Tür liegt. Die Inschrift lautet *Seltene Heilpflanzen*. Falls …« Sie unterbrach sich selbst, und Darian wusste genau, was sie hatte sagen wollen.

»Mia, bitte geh mit Leána und pass auf sie auf.«

Sie riss erschrocken die Augen auf. »Ich lasse dich doch jetzt nicht allein!«

»Mir wäre wohler, wenn du bei ihr wärst.«

»Der Culahan wird auf sie achten«, versicherte Lilith. »Mir ist es auch lieber, Aramia bleibt.«

»Und wenn Leána wieder etwas zustößt? Das könnte ich nicht ertragen«, protestierte Darian.

»Diesmal sind wir gewarnt. Wir werden alle Männer, die wir entbehren können, zu ihrem Schutz bis zum Eichentor mitschicken. Auf der Insel ist sie in Sicherheit, denn Tena wird ganz sicher nicht mehr in ihre Nähe gelangen. Der Culahan ist ein mächtiger Berggeist, und wenn er sie nicht verteidigen kann, dann niemand sonst.«

Nach einigen weiteren Diskussionen bot schließlich Tagilis an, zumindest während des Winters in Leánas Nähe zu bleiben. Auch Nordhalan betonte, wie gerne er bei ihr geblieben wäre, wollte aber Atene und Dimitan nicht unbewacht in der Nähe der beiden Northcliffbrüder lassen. Schweren Herzens verabschiedete sich Darian von seiner kleinen Tochter und konnte sie nicht aus den Augen lassen, bis ihre Silhouette nur noch ein schwacher Schemen am Horizont war.

»Komm, die Paste ist fertig«, sagte Lilith und schob Darian

mit sanfter Gewalt in die kleine Hütte, wo sie sich kopfschüttelnd die Wunde ansah, bevor sie etwas von der kühlenden Salbe daraufstrich.

Darian zuckte kurz zusammen, aber außer einem leichten Kribbeln spürte er nichts. »Ich sehe es mir später noch einmal an«, versprach die Heilerin.

Am Abend waren Darian und seine Freunde noch richtig euphorisch, denn die schwarzen Krusten rund um die Verletzung begannen sich zu lösen, und gesunde, rosige Haut kam darunter zum Vorschein. Allerdings bemerkte Aramia auch, dass Darian nur kurze Zeit später seltsam bleich aussah. Auf seiner Stirn glänzte Schweiß, wenngleich ihm sichtlich kalt war. »Darian, geh schlafen«, schlug sie vor, nachdem er immer noch fror, obwohl er mit Umhang und Decke am Feuer saß. Seine zitternden Hände konnten den Pfeil kaum halten, an dem er gerade herumschnitzte. Schließlich erklärte er sich einverstanden, schwankte zum Bett, und Aramia legte ihm noch eine Decke über, bevor sie ihn auf die Stirn küsste. Sie selbst fertigte einige weitere Pfeile an, wobei ihr Blick ständig zu Darian wanderte, der allerdings im Augenblick ruhig schlief. Das Feuer war schon beinahe heruntergebrannt, als sie ihre Arbeit beendete. Damit es Darian behaglich warm hatte, legte sie vorsichtshalber noch einmal Holz auf, dann ging auch sie ins Bett. Sie drückte sich eng an Darian und schlief kurz darauf ein.

»Mia.« Aramia fuhr auf, als sie an der Schulter gerüttelt wurde. Das heruntergebrannte Feuer spendete nur wenig Licht.

»Darian, was ist?«, murmelte sie verschlafen und drehte sich zu ihm um.

»Mia, bitte hol Lilith«, brachte er mühsam hervor, und als sie sah, wie er krampfhaft nach Luft schnappte und dann erschöpft zurück auf die Kissen sank, sprang sie bestürzt auf und rannte in die Nebenhütte.

Die kleine Heilerin ließ sich auf der Bettkante nieder, betastete Darians Stirn, sah ihm in die Augen und dann in den Mund. »Macht ihn das Dämonenkraut etwa krank?«, fragte Aramia angstvoll.

»Nein, das kann ich mir nicht vorstellen, die Wunde sah schon viel besser aus. Ich befürchte, dass das Gift bereits in sein Blut gelangt ist und sich immer mehr verteilt.«

»Und was tun wir jetzt?«

Lilith runzelte die Stirn. »Ich denke, wir sollten versuchen, ihm das Kraut innerlich zu verabreichen.«

»Und wenn es ihm noch mehr schadet?«

»Wir haben keine andere Wahl, Aramia. Ich kann nicht auf die Aufzeichnungen warten. Dann könnte es schon zu spät sein.«

Schließlich nickte Aramia, lief ständig im Raum auf und ab, während sie Lilith dabei zusah, wie sie den merkwürdig metallisch riechenden Sud herstellte und dann Darian vorsichtig etwas davon verabreichte.

Gespannt beobachteten die beiden Frauen Darian, und zunächst schien er einfach ruhig weiterzuschlafen. Aber dann bäumte er sich auf, begann heftig zu zittern und sich zusammenzukrümmen.

»Lilith!« Aramias Stimme war vor Angst unnatürlich hoch, und auch die kleine Heilerin sah im Augenblick ratlos aus.

»Ich hätte doch warten sollen«, stieß sie bestürzt hervor. Auch auf Liliths Stirn waren nun winzige Schweißperlen zu sehen. Aramia presste die Lippen aufeinander und schluckte schwer.

Die Sorge der beiden wuchs ins Unermessliche, als Darian auch noch hohes Fieber bekam und keines von Liliths Mitteln in der Lage war, es wieder zu senken. Aramia fühlte sich vollkommen hilflos, und es blieb ihr nichts weiter übrig, als Darian im Arm zu halten und auf ein Wunder zu hoffen, während Lilith krampfhaft überlegte, was sie noch für ihn tun konnte. Immer wieder kramte sie diverse Heilkräuter hervor, roch daran, beäugte Darian und steckte die Heilmittel dann kopfschüttelnd wieder weg.

Im Morgengrauen kam Zir'Avan in die Hütte, hatte allerdings nur eine kleine Menge neues Dämonenkraut bei sich.

»Es war falsch! Ich habe es falsch angewendet«, gab Lilith kummervoll zu und konnte ihren Blick nicht von Darian wenden, der sich im Fieber herumwarf.

Aramia weinte inzwischen hemmungslos und beschuldigte in ihrem hilflosen Zorn auch noch ihre Freundin. Zir'Avan hingegen kniete sich neben Darian, besah die Wunde und legte ihm eine Hand auf die Stirn.

»Vielleicht war es doch kein Fehler.«

»Du siehst doch, dass es ihm schlecht geht, wahrscheinlich ist er morgen tot«, schluchzte Aramia verzweifelt.

Aber Zir'Avan schüttelte den Kopf und ging zu Lilith, die traurig in der Ecke neben dem Tisch saß.

»Lilith, mir ist dieses Kraut nicht bekannt, aber bei uns im Unterreich gibt es ein Moos, das gegen die Bisse von hochgiftigen Dahmanen hilft.« Der große Dunkelelf stellte sich vor die kleine Halbgnomin und nahm ihre Hände in seine. »Es bringt den Körper dazu, sich gegen das Gift zu wehren, verursacht hohes Fieber und starke Krämpfe, aber anschließend ist der Körper gereinigt.«

Ein Funke Hoffnung glomm in Liliths Blick auf. »Veldohrenmoos?«

Zir'Avan war sichtlich überrascht. »Du kennst es?«

»Ich weise meine Freunde von der Nebelinsel immer an, mir seltene Heilpflanzen mitzubringen, wenn sie unterwegs sind, und einer von ihnen hat das Moos auf einem Markt in Ilmor von einem Dunkelelfen gekauft. Ich habe mich bisher noch nicht oft getraut, es zu benutzen, nur bei sehr starken Vergiftungen, wenn sonst keine Hoffnung besteht. Und nicht alle Kranken überleben es.«

»Darian ist jung und kräftig. Ich will nichts versprechen, aber ich glaube, das Dämonenkraut hilft ihm, und wir sollten ihm mehr davon einflößen.«

»Seid ihr von Sinnen? Ihr bringt ihn doch um«, begehrte Aramia auf und schlang ihre Arme beschützend um ihn, als Lilith mit einem weiteren Becher des Suds kam.

Schließlich musste Zir'Avan sie mit aller Kraft von Darian wegziehen, wobei sie ihm in ihrer Verzweiflung das Gesicht zerkratzte, als sie sich gegen ihn wehrte.

»Aramia, das ist die einzige Hoffnung, die er hat. Es gibt selten einen Sieg ohne Kampf. Das ist bei einer Krankheit nicht anders.«

»Vorher ging es ihm gut«, protestierte sie in hilflosem Zorn, trommelte mit schwächer werdenden Bewegungen auf ihren Vater ein und ließ sich schließlich doch noch in den Arm nehmen.

»Nein, es waren doch nur Liliths Tränke, die die Schmerzen betäubt haben. Du konntest sehen, dass er auf dem Rückweg kaum noch in der Lage war, sich im Sattel zu halten.«

»Ich will ihn nicht verlieren.« Aramia schlug ihre Hände vors Gesicht. »Ich liebe ihn so sehr, und Leána braucht ihn.«

Überraschend sanft für einen Vertreter seines Volkes streichelte Zir'Avan seiner Tochter über die Haare. »Ich muss zugeben, zu Anfang gefiel mir deine Wahl nicht, aber inzwischen weiß ich Darian zu schätzen. Er ist ein mutiger und aufrichtiger junger Mann, und er hat einiges riskiert, um seine Tochter zu befreien. Darian wird kämpfen, und wenn es nur für euch beide ist.«

»Der eine Sohn der Northcliffs mit gebrochenem Rücken ans Bett gefesselt, der andere vom Dämonenfieber befallen. Die Aussichten für Albany sind wirklich rosig.« Spöttisch hob Atene ihren Tonbecher mit Wasser und prostete Dimitan zu.

Der glatzköpfige Zauberer saß ihr mit säuerlicher Miene gegenüber. Man hatte sie beide in eine Hütte gesperrt, und Atene wusste sehr wohl, dass immer jemand Wache davor hielt. Meist Nordhalan oder auch dieser unberechenbare Dunkelelf.

»Du kannst ja zurück zu deinem Samukal gehen.«

»Es ist nicht *mein* Samukal.« Mit katzenhafter Geschmeidigkeit erhob sich Atene und schritt in dem kleinen Raum auf und ab, der kaum mehr beherbergte als zwei Betten, einen Tisch und zwei Stühle.

»Ach nein? Aber das Lager hast du doch mit ihm geteilt.«

»Eifersüchtig?« Atene beugte sich zu Dimitan vor und begann seinen Bart zu kraulen.

»Lass das! Ich bin überzeugt, dass du eine Verräterin bist.«

»Das Gleiche könnte ich von dir sagen. Schließlich hast du in Culmara wie eine Made im Speck gelebt, und im Gegensatz zu mir hast du es nicht fertiggebracht herauszufinden, wie man die Dämonen bekämpft.«

»Ha!« Dimitan erhob sich so ruckartig, dass der Stuhl polternd zu Boden fiel. »Dafür fehlen mir aber auch ein bis zwei Argumente.« Er machte eine sehr eindeutige Handbewegung vor der Brust, woraufhin Atene kehlig lachte.

»Meinst du nicht, das würde etwas lächerlich bei dir aussehen, Dimi?«

»Verspotte mich nicht, du …« Er ergriff sie am Hals und begann sie zu würgen, was Atene mit einem kleinen Energieblitz in seine Hände zu verhindern wusste. Dimitan torkelte fluchend zurück.

Nur Augenblicke später stand Nordhalan im Raum. »Keine Magie, habe ich gesagt!«

»Dimitan wollte mich umbringen.« Einen finsteren Blick auf den Zauberer werfend, rieb sich Atene den schlanken Hals.

»Könnt ihr nicht einmal mit euren dümmlichen Streitereien aufhören?« Nordhalan bebte vor Zorn. »Wir haben wirklich andere Probleme.«

»Wie geht es Darian?«, erkundigte sich Dimitan ernst.

»Nicht gut. Er ist noch immer nicht aufgewacht.«

»Vielleicht könnte uns die gute Atene ja aus ihrem reichhaltigen Wissensfundus über Dämonen berichten, wie ihm geholfen werden kann«, schlug Dimitan mit hinterhältigem Grinsen vor.

Die Zauberin zischte missbilligend. »Ich sagte bereits, dass ich nur weiß, wie man Dämonen beherrscht. Samukal hat nicht erwähnt, wie sie getötet werden können oder was man gegen Verletzungen tun kann, die einem diese Kreaturen zufügen.«

»Nordhalan, ich könnte mir Darian ansehen und …«

»Du, Dimitan?« Atene lachte spöttisch auf und warf sich ihre dichte Haarmähne über die Schulter. »Deine Heilkünste reichen doch nicht einmal aus, um eine Kuh zu kurieren.«

»Du verdammte, hinterlistige Schlange!«

Nordhalan schlug mit der Faust auf den Tisch. »Von mir aus bringt ihr euch gegenseitig um, ich habe Wichtigeres zu tun.« Wutschnaubend verließ er den Raum und schlug die Tür von außen zu.

Kurz sahen sich die beiden Streithähne mit wütend funkelnden Augen an, dann setzten sie sich beinahe gleichzeitig an den Tisch.

»Vielleicht sollten wir gemeinsam überlegen, wie wir die missliche Lage Albanys verbessern können«, grummelte Dimitan, und Atene nickte knapp.

Kapitel 16

Im Bann der Dämonen

Schon seit zehn Tagen bangten Darians Freunde um sein Leben, und es gab weitere schlechte Neuigkeiten. Weitere Dörfer im Norden des Landes waren verwüstet worden, und auch die Elfen hatten Nachricht zum Rannocsee geschickt, Dämonen hätten erneut ihr Reich heimgesucht. Somit konnten sie Atorian und seinen Bruder momentan nicht unterstützen, da sie ihr eigenes Land verteidigen müssten. Dies war natürlich bitter, denn die Elfen wären wertvolle Verbündete gewesen – selbst wenn es vermutlich einige Überredungskunst gekostet hätte, das einfache Volk vom guten Willen der Elfen zu überzeugen.

In einer stürmischen, regnerischen Nacht kehrte endlich Nassàr mit dem vergilbten ledergebundenen Buch zurück, das er und Tagilis mühsam in Liliths Hütte gesucht hatten. Zwar war seit zwei Tagen das hohe Fieber gesunken, aber Darian wachte einfach nicht auf, seine Haut fühlte sich ungesund kalt an und sah gräulich bleich aus.

»Geht es Leána gut?«, erkundigte sich Aramia müde, während sie abwesend Darians Wange streichelte. Noch immer hatte sie panische Angst um sein Leben.

»Mit der Kleinen ist alles in Ordnung«, versicherte Nassàr. »Tagilis ist bei ihr, dieser Culahan«, er schauderte, »hat sie weit in die zerklüfteten Berge seines Reiches mitgenommen.«

Lilith saß schon am Feuer, wo sie aufmerksam die halb verblichene Schrift studierte. Suchend fuhren ihre Augen über die

Zeilen, und auch wenn Aramia sie zunächst gespannt beobachtet hatte, schweiften ihre Gedanken bald wieder ab.

Was sollte sie nur tun, falls Darian nicht wieder gesund wurde? Ein Leben ohne ihn konnte sie sich nicht mehr vorstellen. Die sechs Sommer und Winter, während derer sie ihn nicht hatte sehen können, waren schlimm genug gewesen, aber damals war ihr zumindest noch die Hoffnung geblieben, ihm eines Tages erklären zu können, dass sie nur wegen Leána nicht bei ihm sein konnte. Während sie ihm eine Haarsträhne aus der Stirn strich, biss sie sich auf die Lippe und unterdrückte krampfhaft die aufsteigenden Tränen. Sollte es ihr am Ende ähnlich ergehen wie Tagilis und Veliah?

Ein leiser Schrei von Lilith ließ Aramia zusammenzucken, und sie sah verwundert zu ihrer Freundin hin, die an Zir'Avans Seite eilte. Bisher hatte der Dunkelelf stumm in der dunkelsten Ecke des Raumes gesessen, und das Weiß seiner Augen blitzte auf, als er zu Lilith aufsah. »Du hattest Recht. Dämonenkraut bewirkt, dass der Körper hohes Fieber erzeugt und das Dämonengift bekämpft. Allerdings hätte es nur drei Tage andauern dürfen, und wenn ich den Sud mit der Wurzel einer Eberesche gemischt hätte, wären Nebenwirkungen wie Krämpfe und Schüttelfrost milder ausgefallen.«

Jetzt kam Lilith zu Darian ans Bett und drückte bedauernd seine Hand. »Es tut mir leid, dass ich das nicht vorher wusste.«

»Steht noch etwas in dem Buch?«, fragte Aramia voller Angst und Hoffnung zugleich.

Erneut vertiefte sich Lilith in die Aufzeichnungen einer längst verstorbenen Nebelhexe, dann lächelte sie plötzlich, und man konnte förmlich erkennen, wie die Last von ihren schmalen Schultern fiel. »Ein tiefer, beinahe todesähnlicher Schlaf von drei bis fünf Tagen nach Abklingen des Fiebers ist normal und ein Zeichen dafür, dass der vom Dämonenfeuer Befallene auf dem Wege der Besserung ist. Anschließend muss er kräftigende Speisen zu sich nehmen, eine ganze Reihe an Rezepten ist aufgeführt. Ich werde sofort dafür sorgen, dass alles bereit ist, wenn er aufwacht.«

»Dann wird Darian wieder gesund?«, hauchte Aramia, und als Lilith nickte, fiel sie ihrer Freundin um den Hals. »Es tut mir leid, dass ich an dir gezweifelt habe, ich hatte nur unglaubliche Angst um ihn.« Für Aramia war es, als würde auf einen Schlag alle Last von ihr abfallen, und wieder konnte sie die Tränen nicht mehr zurückhalten – aber diesmal waren es Tränen der Erleichterung, nicht der Hoffnungslosigkeit.

»Das weiß ich, Aramia.« Zufrieden lächelnd stand Lilith auf, nickte Zir'Avan noch einmal zu und ging dann hinaus.

Dieser räusperte sich und erhob sich ebenfalls. »Ich werde nachsehen, ob ich Lilith zur Hand gehen kann.«

Aramia nickte, nahm Darians Hand und drückte ihm einen Kuss darauf. »Jetzt wird alles gut. Schlaf noch ein bisschen, und dann komm wieder zurück zu mir.«

Missmutig blickte Samukal in den strömenden Regen, der über dem aufgepeitschten Nordmeer niederging. Atene war spurlos verschwunden, genauso wie die drei übrigen Propheten, und er konnte sich einfach keinen Reim darauf machen, wo sie abgeblieben waren. Es hatte neue Überfälle gegeben, und außerdem kursierten Gerüchte, Trolle würden verstärkt aus dem Osten kommen und menschliche Siedlungen überfallen. Um zumindest die Dämonen zufriedenzustellen, über die er noch die Kontrolle hatte, schickte er sie fort, um Trolle zu jagen, und erhoffte sich damit etwas ersehnte Ruhe.

Ganz unverhofft wartete dann eines Tages doch noch sein dunkler Meister in seinem Arbeitszimmer auf ihn. Samukal zuckte zusammen, als ihn die wohlbekannte Stimme aus einer finsteren Ecke ansprach.

»Samukal, was ist dein Anliegen?«

»Ich habe schon lange auf Euch gewartet«, bemerkte Samukal ungehalten.

»Ich war beschäftigt.« Der verhüllte Mann schritt langsam auf Samukal zu. »Wie kommst du voran? Ich hörte, Dämonen fielen ein ins Reich der Elfen. Das findet meinen Gefallen.«

»Was? Also, nun ja.« Samukal straffte die Schultern und rang sich ein Grinsen ab. »Das habe ich angeordnet.«

»Ausgezeichnet. Was willst du nun von mir?«

Nervös fuhr sich Samukal durch die dunklen Haare, die zunehmend von grauen Strähnen durchzogen waren. »Drei meiner Dämonen sind verschwunden. Ich hatte Propheten ausgebildet, sie zu beherrschen, aber sie kehrten nicht zurück.«

»Das war sehr dumm von dir.«

Eine Ader begann über Samukals linker Schläfe zu pochen, und er ballte die Fäuste. »Ich habe meine Diener in den Umgang mit diesen finsteren Kreaturen gut eingewiesen.«

»Offenbar nicht gut genug.« Der schattenhafte Mann ließ sich auf einem der Sessel nieder. »Vermutlich haben sie ihre Meister getötet und ziehen nun frei durch das Land.« Samukal sah Augen unter der Kapuze aufblitzen, und flüchtig glaubte er Schadenfreude darin erkennen zu können.

»Wie kann ich sie zurückholen? Wie kann ich sie töten?«

»Töten?« Wie ein Messer durchschnitt die Stimme des Vermummten die Luft. »Du kannst einen Dämon nicht töten.«

»Was?« Samukal ließ sich auf dem Rand seines Schreibtischs nieder und griff mit zitternder Hand nach der Weinkaraffe. »Aber ich muss doch irgendwie die Kontrolle über sie zurückerlangen.«

»Du könntet höchstens versuchen, die schwarzen Opale zurückzubekommen, die sie binden. Aber ich gehe davon aus, dass die Dämonen sie an sich genommen haben.«

»Meister, ich benötige dringend Unterstützung!« Samukal bemerkte selbst, wie seine Stimme einen beinahe schon flehenden Klang annahm.

»Du wolltest dämonische Diener«, erfolgte die kalte Antwort, »nun musst du sehen, wie du mit ihnen zurechtkommst.« Schon ging der Vermummte wieder auf die Geheimtür zu, und als Samukal ihm mit Panik im Blick hinterherstürzte, hob er eine Hand.

»Wage ja nicht, mir zu folgen. Weinerliche, bettelnde Männer sind ehrlos und widern mich an.«

Daraufhin blieb Samukal stehen, rang um seine Fassung und hob dann das Kinn. »Könnt Ihr mir wenigstens einen Rat geben?«

»Manchmal …«, die Stimme von Samukals Meister zitterte kaum merklich, nahm einen gepressten Klang an, »töten sich Dämonen gegenseitig.« Ein leises Klicken kündete davon, dass der Geheimgang verschlossen war – und für Samukal war es, als würde sich damit auch jegliche Hoffnung auf Rettung verschließen. Einsam und ratlos ließ er sich in den Sessel plumpsen und stützte den Kopf in die Hände. Nachdem sich seine rasenden Gedanken etwas beruhigt hatten, rief er Rashkár zu sich. Der Dämon erschien nur Augenblicke später und verbeugte sich.

»Such die Dämonin. Sie befindet sich auf der Jagd im östlichen Gebirge. Sondere sie von den anderen ab und töte sie.«

»Sehr wohl, Meister.« Rashkárs lautloser, tödlicher Schatten verschwand durch die Wand und ließ Samukal voller Zweifel und Unsicherheit zurück. Derartige Gefühlszustände waren Samukal fremd. Stets hatte er alles unter Kontrolle gehabt, immer war er Herr der Lage gewesen. Doch nun drohte alles aus den Fugen zu geraten. Anstatt Albany mittels seiner dunklen Diener an sich zu reißen, lief er nun Gefahr, es an diese Kreaturen zu verlieren, und seinen Meister schien dies nicht einmal zu kümmern. Samukal nippte von seinem Wein, ein Tropfen fiel herab. Geistesabwesend sah er zu, wie sich der Rotwein einem Blutfleck gleich auf seinem Hemd ausbreitete.

Das beständige Trommeln von Regen auf dem Dach weckte Darian auf. Zögernd hob er die Augenlider und erkannte, dass Mia neben ihm saß. Ihr Kopf war auf die Brust gesunken, ihre langen schwarzen Haare fielen wie ein Vorhang über ihr Gesicht.

»Guten Morgen, Mia«, murmelte er, streichelte ihre Hand und setzte sich dann leicht benommen auf.

»Darian?« Wie vom Blitz getroffen zuckte Mia zusammen, und als sie ihn dann hektisch küsste und Tränen über ihre Wangen liefen, runzelte er verwirrt die Stirn.

»Ist etwas passiert?«

»Ob etwas passiert ist?« Sie lachte und weinte gleichzeitig, dann sah sie ihn prüfend an. »Wie fühlst du dich?«

Er blies die Backen auf, fuhr sich durch die Haare und hob dann die Schultern. »Ich weiß nicht. Ich glaube, ich habe heute Nacht schlecht geschlafen, da war so ein irrer Albtraum.« Er schüttelte sich kurz und legte dann eine Hand auf seinen Bauch. »Außerdem habe ich einen Bärenhunger. Es fühlt sich an, als hätte ich seit mindestens fünf Tagen nichts mehr gegessen.«

Einen Augenblick lang sah Mia ihn verdutzt an, dann fragte sie leise: »Du kannst dich nicht erinnern, oder?«

»Woran?« Darian schickte sich an, sich aus dem Bett zu schwingen, aber da gaben auch schon seine Beine unter ihm nach. »Wow, was ist das denn?«

»Darian. Der Dämon, deine Verletzung, du warst fast dreizehn Tage lang ohne Bewusstsein.«

Er ließ sich wieder zurücksinken, tastete nach dem Verband und blickte seine Gefährtin dann ungläubig an. »Ist das dein Ernst?«

»Mein voller Ernst«, bestätigte sie und erzählte mit dünner Stimme, wie Lilith um sein Leben gekämpft hatte.

Darian rieb sich die Schläfen und seufzte. »Kaum zu glauben. Es hat sich angefühlt, als wäre es nur eine Nacht gewesen. Ich habe von Dämonen, Feuer und einem Kampf mit Samukal geträumt.«

»Es ist sicher besser, wenn du dich nicht erinnern kannst.« Mia reichte ihm einen Becher voll Suppe, die bereits seit zwei

Tagen über dem Feuer hing. Ein wenig misstrauisch beäugte er den glibberigen Inhalt.

»Eine von Liliths Kraftsuppen«, bemerkte Mia mit einem Lächeln und beobachtete dann mit zufriedenem Gesicht, wie Darian davon trank. »Langsam, sonst wird dir schlecht, hat Lilith gesagt.«

»Ich könnte ein ganzes Pferd verschlingen«, seufzte Darian, dann zwinkerte er ihr zu. »Natürlich nicht Menhir.«

Das brachte Mia zum Lachen, und sie umarmte ihn vorsichtig. »Darian, fühlst du dich wirklich gut?«

Er hob die Arme. »Ja, mal abgesehen davon, dass ich unglaublich hungrig bin und meine Beine mich offenbar noch nicht tragen, schon.«

»Du bleibst im Bett«, verlangte sie streng. »Ich gehe jetzt Lilith holen. Wage ja nicht aufzustehen!«

»Mia! Bitte, noch eine ganz kleine Tasse Suppe«, bat er sehnsüchtig.

Auch Lilith, die wenig später eintrat, wunderte sich sehr darüber, wie gut es Darian nach der schweren Zeit ging. Sie befragte ihn eingehend, untersuchte die Wunde an seiner Wange und ließ ihn schließlich sogar mit Zir'Avans Hilfe aufstehen und ein paar wacklige Schritte gehen.

»Ich kann es kaum glauben, aber ich denke, in ein paar Tagen ist er wieder auf den Beinen«, staunte sie.

»Was ist mit meinem Gesicht?« Darian tastete nach dem Verband.

»Auch wenn es mich selbst verblüfft, der Riss ist komplett geschlossen, und die Haut außen herum sieht auch schon deutlich besser aus«, versicherte Mia. Als sie seine skeptische Miene sah, fügte sie hinzu: »Ich habe es mir erst gestern angesehen.«

»Wir werden noch einige Behandlungen durchführen müssen«, warf Lilith ein, »aber während du bewusstlos warst, habe ich mehrfach die verbrannte Haut entfernt und heilende Kräuter aufgelegt. Es kann jedoch sein, dass eine Narbe zurückbleibt.«

Darian winkte ab und konnte kaum glauben, was in den letzten Tagen alles geschehen war. Zwar wurde er schnell wieder müde, aber durch nahrhaftes Essen und Liliths Stärkungstränke fühlte er sich am nächsten Morgen deutlich kräftiger und ausgeruht. Nordhalan, der ihn am letzten Tag nicht mehr wach angetroffen hatte, kam sofort zu ihm und bekundete seine Freude.

»Wenn du dich stark genug fühlst, denn geh doch bitte zu deinem Bruder. Atorian macht uns alle verrückt, weil er zu dir will, und er denkt, wir lügen ihn an und wollen nur nicht sagen, dass du tot bist.«

»Ja, natürlich, das tue ich sofort.« Auf noch immer leicht wackligen Beinen ging Darian zur Tür, und obwohl ihm die wenigen Schritte über den Hof vorkamen wie zwanzig Meilen, erreichte er schließlich Atorians Hütte.

»Darian, ich dachte …« Atorian nahm seine Hand, und seine Augenwinkel glitzerten feucht.

Die beiden sprachen lange miteinander, und Atorian gestand, wie sehr er um ihn gebangt hatte.

»Ich hatte während der letzten Tage viel Zeit nachzudenken, und mir ist einiges klar geworden. Wir haben uns nicht immer gut verstanden und waren in vielen Dingen nicht einer Meinung«, gab er zu.

»Ja, das stimmt.«

»Vor allem tut mir leid, dass ich um Aramia geworben habe. Das war nicht richtig, denn sie gehört zu dir. Bitte verzeih mir, Darian.«

»Schon gut, das ist doch jetzt vorbei. Außerdem hast du Kaya«, meinte Darian versöhnlich, dann boxte er seinen Bruder spaßhaft auf die Schulter. »Manchmal hast du allerdings schon sehr den Königssohn raushängen lassen.«

»Was habe ich wo heraushängen lassen?«

Atorian sah so verwirrt aus, dass Darian laut zu lachen begann. »Du hast einfach über meinen Kopf hinweg entschieden und so getan, als sei es ganz normal, dass du bestimmst, wo es langgeht.«

»Entschuldige, das war ich so gewohnt, aber von nun an halten wir wirklich zusammen. Und sobald ich aus diesem verdammten Gestell komme, werden wir unsere Burg zurückerobern. Vielleicht sollten wir gemeinsam regieren. Das gab es in der Geschichte Albanys zwar noch nicht, aber ich fände es einen guten Gedanken.«

»Nein, besser nicht.« Darian hob abwehrend eine Hand. »Ich wollte niemals König werden und habe alles falsch gemacht. Ich überlasse dir mit Freuden den Thron. Zumindest, sofern du dich für die Nebelhexen einsetzt.«

»Das verspreche ich, aber ich würde dich trotzdem gerne in die Angelegenheiten Northcliffs miteinbeziehen.« Er zwinkerte. »Nicht, dass du mir wieder vorwirfst, ich würde irgendetwas heraushängen lassen.«

»Ja, von mir aus«, Darians Blick wanderte aus dem Fenster, »wenn es nur schon so weit wäre.«

»Darian, da ist noch etwas.« Auf einmal sah Atorian sehr verlegen und bedrückt aus.

Darian lächelte ihm aufmunternd zu.

Atorian fuhr sich mit einer Hand durch die Haare. »Damals, als wir im Unterreich waren«, begann er zögernd, »ich … Wie soll ich es ausdrücken … Ich hatte ein Abkommen mit Bas'Akir.«

»Mit Bas'Akir?«

Atorian nickte, dann sah er Darian beinahe schon flehend an. »Ich möchte das Andenken an den Dunkelelfen nicht beschmutzen, denn ich glaube, du hast Bas'Akir am Ende durchaus gemocht. Aber ich hatte ihn gebeten …« Sichtlich verlegen stockte Atorian, und wenngleich sich Darian plötzlich nicht mehr sicher war, ob er auch hören wollte, was sein Bruder ihm zu sagen hatte, bat er ihn doch fortzufahren.

»Bas'Akir sollte zwischen dir und Aramia Unfrieden säen, damit sie sich mir zuwendet«, brachte Atorian schließlich heraus, und nachdem die Worte gesagt waren, wirkte er sogar erleichtert. Darian sprang allerdings auf und wich schockiert zurück. »Was hast du getan?«, keuchte er entsetzt, dann lehnte er sich an die Wand, fuhr sich über das Kinn und schüttelte den Kopf.

»Ich weiß, Darian, das war dumm und eigensüchtig, und vor allem war es ohnehin sinnlos, denn Aramia ist dir treu. Aber ich hatte in all der Zeit meiner Gefangenschaft so viele Entbehrungen hinnehmen müssen. Es war unrecht von mir. Bitte, verzeih mir.«

Bevor Atorian noch etwas hinzufügen konnte, war Darian aus der Hütte gestürmt. Zunächst musste er verarbeiten, was er gerade gehört hatte. Er eilte über den Dorfplatz, war jedoch nach wenigen Schritten so außer Atem, dass er sich an einer der Hütten abstützen musste. Er schwankte auf die ersten Bäume zu und ließ sich dann auf einem Felsen nieder. Fassungslos ließ er die Zeit im Dunkelelfenreich Revue passieren, und jetzt kamen ihm einige Begebenheiten in den Sinn. Bas'Akir hatte häufig gestichelt, Mia habe Dunkelelfenblut, und die könnten nicht treu sein, Atorian sei ein so viel besserer Schwertkämpfer, und er, Darian, könne in dieser Beziehung ohnehin nicht mithalten. Auch Bas'Akirs letzte Worte ergaben nun Sinn. *Es tut mir leid, ich war kein guter* keravânn, *Aramia ist dir treu, lass dir nichts anderes einreden. Verzeih mir und behalte meinen Namen …*

»Verflucht, Atorian, ich wusste, dass du Gefühle für sie hast, aber *das* hätte ich nicht von dir gedacht.« Darian stützte den Kopf in seine Hände, völlig ratlos, wie er mit der Situation umgehen sollte.

Wenig später legte sich eine schmale Hand auf seine Schulter. Als er sich umdrehte, blickte er in Mias besorgte Augen. »Ich habe dich gesucht, warum sitzt du denn hier in der Kälte herum? Du solltest lieber am Feuer bleiben.«

Eine ganze Weile musterte Darian seine Gefährtin. Niemals hatte sie ihm Anlass gegeben, an ihrer Treue zu zweifeln.

»Darian, was hast du denn?« Nun setzte sie sich neben ihn und nahm seine Hand in ihre.

Nach kurzem Zögern erzählte er ihr von Atorians Geständnis. Zunächst sprang sie mit vor Zorn funkelnden Augen auf, wollte Atorian sofort zur Rede stellen und versicherte Darian dann leidenschaftlich, sie hätte Atorian bis zum heutigen Tage gemocht, aber nur als Gefährten.

Lächelnd sah er ihrem Gefühlsausbruch zu, und eigenartigerweise verrauchte seine eigene Wut in den Flammen ihres Zornes. Er zog sie wieder zu sich hinab und umarmte sie. »Ich glaube dir, und ich rechne es Atorian hoch an, dass er mir jetzt die Wahrheit gesagt hat. Sicher hat ihn das sehr viel Überwindung gekostet. Und im Augenblick bin ich von ihm enttäuscht, aber ich denke, wir sollten ihm verzeihen.«

Schnaubend strich sich Aramia eine lange schwarze Haarsträhne aus dem Gesicht. »Wäre er nicht an dieses Gestell gefesselt, ich würde ihn vierteilen. Wie kam er nur auf den absurden Gedanken, ich könnte …« Plötzlich stockte sie, ein sanftes Rot überzog ihre Wangen, und sie blickte ihn schuldbewusst an. »Verdammt, ich habe ihn einmal geküsst, aber das war eigentlich gar keine Absicht.« Als Darian vor ihr zurückwich, fuhr sie eindringlich fort. »Es tut mir leid, es war damals, als ich dich mit Kaya sah. Sie hat dich so leidenschaftlich geküsst, da sind meine Gefühle mit mir durchgegangen. Ich bin hinausgerannt, und da war Atorian. Ich weiß, es war dumm, sich so zu rächen, und ich bin auch sofort weggegangen. Aber vielleicht hat er sich nach diesem Kuss insgeheim Hoffnungen gemacht.«

»Puh, das ist wohl heute der Tag der Enthüllungen«, meinte Darian und schnitt eine Grimasse, aber dann hob er die Schultern. »Es war nur ein Kuss, Mia, und du warst eifersüchtig wegen Kaya.« Kurz schwieg er, ordnete seine Gedanken und sah sie anschließend eindringlich an. »Kannst du dir wirklich vorstellen, auf Dauer dein Leben mit mir zu verbringen, auch wenn meine Kampfkünste momentan noch nicht so gut sind wie die meines

Bruders und ich durch mein vergleichsweise kurzes Leben sehr viel weniger Erfahrung habe als du? Wir haben ein gemeinsames Kind, aber vielleicht …«

Mia erstickte seine Zweifel mit einem Kuss, dann nahm sie sein Gesicht in ihre Hände und sah ihn voller Liebe an. »Mit keinem anderen Wesen auf dieser oder welcher Welt auch immer möchte ich lieber mein Leben verbringen als mit dir.«

Zufrieden lächelnd drückte Darian sie an sich, und seine Sorgen flogen mit dem aufkommenden Wind davon.

Erst am nächsten Tag ging Darian wieder zu Atorian, der ihm mit einer Mischung aus schlechtem Gewissen und Hoffnung entgegensah. Darian erklärte, wie schockiert und enttäuscht er zunächst gewesen war, betonte aber auch, wie froh er war, dass diese alte Geschichte nun nicht mehr zwischen ihnen stand. Noch eine ganze Weile sprachen die Brüder sich aus, und am Ende waren ihre beiden Gesichter deutlich entspannter, und sie wandten sich anschließend wieder ihrem Problem mit Samukal und den Dämonen zu. Atorian bestand darauf, dass Darian sich zuerst richtig auskurierte, dann sollte er mit einigen Männern weiter durch das Land ziehen.

»Darian, es ist so schön, dich wieder auf den Beinen zu sehen!«, rief Kaya freudig, als sie mit klatschnassen Haaren hereinkam, ein totes Moorhuhn über der Schulter.

»Meine Frau jagt, und ich liege hier faul herum«, beschwerte sich Atorian, lächelte sie jedoch stolz und voller Liebe an.

Lachend drückte ihm Kaya einen Kuss auf die Lippen. »Erstens bin ich noch nicht deine Frau, und zweitens jagt es sich mit gebrochenem Rücken schlecht.«

»Wann wollt ihr denn eigentlich heiraten?« Darian sah die beiden auffordernd an.

»Wenn wir unsere Burg von Samukals Schande befreit haben«, antwortete Atorian entschieden. Kaya zuckte nur die Achseln, und Darian konnte an ihren Augen ablesen, dass es ihr insgeheim wohl nicht ganz geheuer war, die Königin von Northcliff zu werden.

»Kaya, du wirst alle Lords um den Finger wickeln«, versicherte Darian augenzwinkernd, aber die junge Frau seufzte nur.

Sie beteiligte sich an ihrer Diskussion über das weitere Vorgehen und meinte irgendwann: »Die Söldner aus Ilmor wären schon eine Hilfe, wenn ihr an Samukal rankommen und ihm die Opale abnehmen wollt.« Ihre Miene verfinsterte sich. »Sofern diese intrigante Zauberin die Wahrheit spricht.«

»Aber sie verlangen Gold oder zumindest Essen, und damit können wir nicht dienen«, gab Darian zu bedenken.

Kaya legte einen Finger an die Nase und schritt in der Hütte auf und ab. »Nun, das habt ihr nicht, aber die Menschen sind doch bereit, Opfergaben an die Götter zu entrichten.«

»So sieht es aus, aber worauf willst du hinaus?« Atorian zog seine Stirn kraus.

»Bevor Samukals Schergen die Tempel plündern, sollten wir das lieber tun und Essen und Gold an die zurückgeben, die es auch wirklich brauchen.«

In Darians Kehle stieg ein leises Glucksen auf. »Du willst sie bestehlen?«

»Ja, und einen Teil behalten wir selbst, um unsere Verbündeten zu verpflegen. Außerdem schlagen wir Samukal so mit seinen eigenen Waffen.«

»Hmm, ein ungewöhnlicher Plan«, überlegte Atorian, »aber wenn ich richtig darüber nachdenke, könnte es gelingen. Der schwierige Part wird sein, Samukal die Steine zu entwenden.«

Auch Darian musste zugeben, dass Kayas Idee nicht dumm war, auch wenn ihm widerstrebte, das Volk zu bestehlen. Aber es war immer noch besser, als wenn Samukal alles bekam.

»Wir sollten das mit Mia, Nordhalan und den anderen besprechen«, schlug Darian vor. »Wenn wir die Opale in unserem Besitz haben, ist die Gefahr noch lange nicht gebannt. Sollte

Atene nicht lügen, so befindet sich nur ein Teil der Dämonenseele darin.«

»Darian hat Recht«, stimmte Atorian zu. »Wenn wir die Opale zerstören, wissen wir immer noch nicht, ob damit auch die Dämonen vernichtet werden.«

Wenig später platzte die kleine Hütte beinahe aus allen Nähten. Nassàr und drei Männer hatten sich bereiterklärt, auf Atene und Dimitan zu achten, solange Nordhalan, Zir'Avan, Edur und Aramia bei der Versammlung waren. Nun saßen alle rund um Atorians Liegegestell und hörten sich an, was Kaya ausgeheckt hatte.

»Auf die Dracheninseln solltet ihr ohnehin nicht gehen, denn ich konnte aus Atene herauskitzeln, dass Tena und Leána das Eichentor benutzt haben, daher könnte es auch sein, dass Samukal davon weiß«, erzählte Nordhalan.

Auf der Stelle wurde Darian kreidebleich. »Dann hätte ja auch schon etwas passieren können, als Tagilis und Nassàr sie fortgebracht haben.«

»Zum Glück ist ja nichts geschehen.« Wenngleich auch Mia diese Nachrichten sichtliches Unbehagen bereiteten, legte sie ihm beruhigend eine Hand aufs Bein. »Andererseits deutet das darauf hin, dass Atene durchaus die Wahrheit spricht, denn sonst hätte sie uns nicht gewarnt.«

»Vielleicht, vielleicht auch nicht, ich würde das Risiko nicht eingehen. Und so kurz vor dem Winter solltet ihr das Meer ohnehin nicht überqueren.« Nordhalan blickte zum Fenster hinaus. Wahre Sturzbäche fluteten vom Himmel, und der Wind heulte wie ein wild gewordener Dämon um die Hütten. »Der letzte Winter war sehr gnädig, aber dieser scheint dafür mit aller Macht zuzuschlagen.«

»Gut, dann sollten wir uns auf die umliegenden Dörfer konzentrieren, so wie Kaya es vorgeschlagen hat.« Darian lächelte ihr zu, was die junge Frau vor Stolz rot anlaufen ließ.

»Darian, lass dir noch ein paar Tage Zeit«, bat Mia.

Bevor er protestieren konnte, schaltete sich auch der Zwerg Edur ein. »Sehe ich auch so. Ohne jetzt wie mein Onkel klingen zu wollen, aber vor kurzem habe ich noch gedacht, das mit dir wird nix mehr, und jetzt willst du schon wieder losziehen.« Der Zwerg legte missmutig die Stirn in Falten und zwirbelte mit dicken Fingern seinen Bart.

»Mir geht es gut«, beharrte Darian, obwohl er selbst wusste, dass er in seine Hosen noch beinahe zweimal passte. Aber er wollte Samukal endlich das Handwerk legen und das Land von den Dämonen befreien.

»Nachdem das Dämonenkraut bei Darian so hervorragend gewirkt hat, werde ich Tinkturen und getrocknete Blätter zusammenstellen«, schlug Lilith vor, »mir ist von keinem Dorf etwas zu Ohren gekommen, in dem jemand eine Dämonenverletzung überlebt hat, und die Menschen werden dankbar sein, wenn wir ihnen unsere Hilfe anbieten.«

Dem stimmten alle nur zu gern zu, und da Lilith meinte, sie würde noch einige Tage benötigen, und das Wetter würde sich so rasch auch nicht ändern, erklärte sich Darian einverstanden, noch etwas zu warten.

Schließlich debattierten sie darüber, was mit Atene und Dimitan geschehen sollte. »Ich bleibe hier und behalte sie im Auge.« Nordhalan strich sich über seinen langen Bart. »Allerdings wäre mir wohler dabei, Atorian zum Lager am Rannocsee zu bringen. Lilith, denkst du, er würde die Reise überstehen?«

Bedächtig wiegte die kleine Heilerin den Kopf. »Seine Heilung macht gute Fortschritte, und bei einigen Knochen konnte ich schon jetzt spüren, dass sie sich festigen.« Abwägend sah sie zu Atorian hinüber. »Der Weg zum Rannocsee ist nicht sehr weit. Wenn wir die Straße benutzen und er das letzte Stück getragen wird, könnten wir es riskieren.«

»Meint ihr, es ist wirklich nötig, das Dorf zu verlassen?«, warf Atorian ein.

»Dort können wir dich besser verteidigen. Die Menschen hier wissen noch immer nicht, wer wir eigentlich sind, aber es ist wohl nur eine Frage der Zeit, bis sie es herausbekommen. Sollte ein Angriff stattfinden, wird es schwierig sein, dich fortzuschaffen, solange du dich nicht bewegen kannst«, erklärte Nordhalan, was Atorian mit einem nachdenklichen Nicken bekundete.

»Meister Zir'Avan, sofern Ihr zustimmt, könntet Ihr Atorian begleiten, dann kann die Kutsche bei Nacht fahren und hoffentlich unentdeckt bleiben.«

Der Dunkelelf verbeugte sich vor dem Zauberer, während Atorian Kaya kaum hörbar zuraunte: »Ich hätte nicht gedacht, dass ich einmal mein Leben in die Hand eines Dunkelelfen legen werde.«

»Ich begleite dich«, versicherte sie sofort.

Atorian lächelte ihr zu. »Das freut mich, aber weißt du, auch wenn es verrückt ist, ich vertraue Zir'Avan.«

Bereits in der nächsten Nacht wurde Atorian mitsamt seinem Gestell auf einen Wagen geladen, der ihn zum Lager am Rannocsee bringen sollte.

»Ich wünsche mir nichts sehnlicher, als mit euch reiten zu können«, sagte Atorian wehmütig zu seinem Bruder.

Dieser lächelte ihm aufmunternd zu. »Das wirst du bald wieder können. Ruh dich aus und lass dich von Kaya verwöhnen.«

»Sie ist eine lausige Köchin«, flüsterte Atorian ihm ins Ohr, woraufhin Darian leise auflachte.

»Dann halte dich an Markats Eintopf, der ist einigermaßen genießbar. Außerdem hat Lilith versprochen, regelmäßig nach dir zu sehen, und ihr Haferbrot ist ja kaum zu schlagen.«

Atorians Lächeln wirkte zunächst ein wenig bedrückt, doch dann zuckten seine Mundwinkel, und er grinste heftig. »Ich sollte mich unbedingt bei Samukal für die Straßen bedanken.

Immerhin hat er sie ja auch unseretwegen gebaut. So fährt es sich in einer Kutsche recht bequem.«

»Na, so was«, prustete Darian los, »und ich wollte ihm schon eine Beschwerdenachricht zukommen lassen, weil er sie nicht bis zum Rannocsee gebaut hat.«

Die wenigen Augenblicke der Heiterkeit verflogen rasch, und Darian wünschte seinem Bruder viel Glück. Als Kaya, ein Bündel auf dem Rücken, durch den aufspritzenden Matsch gerannt kam, nickte Darian ihr zu. »Pass auf, dass er nicht zu früh übermütig wird. Er darf das Gestell erst verlassen, wenn Lilith es erlaubt.«

»Keine Sorge, ich achte schon auf ihn.« Ungestüm drückte Kaya Atorian einen Kuss auf die Lippen, dann zog sie die Baumwollplane zu, die Atorian vor dem Regen schützen sollte, der noch immer vom Himmel fiel. Sie schickte sich an, sich mit auf den Kutschbock zu Zir'Avan zu setzen, dann drehte sie sich noch einmal zu Darian um.

»Darf ich dir Fendor schicken? Ich befürchte, es wird ihm nicht sehr behagen, mich und Atorian gemeinsam zu sehen.«

»Natürlich, sag ihm, ich hätte verlangt, dass er die Ausbildung des Lagers weiter im Norden übernimmt. Alles Gute, Kaya!«

Die junge Frau winkte ihm noch einmal zu, dann setzte sich der Planwagen rumpelnd in Bewegung.

Lilith stand schmal und einsam in der Tür, als Darian zurück zur Hütte eilte. Sie war mit der Herstellung der Kräuter noch nicht fertig und wollte erst später zum Rannocsee nachreisen.

»Ich hoffe, sie kommen sicher an ihr Ziel«, murmelte die kleine Heilerin leise.

»Atorian wird alles gut überstehen, du hast doch selbst gesagt, die Heilkristalle würden gute Dienste leisten.«

»Atorian?« Für einen Augenblick wirkte Lilith verwirrt, dann nickte sie. »Ja, natürlich, sein Rücken wird gut ausheilen.« Abrupt drehte sie sich um, und Darian sah ihr kurz verdutzt hinterher. Dann ging er zu Nordhalan, um mit ihm gemeinsam zu überlegen, wo sie ihre Reise beginnen sollten.

Während der Herbst unaufhaltsam in den Winter überging, reisten Darian, Mia, Lilith, Edur und Nassàr durch den mittleren Teil Albanys. Zunächst hatte besonders Darian große Skrupel, heimlich und bei Nacht die von Samukal erbauten Opferstätten auszurauben, aber im Grunde genommen hatte Kaya ja Recht. Normalerweise würde alles nur in Samukals Taschen landen, und so konnten sie den Menschen zumindest einen Teil zurückgeben. Die Ernte war durch den langen Regen ohnehin nicht allzu gut ausgefallen, und wenn sie nun mit Korn, Mehl oder auch Gold- und Silberstücken in die Dörfer kamen, hörten die Menschen Darian zumindest hier und da zu. Selbstverständlich waren die Menschen misstrauisch, und auch jetzt wurden sie noch an manchen Orten fortgejagt und als ›Dämonenbrut‹ beschimpft. Aber einige Bewohner – besonders diejenigen, die bereits unter Samukals Propheten gelitten hatten – schenkten Darian nun doch Glauben und hörten sich an, wie es dazu gekommen war, dass er sein Land vernachlässigt und zuerst Fehenius und dann Samukal die Regierung überlassen hatte. Obwohl es Darian zu Anfang sehr schwerfiel, vor den Dorfbewohnern über sein Versagen zu sprechen, so wurde er mit wachsender Anhängerschaft doch selbstsicherer. Besonders zu beeindrucken schien die Menschen, dass er seinem Bruder Atorian den Thron überlassen wollte. Um das Volk nicht zu beunruhigen, erzählten sie nichts von Atorians schwerer Verletzung, sondern behaupteten, er sei in anderen Teilen des Landes unterwegs, um Anhänger um sich zu scharen.

Der Frost der letzten Nacht hatte Bäume und Wiesen, Büsche und die nun brachliegenden Felder mit einer dicken Schicht Raureif überzogen. Nachdem die Sonne durch die dichten, finsteren Wolken brach, glitzerte das Land, als wäre es mit Millionen von Diamanten geschmückt. In der Nacht hatte Darian gemeinsam mit Nassàr in einem der größeren Dörfer unweit der Straße, die Ilmor mit Culmara verband, eine große Menge an Korn und geräuchertem Fleisch erbeutet. Nun wollten sie die Nahrungsmittel in den ärmeren Siedlungen abseits der Straße verteilen.

»Ich bin nicht nur der Nachfahre von König Arthus jetzt benehme ich mich auch noch wie Robin Hood«, bemerkte Darian, als er an Mias Seite auf ein Tal zuritt, in dem sich, wollte man den Gesprächen im letzten Gasthaus Glauben schenken, Holzfäller angesiedelt hatten. Während seine Gefährtin belustigt auflachte, machten Nassàr und Edur fragende Gesichter.

Daraufhin erzählte ihnen Mia die Legende von Robin Hood, die in England, wo Darian früher gelebt hatte, seit Jahrhunderten weitergegeben wurde.

»Aber dieser Robin Hood war doch ein guter Mensch, Ihr solltet stolz sein, in seine Fußstapfen zu treten«, meinte Nassàr, und auch der junge rothaarige Zwerg nickte. Edur ritt auf einem Bergpony und war, so wie meist, guter Laune. »Ich werde diese Legende im Zwergenreich weitergeben, sie gefällt mir.«

»Viele denken, er ist nur eine Legende.« Um besser sehen zu können, hob Darian eine Hand vor die Augen. Sie hatten die Siedlung schon beinahe erreicht. »Aber wer weiß«, seufzte er, »andererseits hat man in der anderen Welt auch bezweifelt, dass König Arthus, den ihr hier Atorian den Ersten nennt je gelebt hat. Und ich bin selbst auf dem besten Weg dazu, ein Mythos zu werden. Die einen halten mich für tot, die anderen für einen Dämon.«

»Immer mehr Menschen schenken dir Glauben. Während der letzten Zeit hatten wir sehr viel Erfolg«, warf Mia ein.

»Vielleicht ist dieser Robin Hood auch nach Albany gekommen«, spekulierte Edur und sah dabei sehr begeistert aus.

»Ja, und vermutlich ist er Kayas Vorfahre!« Darian schnitt eine Grimasse, aber da hatten sie auch schon die ersten kleinen Holzhütten erreicht. Die Holzfällersiedlung befand sich in einem

Einschnitt zwischen zwei mächtigen bewaldeten Bergen, deren Spitzen bereits mit Schnee bedeckt waren.

Zwei räudige Köter kamen ihnen kläffend entgegen, wichen jedoch mit eingezogenem Schwanz zurück, als Menhir seinen imposanten Hals wölbte und laut schnaubte. Es dauerte nicht lange, bis Gesichter hinter Türen und Fenstern sichtbar wurden, und schon bald eilte ein Mann, in einen verschlissenen grauen Umhang gekleidet, auf die Reiter zu. Er war stämmig gebaut, hatte eine hohe Stirn und dünne graue Haare.

Hastig verbeugte er sich. »Verzeiht, meine Herren, aber wir konnten nicht alles Holz liefern, und auch der Tempel wurde nicht fertiggestellt. Unser Nachbardorf wurde überfallen, und da …«

Bevor der hastig sprechende Mann auch noch auf die Knie fiel, sprang Darian vom Pferd.

»Wir kommen nicht aus Northcliff.« Er stockte. »Oder besser gesagt, nicht von Samukal.«

»Nicht?« Ein erleichtertes Lächeln machte sich auf dem Gesicht des Holzfällers breit, dann sah er sich die Neuankömmlinge näher an. »Stimmt, Ihr tragt keine Uniform.« Plötzlich kniff er die Augen zusammen. »Ist das ein Zwerg?«

»In voller Lebensgröße«, bestätigte Edur grinsend.

»Seid Ihr am Ende …« Der Holzfäller wich zurück, kniff die Augen zusammen und sah Darian von oben bis unten an.

»Wer soll ich sein?«

»Da… Darian von N… Northcliff.« Der Holzfäller wurde bleich. »Manch einer sagt, Ihr seid ein Dämon, aber es ist heller Tag, da greifen Dämonen doch nicht an. Und Ihr seht auch nicht aus wie einer. Andererseits könnte das auch eine List sein und …«

»Guter Mann, du redest mehr als die Waschweiber in Northcliff.« Edur schlug ihm auf die Schulter. »Ja, das ist Darian von Northcliff, und ich kann dir versichern, dass er kein Dämon ist. Oder denkst du etwa, ich wäre auch einer?«

Der Holzfäller wirkte unsicher, aber Edur fuhr lachend fort. »Hast du jemals davon gehört, dass ein Dämon die Gestalt eines Zwerges annimmt? Diese verflucht langen Kerle würden doch gar nicht in uns reinpassen!«

Mia gluckste unterdrückt, und auch Nassàr begann zu schmunzeln. Der Holzfäller schien ebenfalls gegen ein aus seiner Kehle aufsteigendes Lachen anzukämpfen. Er trat einen Schritt vor, fasste Darian vorsichtig am Ärmel, bevor er wieder zurücksprang, dann hob er verlegen grinsend die Schultern.

»In Ordnung, ich glaube, Ihr seid kein Dämon.«

»Herzlichen Dank.« Darian verbeugte sich, wobei er heimlich eine Grimasse schnitt. »Was ist denn mit Eurem Nachbardorf geschehen?«, wollte Darian nun wissen.

Mit noch immer scheuem Blick bat der Holzfäller, der sich als Hann vorstellte, die Gefährten in seine Hütte. Eine kleine Frau, die feuerrote Haare und ein recht hübsches, rundliches Gesicht hatte, quietschte erschrocken auf, als sie Edur sah.

»Keine Angst, es sind Darian von Northcliff und seine Gefährten.«

Doch die Frau schien das keineswegs zu beruhigen. Ihre Finger krampften sich um die Lehne eines abgenutzten Holzstuhls, und sie riss die Augen so weit auf, dass sie aus ihren Höhlen zu quellen drohten.

»Sie sind keine Dämonen, ich habe es überprüft!«, versicherte Hann und streckte sich stolz.

»Wie kann man denn so etwas überprüfen?«, murmelte Nassàr, was ihm einen Seitenhieb von Mia einbrachte.

»Bring etwas zu essen, Weib, wir haben wichtige Dinge zu besprechen.«

Die Frau huschte in den Nebenraum, und Hann bedeutete seinen Gästen, sich zu setzen, wobei er sie mit unverhohlener Neugierde musterte. Besonders auf Mia und Edur warf er den ein oder anderen Seitenblick, wobei er sich stets rasch durch das lichte Haupthaar strich. Anschließend erzählte er mit vor Schrecken geweiteten Augen von einem Dorf am Rande des Elfenreichs, das seiner Aussage nach von den Boten der Götter überfallen worden war. Mehr als die Hälfte der Bevölkerung sei ums Leben gekommen.

»Und als wäre das nicht genug«, fügte Hann am Ende hinzu, »trampelt nur zwei Tage danach eine Horde Trolle über ihre mit Wintergerste bestellten Felder. Sie haben mehrere Hütten dem Erdboden gleichgemacht und noch dazu das Lagerhaus.« Er nahm einen tiefen Schluck aus seinem Krug, den ihm seine Frau hingestellt hatte. »Da mussten wir doch helfen! Der Winter ist hereingebrochen, und ich denke, die Ladung Holz für Lord Samukal kann warten, die armen Menschen nicht, sie brauchen ein Dach über dem Kopf.«

»Ihr habt vollkommen richtig gehandelt«, versicherte Darian. »Wir haben einiges an Lebensmitteln dabei und würden die Vorräte gerne euch und euren Nachbarn schenken.«

»Ach wirklich?« Hann trank erneut hastig und wischte sich dann über den spärlichen Bart.

»Ist noch jemand am Leben, der durch einen dieser angeblichen Götterboten verletzt wurde?«, erkundigte sich nun Mia. Lilith war unterwegs in einem abgelegenen Bauernhof zurückgeblieben, da drei der vier Kinder einer Bauernfamilie an hohem Fieber erkrankt waren. Sie wollte so schnell wie möglich nachkommen.

»Nein, und wer von ihnen erwischt wird, für den gibt es ohnehin keine Hoffnung.« Angewidert spuckte Hann auf den Boden, aber Darian legte ihm eine Hand auf den Arm.

»Doch, die gibt es. Wir haben ein Mittel gefunden, das gegen Dämonenfieber hilft. Zeigt uns den Heiler eures Dorfes, und Lilith wird ihm erklären, wie die Medizin zuzubereiten ist.«

Nun riss Hann die Augen auf. »Die alte Velli behandelt die Kranken. Sie ist keine ausgebildete Heilerin, aber trotzdem eine Hilfe für uns. Lord Samukal versprach uns einen echten Heiler, der allerdings auf sich warten lässt.«

»Vertraut nicht auf Samukal, denn wie Ihr seht, trifft seine angebliche Rache der Götter auch diejenigen, die es nicht verdienen«, erklärte Mia voller Leidenschaft. »Samukal ist ein Tyrann und ein Lügner.«

Hanns Frau, die stumm und verschüchtert in der letzten Ecke des Raumes saß und hektisch an einer Wollweste strickte, wagte nun offenbar doch, das Wort zu erheben. »Man darf die Götter nicht verspotten, sie könnten uns zürnen!«

»Glaubst du«, fuhr Mia sie an, »dass die Götter wirklich unschuldigen Menschen Dämonen schicken würden, nur weil sie vielleicht einen Sack Korn oder ein paar Eier zu wenig abgeliefert haben? Sie töten ohne jedes Erbarmen Frauen, Kinder und Alte. Kannst du mir sagen, was das für Götter sein sollen? Ich für meinen Teil würde sie nicht anbeten, wenn sie denn wirklich daran Schuld hätten.«

Wie auf Kommando begann ein kleines Kind zu schreien. Hanns Frau, die unter Mias Worten immer kleiner geworden war, eilte zu der hölzernen Wiege neben der Feuerstelle und drückte das kleine Bündel an sich.

»Ihr seid eine Nebelhexe«, jammerte die Frau, »Ihr habt ohnehin keine Ehre in Euch. Verführt einen verheirateten Mann und …«

»Schweig, Weib!«, brüllte Hann und schlug mit der flachen Hand auf den Tisch, woraufhin die Frau mit hochrotem Kopf wieder hinaushuschte.

Mias Gesicht hatte sich angespannt, und auch in Darian kochte Zorn hoch. Nassàr hingegen bemühte sich, die Situation zu retten. »Ich war ein Krieger König Jarredhs, später ritt ich mit Hauptmann Torgal, der leider im Kampf gegen Samukals Schergen verstarb.« Der schlanke Krieger mit den langen grauen Haaren verbeugte sich nach Westen. »Auch ich habe lange Zeit an Darian gezweifelt, aber inzwischen habe ich gelernt, dass nicht immer alles so ist, wie es scheint. Ich habe vermeintlich ehrenvolle Männer gesehen, die für eine Hand voll Gold oder eine neue Straße einem Heuchler dienen, und ich habe einen Dunkelelfen kennengelernt, der alles für seine Familie tut. Als ich das erste Mal auf der Nebelinsel war, hätte ich mir beinahe in die Hosen gemacht.« Der alternde Krieger grinste, und Darian wurde bewusst, dass er Nassàr das erste Mal so viel an einem Stück sprechen hörte. »Es mag sein, dass die Bewohner der Nebelinsel nicht an die Götter glauben, aber schließlich huldigt jeder einem anderen Gott. Die Zwerge dem Erdvater Urgân.« Er nickte Edur zu, der seine Zustimmung zum Ausdruck brachte, indem er seinen Bierkrug erhob, einen tiefen Schluck nahm und sich den Bart mit dem Handrücken abwischte. »Die Dunkelelfen verehren Marvachân, ihren Kriegsgott, und die Trolle wiederum werden ihre eigenen Götter haben. Keiner ist falsch oder richtig. Aber habt Ihr jemals gehört, dass einer dieser Götter sein Volk straft, nur weil es nicht dem Herrscher seines Landes dient?«

Ganz offensichtlich war Hann nachdenklich geworden.

»Hann«, eindringlich bohrten sich Nassàrs Augen in die des Bauern, »auch ich verehre die Götter des Windes, des Meeres und der Erde, und genau aus diesem Grunde bin ich der Meinung, dass sie nichts mit diesen Dämonenüberfällen zu tun haben.«

»Vor zweitausend Sommern haben sie Steine und brennendes Feuer auf unser Land regnen lassen, damals haben sie uns auch gestraft«, protestierte Hann kleinlaut.

Dem wusste Nassàr nichts hinzuzufügen, aber Darian stöhnte: »Das waren auch keine Götter, es war eine Naturkatastrophe. Ich gehe davon aus, dass Götter sich nicht in die Belange der Menschen einmischen.«

»Woher willst, ähm, wollt Ihr das wissen?« Hann schien nun misstrauischer denn je zu sein.

»Wir haben triftige Gründe zu glauben, dass Samukal über Dämonen gebietet, und diese als Boten der Götter ausgibt«, fuhr Darian fort. »Zauberer Dimitan und Atene haben sich auf unsere Seite geschlagen. Samukal hat Atene selbst gezeigt, wie man einen Dämon beherrscht, und er hat ihr gegenüber zugegeben, dass er an der Zerstörung der Dracheninsel Schuld hat.«

»Ich weiß nicht, ich weiß nicht.« In einer hilflosen Geste hob Hann die Arme. »Ich bin nur ein einfacher Mann. Aber wenn Ihr unseren Nachbarn helft und tatsächlich ein Kraut gegen Dämonenfieber besitzt, dann werde ich darüber nachdenken, ob wir uns euch anschließen. Aber gebt mir noch etwas Zeit.« Er stand auf und verließ die Hütte.

Nach kurzem nachdenklichem Schweigen verkündeten Mia und Edur, sie würden die Vorräte von den Pferden holen, damit die Nahrungsmittel ins Trockene kamen, und gingen ebenfalls hinaus.

Darian stützte den Kopf in die Hände. »Es ist so verflucht schwer, sie von ihrem Aberglauben abzubringen. Die meisten werden von ihrer Angst aufgefressen.« Dann lächelte er Nassàr zu. »Danke, dass du dich so für uns eingesetzt hast.«

Der alte Krieger nickte ernst. »Ich habe es Torgal versprochen.«

»Nassàr, ich weiß, wie sehr ich euch alle enttäuscht habe.« Darian dachte an die damalige Zeit, die ihm inzwischen vorkam, als würde sie schon unglaublich lange zurückliegen. »Meinetwegen sind viele deiner Freunde gestorben, das tut mir sehr leid.«

Nassàr zuckte die Achseln. »Wir haben immer ein gefahrvolles Leben geführt, aber in einem habt Ihr Recht.« Er grinste, wobei sich Runzeln um die Narbe über seiner rechten Wange bildeten. »Wäre Torgal damals nicht gewesen, hätte ich Euch im nächsten Bach ertränkt.«

Leise lachend stand Darian auf. »Deine Offenheit habe ich immer gemocht.« Dann zwinkerte er dem älteren Mann zu. »Ich hoffe nur, ich muss mich in Zukunft nicht in Acht nehmen, wenn wir gemeinsam an einem Bach vorbeireiten.«

»Nein, jetzt nicht mehr.« Nassàr streckte sich ächzend. »Ich wünsche mir, dass Ihr und Atorian wieder in Northcliff herrscht, dann kann ich mich endlich zur Ruhe setzen.«

Lona, die Frau von Hann, redete beim Wäschewaschen am Fluss, der sich hinter den Holzhütten gurgelnd und plätschernd vorbeischlängelte, eindringlich auf ihre Freundinnen ein. »Sie missachten die Götter, und diese Nebelhexe wird all unseren Männern den Kopf verdrehen!«

Ihre Freundin Bridi wiegte zweifelnd den Kopf. »Ich weiß nicht. Ich habe sie vorhin kurz gesehen und könnte nicht sagen, dass sie ungewöhnlich schön ist.«

»Sie ist eine Hexe, und die haben ihre Methoden«, warnte Lona.

Eine andere Frau schaltete sich ein. »Wir können ohnehin schon zu wenig Holz liefern. Wenn wir uns jetzt auch noch mit Gegnern von Lord Samukal und Prinz Kayne einlassen, dann werden wir sicher gestraft.«

Die Frauen diskutierten noch eine ganze Weile, dann kamen sie überein, eindringlich mit ihren Männern zu sprechen und sie davon zu überzeugen, sich Darian nicht anzuschließen.

Es dunkelte bereits, als Lona zurück zu ihrer Hütte kam und Aramia und Darian gemeinsam im Mondlicht stehen sah. Verwirrt hielt sie inne. Im Licht der Sterne wirkte die Nebelhexe plötzlich ganz anders. Ihre Züge waren weicher, ihr Haar glänzte wie schwarzes Feuer, und ihre Augen funkelten wie grüne Smaragde, als sie Darian ansah.

»Ich sagte doch gleich, die kann jedem Mann den Kopf verdrehen«, murmelte Lona gereizt und ging entschlossen in die Hütte.

»Darian, es wäre sicher besser, wenn ich mich irgendwo im Wald verstecke«, sagte Mia gerade zu ihm. Aus dem Augenwinkel heraus hatte Darian Hanns Frau bemerkt, diese jedoch nicht weiter beachtet.

»Entweder sie akzeptieren dich, oder sie lassen es bleiben«, entgegnete er energisch.

»Die Menschen werden niemals akzeptieren, dass ich deine

Gefährtin bin.« Beschämt senkte Mia den Kopf, und ihre Haare legten sich wie ein Schleier vor ihr anmutiges Antlitz.

Zärtlich schob Darian eine Strähne beiseite und küsste Mia. »In den letzten Dörfern, in denen wir Verbündete gewinnen konnten, hat sich auch niemand darum gekümmert.«

»Aber hier schon. Sie scheinen gehört zu haben, dass du mit mir unterwegs bist, und halten es für unmoralisch, weil du mit Elysia verheiratet bist und einen Sohn mit ihr hast.«

»Ich weiß, und irgendwann werde ich mir überlegen müssen, was ich mit Elysia und Kayne tue.« Dann sah er seine Gefährtin fest an. »Aber ganz sicher werde ich nicht zu ihr zurückgehen, nur um irgendwelche hinterwäldlerischen Bauern zufriedenzustellen.«

»Ach, Darian, warum ist nur alles so kompliziert?« Mia ließ sich in seine Arme sinken, blickte in den klaren Nachthimmel, und er war sich sicher, dass auch sie jetzt an Leána dachte. Zum Glück kam Veliah gelegentlich als Botin zu ihnen, und bisher hatte sie stets berichtet, dass es der Kleinen gut ging.

Als die beiden in die Hütte traten, waren Hann und Lona offenbar gerade in ein Streitgespräch verwickelt, welches jedoch nun verstummte. Hann blickte Mia bewundernd an, woraufhin Lonas Gesichtsausdruck noch verkniffener wurde.

»Morgen brechen wir zu unseren Nachbarn auf«, verkündete Hann bestimmt, was Lona dazu veranlasste, wütend ein Handtuch auf den Tisch zu knallen und im Nebenraum zu verschwinden.

»Es tut mir leid, meine Frau ist etwas …« Er warf einen verschämten Blick auf die Nebelhexe. »Wie soll ich sagen. Sie duldet Ehebruch nicht. Wobei ich Euch selbstverständlich keine Vorschriften machen möchte, König Darian …«

»Ich werde nicht König von Northcliff werden«, betonte er jedoch. »Sobald Samukal beseitigt ist, wird Atorian seine rechtmäßige Regentschaft antreten. Schließlich ist er der Erstgeborene. Mal abgesehen davon habe ich Elysia nur geheiratet, weil ich dachte, Aramia sei tot, und ich bin überzeugt davon, dass Kayne nicht von meinem Blut ist.«

»Hmpf.« Hann biss in ein Stück dunkles Brot. »Es ist schwierig für einen Mann zu beweisen, ob er der Vater ist.« Sein Blick wanderte zu seinem Kind, welches friedlich in der Wiege lag, dann verfinsterte sich seine Miene.

»Sicher ist Eure Frau Euch treu«, versicherte Mia rasch und legte ihm eine Hand auf den Arm, woraufhin der Mann sie wie hypnotisiert ansah und dann nickte.

»Also, ich meine, ich kann verstehen …«

»Hann, könnten wir dieses Thema jetzt lassen«, bat Darian. »Ich würde gerne wissen, wie viele kampffähige Männer ihr hier im Dorf habt und ob diese meinen Bruder unterstützen. Wenn es uns gelingt, Samukal seine dämonischen Diener zu entreißen, können wir gegen ihn und seine Anhänger in Northcliff ziehen.«

Noch bis spät in die Nacht unterhielt sich Darian mit dem Holzfäller, bis er gemeinsam mit Mia hinausging, um Nassàr bei der Wache abzulösen. Obwohl die Holzfäller versichert hatten, sie hätten Männer zum Schutz abgestellt, waren die Gefährten übereingekommen, sich lieber nur auf sich selbst zu verlassen. Verrat war überall und jederzeit möglich, und Samukal würde sicher eine hohe Belohnung bezahlen. Erleichtert bemerkte Darian, dass Lilith nun ebenfalls eingetroffen war.

»Geh ruhig hinein, Hann wird dir etwas zu essen geben.« Darian deutete auf die in der Dunkelheit liegende erste Hütte des Dorfes.

»Wenn diese Lona ihr nicht die Augen auskratzt, schließlich ist Lilith auch eine Nebelhexe«, schnappte Mia.

Kopfschüttelnd drückte Darian ihr einen Kuss auf die Wange. »Du kannst ja mit ihr gehen und sie beschützen. Du bist ohnehin erst später mit Wache dran.«

Mia fasste ihre Freundin an der Hand und ging gemeinsam mit Nassàr zu Hanns Hütte, wo Edur bereits seit geraumer Zeit auf dem Boden schnarchte.

Bei ihrem Aufbruch am nächsten Morgen trafen Darian und seine Gefährten misstrauische Blicke. Viele der Holzfällerfamilien verhielten sich ablehnend, in manchen Augen glaubten sie jedoch, auch Hoffnung und Neugier erkennen zu können. »Nassàr, Edur, bleibt besser hier«, schlug Darian vor, als er Menhir sattelte. »Ich möchte nicht, dass wir am Ende einer feindlichen Meute gegenüberstehen, wenn wir zurückkommen. Vielleicht kannst du etwas von jenen Dörfern erzählen, denen wir schon geholfen haben. Du bist ein Mensch, Nassàr, dir glauben sie vielleicht am ehesten.«

Der alte Krieger nickte, dann schlug er Edur auf die Schulter. »Wir werden unser Bestes tun. Seid vorsichtig.«

Mia, Lilith und Darian stiegen auf ihre Pferde und folgten dem langsamen Wagen, auf den neben Holzbrettern und Balken nun auch die von ihnen erbeuteten Lebensmittel gepackt waren, welche sie zu dem überfallenen Dorf bringen wollten.

»Zir'Avan kam heute Nacht zu mir, als ich Wache hielt«, sagte Lilith leise zu Darian und Mia.

Diese zuckte so heftig zusammen, dass ihr brauner Hengst Lavos einen kleinen Satz machte. »Wieso hat er uns nicht aufgesucht?«

»Wir sind übereingekommen, dass es die Menschen noch zusätzlich verschrecken könnte, wenn sie einen Dunkelelfen sehen. Er hält sich in den Wäldern versteckt, folgt uns jedoch in kurzem Abstand.«

Darian ließ seine Augen durch den dichten Wald schweifen, ebenso wie seine Gefährten, aber selbst Mia konnte ihren Vater nirgends entdecken. »Geht es Atorian gut?«

»Ja. Sie haben den Rannocsee rasch und unentdeckt erreicht, und Zir'Avan hat sich sofort auf den Weg zu uns gemacht. Atorians Heilung macht gute Fortschritte«, bestätigte Lilith. »Fendor wird sicher auch bald nachkommen.«

Etwa acht Meilen ritten sie durch den Wald, wobei sie einem schmalen, verwachsenen Pfad folgten. Vereinzelte Schneeflocken tanzten durch die Luft und bedeckten nach und nach den Boden mit einer dünnen Puderschicht. Aber zumindest hatte der schneidende Wind der letzten Nacht nachgelassen. Die Geräusche der Pferde, ein leises Schnauben hier und das Knacken eines Ästchens da verhallten rasch in der Stille des Waldes.

Allmählich lichteten sich die Bäume und gaben die Sicht auf einen kleinen Weiler frei. Der Anblick des Dorfes war bedrückend. Viele Hütten waren verbrannt, andere niedergerissen, die Felder zum Teil verwüstet. Gebeugt gehende Menschen schlichen umher, viele von ihnen trugen Verbände oder gar offene Verletzungen am Körper, und unzählige Gräber waren westlich des Dorfes zu sehen, die aufgehäufte Erde noch dunkel und frisch. Die Dorfbewohner sahen die Neuankömmlinge mit großen Augen an, in die ein wenig Leben zurückkehrte, als sie die Lebensmittel erspähten. Manch einer hielt inne und sah sich um, Hälse reckten sich zaghaft in die Höhe. Lilith wurde wegen ihrer eigentümlichen Erscheinung zwar von allen misstrauisch beäugt, aber als sie versicherte, ein Mittel gegen Dämonenfieber zu haben, erklärte sich eine junge Frau bereit, sich unterrichten zu lassen. Ein Mann brach in Tränen aus.

»Ich wünschte, Ihr wärt früher gekommen, erst vor zwei Tagen ist meine Frau an dem Fieber gestorben.« Er drückte die junge Frau an sich. »Aber vielleicht kann jetzt meine Nichte etwas für die armen Seelen tun, die Schaden durch die Gesandten der Götter nehmen.«

Auch jetzt erklärte Darian wieder leidenschaftlich, dass nicht die Götter, sondern Samukal für diese Gräueltaten verantwortlich sei. Die Menschen hörten ihm zu, und auch wenn sie ihm nicht alle zu glauben schienen, kam noch am Abend der ein oder andere zu Darian, um zu versichern, dass er fortan für ihn und Atorian kämpfen wolle.

Nachdenklich stimmte Darian und seine Freunde jedoch die Sache mit den Trollen. Die Dorfbewohner meinten, die Waldtrolle seien vollkommen panisch gewesen, hätten nicht wie sonst die Vorräte geplündert, sondern seien kopflos vor etwas geflohen – und das Dorf habe wohl einfach nur in ihrem Fluchtweg gestanden.

Während Darian in der Nacht Wache hielt, musste er die ganze Zeit darüber nachdenken, und als Mia kam, um ihn abzulösen, schlug er ihr etwas vor, was sie zunächst skeptisch die Stirn runzeln ließ.

»Ich nehme an, die Trolle wurden auch von Dämonen verfolgt«, mutmaßte Darian, während er dankbar den Becher mit dampfendem Kräutertee, den seine Gefährtin ihm gebracht hatte, in die eiskalten Hände nahm. Vorsichtig blies er in die heiße Flüssigkeit und trank dann davon.

»Das mag sein«, gab Mia zurück, »vermutlich treiben sie nicht nur unter den Menschen und Elfen ihr Unwesen.«

»Aber davon hat Samukal doch gar nichts.«

Unschlüssig hob Mia die Schultern. »Es wird ihn aber auch nicht stören, wenn es ein paar Trolle weniger gibt.«

»Mia, meinst du, Murk könnte mit ihnen sprechen? Ich könnte es auch tun, weil ich ja dank des Erbes meiner Mutter ihre Sprache verstehe, aber ich befürchte, sie würden mich töten, bevor ich den Mund aufgemacht habe.«

»Was erhoffst du dir denn von den Trollen?«

Nun fasste Darian sie fest an den Schultern. »Wir brauchen jeden, den wir bekommen können, um gegen Samukal zu kämpfen. Trolle sind stark, und sie wären …«

»Darian.« Mia lachte auf. »Du kannst normale Wald- oder Bergtrolle nicht mit Murk vergleichen. Sie sind wie Tiere, denken nur an ihr Überleben und ihr nächstes Mahl.«

»Und trotzdem werden sie ihr Volk vor den Dämonen beschützen wollen.«

Große Zweifel standen in Mias Gesicht. »Ich weiß nicht. Murk ist nur ein halber Troll. Ob sie auf ihn hören, ist sehr ungewiss, und selbst wenn, würde ich mich nicht auf eine Trollarmee verlassen. Du könntest die menschlichen Verbündeten damit eher verschrecken.« Dann legte Mia die Stirn in Falten und schüttelte den Kopf. »Zudem würde dich rasch der Ruf ereilen, dass du nicht nur ein Freund der Nebelhexen, sondern obendrein auch noch der Trolle bist. Beide Völker sind bei den Menschen Albanys nicht sonderlich beliebt.«

»Ich weiß, es wäre ein heikles Unterfangen. Ob es gelingt, ist fraglich, und natürlich dürfen wir uns nicht nur auf die Trolle verlassen. Dennoch, wir könnten einen Pakt aushandeln, der besagt, dass, wenn Atorian und ich siegen, die Trolle ein Gebiet zugewiesen bekommen, in dem sie unbehelligt leben können. Letzten Endes würde dies allen nutzen.«

»Ich glaube kaum, dass sie ihr Wort halten würden.« Besorgt wiegte Mia den Kopf.

»Wenn Veliah wieder einmal erscheint, werde ich ihr sagen, sie soll Murk fragen, ob er mit den Trollen sprechen würde.«

»Murk hat aber Angst vor Veliah«, wandte Mia zu Darians Überraschung ein.

»Wirklich?«

»Ja«, sie lachte leise auf. »Früher ist er immer schreiend davongelaufen, wenn sie erschienen ist. Inzwischen ist es nicht mehr ganz so schlimm, aber ich glaube kaum, dass er länger mit ihr spricht.«

»Hmm.« Darian legte einen Finger an sein stoppeliges Kinn. »Aber er würde ihr gehorchen?«

»Ja, bestimmt.«

»Dann soll sie ihn zu uns schicken, und ich frage ihn, was er von meiner Idee hält«, beharrte Darian auf seinem Plan.

Noch immer skeptisch, wickelte sich Mia in eine dicke Wolldecke und lehnte sich an den Stamm einer großen Buche. »Geh jetzt schlafen, Darian, ich halte Wache.«

Er umarmte sie noch einmal und ging dann zu einer der überfüllten Hütten, in die sich überlebende Dorfbewohner und Gäste quetschten.

Die Nacht war weit fortgeschritten, und in der eisigen Kälte wartete Aramia sehnsüchtig auf ihre Ablösung, als ihre nachtsichtigen Augen zwei Gestalten ausmachten, die sich dem Dorf näherten. Als dunkle Schatten huschten sie hinter Bäumen und Büschen vorbei. Sofort hielt Aramia ihre schlanke Dunkelelfenklinge in der Hand, senkte diese aber wieder, nachdem sie ihren Vater erkannt hatte. Bei der zweiten Gestalt dauerte es etwas länger, ehe sie erkannte, wer da an ihres Vaters Seite durch die Dunkelheit wandelte. Es war das Elfenmädchen Lharina – aber die junge Elfe war nicht mehr die strahlende Erscheinung, die sie in Erinnerung gehabt hatte. Lharinas blonde Haare waren zerzaust, die hellblauen Augen wirkten unendlich traurig, beinahe schon gebrochen, und ihre Lippen waren aufeinandergepresst.

»Lharina, was ist denn geschehen?«, rief Aramia mitleidig und nickte ihrem Vater nur kurz zu.

»Mein Volk wurde beinahe ausgelöscht«, flüsterte sie kaum verständlich, dann ließ sie sich auf den Boden sinken.

Fürsorglich legte Aramia ihr ihre Decke um die schmalen Schultern. Als sie sie berührte, spürte sie sogar ein leichtes Zittern. »Dämonen?«

Lharina nickte, und Tränen rannen über ihr schmutziges Gesicht, wobei sie helle Streifen hinterließen. »Aber nicht nur Dämonen«, hauchte sie, »auch Dunkelelfen sind ihnen gefolgt und haben diejenigen getötet, welche den Dämonen entkamen.«

Aramia warf einen erschrockenen Blick auf ihren Vater, auf dessen Stirn sich eine Zornesfalte gebildet hatte.

»Ich weiß, dass nur ein geringer Teil Zir'Avans Volk angehörte«, versicherte Lharina sogleich. »Höchstens dreihundert Elfen zählt mein Volk noch, verteilt und zerstreut über unser einstmals mächtiges Reich. Einige Überlebende haben sich an einen Ort starker Magie zurückgezogen, weil wir hoffen, dort den Dämonen und auch den Dunkelelfen widerstehen zu können. Ich versuchte, mein Volk zu finden, aber ich spürte, dass

Darian sich hier am Rande des Elfenreichs aufhält, und ich wollte euch mitteilen, dass es uns leidtut, euch nun nicht mehr unterstützen zu können.«

Mitfühlend wiegte Aramia das Mädchen im Arm. Lharina sah nicht sehr viel älter als Leána aus, und auch wenn dies täuschen mochte, die Verantwortung, die auf ihr lastete, war einfach zu groß – und sie war dennoch so tapfer.

»Lharina, mach dir keine Sorgen um uns. Wir haben schon viele Verbündete gefunden. Gebt nicht auf, euer Volk darf nicht untergehen.« Sie sah der Elfe fest in die Augen.

»Bitte, sucht nach dem Winter die Drachen. Eine innere Stimme sagt mir, dass sie die Einzigen sind, die die magischen Kräfte in Albany wieder ins Gleichgewicht bringen können. Wenn es zum entscheidenden Kampf gegen Samukal und seine Schergen kommt, werden unsere letzten Krieger euch zur Seite stehen.« Lharina erhob sich. »Ich muss jetzt gehen.«

»Zir'Avan, du musst sie begleiten!«, verlangte Aramia.

Der große ernste Dunkelelf deutete eine leichte Verbeugung an und erklärte sich sogleich einverstanden, aber Lharina lehnte ab. Dann lächelte sie, und etwas von ihrer strahlenden Schönheit kehrte zurück. »Er hat etwas anderes zu tun, und das könnte von größerem Nutzen sein.« Wie ein kleiner Schatten verschwand sie zwischen den Bäumen, und Aramia sah ihren Vater fragend an. Dieser wirkte selbst verwirrt, schaute dem Elfenmädchen mit hochgezogener Augenbraue hinterher.

»Nachdem ich Lharina getroffen und von dem Überfall auf die Elfen erfahren hatte, wollte ich vorschlagen, dass ich mich ins Unterreich begebe, um Dun'Righal und seine Gefährtin um Hilfe zu bitten. Normalerweise scheren sich Dunkelelfen nicht um die Belange der Oberfläche, aber Kaz'Ahbrac und seine Schergen sind zu weit gegangen und bereiten unserem Volk große Schande.«

»Lharina ist eine Seherin, vielleicht hat sie es gespürt«, erklärte Aramia leise und blickte der jungen Elfe nach, die schon lange nicht mehr zu sehen war. Dann sah sie ihren Vater voller Hoffnung an. »Meinst du, Dun'Righal würde sich uns anschließen?«

Abwehrend hob Zir'Avan eine Hand. »Das kann ich nicht versprechen, es ist sehr ungewiss.«

»Die Dunkelelfen wären eine große Hilfe.«

»Achte auf dich und jene, die du liebst, Aramia.« Zir'Avan küsste sie auf die Stirn, dann eilte er davon, nur flüchtig noch blitzte sein dunkelgraues Haar in einem verirrten Mondstrahl auf.

In derselben Nacht noch informierte Aramia ihre Gefährten über das Schicksal der Elfen, so wie sie es von Lharina erfahren hatte. Als sie endete, breitete sich eine unangenehme Stille aus. Das Entsetzen war greifbar, denn Elfen waren Wesen, die starke magische Kräfte besaßen – wenn selbst sie den Dämonen nicht zu widerstehen vermochten, wie sollte es dann jemand anderem gelingen?

»Sollten wir nicht vielleicht doch durch das Eichentor auf die Dracheninsel gehen?«, schlug Darian vor, der sich irgendwie mitschuldig am Tod der Elfen fühlte. »Wir könnten vorgehen und Leána erst nachholen, wenn alles sicher ist.«

»Selbst wenn das Eichentor bei Cadman nicht bewacht ist oder wir uns den Weg freikämpfen können«, warf Lilith ein, »ist es sehr wahrscheinlich, dass auf der Dracheninsel Samukals Schergen warten.«

»Zumindest, wenn er wirklich davon weiß«, überlegte Mia laut und tippte sich mit der Fingerspitze auf die Lippen.

»Nein, wir können es wohl kaum riskieren.« Darian fuhr sich gereizt über die Augen. »Mein Vorschlag war unüberlegt, und ich möchte auch niemanden hindurchschicken, die Gefahr wäre viel zu groß.«

»Bald ist die Zeit der Wintersonnenwende«, versuchte Lilith ihn zu trösten, »und ich denke, schon kurz vor dem ersten Frühlingsmond ist es möglich, das Meer zu überqueren, wenn ihr euch einen Tag mit wenig Wind aussucht und erfahrene Seeleute bei euch habt.«

»Und bis dahin wird halb Albany abgeschlachtet.« Mit verschränkten Armen lief Darian in der Hütte auf und ab, verfolgt von den ängstlichen Augen der Dorfbewohner, die aufgewacht waren. »Wir müssen Samukal schon vorher das Handwerk legen und ihn zwingen, seine Dämonen zu töten.« Darian beugte sich zu zwei jungen Männern aus dem Dorf hinab, die ihn mit einer Mischung aus Bewunderung und Angst ansahen. »Seid auch ihr an meiner Seite, wenn ich Samukal herausfordere?«

»Darian, nicht!«, rief Mia erschrocken. »Warte zumindest, bis Zir'Avan mit seinen …« Um die beiden ohnehin schon verängstigten Jünglinge nicht noch mehr zu verschrecken, sagte sie nicht *Dunkelelfen*, sondern: »… mit seinen Gefährten zu uns stößt.«

»Wir wissen nicht, ob sie mit ihm kommen, und es wird ohnehin Frühling sein, bis er hier eintrifft. Wir müssen diesem Wahnsinn Einhalt gebieten.«

»König Darian«, der schmächtigere der beiden jungen Männer erhob sich, »ich kämpfe an Eurer Seite.« Auch der andere nickte, wenn auch etwas halbherzig.

Bis zum Morgengrauen überlegten sie, wo und wann sie Samukal herausfordern und ihm eine Falle stellen konnten. Inzwischen waren es schon mehrere hundert Männer und sogar einige Frauen, die ihnen in den umliegenden Dörfern ihre Unterstützung zugesagt hatten. Gemeinsam mit ihren eigenen Kriegern am Rannocsee standen sie nun schon deutlich besser da als noch im Frühling. Vielleicht war auch endlich in Erfahrung zu bringen, ob Atene und Dimitan tatsächlich auf ihrer Seite standen – momentan deutete alles darauf hin –, denn mit zwei weiteren Zauberern gegen Samukal anzutreten wäre sicher erfolgversprechender als nur mit einer Bauernarmee. Was Darian weiterhin beschäftigte, war das Gefühl, dass Samukal ihn gar nicht wirklich töten wollte – dies war ihm zumindest am Bennachsee so vorgekommen – , und er fragte sich, ob er diesen Umstand nicht für seine Zwecke ausnutzen konnte. Am Ende ließ Darian sich dazu überreden, nicht voreilig zu handeln und erst Nordhalans Rat einzuholen. Aber er war fest entschlossen, in jedem Fall endlich etwas gegen Samukals Irrsinn zu unternehmen.

Mit ein paar neuen, wenn auch zum Teil sehr jungen oder sehr alten Verbündeten kehrten Darian, Mia und Lilith in das Holzfällerdorf zurück. Hier waren die Lager noch immer gespalten. Ein kleiner Teil hatte sich Nassàr und Edur, die Darians Sache eifrig verfochten hatten, zwar angeschlossen, aber die anderen meinten, es wäre besser, sich mit Lord Samukal gutzustellen. Vermutlich war es purer Zufall und Pech für Darian, dass gerade an diesem Abend eine Gruppe von Soldaten aus Northcliff in das Dorf kam. Kaum vernahmen sie Hufgetrappel, tauchten auch schon die ersten Köpfe der Soldaten auf. Darian und seine Gefährten schafften es gerade noch, sich selbst und ihre Pferde hinter einem dichten Gebüsch in Sicherheit zu bringen.

Von weitem hörte Darian die arrogante Stimme Greshars, der energisch forderte, die Holzfäller sollten endlich ihren Verpflichtungen nachkommen. Während Hann und zwei andere Männer sich um Erklärungen bemühten, erklang plötzlich Lonas hohe Stimme. »Hauptmann Greshar, wir haben etwas viel Besseres. König Darian und seine Schergen kamen in unser Dorf, sie verstecken sich momentan hinter diesem Gebüsch …«

Das empörte Aufbrüllen von Hann ging in einem allgemeinen Waffengeklirr unter. Auch Darian, Mia, Nassàr und Edur wussten sich nicht anders zu helfen, als ihre Waffen zu ziehen, und traten dann geschlossen Greshar entgegen. Abschätzig blickte dieser auf Darian, dann wandte er den Kopf mit einem selbstgefälligen Grinsen nach links und rechts. Schon jetzt schien er sich seiner zwanzig Soldaten wegen des Sieges sicher.

»Lord Samukal wird hocherfreut sein.«

»Das glaube ich kaum.« Allen voran stürzte sich Darian auf den Hauptmann, denn diesem arroganten Kerl hatte er schon lange eine Lektion erteilen wollen. Seine Freunde folgten, und im folgenden Kampf schlugen sich die Soldaten aus Northcliff nicht gerade überragend. Wenngleich sie hart ausgebildet waren, so fehlte ihnen doch das Training mit den Dunkelelfen, welches sowohl Darian als auch Mia genossen hatten, und auch Nassàr und Edur hatten in letzter Zeit immer wieder mit ihnen trainiert. Keiner der Dorfbewohner mischte sich ein. Sie standen nur gaffend um die Kämpfer herum, einzig die beiden jungen Männer, die Darian die Treue geschworen hatten, erhoben ihre Klingen tapfer gegen Greshars Krieger.

Der Kampf brandete eine Weile hin und her. Zwei Soldaten aus Northcliff lagen verletzt am Boden, Edur hatte eine große Platzwunde am Kopf und kämpfte nur noch mit halber Kraft, aber wirklich überlegen schien keiner der Kontrahenten zu sein. Zu gut eingespielt waren Darian und Mia, der es zusätzlich zu ihrem brillanten Schwertkampf auch hin und wieder gelang, die Soldaten durch plötzlich beschworene Baumgeister zu irritieren. Die kleinen Wesen schwirrten um deren Köpfe und brachten sie aus dem Takt. Einer der Angreifer schlug nach einem Baumgeist und entblößte dabei seine Deckung. Sofort nutzte Mia die Gelegenheit, und ungehindert fuhr ihre Klinge in die Eingeweide des Mannes. Darian schlug einen weiteren Gegner bewusstlos, wurde aber augenblicklich von zwei anderen Soldaten bedrängt.

Vermutlich war es der verbissene Kampf, der niemanden bemerken ließ, welche weitaus größere Gefahr sich aus dem Wald näherte. Erst die gellenden Schreie der Dorfbewohner ließen Darian herumfahren. Und dann spürte auch er es. Entsetzen, Eiseskälte, pure Bosheit. Er bekam eine Gänsehaut, als er die drei Wesen sah, die wie verdichtete Schatten anmuteten. Die Luft in ihrer unmittelbaren Umgebung schien zu flirren.

Die Schattengestalten stürzten sich auf die Dorfbewohner. Auch ein Soldat wurde von einem Dämon in Stücke gerissen.

»Die Rache der Götter, ich wusste es«, kreischte Lona und rannte zu ihrer Hütte. »Sie strafen uns, weil wir uns König Darian angeschlossen haben!«

Allerdings hörte ihr im Augenblick niemand zu, ihre Worte wurden vom Gekreische der Verzweiflung und den Schreien der Sterbenden übertönt. Frauen und Kinder, Alte und Gebrechliche rannten um ihr Leben, aber auch die Hütten stellten keinen Schutz dar. Bald schon ging das erste Gebäude in Flammen auf.

Greshar zögerte augenscheinlich, dann sah er sich suchend um. »Wo sind die verfluchten Propheten?«

Auch die anderen Soldaten warteten mit entsetzt aufgerissenen Augen ab, hielten ihre Schwerter in den zittrigen Händen, während Darian und seine Freunde sich nun bemühten, den Dorfbewohnern die Flucht zu ermöglichen. Obwohl ihre Schwerter nicht viel Schaden bei den Dämonen anrichteten, gelang es ihnen zumindest, die Kreaturen kurz abzulenken und dem ein oder anderen Kind das Leben zu retten, das nun in den Wald floh. Mia kämpfte mit wirbelnder Klinge gegen einen beinahe menschlich wirkenden Dämon, der mit seinen spitzen Krallen auf sie losging. Fast schon höhnisch starrte ihr die pergamentartige, verzerrte Fratze des Angreifers entgegen. Die Kreatur schnellte auf Mia zu, doch ob sie rechtzeitig ausweichen konnte, entging Darian, denn er und Nassàr versuchten gemeinsam, ein finsteres Wesen davon abzubringen, eine weitere Hütte in Brand zu setzen. Den Rachen unnatürlich weit aufgerissen, schossen lodernde Feuer aus der Kehle des Dämons. Die beiden Männer attackierten ihn von hinten, und als das Wesen sich fauchend umwandte, brachte sich Darian hinter einem Holzstoß in Sicherheit. Kurz sah sich der Dämon suchend um, dann schoss er zu Darians grenzenlosem Erstaunen geradewegs auf Greshar zu und riss diesem mit einem ekelhaft knackenden

Geräusch den Kopf ab. Lange konnte sich Darian nicht darüber wundern, denn nun brach noch größere Panik aus. Die Soldaten von Northcliff flohen schreiend, aus einer weiteren Hütte loderten Flammen. Hitze schlug Darian ins Gesicht, als wolle sie ihm die Augen aus den Höhlen brennen. Hektisch hielt er nach Mia Ausschau und erkannte, dass seine Gefährtin von einem der Dämonen an einen steilen Abhang am Westende des Dorfes gedrängt worden war. Mias Schulter war bereits aufgerissen und blutete.

»Komm her, du Scheusal!«, brüllte Darian dem Dämon entgegen, aber das Wesen hörte nicht und setzte zum Sprung auf die Nebelhexe an. Diese hieb noch einmal nach ihrem Widersacher. Rasch surrte ihre Klinge einmal, zweimal durch die Luft, konnte ihn jedoch nicht ernsthaft verletzen.

Darian dachte in diesem Augenblick nicht weiter nach. Er wusste nur, wenn er jetzt nicht handelte, wäre Mia tot. Er stürmte los, sprang den Dämon von hinten an, und seine Finger gruben sich tief in eigenartiges, sich schwammig anfühlendes Fleisch hinein. Es roch nach Verwesung, nach Verderben, nach Tod. Irgendetwas lähmte ihn, eine Eiseskälte fuhr durch seine Glieder, aber er brachte den Dämon aus dem Gleichgewicht. Darian stolperte vorwärts, versuchte sich noch zu fangen, doch im letzten Augenblick griff der Dämon nach seinem Arm und zog ihn mit sich. Darian wurde um die eigene Achse geschleudert, kurz erfasste er noch Mias entsetztes Gesicht, dann rollte er gemeinsam mit seinem Widersacher den steinigen Abhang hinab. Die Welt wirbelte um ihn herum, unglaublich schnell zwar, doch lange genug, um Darian an sein rasches Ende glauben zu lassen. Dann war der Dämon auch schon über ihm, der Sturz schien ihn nicht weiter beeinträchtigt zu haben. Instinktiv wälzte Darian sich zur Seite ab und polterte noch ein ganzes Stück den kleinen Berg hinunter, wobei ihm Steine und Felsen schmerzhaft in den Rücken schlugen. Ein scharfer Ruck am Hals ließ ihn vermuten, dass das lange nicht mehr beachtete Säckchen, welches er vor vielen Sommern von Lharina bekommen hatte, abgerissen war. Er sah es durch die Luft fliegen, und silbriger Staub war in der Abenddämmerung zu sehen. Und dann geschah etwas, woran sich Darian vermutlich sein ganzes Leben lang erinnern würde. Das Gesicht zu einer Fratze verzerrt, die Krallen ausgefahren, stürzte sich der Dämon auf ihn, geriet in den schimmernden Silberstaub – und stieß urplötzlich einen gellenden Schrei aus. Er fiel zu Boden, bevor er Darian erreicht hatte, wand sich in Qualen und löste sich urplötzlich vor seinen Augen auf. Nur ein rauchendes Häufchen Asche blieb von ihm übrig.

Schwer atmend blieb Darian einen Moment lang liegen. Er konnte kaum glauben, dass er noch lebte, geschweige denn gelang es ihm zu erfassen, was gerade geschehen war. Suchend sah er sich um, aber der Dämon war fort.

»Darian!« Augenblicke später kam Mia den Abhang hinabgerutscht. Ihr Gesicht war von tiefer Sorge gezeichnet. Sie umarmte Darian, drückte ihn an sich und schob ihn dann wieder ein Stück von sich. »Was war das denn … Der Dämon … Im Namen des Lichts, Darian, ich verstehe das nicht.«

Er schüttelte den Kopf. »Ich auch nicht.« Nach dem überstandenen Schrecken bemerkte Darian jetzt erst, dass ihm alles wehtat. Sein linker Arm war aufgeschürft, Blut tropfte auf einen Stein herab, sicher hatte er auch zahlreiche Prellungen.

»Du musst das von Lilith behandeln lassen«, sagte er ernst und deutete auf Mias von den Dämonenkrallen aufgerissenen Arm. »Was ist mit den anderen?«

»Ich weiß es nicht«, gab sie zu, aber sie starrte noch immer auf die Stelle, an welcher der Dämon so unverhofft verschwunden war.

Rasch hob Darian das Säckchen auf, hielt es in seinen schmutzigen Händen und betrachtete es eingehend. Bis auf einen winzigen Rest des Staubes war es leer. »Wir machen uns später Gedanken darüber, jetzt müssen wir unseren Freunden helfen.«

Mia stimmte ihm zu und kletterte Darian voran den Abhang

hinauf. In der Nähe des Dorfes zeigte sich ein Bild des Grauens. Frauen betrauerten ihre toten Männer, und auch einige Kinder hatten den grausigen Kreaturen nicht entkommen können. Warum die beiden anderen Dämonen nicht zu sehen waren, vermochten sie nicht zu sagen, doch Darian ahnte, dass sie vielleicht die Todesschreie ihres Kameraden vernommen hatten und geflüchtet waren. Lilith kümmerte sich bereits um die Verletzten, versuchte den Dorfbewohnern klarzumachen, dass ihre Lieben nicht sterben würden, und verabreichte ihre Medizin. Lona kniete heulend neben einem jungen Mann, von dem die Gefährten erfuhren, dass er ihr Bruder war. Einer der Dämonen hatte ihm den rechten Arm abgerissen, doch Lilith war es gelungen, die Blutung zu stillen, und sie hatte ihn mit dem heilenden Kraut behandelt.

Edur sah arg mitgenommen aus, aber da die Verletzung nicht von einem Dämon, sondern von einem Soldaten stammte, bestand er darauf, erst später kuriert zu werden.

»Er hat den Dämon besiegt«, erklang plötzlich Hanns Stimme in dem allgemeinen Chaos. »Darian von Northcliff hat ihn angegriffen und dann besiegt!«

Abwehrend hob Darian die Hände, aber nun kamen die Überlebenden näher und sahen ihn voller Erstaunen und Achtung an. »König Darian – er hat den Dämon bezwungen. Er hat ihn gebannt«, wurde überall gemurmelt, obwohl Darian beteuerte, er wisse gar nicht, wie das alles geschehen war.

Wachen wurden aufgestellt, und alle hatten große Angst, die Dämonen könnten wiederkehren, auch wenn sie im Augenblick verschwunden waren. Darian brachte Mia in eine der Hütten und bestand auf einem Bett für sie. Er selbst flößte ihr den von Lilith gebrauten Trank ein und verlangte, dass sie liegen blieb, obwohl sie sich noch gesund und munter fühlte.

Während der folgenden Tage wurden viele der verletzten Dorfbewohner vom Dämonenfieber heimgesucht, aber Liliths neue Mischung ließ die Nebenwirkungen sehr viel milder ausfallen, als es bei Darian der Fall gewesen war. Er wachte an Mias Bett, als sie gegen das Gift ankämpfte, und unterhielt sich in dieser Zeit lange mit Lilith. Viele Male drehte er das kleine Säckchen in seinen Händen herum, besah sich den Staub und überlegte, was für ein geheimer Zauber darauf liegen mochte. Weder Lilith noch einem der anderen war er bekannt. Die kleine Heilerin sagte, es sei kein Heilmittel, und über welche Zauberkräfte es verfügte, konnte sie auch nicht herausfinden. Dennoch – wie es aussah, hatte der Staub einen Dämon getötet. Darian und seine Freunde kamen überein, dass sie Lharina davon berichten mussten, auch wenn die junge Elfe selbst nicht gewusst hatte, was dieser silbrige Staub für Kräfte besaß, so stammte er doch von ihr. Und da Darian Mia nicht allein lassen wollte, Lilith nicht abkömmlich war und Edur noch unter seiner Kopfverletzung litt, war es Nassàr, der sich ins Elfenreich begeben sollte.

Man sah dem alten Krieger deutlich an, dass ihm das gar nicht behagte. Er war mutig und unerschrocken, aber magische Wesen wie Elfen oder ihre dunklen Verwandten waren ihm einfach nicht geheuer. Nachdem Darian sich versichert hatte, dass Mia noch fest schlief, begleitete er Nassàr zu den Pferden.

»Du musst nur an den Rand des Elfenreichs gehen. Lharina hat es immer gespürt, wenn ich dort war, und wenn sie nicht selbst kommt, dann erscheint sicher eine ihrer Wachen.«

»Falls sie mich nicht für einen Dämon halten und gleich mit Pfeilen spicken«, knurrte Nassàr.

»Wenn du weiterhin so ein grimmiges Gesicht machst, könnte das durchaus passieren«, scherzte Edur. Sein Kopf war verbunden, und seine linke Gesichtshälfte schillerte grün und blau. Ansonsten war schon wieder das alte, fröhliche Grinsen auf seinem bärtigen Gesicht zu sehen.

»Pah!« Der Krieger mit dem langen grauen Haar spuckte auf den Boden, und seine Stirn durchzogen tiefe Furchen.

»Ich würde ja selbst gehen«, Darian konnte seinen Satz nicht beenden, denn da manifestierte sich eine wohlbekannte, durchscheinende Frauengestalt neben Nassàr. Dieser sprang erschrocken zurück, dann entspannte er sich wieder sichtlich.

»Veliah!« Darian nickte ihr zu, und der Geist der Nebelhexe verbeugte sich leicht. »Sei gegrüßt, Darian von Northcliff. Leána geht es gut, um die, wie ich sehe, brennendste deiner Fragen zu beantworten. Auch in eurem Lager am Rannocsee ist alles so, wie es sein soll.« Erleichtert atmete Darian auf, dann kam ihm ein Gedanke.

»Bitte, Veliah, sei so gut, reise ins Elfenreich und teile Lharina und ihrem Volk Folgendes mit …«

An Nassàrs Gesichtsausdruck sah man genau, wie erleichtert er war, bleiben zu dürfen.

Winterliche Ruhe hatte sich über die Burg von Northcliff gelegt. Die Vorratskeller waren gut gefüllt, das Vieh von den entfernten Weiden in die Burg oder die umliegenden Pferche getrieben worden, und die meisten Häuser Culmaras verfügten nun über bessere Heizmöglichkeiten und ein weitgehend funktionierendes Abwassersystem aus Rohren, Pumpen und Gräben. Dennoch hatte Samukal sich gezwungen gesehen, ein Fest auszurichten, um Kritiker milde zu stimmen, da hier und da noch immer von verwüsteten Häusern die Rede war. Samukal war heilfroh, dass die nicht unter seiner Kontrolle stehenden Dämonen bisher zumindest die Finger von den Adelsgütern gelassen hatten, denn dies wäre ein wirkliches Problem gewesen. Und seine größte Sorge war, ob sie sich nicht letzten Endes auch noch an Northcliff selbst vergreifen würden.

Stolz beobachtete er an diesem Abend Kayne, der bereits wie ein kleiner König auf dem Thron saß. Die Adligen amüsierten sich gut und taten sich an Wein und Bier gütlich, bei Tanz, Musik und Gauklervorführungen vergaßen sie ihre Vorbehalte rasch. Samukal selbst hatte dem ausgezeichneten Rotwein aus dem Süden ordentlich zugesprochen. Daher wankte er nun leicht, als er sich über die breite Treppe seinem Schlafgemach näherte. Kurz überlegte er noch, ob er sich eine Magd in sein Bett holen sollte, verwarf diesen Gedanken dann jedoch wieder. Mit Atene konnte sich keine messen, aber die war noch immer wie vom Erdboden verschluckt. »Schlampe«, grollte er und öffnete die Tür.

So als hätten sich seine geheimen Wünsche erfüllt, stand eine schlanke Frauengestalt mit dichten blutroten Haaren in seinem Zimmer. Samukal lachte erfreut auf, dann drehte sich die Erscheinung um, und der Zauberer torkelte zurück – es war die Dämonin. Verwirrt fasste Samukal an seine Kette.

»Mein Herr!« Die Dämonin verbeugte sich.

»Was … Ich … Rashkár?« Verzweifelt versuchte Samukal seinen durch den Wein getrübten Verstand zu klären.

Schon kam die Dämonin lauernd näher. »Ich habe ihm den Tod gebracht.«

Grauen packte Samukal in den tiefsten Tiefen seiner Seele, und entgegen aller Vernunft verspürte Samukal sogar leises Bedauern für Rashkár, denn er war sein erster finsterer Diener gewesen. Dann fragte er sich, ob die Dämonin von seinem Auftrag gewusst hatte. Doch ihre Worte waren ohne jegliche Emotion gewesen, frei von Angst, Wut oder Misstrauen. Dann riss er sich zusammen, streckte energisch eine Hand aus und befahl der Dämonin zu bleiben, wo sie war.

Für einen Augenblick schien sie sich widersetzen zu wollen, und er sandte einen Energiestoß durch den schwarzen Opal, der sie taumeln ließ, jedoch nicht aufhielt. Wie fließendes Blut kam sie näher, ihre Augen verengten sich gefährlich. Einen Moment lang überflutete Samukal Panik, und ihre Krallen streckten sich nach ihm aus, wobei sie gierig zischte. Samukal wusste, dass sie ihm nichts anhaben konnte, solange er den Opal um den Hals trug, aber seine eigene Angst nährte die Dämonen, und es mochte sein, dass dann auch dieser Schutz versagte. Er nahm all seine Kraft zusammen, umklammerte den Edelstein und lenkte seine ganze Macht hinein. Verborgen im Inneren des schwarzen

Opals, ertastete er einen Teil der Seele der Dämonin, verzerrte sie mit seiner Magie, und die Dämonin wurde gegen die Wand geschleudert.

»Bleib, wo du bist.« Jetzt, da die Magie die Wirkung des Alkohols neutralisiert hatte, richtete er seinen Blick unbeirrt auf sein Gegenüber.

Das Wesen zischte und wimmerte abwechselnd, dann verbeugte es sich tief.

Gut, vermutlich war sie stärker als Rashkár, aber immerhin ist es tatsächlich möglich, dass sie sich gegenseitig töten, dachte er und ließ die Dämonin nicht aus dem Blick.

»Ich will, dass du die Dämonen tötest, die den Propheten Galmár, Evedis und Kavaton unterstellt sind.«

»Ich will Menschenblut«, zischte sie, und aus ihrem Mund spritzte Speichel, »oder das von Elfen, es ist köstlich!«

»Du – tötest – die – Dämonen!« Drohend trat Samukal zu ihr heran, sandte einen weiteren Energiestoß durch den Opal, woraufhin die Dämonin sich in Qualen wand. Am Ende nahm sie Samukals Auftrag an, wenngleich es in ihren Augen beunruhigend flackerte. Schließlich verneigte sie sich und verschwand durch das alte Gemäuer wie ein tödlicher Schatten.

Zitternd und zu Tode erschöpft ließ sich Samukal auf sein Bett sinken. »Zumindest bin ich jetzt bald die drei außer Kontrolle geratenen Dämonen los«, murmelte er, bevor er in einen tiefen Schlaf fiel.

Die kalten, stürmischen Wintertage verbrachte Samukal in seinem Arbeitszimmer, oder er übte in der großen Trainingshalle spielerischen Schwertkampf mit Kayne. Der kleine Junge zeigte großes Talent, und viele Soldaten beteuerten, er würde ein ebensolcher Schwertmeister werden wie Samukal und vermutlich eines Tages sogar seinen Onkel Atorian übertrumpfen. Natürlich drangen auch die Neuigkeiten über die Verwüstung des Elfenreichs an Samukals Ohren, was die Bevölkerung von Northcliff sichtlich nervös machte. Er selbst vermutete, dass sein finsterer

Meister seine Finger im Spiel hatte, aber den Menschen gegenüber behauptete er lediglich, vielleicht hätten auch die Elfen den Zorn ihrer Götter erregt, und so bemühte er sich, die Bevölkerung mit neuen Festivitäten abzulenken und bei Laune zu halten. Insgeheim hoffte er, dass die Dämonin bald mit der Nachricht zu ihm käme, sie hätte ihre außer Kontrolle geratenen finsteren Kumpane erledigt, denn dann würde endlich wieder Ruhe im Land einkehren. Die übrigen Dämonen, über die Samukal gebot, konnte er einigermaßen mit dem Jagen von Trollen oder einzelnen Morden in abgelegenen Bergdörfern unter Kontrolle halten, und solange sie gesättigt waren, gehorchten sie ihm auch.

Als an einem stürmischen Wintertag allerdings eine Gruppe Soldaten in die Burg kam, sah er sich neuen Schwierigkeiten gegenüber – und zum ersten Mal drängte sich ihm ernsthaft der Verdacht auf, nicht mehr Herr der Lage zu sein.

»Lord Samukal«, die Augen des Mannes waren weit aufgerissen, seine Haut war fahl, und er schlotterte am ganzen Körper, »wir wurden von Dämonen angegriffen. Hauptmann Greshar ist tot.«

Der Soldat schwankte so heftig, dass Samukal ihm rasch einen Stuhl unter das Hinterteil schob.

»Das ist … bedauerlich.« Er rieb sich die Schläfen, und als er bemerkte, wie schlaff sich seine Haut anfühlte, zuckten seine Finger zurück. Samukal brauchte einen Augenblick, um die Nachrichten zu verdauen. Bisher hatten die Dämonen immer in Bauerndörfern gewütet, aber Soldaten aus Northcliff waren ihnen noch nicht zum Opfer gefallen.

»Bedauerlich!« Der Mann lachte hysterisch, und seine Augen drohten ihm aus dem Kopf zu treten. »Den Kopf abgerissen hat ihm die Bestie.«

»Mein guter – wie ist dein Name?«

»Ha-Ha-Harun.«

»Mein guter Harun, wie viele Männer waren bei euch und wie viele haben überlebt?« In Samukals Kopf arbeitete es.

Harun fuhr sich über das Gesicht. »Wir sind alle geflohen. Zwölf von uns fanden sich wieder. Wo die anderen sind, weiß ich nicht.«

Unzufrieden fuhr sich Samukal über seinen Bart. Einen Moment lang hatte er sogar überlegt, Harun und die anderen Überlebenden klammheimlich verschwinden zu lassen, aber es waren zu viele und einige vermutlich noch in Albany unterwegs, wo sie herumerzählten, was geschehen war.

Nun legte er dem verschreckten Soldaten vertraulich einen Arm um die Schultern. »Du bist ein guter und tapferer Mann, aber weißt du, Greshar ist in letzter Zeit vom rechten Weg abgekommen. Ich habe herausgefunden, dass er sich Atorian anschließen wollte, und vermutlich wurde ihm nun die gerechte Strafe zuteil.«

Harun öffnete den Mund, und sein Adamsapfel begann hektisch zu hüpfen, als er versuchte zu sprechen. »Nein, das kann nicht sein. Greshar war Euch treu ergeben. Er hat in dem Dorf sogar gegen Darian von Northcliff gekämpft, bevor die Dämonen kamen.«

»Darian war dort?« Samukal packte den Soldaten so fest am Arm, dass dieser qualvoll das Gesicht verzog.

»Ja, mein Lord.«

Samukals Kiefermuskeln spannten sich zum Zerreißen an, während er langsam auf und ab schritt. »Vermutlich wollte Greshar euch nur in die Irre führen und griff Darian zum Schein an. Wie auch immer, jetzt ist er tot.«

Der Soldat war sichtlich verwirrt und rang nach Worten. Heimlich mit den Augen rollend, goss Samukal ihm einen kräftigen Schluck Rotwein ein. »Mach dir keine Sorgen, du hast überlebt und …« Samukal grinste plötzlich zufrieden. »Nun muss ich einen neuen Hauptmann finden. Einen unerschrockenen und mutigen Mann wie dich könnte ich gebrauchen.«

Harun verschluckte sich an seinem Wein und hustete so heftig, dass er knallrot anlief.

»Sofern du nicht hier und jetzt erstickst«, murmelte Samukal kaum hörbar, schlug Harun lächelnd auf den Rücken und nickte beruhigend.

»Ich … aber … mein Lord!« Harun schien sich überhaupt nicht mehr einzukriegen.

»Du zweifelst doch nicht an mir oder den Göttern?« Samukals durchdringender Blick traf den Soldaten, der sogleich hektisch den Kopf schüttelte. »Na siehst du«, strahlte Samukal, »dann läufst du auch nicht Gefahr, der Strafe der Götter zu begegnen.«

Jetzt sah es aus, als würden Harun mindestens zwei Köpfe wachsen. Er straffte die Schultern, hob das Kinn und nickte. »Es ist mir eine Ehre, mein Lord, ich werde Euch nicht enttäuschen.«

»Jetzt geh zu deinem Heer, später werde ich eine öffentliche Ankündigung machen.« Mit einer beiläufigen Handbewegung entließ Samukal Harun, der mit stolzgeschwellter Brust den Raum verließ.

»So ein elendes Würstchen, spätestens zum nächsten Vollmond werde ich ihn aus dem Weg räumen«, grollte Samukal kopfschüttelnd und setzte sich an seinen Schreibtisch. Er schlug die Beine übereinander und grübelte über Darian, Greshar und die Dämonen nach. Das flaue Gefühl in seiner Magengegend versuchte er zu ignorieren.

»Mia.« Darian streichelte seiner Gefährtin zärtlich über die Wange, als sich ihre langen dunklen Wimpern zögernd hoben.

Kurze Zeit wirkte sie verwirrt und desorientiert, dann ließ sie sich von Darian in seine Arme ziehen. »Der Dämon, du hast mich vor ihm gerettet«, wisperte sie benebelt.

Vorsichtig berührte er ihre Schulter. »Zum Glück hast du gleich Liliths Medizin bekommen. Allerdings sagt sie, es könnte eine Narbe bleiben.«

»Das macht nichts, du hast ja auch eine.« Zärtlich fuhr sie über seine rechte Wange, wo sich knapp neben dem Ohr eine fingerlange gezackte Narbe befand. Das Fleisch außen herum war noch etwas dünn und rosig, dennoch war es ein Wunder, dass er keine entstellenden Brandnarben zurückbehalten und sich die klaffende, schwarz verfärbte Wunde der Dämonenkralle vollständig geschlossen hatte.

Darian erzählte Mia, dass dank Liliths Medizin alle Dorfbewohner wieder gesund werden würden, und berichtete auch von Lonas unerwartetem Sinneswandel. Hanns Frau überschlug sich nun beinahe darin, Loblieder auf Lilith zu singen.

»Dann werden sie sich uns anschließen?«, fragte Mia mit noch immer etwas schwacher Stimme.

»Ja, aber ich denke, wir sollten das Dorf bald räumen. Greshars Männer werden Samukal berichten, und der wird ganz sicher neue Soldaten schicken oder am Ende sogar neue Dämonen.«

»Ich verstehe nur nicht, weshalb einer der Dämonen auch auf die Soldaten aus Northcliff losgegangen ist.« Mia zog die Stirn derart kraus, dass Darian sich fast ein Lächeln verkneifen musste.

»Ich auch nicht, Mia, aber während du geschlafen hast, sind Elfen aus dem Westen gekommen. Sie haben einen kleinen Beutel neuen Silberstaubs mitgebracht. Lharina weiß noch immer nicht, was es ist oder wie es wirkt, aber sie war unendlich dankbar, dass wir herausgefunden haben, dass man damit Dämonen vernichten kann. Jetzt werden sie das ganze Elfenreich nach weiterem Staub absuchen, denn niemand weiß, woher er kommt oder ob es noch größere Vorräte davon gibt. Wir müssen sparsam damit umgehen.«

Mia nickte und gähnte dann herzhaft. Nachdem Darian ihr etwas von Liliths kräftigender Suppe gegeben hatte, sah sie schon deutlich weniger blass aus und bestand darauf aufzustehen.

Versonnen blickte Darian hinaus zum Fenster. Eine dünne Schneedecke bedeckte den Boden, und noch immer tanzten leichte Flocken vom Himmel.

»Woran denkst du?«, fragte Mia.

»Ich habe gehört, Leána spielt dem Culahan ständig neue Streiche.«

Das brachte seine Gefährtin zum Lachen. »Ich hoffe nur, er kommt mit ihr zurecht, und sie entwischt ihm nicht.«

»Nein, der Culahan passt auf sie auf, außerdem hat Veliah gesagt, Fenja sei bei ihr und achte darauf, dass Leána die Berge nicht verlässt.«

»Komm, Darian, ich brauche etwas frische Luft.« Schon schwang sie ihre Beine aus dem Bett, musste sich dann aber auf Darian stützen, um sicher gehen zu können. Draußen sog Mia genüsslich die frische, klare Luft ein und lehnte sich an Darians Schulter.

Er schlang seine Arme um ihren Oberkörper, um sie zu wärmen. »Fenja ist ein kluges Tier, ich bin inzwischen sicher, dass Leána auf der Nebelinsel gut aufgehoben ist.«

Zwei Männer, die einen Karren mit Holzbalken hinter sich herzogen, grüßten höflich und verbeugten sich tief. »Es freut uns, Eure Gefährtin wieder auf den Beinen zu sehen. Seid gepriesen, König Darian – Dämonenbann!«

Belustig sah Mia zu Darian auf, der die Augen verdrehte. »Dämonenbann?«

»Sie haben mir diesen Namen verpasst, obwohl ich ihnen immer wieder sage, dass es der Silberstaub der Elfen war, der den Dämon getötet hat.«

Nachdenklich strich sie ihm über die Narbe im Gesicht. »Vielleicht ist das gar nicht so schlecht. Die Menschen bewundern dich, und du hast eine mutige Tat vollbracht. Wenn sie in dir einen starken Anführer erkennen, werden sie uns leichter folgen.« Voller Liebe und Bewunderung sah sie ihm in die Augen. »Du wurdest von einem Dämon gezeichnet, und du hast dein Leben riskiert, um mich vor einem weiteren zu retten. Und dank dir wissen wir nun auch, wie wir diese Ausgeburt der Finsternis bekämpfen können.«

»Trotzdem, ich …«

Mia legte ihm einen Finger auf die Lippen. »Sei nicht so bescheiden, Darian, du warst sehr mutig. Es war dein beherztes Handeln, welches dieser Kreatur den verdienten Tod gebracht hat.«

Kapitel 17

Wintersonnenwende

Zwei Tage später wurde das Holzfällerdorf geräumt. Diejenigen, die noch nicht reisefähig waren, wurden auf Wagen gelegt und in das andere zerstörte Dorf an der Grenze zum Elfenreich gebracht. Es würde eng werden, aber in Zeiten der Not halfen sich die Menschen. Diejenigen, die in der Lage waren, ein Schwert zu halten, schlossen sich nun ohne Wenn und Aber Darian an. Wie es aussah, sahen sie in ihm seit dieser schrecklichen Nacht einen Helden, einen Anführer im Kampf gegen die dunkle Brut – etwas, das gemischte Gefühle in Darian aufkommen ließ.

Nassàr erklärte sich dazu bereit, die Männer auszubilden, denn auch wenn der Wille groß war, ihre Kampffähigkeiten waren es nicht. Darian war einverstanden, denn so hatten sie einen weiteren Stützpunkt in der Mitte des Landes, und sollten sie mit ihren Verbündeten rund um den Rannocsee nach Norden vor die Tore Northcliffs ziehen, um Samukal herauszufordern, konnten sie Nassàr und seine Männer in ihre Reihen eingliedern. Diejenigen, die zu alt waren, boten voller Dankbarkeit an, all ihren Nachbarn von Darians Heldentat zu erzählen. So peinlich ihm das insgeheim war, er wusste, dass sich Gerüchte schnell ausbreiteten in Albany, und vielleicht brachte der Sieg über den Dämon ihm und Atorian weitere Verbündete. Gemeinsam mit Mia, Lilith und Edur ritt er nun in Richtung des Dorfes weiter im Süden, in dem Nordhalan, Dimitan, Atene und einige ihrer neuen Verbündeten zurückgeblieben waren. Eine große Überraschung war es, dass dort nicht nur Murk bereits auf sie wartete, sondern auch Tagilis.

Nachdem Darian die herzlich derbe Begrüßung des Halbtrolls hatte über sich ergehen lassen, berichtete er, was sich in dem Dorf zugetragen hatte. Alle waren äußerst verwundert, aber auch begeistert über Darians Sieg über den Dämon. Dass die finsteren Kreaturen aber sogar Greshar und die Soldaten aus Northcliff angegriffen hatten, dafür hatte niemand eine Erklärung. Nordhalan wollte sogleich Atene dazu befragen, und Darian wandte sich an den Halbelfen. »Du hast Leána allein gelassen?«

»Sei unbesorgt, mein Freund, der Culahan wacht besser über sie, als jeder von uns es könnte. Außerdem sind rund um die Berge überall Nebelhexen und andere Halblinge abgestellt. Hab keine Furcht.«

Zwar war Darian noch immer nicht ganz beruhigt, aber nach einer Weile musste er zugeben, dass es vermutlich besser von Tagilis gewesen war, Murk zu begleiten. Der Halbtroll erzählte laut und von großen Gesten untermalt, wie viele Menschen er unterwegs getroffen hatte. »Durfte nicht essen«, stellte er mit missbilligendem Blick auf Tagilis fest.

»Es waren Soldaten aus Northcliff, er wollte sich auf sie stürzen«, erklärte der Halbelf.

»Aber Feinde!« Murk schüttelte sich, dann schien er sein verpasstes Mahl vergessen zu haben und drückte seinen dicken, wurstigen Finger auf Darians Narbe im Gesicht. Die dünne Haut platzte sofort auf und begann zu bluten. »Dämon. Brrr.« Murk spuckte auf den Boden, während Darian rasch ein Tuch von Lilith annahm und dieses auf die Wunde drückte.

»Bis gerade eben ist es gut verheilt.«

Darian beobachtete belustigt, wie die kleine Lilith, die Murk gerade einmal bis an den hervorgewölbten Bauch reichte, den Halbtroll nach allen Regeln der Kunst zusammenstauchte und erklärte, mit Menschen müsse er vorsichtig sein.

Die borkenartige Wangenhaut des Halbtrolls sackte nach unten, er ließ die Schultern hängen und trat von einem Bein aufs andere. »Leidtut.«

»Schon gut, Murk.« Darian zögerte nun doch, seinem großen Freund seinen Vorschlag zu unterbreiten. Mit möglichst einfachen Worten bemühte er sich, Murk zu erklären, dass er gedachte, die Trolle auf seine Seite zu bringen.

Zunächst sah Murk etwas verwirrt aus, dann nickte er jedoch begeistert und verkündete: »Murk hilft! Murk mit Trollen spricht.« Er reckte seine Faust in die Luft und deutete auf seine imposanten Muskeln.

»Bist du sicher, dass das ein guter Gedanke ist?«, wandte sich Tagilis skeptisch an Darian, während Murk durch das Dorf stolzierte und überall verkündete, er würde mit den Trollen reden. Wenngleich Nordhalan die Dorfbewohner mittlerweile auf ihre Seite gebracht hatte und sie von Darians Sieg über den Dämon mehr als beeindruckt waren, musterten sie Murk doch skeptisch. Mit einem Halbtroll konnten sie sich wohl doch nicht anfreunden. Viele rannten schreiend davon, auch wenn Murk mit vorgeschobener Lippe versprach: »Nicht essen, Freunde!«

»Ich denke, wir sollten es versuchen. Seid ihr mit Atene und Dimitan weitergekommen?«, wollte Darian von Nordhalan wissen.

Dieser hob hilflos die Arme. »Bisher haben sie sich beide nichts zuschulden kommen lassen. Inzwischen habe ich erlaubt, dass sie sich innerhalb des Dorfes frei bewegen, und es ist keiner von ihnen geflohen. Trotzdem kann und will ich sie in keinen unserer Pläne einweihen. Leider wusste Atene auch nicht, wieso der Dämon sich gegen Greshar gewandt hat.«

Darian nickte zögerlich. »Ich verstehe. Dennoch wäre es gut, noch weitere Magier auf unserer Seite zu wissen. Samukal ist kein leichter Gegner.«

»Ich weiß, Darian, ich weiß.« Nordhalan rieb sich über die buschigen Augenbrauen.

Erneut kamen sie auf den Silberstaub zu sprechen

»Wir müssen sehr sparsam mit dem Staub umgehen«, warnte Darian. »Ich habe Nassàr ein klein wenig davon abgegeben. Wir wissen nicht, ob das ausreicht, einen Dämon zu töten, aber es gibt den Dorfbewohnern Sicherheit.«

»Das ist gut, sehr gut sogar«, bemerkte Nordhalan. »Wie es aussieht, gewinnt unsere Rebellion gegen Samukal an Stärke. Ein Grund mehr, wachsam gegenüber Atene und Dimitan zu sein.« Der alte Zauberer schwieg kurz, dann richteten sich seine Augen auf Darian. »Du hast Großes geleistet, mein Junge.«

»Ach was, hätte der Beutel um Tagilis' oder Atorians Hals gehangen, hätten sie es herausgefunden.«

»Aber Lharina gab dir das Säckchen. Offenbar hat sich ihre Intuition als richtig erwiesen.«

Von so etwas wollte Darian nichts hören, er lenkte vom Thema ab und überlegte gemeinsam mit Nordhalan, wie sie am besten an die Waldtrolle herankommen sollten. In der Ferne hörte man Murk, der offenbar noch immer damit beschäftigt war, jedem zu erzählen, dass er als Gesandter Darians zu den Trollen ziehen würde. Nordhalan schüttelte schmunzelnd den Kopf, doch gleichzeitig standen große Zweifel an der Durchführbarkeit von Darians Plan in seinem Gesicht. »Nun gut. Ihr solltet euch östlich des Rannocsees auf die Lauer legen, denn in den Bergen, durch die sich die Grenze zum Zwergenreich zieht, werden häufig Trolle gesichtet. Vielleicht lagern sie den Winter über in einer der Höhlen. Allerdings solltet ihr nicht zu viel riskieren«, warnte der Zauberer. »Trolle sind gefährlich, wenn man sie reizt, und gerade in letzter Zeit wirken sie regelrecht panisch und aufgescheucht, wenn sie sich zeigen.«

»Wir werden vorsichtig sein«, versuchte Darian seinen väterlichen Freund zu beruhigen, was ihm aber nicht so recht gelingen wollte. Er war sich ja selbst nicht sicher, wie die Trolle auf Murk mit seinem Menschenblut reagieren würden. Sollte der Halbling jedoch die Trolle überzeugen können, wäre dies wohl eine Allianz, wie sie in Albany noch nie da gewesen war.

Darian Dämonenbann. Eigentlich hätte Samukal am liebsten vor Wut einen Weinkrug oder besser noch, einen der dummen, wie Hühner gackernden Lords gegen die Wand geworfen, aber er bemühte sich, sein überlegenes, leicht süffisantes Lächeln beizubehalten.

»Meine edlen Herren, Ihr werdet doch das dumme Weibergewäsch nicht für bare Münze nehmen«, rief er empört aus.

Wie ein Lauffeuer hatte sich Darians Heldentat über das Land ausgebreitet. Die einen sprachen von einem einzelnen Dämon, den er bezwungen hatte, andere von ganzen Horden. Samukal glaubte ihnen kein Wort. Darian war vielleicht nicht mehr der gutherzige, weiche Junge, den er in England wie einen Sohn aufgezogen hatte, aber ganz sicher hatte er keinen Dämon getötet. Das konnte nicht einmal er, Samukal, einer der mächtigsten Zauberer Albanys.

Hoch aufgerichtet begann er vor den Lords auf und ab zu schreiten, die hitzig diskutierten. Kraftvoll, selbstsicher und durch Magie verstärkt, ließ Samukal seine Stimme durch den Thronsaal hallen. »Es ist eine List des Feindes, sie wollen Zweifel säen und unseren Zusammenhalt schwächen.«

»Ihr meint der falsche Darian von Northcliff, der selbst ein Dämon ist, hat einen anderen Dämon getötet, nur um das Volk zu blenden?« Lord Karamis' kleine Schweinsaugen zogen sich zu Schlitzen zusammen.

»Ist das nicht die perfekte List, um zu vertuschen, dass man selbst besessen ist?« Samukal winkte Harun zu sich. Der noch recht junge Mann ging vollkommen in seiner neuen Rolle als Hauptmann auf, und auch wenn er keinerlei Führungsqualitäten besaß, so gehorchte er Samukal doch bedingungslos. »Unser tapferer Hauptmann«, er schlug Harun auf die Schulter, »sah den falschen Darian von Northcliff selbst. Sag, hatte er nicht flammende Augen, als er sich im Kampf verlor?«

Sogleich beeilte sich Harun, alles zu bestätigen, was Samukal dazu brachte, spöttisch zu grinsen. Aber die meisten Lords schienen beeindruckt. Wieder wurde aufgeregtes Getuschel laut, und Samukal sah, wie Damen mit hoch aufgetürmten, kunstvoll frisierten Haaren nickten und ihre Männer es ihnen gleichtaten.

»Wir müssen diese Ausgeburt der Finsternis besiegen und das Volk von Northcliff auf den Pfad der Tugend zurückbringen!«, krächzte Lord Vettel und erhob seinen Gehstock in die Höhe, was den Greis bereits an den Rand der Erschöpfung zu bringen schien.

»Genau«, rief Samukal begeistert. »Tapfere Männer wie Lord Vettel braucht das Land!« Nachdem ihm klar wurde, dass das nun doch zu zynisch geklungen hatte, fügte er rasch hinzu: »Ich bin mir sicher, hättet Ihr nur zehn Sommer weniger gesehen, würdet Ihr Euch selbst in den Sattel schwingen und dem Besessenen persönlich den Kopf von den Schultern trennen.«

»Ja, in der Tat.« Lord Vettel reckte sein spitzes Kinn in die Höhe. »Ich bin zu alt, aber meine Söhne werden Euch zur Seite stehen.«

»Ich bin Euch zu Dank verpflichtet.« Noch eine ganze Weile ließ Samukal Versicherungen der Lords über sich ergehen, dass, wenn das Heer von Northcliff zur Zeit der Knospe gegen die Verräter zog, ihre Krieger sich ihm anschließen würden. Insgeheim setzte Samukal größere Hoffnung in seine Dämonen. Sie sollten sich um Darians lächerliche Gefolgschaft kümmern.

Kurz darauf entschuldigte sich Samukal. Draußen vor der dicken Tür zum Thronsaal drosch er mehrfach mit der Faust gegen die Mauer. »Ich ertrage diese Narren nicht mehr«, grollte er. Kopfschüttelnd dachte er an Lord Vettels Söhne, die selbst schon mindestens ihren siebzigsten Geburtstag gefeiert hatten, und ein leises Lachen entsprang seiner Kehle. Viele Lords mochten dumm und gierig sein, aber das machte sie leicht beeinflussbar, und hatte er erst einen Großteil von ihnen überzeugt, zogen die anderen meist mit.

Noch immer ein Grinsen auf dem Gesicht, trat Samukal in sein Arbeitszimmer, wo er stets einen kleinen Vorrat an Gold hatte. Als Anzahlung für die künftige Bereitstellung ihrer Soldaten deklariert, würden die klingenden Beutel den einfältigen Adel nicht nur besänftigen, sondern auch an ihn binden.

Plötzlich bemerkte Samukal, dass er nicht allein im Raum war. Sein Kopf ruckte herum, und er erblickte einen Mann, der mit dem Rücken zu ihm in seinem Sessel saß und mit einer Schreibfeder herumspielte.

»Was fällt dir ein, unaufgefordert einzutreten?« Samukal wollte ihn am Kragen packen, aber dann hielt er inne. »Galmár?« Vor ihm saß mit unbewegtem Gesicht jener Mann, den er dem Volk von Albany als Propheten präsentiert hatte. Eigentlich sah er aus wie immer. Schulterlange graue Haare, ein schwarzer Bart und eine kalte, unnahbare Ausstrahlung. Aber irgendetwas war anders, doch Samukal kam zuerst nicht darauf. Langsam trat er neben Galmár und kniff die Augen zusammen. »Hat dich mein Ruf nicht ereilt? Oder wie kommst du dazu, ihm nicht Folge zu leisten?«, empörte sich der Zauberer und bedachte ihn mit seinem stechendsten Blick. »Dämonen fallen unkontrolliert über Dörfer her, und wo verdammt noch mal sind die anderen beiden Propheten?«

Ohne eine Reaktion zu zeigen, stand Galmár auf. »Eine schöne Burg.«

»Antworte, du verfluchter ...« Samukal fasste Galmár an der Schulter, und als dieser blitzschnell herumfuhr, wusste Samukal, was nicht stimmte. Seine Augen – sie hatten keine Pupillen mehr und waren von einem stechenden, hellen Blau. Ein eisiger Schrecken durchfuhr ihn, und er wich zurück.

»Meine Brüder werden dein Land übernehmen, deine Burg, deine lächerlichen, schwachen Menschen.«

»Was, wer ... bist du?« Samukal umklammerte seine Opalkette, obwohl er wusste, dass er diesen Dämon nicht würde beherrschen können.

»Ich bin Galmár, und er ist ich, wir haben uns vereint«, zischte das Wesen, das zwar menschlich aussah, aber jede Menschlichkeit verloren hatte. Die Haut wirkte wie Pergament, die Mimik war reglos.

Samukal war entsetzt. Wie konnte es Galmárs Dämon gelungen sein, den Körper des Propheten zu übernehmen? So, als hätte der Dämon Samukals Frage gehört, sagte er: »Wir verbinden uns nur mit den Körpern von würdigen Magiern, die anderen beiden Propheten sind tot. Meine Brüder haben sie vernichtet.«

Samukal hatte das Gefühl, keine Luft mehr zu bekommen. Seine Beine fühlten sich an, als würden sie gleich nachgeben.

»Sag, Samukal, Herr über Northcliff, willst du nicht einer von uns werden?« Wie aus dem Nichts erschien eine verhüllte Gestalt, die eindeutig die finsteren, beinahe fließenden Formen eines Dämons besaß, und stellte sich neben Galmár. »Vereine dich mit ihm, und wir werden für immer herrschen.«

Der Schatten floss auf Samukal zu, langsam, aber beständig. Der Herrscher von Northcliff konnte die Kälte spüren, die von ihm ausging, doch viel erschreckender war der beständige Sog, der unnachgiebig an ihm zerrte und das Feuer seiner Magie zu ersticken drohte. Das Atmen fiel Samukal schwer, und sein Bauch fühlte sich an, als würde sich ein Morgenstern unbarmherzig durch seine Gedärme winden. Jegliches Blut wich aus Samukals Gesicht, er schwankte an die Wand zurück und beobachtete, ohne sich rühren zu können, wie die Dämonen näher kamen.

Kapitel 18

Der Trollkönig

»Heute musst du keine Wache halten.« Mia kam mit einem Tablett voll köstlich duftender Wildschweinkeulen, goldgelben Kartoffeln und einem Krug Wein herein. Außerdem trug sie nicht wie sonst ihre praktischen Lederhosen und ein weites Baumwollhemd darüber, sondern ein langes dunkelrotes Kleid. Es war einfach geschnitten, passte jedoch wie angegossen und umschmeichelte ihre schlanke Figur.

»Womit habe ich das denn verdient?« Gerade hatte sich Darian für den Wachwechsel angekleidet, wobei ihn die Aussicht auf eine Wache in dieser kalten, stürmischen Nacht wenig begeistert hatte.

»Weißt du das nicht?« Mia lächelte verschmitzt und stellte das Essen auf den Tisch.

»Nein.« Hungrig griff Darian nach dem verführerisch duftenden Essen, aber Mia setzte sich auf seinen Schoß und küsste ihn zärtlich.

»Heute ist dein Geburtstag.«

»Ach wirklich?« Verdutzt hielt Darian inne. Daran hatte er überhaupt nicht mehr gedacht, vor allem, da es in einer Welt, in der es keine Kalender gab, ohnehin schwer war, die Zeit zu messen. Er blickte zum Fenster hinaus auf den Mond. »Heute ist also Wintersonnenwende. Dann bin ich …« Er runzelte die Stirn und blies die Backen auf. »Dann bin ich ja schon zweiunddreißig.«

Mia lachte herzlich und verwuschelte ihm die Haare. »Ja, es

ist wirklich an der Zeit, dass ich mir einen jüngeren Mann suche.«

»Danke, Mia, genau das wollte ich hören. Deshalb hast du dich also auch so hübsch gemacht.«

Die dunkelhaarige Frau stand auf und strich mit beiden Händen langsam über das Leinenkleid, wodurch die Attribute ihrer Weiblichkeit noch mehr unterstrichen wurden. »Atene hat es geschneidert. Sie war es leid, in unpassenden Männerkleidern herumzulaufen, und vermutlich wollte sie sich bei mir einschmeicheln.« Mia schnitt eine Grimasse. »Ihres ist selbstverständlich mit Spitzen verziert und deutlich tiefer ausgeschnitten.«

Voller Bewunderung glitten Darians Augen über seine Gefährtin. »Atene hat Angst, dass du ihr die Show stiehlst, aber du hast keinerlei Verzierungen nötig.« Er stand auf und umarmte sie leidenschaftlich, dann zog er sie zum Bett.

»Darian, das gute Essen wird kalt«, protestierte Mia halbherzig.

»Du könntest ein paar Feuergeister bitten, es für eine Weile warm zu halten.«

»Ja, das könnte ich.« Mia schloss kurz die Augen, konzentrierte sich, und winzige Flammengestalten huschten um den Teller herum, wobei sie im Halbdunkel des Raumes einen irisierenden Feuerreigen vollführten. Lange jedoch vermochten auch die Geister der Flammen Darians Aufmerksamkeit nicht von Mia abzulenken, und langsam glitt seine Hand über den feinen Stoff ihres Kleides. Keine Rundung, keine Vertiefung ließ er aus und beobachtete, wie Mia die Augen schloss und ihre Brüste sich im Rhythmus ihrer heftiger werdenden Atmung hoben und senkten. Irgendwann streifte er langsam die Ärmel ihres Kleides über die Schultern, und der weiche Stoff glitt mühelos über den schlanken Körper seiner Gefährtin. Als sie sich zurücklegte, breiteten sich ihre Haare wie ein Fächer aus, und in Darian loderten Flammen, wie sie selbst die Feuergeister nicht beschwören konnten.

Sie ließen ihrer Leidenschaft freien Lauf, wild, verzehrend, endlos. Ein Kampf zweier Liebender, der in einem Inferno knisternder Lust gipfelte und in einem tiefen Frieden endete.

Leider war das köstliche Essen dann doch nicht mehr ganz warm, als Mia und Darian sich ihm später widmeten, denn die Feuergeister hatten irgendwann wohl die Lust dazu verloren, um die Teller und Platten herumzutanzen. Dennoch genossen die beiden dieses selten üppige Festmahl, nicht ohne sich den ein oder anderen spitzbübischen Blick zuzuwerfen.

»Lilith hat die Keule im Holzofen gebacken und mit Wildknoblauch gespickt«, erklärte Mia, »und sie musste Murk ständig auf die Finger hauen, damit er nichts stiehlt.«

»Hat der arme Kerl denn gar nichts bekommen?«

»Doch, aber er schlingt das Fleisch genauso gerne roh herunter, und am liebsten sind ihm ohnehin die Knochen.«

»Murk!« Schmunzelnd schüttelte Darian den Kopf, dann strich er Mia eine Haarsträhne aus dem Gesicht. »Wann hast du eigentlich genau Geburtstag? Wenn ich mich richtig erinnere, war es im Frühling. Nordhalan erzählte uns doch damals bei den Zwergen von den Lebensbäumen – deiner war der Ahorn, nicht wahr?«

Mit einem leisen Seufzen stützte Aramia ihren Kopf in die Hände. »Richtig. Zum Ende des dritten Frühlingsneumondes vor beinahe zweihundertdreißig Sommern und Wintern, aber wir Nebelhexen feiern den Tag unserer Geburt nicht.«

Mittlerweile hätte Darian sich daran gewöhnt haben müssen, dass seine Gefährtin um so viel älter war als er selbst, aber wenn sie es aussprach, verwunderte es ihn jedes Mal aufs Neue. Sie sah nicht älter aus als Anfang zwanzig. Nur an ihrem Verhalten merkte man manchmal, dass sie schon lange Zeit gelebt und vieles ertragen hatte, und gelegentlich sah man es in ihren Augen. Doch zum Glück konnte sie oft auch einfach eine unbeschwerte junge Frau sein.

»Welchen Lebensbaum hat eigentlich Leána?«

Mia legte einen Finger an die Nase. »Ich habe Nordhalan kürzlich dazu befragt, und er meinte, sie sei im Zeichen des Haselbaumes geboren. Kennzeichnend dafür seien ein starker Wille, keine Angst vor Herausforderungen und auch eine gewisse Dickköpfigkeit.«

»Ja, das passt zu unserer Kleinen«, stimmte Darian schmunzelnd zu, dann lächelte er sie an. »Ich bin der Meinung, auch der Geburtstag von Nebelhexen sollte gefeiert werden! Ich befürchte, an deinem nächsten Geburtstag wird das noch nicht gelingen, aber den folgenden feiern wir groß mit all unseren Freunden auf der Burg von Northcliff.«

Kritisch zog Mia ihre Augenbrauen zusammen. »Darian, man wird mich niemals in Northcliff akzeptieren.«

Zunächst wollte Darian widersprechen, aber dann zuckte er die Achseln. »Na gut, dann überlassen wir die aufgeblasenen Lords ihrem Schicksal und feiern umso größer und schöner auf der Nebelinsel. Ich denke, ohne den einfältigen Adel mit seinen Vorurteilen haben wir sowieso viel mehr Spaß.«

»Darian, ich liebe dich.« Mia umarmte ihn fest, und seine Gedanken wanderten in eine ferne und hoffentlich glückliche Zukunft.

Der Aufbruch zu den Trollen am nächsten Tag wurde misstrauisch von Dimitan und Atene beäugt. Niemand hatte die beiden eingeweiht, und als die rothaarige Zauberin zu Darian trat, der sich schon in den Sattel geschwungen hatte, wusste dieser genau, was sie wollte.

»Darf ich Euch nicht begleiten? Ihr könntet sicher den Schutz einer Zauberin brauchen, wo Nordhalan doch hierbleibt und den guten Dimitan bewacht.« Wie beiläufig legte Atene ihre Hand auf Darians Knie.

Er musste zugeben, dass es schwer war, Atene zu widerstehen. Sie hatte eine faszinierende Ausstrahlung, und der Blick in ihr Dekolleté ließ keine Männerwünsche offen.

»Ich glaube, nicht nur der gute Dimitan muss bewacht werden.« Grinsend löste Darian vorsichtig, aber bestimmt Atenes schlanke Hand von seinem Bein und hauchte ihr einen Kuss darauf. »Wenn Ihr etwas Nützliches tun wollt, dann verziert doch das Kleid meiner Gefährtin ein wenig. Nicht, dass ich es für nötig hielte, aber sie würde es freuen.«

Aus dem Stand galoppierte Darian an und hörte noch, wie die Zauberin ein missbilligendes Zischen ausstieß, dann hatte er auch schon zu Murk, Mia und Tagilis aufgeholt.

»Was wollte sie von dir?«, erkundigte sich Mia misstrauisch.

»Das, was sie wohl von allen Männern will«, antwortete er schmunzelnd, und als Mia knallrot anlief und so giftig zu Atene hinübersah, dass allein ihr Blick sie schon hätte tot umfallen lassen müssen, fügte Darian rasch hinzu: »Was aber nicht heißt, dass ich das auch will. Ich glaube, ich habe sie inzwischen durchschaut. Sie nutzt ihre Reize nur, um Gewinn aus jeder erdenklichen Situation zu ziehen.«

»Manchmal kommt sie mir vor wie eine Sumpfnyade«, meinte Tagilis kopfschüttelnd. »Zum Glück fließt ein Teil Elfenblut durch meine Adern, welches mich vor Schlimmerem bewahrt. Ich glaube, als Mensch würde es mir schwerfallen, ihr zu widerstehen.«

»Wenn man die richtige Frau gefunden hat, ist es nicht schwer«, versicherte Darian, woraufhin Mia lächelte.

Mit großen Schritten stapfte Murk voran, und seine Gefährten folgten ihm langsam zu Pferde. Ein kalter Ostwind wehte, und alle bis auf Murk, dessen dicke, borkenartige Haut ihn vor Wetter und Kälte schützte, hatten ihre Umhänge dicht um sich gewickelt. Darian war froh um die mit Lammwolle gefütterten Handschuhe, die eine Frau aus dem Dorf angefertigt hatte, und auch die dicken Socken hielten die Füße in seinen Lederstiefeln wenigstens für eine Weile warm. Dennoch stieg er immer wieder ab. Durch Murk kamen sie ohnehin nicht schnell voran, und die gelegentlichen Fußmärsche wärmten Darian zumindest ein bisschen auf. Einige der kleineren Bäche waren schon an den Rändern gefroren, die Heidefeen hatten sich zum Winterschlaf in ihre Hügel zurückgezogen, und auch sonst war die Natur in eine weiße Starre gefallen. Nur hier und da streifte eine Herde Rotwild durch die Büsche, oder wilde Ponys zeigten sich auf den Lichtungen und knabberten am letzten Herbstgras herum. So ruhig und friedlich alles wirkte, die Gefahr durch die Dämonen hing dennoch wie eine düstere Wolke über ihnen. In regelmäßigen Abständen fasste Darian an das kleine Säckchen, das um seinen Hals hing. Es war nur eine winzige Menge Silberstaub, denn er hatte auch Nordhalan etwas im Lager gelassen, ein weiterer Teil war zum Rannocsee gebracht worden. Niemand wusste, wie viel benötigt wurde, um einen Dämon zu töten, aber es war eine kleine Beruhigung, wenigstens etwas des magischen Staubes dabeizuhaben.

Bald schon ragten die hohen und zum großen Teil kargen und schneebedeckten Berge des Zwergenreichs vor ihnen auf und durchbohrten die dräuenden, tiefhängenden Wolken. Da jetzt keine offene Feindschaft mehr zwischen Zwergen und Menschen bestand, machten sich Darian und seine Freunde keine allzu großen Sorgen, auf Wachen des bärtigen Volkes zu treffen. Außerdem zogen sich die Zwerge im Winter meist ohnehin in ihre Höhlen und an die wärmenden Feuer zurück, wie Edur versichert hatte.

»Vielleicht sollte man noch einmal versuchen, mit den Zwergen zu sprechen«, überlegte Darian laut, als sein Blick nach Osten schweifte.

»Sie erachten Samukal nicht als Feind und betreiben Handel mit Northcliff. Außerdem scheinen sie keine Probleme mit Dämonen zu haben. Vielleicht, weil Zwerge nicht allzu oft an die Oberfläche kommen und Samukals dunkle Helfer dort genügend Opfer finden«, wandte Mia ein. »Ich hoffe, mein Vater kann die Dunkelelfen überzeugen«, fügte sie noch mit einem Blick auf die Berge hinzu.

»Bestimmt wird er das.« Darian deutete auf eine Gruppe von Felsen. »Wir sollten dort für die Nacht lagern, es scheint einigermaßen geschützt zu sein.«

Seine Freunde stimmten zu, und so breiteten sie ihre Decken auf dem Boden aus und machten sich auf die Suche nach Feuerholz. Da Murk von dem mitgebrachten Proviant nicht satt wurde, ging er auf die Jagd und kam nach kurzer Zeit mit einem Hirschkadaver zurück.

»Auch was wollt?«, fragte er, riss eine blutige Keule aus dem Fleisch und hielt sie seinen Freunden hin.

»Nein, danke, Murk«, lehnte Darian ab und drehte sich weg, als Murk laut schmatzend das rohe Fleisch verschlang.

»Früher haben wir uns immer gewundert, dass unsere Pferde verschwunden sind«, erzählte Mia, »bis wir darauf kamen, dass Murk sie gegessen hat. Zum Glück weiß er inzwischen, dass man das nicht darf.«

»Was?« Darian sprang entsetzt auf. »Murk!« Er deutete auf Menhir und die anderen Pferde. »Das sind Freunde, verstanden?«

Der Halbtroll, den Mund noch immer blutverschmiert, nickte, dann rülpste er laut und verkündete wichtig: »Freund – nicht essen!«

Mia und Tagilis schienen sich köstlich zu amüsieren, während Darian noch immer besorgte Blicke auf Menhir warf.

»Darian, er hat das schon lange gelernt, bevor du das erste Mal auf die Nebelinsel gekommen bist, nicht wahr, Tagilis?«

Der schlanke blonde Halbelf nickte zustimmend. »Inzwischen kann man sich auf ihn verlassen. Man muss ihm nur immer ganz genau sagen, was er tun oder lassen soll.«

»Es ist wohl ein bisschen wie mit Leána«, fügte Darian schmunzelnd hinzu und musste daran denken, wie sie unerlaubterweise auf Menhir geritten war.

Nach dem Essen wickelten sich alle in ihre Decken. Das flackernde Feuer, das durch den starken Wind ständig auszugehen drohte, spendete nur wenig Wärme, und die Kälte kroch ihnen in die Knochen.

»Ihr schlaft, ich Wache halt!«, verkündete Murk.

»In Ordnung, und pass auf, ob du einen Troll siehst«, erklärte Tagilis.

Murk nickte heftig, dann kletterte er auf den höchsten Felsen, um die Umgebung im Auge zu behalten. Da die Nacht sternenklar war, würde auch der Halbtroll recht weit sehen können. Dennoch versprach Mia, ihn später abzulösen, aber jetzt schmiegte sie sich eng an Darian, und gegenseitig wärmten sie sich in dieser klirrend kalten Nacht.

Als Mia später mit der Wache an der Reihe war, stand auch Darian mit auf. »Es ist sowieso zu kalt, um zu schlafen«, erklärte er leise, um Tagilis, der neben ihnen lag, nicht zu wecken, denn er gönnte seinem Freund die Ruhe.

Gemeinsam umrundeten sie die Felsgruppe und stiegen an der gegenüberliegenden Seite auf den Felsen, auf dem sich Murks massige Silhouette gegen den Nachthimmel abzeichnete.

»Wir sind's, Murk«, rief Mia leise.

Gerade eben hatte Murk noch sein kurzes, breites Schwert drohend erhoben, aber jetzt ließ er es sinken und gähnte laut.

»War alles ruhig?«

Der Halbtroll bestätigte dies, dann deutete er mit der immer noch gezogenen Klinge nach Westen, wo der Mond über den Bergen hing. »Troll sehn!«, verkündete er stolz.

»Wie bitte?« Darian sah ihn verwirrt an. »Warum hast du uns nicht geweckt?«

»Aufpasst hab«, erwiderte er betreten. »Troll weit weg, keine Gefahr.«

»Ach, Murk!« Mia boxte ihn halbherzig auf den Arm, was Murk sichtlich verwirrte. »Wir hätten ihm sagen sollen, er muss uns wecken, wenn er einen Troll sieht«, erklärte sie zu Darian gewandt. »Murk, wie lange ist es her, dass du den Troll gesehen hast?«

Der Halbtroll blickte angestrengt in den Mond, dann streckte er seinen dicken Finger aus und deutete nach links. »Mond war da, jetzt da.«

»Na gut, das kann noch nicht allzu lange her sein«, seufzte Mia, sprang behände in die Tiefe und weckte Tagilis auf. Rasch packten sie ihre Sachen zusammen und machten sich mit den Pferden am Zügel auf den Weg. Dank Mias guter Sicht und Murks überraschend präziser Beschreibung der Richtung fanden sie bald die Spuren großer Füße im leichten Schnee. Mia meinte, es wären drei Trolle gewesen, einer von ihnen hätte vermutlich eine Last getragen, was darauf hindeutete, dass sie auf der Jagd gewesen waren. Obwohl Darian inzwischen durch Torgals Hilfe ein guter Fährtenleser war, bewunderte er Mia noch immer um ihr weitaus ausgeprägteres Können.

»Murk, waren es Wald- oder Bergtrolle?«, wollte Tagilis wissen.

»Troll.« Murk hob seine massigen, nur von einem leichten Fell bedeckten Schultern.

»Macht das einen Unterschied?«, erkundigte sich Darian. »Ich meine, natürlich sind Bergtrolle größer, aber im Grunde genommen ist es doch egal, oder?«

»Die Sprache der Berg- und Waldtrolle unterscheidet sich etwas«, erläuterte Tagilis. »Ein Waldtrollmischling von der Nebelinsel hat Murk seine Sprache vor längerer Zeit beigebracht. Wenn es Bergtrolle sind, kann es sein, dass sie ihn nicht richtig verstehen und gleich umbringen.«

»Oh.« Voller Unbehagen blickte sich Darian um und hoffte inständig, es möge sich um Waldtrolle handeln, die zudem als weniger aggressiv galten.

Das erste Tageslicht begann langsam über den östlichen Horizont zu kriechen, als immer mehr Trollspuren sichtbar wurden, was die Freunde beunruhigte. Sie waren weit ins Trollgebiet vorgedrungen, und eine Begegnung mit einer ganzen Rotte könnte gefährlich enden, wenn ihre Verhandlungskünste fehlschlugen.

»Sollen wir lieber umkehren?«, schlug Tagilis vor und strich sich mit der Hand über das Kinn. »Zwei oder drei Trolle können wir notfalls überwältigen, sollten sie sich für Murks Angebot nicht zugänglich zeigen. Das hier scheint mir jedoch ein ganzer Trollstamm zu sein.« Er deutete vor sich auf die Spuren im Boden.

»Der Größe nach zu urteilen sind sowohl Wald- als auch Bergtrolle darunter«, ergänzte Mia verwirrt. »Normalerweise gehen sie einander aus dem Weg.«

Während Darian noch angestrengt auf den vereisten Boden blickte, um die Unterschiede zwischen den einzelnen Fußabdrücken auszumachen, rief Tagilis plötzlich: »Achtung!« Schon hatte der Halbelf seine schlanke Klinge in der Hand. Aus Murks Kehle kam ein erfreutes: »Troll!«, und Mia wirbelte mit ihrem Dunkelelfenschwert in der Hand herum.

Auch Darians Hand war instinktiv zur Seite gefahren, aber als er sah, was sich da auf dem Hügel westlich vor ihnen aufgebaut hatte, wusste er, dass es sinnlos war, sein Schwert zu ziehen.

Wie stumme Giganten hatten sich aus dem feinen Dunst des Morgens acht Bergtrolle herausgeschält und sich unweit der vier Gefährten aufgebaut. Sie hielten steinerne Keulen in den Händen, welche die gleiche gräuliche Farbe hatten wie ihre dicke, panzerartige Haut. Neben ihnen standen fünf Waldtrolle, die im Gegensatz zu den zum Teil über acht Fuß großen Bergtrollen direkt klein wirkten. Dafür verliehen ihnen ihre aus dem Maul ragenden Hauer ein bedrohliches Aussehen, was durch die massive Nackenmuskulatur noch verstärkt wurde. Darian wusste, dass Schwerter ihre borkenartige grünlich graue Haut nur schwer durchdringen konnten.

Langsam kamen die Trolle näher, ihre Köpfe waren drohend gesenkt, die schweren Keulen hielten sie spielerisch in den breiten Händen. Stille herrschte, nur das Gras raschelte unter ihren Füßen. »Wir sollten aufsteigen und uns nach Osten zurückziehen«, wisperte Tagilis. Rasch blickte Darian nach Osten, doch auch von dort näherten sich fünfzehn Waldtrolle. Sie saßen in der Falle.

»Murk, erklär ihnen, wir sind Freunde, wir kommen in friedlicher Absicht und wollen ihnen helfen«, verlangte Darian hektisch.

Drohend stapften die Trolle näher, und ein massiger, an die zehn Fuß großer Bergtroll zerriss die Stille mit einem ohrenbetäubenden Brüllen. Speichel spritzte aus seinem Mund, gelbliche Reißzähne wurden sichtbar.

Zunächst war Darian zu erschrocken, um sich auf sein ganz besonderes Sprachtalent zu besinnen. Als der Troll jedoch ein zweites Mal brüllte, verstand er ihn: »Waffen weg!« Darian übersetzte für seine Freunde, die langsam und widerstrebend ihre Klingen auf den Boden legten.

Die Pferde zerrten, sichtlich nervös, an ihren Zügeln, Darian und Mia nickten sich kurz zu und ließen dann die Pferde los, und sie hofften, dass zumindest sie sich in Sicherheit brachten und nicht im Kochtopf einer Trollfamilie landeten. Tagilis' Schimmelstute folgte Menhir und Lavos in panischem Galopp. Eine wurstige Bergtrollhand grapschte nach ihren Zügeln, aber die Stute wich behände nach links aus. Der Troll griff ins Leere und musste sie mit einem wütenden Aufschrei ziehen lassen.

Die Trolle kamen näher, der Kreis wurde enger. Murk trat wild gestikulierend vor seine Freunde und bemühte sich gestenreich zu erklären, weshalb sie hier waren. Darian bekam mit, dass die Bergtrolle ihn nicht verstanden. Einer der kleineren Waldtrolle, der einen Menschen kaum überragte, dafür aber umso massiger war, war Murks Sprache allerdings wohl kundig.

»Helfen? Mensch?«, fragte er in den abgehackten, gutturalen Lauten seines Volkes.

Murk nickte nachdrücklich. »Darian – Dämonenbann«, brummte er und deutete auf die Narbe, die sich über Darians Wange zog. »Dämon tot – besiegt. Mensch lebt.«

Die Waldtrolle brummelten miteinander, dann wandten sie

sich an die Bergtrolle, die drohend ihre imposanten Zähne fletschten, und übersetzten ihnen Murks Worte. Unruhe brach aus, die Giganten brüllten einander zu.

Plötzlich beruhigte sich der Trollhaufen, einer von ihnen, offenbar der Anführer, schrie ihnen etwas zu.

»Gut macht hab!«, freute sich Murk. »Dürfen ihnen folgen, nur Gefangene sind.«

»Da ist ja toll gelaufen«, zischte Darian, Murk hingegen lachte.

Ihre Waffen wurden eingesammelt und die Gefährten wie eine Herde Schafe vorangetrieben, wobei Murk noch am entspanntesten wirkte. Darian wurde himmelangst, denn den knurrenden, brummenden Äußerungen entnahm er starke Zweifel, was seine Fähigkeiten als *Dämonenbann* anbelangte.

In einem etwa eine halbe Meile entfernten Talkessel bot sich ihnen ein eigenartiges Bild. Hunderte Trolle, Vertreter beider Arten, hatten sich hier versammelt. Auf einem steinernen Altar war eine übel entstellte Leiche zu sehen, um die herum Waffen, Tonkrüge und der den Bergtrollen eigene Knochenschmuck aufgebaut waren.

»König. Tot. Dämon«, erklärte Murk, nachdem er einem der Wächter eine Frage zugeknurrt hatte.

Darian, Murk, Mia und Tagilis wurden mit lautem Brüllen begrüßt und dann in einen Pferch gesperrt, in dem sich auch ein paar verängstigt blökende Bergschafe befanden.

Abwechselnd übersetzten Darian und Murk, was die Trolle um sie herum sagten, und schnell wurde klar, dass sie auf der Trauerfeier für den Bergtrollkönig gelandet waren. In der gutturalen Trollsprache wurde von seinem Leben und seinen Heldentaten berichtet, dann von seinem Tod durch die heimtückische Hand eines Dämons. Dann sprachen die Trolle davon, dass sie die Menschen für Verbündete der Dämonen hielten, und Darian wurde bleich, als ein Waldtroll mit Hauern, die bis an seine Nase reichten, erklärte, es sei ein Zeichen von Koruf – wer auch immer das sein mochte –, dass heute Menschen erschienen seien. Sie sollten das Festmahl zu Ehren ihres neuen Königs bereichern.

»Murk, sag ihnen, ich weiß, wie man einen Dämon besiegt, sag ihnen, wir helfen ihnen!«

Der Halbtroll erhob die Stimme und brüllte laut in die Versammlung hinein. Ein großer Bergtroll stieß mit seiner langen hölzernen Lanze nach ihm und grollte dann irgendetwas.

»Erst Feier. Dann essen«, erklärte Murk betrübt.

»Verdammt, die fressen uns auf!«, rief Darian panisch und warf sich gegen den hölzernen Pferch. In Trollsprache schrie er auf die umstehenden riesigen Kreaturen ein, die ihn zunächst verdutzt ansahen und dann schon beinahe furchtsam zurückwichen. Einer von ihnen rannte aufgeregt gestikulierend zu einem mit vielen Knochenketten behängten Bergtroll, welcher wohl der neue König war, denn er stand aufrecht und stolz hinter dem Toten.

Selbst auf die Entfernung sahen die Gefährten, wie sie der stechende Blick des Trolls traf, dann ertönten unmelodische und ohrenbetäubende Gesänge, die von Trommeln begleitet wurden. Für Darian und seine Gefährten war das alles unfassbar und erschreckend. Die für das menschliche Ohr schmerzhaften Gesänge wollten nicht enden, die Trolle führten bizarre Tänze auf, steigerten sich in einen aberwitzigen Wahn hinein, auf dessen Höhepunkt ein ganzer Schafbock zerrissen und sein Blut auf dem toten Trollkönig verteilt wurde. Anschließend schleppten lange Reihen von Trollen Steine an und bedeckten den Leichnam.

Schließlich stellte sich der neue Trollkönig auf das frische Grab. Er hob seine imposante Keule, und Jubel ertönte. Was er dann laut durch das Tal schrie, ließ Darian schwanken, und er drückte Mia fest an sich.

»Was ist? Was hat er gesagt?«

»Er hält mich für einen fleischgewordenen Dämon, weil ich von ihnen gezeichnet wurde und dennoch lebe. Ich beherrsche die Trollsprache, was ein Zeichen meiner Schuld ist. Sie wollen uns alle opfern und meinen Kopf zur Warnung an meine ›Dämonenbrut‹ als Mahnmal auf das Grab spießen.«

Im ersten Augenblick schien Mia nicht fähig zu sprechen, dann stürzte sie zu Murk und klammerte sich an seinen Arm. »Sag ihnen, Darian ist kein Dämon, sag ihnen, wir kämpfen gegen Dämonen!«

Murk tat, was sie von ihm verlangt hatte, aber dennoch zerrten zwei Bergtrolle den Halbtroll einfach aus dem Pferch. Entgegen jeder Vernunft versuchten Mia, Darian und Tagilis das zu verhindern, aber die Trolle schleuderten sie wie Spielzeug zurück und führten Murk ab. Er wehrte sich heftig, doch gegen die Übermacht kam auch der Halbling nicht an.

Atemlos klammerte sich Darian an die dicken Holzpfosten des Pferches und sah zu, wie Murk vor den Bergtrollkönig gestellt wurde. Auf die Entfernung konnte er nicht verstehen, was gesprochen wurde, aber die Gesten waren eindeutig. Der Trollkönig hob seine steinerne Keule, und Darian schloss die Augen. Er glaubte, Knochen splittern zu hören, stellte sich vor, wie Murks Schädel zertrümmert wurde, und Tränen quollen aus seinen Augenwinkeln.

»Darian!« Mias Finger bohrten sich in seinen Arm.

Zögernd öffnete er die Augen und folgte Mias zitternder Hand. Sie deutete auf die Menge, die sich teilte und den Blick auf Murk und den Bergtrollkönig freigab.

Mit seinen über sechs Fuß Körpergröße und an die sechshundert Pfund Gewicht war Murk sicher kein kleines Wesen. Im Gegensatz zu dem ihn um mindestens drei Köpfe überragenden Trollkönig, dessen Schultern beinahe doppelt so breit waren, erschien der Halbling aber direkt zierlich. Die beiden standen sich nun gegenüber, Murk mit seinem kurzen Schwert in der Hand, der Trollkönig seine Steinkeule schwingend.

Trommeln setzten ein und gaben einen Takt vor, die wartende Menge verhielt sich totenstill.

»Was tun die denn?«, fragte Darian atemlos.

Aber keiner seiner Freunde verstand, was gerade vor sich ging. Sie drängten sich an die Umzäunung des Pferches und umklammerten die Stäbe. »Möglicherweise ein Ritual, oder es dient der Belustigung«, mutmaßte Tagilis.

Lustig fand diese Situation jedoch keiner von Murks Freunden, denn sie gaben ihrem Gefährten nicht den Hauch einer Chance zu überleben, und jedes Mal, wenn die steinerne Keule des Trollkönigs niederkrachte, glaubte Darian, Murk zerschmettert am Boden liegen zu sehen. Auch Mia konnte kaum hinsehen. Doch wie Darian verwundert feststellte, gelang es Murk jedes Mal, sich rechtzeitig vor der Keule in Sicherheit zu bringen. Zwar besaß der Trollkönig enorme Kräfte, aber der Halbtroll war – vermutlich dank seines menschlichen Erbes und des Trainings mit Tagilis, Darian und den anderen Nebelinselbewohnern – ungewöhnlich wendig und wich den kraftvollen Hieben seines Gegners geschickt aus. Obwohl Darian das zuvor noch nie aufgefallen war, erkannte er nun, dass Murks es sehr wohl verstand, Finten einzusetzen. Und die brachten den Trollkönig, der sich lediglich auf seine rohe Kraft verließ, vollkommen aus dem Konzept. Er ging auf jeden von Murks angetäuschten Schlägen ein – mochten diese für einen Menschen noch so offensichtlich sein –, und so gelang es dem Halbtroll, seinem Widersacher immer wieder sein Schwert durch die dicke Haut zu stoßen. Auch die anderen Trolle wurden sichtlich nervös, tauschten verwirrte Blicke, bewegten sich unruhig, und ein Raunen lag in der Luft. Ein rasanter Schnitt von Murk in die Kniekehle ließ den Trollkönig straucheln. Er brüllte markerschütternd, schwang seine Keule herum und streifte Murk damit am Oberarm.

Mias Finger gruben sich tiefer in Darians Arm; gemeinsam starrten sie gebannt auf die Kämpfenden.

Kurz war Murk zurückgetorkelt, hatte seine Hand auf die Verletzung gepresst; dann aber stürmte er wieder unerschrocken auf seinen gigantischen Gegner zu. Dieser hob brüllend seine Steinkeule. Murk täuschte ein Ausweichmanöver nach links an, der Trollkönig drehte sich mit gebleckten Zähnen, aber statt dem Schlag tatsächlich auszuweichen, sprang Murk den Troll geradewegs an, prallte gegen dessen Brust und rammte ihm sein Schwert in die Kehle.

Die Keule krachte mit einem ohrenbetäubenden Schlag auf den Boden. Der Trollkönig schwankte, glotzte ungläubig in die staunende Runde und kippte nach hinten, wobei er Murk mit sich riss. Noch einmal versuchte der Trollkönig, sich aufzurichten, und seine Hand streckte sich nach Murks Hals aus, fiel dann aber schlaff zu Boden. Stille herrschte in dem Tal, niemand rührte sich. Langsam rappelte sich Murk auf, stellte sich auf die Brust des toten Trollkönigs, und sein inbrünstiger Siegesschrei schallte in den Himmel.

Hunderte Trolle stürzten sich auf ihn, und wenn sich Darian, Mia und Tagilis eben noch gefreut hatten, so waren sie sich nun sicher, dass Murk jetzt in Stücke gerissen werden würde. Als sie einen Moment später allerdings sahen, wie er, mit Knochenketten behängt, in die Höhe gehoben wurde, glaubten sie ihren Augen nicht zu trauen. Die Trolle jubelten und grölten. Wieder wurden Trommeln geschlagen, aber schließlich teilte sich die Menge, und Murk, mit Schrammen und Blut übersät, eine tiefe, blutende Wunde an der Schulter, trat zu ihnen und öffnete den Pferch.

»Raus. Feiern.«

»Murk, was hat das zu bedeuten?«, fragte Darian verwirrt. Die anderen Trolle sahen ihn von oben herab an, aber nun schienen sie nicht mehr feindselig, und das Zähnefletschen eines kleinen Waldtrolls konnte man mit etwas gutem Willen vielleicht sogar als Lächeln interpretieren.

»Neuer König bin«, erklärte Murk stolz.

»Du bist – was?«, keuchte Mia ungläubig, und ihr verwirrter Gesichtsausdruck stand dem ihrer Freunde in nichts nach.

»König von Trollen!«

»Murk, du bist kein reinblütiger Troll, du bist nicht einmal ein halber Bergtroll!«

»Besser war als anderer Troll.« Murks Grinsen reichte von einem Ohr zum anderen, und auch wenn seine Freunde es nicht fassen konnten – es schien wahr zu sein. Nachdem Murk über den Bergtrollkönig gesiegt hatte, war er ihr neuer Anführer. Trolllogik. Der Stärkste und Beste war es wert, der König zu sein. Murks menschliche Freunde schien niemand mehr essen zu wollen, stattdessen wurden sie beim Festmahl ehrenvoll an seiner Seite platziert. Man reichte ihnen die besten Stück rohen Schaffleischs, und als Murk erklärte, seine Freunde äßen nur gebratenes Fleisch, wurde sogar – wenn auch mit verwirrten Blicken – ein Feuer entzündet und Lammkeulen darüber geröstet.

Im Laufe des Abends fand Darian heraus, dass sich die Trolle wegen der Dämonenangriffe unter einem einzigen Anführer zusammengefunden hatten. Der Bergtrollkönig hatte vor einigen Tagen gegen den König der Waldtrolle gekämpft und gewonnen. Gemeinsam wollten sie nach dem Winter gegen die Menschen ziehen, die sie, nicht ganz zu Unrecht, für die Verursacher der Dämonenseuche hielten. Weiterhin erfuhr er, dass Murk, unerschrocken und auch ein wenig naiv, wie er war, den Trollkönig zu einem Zweikampf herausgefordert hatte, um zu verhindern, dass sie alle geopfert wurden. Tagilis wusste zu berichten, dass Trolle, den Dunkelelfen gar nicht unähnlich, sehr stolz waren und keine Herausforderung ausschlugen. Vermutlich hatte der Bergtroll nicht damit gerechnet, von einem körperlich unterlegenen Wesen besiegt zu werden, weswegen er nun in dem Grab neben dem von Dämonen getöteten Troll lag.

Noch an diesem Abend hielt Murk eine leidenschaftliche Ansprache für die Belange seiner menschlichen Freunde. Er verbot jedem Troll, jemals wieder einen Menschen zu essen, und erklärte auch, dass Samukal, der momentane Herrscher von Northcliff, der Herr der Dämonen sei.

»Samukal – essen?«, fragte Murk und blinzelte Darian ratsuchend an.

Darian zögerte, denn eigentlich hätte Samukal es verdient, von einem Troll gefressen zu werden. Dann aber schüttelte er den Kopf. »Nein, Murk, er ist ein Zauberer und gefährlich.«

Enttäuscht schnaubend verkündete Murk, man dürfe auch Samukal nicht verspeisen. Vermutlich verstanden viele Trolle nicht, wieso ihr neuer Herrscher ihnen kein Menschenfleisch mehr erlaubte. Dennoch fügten sie sich, ohne zu zögern. Schließlich hatte Murk sich in kürzester Zeit vom Gefangenen zum König hochgearbeitet und damit mächtig Eindruck geschunden.

Murk erklärte seinen Freunden, die Feiern würden noch fünf Tage anhalten, dann müsse er mit seinem neuen Volk in den Norden ziehen, um sein Königreich kennenzulernen. Sie könnten jederzeit gehen, und wenn es zum Krieg gegen Samukal käme, solle Darian einen Boten schicken.

»Bote nicht essen. Bote Freund!«, erklärte Murk entschieden.

»Ich kann das einfach nicht glauben.« Darian stemmte die Hände in die Hüften, blickte kopfschüttelnd zu Murk auf und umarmte ihn zum Abschied. »Du bist ein Halbblut von der Nebelinsel und nun König.«

»Besser kämpft.« Grinsend tippte sich Murk an die Stirn. »Und klüger bin. Besserer König!«

»Wenn das bei den Menschen nur auch so einfach wäre«, seufzte Darian, dann drückte er Murks Hand. »Ich danke dir. Pass auf dich auf und lass dich nicht besiegen, falls ein anderer Troll meint, stärker zu sein als du.«

Murk blies die graubraunen Backen auf. »Murk König, Murk stark.«

Nun trat auch Mia vor und umarmte den Halbling. »Du hast heute einen bedeutenden Schritt getan, Murk. Nicht nur für dich, sondern für alle Bewohner der Nebelinsel. Ich bin stolz auf dich.« Mit feuchten Augen wandte sie sich ab, und auch Tagilis nickte dem Halbtroll zum Abschied zu, ehe sie von dannen zogen. Ein wenig besorgt war Darian schon, als er sich mit Mia und Tagilis auf den Ausgang zum Tal zubewegte und immer wieder wandte er den Kopf um. Inmitten der Bergtrolle wirkte Murk etwas verloren, auch wenn er zumindest so groß war wie die meisten Waldtrolle. Andererseits stand er so stolz und erhaben inmitten seines neuen Volkes, den Hals mit einer Vielzahl an Knochenketten geschmückt und eine große Steinkeule in der rechten Hand, dass Darian ihm eine gewisse Autorität nicht absprechen konnte. Endlich schien der Halbling seinen Platz im Leben gefunden zu haben.

»Komm, Darian, lass uns die Pferde suchen.« Mia schob ihn sanft weiter. Allerdings stand auch in ihren Augen eine gewisse Besorgnis, und ihre Stimme klang heiser.

Sie hatten Glück und brauchten nicht allzu lange, bis sie die Pferde gefunden hatten. Die beiden Hengste und die Schimmelstute grasten in der Nähe eines kleinen Sees, und Lavos wieherte leise, als er Mia entdeckte.

»Langsam wird er ein richtiger Freund«, sagte sie lächelnd und kniff ihn liebevoll in die weichen Nüstern, als er sie frech anstupste. »Eine Zeit lang war er wirklich unmöglich aber ich glaube, ich werde ihn vermissen, wenn Liahs Fohlen abgesetzt ist und ich sie wieder reite.«

»Was hast du mit ihm vor?«

Unschlüssig hob Mia ihre Schultern. »Ich hatte daran gedacht, ihn deinem Bruder zu geben, wenn er wieder reiten kann.« Sie grinste schelmisch. »Allerdings weiß ich nicht, ob er ein Mischlingspferd seiner würdig erachtet.«

»Ich habe nie verstanden, warum die meisten Menschen ihre plumpen Kriegsrösser so schätzen.« Darian klopfte Menhir seinen imposanten Hals. »Atorian hat aber schon öfter gesagt, dass er mich um Menhir beneidet, ich denke, er würde sich freuen.«

Kapitel 19

Versuchung

Noch niemals zuvor in seinem Leben hatte Samukal so große Angst verspürt. Lauernd kam der Dämon auf ihn zu, streckte seine messerscharfen Klauen nach ihm aus, und Samukal wusste, dass ein Abwehrzauber ihn nicht töten konnte. Bestenfalls würde er ihn aufhalten.

»Samukal Darakánn, werde einer von uns.«

Du kannst grenzenlose Macht haben, dir alle Menschen Albanys untertan machen und Atorian und seine Freunde ein für alle Mal besiegen. Du wirst der größte Zauberer aller Zeiten sein, flüsterte ihm eine böse kleine Stimme in seinem Hinterkopf zu.

Samukal zauderte. Macht war etwas, das er schon von jeher begehrt hatte. Seit dem Zerfall der Zauberergilde hatte er danach gestrebt, das Oberhaupt der Diomár zu werden und sie neu aufzubauen – obwohl er wusste, dass die arroganten Elfen ihn niemals akzeptieren würden.

Der größte Zauberer aller Zeiten, säuselte die Stimme verlockend.

Unschlüssig blickte Samukal zu Galmár oder das, was von ihm übrig geblieben war. Denn auch wenn er eine menschliche Gestalt hatte, ging doch etwas unmenschlich Kaltes, Bösartiges von ihm aus, und seine pupillenlosen Augen schienen jedwedes Licht in sich aufzusaugen.

Nein, ich würde ein willenloses Monster sein und nicht mal mich selbst mehr beherrschen können. Samukal bot all seine Willenskraft auf und schleuderte dem Dämon einen magischen Blitz entgegen. Doch sein Gegenüber reagierte lediglich mit einem zynischen Grinsen, und es schien, als würde er den Blitz regelrecht aufsaugen. Panik wallte in Samukal auf, und er spürte Schwäche in sich. Schwäche, die die Dämonen bemerken und ausnutzen würden – und in diesem Moment wusste er, dass er in einem Kampf nur unterliegen konnte. In einer verzweifelten Geste umklammerte er seine Opalkette und rief alle ihm noch gehorchenden Dämonen an. Zwei von ihnen erschienen auf der Stelle.

»Tötet sie!«, schrie Samukal, wobei er auf Galmár und den anderen Dämon deutete. Die beiden Dämonen stürzten nach vorn, um jedoch plötzlich wie erstarrt vor Galmárs Körper zu verharren. Dann wandten sie sich langsam Samukal zu. Dieser griff nach seiner Magie, aber ehe er ihrer habhaft werden konnte, fühlte er einen Ruck in sich, dem eine überwältigende Leere folgte. Samukal riss die Augen auf und taumelte zurück. Eine unsichtbare Hand schien nach seiner Seele zu greifen, und wieder verspürte er diese Kälte in sich. Sofort ergriff er die Flucht und rannte zur Tür.

Auf das wilde Gekreische und das unmenschliche Geheul, das hinter ihm ertönte, achtete er nicht. Er sah nur noch, wie sich auch noch die Dämonin manifestierte, dann warf er die Tür hinter sich ins Schloss. »Verlasst die Burg, wir werden angegriffen«, rief er jedem Diener zu, der ihm über den Weg lief. Für weitere Erklärungen ließ er sich keine Zeit, aber schon bald ertönten aus der ganzen Burg erschrockene Schreie.

Samukal hastete zu Elysias Gemach. Die junge Königin war nur halb bekleidet, als er eintrat, und schrie errötend auf.

»Wo ist Kayne?«, herrschte er sie an. Als sie nicht reagierte und sich rasch ein Überkleid anzog, packte er sie energisch am Arm. »Sag mir auf der Stelle, wo Kayne ist?«

»Er wollte mit seinem Bogen schießen und …« Ohne auf Elysias empörte Rufe zu achten, zerrte er sie mit sich.

»Lord Samukal, so gestattet mir doch, mich anzukleiden!«

Hektisch fuhr er herum. »Wenn du leben willst, dann komm mit mir.«

Sie riss ihre Augen weit auf und folgte ihm barfuß, wobei sie es trotz seines rasanten Tempos noch schaffte, gackernd auf ihn einzureden.

»Schweig, sonst belege ich dich mit einem Zauber!«, blaffte er sie schließlich an. »Feinde sind in der Burg.«

Elysia quietschte erschrocken und rannte Samukal hinterher, der in den Burghof stürmte, Kayne an der Hand fasste und samt seiner Mutter mit zu den Stallungen zog.

»Sattle zwei der schnellsten Pferde«, schrie er einem Diener zu. »Räumt die Burg und bringt euch in Sicherheit.«

Der Mann starrte ungläubig auf das Gemäuer. Er erwartete wohl, feindliche Krieger, Trolle oder Dunkelelfen zu sehen, doch es flohen nur ein paar verwirrte Diener aus dem Haupttor, ihre wenigen Habseligkeiten an sich gepresst.

»Wohin sollen wir denn fliehen?«, fragte eine Magd mit großen Augen.

»Das ist mir egal, nur weit weg von hier.« Samukal hob Kayne vor sich auf einen großen grauen Kriegshengst und half dann Elysia auf einen Wallach.

»Ich will mein eigenes Pony reiten«, protestierte Kayne, als sich Samukal hinter ihn schwang.

»Nein, wir müssen uns beeilen.« Ohne auf Elysias erschrockene Schreie zu achten – sie war keine gute Reiterin –, preschte er durch das Hoftor, den ersten Verteidigungsring und über die hölzerne Brücke in Richtung Culmara. Hektische Blicke hinter sich werfend, befürchtete er, Galmár würde ihm folgen, aber noch war alles ruhig. Was im Augenblick in der Burg vor sich ging, das mochte er sich gar nicht ausmalen.

Die Reise zurück zum Lagerplatz verlief ohne Probleme, jedoch machten den drei Gefährten plötzlich einsetzende Schneestürme zu schaffen. Dort, wo Bäume und Büsche keinen Schutz boten, peitschten die Schneeflocken wie Geschosse durch die Luft, Schneewehen türmten sich mannshoch auf und machten das Vorwärtskommen beschwerlich. Während seiner Zeit in Albany hatte Darian schon häufig gefroren und größere Entbehrungen auf sich nehmen müssen, als er jemals gedacht hatte, dass ein Mensch sie aushalten konnte – aber dieser Winter schien ihm einer der grausamsten überhaupt zu sein. Vollkommen durchgefroren erreichten die Gefährten das kleine Dorf und ließen sich nur zu gerne die Pferde abnehmen, bevor sie sich zu Lilith und Nordhalan in eine der Hütten flüchteten. Auch Dimitan, mit gewohnt säuerlicher Miene, und Atene waren anwesend.

»Soll ich sie hinausschicken?«, fragte Nordhalan.

»Nein, ich denke, es schadet nicht, wenn sie mithören«, bestimmte Darian und rieb sich am Feuer die bläulichen Finger warm, während Mia den Schnee von ihrem Umhang klopfte.

»Wo ist Murk? Seid ihr vorgeritten?« Lilith verteilte dampfenden, heißen Wein, den sie mit Nelken, Zimt und anderen wohlschmeckenden Zutaten gewürzt hatte.

»Murk ist jetzt Trollkönig.« Einen Moment lang genoss Darian die ungläubigen Gesichter und das fassungslose Schweigen seiner Freunde. Nur das Knistern des Feuers war zu hören.

»Murk ist Trollkönig«, wiederholte Nordhalan ganz langsam, so als müsse er sich an jedes einzelne Wort gewöhnen.

Abwechselnd erzählten Mia, Tagilis und Darian, was sich zugetragen hatte. Nordhalan zog sich einen Stuhl heran und setzte sich kopfschüttelnd, Lilith und Dimitan standen mit offenem Mund mitten im Raum, Atene zog fragend ihre Brauen in die Höhe. »Dieser dumme, plumpe Trampel soll der neue Trollkönig sein?«, machte Dimitan seiner Verwunderung zuerst Luft.

»Murk ist kein …«, zischte Atene zur Überraschung aller, dann unterbrach sie sich selbst, zupfte verlegen an ihrem Ausschnitt herum und ergänzte dann mit zynischer Stimme: »Gutes Aussehen und überragende Klugheit sind ohnehin nicht die herausragendsten Eigenschaften eines Trolls.«

Darian und Mia warfen sich fragende Blicke zu, und auch Lilith und Nordhalan wirkten verblüfft darüber, dass Atene so spontan Partei für Murk ergriffen hatte. Aber aus ihr wurde ohnehin niemand schlau, und statt sich weiter zu wundern, bemühten sie sich nun darum, den neu entflammten Streit zwischen der Zauberin und Dimitan zu schlichten. Diesmal zankten die beiden sich darum, ob man eine Trollarmee als ernstzunehmende Verbündete ansehen konnte.

»Es ist wahr, Trolle sind nicht die klügsten Wesen Albanys«, unterbrach Nordhalan mit gebieterischer Stimme die Querelen, »aber sie dienen demjenigen, den sie für den stärksten Anführer halten, bedingungslos. Solange Murk an der Macht ist, können wir mit ihnen rechnen.«

»Eine Trollarmee – Albany ist gerettet!«, höhnte Dimitan. »Ich gehe nicht davon aus, dass Prinz Atorian begeistert sein wird.«

»Lasst das mal meine Sorge sein.« Insgeheim hatte sich darüber auch Darian schon Gedanken gemacht, denn Murk und Atorian waren nicht die besten Freunde, aber auch sein Bruder musste einsehen, dass die Trolle wichtige Verbündete darstellten.

»Ich finde diese Entwicklung hervorragend«, verkündete Atene und richtete sich stolz auf.

»Natürlich. Vermutlich nur deshalb, weil ich dagegen bin«, schnappte Dimitan, dann grinste er. »Oder hast du das Lager selbst mit Murk geteilt und siehst dich jetzt als die neue Trollkönigin?«

Langsam ging Atene zu Dimitan und betrachtete ihn von oben bis unten. »Wären alle Männer so wie du, würde ich sogar einen Halbtroll vorziehen.«

Das hatte gesessen – Dimitan schnellte nach vorn, doch Nordhalan fuhr dazwischen.

»Ich werde euch beide fesseln und knebeln lassen«, drohte er wütend und gebot ihnen mit einem stechenden Blick zu schweigen.

»Ich habe nicht mit Murk das Lager geteilt«, konnte sich Atene dann offenbar jedoch nicht verkneifen, »aber sicher wäre er in dieser Beziehung eine weniger große Enttäuschung als du, Dimi.«

»Atene! Raus mit dir!«, schnauzte Nordhalan, denn Dimitan war so rot angelaufen, dass es aussah, als würde sein Kopf jeden Augenblick platzen, und schnappte nach Luft wie ein Fisch auf dem Land.

Mit beinahe schon königlicher Anmut erhob sich Atene und stolzierte aus dem Raum.

»Tagilis, sei so gut und sieh nach, ob sie nicht versucht zu fliehen und vielleicht Samukal die neueste Kunde zu überbringen«, bat Nordhalan den Halbelfen.

Sofort folgte dieser der Zauberin nach draußen. Die anderen diskutierten noch eine Weile über die neuesten Entwicklungen, während Dimitan sich nur weiterhin über die unverschämte Atene echauffierte.

»Meinst du, es war klug, Dimitan und Atene mithören zu lassen?«, überlegte Mia, als sie und Darian später allein waren.

»Zumindest wissen wir, ob einer oder beide Verräter sind, wenn sie jetzt klammheimlich verschwinden, um Samukal zu informieren«, meinte Darian gähnend. »Es wird nicht viel Schaden anrichten, wenn er weiß, dass die Trolle auf unserer Seite sind.«

»Ja, das stimmt.« Mia legte sich neben Darian aufs Bett und streichelte ihm über die Haare. »Ich kann einfach nicht fassen, dass unser Murk jetzt König ist. Er, ein verstoßenes Halbblut.«

»Du bist auch meine Königin, egal, was der Rest der Welt sagt«, flüsterte Darian ihr zärtlich ins Ohr.

Während des dritten Wintermondes nahm die beißende Kälte endlich ab, allerdings stürmte und regnete es nun so heftig, dass halb Albany in einer Flut aus Wasser zu ertrinken drohte. Von einigen Dörfern hörte man, dass sich ihre Bewohner erst im letzten Moment hatten in Sicherheit bringen können, und auch von Atorian, Markat und ihren Verbündeten war Nachricht gekommen, sie hätten ihr Lager in die Berge verlegen müssen, denn die kleine Siedlung am Rannocsee stünde vollständig unter Wasser. Eine erfreuliche Neuigkeit war dagegen, dass Atorian mittlerweile von seinem Holzgestell befreit war. Er konnte bereits wenige Schritte gehen, wenn auch nur mit großer Anstrengung. Kaya hielt ihn laut ihrem letzten Brief – sie hatte von Atorian das Schreiben erlernt – mühsam davon ab, sich zu viel zuzumuten, war jedoch insgesamt zufrieden mit seinen Fortschritten.

Die langen dunklen Tage in den überfüllten Holzhütten zehrten an den Nerven von Darian und seinen Freunden. Mittlerweile konnte man auch hier im Dorf nur noch mit speziellen Holzklötzen, die unter die Füße gebunden wurden, laufen, denn alle Wege hatten sich in eine matschige Brühe verwandelt, und der Niederschlag wollte einfach nicht aufhören. Der sintflutartige Regen hielt sie vom Schwertkampf- oder Bogenschießtraining ab, sie bekamen kaum Nachrichten von ihren Verbündeten, und selbst die Pferde standen nur noch mit hängenden Köpfen in ihrem behelfsmäßig zusammengezimmerten Unterstand.

Jeder versuchte, sich irgendwie abzulenken; Lilith ordnete und zerstampfte ihre gesammelten Kräuter und stellte Salben und Tinkturen her, außerdem lernte sie eine der Dorffrauen als Heilerin an. Die kleine Halbgnomin schien noch am besten mit der Warterei zurechtzukommen. Mia drehte schon seit Tagen ohne große Begeisterung Seile aus Heidekraut zusammen, die für die Befestigung der Strohdächer benutzt wurden. Tagilis nutzte die Zeit, um zu meditieren, und häufig sah man Veliahs Geist an seiner Seite. Sie war ohnehin die einzige Verbindung zur Außenwelt, denn ihrem immateriellen Körper machte der Regen nichts aus.

Missmutig schnitzte Darian an seinem zehnten Holzlöffel

herum. Zu Anfang hatte es ihm noch Freude bereitet, ein Holzpferd für Leána anzufertigen, aber das einem Bergpony ähnelnde Spielzeug stand schon seit Tagen im Regal an der Wand – in Gesellschaft von drei anderen Pferdchen. Da er nicht die ganze Nebelinsel mit Holzpferden zu beglücken gedachte, war er zur Herstellung von Schalen und Löffeln übergegangen, aber auch das ging ihm mittlerweile mächtig auf die Nerven. Ein Wassertropfen, der ihm auf die Nase tropfte, ließ ihn aufsehen, dabei rutschte ihm das Messer aus und grub sich tief in seine Haut.

»Verflucht!« Mit grantiger Miene saugte er an seinem blutenden Finger.

»Soll ich Lilith holen?«, fragte Mia vom Kamin her.

»Hmmhmmhmm.« Darian schüttelte den Kopf, dann zerrte er ein sauberes Tuch aus seiner Satteltasche, die in der Ecke des Raumes lag, und band sich dieses um den Finger.

»Wenn es nicht bald aufhört zu regnen, werde ich irr!«

Tagilis, der mit bewundernswertem Gleichmut neben der Tür gesessen und meditiert hatte, öffnete ein Auge. »Die Natur wird schon wissen, was sie tut, alles folgt einem natürlichen Gleichgewicht. Der letzte Winter war sehr trocken und mild, dafür ist dieser nass und kalt.«

»Ich pfeife auf das Gleichgewicht«, knurrte Darian, »ich wünschte, irgendetwas würde geschehen. Irgendetwas!«

»Ach, Darian, der Regen wird sicher bald nachlassen …« Weiter kam Mia nicht, denn nun klopfte es heftig an der Tür.

»Dein Wunsch scheint sich erfüllt zu haben«, meinte Tagilis schmunzelnd und erhob sich geschmeidig, um zu öffnen. Draußen stand ein klatschnasser Mann, die Nase vor Kälte knallrot gefroren. Von einer eisigen Böe wurde er beinahe ins Innere geworfen.

»Setz dich.« Wenngleich Darian die Warterei und die Enge wahnsinnig machten, so wusste er doch, wie grausam es war, bei diesem Wetter Wache zu halten, denn auch er selbst hatte sich dazu einteilen lassen.

»Nein, keine Zeit.« Die Hand des jungen Mannes zitterte, als er nach dem Becher heißem Tee griff, den Mia ihm rasch reichte. »Einer unserer Verbündeten aus dem Norden hat einen Mann bei sich, der behauptet, Samukal zu sein. Er bittet Euch herauszukommen.«

Tagilis öffnete dieses Mal beide Augen, Mia erstarrte, und Darian fuhr kerzengerade auf. »Das kann doch nicht sein! Bist du sicher, dass der Bote einer von uns ist?«

»Nein, weder ich noch die anderen, die Wache halten, kennen ihn. Deshalb haben wir ihn auch nicht weiter vorgelassen.«

»Ich komme mit.« Hastig griff Darian nach seinem Wollumhang, der von der letzten Wache noch feucht war und nach nassem Schaf roch.

»Darian, nimm zumindest Nordhalan und Tagilis mit«, verlangte Mia. »Ich würde dich selbst gerne begleiten, aber ich denke, ich sollte Atene und Dimitan im Auge behalten, und Nordhalan wird eine größere Hilfe sein, falls tatsächlich Samukal hier sein sollte.«

»Das kann ich mir nicht vorstellen. Niemals wäre Samukal so dumm, ohne Armee hier aufzutauchen. Aber du hast Recht, ich frage Nordhalan.«

Durch den strömenden Regen rannten Darian und Mia zur nächsten Hütte, in der Nordhalan, die beiden anderen Zauberer, Lilith und zwei Dorfbewohner saßen, die sich in Heilkunde unterrichten ließen.

»Nordhalan, komm bitte mit, Mia wird hierbleiben.« Darian warf einen bedeutungsschweren Blick zu Dimitan und Atene.

Offenbar erkannte Nordhalan die Dringlichkeit in Darians Worten, denn er holte seinen Umhang und seinen Zauberstab aus Ebereschenholz und folgte Darian und Tagilis hinaus in das tobende Unwetter. Eigentlich war es noch Tag, aber die Wolken hingen so dicht und schwer am Himmel, dass man meinen konnte, die Nacht wäre gerade hereingebrochen. Die Bäume bogen sich bedrohlich im Sturm und hielten kaum etwas von den

Wassermassen ab, die vom Himmel stürzten. Gegen den Wind anschreiend, erklärte Darian, was der Wächter gesagt hatte.

Auch Nordhalan äußerte Zweifel daran, dass es wirklich Samukal war, dennoch versprach er, wachsam zu sein. Sie zerrten die widerstrebenden Pferde aus ihrem matschigen Unterstand und kämpften sich dann gegen den tobenden Sturm voran. Nur wenige Schritte nachdem sie das Dorf verlassen hatten, waren alle bis auf die Haut durchweicht. Regen und Wind zerrten an ihren Kleidern, und Nordhalans langer silberschwarzer Bart wehte wie eine Fahne durch die Luft.

»Heute hätte ich nichts dagegen, wenn mir Leána den Bart flechten würde«, schrie er Darian zu und stopfte sich die widerspenstige Gesichtsbehaarung zum wiederholten Male unter seinen Umhang.

Während Wasserströme über sein Gesicht rannen, nickte Darian schmunzelnd. Seine Gedanken wanderten zu seiner kleinen Tochter auf der Nebelinsel, und er hoffte, dass sie jetzt gemütlich und geschützt in einer Hütte oder zumindest in einer Höhle in den Bergen saß.

Auf einmal krachte es über den Gefährten laut, und das Bersten von Holz übertönte sogar den tobenden Sturm. Zum Glück sprang Menhir instinktiv zur Seite, denn schon donnerte ein dicker Ast hinter dem Hengst und Darian auf den Weg.

»Genügend Abwechslung für den heutigen Tag, Darian?«, schrie Tagilis gegen den heulenden Wind.

Der junge Wächter führte sie durch das Unwetter bis zu einem Fluss, der normalerweise ein lächerliches Rinnsal war, sich jetzt jedoch in einen reißenden Strom verwandelt hatte. Durch den dichten Regenschleier erkannte Darian drei verhüllte Männer. Sie hielten eine weitere Gestalt zwischen sich, die von einem anderen Wachposten mit einer Lanze bedroht wurde. Langsam ließ Darian Menhir vorwärtstreten, dann sprang er aus dem Sattel.

»Mein Herr, dieser Mann behauptet, der Zauberer Samukal zu sein«, berichtete ein untersetzter, stämmiger Bauer, der Darian vage bekannt vorkam.

Mit einer raschen Handbewegung riss Darian dem vor Kälte schlotternden und gebeugt dastehenden Gefangenen die durchweichte Kapuze vom Gesicht.

»Darian, ich bin so froh, dass man mich zu dir geführt hat«, ertönte eine bebende Stimme.

»Das ist nicht …« Im ersten Augenblick war sich Darian absolut sicher, dass dieses Häufchen Elend nicht Samukal sein konnte. Das Gesicht des Mannes war blaugefroren, wirkte eingefallen und ausgezehrt, und die Kleider waren abgerissen und schmutzig. Dann kniff Darian die Augen zusammen und trat einen Schritt näher.

»Darian, bitte, lass mich erklären!«

Instinktiv holte Darian aus und schlug dem Mann ins Gesicht. Platschend fiel er zu Darians Füßen auf die Erde.

»Du wagst es, hierherzukommen?«, schrie Darian gegen den Sturm an. Hätten Tagilis und Nordhalan ihn nicht festgehalten, hätte er noch einmal zugetreten.

»Ich habe Fehler gemacht«, gab Samukal ungewohnt kleinlaut zu.

Nordhalan beugte sich nun ebenfalls hinab, offensichtlich selbst erstaunt, dass es sich tatsächlich um Samukal handelte. Von dem arroganten, selbstsicheren und überlegenen Zauberer war nicht mehr viel übrig geblieben. Abgemagert und frierend kniete er im Matsch und versuchte mit Darian zu sprechen, der ihn allerdings nur anschrie, ihn mit Beschimpfungen überhäufte und ihn am liebsten auf der Stelle getötet hätte.

»Ich erbitte euren Schutz, und ich möchte mich euch anschließen.«

»Unseren Schutz?« Darians Stimme überschlug sich beinahe. »Sag mir einen Grund, wieso ich dich nicht auf der Stelle mit meinem Schwert durchbohren sollte.« Trotz des Regens hatte Darian seine Kapuze abgestreift. Wasser floss in Strömen über sein Gesicht, seine Haare klebten klatschnass am Kopf, aber seine Augen glühten wie loderndes Feuer.

»Können wir das nicht im Trockenen besprechen?«, bat Samukal.

»Nein!«

Ganz offenkundig rang Samukal nach Worten. »Ich bin allein, ihr braucht keine Sorge zu haben, dass ich euch etwas antue.«

Fragend sah Darian zu den Wächtern, die zustimmend nickten und erklärten, sie hätten in einem großen Umkreis nach Soldaten gesucht, aber keine gefunden.

»Sag, was du zu sagen hast, Samukal.«

»Wie soll ich es ausdrücken? Die Dämonen, also ich – ich habe die Kontrolle über sie verloren.«

»Und was willst du jetzt von uns?«, fragte Darian schneidend. »Ich könnte dich töten, und dann sind wir nicht nur dich, sondern auch deine Dämonen los.«

»Eben nicht«, hektisch schüttelte der Zauberer den Kopf, »wenn ich sterbe, sind auch noch die letzten Dämonen, über die ich gebiete, frei.«

»Gerade sagtest du, du hättest die Kontrolle verloren.«

»Nicht über alle.« Seine zitternde Hand zog die Opalkette unter seinem schmutzigen Hemd hervor. »Diese Opale verschaffen mir die Herrschaft über einen Teil der Dämonen. Ich wollte euch bitten, mit mir gemeinsam einen Weg zu finden, sie zu töten.«

Laut lachend stand Darian im Regen und hob nun die Arme gen Himmel. »Natürlich, du willst mit uns zusammen deine finsteren Diener vernichten. Für wie blöd hältst du mich denn?«

»Ich halte dich nicht für dumm.« Jetzt sah Samukal Darian direkt in die Augen. »Im Gegenteil, ich sehe, dass du ein wahrer Anführer geworden bist.«

Bevor Nordhalan es verhindern konnte, fuhr Darians Hand nach vorn und traf Samukal direkt an der Schläfe. Diesmal sackte der Zauberer ohnmächtig zusammen.

»Er hat Recht, wir sollten im Trockenen weitersprechen.«

Kopfschüttelnd warf Tagilis den leblosen Körper vor sich aufs Pferd, dann ritten sie eilig zum Dorf zurück. In der Hütte, die Darian und Mia bewohnten, ließ Tagilis Samukal auf den Boden sinken. Nordhalan bestand darauf, dass er trockene Kleidung bekam, denn auch wenn er ein Feind war, so sollte er doch menschlich behandelt werden. Als der alte Zauberer Samukal entkleidete, wurde sichtbar, wie abgemagert und ausgezehrt dieser war.

»Ich möchte wissen, was mit ihm geschehen ist«, überlegte Nordhalan laut, dann strich er sich versonnen durch den Bart, »auch wenn ich da eine dunkle Ahnung habe.«

Darian, noch immer bebend vor Wut, starrte auf den am Boden liegenden Mann. »Es ist mir vollkommen egal, mit welchen Lügengeschichten er anfängt.«

»Wir sollten uns zumindest anhören, was er zu sagen hat, Darian. Manchmal können selbst – oder gerade – vom Feind wichtige Informationen kommen«, versuchte Tagilis ihn zu beschwichtigen.

»Samukal hat mich mein halbes Leben lang belogen. Er hat meine Eltern, meine kleine Schwester und meine Adoptiveltern auf dem Gewissen. Um ein Haar hätte er Mia getötet, sein Halbbruder hat mich abhängig gemacht, er hat die Herrschaft an sich gerissen, Dämonen beschworen und sogar meine Tochter entführt. Mal ganz abgesehen davon, dass er mich beinahe umgebracht hätte.« Zornbebend deutete Darian auf Samukal. »Nun nennt mir einen Grund, auch nur einen einzigen, weswegen ich diesen Mann am Leben lassen sollte.« Darians Wut war offensichtlich, und Tagilis hielt ihn vorsichtshalber fest. Ehe Nordhalan oder der Halbelf antworten konnten, rappelte sich Samukal mühsam auf, und als er sprach, wurde klar, dass er alles mitangehört hatte. Er rieb sich die Schläfe und sah Darian ernst an.

»Du hast mit fast allen Dingen Recht. Nur eins, Darian, ich

wollte dich niemals umbringen, und auch deiner kleinen Tochter würde ich kein Leid antun.«

»Lügner!«

»Mir ist klar geworden, dass ich viele Fehler gemacht habe.« Samukal fuhr sich über seinen ungepflegten Bart. »Aber wenn wir Albany noch retten wollen, müssen wir an einem Strang ziehen.«

»Du hast es verbockt, kümmere dich selbst um deine finstere Brut.« Darians ganze Haltung war ablehnend, mit verschränkten Armen hatte er sich vor seinem ehemaligen Ziehvater aufgebaut und glaubte ihm kein Wort.

Zumindest hörte er Samukal zu, als dieser nun von den Dämonen berichtete, die in Northcliff das Kommando übernommen hatten, und lauschte aufmerksam, wie Samukal mit Elysia und Kayne geflüchtet war und sich anschließend auf die Suche nach Darian und seinem Bruder begeben hatte. Samukal wollte Elysia und Kayne in einer abgelegenen Zwergensiedlung untergebracht und sich dann auf die anstrengende Reise durch das winterliche Albany gemacht haben. Weiterhin behauptete er, er habe überall für Atorian und ihn gesprochen, habe den Menschen gesagt, sie sollten sich den Northcliffbrüdern anschließen und sich vor Galmár und seinen Dienern in Acht nehmen. Nachdem Samukal geendet hatte, wirkte er erschöpft.

Eine ganze Weile antwortete Darian nichts, sondern durchbohrte den Mann, der eine Zeit lang für ihn wie ein Vater gewesen war, nur mit Blicken. Dann stellte er sich vor ihn und sah von oben herab verächtlich auf ihn nieder. »Also hast du verfluchter Feigling alle Bewohner Northcliffs ihrem Schicksal überlassen und bist geflohen wie ein Hund?«

»Ich konnte nichts tun, die Dämonen …«

»Du widerst mich an, Samukal!«

Ganz langsam zog sich der Zauberer an dem einfachen Holzbett in die Höhe. »Man erzählt sich, du hättest einen Dämon besiegt. Sind das nur Gerüchte, oder entspricht es der Wahrheit?

Darian, wir müssen gemeinsam versuchen, sie zu vernichten.« Ein flehender Unterton hatte sich in Samukals Stimme geschlichen, und vieles von dem, was er erzählt hatte, klang durchaus ehrlich. Dennoch wusste Darian, dass sich Samukal hervorragend verstellen konnte, und er blieb wachsam. Außerdem *wollte* er ihm einfach nicht glauben.

»Wie konntest du Apophyllion töten?«, schaltete sich nun Nordhalan ein.

»Das war nicht ich«, antwortete Samukal kaum hörbar, »mein Meister, ein mächtiger Dunkelelf, und einige von ihm beherrschte Dämonen haben einen Zauber gewoben, der meine Fähigkeiten weit übersteigt, und die Drachen gebannt.«

»Wie konnte ihnen das überhaupt gelingen?«, hakte Nordhalan zweifelnd nach und musterte Samukal aus zusammengekniffenen Augen. »Und weshalb waren sämtliche Drachen Albanys anwesend?«

Nun stellte Samukal eine äußerst betretene Miene zur Schau, und wieder war Darian sich nicht im Klaren darüber, ob diese nur gespielt war. Wobei das Entsetzen in den Augen des Zauberers durchaus echt wirkte. »Ich ließ verkünden, alle Drachen sollten sich am Kreis von Borogán versammeln, um den neuen König von Northcliff zu begrüßen«, gab er kleinlaut zu. »Die Dämonen griffen die Drachen an und töteten die versammelten Bewohner der Insel. Im letzten Augenblick hatte Apophyllion sich vor seine Artgenossen gestellt, kurz darauf entstand ein silbriges Portal.« Der Zauberer schüttelte den Kopf, so als könne er es selbst nicht glauben. »Ich vermute, der Drache hat all seine Magie auf einmal verbraucht, um das Tor zu erschaffen und den Bann zu lösen. Die Drachen flohen, aber Apophyllion starb.«

»Drachen sind mächtige Wesen, ich kann mir nicht vorstellen, dass sie so leicht zu besiegen sind – selbst von Dämonen«, warf Nordhalan ein.

»Ich gehe davon aus, dass dies gelang, weil mein Meister eine Kuppel der Dunkelheit über den Steinkreis legte und die Drachen bannte. Dann griffen die Dämonen an – etwas Genaues sah ich jedoch selbst nicht.«

Voller Abscheu betrachtete Darian seinen Ziehvater. »Weißt du eigentlich, wie viele Menschen, Elfen und sonstige Wesen durch deine Schuld gestorben sind?«

»Ja, das weiß ich – aber, wenn du mich jetzt tötest, Darian, führt das nur dazu, dass weitere Dämonen außer Kontrolle geraten. Und ich kann euch vielleicht wirklich helfen.«

»Du hast also Dämonen am Stein von Alahant beschworen und mit auf die Dracheninsel genommen?«, verlangte Nordhalan zu wissen.

»Nein. Ich rief Rashkár, doch er folgte meinem Befehl nicht. Also beschwor ich in der Nacht, bevor die Drachen kamen, weitere Diener, denn einer der Monolithen von Borogán führte laut meinem Meister ebenfalls in eine andere Welt.«

»Wer ist dein Meister?«

»Ein Dunkelelf, ich kenne seinen Namen nicht.«

»Wieder nur Lügen«, spie Darian aus.

»Nein, ich lüge nicht«, beschwor Samukal ihn. »Mein Urgroßvater war ein Mitglied der Diomár und wurde von einem Dunkelelfen unterrichtet. Als der Zaubererbund zerfiel und die Feuer auf der Geisterinsel von seinem Ende kündeten, konnte er einen Teil der Chroniken von Northcliff und auch weitere geheime Diomár-Schriftrollen an sich bringen. Nach seinem Tod gab er sie meinem Großvater, und der vererbte sie mir. Ich war ehrgeizig und jung und studierte die geheimen, verbotenen Schriften, in denen auch stand, dass ein mächtiger Dunkelelfenzauberer vor langer Zeit einen Dämon beschworen und dank diesem große Macht erlangt hatte. Ich nahm Kontakt zum Unterreich auf, lernte hier und da zwielichtige Vertreter ihrer Art kennen und schließlich auch Kaz'Ahbrac, der mich letztendlich mit meinem Lehrmeister zusammenbrachte.«

»Kaz'Ahbrac! Welch ehrenwerte Verbündete du doch hast«, höhnte Darian.

»Du kennst ihn?«

»Ja, er hätte beinahe meinen Bruder getötet«, erwiderte Darian kalt.

Samukal schluckte hörbar, dann fuhr er fort. »Auf jeden Fall erfuhr ich von dem Dunkelelfenmagier, dass er seit einiger Zeit über einen Dämon gebot, der vor tausenden von Sommern im Unterreich als Verbannter galt. Dieser hatte ihm berichtet, er müsse die vergessenen Portale finden, denn nur aus dem Zwischenreich, das zwischen Albany und anderen Welten liegt, könnten seine Brüder und Schwestern beschworen werden. Der Dunkelelf versprach mir eine Allianz zwischen seinem Volk und den Menschen und dass wir auf ewig herrschen würden.«

»Du weißt aber schon, dass nur die ehrlosesten und am schlechtesten ausgebildeten Dunkelelfen zu dir an die Oberfläche kamen.« Mit hartem Blick sah Darian Samukal an, der die Stirn runzelte.

»Was redest du denn? Dunkelelfen sind hervorragende Krieger, ich selbst habe von ihnen gelernt«, empörte er sich.

Darian ging auf Samukal zu und sah ihm direkt in die Augen. »Ich war im Reich der Dunkelelfen. Ich habe ihre tanzenden Klingen gesehen, Samukal. Sie sind geschickt, schnell, tödlich. Diejenigen, von denen du gelernt hast, sind nicht mehr als der verkommene Abschaum dieses stolzen Volkes.«

»Darian hat Recht«, bestätigte Nordhalan ruhig. »Er und seine Gefährten waren im Unterreich und haben dessen wahre Herrscher kennengelernt. Kaz'Ahbrac und seine Anhänger sind nur Ausgestoßene und ihre Armee die Geächteten des Unterreichs.«

Für einen Moment kam wieder der alte, arrogante Samukal durch. »Und deine Kampfkünste sind dann wohl denen der Dunkelelfen überlegen? Ihr wollt mich doch verhöhnen!«

Darian wollte etwas erwidern, winkte dann aber ab. »Glaub, was du willst, aber keiner deiner ach so tollen Lehrer würde gegen einen Dunkelelfen der Còmhragâr bestehen.«

Sichtlich entrüstet holte Samukal Luft, dann musterte er Darian prüfend. »Du warst wirklich im Unterreich?«

Darian nickte bestätigend, dann dachte er kurz nach und streckte seine Hand aus. »Gib mir einen deiner Opale.«

Rasch fuhr Samukals Hand zu seinem Hals. »Was willst du damit? Du bist der Magie nicht mächtig, du kannst sie nicht beherrschen.«

»Ich möchte etwas ausprobieren. Beweise mir deine guten Absichten und gib mir das Ding.«

Nur ganz zögernd und mit sichtlichem Unbehagen löste Samukal die Kette von seinem Hals. »In Ordnung, aber falls ein Dämon erscheint, gib mir auf der Stelle den Opal zurück, denn nur so kann ich dich retten.«

Voller Spott grinste Darian ihn an. »Als ob ich dir etwas bedeuten würde.«

Nun ergriff Samukal seine Hand und sah ihm eindringlich in die Augen. »Ich weiß, es ist schwer zu verstehen, nach allem, was ich dir angetan habe, aber du bist mir wirklich wichtig, Darian. Ich war es, der dich großgezogen hat.«

Ruckartig entriss Darian ihm seine Hand.

»Hatten wir nicht auch gute Zeiten, damals, in England? Habe ich es dir nicht ermöglicht, die ganze Welt zu sehen, ein angenehmes Leben zu führen, und meinen Reichtum mit dir geteilt?«

»O ja, und meine Freundin hast du auch großzügig mit mir geteilt.«

Während Samukal sich beschämt räusperte, wog Darian den Stein in der Hand. Er fühlte sich glatt und kühl an, hatte allerdings eine unangenehme, finstere Ausstrahlung. Darian überlegte, ob er sich das nur einbildete, aber er glaubte, den Opal vibrieren zu fühlen, beinahe so, als würde ein Herz darin schlagen. Schaudernd nahm Darian das magische Säckchen vom Hals und holte etwas von dem Silberstaub heraus.

Nordhalan trat rasch näher. »Sei vorsichtig.«

Darian nickte, dann ließ er etwas von den feinen Körnern auf den Opal rieseln. Zunächst geschah nichts, dann begann es im Stein heftig zu pochen. In diesem Augenblick erklang ein unmenschlicher, durchdringender Schrei, und Darian ließ den Opal vor Schreck los. Mit einem knallenden Geräusch fiel dieser zu Boden. Nur einen Lidschlag später materialisierte sich die Gestalt eines Dämons im Raum. Seine Hände waren verkrampft, sein abstoßendes Gesicht vor Schmerz verzerrt. Sofort stürzte sich Samukal auf den Opal, aber Darian war schneller. Er ließ noch etwas von dem Silberstaub auf den Stein rieseln, und der Dämon krümmte sich am Boden, rappelte sich jedoch wieder auf und kroch auf Darian zu. Knochige Finger mit pergamentartiger, ungesund grauer Haut streckten sich nach ihm aus. Darian war für einen Augenblick wie gelähmt. Hatte er einen Fehler begangen?

Ein bläulicher Blitz aus Samukals ausgestreckten Händen hielt den Dämon kurzzeitig auf. Darian wusste sich nicht anders zu helfen, als der Kreatur den Rest des Staubes über den Kopf zu leeren. Kreischend und wimmernd löste sich der Dämon auf, und der Opal zerbarst in tausend kleine Splitter.

Stille kehrte ein. Verwundert und auch etwas ungläubig starrte Samukal auf den Boden, dann hob er triumphierend den Kopf. »Siehst du, ich bin auf deiner Seite. Was war das für ein Staub?«

»Das geht dich nichts an.« Darian sah zu Nordhalan hinüber. »Jetzt habe ich den Rest verbraucht.«

»Aber wir wissen, dass es möglich ist, Dämonen damit zu schwächen und zu töten«, stellte Nordhalan fest. »Wenn wir mehr Silberstaub bekommen, können wir zumindest die von Samukal beherrschten Dämonen unschädlich machen.«

»Ihr braucht mich doch!«, triumphierte der Zauberer.

»Ohne dich hätten wir dieses Problem gar nicht«, stellte Nordhalan richtig, dann wandte er sich wieder an Darian. »Komm, wir sollten etwas besprechen.«

Einen letzten kritischen Blick auf Samukal werfend, folgte

Darian Nordhalan hinaus in den Regen, wo sie sich in den Pferdeunterstand zurückzogen.

»Trotz aller Gefahren und der furchtbaren Dinge, die er angerichtet hatte, könnte sich Samukal als nützlich erweisen«, begann Nordhalan. Darian jedoch schüttelte den Kopf. »Nein, kommt nicht in Frage.«

»Darian, ich glaube, Samukal hat zumindest in den meisten Dingen die Wahrheit gesprochen.«

Darian presste die Lippen aufeinander. »Das glaube *ich* nicht.«

»Ich vermutete sogar, er bereut einige seiner Taten tatsächlich«, beharrte Nordhalan. »Zumindest, was diese Kreaturen aus der Zwischenwelt anbelangt, hat er eingesehen, dass er zu weit gegangen ist.«

Darian blieb uneinsichtig, zu groß war seine Wut auf Samukal. »Ich werde ihm niemals verzeihen können.«

»Das musst du ja auch nicht.« Nordhalans Hand legte sich auf Darians Schulter. »Aber wenn wir Samukal als Geisel mitnehmen, könnten wir noch in diesem Winter auf die Dracheninseln reisen. Mit ihm können wir gefahrlos die Eichenpfade benutzen. Er kann zumindest die Dämonen beherrschen, deren Opale er besitzt, und wenn es stimmt, was er gesagt hat, kann er ihnen im Notfall befehlen, gegen die flüchtigen Dämonen zu kämpfen.«

Unsicher fuhr sich Darian durch die nassen Haare. »Ich weiß ja, dass du Recht hast, aber ich vertraue ihm nicht, und ich möchte ihn auch nicht in Leánas Nähe haben.«

»Darian, er ist den ganzen Weg von Northcliff hierhergekommen. Wie es aussieht, war er halb verhungert, und mit einer Reise bei diesem Unwetter sind große Strapazen verbunden. Natürlich müssen wir vorsichtig sein, aber ich denke, wir sollten ihn sich uns anschließen lassen.«

»Ich würde gerne mit Atorian sprechen.« Missmutig beobachtete Darian die Fluten, die vom Himmel stürzten. Das Lager am Rannocsee war nur zwei Tagesritte entfernt, trotzdem würde es eine mehr als unangenehme Reise werden, die sie in letzter Zeit wegen des schlechten Wetters hinausgezögert hatten.

»Warte noch ein oder zwei Tage, vielleicht wird es ja besser. Mein rechter Zeh juckt, das ist ein Zeichen, dass sich das Wetter ändert.«

Das brachte Darian zum Lachen. »Deinen Zeh in allen Ehren, aber im Augenblick sieht es nicht danach aus.«

Eilig gingen die beiden Männer zurück zur Hütte, wo Samukal Darian weiterhin von seiner aufrichtigen Reue und seinen guten Absichten zu überzeugen versuchte. Es dauerte nicht lange, und dann hatte es sich im Dorf herumgesprochen, dass Samukal hier war. Als die Tür aufging und Mia mit zornverzerrtem Gesicht eintrat, gelang es Darian nicht mehr, sie rechtzeitig zurückzuhalten. Das Feuer hinter Samukal loderte plötzlich hoch auf, und Flammengestalten griffen nach seinem Umhang, dann stürzte sich die Nebelhexe auch schon auf ihn.

»Dreckskerl, verfluchter, ich bringe ihn um.« Sie hielt ihren Dolch in der Hand und umkreiste den Zauberer, der die Flammen mit einer schnellen Handbewegung löschte.

»Haltet diese irre Nebelhexe von mir fern!«, rief er und streckte seine beiden Hände aus. »Ich will ihr nichts tun, aber ich lasse mich nicht töten!«

»Mia, lass ihn!«

Sie fuhr so hastig zu Darian herum, dass ihre langen Haare einer schwarzen Wolke gleich um sie herumwirbelten. »Er hat Leána entführt und mich beinahe umgebracht, mal abgesehen …«

»Ich weiß.« Darian schlang seine Arme um ihren Oberkörper und hielt sie fest. »Auch mein erster Impuls war, ihm die Kehle durchzuschneiden.« Darian bemerkte, wie Samukal sie lauernd beobachtete. »Im Augenblick brauchen wir ihn, damit er seine Dämonen unter Kontrolle hält. Aber wenn er sich auch nur einen winzigen Fehler erlaubt, werde ich ihn persönlich aufschlitzen.«

Samukal lächelte gequält, dann ließ er sich sichtlich erleichtert auf einen Stuhl sinken, als Mia, die Augen noch immer vor Wut funkelnd, ihren Dolch einsteckte.

»Samukal?« Nun stand Atene in ihrer ganzen Schönheit in der Tür, hinter ihr Dimitan, der sehr ungläubig aussah.

»Was ist denn mit dir geschehen?« Sichtlich erschrocken trat Atene näher.

»Du sorgst dich wohl um deinen Geliebten und Verbündeten?«, höhnte Dimitan sogleich.

»Er ist nicht mein …«, zischte Atene zurück.

»Dimitan, Atene, hier seid ihr also.« Samukals von einigem Grau durchsetzte Augenbrauen hoben sich erstaunt.

»Ich konnte mich nicht auf den Umgang mit Dämonen einlassen«, behauptete Dimitan im Brustton der Überzeugung, woraufhin Atene ihn selbstverständlich sofort der Lüge bezichtigte.

Darian beobachtete die drei Zauberer genau. Er vermutete, dass sie alle ihr eigenes Spiel spielten, und trauen konnte er keinem von ihnen. In jedem Fall mussten sie alle im Auge behalten werden.

»Weder Atene noch Dimitan waren in meine Geschäfte mit den Dunkelelfen verwickelt«, behauptete Samukal, als der Streit der beiden zu eskalieren drohte. »Es stimmt, Atene und ich hatten, nun ja, eine gewisse Verbindung, aber sie wollte mich wohl nur über die Dämonen aushorchen.« Nun sah Samukal regelrecht beleidigt aus, während Atene triumphierend ihren Kopf hob. »Dimitan habe ich die Herrschaft über einen Dämon angeboten, aber er lehnte ab und verschwand.«

Zufrieden nickend verschränkte der große, hagere Mann seine Arme vor der Brust.

»Das kann alles ein abgekartetes Spiel sein«, entgegnete Nordhalan ruhig. »Es gibt keinerlei Beweise, und nach wie vor bleibt die Frage, wer mich damals, als ich Darian am Stein von Alahant in Empfang nehmen wollte, überwältigt hat.«

Atene und Dimitan warfen sich misstrauische Blicke zu,

aber Samukal ergriff sogleich das Wort. »Das war mein dunkelelfischer Meister. Durch meinen Diener Rashkár ließ ich ihm deine Rückkehr nach Albany verkünden und bat ihn zu veranlassen, dass du in den Kerker von Rodgill gebracht wirst. Ich wollte vermeiden, dass du den Mentor für Darian spielst.«

Eine bedrohliche Falte bildete sich zwischen Nordhalans Augen. »Warum hat er mich nicht gleich getötet?«

Sichtlich verlegen räusperte sich Samukal und fuhr sich nervös über den Bart. »Ich dachte, vielleicht könnte Fehenius noch Informationen bezüglich Darian von dir benötigen.«

»Weißt du etwas über Redebans Verbleib?«, erkundigte sich Nordhalan mit einer gewissen Schärfe in der Stimme.

»Fehenius hat ihn töten lassen«, gestand Samukal.

»Das dachte ich mir beinahe«, bemerkte Nordhalan bitter.

»Zum Glück ist diese elende kleine Ratte Fehenius ebenfalls tot«, rief Mia.

»Ist er nicht, ich ließ ihn zu Edvan in ein Verlies in den östlichen Bergen bringen. Allerdings weiß ich nicht, wie lange er dort am Leben bleiben wird, falls seine Wächter vor den Dämonen fliehen.«

Bei diesen Worten zuckte Darian zusammen, seine Kiefermuskeln spannten sich an, und er ballte die Fäuste. »Von mir aus können sie beide gemeinsam verrotten, sie haben es verdient.«

»Und Samukal können wir gleich dazusperren.« Mia wandte sich ruckartig zur Tür, vom empörten Ruf des Zauberers verfolgt. »Wie sprichst du denn mit mir? Du solltest mir ein wenig mehr Respekt erweisen, Nebelhexe!«

»So wie es dir gebührt.« Noch einmal drehte sie sich um. »Einst habe ich dich für einen starken, ehrenwerten Mann gehalten, ein aufrechtes Mitglied der Zauberergilde, einen treuen Ratgeber an König Jarredhs Seite, der uns Mischlingen zumindest ein Refugium auf der Nebelinsel gewährte.« Voller Abscheu wanderte ihr Blick über Samukals heruntergekommene Erscheinung. »Aber alles an dir war eine Lüge. Deine Freundschaft war ebenso erlogen wie deine überragenden Zauberkräfte, die offenbar nur dunkler Magie entspringen, und selbst deinen Ruf als Schwertmeister hast du lediglich ausgestoßenen Dunkelelfen zu verdanken.«

Samukal bebte förmlich. Er öffnete den Mund, schloss ihn wieder, und seine Finger klammerten sich so fest um den alten Holzstuhl, dass die Knöchel weiß hervortraten. Seine Stimme klang gepresst, als er antwortete. »Ich bin ein Meister meines Standes und lasse mir nicht von einem Wesen wie dir …« Er brach ab, holte lautstark Luft, dann entspannte er sich etwas. »Aramia«, begann er erneut, »ich denke, wir sollten unsere Differenzen zugunsten unseres Landes hinter uns lassen.«

Mias einzige Reaktion bestand in einem empörten Schnauben. Sie riss die Tür auf, drehte sich jedoch noch ein letztes Mal um. »Unsere Differenzen werden dann enden, wenn einer von uns in seinem eigenen Blut auf der Erde liegt.«

Ein lautes Krachen begleitete Mias Verschwinden, und Samukal meinte: »Eine temperamentvolle Frau, deine neue Gefährtin. Da kann Elysia beileibe nicht mithalten.«

»Meine Beziehungen gehen dich einen Dreck an«, erwiderte Darian kalt.

»Was habt ihr jetzt vor?«, wollte Atene wissen und lehnte sich gegen den Türrahmen.

»Wir überlegen noch«, erwiderte Darian knapp, dann sandte er Atene, Dimitan und Samukal jeweils einen warnenden Blick. »Auf jeden Fall werden wir euch alle genauestens beobachten.«

»Wo soll Samukal schlafen?«

»Sicher nicht in deinem Bett«, blaffte Dimitan sie an.

Die rothaarige Zauberin lachte allerdings nur kehlig. »Ach, ich hätte auch Platz für zwei stattliche Männer, für den Fall, dass du deine Feindseligkeiten gegen mich aufgeben würdest.«

Knallrot anlaufend, schnappte Dimitan nach Luft, Samukal hingegen schmunzelte nur. Nordhalan sprach ein Machtwort. »Samukal wird in meiner Hütte schlafen und entweder von mir,

Tagilis oder Aramia bewacht werden. Zu gegebener Zeit werden wir euch über das informieren, was wir für sinnvoll erachten. Dimitan, Atene, bitte geht jetzt.«

Die folgenden Tage über brachen noch öfters heftige Diskussionen über Samukals Erscheinen aus, niemand wusste so recht, ob dies ein Segen oder ein Fluch war. Als der Regen ein klein wenig nachließ, entschloss sich Darian, Tagilis als Boten zu Atorian zu schicken. Darian erhoffte sich einen Rat von seinem Bruder, denn er selbst war zwiegespalten.

Fernab von Darian und seinen Freunden drang der Regen nur mühsam durch den dichten Blätterbaldachin und rieselte sehr fein und langsam auf die Erde. Versonnen wandelte Lharina zwischen den knorrigen Bäumen umher, strich mit der flachen Hand zärtlich über die feuchten Farnblätter. Eine innere Unruhe, die sie sich nicht erklären konnte, hatte sie erfasst und in den Wald getrieben. Sie schrieb es den Dämonen zu, dass sie nachts häufig aus dem Schlaf schreckte, heimgesucht von den schmerzverzerrten Gesichtern der Elfen ihres Volkes, dessen Ende nahe schien. Die Farne wurden dichter, auch der Geruch von nassem Holz und Moos stieg ihr immer intensiver in die Nase. Ihre Ohren vernahmen das leiseste Rascheln im Unterholz, ihre Augen bemerkten jede noch so kleine Schattierung der endlosen Grüntöne des Waldes. *Als würden sich meine Sinne erweitern,* dachte sie und blieb stehen. Die Farne vor ihr bildeten ein undurchdringliches Dickicht. Fast schon wollte Lharina umkehren, doch da sah sie etwas Graues aus dem Grün hervorblitzen. Sie ging weiter, schob das Blättergewirr auseinander, achtete nicht darauf, wie ihr Kleid nach und nach von Nässe durchtränkt wurde. Plötzlich wichen die Farne zurück und bildeten eine winzige Lichtung, in deren Mitte ein Stein lag, der sie irgendwie zum Verweilen einlud. Lharina runzelte die Stirn, dann ließ sie sich nieder und fühlte sich plötzlich von einer bleiernen Müdigkeit durchdrungen. Als sie jedoch ihre Augen schloss, verflog diese Schwere ruckartig, und Lharina war es, als würden ihre Sinne in alle Himmelsrichtungen geschleudert werden – als könne sie plötzlich Erinnerungen umarmen, die bislang im Verborgenen gelegen hatten. Erschrocken keuchte sie auf, als sie in das Antlitz einer Elfenfrau blickte, deren Gesichtszüge sich vor Schmerz verzerrten, während ein Dämon unbarmherzig seine blutigen Krallen in ihre weiche, helle Haut schlug. Sie kannte die Frau nicht, ahnte jedoch, dass diese vor langer Zeit gelebt haben musste. Mit aller Macht riss Lharina sich von dem Anblick los, sah hinauf in den Sternenhimmel, nur um das Grauen nicht miterleben zu müssen. Hoch droben, zwischen all den glitzernden Silberpunkten jagte ein Stern über den Himmel, einen Schweif aus silbrigem Staub hinter sich herziehend. Immer mehr des Staubes verteilte sich über den Himmel, während der Stern zu Boden stürzte. Eine alte Erinnerung gewährte ihr den Anblick eines Dämons, der schützend seine knochigen Hände nach oben streckte. Lharina riss die Augen auf, atmete schwer und heftig, ihr Herz pochte ihr bis zum Hals. Noch immer saß sie auf dem Stein, umgeben von einer grünen Welt aus Farnen.

»Der Silberstaub«, flüsterte sie, und die Erkenntnis durchflutete sie wie Sonnenlicht einen klaren Teich.

Kapitel 20

Drachenmagie

Nach wenigen Tagen hatte sich Tagilis durch Hochwasser, Schlamm und Regen vom Rannocsee zurückgekämpft, und er brachte gute Neuigkeiten.

»Atorian kann inzwischen kurze Strecken gehen – wenn auch auf Krücken gestützt. Aber er ist guter Dinge.«

»Das sind wunderbare Nachrichten«, freute sich Darian. »Was sagt er zu der Sache mit Samukal?«

Tagilis wiegte bedächtig seinen Kopf. »Zunächst war auch er misstrauisch, aber letztendlich kam er zu dem Schluss, dass wir uns Samukals Wissen zunutze machen und auf die Dracheninseln reisen müssen. Am liebsten würde Atorian uns begleiten, was ihm Kaya jedoch vehement ausgeredet hat«, lachte der Halbelf.

»Ja, das sehe ich ähnlich«, stimmte Darian zu. Während der letzten Tage waren Neuigkeiten von Dämonenüberfällen bis hierher durchgedrungen, und Darian hatte es mit großem Entsetzen erfüllt, dass zwanzig bis dreißig ihrer Verbündeten ihnen zum Opfer gefallen waren. »Es muss endlich ein Ende haben«, sagte Darian mit heiserer Stimme. »Wir müssen auf die Dracheninseln und dort einen Hinweis über den Verbleib der Drachen finden. Ich hoffe, Lharina behält Recht, und die Drachen bringen das magische Gleichgewicht in Albany wieder ins Lot.«

»Ja, das hoffe ich auch.« Die ganze Zeit über hatte sich Mia dagegen gewehrt, Leána in Samukals Nähe zu lassen, aber letztendlich hatte auch sie eingesehen, dass ihnen keine andere Wahl blieb. Leána war eine Portalfinderin, und sie würden sie brauchen, um das Tor zu finden, durch welches die Drachen entschwunden waren.

»Tagilis, würdest du Veliah auf die Nebelinsel schicken? Morgen brechen wir zu Cadman auf und nehmen Leána am Eichenpfad in Empfang.«

»Sehr gerne, ich werde sofort versuchen, Kontakt zu ihr aufzunehmen.« Der schlanke blonde Mann lächelte den beiden zu und ging dann in Richtung Seeufer davon.

Zögernd nickend biss sich Mia auf ihre Unterlippe. »Leána wird …«

»Wir werden sie nicht aus den Augen lassen«, versprach Darian entschieden, dann ging er, um beim Packen des Proviants mitzuhelfen. Sie entschlossen sich, dass nur Nordhalan und Tagilis mitkommen sollten. Eigentlich hätte Darian auch Nassàr gerne bei sich gehabt, aber es würde zu lange dauern, ihn zu holen.

Ein kalter Wind wehte über die Lichtung, als Darian und Mia zum Lagerhaus eilten, ihre Satteltaschen über der Schulter und von leichter Nervosität erfüllt, was die nächsten Tage wohl bringen würden. Atene, in einen blutroten Umhang gehüllt, folgte ihnen.

»Nehmt mich doch mit, ich könnte euch helfen, Samukal zu bewachen.«

Mias abschätzender Blick traf die Zauberin. »Einer von Leánas Entführern ist ausreichend.«

»Bitte, ich habe es euch doch erklärt.« Atenes schlanke Hand legte sich auf Mias. »Ich bin auf eurer Seite – ich war es immer.«

Mit einem Schnauben machte sich die Nebelhexe los. »Bleib hier und achte meinetwegen auf Dimitan oder vergnüge dich in den Betten der Bauern. Wir brauchen dich nicht.«

Sichtlich betrübt senkte Atene den Blick. »Du tust mir Unrecht, ich … Wir … Verdammt, Aramia, ich hatte meine Gründe!« Es schien, als wolle Atene noch etwas hinzufügen, dann drehte sie auf dem Absatz um und verschwand in einer der Hütten.

Kopfschüttelnd sah Mia ihr nach. »Ich konnte immer noch nicht herausbekommen, wie sie Tena dazu überredet hat, Leána zu entführen. Ich hätte Tena niemals so etwas zugetraut. Wenn ich das nächste Mal auf der Nebelinsel bin, wird sie es mir büßen.«

»Komm jetzt, Mia, wir sollten noch einige warme Sachen einpacken.« Voller Sorge blickte Darian in den nun klaren Himmel. So angenehm es war, dass es nun nicht mehr regnete, aber jetzt wurde es kalt, und wenn das viele Wasser gefror, würden sämtliche Wege vereist und unpassierbar sein.

Ein klirrend kalter Morgen bahnte sich seinen Weg durch die finstere Nacht, als Darian, Mia, Tagilis, Nordhalan und Samukal auf ihre schwer bepackten Pferde stiegen. Sie wussten nicht, wie lange sie fortbleiben mussten, und hatten ausreichend Proviant und warme Decken mitgenommen, um dem kalten und windigen Wetter auf den Dracheninseln trotzen zu können. Von Atorian hatten sie seinen Vorrat an Sternenstaub erhalten, was Darian einerseits mit Erleichterung erfüllte, andererseits auch beunruhigte. Doch wahrscheinlich hatte Atorian recht, und sie benötigten den Staub auf ihrer gefährlichen Reise dringender. Atene und Dimitan waren mit hinausgekommen, und auch einige der Dorfbewohner, welche sie für ihre Sache gewonnen hatten, verabschiedeten ihre Gefährten nun und wünschten ihnen viel Glück.

»Ich werde mich um alles kümmern, solange du fort bist«, versicherte Dimitan Nordhalan.

»Davon ist auszugehen. Dimi wird massenhaft neue Anhänger gewinnen und sämtliche Dämonen allein bezwingen.« Atene klimperte übertrieben mit ihren langen Wimpern.

»Könnt ihr dieses unverschämte Weib nicht mitnehmen?«, knurrte der hagere Zauberer.

»Nein.« Nordhalan trieb seinen großen grauen Wallach an. »Vielleicht bringt ihr euch während unserer Abwesenheit gegenseitig um, dann haben wir ein Problem weniger.« Er nickte einem kräftigen Mann zu, den er damit beauftragt hatte, Zir'Avan von ihrem Aufbruch zu den Dracheninseln zu unterrichten. Eigentlich glaubte er nicht, dass der Dunkelelf so rasch wieder hier sein würde, andererseits war es sicher auch kein Fehler, jemand anderen als Dimitan oder Atene diese Nachricht überbringen zu lassen.

»Begleitet uns Atorian nicht?«, wollte Samukal wissen, als sie losritten. Schon die ganze Zeit über versuchte er herauszubekommen, wo sich Darians Bruder aufhielt.

»Er ist anderweitig beschäftigt«, erwiderte Darian knapp.

»Wo war er denn die ganze lange Zeit?« Samukal stand seine Neugierde ganz offen ins Gesicht geschrieben, aber Darian gedachte nicht, diese zu befriedigen.

»Das geht dich nichts an!«

Während des dreitägigen Rittes – durch den vereisten Boden kamen sie nur sehr langsam voran – strafte Darian Samukal mit Nichtbeachtung. Sosehr sein Ziehvater auch versuchte, mit ihm ins Gespräch zu kommen, Darian blockte jedes Mal ab und wollte dem Zauberer nicht zuhören. Auch Nordhalan blieb reserviert, denn so wie alle anderen konnte und wollte er Samukal seine vergangenen Taten nicht verzeihen. Während der Pausen achtete immer einer von ihnen auf Samukal, aber dieser machte keine Anstalten zu fliehen oder irgendjemandem etwas anzutun.

Cadman, der Wolfsvater, erwartete sie bereits. Unruhig trat er auf der Stelle und wich den Blicken Samukals und Nordhalans aus. Darian wusste, dass er ein Einzelgänger war und Menschen nicht sonderlich mochte, schon gar nicht eine so große Gruppe. Trotzdem bot er ihnen Quartier in seiner armseligen Hütte, kochte wärmenden Kräutertee und erzählte, er glaubte, einen Dämon gesehen zu haben.

»Wie kann man nur solche Kreaturen beschwören, nur um mehr Macht zu bekommen«, brummelte der alte grauhaarige Mann vor sich hin, der, in seine vielen zusammengeflickten Pelze gekleidet, beinahe selbst wie ein Wolf aussah.

»Ja, wie kann man nur.« Darians scharfer Blick traf Samukal, der sich verlegen räusperte.

»Zum Glück habe ich meine Wölfe.« Zärtlich strich Cadman einem alten weißen Wolf, dessen trübe Augen davon kündeten, dass er blind war, über das Fell. »Sie wissen, wenn sich etwas Böses nähert, und warnen mich.«

Zögernd zog Darian das kleine Säckchen von seinem Hals und ließ etwas von dem kostbaren Staub in eine hölzerne Schale rieseln. »Nimm diesen Staub, er kann Dämonen töten oder zumindest verletzen und aufhalten.«

»Du willst doch nicht diesem alten, verlausten ...«, setzte Samukal empört an, doch Cadman hob ohnehin bereits abwehrend die Hand.

»Ich bin kein Krieger, Darian, ich kämpfe nicht, schon gar nicht gegen Dämonen. Nimm du dieses Pulver und sieh zu, dass du jene beschützt, die du liebst. Wenn meine Zeit abgelaufen ist, dann soll es eben so sein.«

Nach einem vernichtenden Blick auf Samukal steckte Darian den Staub wieder ein und drückte Cadmans abgearbeitete, runzlige Hand. »Wenn es in unserer Macht steht, werden wir auch dich beschützen, denn du bist ein guter Mensch.«

»Ach, ich weiß nicht, ob ich gut bin. Ich bin eben einfach Cadman, der Wolfsvater.« Er schlurfte zum Feuer und rührte in einem Kessel voll Eintopf herum. Plötzlich hob ein noch recht junger Wolf, der unter dem Bett gelegen hatte, den Kopf und schnellte jaulend zur Tür.

»Vielleicht ist das schon eure Leána.« Cadmans Gesicht legte sich in freundliche Runzeln, und er ließ den jungen Wolf hinaus.

Es dauerte nicht lange, und Fenja, die schwarze Wölfin, sprang Cadman freudig an und leckte ihm über das Gesicht. »Seht ihr, ich wusste es. Meine Wölfe bemerken es, wenn die alte Eiche von Magie erfüllt ist.«

Sofort hasteten Darian und Mia los, und schon beim nächsten Hügel kam ihnen Leána entgegengerannt. Sie wurde von einem kräftigen Zwergenmischling und dem Trollmischling Karad begleitet. Lachend fiel sie ihren Eltern um den Hals, erzählte übersprudelnd, was sie alles auf der Nebelinsel erlebt hatte, und hüpfte neben ihnen auf und ab. Darian bedankte sich bei Leánas Begleitern und schickte die beiden dann zurück. Da sie beide männliche Mischlinge waren und daher keine magischen Fähigkeiten besaßen, mussten sie zu Fuß auf die Insel reisen. Zum Glück schien es sie jedoch nicht zu stören, denn der Halbzwerg grummelte ohnehin: »Magie ist nichts für mich.«

»Großvater Samukal ist ja auch hier«, freute sich Leána und fiel erst dem überraschten Zauberer, dann Nordhalan, Tagilis und Cadman um den Hals.

»Er ist nicht dein Großvater«, presste Darian hervor.

»Nicht?« Leána blinzelte verwirrt. »Aber er …«

Rasch zog Mia die Kleine auf ihren Schoß und warf Darian einen warnenden Blick zu. »Weißt du, Leána, Samukal ist nicht dein richtiger Großvater, aber Darian ist bei ihm aufgewachsen, und daher ist er so etwas Ähnliches wie ein Großvater für dich.«

»Dein richtiger Großvater ist Jarredh von Northcliff«, erklärte Darian. »Nur leider wurde er vor langer Zeit von jemandem getötet, der eigentlich sein Freund war.« Er sah Samukal herausfordernd an, der unbehaglich auf seinem Stuhl hin und her rutschte.

»Das ist aber gemein!« Leána stemmte ihre kleinen Hände in die Hüften. »Man sollte ihn in einen Haufen Trollkacke tauchen oder gleich eine Klippe hinunterstoßen.«

»Allerdings.« Dieses eine Mal schalt Darian seine Tochter

nicht wegen der undamenhaften Ausdrücke, die sie sicher von Murk oder Karad hatte.

»Nun gut, auf jeden Fall freue ich mich, dich zu sehen, Leána«, lenkte Samukal ab und lächelte die Kleine freundlich an.

»Ja, ich freue mich auch.« Das Mädchen deutete auf die Wölfin, die sich zu ihren Füßen hingelegt hatte. »Das ist Fenja, sie ist meine Freundin. Vhin und mein Pony konnte ich leider nicht mitnehmen.«

Als Samukal die Wölfin streicheln wollte, entblößte diese ihre bedrohlich scharfen Zähne, und er zog rasch seine Hand zurück.

»Kluges Tier«, murmelte Darian und fing sich einen Seitenhieb von Mia ein.

»Ich verachte ihn auch, aber wir waren uns doch einig, dass Leána keine Angst vor ihm haben soll«, flüsterte sie Darian zu.

»Ja, aber sie soll auch nicht zu vertrauensselig sein.« Unbehaglich beobachtete er, wie selbstverständlich sich seine Tochter wieder zu dem triumphierend lächelnden Samukal auf den Schoß setzte.

Hoch aufgerichtet schritt Dal'Ahbrac durch die Burg von Northcliff, welche seine Krieger übernommen hatten. Sein neues Domizil erschien ihm durchaus angemessen, dennoch galt sein Verlangen, das lodernde Begehren in seinem Inneren, etwas ganz anderem. »Wo befindet sich Samukal?«, befragte er mit leiser, drohender Stimme Mägde und Knechte, die sich in der Küche an die Wand gedrückt hatten. Ihre furchtsam aufgerissenen Augen, ihre bebenden Hände und die zitternden Knie betrachtete er mit Abscheu.

»Wir ... Wir wissen es nicht«, jammerte ein beinahe kahlköpfiger Mann.

Dal'Ahbrac rief zwei seiner dämonischen Diener zu sich, die sich aus der dunkelsten Ecke des Raumes heraus manifestierten.

»Töte die Frau«, sagte er ohne jegliche Emotion, wobei er auf eine blonde Dienerin deutete. Der Dämon schoss auf sie zu, packte sie an der Kehle, und bevor sie auch nur schreien konnte, hatten sich seine Krallen durch ihr Herz gebohrt. Einige Diener begannen zu wimmern. Eine Magd brach auf dem Boden zusammen.

»Wir wissen es nicht, mein Herr, wir hörten, er sei geflohen.«

»Weshalb sollte er das tun?« Zorn loderte in Dal'Ahbrac auf, dann trat der Dämon zu ihm, welcher gerade die Dienerin getötet hatte. Sein pergamentartiges Gesicht verzog sich zu einem Grinsen. »Samukal ist ein Feigling«, zischte er.

»Wieso sagst du das?«

Der Dämon kicherte und deutete auf seinen finsteren Kumpan. Es war derjenige, der Galmárs Körper übernommen hatte.

»Unser Bruder wollte ihn zu einem der unseren machen, aber Samukal lehnte ab.«

»*Was* wolltet ihr tun?« Dal'Ahbracs Stimme war leise, aber so drohend, dass selbst der Dämon sichtlich schrumpfte.

»Wir dachten, er könnte …«

Ohne ein weiteres Wort schoss Dal'Ahbrac mit einer selbst für Dunkelelfen ungewöhnlichen, behänden Bewegung nach vorn, umfasste den Kopf des Galmár-Dämons und ließ bläuliches Feuer aus seinen Händen schießen. Der Dämon schrie in höchster Pein und sank kurz darauf leblos auf den Boden.

»Lasst euch das eine Lehre sein«, drohte Dal'Ahbrac. »Samukal untersteht allein mir. Und nun sucht ihn!«

Unter hektischen Verbeugungen verschwand sein Diener in den Schatten.

Am Morgen wurden die Gefährten von Mias unterdrücktem Gelächter geweckt, in das bald alle Anwesenden mit einstimmten. Nur Nordhalan blinzelte verwirrt und noch etwas schlaftrunken in den Raum. »Was ist denn los?«

»Leána, das ist sehr ungezogen von dir«, gluckste Mia, konnte dabei aber nicht wirklich ernst bleiben.

»Nordhalan, es tut mir leid.« Auch Darian prustete schon wieder los, und Leána kicherte unterdrückt.

»Könnt ihr mir mal sagen …« Der alte Zauberer wollte sich durch die Haare streichen, dann stockte er. »Leána!« Das kleine Mädchen hatte ihm seine dicken hüftlangen Haare und selbst den Bart zu etlichen Zöpfen geflochten, die ihm nun wirr vom Kopf abstanden.

»Sehr kleidsam, Nordhalan.« Samukals Mundwinkel zuckten verdächtig.

»Leána, was soll das?« Mit kritisch gerunzelter Stirn deutete Nordhalan auf seinen Bart.

»Es sieht hübsch aus«, erwiderte die Kleine unschuldig.

»Ich sagte dir bereits, dass ich keine Zöpfe haben will! Ich bin doch schließlich kein Mädchen.«

»Mir war langweilig«, maulte Leána, »und ich konnte nicht mehr schlafen.«

Nordhalan warf dem Mädchen noch einen empörten Blick zu, dann begann er die vielen kleinen Zöpfe zu lösen, während seine Gefährten sich ans Frühstück machten, das aus Haferbrei und Kräutertee bestand. Viele Male wanderte ihr Blick zu dem Zauberer, und alle hatten ein breites Grinsen auf dem Gesicht, versenkten ihre Köpfe aber eiligst in die Schüsseln, sobald Nordhalan aufblickte.

»Ich denke, ich bin glimpflich davongekommen, weil meine Haare nicht so lang sind«, stellte Cadman fest. Er beobachtete Leána, die sich Nordhalans erbarmt hatte und die Zöpfe an seinem Hinterkopf löste.

»Ich könnte mir die Haare lang wachsen lassen, das würde ihr sicher gefallen«, warf Samukal ein.

»Du brauchst dich gar nicht bei ihr einzuschmeicheln«, entgegnete Darian scharf.

»Ich mag Leána wirklich, und …«

»Los jetzt. Wir brechen auf. Leána kann hinter Nordhalan sitzen und während der Reise seine Zöpfe lösen«, unterbrach

Darian und packte seine Sachen zusammen. Die Kleine rannte unterdessen schon hinaus, um die Pferde zu striegeln.

»Ich hoffe, wir finden, was wir suchen«, seufzte Mia.

»Gemäß Lharinas Vision liegt die Lösung zur Wiederkehr der Drachen auf den Dracheninseln. Also wird dort vermutlich ein Portal sein.«

»Wer ist Lharina? Und kann Leána tatsächlich Portale finden?«, erkundigte sich Samukal, wobei er sich gespannt aufrichtete.

»Die Tatsache, dass du uns begleitest, ist bereits ein enormes Zugeständnis, Samukal. Aber glaube nicht, wir würden dich jetzt in alle unsere Geheimnisse einweihen.« Darians Augen waren hart und kalt, und Samukal ließ resigniert die Schultern hängen.

»Junge, was soll ich denn noch tun? Ich weiß, dass ich einen Fehler gemacht habe.«

»Einen? Ich kann sie kaum zählen.«

Ohne ein weiteres Wort ging Darian nach draußen und sattelte Menhir. Dann verabschiedeten sie sich von Cadman, der ihnen viel Glück wünschte. Eine leichte Schneeschicht lag auf dem Boden und machte das Reiten gefährlich, denn nun konnte man die vielen gefrorenen Pfützen nicht mehr sehen, die darunter verborgen lagen. Aber der Weg bis zum Eichentor war ohnehin nicht weit.

»Ich gehe davon aus, dass es wenig Sinn macht, einen von euch zu fragen, wie diese magischen Wege funktionieren«, erkundigte sich Samukal bei Nordhalan.

Dieser hob seine buschigen Augenbrauen. »Wundert dich das?«

»Nein, aber wenigstens du solltest mir glauben, Nordhalan. Bei allem, was ich getan habe, Albany ist mir wichtig. Es lag nie in meiner Absicht, dass es so weit kommt. Ich hoffe, du kannst mir eines Tages verzeihen.«

Nordhalan musterte Samukal einen Augenblick lang. »Wir

werden sehen«, meinte er dann und trieb sein Pferd energisch voran.

Mia redete unterdessen eindringlich auf Leána ein. »Du musst dich ganz genau an die Dracheninsel erinnern. Stell dir vor, du wärst wieder dort.«

Die Kleine nickte eifrig, stellte sich an Fenjas Seite vor die knorrige Eiche, deren Misteln weiß in der Sonne glänzten, und schloss die Augen. Ein leichtes magisches Prickeln lag in der Luft – aber nur kurz darauf verflüchtigte sich das zaghafte silbrige Glühen wieder, das sich um die Eiche herum gebildet hatte.

»Es geht nicht!« Leána stampfte mit dem Fuß auf.

»Du kannst es später noch einmal versuchen«, tröstete Darian seine Tochter, dann wandte er sich an Nordhalan. »Dieses Problem gab es schon öfters.«

»Woran liegt es denn?«, erkundigte sich Samukal. »Vielleicht kann ich helfen.«

»Oh, du könntest die Zerstörung der Dracheninsel rückgängig machen oder die Beschwörung der Dämonen, vielleicht sogar den Mord …«

»Darian, hör auf.« Tagilis legte ihm eine Hand auf den Arm. »Was geschehen ist, ist geschehen und lässt sich nicht mehr rückgängig machen, sosehr wir es uns auch wünschen.«

»Wir vermuten«, erklärte Nordhalan zögernd, »dass durch das Verschwinden der Drachen das magische Gleichgewicht aus dem Lot geraten ist. Sicher hast auch du bemerkt, dass deine magischen Kräfte schwinden.«

»Ja, in der Tat.« Samukal kratzte sich am Bart. »Du meinst … die Drachen … Verflucht! Das hatte ich nicht bedacht.«

Nun sah es aus, als würde Samukal noch einmal um Jahre altern. Gramvoll schüttelte er den Kopf, und selbst Darian glaubte diesmal an die Wahrhaftigkeit seiner Reue.

Mehrere Male versuchten sie noch, durch das Eichentor zu treten, aber die Magie reichte einfach nicht aus. Sie überlegten sogar schon, den langen Ritt und die Überfahrt über das Meer in Kauf zu nehmen. Doch als sich Leána gegen Mittag noch einmal davorstellte, öffnete sich das Tor ganz unverhofft.

»Jetzt können wir gehen«, jubelte sie.

»Konzentriere dich, mein Schatz.« Darian legte seine Hände auf die Schultern des kleinen Mädchens. Als sie sich zu ihm umdrehte und nickte, wandte er sich an Samukal.

»Du gehst zuerst durch. Wenn deine Männer auf der anderen Seite warten, erschießen sie zumindest dich.«

Eine säuerliche Miene schneidend, gab Samukal zu, er hätte zwar tatsächlich Soldaten auf die Inseln geschickt, jedoch wüssten sie nichts von diesen Eichenpfaden. Dennoch wollte er wohl guten Willen zeigen und ging ohne Einwände voran. Darian folgte mit gezogenem Schwert, und nachdem er durch das silbern und golden leuchtende Tor getreten war, riss ihn eine plötzliche Sturmböe beinahe von den Füßen. Auch Samukal stemmte sich gegen den Wind.

»Siehst du, ich sage die Wahrheit.«

Darian achtete nicht weiter auf ihn und nahm Leána in Empfang, die er rasch an sich drückte. Mia, Tagilis und Nordhalan folgten mit den Pferden.

»Dem Wind nach zu urteilen scheinen wir tatsächlich auf den Inseln herausgekommen zu sein«, schrie Nordhalan gegen den Sturm, und seine Haare wirbelten wild um seinen Kopf.

»Du hättest die Zöpfe doch lassen sollen«, scherzte Darian, was ihm einen bösen Blick einbrachte.

Eilig suchten sie Schutz und überlegten, wo sie mit ihrer Suche beginnen sollten. »Wir sollten zur Hauptinsel reiten«, schlug Tagilis vor, »bei Ebbe ist sie mit der unseren verbunden. Ich bin ein Sidhane, möglicherweise gelingt es mir, von den Seelen der Verstorbenen, die sich vermutlich noch immer auf der Insel befinden, weitere Informationen über den Verbleib der Drachen zu erhalten.«

»Ein Sidhane – erstaunlich!«, rief Samukal aus, aber alle straften ihn mit Nichtbeachtung. Nur Leána meinte treuherzig:

»Tagilis kann Geister sehen. Murk findet das gruselig, aber ich nicht. Ich mag Veliah.«

»Readonn hat uns sicher schon gesagt, was er wusste, und dass ein anderer, schwächerer Geist mehr mitzuteilen hätte, ist fraglich«, drückte Nordhalan seine Bedenken aus. Am Ende einigten sie sich darauf, zunächst diese, nördlich der Hauptinsel gelegene kleinere Insel genauestens abzusuchen.

Für Darian und seine Freunde brach eine nervenaufreibende und sehr unbefriedigende Zeit an. Die Stürme auf den Dracheninseln waren so heftig, dass sie teilweise tagelang in unbequemen und schlecht geschützten Unterschlupfen verbringen mussten. Sie ritten kreuz und quer über die Inseln, und vor allem die Suche auf der Hauptinsel, wo sich am südlichen Ende der Kreis von Borogán befand, kostete viel Zeit, denn das Eiland war rau und zerklüftet, und in jedem Tal, auf jedem Berg und in jeder Schlucht konnte sich ein Weltenportal befinden. Mit dieser anstrengenden Suche gingen der erste und der zweite Frühlingsmond vorüber. Alle machten sich große Sorgen um ihre Freunde und Verbündeten auf dem Festland, und irgendwann spielten sie sogar mit dem Gedanken, dass einer von ihnen durch das Eichentor zurückgehen sollte, da Veliah lange Zeit nicht auftauchte. Samukal hatte sie zumindest in einem Punkt nicht angelogen. Auf der Hauptinsel befanden sich einige seiner Soldaten, die er nun anwies, bei der Suche zu helfen.

Mitte des zweiten Frühlingsmondes, endlich hatte der strenge Frost das Land ein wenig aus seinen eisigen Krallen entlassen, trabte Nassàr auf das Lager am Rannocsee zu. Nachdem die Wassermassen sich aus dem Tal zurückgezogen hatten, konnten die Verbündeten endlich ihr ursprüngliches Versteck wieder beziehen. Die Wachen erkannten ihn sofort und ließen ihn ungehindert passieren. Durch das verborgene Tal ritt der alte Krieger in Richtung der Halbinsel, die nur durch einen schmalen Pfad mit dem Festland verbunden war. Müde stieg er von seinem ebenfalls erschöpften Pferd und humpelte auf die Hütten zu.

»Nassàr!« Auf krummen Beinen und mit einem erfreuten Lachen auf dem Gesicht kam ihm der ausgemergelte Markat entgegen, dem während des Winters weitere Haare ausgegangen waren. Jetzt besaß er nur noch einen zotteligen Kranz um seinen kahlen Hinterkopf.

»Ich grüße dich, mein Freund.« Seufzend ließ sich Nassàr auf einem Findling nieder.

»Was ist los?« Prüfend blickte Markat in Nassàrs ernstes und verhärmtes Gesicht.

»Hält sich Prinz Atorian in einer der Hütten auf?«

»Ja. Aber, Nassàr, was ist denn geschehen?«

Der grauhaarige Krieger fuhr sich über das Gesicht. »Es gab neue Dämonenangriffe. Wir dachten schon, sie hätten endlich nachgelassen, aber als der große Regen aufhörte, ging es wieder los.« Ernst sah er seinem Gefährten in die Augen. »Fendor ist tot.«

Betroffen zuckte Markat zurück, dann legte er Nassàr eine Hand auf die Schulter. »Dann sind jetzt wohl nur noch wir beiden alten Kerle von Torgals Truppe übrig.« Nassàr nickte traurig und erzählte mit heiserer Stimme, wie Fendor einer Familie zu Hilfe geeilt war, über deren Hof ein Dämon hergefallen war. »Mich hat das Ungeheuer auch erwischt, aber dank dieses Dämonenkrauts ist es glimpflich ausgegangen.« Er deutete auf sein Bein. »Fendor hingegen«, Nassàr schloss die Augen, während die schrecklichen Szenen sich noch einmal in seinem Inneren abspielten, »hat der Dämon regelrecht zerrissen. Ich konnte ihm nicht mehr helfen.«

»Du hast ganz sicher alles getan, was in deiner Macht lag«, versuchte Markat seinen Freund zu trösten. Eine ganze Weile saßen die beiden Männer in stiller Trauer nebeneinander und gedachten der vielen Gefährten, die sie verloren hatten. Anschließend suchten sie gemeinsam Atorian auf, der in einer Hütte saß, sein Schwert in der Hand, und sich gerade mit Kaya stritt, die mit in die Hüften gestemmten Fäusten mitten im Raum stand. »Lilith hat ausdrücklich gesagt, du sollst noch nicht reiten!«

»Ich fühle mich aber gut, und ich muss endlich wieder etwas tun«, hielt er dagegen.

»Wenn du deinen Rücken zu sehr belastest und der Knochen erneut bricht, nützt das auch nichts ...«

Atorian winkte ab und ging langsam auf Nassàr zu.

»Prinz Atorian, ich freue mich, Euch auf den Beinen zu sehen«, sagte dieser ehrlich, und ein leichtes Lächeln erhellte sein ernstes Gesicht.

»Ja, nur diese sturen Frauen glauben mir nicht, dass ich wieder kampffähig bin.«

Unbemerkt war Lilith zu ihnen getreten. »Ich sagte Euch bereits, wenn Ihr es schafft, den See zu Fuß zu umrunden, ohne dass Ihr die letzte halbe Meile vor Schmerzen auf den Knien kriecht, dann dürft Ihr wieder anfangen zu reiten und auch das Schwert schwingen.«

»Verdammt noch mal, Reiten ist weniger anstrengend als Laufen«, beharrte Atorian stur. »Mal abgesehen davon schaffe ich schon ...« Er kratzte sich am Kopf.

»Ungefähr den halben See«, beendete Kaya schmunzelnd seine Ausführungen, was ihr einen bösen Blick von Atorian einbrachte.

»Nassàr, was gibt es für Neuigkeiten?«

Der alte Krieger erzählte, was er zuvor schon Markat berichtet hatte, und löste damit allgemeines Entsetzen und große Trauer aus. Weiterhin wusste er von seinen Spähern, dass immer mehr Menschen in den Süden flohen. Man sprach davon, Dämonen oder auch Dunkelelfen – ganz genau wusste das niemand – hätten die Burg von Northcliff übernommen, und alle Menschen, die sich ihnen nicht unterwarfen, würden getötet.

Betroffen ließ sich Atorian auf einen Stuhl sinken. »Gibt es Neuigkeiten von meinem Bruder?«

Nassàr schüttelte bedauernd den Kopf. »Nein, und auch von den Elfen haben wir lange keine Nachricht mehr erhalten.«

»Lilith!« Atorian warf der kleinen Elfenheilerin einen flehenden Blick zu. »Ich muss endlich wieder hinaus in die Welt und mich um mein Volk kümmern.«

Tröstend legte sie ihre kleine Hand auf seine große, mit Narben bedeckte Pranke. »Ihr seid auf einem guten Weg. Nehmt meine Medizin und lasst Eurem Körper noch einen Mond lang Zeit.«

»Edur ist übrigens ins Zwergenreich aufgebrochen, er versucht sein Volk noch einmal dazu zu überreden, sich auf unsere Seite zu stellen.« Von einer bleiernen Müdigkeit und Resignation erfüllt, ließ sich Nassàr zu einem der einfachen Holzbetten führen. Heute spürte er die Last des Alters ganz besonders, und für einen Augenblick beneidete er Fendor sogar, der schon ins Licht gegangen war und den die Belange der Sterblichen jetzt vermutlich nicht mehr kümmerten.

In einem verborgenen Tal, tief in den Bergen des Zwergenreichs, hatte Edur, der junge rothaarige Zwerg, lange warten müssen. Beinahe hatte er die Hoffnung aufgegeben, dass einer seiner Landsmänner Revtan, dem Zwergenmagier, seine Nachricht überbrachte. Aber schließlich war der weißhaarige kräftige Zwerg doch noch mitten in der Nacht erschienen, und obwohl die Sonne jetzt schon lange wieder über dem östlichen Firmament stand, redete Edur noch immer eindringlich auf ihn ein. Er sprach von Samukal, den Dämonen und Dunkelelfen, die Northcliffs Menschen terrorisierten, und auch davon, dass die Zwerge es den Menschen schuldig waren, etwas zu unternehmen, da sonst ganz Albany bald dem Untergang geweiht sei.

»Die Zwerge sollten Krieger zum Schutz jener Dörfer abstellen, die in der Nähe Northcliffs liegen«, verlangte Edur und deutete in die Richtung, in der er Northcliff vermutete. »Und du könntest zumindest deine schlauen Bücher studieren und nach irgendeinem Kraut suchen, mit dem man diese ganze verdammte Dämonenbande vergiften kann.«

»Edur, ich verstehe dich ja, aber König Hafran lässt nicht mit sich reden.« Revtan hob seine breiten Schultern. Anders als die meisten Zwerge trug er weder Kettenhemd noch Metallpanzer, sondern nur ein dickes Lederwams und einen grauen Umhang darüber. Ein knorriger Stab, in den zwergische Runen und geheime Zeichen eingeritzt waren, waren der einzige Hinweis darauf, dass es sich bei ihm um einen Zauberkundigen handelte. »Hafran ist nicht wie König Baldur. Der war den Menschen wohlgesinnt und an einer Allianz interessiert. Hafrans Beziehungen zu den Menschen sind rein geschäftlicher Natur. Mit Dunkelelfen oder Dämonen hingegen will er nichts zu tun haben, solange sie uns in Ruhe lassen.«

»Aber irgendwann werden sie das nicht mehr.« Eindringlich fasste Edur den Zauberer am Unterarm. »Die Elfen haben sie schon beinahe ausgelöscht, und bei den Menschen wird es auch nicht mehr lange dauern. Meinst du im Ernst, sie machen vor unseren Bergen Halt?«

»Nein«, grummelte Revtan, »aber ich kann dir nicht mehr versprechen, als mit König Hafran zu reden. Doch wie gesagt, er ist nicht gerade das, was man einen weitsichtigen Herrscher nennt.«

Resigniert nickend verabschiedete sich Edur von dem Zwergenmagier und machte sich auf den langen Weg zurück zum Lager.

Ganz langsam zeigte sich das erste zaghafte Grün auf den Dracheninseln. Noch immer hatte Leána kein Weltenportal gefunden, und auch der Versuch, auf das in der Mitte der Inselgruppe liegende kleine Eiland zu gelangen, war gescheitert. Selbst bei Ebbe war der Wasserstand momentan so hoch, die Wellen so gewaltig, dass es einfach zu gefährlich war, die Überquerung dorthin zu wagen. Samukal hatte vorgeschlagen, die Hauptinsel wieder zu verlassen und über die Insel, auf der sich das Eichentor befand, auf die am nördlichsten gelegene zu reiten, denn diese sei durch einen breiten Sandstreifen verbunden und einfacher zu erreichen.

Ohne große Hoffnung machten sie sich auf den Weg, galoppierten über ergrünende Wiesen, trabten steile Berghänge hinauf und kletterten auf der anderen Seite mühsam wieder hinab, ehe sie nach einer mehrtägigen Reise das nördliche Ende der stark bewaldeten Insel erreichten, auf der sie vor mehr als zwei Monden angekommen waren. Im Augenblick herrschte Flut, und die eventuelle Verbindung war tief unter den gischtenden Wellen verborgen.

»Wie sollen wir denn da hinüberkommen?« Im hellen Sonnenlicht kniff Darian die Augen zusammen, und der Wind ließ seine schulterlangen Haare um den Kopf wehen.

»Komm, ich zeige dir die Stelle«, schlug Samukal vor und deutete nach links, »hinter dieser Klippe zieht sich der Strand ein ganzes Stück in Richtung Meer, und wenn die Ebbe einsetzt, können wir auf die andere Insel gelangen.« Er lächelte zuversichtlich. »Heute ist der Wind auch nicht so stark.«

Darian nickte knapp, dann ließ er Menhir angaloppieren. Wie ein Katapult schoss der Hengst an dem weißen Sandstrand entlang und schien sich darüber zu freuen, endlich einmal wieder richtig ausgreifen zu können. Seine lange schwarze Mähne peitschte Darian ins Gesicht, während Sand und Salzwasser unter Menhirs Hufen aufspritzten. Tatsächlich zog sich etwa eine Meile westlich ein breiter Sandstreifen in Richtung der in der Ferne liegenden Insel hin, und im Anschluss wirkte das Meer in einem mehrere Schritte umfassenden Bereich deutlich heller, beinahe schon türkisblau, was auf seichteres Wasser hindeutete. Es dauerte eine Weile, dann hatte Samukal aufgeholt. Die anderen warteten weiter vorn am Strand.

»Siehst du!«

Darian deutete ein Nicken an und wollte Menhir auch schon wieder wenden, aber Samukal hielt ihn am Ärmel seines weiten Baumwollhemds fest. »Du bist ein hervorragender Reiter geworden und hast ein sehr gutes Pferd.«

Unwirsch machte sich Darian los. »Das war ganz sicher nicht dein Verdienst. *Reiten ist etwas für Mädchen, Junge, in zwei Jahren kaufe ich dir ein Motorrad*«, ahmte er Samukals dunkle, bestimmte Stimme nach, dann funkelte er seinen Ziehvater an. »Bevor du meine Pflegeeltern hast umbringen lassen, bin ich sehr gerne geritten.«

»Darian, ich bereue aufrichtig, was ich getan habe«, versicherte Samukal. »Damals war ich nur darauf bedacht, dich von Albany fernzuhalten.« Er senkte seinen Kopf. »Ich weiß, du glaubst mir das nicht, aber nachdem ich dich kennenlernte und selbst beschloss, in der anderen Welt zu bleiben und Fehenius das Regieren zu überlassen, wollte ich wirklich, dass du ein ganz normales Leben führst.« Seine dunklen Augen musterten die blauen von Darian, in denen so viel Zorn stand, eindringlich. »Es erschien mir sogar besser für dich. Die andere Welt war zivilisierter, moderner, man konnte so viel erreichen. Und auch wenn meine magischen Fähigkeiten dort bei weitem nicht so gut funktionierten wie hier, so reichten sie doch, um uns ein angenehmes, ruhiges Leben zu ermöglichen. Du hättest deinen Abschluss gemacht, einen guten Beruf gefunden, wahrscheinlich eine hübsche Frau …«

»Und niemals erfahren, wer ich wirklich bin. Mal ganz abgesehen davon, dass du mich um an die vierhundert Jahre Lebenszeit gebracht hättest. Hör endlich auf, dich bei mir einzuschmeicheln. Ich werde dir niemals verzeihen können. Verdammt, wie konntest du nur meine ganze Familie töten? Angeblich war mein Vater doch dein Freund!« Abscheu und Unverständnis bahnten sich einen Weg an die Oberfläche.

»Ach Junge, viele Dinge sind nicht so einfach zu erklären.«

»Ein Freund ist ein Freund, und den tötet man nicht, schon gar nicht ohne einen wirklich triftigen Grund.« Darian runzelte die Stirn. »Ehrlich gesagt fällt mir überhaupt keiner ein.«

Jetzt richtete sich Samukal hoch auf und zeigte wieder diese arrogante Überlegenheit, die Darian so gut an ihm kannte. »Glaubst du wirklich, Jarredh wäre der unfehlbare und gerechte Märchenkönig gewesen, wie es sich das Volk nach all der Zeit einredet? Er hatte auch seine Fehler, hat Intrigen gesponnen, Menschen bestochen und zugesehen, dass er gut wegkommt. Mit den Elfen lag er ständig im Streit wegen der Grenzen und mit den Zwergen, weil er wollte, dass sie die Trolle von Albany fernhalten. Auch Jarredh ist vor dem ein oder anderen Mord nicht zurückgeschreckt, das kannst du mir glauben.«

Im ersten Augenblick war Darian schockiert, dann verzog er spöttisch den Mund. »Nur weil du ihn schlechtmachst – ob zu Recht oder Unrecht –, wirst du nicht besser. Vielleicht hat auch er Fehler gemacht, aber ich habe kaum ein böses Wort über ihn gehört.«

»Weil eure ach so ehrenvolle Dynastie als unfehlbar gilt«, höhnte Samukal, dann beugte er sich zu Darian vor. »Jarredh hat uns Zauberer absichtlich kleingehalten und wollte verhindern, dass die Diomár neu entsteht.«

»Zauberern wie dir nicht zu vertrauen erscheint mir sehr klug. Mal abgesehen davon hat er sich zumindest für die Nebelhexen eingesetzt.«

Leise fluchend fuhr sich Samukal durch die Haare. »Er war ein Weiberheld und in vielen Betten zu finden, und man munkelt, er habe das Refugium auf der Nebelinsel nur deshalb den Nebelhexen überlassen, weil er selbst ein Verhältnis mit einer von ihnen hatte.« Samukal verzog den Mund. »Mit einer Halbelfe.«

Auch davon war Darian bisher nichts zu Ohren gekommen, und er bezweifelte Samukals Worte.

»Er hat Adena betrogen, und sie war nicht sehr glücklich mit ihm. Erst als du geboren wurdest, haben sie sich wieder etwas angenähert, denn da hatte sie ihm ja wieder einen unsterblichen Sohn geschenkt.« Erneut ergriff Samukal Darians Arm. »Dass Adena durch die Hand der Dunkelelfen starb, war ein Versehen, ebenso der Tod deiner kleinen Schwester.«

»Lügner!«

Kurz presste Samukal die Lippen aufeinander, dann schien sein Blick in die Ferne zu entschwinden. Man sah ihm deutlich an, dass er mit sich rang, dann gab er leise zu: »Ich liebte Adena, wie und auch sie war mir zugetan, bevor dein Vater um sie warb.«

»Wie bitte?« Fassungslos sah Darian Samukal an. »Du hast ihn aus Eifersucht getötet?«

»Vielleicht hat auch das mit hineingespielt, das mag sein.«

In Darians Kopf drehte sich alles, und ihm kam ein furchtbarer Gedanke. Lange musterte er Samukal, bevor er wagte auszusprechen, was ihm durch den Kopf ging. »Du willst aber nicht behaupten, du wärst mein leiblicher Vater.«

Der Zauberer zuckte zusammen, dann schüttelte er lächelnd den Kopf. »Das hätte ich behaupten können, um mich zu schützen. Aber nein, du bist Jarredhs Nachkomme, und die Drachen hätten dich auch nicht geweiht, wenn es anders wäre.«

Von großer Erleichterung erfüllt, stieß Darian die Luft aus, die er zuvor unbewusst angehalten hatte. »Wie auch immer. Selbst wenn mein Vater ein Verhältnis mit einer Nebelhexe hatte, selbst wenn er nicht immer alles richtig gemacht hat – du bist ein Verräter und ein Mörder, und ich sehe keinen Grund, dir zu verzeihen.«

»Ich war vermessen«, gab Samukal zu. »Du hast Recht, ich war eifersüchtig, wollte euer Königshaus stürzen und durch Fehenius regieren und zusätzlich den Zauberern wieder mehr Einfluss zukommen lassen. Ich habe so viele Fehler gemacht, dass ich vermutlich auch im nächsten Leben noch dafür bezahlen muss, aber ich möchte wirklich, dass du mit deiner kleinen Tochter und meinetwegen sogar der Nebelhexe glücklich und sicher lebst.«

Zweifelnd sah Darian seinen Ziehvater an. »Das wirst du erst noch beweisen müssen, und wenn Mia oder Leána oder sonst noch einem meiner Freunde durch deine Schuld etwas zustößt, dann gnade dir Gott.« Sein Blick fuhr zum Himmel. »Oder welche Götter es auch immer geben mag.« Aus dem Stand ließ er Menhir losgaloppieren und ritt wieder zurück zu seinen Freunden.

Darian war durcheinander, Samukals Worte hatten ihn nachhaltiger aufgewühlt, als er zugeben wollte. Während sie auf das Einsetzen der Ebbe warteten, setzte er sich gedankenverloren an den weißen Sandstrand und blickte auf das Meer hinaus. Er hatte niemals in Frage gestellt, dass Jarredh ein guter König gewesen war. Vielleicht hatte er ihn tatsächlich als eine Art Märchenkönig gesehen, und es mochte durchaus sein, dass er ihn zu sehr idealisiert hatte. Von widerstrebenden Gefühlen erfüllt, stützte Darian den Kopf in die Hände. Als kleiner Junge hatte er sich immer einen Vater gewünscht und gedacht, diesen in Samukal gefunden zu haben. Später war er bitter von ihm enttäuscht worden, und von Jarredh wusste er im Grunde genommen auch viel zu wenig, um beurteilen zu können, was für ein Mensch er gewesen war.

»Und das ist deine Schuld, Samukal«, murmelte er vor sich hin.

Als Mia zu ihm kam und wissen wollte, was mit ihm los sei, erzählte er ihr von Samukals Anschuldigungen.

»Davon, dass dein Vater eine Nebelhexe als Geliebte hatte, weiß ich nichts, aber das mag vor meiner Zeit gewesen sein.« Sie zögerte sichtlich, dann streichelte sie Darian über die Wange. »Dass er viele Affären hatte und in irgendwelche Streitigkeiten mit den Elfen verwickelt war, das habe ich hingegen auch gehört, aber ich glaube, insgesamt war er durchaus ein guter menschlicher König.«

Ganz langsam ließ sich Darian zurück in den Sand sinken. »Ich wünschte, ich hätte ihn kennengelernt.«

»Frag doch Atorian, wenn du ihn das nächste Mal siehst.«

»Ja, das ist eine gute Idee.«

Endlich begann sich das Meer zurückzuziehen, und der ohnehin schon breite Sandstreifen, der um die Insel lag, dehnte sich noch weiter aus. Die Sonne stand jetzt schon tief im Westen und tauchte die Dracheninseln in ein unwirkliches, gedämpftes rotgoldenes Licht, das lange Schatten über das Meer östlich der Inseln warf. Samukal ermahnte seine Gefährten, sich zu beeilen, denn es lagen etwa zehn Meilen vor ihnen, und im Dunkeln konnte man den Sandstreifen leicht verfehlen. Also trieben sie ihre Tiere an. Zum Glück war das Wasser klar, und es fiel niemandem schwer, sein Pferd auf der Sandbank zu halten. Die aus Westen kommende Brise war zwar steif, aber lange nicht mehr so unangenehm eisig und schneidend wie noch vor kurzer Zeit. Schillernde Fische schwammen zwischen den Hufen der Pferde umher, und Leána, die vor Darian im Sattel saß, brach immer wieder in verzückte Rufe aus, wenn sie eine neue bunte Qualle entdeckte. Über den Wellen tanzten hier und da durchscheinende, gräulich blaue Wesen. Inzwischen wusste Darian, dass das Wassergeister waren, dennoch schrak er zusammen, als sich ein einem riesigen Seepferdchen gleichendes Geschöpf vor ihnen aufbaute. Mia hob ihre Hände, und das Wesen zerstob in tausende kleiner Wassergeister, die nun vor ihnen herschwebten.

»Die Wassergeister weisen uns den Weg. Es gibt einige Untiefen auf der Sandbank«, erklärte sie.

»Hervorragend, Aramia«, lobte Samukal, aber sie warf ihm nur einen giftigen Blick zu.

In flottem Trab kamen sie gut voran, erst als das Wasser den Pferden nach einer Weile bis an den Bauch reichte, mussten sie langsamer reiten. Zum Glück hielten die Wassergeister, was sie versprochen hatten, und ersparten den Gefährten so ein unfreiwilliges Bad im eiskalten Meer. Nur Fenja war gezwungen, hier und da kurze Strecken zu schwimmen. Die ersten Sterne glitzerten am nächtlichen Himmel, als sie das südliche Ende der Insel erreicht hatten. Im Schutz der Dünen ließen sie sich nieder, und Mia machte sich gemeinsam mit Leána und der Wölfin Fenja auf den Weg, um Feuerholz zu suchen. Tagilis setzte sich auf einen Stein und begann seine allabendliche Meditation, während Darian, Nordhalan und Samukal das Lager herrichteten und ihren Proviant auspackten.

Laute Schreie ließen Darian aufspringen. Das war Leánas Stimme. Sofort schnappte er sich sein Schwert und rannte los, getrieben von der Angst um seine kleine Tochter. Beiläufig bemerkte er, dass auch Samukal und Nordhalan folgten. Nachdem er über die nächste Düne gehastet war, erwartete ihn allerdings kein feindlicher Angriff, sondern ein handfester Streit zwischen Mutter und Tochter. Im Licht der Sterne erkannte Darian, wie Leána etwas auf dem Arm hatte und es an sich presste

»Leána, jetzt sei doch vernünftig, es ist doch nicht das erste Mal!«

»Er ist aber süß, und ich will nicht, dass er gegessen wird«, erklang Leánas trotzige Antwort.

»Was ist denn los? Wir dachten schon, ihr werdet angegriffen.« Atemlos kniete sich Darian neben Leána, die ihren Umhang schützend um sich gezogen hatte und irgendetwas vor Fenjas witternder Nase versteckte.

»Deine Tochter hat unser Abendessen zu ihrem ganz persönlichen Freund auserkoren«, erklärte Mia mit säuerlicher Stimme.

Vorsichtig zog Darian Leána den Umhang von den Armen, und darunter kam ein kleines bräunliches Kaninchen zum Vorschein, wie es sie zu tausenden auf den Inseln gab.

»Fenja hat das Kaninchen an einer Felswand gestellt, und ich dachte, es sei ein schmackhaftes Abendessen.« Erneut beugte sich Mia zu Leána hinab. »Du hast schon hunderte Kaninchen gegessen, du weißt doch, dass wir jagen müssen, um zu überleben.«

»Aber das ist Kryll.«

»Kryll?« Darian zog seine Augenbrauen in die Höhe.

»Ja, Lilith hat immer zu Murk und Karad gesagt, was einen Namen hat, dürfen sie nicht essen, also habe ich meinem neuen Freund einen Namen gegeben.«

Jetzt konnte sich Darian ein Lächeln nicht mehr verkneifen und streichelte dem Kaninchen über das weiche Fell. Erstaunlicherweise hielt es ganz still und kuschelte sich in Leánas Armbeuge.

»Sie ist nicht dumm«, meinte Samukal schmunzelnd.

»Das sind wir Nebelhexen alle nicht«, zischte Mia Samukal zu.

»Nun gut, wir werden heute Abend auch nicht verhungern, wenn wir Brot und Käse essen«, lenkte Nordhalan ein, dann sah er Leána ernst an. »Du musst Kryll aber auf der Insel lassen, denn hier sind seine Familie und seine Freunde.«

Im ersten Augenblick sah Leána wenig begeistert aus, dann stimmte sie zu. »In Ordnung, aber ihr dürft ihn nicht essen!«

»Ich denke, die nächsten Tage werden wir auf Kaninchenbraten verzichten«, seufzte Darian, nahm Leána an die Hand und begab sich zum Lagerfeuer.

Obwohl die Dracheninseln, besonders die nördlichen, von jeher unbewohnt waren, hielt auch in dieser Nacht immer abwechselnd einer von ihnen Wache. Nordhalan und Darian waren an der Reihe, als sich im Morgengrauen Veliahs Geist materialisierte. Sie hatte keine guten Neuigkeiten, und Nordhalan weckte seine Freunde rasch auf. Besonders Darian war von Fendors Tod tief betroffen, und die Gerüchte, dass Dunkelelfen und Dämonen die Burg besetzt hatten, erfüllten ihn mit Entsetzen und hilfloser Wut. Er warf einen zornigen Blick auf Samukal, der jedoch nur mit den Schultern zuckte. Weiterhin berichtete der Geist, Lharina sei am Lager am Rannocsee gewesen und habe erzählt, die Erinnerungen an ihr früheres Leben wären über sie gekommen.

»Sie weiß jetzt, woher der silberne Staub stammt«, erzählte Veliah mit ihrer leisen, sanften Stimme, die wie ein Windhauch war.

Aus seinen Grübeleien gerissen, fuhr Darian auf. Skeptisch blickte er zu Samukal, der sich mit einem leicht beleidigten Gesichtsausdruck erhob.

»Ich gehe schon.«

»Nein, es macht keinen Unterschied«, bestimmte Nordhalan und sah Darian ernst an. »Ich glaube Samukal, dass er die Dämonen loswerden will.«

»Also, Veliah, woher bekommen wir mehr Staub?«

»Es gibt keinen weiteren Staub in Albany«, machte der Geist auf einen Schlag Darians Hoffnungen zunichte. »Der silberne Staub war ein lange gehütetes Heiligtum, das die ersten Elfen vor vielen tausend Sommern mit aus ihrer Urheimat brachten, als sie durch das Weltenportal nach Albany kamen. In der Welt der Elfen gab es vor noch viel längerer Zeit auch eine Ära, in der sie gegen Dämonen kämpfen mussten. Nur durch den Silberstaub, der zu Beginn der Schöpfung durch einen gefallenen Stern in die Welt kam, konnten die Dämonen besiegt und vertrieben werden.«

Ein allgemeines Stöhnen war die Folge, und Darian versteckte sein Gesicht in den Händen.

»Wartet, Lharina sagte weiterhin, dass die Ältesten der Elfen, die aus der anderen Welt kamen, von ihren Vorvätern erzählt bekamen, dass Dämonen sowohl Feuer als auch Wasser fürchten«, fuhr der Geist fort.

»Man kann sie mit Feuer oder Wasser bekämpfen?«, wunderte sich Mia.

»Nicht mit dem einfachen Feuer von Fackeln – denn auch Dämonen sind Wesen des Feuers. Aber sehr heißes, magisches Feuer, zum Beispiel Drachenfeuer, kann sie töten.«

»Womit wir wieder bei den Drachen wären«, stöhnte Darian. »Oder vielleicht sollten wir lieber das Portal zur Urheimat der Elfen suchen und dort den Staub holen?«

»Was ist mit Wasser?«, unterbrach Tagilis seine Gefährtin. Voller Liebe lächelte Veliah ihn an und schwebte noch näher zu ihm. »Hier seid ihr sicher. Dämonen fürchten die Macht der Wasser- und anderen Elementargeister, denn sie sind es, die den Dämonen die Feuer ihrer Lebensesse entziehen können.«

»Dann sind Atorian und unsere Freunde vielleicht am Rannocsee halbwegs in Sicherheit.« Als Darian Samukals überraschten Blick sah, zuckte er zusammen. Bisher hatte er es vermieden zu verraten, wo sich sein Bruder aufhielt, aber jetzt war es ihm herausgerutscht. »Wenn du Atorian …«

»Ich will euch helfen«, versicherte Samukal noch einmal.

»Auch die Elfen haben sich jetzt in ein Seengebiet zurückgezogen, um euch rasch zu Hilfe kommen zu können, falls ihr gegen die Dämonen kämpft. Ihre Alten und Kinder wollen sie auf die Geisterinseln bringen«, berichtete Veliah weiter.

»Vielen Dank, du hast uns sehr geholfen.« Nordhalan bedankte sich bei dem Geist, und Veliah und Tagilis entfernten sich ein Stück vom Lager, um allein miteinander zu sprechen.

Die anderen begannen nun aufgeregt zu diskutieren, was man mit dem neuen Wissen anfangen sollte, nur Samukal wirkte seltsam unbeteiligt und in sich gekehrt, wie Darian aus dem Augenwinkel heraus mitbekam.

»Sollten wir das Portal in die Elfenwelt finden, wäre das ebenfalls hilfreich«, meinte Nordhalan, »aber da Lharina die Vision von den Drachen hatte, sollten wir uns zunächst darauf konzentrieren. Deswegen haben wir schließlich die Reise auf diese Inseln gemacht.«

So räumten sie bald wieder ihren Lagerplatz, und es gab ein großes Theater, da Leána ihren Freund Kryll nicht loslassen wollte. Erstaunlicherweise war das kleine Tier die ganze Nacht über bei ihr geblieben und hoppelte ihr auch jetzt noch hinterher. Leána machte Fenja sehr energisch klar, dass sie das Kaninchen in Ruhe lassen sollte, und scheute sich auch nicht, die kräftige Wölfin am Nackenfell zu schütteln wie einen jungen Hund.

»Na, wenn sie mal einen Mann hat, wird der aber nicht viel zu lachen haben«, stellte Samukal schmunzelnd fest. »Leána, möchtest du mit Kryll auf meinem Pferd reiten?«

»Ja, sehr gerne, Großvater Samukal«, freute sich die Kleine strahlend.

»Nein, du reitest mit mir!«, bestimmte Darian jedoch und setzte das Mädchen samt Karnickel kurzerhand in Menhirs Sattel.

Bald wurde ersichtlich, dass diese Insel sehr flach und deutlich weniger bewaldet war als die anderen Eilande. Daher hegten sie die Hoffnung, ihre Suche hier würde nicht mehr allzu lange dauern, denn einen Steinkreis oder Monolithen, die meist bezeichnend waren für das Vorhandensein der Weltenportale, konnte man hier sicher schneller finden. Der Frühling zeigte sich heute von seiner schönsten Seite, die Sonne schien warm vom Himmel, und die leichte Brise war angenehm auf der Haut. Die Wiesen erstreckten sich in sanften Hügeln in alle Richtungen, und über bunte Frühlingsblumen tanzten nun auch die ersten Heidefeen und Schmetterlinge.

Auch an diesem Tag brachte die Suche keinen Erfolg, und die Stimmung war dementsprechend gedrückt. In Gedenken an Fendor entzündeten sie am Abend ein Feuer und blickten gemeinsam nach Westen. Darian hatte Samukal verboten, an der Trauerfeier teilzunehmen, da er den Zauberer indirekt für Fendors Tod verantwortlich machte. Es war hauptsächlich Darian, der aus Fendors Leben erzählte, denn er hatte ihn am längsten von allen gekannt. In stummer Trauer blickten die vier Freunde in die Flammen, als Mia sich plötzlich umsah und fragte: »Wo ist Leána?« Auch Darian fuhr herum. Vorhin hatte sie noch mit ihrem neuen Kaninchenfreund ganz in der Nähe gespielt, jetzt war sie fort.

»Samukal!« Darian rannte los, stürmte über den nächsten Hügel und sprang den verdutzten Zauberer, der unweit des Feuers auf einem Felsen saß, von hinten an. Die beiden kugelten über den Boden, und Darian schlug auf seinen Ziehvater ein.

»Bist du des Wahnsinns?«, ereiferte sich Samukal. Plötzlich spürte Darian sich wie von einer unsichtbaren Mauer zurückgedrängt. Er drückte dagegen an, musste dann aber einsehen, dass er gegen Samukals magischen Schutzschild nichts tun konnte.

»Was hast du mit Leána getan?« Darians Gesicht verzerrte sich vor Wut, und auch Mia, die jetzt drohend näher kam, schien außer sich. Ihre Hände waren hoch erhoben, und Windgeister kreisten heulend um Samukal herum. Mias schwarze Haare wirbelten um ihren Kopf, als führten sie ein Eigenleben.

»Ich habe keine Ahnung, was hier los ist«, versicherte Samukal und wirkte direkt erschrocken. »Vor kurzer Zeit sah ich sie, wie sie diesem Kaninchen hinterherrannte.« Er deutete in Richtung der nahen Klippen, gegen die das Meer träge brandete.

»Nordhalan, passt du auf ihn auf? Wir suchen sie«, bat Tagilis.

»Ich könnte bei der Suche mithelfen«, bot Samukal an.

»Nein.« Darian versicherte sich mit einem Blick auf Nordhalan, dass dieser Samukal davon abhalten würde, heimlich zu fliehen, dann legte er eine Hand auf Mias Arm. »Lass die Windgeister verschwinden.«

Nur sichtlich zögernd ließ sie ihren Zauber fallen, dann rief sie Fenja zu sich, hörte sie in der Nähe winseln und fand sie schließlich mit den Zügeln eines der Pferde an einen Baum gebunden. Vermutlich hatte Leána sie davon abhalten wollen, Kryll zu jagen. Eilig löste Darian den Knoten. »Such Leána. Wo ist sie hin?«

Die schwarze Wölfin schnupperte an Leánas Umhang, den Mia ihr hinhielt, dann rannte sie, die Nase dicht am Boden, auch schon los.

»Samukal, wenn du etwas mit Leánas Verschwinden zu tun hast …«, drohte Nordhalan dem jüngeren Zauberer.

»Ehrlich!« Samukal hob seine Arme an. »Diesmal ist es nicht meine Schuld.«

Voller Sorge rannten Mia, Darian und Tagilis hinter Fenja her. Normalerweise wusste das Mädchen, dass es sich ohne einen der

Erwachsenen oder zumindest Fenja nicht vom Lager entfernen durfte. Hatte Samukal sie am Ende erneut betrogen? Hatte er der Kleinen etwas angetan, nur damit sie die Drachen nicht zurück nach Albany holten? Spielte er vielleicht doch sein eigenes dämonisches Spiel?

Als sich Fenja laut bellend an den Rand einer mehr als tausend Fuß steil abfallenden Klippe stellte, erwartete Darian schon das Schlimmste. Sein Herz schlug ihm bis zum Hals, während er sich ausmalte, Leánas zerschmetterten kleinen Körper leblos in der Tiefe wiederzufinden. Doch auch wenn sich seine schlimmsten Befürchtungen nicht bewahrheiteten, so erschreckte ihn der Anblick, der sich ihm bot, als er jetzt zögernd über den steil abfallenden Felsen blickte, auch nicht viel weniger. Das Gesicht vor Anstrengung verzerrt, die langen schwarzen Haare im Wind wehend, kletterte Leána langsam die Klippe herauf.

»Du liebe Zeit, Leána, was tust du dort unten?« Ohne weiter nachzudenken, schwang sich Darian über den Rand, fand jedoch selbst kaum Halt, und seine Füße rutschten von dem glitschigen Fels ab. Kleine Steine polterten in die Tiefe, und Darian hielt die Luft an.

»Warte, Darian.« Mia hielt ihm ihre Hand hin. »Leána schafft das. Du gefährdest sie höchstens.«

»Bist du verrückt?« Noch immer suchte Darian nach einem Weg, seiner Tochter zu helfen, aber die Kleine kletterte tatsächlich so geschickt und sicher in die Höhe, dass er nur staunen konnte. Mühsam gelangte er selbst auf festen Boden zurück, dann griff er eilig nach Leánas Arm und zog sie das letzte Stückchen hinauf in Sicherheit. Zunächst drückte er sie erleichtert an sich, während ein wahres Gebirge von seiner Seele fiel, dann schüttelte er sie kräftig an der Schulter. »Was hast du dir dabei gedacht?«

Das Gesicht vor Anstrengung gerötet und mit einigen Schmutzflecken versehen, strahlte Leána ihn an. »Ich habe einen Drachen gefunden!«

»Leána, was soll das? Es gibt keine Drachen mehr.«

»Doch, ich habe einen gefunden. Er ist soooo schön!«

»Du sollst dir keine Geschichten ausdenken, nur um einer Bestrafung zu entgehen«, schimpfte Mia. »Und diesmal hast du wirklich eine Bestrafung verdient!«

Stur blieb das Mädchen stehen. »Ehrlich, ich habe einen Drachen gefunden. Kryll ist mir davongelaufen, und ich wollte ihn wieder einfangen. Da habe ich ein ganz lautes Seufzen gehört, und ein riesiges Feuer kam aus der Klippe.« Sie deutete nach rechts. »Ich wollte sehen, was das ist.«

»Sie ist wahnsinnig. Von wem hat sie das nur?«, stöhnte Darian.

Mia schnitt eine Grimasse und ging in die Hocke. »Dann erzähl mal, aber keine Märchen, ist das klar?« Sachte, aber bestimmt zog sie Leána am Ohr.

Noch einmal verkündete die Kleine energisch, alles wäre wahr. Sie sei die Klippe hinabgeklettert und bald auf eine große Höhle gestoßen. Darin würde ein riesengroßer dunkelblauer Drache liegen und schlafen.

Skeptisch blickten Darian, Mia und Tagilis die Klippen hinab. Von einer Höhle oder gar einem Drachen war nichts zu sehen. Eindringlich redeten sie auf Leána ein, aber diese blieb bei ihrer Geschichte und hatte anschließend nichts anderes im Sinn, als ihr Kaninchen zu suchen, das allerdings verschwunden blieb.

»Ich kann euch den Drachen zeigen«, schlug Leána vor, nachdem sie die Suche aufgegeben hatte.

»Ganz sicher wirst du nicht noch einmal diese gefährlichen Klippen hinunterklettern«, rief Darian aus. Er hatte bereits mit Mia und Tagilis diskutiert, und sie überlegten, ein Seil zu holen und selbst den Abstieg zu wagen.

»Leána, wenn wir die Drachenhöhle suchen, könnten wir abstürzen und sterben«, erklärte Mia ihrer kleinen Tochter eindringlich. »Hast du den Drachen tatsächlich gesehen?«

Die Kleine presste die Lippen aufeinander und nickte eifrig.

Also rannte Tagilis los, um ein Seil aus den Satteltaschen zu holen. Währenddessen blickten Mia und Darian angestrengt in die Tiefe, aber außer dem leisen Wind, der unablässig um die Klippen strich, dem Donnern der Wellen und dem Geschrei der Seevögel hörten und sahen sie nichts, was auf die Anwesenheit eines Drachen hingedeutet hätte.

Es dauerte nicht lange, und Tagilis kam, bepackt mit einem Seil, Zügeln und Steigbügelriemen, zurückgeeilt. »Das Seil ist nicht sehr lang, vielleicht benötigen wir noch etwas, um weiter hinabzugelangen. Ich habe Nordhalan gesagt, dass alles in Ordnung ist«, fügte er noch hinzu.

»Und Samukal?«, erkundigte sich Darian mit gerunzelter Stirn.

»Er weiß nichts von dem Drachen.«

»Großvater Samukal ist traurig, wenn ihr ihm immer so viel verschweigt«, sagte Leána empört.

»Leána, Großvater Samukal muss nicht alles wissen, und wir haben unsere Gründe dafür«, versuchte Mia zu erklären.

Die Kleine schien das jedoch nicht zu verstehen und ließ sich erst ablenken, als Darian sie noch einmal genau fragte, wo sich die Höhle befand.

Sie deutete die Klippe hinunter, dann nach rechts.

»In Ordnung, ich steige hinab.« Darian band sich das Seil um die Hüfte.

»Darian, es wäre besser, wenn Tagilis oder ich als Erste gehen«, warf Mia ein. »Wir sind da ein wenig ge… «

»Nein, diesmal gehe ich«, herrschte Darian sie an und runzelte wütend die Stirn. »Ich habe genug davon, immer als plumper, ungeschickter oder zu junger Mensch dazustehen.«

»So habe ich das doch gar nicht gemeint.« Mia wollte ihm über die Wange streicheln, aber Darian begann sich bereits abzuseilen. Tagilis hatte Zügel und Steigbügelriemen sicher an das Seil geknotet, um dieses zu verlängern, und nun ließ er Darian vorsichtig Stück für Stück hinab.

Der Wind zerrte an Darians Kleidern, und ein Blick in die Tiefe ließ ihn schwindlig werden. Der glitschige, feuchte Fels bot ihm kaum Halt, und laufend drohten seine Hände oder Füße abzurutschen.

»In Ordnung«, brummte er vor sich hin, als er mal wieder von einem Felsen abglitt und nur Tagilis ihn vor dem Absturz bewahrte, »ich bin doch ein ungeschickter, plumper Mensch.« Ihm wurde himmelangst, wenn er daran dachte, dass Leána hier ohne jegliche Sicherung hinabgeklettert war.

Bedacht tastete er sich nach rechts vor, und zum Glück wurde es nun etwas einfacher, denn ein schmaler, wenn auch bröckeliger Absatz bot zumindest seinen Füßen etwas Halt. Darians Finger krallten sich in den zerklüfteten grauen Felsen, und er tastete sich langsam voran.

»Da ist tatsächlich eine Höhle!«, schrie er seinen Freunden zu und hoffte, dass sie ihn hörten. Dann löste er das Seil und ruckte zweimal daran, zum Zeichen, dass Tagilis es wieder hinaufziehen und Mia daran herunterlassen konnte. Eine mehr als zwanzig Schritt große Öffnung tat sich vor ihm auf. Im Inneren war es stockdunkel, und Darian konnte nicht erkennen, was sich darin befand. Das Rauschen der Brandung wurde von den Höhlenwänden so laut zurückgeworfen, dass er das Gefühl hatte, direkt in den Schlund eines schlummernden Untieres zu treten. Er zog sein Schwert leise aus der Scheide und ging einige Schritte hinein. Auch wenn die Neugierde ihn vorantrieb, so musste er sich doch eingestehen, dass es in diesem Fall klüger gewesen wäre zu warten, bis Mia bei ihm war.

»Ich frage mich wirklich, warum sich die Menschen so viel auf ihre Rasse einbilden«, murmelte er vor sich hin.

Nach einer, wie Darian neidisch zugeben musste, sehr kurzen Zeit stand seine Gefährtin neben ihm und spähte in die Dunkelheit. »Kannst du etwas erkennen?«

»Nein, es scheint eine sehr große Höhle zu sein.«

Mia ging leise voran, und nachdem sich auch Darians Augen

endlich an die Dunkelheit gewöhnt hatten, konnte er feststellen, dass die Höhle am Eingang etwa so hoch wie fünf Männer war, jedoch immer größer wurde, je weiter sie vordrangen. Das Schlagen der Wellen war hier nur noch gedämpft zu hören und wurde von dem leisen Tropfen von Wasser überlagert. Seitengänge führten von der Haupthöhle in alle Richtungen. Im ersten Augenblick glaubte Darian, ein riesiger Fels würde am hinteren Ende liegen, aber Mia fasste ihn plötzlich so fest am Arm, dass ihre Finger schmerzhaft in sein Fleisch schnitten. Und da sah er auch schon zwei wagenradgroße Löcher rötlich aufglimmen.

»Ein Drache«, flüsterte sie.

Lang ausgestreckt und vom dunklen Gestein kaum zu unterscheiden, lag am Höhlenende eine dieser mächtigen Kreaturen, die Darian zuletzt bei seiner Weihe von nahem gesehen hatte, und wie schon damals war er von der beeindruckenden Präsenz überrascht. Als erneut Feuer aus den Nüstern drang und das Innere der Höhle rötlich aufglühen ließ, konnte Darian den gewaltigen Kopf erkennen, der ihn an ein kleines Gebirge erinnerte. Das Horn, welches über den feurigen Nüstern thronte, mochte größer als er selbst sein, und die Hornplatten, die er mit seinen Armen nicht zu umfassen vermocht hätte, waren von graublauer Farbe. Die Flügel des Drachen waren eingeklappt, und das Ende des gigantischen Schwanzes, auf dem sich gefährliche Zacken befanden, konnten Darians menschliche Augen nicht mehr erkennen. Die Hitze jedoch, die der heiße Atem der Kreatur verströmte, brannte dafür umso heftiger auf seiner Haut.

»Was sollen wir tun?«, flüsterte Darian.

»Ich habe nicht sehr viel Erfahrung mit Drachen«, gab Mia zu.

Unschlüssig stand Darian vor dem gewaltigen Wesen. In den Legenden und Geschichten der anderen Welt, in der er aufgewachsen war, waren Drachen immer etwas sehr Gefährliches,

Bedrohliches gewesen, das stolze Ritter wie Siegfried, der Drachentöter, bezwungen hatten. Hier hatte er ganz andere Dinge gelernt. Drachen waren starke magische Wesen, sie hatten ihn und seine Vorfahren mit einem langen Leben gesegnet und ihn selbst zum König ernannt. Dennoch wusste er von Readonn und Nordhalan, dass man im Umgang mit Drachen Vorsicht walten lassen sollte.

Sowohl Mia als auch Darian zuckten zusammen, als ein Schatten hinter ihnen vorbeihuschte.

»Leána!«, schrie Darian entsetzt, als das kleine Mädchen ganz selbstverständlich zu dem gewaltigen Tier ging und ihm auf die Pranke klopfte.

Zwei hell glitzernde Augen glommen im Zwielicht auf, in der Mitte geschlitzt und beinahe so groß wie die Nüstern, aus denen nun erneut Flammen schossen. Darian drückte Mia gegen die Wand und glaubte Leána schon verloren. Der Drache gähnte, was einem Erdbeben gleichkam. Der Luftzug war so gewaltig, dass Staub, getrocknetes Moos und Spinnweben durch die Luft wirbelten, und ein Geruch nach halb verwestem Fleisch quälte die Riechorgane der Anwesenden.

Als Darian wieder die Augen öffnete, sah er Leána neben dem Drachen stehen. Ihre Haare standen wirr vom Kopf ab, und sie hatte die Hände in die Hüften gestemmt. »Das war nicht sehr höflich, Mutter sagt immer, man soll sich die Hand vor den Mund halten, wenn man gähnt.«

Ein geschlitztes Auge wandte sich Leána zu, dann erbebte der ganze Drachenkörper. Das Untier erhob seinen Oberkörper, ein dumpfes Grollen erfüllte die Höhle. Sofort stürzte Darian zu Leána und zog sie an den Rand der Höhle.

»Was ist denn?«, fragte die Kleine verwundert.

»Komm, wir ziehen uns ganz langsam zurück.«

»Aber der Drache hat doch nur gelacht.«

»Gelacht?« Verwirrt starrte Darian von Leána zu dem Drachen, der nun drohend vor ihnen stand. Sein Hals reichte bis zur

Höhlendecke hinauf. Das gewaltige Wesen holte tief Luft, beinahe mutete es schon schwerfällig an.

»Darian, sag ihm, wir kommen in friedlicher Absicht.« Mias Stimme klang ungewohnt dünn, und Darian ergriff rasch ihre kalte Hand.

Er versuchte, sich daran zu erinnern, was Readonn ihm erklärt hatte. Langsam, den Blick gesenkt, trat er nach vorn und verbeugte sich vor dem Drachen.

»Ich grüße dich, Herr des Feuers. Wir erbitten deine Hilfe«, sagte er in Menschensprache. Darian wusste noch immer nicht, wie seine seltene Gabe funktionierte. Sobald ihn ein anderes Wesen ansprach, konnte er dessen Worte problemlos verstehen, doch bevor dies geschah, blieb ihm nichts anderes übrig, als in den ihm vertrauten Worten der Menschen zu sprechen.

Ein dumpfes Grollen erklang aus dem Maul des Drachen, und spitze Zähne wurden sichtbar, von denen allerdings eine ganze Reihe abgebrochen war.

»Er sagt, du bist auch unhöflich, weil du dich nicht vorstellst«, erklang Leánas helle Stimme hinter Darian.

Ruckartig, ohne den Drachen ganz aus den Augen zu lassen, drehte er sich um. »Du kannst mit ihm sprechen?«

Leána nickte eifrig, woraufhin Mia sie an den Schultern ergriff. »Leána kann nicht mit Tieren sprechen«, rief sie an Darian gewandt.

»Das ist ja auch kein Tier, sondern ein Drache«, stellte die Kleine fest.

»Und wie sprichst du mit ihm?«, wollte Darian jetzt wissen.

»Na hier drin.« Sie tippte auf ihren Kopf und lächelte dem Drachen dann zu, der seine Nüstern etwas blähte und eine kleine Rauchwolke ausstieß.

»Er sagt, er heißt Galavenios und hat schon lange auf mich gewartet.«

Verwirrt drehte sich Darian zu dem Drachen um, der ihn aus seinen geschlitzten Augen musterte.

»Ich bin …« Er besann sich und versuchte, in seinem Geist Kontakt mit dem Drachen aufzunehmen.

Ich bin Darian von Northcliff und erbitte deine Hilfe.

Die Antwort hallte so mächtig durch Darians Kopf, dass er zurücktorkelte. *Darian von Northcliff, Menschenkönig von Albany, meine Brüder und Schwestern berichteten von deiner Weihe. Du kannst gerne in deinen Worten sprechen, nur die Antwort wird in deinem Geist erfolgen, denn die Zunge der Menschen ist mir fremd und schmerzt die meine.*

Der graublaue Drache verneigte sich, und Darian drehte sich lachend zu Mia um. »Es funktioniert, ich kann mich mit ihm verständigen.« Er drückte Leána, die stolz grinste, kurz an sich und wandte sich dann wieder Galavenios zu.

»Wieso bist du hier? Wir dachten, alle deiner Art seien geflohen.«

Ein tiefes Seufzen ließ erneut Staubwolken durch die Höhle wirbeln. *Lange schon warte ich auf die Rückkehr meiner Gefährten. Kannst du, junger Menschenkönig, mir von ihnen berichten?*

Unsicher und zögernd erzählte Darian, was er von Samukal und Readonn über jenen furchtbaren Tag wusste. Er hatte Angst, der Drache könne zornig werden und ihn und seine Familie aus Rache an seinem Volk töten. Aber Galavenios hörte nur stumm zu, und als Darian geendet hatte, ließ er seinen schweren geschuppten Kopf mit einem lauten Krachen auf den Boden sinken. Bevor Darian etwas unternehmen konnte, war Leána zu ihm geeilt.

»Er ist traurig«, schluchzte sie und umarmte seine mit Krallen versehene Pranke mit ihren dünnen Armen, die noch nicht einmal das obere Ende des Drachenbeines erreichten.

Langsam trat Darian zu ihr und streichelte über ihren Kopf.

Fort, verloren, gegangen ins Ungewisse, und ich bin der Letzte meiner Art, drangen Galavenios' Worte in Darians Geist.

Ich bin das älteste in Albany existierende Wesen, geboren, kurz bevor der Zorn der Götter die Welt beinahe vernichtet hätte. Auf der Feuerin-

sel im Norden bin ich geschlüpft und habe miterlebt, wie die Vulkane ausbrachen und die Insel in Feuer und Asche versank. Ein abgrundtief schweres Seufzen entstieg der Kehle des Drachen. *Mit einigen meiner Gefährten, die nun schon lange tot sind, flüchtete ich nach Albany, trotzte hier in diesen Höhlen Flutwellen, Ascheregen, Feuerstürmen. In Zeiten der Not können Drachen auch mehrere hundert Sommer ohne Nahrung überleben, müsst ihr wissen. Wir fallen dann in eine Art Trance, und so überlebten ich und einige wenige meiner Art diese Naturkatastrophe.*

»Das tut mir sehr leid, Galavenios«, beteuerte Darian leise, aber der alte Drache schien ihn gar nicht zu hören und war ganz in seinen Erzählungen versunken.

Schon seit über hundert Sommern kann ich nicht mehr fliegen – meine Verwandten versorgten mich mit Nahrung –, und deshalb folgte ich dem Hilferuf meiner Gefährten nicht. Ich machte mir große Sorgen, weil keiner von ihnen zurückkehrte.

»Galavenios, wir vermuten, dass Apophyllion, bevor er starb, ein Tor erschaffen hat, das die Drachen in ihre Urheimat schickte. Wir müssen das Drachenportal finden und sie zurückholen.«

Nein, junger Mensch, selbst ein Drache hat nicht die Macht, ein Portal zu erschaffen, welches auf Dauer Bestand hat. Nicht einmal Apophyllion, mein Urenkel. Die Augen des großen graublauen Drachen schlossen sich, und ein leises Summen, das Darian tief in seinem Inneren erschütterte, kam aus Galavenios' Kehle.

An den Gesichtern von Mia und Leána erkannte er, dass es die beiden auch spürten. Die Kleine drückte sich an ihn und weinte leise in seinem Arm. Instinktiv wusste Darian, dass dies ein Trauergesang für Apophyllion war, und schweigend respektierte er dieses Trauerritual. Nachdem der Gesang jedoch scheinbar endlos auf und ab geebbt war, wurde Darian doch ungeduldig.

»Was meinst du, wie lange er noch braucht?«, wandte sich Darian leise an Mia.

»Ich weiß es nicht, aber wir sollten ihn nicht unterbrechen.«

Gereizt fuhr sich Darian durch die Haare. »Wenn Apophyllion kein Portal erschaffen hat, durch das wir reisen können, war alles umsonst.«

»Hab Geduld, vielleicht weiß er noch etwas Wichtiges.« Mia zog Darian und Leána mit zum Eingang der Höhle. »Ich denke, ich sollte Tagilis kurz Bescheid sagen, damit er sich keine Sorgen macht.«

Darian stimmte zu und setzte sich mit Leána an den Eingang. Unter ihnen brandeten hohe Wellen gegen den Fels, während der Drache in seinen Trauergesang vertieft war. Wassergeister hatten sich vor der Höhle versammelt, und in der Höhe schwebten Windgeister und Heidefeen, so als wollten auch sie ihre Trauer zum Ausdruck bringen.

»Leána, weshalb kannst du die Worte des Drachen hören?«, wollte Darian wissen.

»Ich weiß es nicht, ich kann es einfach.«

»Verstehst du auch andere Wesen, wenn sie in einer fremden Sprache sprechen?«

»Nein, sie sprechen immer alle so, dass ich sie verstehe.«

Darian stutzte. »Wie meinst du das?«

»Na ja«, Leána runzelte angestrengt ihre Stirn, »früher habe ich manchmal nicht verstanden, wenn sich Bruna und Ellid unterhalten haben, jetzt sprechen sie immer so, dass ich es auch verstehe.«

Einen Augenblick lang dachte Darian nach, dann nickte er lächelnd. »Leána, nicht die anderen sprechen deine Sprache, sondern du verstehst sie, ohne dass du es bemerkst.« Bei ihm war es ähnlich gewesen. Lange Zeit, und das noch bis ins Erwachsenenalter hinein, war es ihm gar nicht bewusst gewesen, wenn er in einer fremden Sprache geredet hatte. Erst durch Mias Erklärungen war ihm klar geworden, dass dies ein Teil des Erbes seiner Mutter war. »Du hast diese Gabe von mir«, flüsterte er und drückte Leána einen Kuss auf die Stirn.

»Oh!«, rief sie erschrocken. »Habe ich sie dir jetzt weggenommen?«

Daraufhin lachte Darian leise und schüttelte den Kopf.

Es dauerte nicht lange, bis Mia zurückkehrte. Sie hatte Tagilis beruhigen können, der nun Nordhalan Bescheid sagen und dann wieder herkommen wollte.

Noch lange Zeit zogen sich die Trauergesänge des Drachen hin, und als er geendet hatte und Darian, Mia und Leána hofften, weiter mit ihm sprechen zu können, sackte sein großer Kopf auf die graublauen Pranken, und seine Augenlider schlossen sich.

»Er ist eingeschlafen«, stellte Darian ungläubig fest.

»Dann müssen wir wohl warten.« Mia lehnte sich an den Rand der Höhle und zog Leána auf ihren Schoß. Die Kleine liebte Geschichten aus der anderen Welt, und so vertrieben ihr Darian und Mia die Zeit damit, von den großen Menschenstädten und technischen Wundern zu erzählen, die es in Albany nicht gab und vermutlich auch niemals geben würde. Wenn Darian ehrlich mit sich selbst war, war er froh darüber denn bei allem Komfort und den vielen Errungenschaften, die es jenseits des Portals gegeben hatte, kam ihm das Leben hier trotz aller Gefahren irgendwie ehrlicher, besser und erfüllter vor – wenn nur die Dämonen nicht wären. Obwohl er dies schon lange nicht mehr getan hatte, musste Darian plötzlich an Alwin denken. Lebte der alte Schotte überhaupt noch? Es tat ihm leid, sich nicht von ihm verabschiedet zu haben, aber damals, während seiner Flucht mit Mia war das einfach nicht möglich gewesen. Und so erzählte Darian Leána von Alwin, wie der ihn über viele Jahre hinweg im Kinderheim besucht hatte. Alwin hatte ihm damals endlose Geschichten von Feen, Kobolden und Elfen erzählt – vermutlich ohne zu wissen, wie viel Wahrheit sie enthielten.

Erst im Morgengrauen fing der alte Drache an, sich zu rühren. Seine Glieder streckten sich mit lautem Krachen, und als er sich auf die Hinterbeine erhob, bebte die gesamte Höhle.

»Na endlich.« Darian sprang auf und stellte sich vor den Drachen. Er nahm sich die Zeit, sich zu verbeugen, und sagte dann:

»Galavenios, wir erbitten deine Hilfe. Dämonen sind über Albany hergefallen, und wir müssen dringend das Portal in die Welt der Drachen finden.«

Dämonen, welch eine Plage! Drachenfeuer kann sie vernichten, antwortete Galavenios in Darians und Leánas Gedanken.

»Wo liegt das Portal? Kannst du uns hinführen? Kannst du uns im Kampf gegen die Dämonen helfen?«

Ein lautes Seufzen ließ den drei Besuchern die Haare durcheinanderwirbeln.

Schon lange sind meine Flügel lahm, und mein letzter Flug wird der ins Licht sein, junger Mensch. Wo das Drachenportal in unsere Urheimat liegt, das wussten nur die Alten, nur in Legenden und Gedichten wurde davon berichtet.

Enttäuscht ließ Darian die Schultern sinken. »Er weiß es nicht«, sagte er zu Mia.

Ich sagte, donnerte die Stimme von Galavenios in Darians Geist, *nur die Alten wussten, wo das Drachenportal lag. Ich selbst habe es niemals gesehen, und vermutlich fiel es dem Zorn der Götter, wie ihr es nennt, zum Opfer. Dennoch will ich euch die Überlieferung verkünden.* Seine geschlitzten Augen wandten sich Leána zu. *In ihr sehe ich einen Teil der Prophezeiung erfüllt. So jung, dieses kleine Wesen, so zart, so zerbrechlich.* Seine mächtige Schnauze näherte sich Leánas Gesicht, und Darian musste all seine Willenskraft aufbringen, nicht sein Schwert zu ziehen, auch wenn er sehr wohl wusste, dass ihm dieses im Ernstfall ohnehin nichts gebracht hätte.

So jung und doch von verbotenem Blut, brummte der Drache.

»Was ist verbotenes Blut?« Unschuldig blickten Leánas Augen zu Darian hinauf.

»Nichts Schlimmes, mein Schatz.« Darian sah den Drachen herausfordernd an. »Sie wurde aus Liebe geboren.«

Und deshalb mag sie die Hoffnung Albanys sein. Galavenios holte tief Luft und begann dann in einer Art Singsang ein Gedicht zu rezitieren:

Wo Fels und Brandung kämpfen, mächt'ge Wellen Todesschreie dämpfen,
Wo der Arm des Landes in tiefe Wasser greift und der Blick des Auges zur Faust des Westens schweift.
Der Drache faltet seine Schwingen, und die gepeitschten Winde singen,
aus fernen Gestaden kamen der Drachen Horden, durch das Tor auf der Insel der Riesen verborgen.
Dem Suchenden sei eine Warnung gesprochen, am harten Fels werden Speer und Schild gebrochen.
In den Stürmen der Zeit altes Wissen verloren,
wiederzufinden, ein verbotenes Kind ward geboren.

Für einen Moment ließ Darian sich die Worte durch den Kopf gehen, dann wiederholte er sie für Mia, die gespannt abgewartet hatte.

»Anmhorán, die Insel der Riesen, wurde, soweit es mir bekannt ist, beinahe vollständig zerstört. In der Mitte sollen so tiefe Krater entstanden sein, dass man den Boden nicht sehen kann«, erzählte Mia.

»Kannst du etwas mit dieser Faust des Westens anfangen?«, hakte Darian nach, aber seine Gefährtin verneinte.

Aus den Legenden meines Volkes weiß ich, fuhr Galavenios fort, *dass die Drachen das Tor irgendwann durch Magie verschleiert haben, denn die Riesen begehrten die Schätze, die es in der Urheimat meines Volkes gab. Nur die ältesten und mächtigsten Drachen kannten den Standort des Portals, den anderen wurde das überlieferte Gedicht von Generation zu Generation weitergegeben.*

»Toll, ein verschleiertes Tor, das auf einer ohnehin zerstörten Insel liegt.« Enttäuscht fuhr sich Darian durch die Haare.

Die Faust des Westens ist ein mächtiger Fels an der Nord-Westküste Anmhoráns. Er ist vermutlich ein Hinweis darauf, wo sich das Portal befindet.

»Wir sollten Nordhalan und Tagilis befragen«, schlug Mia

vor, »und Leána wird hoffentlich auch ein verborgenes Tor finden.«

Das Mädchen nickte eifrig, aber Darian hegte murrend Zweifel, dass das Portal vielleicht zerstört sein könnte. Dann riss er sich zusammen.

»Danke, Galavenios, wir werden jetzt gehen. Vielen Dank, dass du uns von eurer Überlieferung erzählt hast.«

Der große Drache verneigte sich. *Ich tat es wegen deiner Tochter, Darian von Northcliff, Menschenkönig von Albany. Sie wird es finden, sonst werdet ihr vergehen.*

Bei diesen Worten lief ihm ein Schauer über den Rücken. Groß und mächtig, mit donnernden Schritten ging der Drache auf den Ausgang zu. Jetzt, im sanften Morgenlicht, sah auch Darian, dass dieser Drache tatsächlich uralt sein musste. Unzählige Narben waren auf seinem Körper zu sehen, die Schuppen erschienen beinahe brüchig und erinnerten an die faltige Haut eines sehr alten Menschen. Tief sog der Drache die klare Meeresluft ein.

Ein guter Tag, um über das Meer zu fliegen. Ein guter Tag, dem Wind zu huldigen und auf seinen Schwingen zu reiten.

Leána trat neben ihn, und in Darians Kehle bildete sich ein dicker Kloß, als er dieses uralte, mächtige Wesen neben seiner kleinen Tochter sah, die noch so jung und unschuldig war und auf deren schmalen Schultern doch so viel Verantwortung lag.

»Wenn du nicht mehr jagen kannst, dann bist du sicher hungrig«, sagte sie und warf ihm einen mitleidigen Blick zu. »Ich kann hinaufklettern und dir etwas Brot und Käse holen.«

Das ehrt dich, Leána von der Nebelinsel, aber ich werde mich bald auf meine letzte Reise begeben, und auf dieser benötige ich keinen Proviant mehr. Der alte Drache senkte das mächtige Haupt, näherte sich vorsichtig dem kleinen Mädchen und stupste sie zärtlich an. Leána schien das nicht zu verstehen und sah sich hilfesuchend nach Darian um.

»Galavenios kommt zurecht. Du hast doch gehört, dass Drachen lange Zeit ohne Nahrung auskommen.« Er nickte dem großen alten Drachen zu, und dieser tapste schwerfällig zurück in die Höhle, wo er sich seufzend niederließ.

Der Segen der Drachen sei mit euch, denn wenn ich ins Licht gehe, wird auch die letzte Drachenmagie mit mir gehen.

Darian fuhr herum. »Dann ist es wahr? Als die Drachen verschwanden, wurde die Magie in Albany geschwächt?«

Aus den Tiefen der Höhle kam ein dumpfes Grollen, das anzeigte, dass Galavenios eingeschlafen war. Also war Galavenios der Letzte seiner Art, die letzte Quelle einer alten Macht, die man Magie nannte.

»Komm, Darian, wir steigen hinauf und beraten uns mit den anderen.« Mia nahm ihn an der Hand, dann machten sie sich an den beschwerlichen Aufstieg die steile Klippe hinauf.

Kapitel 21

Legende oder Wahrheit?

Große Aufregung herrschte, als Darian und Mia erzählten, was sie von Galavenios, dem letzten Drachen Albanys, erfahren hatten. Nordhalan lauschte aufmerksam, wobei er sich andauernd über den Bart fuhr, Tagilis verfolgte die Schilderungen regungslos, doch seine hervortretende Kiefermuskulatur verriet seine innere Anspannung. Samukal verlangte energisch, selbst mit dem Drachen zu sprechen, wurde aber von Darian harsch zurückgewiesen, er hätte schon das Leben von genügend Drachen auf dem Gewissen.

Die Gefährten überlegten, wie sie weiter vorgehen sollten. Klar war, dass sie auf die Insel der Riesen reisen mussten, zunächst wollten sie aber zu ihrem Lager am Rannocsee zurückkehren, um ihre Vorräte aufzufüllen. Auch hegten sie die vage Hoffnung, dass Atorian vielleicht schon etwas von dem Drachenportal gehört hatte. Als junger Mann war er weit gereist und viel herumgekommen, vielleicht hatte er irgendwo etwas aufgeschnappt. Große Sorgen machten sie sich zudem, wie sie auf die Insel gelangen sollten, und sie mussten dringend eine Karte studieren. Darian meinte sich erinnern zu können, dass in der anderen Welt der direkteste Weg von Schottland nach Irland im südlichen Teil, den Borderlands, gelegen hatte; doch in Albany wurden Nord und Süd vom Kratersee geteilt, und selbst wenn sie über einen Eichenpfad den See hinter sich lassen konnten, wäre die Reise durch das zerklüftete und zerstörte Land sicher beschwerlich und würde sehr lange dauern.

So schnell sie konnten, verließen sie die Dracheninseln. Unbehelligt reisten sie durch das Eichentor zu Cadman an die Westküste. Der Frühling war auf dem Festland schon deutlich weiter fortgeschritten als auf den Dracheninseln, überall sprossen hellgrüne Blätter an Bäumen und Büschen hervor, und kleine weiße Blumen spitzten durch das verrottete Laub des Waldbodens. Heute ließ sich Cadman nicht blicken, und die Gefährten nahmen sich auch nicht die Zeit, ihn zu suchen. Sie wollten so schnell wie möglich zum Rannocsee. Doch noch während sie sich zum Aufbruch bereitmachten, brachte eine seltsame Veränderung sie dazu innezuhalten. Gefahr schien in der Luft zu liegen, denn so bunt und friedlich der Wald auch wirkte, irgendetwas störte die Idylle. Die Pferde waren ungewöhnlich schreckhaft, und keine einzige Heidefee tanzte über den Lichtungen. Selbst der Gesang der Vögel klang gedämpft. Die Gefährten zogen ihre Schwerter, und Nordhalan hielt seinen langen Zauberstab griffbereit vor sich auf dem Sattel. Samukal hatten sie zwar strengstens verboten zu zaubern, aber er war – für Menschenverhältnisse – ein hervorragender Schwertkämpfer, daher würde er bei einem eventuellen Angriff ebenfalls von Nutzen sein.

Ein entferntes Krachen im Unterholz ließ alle herumfahren. Mia wies Leána energisch an, im Notfall allein fortzureiten, während Fenja sich bedrohlich knurrend vor die kleine Gruppe stellte. Die Büsche raschelten, Nordhalans Zauberstab zeigte mit glühenden Runen in die Richtung der Geräusche, und Menhir tänzelte unter Darian unruhig auf der Stelle.

»Dämonen sind das nicht«, flüsterte Tagilis, »die greifen lautlos an.«

Noch einmal polterte es, und plötzlich standen zwei arg mitgenommene Waldtrolle vor ihnen. Ihre grünlich braune Haut wies an vielen Stellen Verletzungen auf. Sie hielten ihre Waffen – eine Keule und ein schartiges Schwert – drohend erhoben, und Fenja wollte sich sofort auf sie stürzen. Auch Samukal trieb sein Pferd an und holte zum Schlag aus.

»Nicht!« Darians Ruf durchschnitt die Luft.

»Sollen wir uns etwa aufspießen …« Samukal hatte noch nicht ausgeredet, da drängte sich Darian auch schon zwischen ihn und den erbosten Troll.

»Darian – Freund von König Murk«, sagte er in der Trollsprache.

Überraschung zeigte sich auf den äußerst mitgenommenen, derben Gesichtern der Trolle.

»Freund – nicht essen!«, sagte einer von beiden, der einen seiner imposanten Hauer im Kampf eingebüßt zu haben schien, in halbwegs verständlicher Menschensprache, woraufhin Leána kicherte, während die anderen überrascht die Stirn runzelten.

»Richtig. Freunde!« Darian befragte die beiden Trolle, die ihm daraufhin erzählten, sie seien von einer Gruppe Dunkelelfen angegriffen worden. Von ihren ehemals zwanzig Freunden – eine grobe Schätzung, da, wie Darian wusste, Trolle nicht sehr gut zählen konnten – seien nur noch sie beide übrig. Als er fragte, ob es Murk gut ginge, nickten die beiden einstimmig.

»Murk gut! Murk mächtiger König.«

Darian bot den beiden zwar an, dass sie sich von Lilith behandeln lassen sollten, aber sie lehnten ab und wollten sich sogleich auf den Weg nach Osten machen, um König Murk Bericht zu erstatten. Nach kurzem Zögern bat Darian die Trolle, Murk auszurichten, er möge zum Rannocsee kommen. Die beiden grunzten ihr Einverständnis und verschwanden dann polternd im Unterholz.

»Was willst du denn mit den Trollen?«, fragte Samukal mit kaum verhohlener Abscheu.

»Sie sollen sich Atorian anschließen, wenn wir Northcliff zurückerobern.«

»Natürlich, der große Atorian von Northcliff wird mit Trollen in die Schlacht ziehen«, lachte Samukal, dann räusperte er sich. »Ist das dein Ernst?«

»Wir können jede Hilfe gebrauchen«, war Darians knappe Antwort.

Ein freudiges Lachen zeichnete sich auf Darians Gesicht ab, als er, unweit des Passes, der zum Lager am Rannocsee führte, seinen Bruder erblickte, der ihm auf einem großen Fuchswallach sitzend entgegentrabte.

»Atorian, du reitest wieder?«

Dieser nickte und streckte seinen Rücken. »Zumindest kurze Wege.« Sein Blick schweifte über Darians Begleiter und blieb an Samukal hängen. Sofort verfinsterte sich sein Gesicht.

»Prinz Atorian, es ist mir eine Ehre …«, setzte Samukal an und verbeugte sich.

»Schweig, du Ratte!« Selten hatte Darian seinen Bruder so zornig und ehrfurchtgebietend gesehen wie in diesem Augenblick. Hoch aufgerichtet, mit drohend zusammengezogenen dunklen Augenbrauen thronte er auf seinem Pferd, und seine Kiefer waren zum Reißen gespannt. Seine Hände schlossen sich derart fest um die Zügel, als wolle er einen letzten Rest Blut aus dem alten Leder herauspressen. Er wirkte wie ein Wildtier, bereit zum tödlichen Sprung auf sein Opfer. »Es mag sein, dass du uns im Augenblick von Nutzen bist, aber den Verrat an meiner Familie wirst du eines Tages bezahlen, Zauberer.«

Kurz flammte so etwas wie Wut in Samukals Blick auf, dann sackte er in sich zusammen und murmelte eine halbherzige Entschuldigung. Doch Atorian strafte ihn mit Missachtung und lenkte sein Pferd neben Darian.

»Wart ihr erfolgreich?«, wollte Atorian jetzt von seinem Bruder wissen.

Auf dem Weg zum Lager erzählte Darian in kurzer Zusammenfassung, was sie erlebt hatten. Atorian staunte nicht schlecht, konnte allerdings zum möglichen Standort des Drachenportals auch nichts beizusteuern.

Eine hochgewachsene, schlanke Frauengestalt, die zwischen

den Hütten auf der kleinen Insel umherlief, erregte Darians Aufmerksamkeit.

»Atene?«, fragte er überrascht.

Atorian strich sich eine dunkle Locke aus dem Gesicht. »Ja, das konnte ich dir noch gar nicht erzählen. Vor etwa zehn Tagen kamen sie hierher. Das Dorf, in dem sie sich aufhielten, wurde von Dunkelelfen überfallen, und unsere Vertrauten im Dorf wussten nicht, wohin mit den Überlebenden. Dimitan wurde verletzt, aber er wird durchkommen.«

Kopfschüttelnd hörte sich Darian an, wie sein Bruder nun erzählte, dass ein Dunkelelf namens Dal'Ahbrac in Northcliff herrschen sollte. Dunkelelfen und Dämonen gleichermaßen würden die Bevölkerung in Angst und Schrecken versetzen, und Atorian sei gerade dabei, Krieger um sich zu scharen.

»Samukal«, rief Darian nach hinten. »Ist der Name deines Meisters Dal'Ahbrac?«

Der Zauberer drängte sein Pferd nach vorn, starrte aber mit unbewegter Miene in die Ferne.

»Ist der Name deines Meisters Dal'Ahbrac?«, wiederholte Darian, etwas barscher dieses Mal.

»Ich kannte seinen Namen nicht«, behauptete er erneut. »Allerdings ist mir ein Dunkelelf namens Kaz'Ahbrac bekannt. Möglicherweise entstammen sie der gleichen Familie.«

»Tritt mir aus den Augen, Verräter«, herrschte Atorian ihn an, woraufhin Samukal mit säuerlicher Miene zu Nordhalan zurückritt.

»Ich befürchte, ich werde einer der Kriegsherren sein, die nur aus dem Hintergrund agieren können«, stellte Atorian bedauernd fest und rieb sich den Rücken, nachdem er sich auf dem Versammlungsplatz zwischen den auf der Halbinsel gelegenen Hütten vorsichtig aus dem Sattel geschwungen hatte. »Nicht sehr ehrenhaft, wie Zir'Avan so schön sagen würde.«

»Du wirst die Männer anführen und ihnen Mut machen«, entgegnete Darian, dann stutzte er. »Zir'Avan ist hier?«

»Ja, und das ist eine der wenigen guten Nachrichten.« Ein Lächeln erschien auf Atorians bärtigem Gesicht. »Folge mir, er trainiert mit den Männern am See.«

Darian sagte Mia Bescheid, die ebenfalls erfreut über die Neuigkeiten war. Sie wollte nur rasch Leána ins Bett bringen, denn die Kleine war unterwegs eingeschlafen.

Während die beiden Brüder gemeinsam zum See gingen, betrachtete Darian Atorian eingehend. Dessen Bewegungen waren noch ein klein wenig steif, ließen aber in keiner Weise mehr einen Bruch der Wirbelsäule erahnen. Mal wieder hatte Lilith ein kleines Wunder vollbracht.

Kampfesrufe rissen Darian aus seinen Gedanken, und er blickte auf. Dreißig Männer, alle schweißüberströmt und sichtlich erschöpft, schwangen auf Zir'Avans Kommando hin ihre Schwerter, übten Angriff, Verteidigung und blitzschnelles Ausweichen. Der Dunkelelf war sehr streng, korrigierte hier, rügte dort und demonstrierte wiederholt, wie eine korrekte Schlagfolge ablaufen musste.

»Er macht das sehr gut.«

Atorian schnitt eine Grimasse. »Ja, durchaus, und ich brenne darauf, wieder mit ihm zu üben, aber viele der Männer murren bereits, sie würden sich lieber von einem Dämon zerreißen lassen, als einen weiteren Tag Training mit Zir'Avan über sich ergehen zu lassen.«

Das brachte Darian zum Schmunzeln, aber nun hatte der hochgewachsene, schlanke Dunkelelf sie offenbar bemerkt. Mit geschmeidigen Bewegungen, die Darian an einen Panter auf der Jagd erinnerten, kam er den Hügel hinaufgelaufen. Seine langen Haare hatte er mit einem Lederriemen zusammengebunden, wodurch sein markantes Gesicht mit den edlen, aber doch so energischen Zügen noch mehr hervorstach.

»Ich grüße dich, Darian. Sind meine Tochter und Leána wohlauf? Habt ihr eurem Volk Ehre im Kampf erwiesen?«

»Ähm, ja, wie man's nimmt.« Darian grinste unsicher. »Es hat sich jedenfalls Erstaunliches ereignet. Wir konnten einen Drachen finden, der uns ein Rätsel aufgab, welches uns möglicherweise zu jenem Portal führt, durch das wir die Drachen zurückholen können. Sobald wir die Karten studiert haben, werden wir uns auf die Suche machen.«

»Ein durchaus befriedigender Ausgang eurer Mission.« Zir'Avan verbeugte sich.

»Wie geht das Training voran?«, wollte Atorian wissen.

Zir'Avans Stirn legte sich in Falten. »Sie kämpfen ohne Leidenschaft, sind schlechter als die schlechtesten Dunkelelfenkinder und jammern wie menschliche Magdweiber, wenn sie gefordert werden.«

Mühsam unterdrückte Darian ein Glucksen, denn er sah, dass Atorian diese Worte überhaupt nicht gefielen.

Sich seines verächtlichen Tonfalls offenbar bewusst, räusperte sich Zir'Avan rasch. »Verzeiht, ich weiß, dass Menschenkrieger nicht mit den gleichen Maßstäben zu bemessen sind wie wir.«

»Ihr habt nicht ganz Unrecht«, gab Atorian widerwillig zu, »aber viele dieser Männer waren bis vor kurzer Zeit noch Bauern, Waldarbeiter oder Händler. Sie brauchen Zeit, sich an das Leben als Krieger zu gewöhnen.«

Obwohl man Zir'Avan deutlich ansah, dass er nicht nachvollziehen konnte, wie jemand freiwillig Bauer oder Händler sein konnte, nickte er. »Ich gebe mein Bestes, dennoch setze ich größere Hoffnungen in *meine* Krieger.«

Die drei Männer gingen zu den Hütten, und Zir'Avan erzählte unterwegs, er sei mit hundert Dunkelelfenkriegern aus dem Unterreich zurückgekehrt. »Lange sprach ich mit dem Dunkelelfenherrscher Dun'Righal und seiner Gemahlin in der Hoffnung, eine größere Armee zu bekommen. Die beiden hatten jedoch einstimmig beschlossen, sich nicht in die Belange der Oberfläche einzumischen. Dennoch sehen sie in den gegenwärtigen Ereignissen eine Möglichkeit, den Machenschaften der 'Ahbrac ein Ende zu bereiten, und haben mir schließlich gestattet, einhundert Freiwillige zu suchen, die mich an die Oberfläche begleiten sollten.« Zir'Avan neigte den Kopf schmunzelnd zur Seite. »Dies sollte die Überlegenheit Dal'Ahbracs und seiner Verbündeten etwas ausgleichen.«

Bald stieß Mia zu ihnen, begrüßte ihren Vater und lauschte dann ebenfalls seinem Bericht.

»Hundert Dunkelelfenkrieger sind viel wert«, meinte Darian nachdenklich.

»Im Augenblick halten sich meine Krieger noch in der Nähe des Zwergenreichs auf. Sie versuchen, sich an das Tageslicht zu gewöhnen und auch bei Sonnenschein zu kämpfen.«

»Selbst wenn sie mit verbundenen Augen fechten, sind sie von unschätzbarem Wert«, sagte Darian dankbar, dann wandte er sich an Atorian. »Ich habe Nachricht an Murk schicken lassen. Die Trolle werden sich sammeln und euch anschließen.«

Sowohl Atorian als auch Zir'Avan stutzten sichtlich.

»Meine Krieger werden nicht mit plumpen«, Zir'Avan verzog den Mund und betonte das folgende Wort sehr deutlich, »*Trollen* kämpfen.«

»Sie sind doch viel zu unberechenbar«, stimmte Atorian ihm zu und schüttelte den Kopf. »Wir benötigen Krieger, die sich diszipliniert in eine Schlachtordnung einfügen können.«

»Murk wird sie anführen, und der hält zu uns«, widersprach Darian. »Sicher kämpfen auch Dal'Ahbracs Krieger diszipliniert, da kann ein wenig Trollchaos nicht schaden, das wird sie durcheinanderbringen.«

Zir'Avans rechte Augenbraue wanderte ungewöhnlich weit nach oben, und er verschränkte die Arme. »Dunkelelfen streben in der Kriegsführung stets nach Vollkommenheit«, gab er zu bedenken. »Du kannst dem Vollkommenen nur mit dem Vollkommenen selbst begegnen.« Eine hitzige Diskussion brach aus, wobei Atorian und Zir'Avan sich einig waren, auf die Trolle verzichten zu wollen, während Darian und Mia, Letztere mit großer Leidenschaft, ihren Freund Murk verteidigten.

Als Nordhalan hinzutrat, lauschte er den Gesprächen einen Moment lang, ehe er einschritt. »Eine offene Schlacht mit einem zusammengewürfelten Haufen aus Dunkelelfen, Trollen und Bauern gegen die Besatzer von Northcliff erscheint mir ein doch recht heikles Unterfangen zu sein und sollte die letzte Wahl darstellen. Die Suche nach dem Drachenportal sollte Vorrang haben.«

»Niemand weiß, wie lange diese Suche dauern wird«, gab Atorian zu bedenken. »Dal'Ahbrac wird seine Macht und die Dämonen ihren Terror weiter ausdehnen.«

»Ich weiß, Atorian. Dennoch sollten wir unsere Leute nicht leichtfertig vor den Toren Northcliffs aufreiben.«

Atorian holte tief Luft und seufzte.

»Du willst handeln, mein Freund, das ist mir bewusst.« Nordhalan legte ihm eine Hand auf die Schulter. »Wir sollten uns in Geduld üben«, meinte er schließlich an alle, wandte sich ab und ging.

Beim gemeinsamen Abendessen trafen sie auf Lilith, die sich um Dimitan gekümmert hatte. Der Zauberer hatte eine tiefe Wunde in der Brust davongetragen und war mürrischer als jemals zuvor.

»Zumindest hat er sich mit Atene ausgesöhnt«, seufzte die kleine Heilerin. »Sie hat ihn hergebracht, und seitdem streiten sie nicht mehr.«

»Das ist ja zumindest ein Anfang.« Darian blickte zu Samukal hinüber, der allein und abseits der anderen auf einem Stein saß und düster vor sich hin brütete.

»Auf die Zwerge können wir übrigens nicht zählen«, wusste Atorian zu berichten. »Wir haben Nachricht von Edur, er glaubt nicht, dass sich König Hafran umstimmen lässt. Er sitzt tief in seinen Minen und zählt seine Schätze.«

»Kleine, steinklopfende Narren«, knurrte Zir'Avan.

»Umso wichtiger sind die Trolle«, beharrte Darian, aber Nordhalan lenkte rasch ab, bevor wieder Streit ausbrach, und befragte alle Anwesenden, ob sie etwas mit dem Gedicht anfangen konnten. Die meisten hoben ratlos die Schultern. Niemand hatte jemals etwas davon gehört, und so beugten sich die Gefährten über eine alte, aus brüchigem hellem Leder gefertigte Karte von Albany.

Unzufrieden stellte Darian fest, dass er Recht hatte, denn der kürzeste Seeweg nach Anmhorán lag viele Meilen südlich des Kratersees und schied somit aus. Nordhalan und Atorian warnten davor, dass die See zwischen den beiden Ländern sehr stürmisch war, es Riffe und Untiefen gab und die Strömung als unberechenbar galt.

»Wenn wir nur den Damm der Riesen benutzen könnten«, grübelte Atorian, während er weiterhin angestrengt auf die alte Karte starrte.

»Was ist das für ein Damm?«, wollte Darian wissen.

Nordhalan deutete auf eine langgezogene Landzunge, die sich am westlichen Teil Albanys entlang erstreckte.

»Früher gab es eine Verbindung zwischen unseren Ländern, da Handel mit den Riesen getrieben wurde. Die Riesen bauten einen Damm zwischen ihrer Insel und unserem Land.«

»Der Giants Causeway!« Ein lautes Lachen entstieg Darians Kehle, und seine Gefährten musterten ihn fragend. »In der Welt, in der ich aufgewachsen bin, gab es ein Naturphänomen im Norden Irlands, der Insel, auf der hier die Riesen lebten. Eine Legende besagte, dass ein Riese einen Weg nach Schottland gebaut hat, um seine Geliebte zu besuchen.«

Niemand fand so etwas verwunderlich oder gar unglaubwürdig. Für Darian hingegen war es erstaunlich, dass dieser irische Mythos hier tatsächlich Realität war. Dann riss er sich gewaltsam aus seinen Gedanken.

»Warum können wir ihn nicht benutzen? Hört er etwa auch nach etwa einer Meile auf wie der in der anderen Welt?«

»Nein, was würde das denn für einen Sinn machen? Es war schließlich ein Handelsweg.« Atorian war sichtlich verwirrt.

»Die Drachen haben berichtet, dass Teile des Dammes zerstört wurden, als die brennenden Steine vom Himmel fielen, aber ich denke, für Menschen könnte der Damm durchaus noch passierbar sein.« Nun zeigte er auf die Landzunge. »Das Problem liegt hier. Diese Karte ist sehr alt, und damals war dieser Teil des Landes noch begehbar; es gab sogar eine ausgebaute Handelsstraße. Aber unsere Welt hat sich geändert. Die Landzunge wurde überschwemmt, und heute liegt dort ein undurchdringliches Sumpfgebiet.«

»Kann man denn nicht irgendwie durch den Sumpf reisen?«, erkundigte sich Darian.

»Nur wenn du eine Sumpfnyade bist«, lachte Atorian mit einem bitteren Zug um den Mund.

Missmutig starrten die Gefährten auf die Karte, erwogen, erfahrene Seemänner anzuheuern und mit einem Schiff überzusetzen. Dann kam Darian eine Idee. »Sicher führt doch einer der Eichenpfade auch nach Anmhorán?«

»Nordhalan und auch ganz sicher Leána sind niemals dort gewesen und können sich deshalb den Ort ihrer Ankunft nicht vorstellen«, gab Mia zu bedenken. »Und genau das ist notwendig, um durch ein solches Tor zu reisen.«

»So ist es«, machte nun Nordhalan Darians Gedanken zunichte. »Und sollte es dennoch gelingen, könnte es sein, dass das Eichentor ganz im Süden liegt und man nicht bis in den Norden gelangen würde.« Weitere Vorschläge wurden eingebracht und wieder verworfen, und irgendwann bemerkte Darian, dass Atene, der gestattet worden war zuzuhören, bisher kein Wort gesagt hatte und sich jetzt mit nachdenklichem Gesichtsausdruck zurückzog. Aber darum konnte sich Darian im Augenblick nicht kümmern, sie mussten dringend eine Lösung für ihr Problem finden.

Einsam wanderte Atene zum Ufer des Sees. Ihr langes Gewand schleifte über den staubigen Boden, und ihre Haare wehten gleich einer blutroten Fahne in der leichten Brise. Gedankenverloren schweifte ihr Blick über das klare, dunkle Wasser des Rannocsees, über dem so viel weniger Wassergeister spielten als noch vor ein oder zwei Sommern. Auch Atene spürte, dass ein Großteil der Magie aus Albany verschwunden war, und das jagte ihr Angst ein – große Angst sogar.

»Hat man dich etwa ebenfalls ausgeschlossen?«, erklang Samukals Stimme in ihre Gedanken hinein.

»Nein, aber ich hatte nicht den Eindruck, man hätte dir nicht erlaubt, an den Beratungen teilzunehmen.«

Ein zynisches Lächeln erschien auf Samukals hager gewordenem Gesicht. »Soll ich mich weiterhin von Darian ignorieren lassen oder Atorians boshafte Kommentare erdulden? Nein danke.«

»Du bist nicht unschuldig an deiner Situation«, stellte Atene richtig und bohrte mit ihrem Lederstiefel im Kies des Ufers herum. Dann verschränkte sie die Arme und starrte auf den See hinaus.

»Nein, das bin ich nicht.« Seufzend setzte sich Samukal auf einen Felsen, und erneut stellte Atene fest, wie müde er aussah und dass nun deutliche Zeichen seines Alters zu entdecken waren. »Ich habe ein gefährliches Spiel gespielt und verloren. Jetzt kann ich kaum noch etwas retten, und meine Hilfe wird, wenn überhaupt, nur widerwillig angenommen.« Selten hatte Atene Samukal so verzweifelt gesehen. »Ich fürchte um unsere Welt, und nachdem die Portale verschlossen sind, können wir, sollte alles den Dämonen zum Opfer fallen, nicht einmal fliehen. Ich weiß nicht, was für eine Rolle du in dieser Tragödie spielst, Atene, aber auch dir traut hier niemand.«

»Das weiß ich.« Lange musterte sie ihren ehemaligen Geliebten, dann berichtete sie ihm, was sie während der Versammlung erfahren hatte.

»Samukal, wenn du helfen könntest, diese Welt zu retten, wärst du dann bereit, einen Teil von dem aufzugeben, was du dir mühsam über viele Sommer und Winter aufgebaut hast?«

»Wie meinst du das? Was sollte ich aufgeben, um Albany zu retten?« Er lachte bitter auf. »Ich habe doch nichts mehr. Fast nichts mehr«, fügte er kaum hörbar hinzu.

»Tut mir leid, Samukal, aber ich nehme dir nicht ab, dass du deine Machtansprüche völlig aufgegeben hast. Das ist einfach nicht deine Art.«

»Wer sagt das denn?« Ein listiges Grinsen überzog sein Gesicht. »Möglicherweise wendet sich das Blatt ja eines Tages wieder.« Dann zog er die Stirn kraus. »Nur den Dämonen werde ich endgültig abschwören.«

Atene war zu sehr mit sich selbst beschäftigt, um seine Worte zu hinterfragen. Stattdessen kam sie auf ihre ursprüngliche Frage zurück. »Würdest du alles tun, um Albany zu retten?«, beharrte sie.

Samukal fuhr sich durch die dunklen Haare. »Ich habe nicht mehr viel zu verlieren. Ja, ich denke, ich würde sehr viel tun, um etwas von meiner Schuld zu mildern.« Auf einmal sah er sehr grüblerisch aus, strich sich nervös über den Bart und erhob sich dann ruckartig. »Ja, ich sollte etwas unternehmen.« Damit drehte er sich um und ging gemessenen Schrittes am Seeufer entlang, so als müsse er über irgendetwas nachdenken.

Kapitel 22

Offenbarungen

Männer waren ausgesandt worden, um unter den Verbündeten nach erfahrenen Seemännern zu suchen. Außerdem wurden sie angewiesen, die Nachricht zu überbringen, dass sich alle anderen zum nächsten Vollmond mit Atorian in der Nähe von Rodgill treffen sollten. Sie wollten sich sammeln, damit sie sich – sofern Darian und seine Gefährten mit der Suche nach dem Portal erfolgreich waren – den Eroberern der Burg von Northcliff stellen konnten. Wären die Dämonen nicht gewesen, Atorian hätte Dal'Ahbrac auf der Stelle zum Kampf herausgefordert. Aber die dunklen Kreaturen aus der Zwischenwelt waren ein unkontrollierbares Risiko, dem er sich selbst genauso wenig aussetzen wollte wie jene, die an seiner Seite standen.

Nur wenige Tage blieben, in denen Darian und Mia hofften, jemanden zu finden, der bereit war, die gefährliche Reise über das Meer auf sich zu nehmen. Unklar war noch immer, wer sie begleiten sollte. Angetrieben von ihrer Wissbegierde, wollten Tagilis und auch Nordhalan unbedingt mit nach Anmhorán kommen. Darian hatte allerdings Bedenken, denn dann wäre Atorian ohne jeglichen magischen Schutz. Dimitan konnte nicht für Nordhalan einspringen, denn ihn plagte seine Verletzung, und auch Samukal kam nicht in Frage – den vom Thron gestoßenen Regenten wollten sie auf keinen Fall in die Nähe Dal'Ahbracs lassen, denn würde der Kampf zu ihren Ungunsten ausfallen, war es nur zu wahrscheinlich, dass sich Samukal wieder gegen sie wandte. Darian überlegte, ihn statt Nordhalans mit nach Anmhorán zu nehmen, denn so konnte er seinen guten Willen zeigen und sie unterwegs vielleicht zusätzlich gegen Dämonen verteidigen. Doch Nordhalan war dagegen, denn ohne seine Hilfe wären sie Samukals Zauberkräften praktisch schutzlos ausgeliefert.

Zwischen düsteren Wolken blitzten schon Sterne und die sich füllende Sichel des Mondes hervor, als sich Männer und Frauen müde zu ihren Schlafplätzen aufmachten.

»Darian, Aramia, kann ich mit euch sprechen?« Leise war Atene hinter die beiden getreten, und Darian wurde erst jetzt richtig bewusst, wie still und zurückhaltend sich die Zauberin während der letzten Tage verhalten hatte.

»Atene, ich bin müde, hat das nicht bis morgen Zeit?«, stöhnte Darian.

»Es ist sehr dringend«, beharrte die rothaarige Frau.

Resigniert nickend folgten Darian und Mia ihr zum Seeufer, wo Atene unruhig auf und ab zu schreiten begann. »Ich kann euch helfen, durch die Sümpfe zum Damm der Riesen zu kommen.«

»Und wie soll das funktionieren?« Mia blickte sie misstrauisch an, denn spätestens seit Leánas Entführung traute sie der Frau nicht mehr über den Weg.

»Tena wird euch führen«, erklärte Atene ernst.

»Natürlich, dieses schlammige Miststück entführt meine Tochter, und dann soll ich …«, brauste Mia auf.

Atenes Stirn legte sich in Falten, und Darian unterbrach Mias Wutausbruch, indem er ihr eine Hand auf den Arm legte. »Warte, Atene, weshalb sollte Tena uns helfen? Auf der Nebelinsel weiß niemand etwas über ihren Verbleib, und was hast du eigentlich für eine seltsame Beziehung zu ihr?«

»Wir kennen uns schon sehr lange.« Der Zauberin war es sichtlich unangenehm, darüber zu sprechen. »Ich würde euch bis zu den Sümpfen begleiten, und von dort an könnte Tena euch führen.«

»Wie willst du mit ihr Kontakt aufnehmen?«

»Lass das meine Sorge sein, Darian.«

Zögernd blickte er seine Gefährtin an, die ihre Arme vor der Brust verschränkt hatte. »Man kann weder jemandem trauen, der mit Samukal das Lager geteilt hat, noch einer Nebelhexe, die ihresgleichen verriet«, bemerkte Mia.

»Ihr würdet eine Menge Zeit sparen, und der Seeweg ist ohnehin zu gefährlich«, drängte Atene.

Energisch fasste Darian sie an den Schultern und sah ihr dabei fest in die Augen. Atene war nur wenig kleiner als er selbst, besaß eine faszinierende Ausstrahlung und Augen, in denen sich schon so mancher verloren hatte – doch er hielt ihrem Blick stand, der schon wieder ein verführerisches Funkeln erkennen ließ.

»Sag uns die Wahrheit! Was hast du mit Tena zu schaffen? Wie willst du mit ihr in Kontakt treten, und was hast du vor?«

»Ich will dabei helfen, Albany zu retten.«

»Verkauf uns nicht für dumm, Atene. Was willst du und was springt dabei für dich heraus?« Der Griff von Darians Händen wurde fester. »Ich kenne dich nicht sehr gut, aber ich habe den Eindruck, du tust nichts ohne Berechnung.«

»Ich war immer auf eurer Seite.« Atenes Blick wanderte zu Mia. »Auf deiner und auf Leánas Seite.«

Voller Misstrauen zog Mia ihre feinen schwarzen Augenbrauen zusammen. Einige Augenblicke vergingen, in denen sich die beiden Frauen stumm musterten, dann senkte Atene den Blick.

»In Ordnung, ihr glaubt mir nicht, und ich verstehe es. Ich würde mir selbst auch nicht trauen.«

»Wie schön, dass du das einsiehst«, bemerkte Mia beißend.

Langsam machte sich Atene von Darian los, wich weiter zurück und entledigte sich ihrer Kleider.

Während Mia empört nach Luft schnappte, rief Darian: »Atene, was soll denn das …«, doch dann riss er weit die Augen auf. Der letzte Rest von Atenes elegantem Kleid glitt über ihre wohlgeformten Brüste und fiel zu Boden, enthüllte Rundungen, welche den meisten Männern die Sinne rauben würden. Dann lief ein Ruck durch Atene hindurch, sie bäumte sich auf, wurde förmlich herumgerissen und krümmte sich plötzlich zusammen. Ihre Haut verfärbte sich grünlich braun, die Wirbelsäule bewegte sich unter ihrer Haut. Lange borstige Haare sprossen hervor, Krallen bahnten sich knirschend ihren Weg durch Atenes Fingernägel hindurch.

Stille herrschte, während Darian und Mia fassungslos verharrten.

Atene dreht sich zu ihnen herum, noch immer gekrümmt, dann richtete sie sich langsam auf, zeigte ihr wölfisches Gesicht, die gelblichen Zähne.

Wo sich gerade eben noch die anmutige, faszinierende Atene befunden hatte, stand urplötzlich ein grässliches Ungetüm. Mia schlug sich die Hände vor das Gesicht. »Tena«, hauchte sie und hielt sich an Darian fest.

Esram vernahm ein leises Knacken im Wald und hätte es beinahe einem Kaninchen zugeschrieben, wäre da nicht die alles beherrschende Stille gewesen. Die nächtlichen Geräusche waren verstummt, und Esram, der Farmer, hob den Kopf. Er und sein Bruder Hamdil bestellten gerade noch das Feld.

»Was war das?«, fragte Hamdil. Esram zuckte nur mit den Schultern und spähte in den Wald. »Sicher nur ein Hase, der …«, weiter kam er nicht, denn vier Schatten lösten sich aus dem Dunkel des Waldes und näherten sich leisen Schrittes. In graue Umhänge gehüllt, stellten sie sich vor die beiden Bauern. Esram überkam ein ungutes Gefühl, hektisch sah er zurück zu seiner Hütte, wo spärliches Licht aus einem Fenster drang und wo seine Frau mit den drei Kindern wartete.

Eine der Gestalten hob einen kleinen Ast auf und zerbrach ihn. Es knackte leise. »Nur ein Hase«, sagte er spöttisch in gebrochenem Dialekt und drehte den Kopf ein wenig zur Seite. Silbergraue Haare fielen aus der Kapuze hervor, und Esram wich zurück. Geistesgegenwärtig zog er Hamdil mit sich. »Dunkelelfen«, hauchte er, und seine Stimme zitterte. Esram nahm die Bewegung nicht einmal wahr, hatte die Waffe nicht gesehen, die blitzschnell nach vorn zuckte und ungebremst in Hamdils Brust fuhr. Sein Bruder riss die Augen auf, röchelte und starb. Esrams Knie zitterten, ansonsten war er zur Bewegungslosigkeit erstarrt, während ein anderer Dunkelelf auf ihn zutrat. Er erwartete sein Ende, dachte noch an seine Familie und dass sie nun verloren wäre.

»Der Tod deines Bruders heißt Dal'Ahbrac. Trage die Kunde weiter, auf dass es alle wissen.« Die finstere Gestalt drehte sich ruckartig um und verschmolz mit der Nacht.

So brachen Tage großer Verzweiflung und Not an in Culmara und der Burg von Northcliff. Diejenigen, denen nicht rechtzeitig die Flucht gelungen war, waren jetzt entweder tot oder versklavt. Dunkelelfen hatten das Regiment in der uralten Burg von Darians Vorvätern übernommen, Dämonen nährten sich ungestraft an den Menschen Albanys, und dass der Name des neuen Herrschers über Northcliff Dal'Ahbrac war, war den meisten mittlerweile bekannt. Der Dunkelelf erschien dem Volk umso unheimlicher, da er sein Gesicht nicht zeigte und immer in seinen dunklen Umhang gehüllt war. Kaz'Ahbrac, sein Sohn, war der Heerführer und hatte Scharen von Dunkelelfen aus dem Unterreich ans Licht geführt und mit denjenigen vereint, die ohnehin schon an der Oberfläche in Samukals und zuvor Fehenius' Diensten gestanden hatten.

Im Wind der hereingebrochenen Nacht standen die in graue Umhänge gehüllten Dunkelelfen auf dem Burghof – dort, wo sonst die Menschen den Ansprachen der Könige von Northcliff gelauscht hatten. Menschen gab es hier kaum noch, und wenn, dann drückten sie sich in die letzte Ecke, war sie auch noch so kalt und feucht, um den wachsamen Augen der Dunkelelfen zu entgehen.

»Wir haben viel erreicht, meine Brüder«, tönte Dal'Ahbracs kräftige, aber auch bedrohlich kalte Stimme über den Burghof. Das Gesicht des Dunkelelfen lag verborgen in den Schatten seiner Kapuze. »Wir haben die schwächlichen Menschen vertrieben, diese Burg erobert, und bald, wenn ihr euch an das Licht der Sonne gewöhnt habt, werden wir uns das zurückholen, was uns einst, vor langer Zeit, genommen wurde.«

Kein Jubel ertönte, was die Szene umso gespenstischer wirken ließ. Mit einer einzigen fließenden Bewegung erhoben die Dunkelelfen ihre schlanken, tödlich scharfen Schwerter in den Himmel, und wie aus einem Munde riefen sie nur: »Tod den Elfen!«

Eine kleine Ewigkeit schien zu vergehen, während Mia und Darian auf das Wesen starrten, das vor ihnen stand. Atenes Kleid bauschte sich nun auf dem Boden, während schlammfarbene Haut, die einen an sich durchaus ansehnlichen Frauenkörper bedeckte, zum Vorschein gekommen war. Nicht so recht dazupassen wollten das wolfsähnliche Gesicht und die borstigen Haare, welche die Wirbelsäule des Wesens bedeckten.

»Ich wollte immer nur angesehen sein und akzeptiert werden in der Welt jenseits der Nebelinsel«, flüsterte Tena wehmütig, und ihre Augen, das Einzige, das jetzt noch an Atene erinnerte, sahen unendlich traurig aus. »Es war stets mein Bestreben, eine große und mächtige Zauberin zu werden und eines Tages den Nebelhexen zu mehr Ansehen zu verhelfen.«

»Was … Wie … machst du das?« Mia war offenbar ebenso sprachlos wie Darian und fasste Tena vorsichtig am Arm, so als wolle sie sich vergewissern, dass sie wirklich den Sumpfnyadenmischling vor sich hatte, der lange Zeit auf der Nebelinsel gelebt hatte.

Tena grinste traurig, wobei sie spitze gelbe Zähne entblößte.

»Habt ihr euch niemals gefragt, welche magischen Fähigkeiten Tena besitzt? Nein, wahrscheinlich nicht. Ich war das hässliche, abstoßende Wesen, das im Sumpf lebte und immer wieder für einige Monde verschwand.«

»Niemand hat dich für abstoßend gehalten«, versicherte Mia. »Es ist nur … Ich kann es nicht fassen, dass du … Ich meine Atene.«

Ein tiefes Seufzen ausstoßend, verwandelte sich Tena wieder in Atene, die faszinierende Frau, die ausnahmslos jedem Mann den Kopf zu verdrehen vermochte. Leise zog sie ihr Kleid über, und während die Nacht weiter voranschritt, erzählte sie den beiden ihre Geschichte. Nach einer wenig erfreulichen Zeit auf dem Festland, in der die Menschen sie beschimpft und gequält hatten, fand sie, als sie älter wurde, heraus, dass sie eine Gestaltwandlerin war. Alle Nebelhexen besaßen, neben wenig ausgeprägten allgemeinen Zauberkräften, ein besonderes Talent, und Tenas Gabe war es eben, sich in ein beliebiges Wesen zu verwandeln. Lange Zeit hatte sie experimentiert und schließlich den größten Gefallen an dem Körper der Zauberin Atene gefunden. So hatte sie Zugang zu mehr Wissen erlangt, sich in die Zaubergilde eingeschlichen, ihre magischen Fähigkeiten verbessert und versucht, an Einfluss zu gewinnen. Dabei hatte sie sich die den Sumpfnyaden eigene Fähigkeit zunutze gemacht, Männer zu betören, darunter auch Samukal und Dimitan.

»Sumpfnyaden müssen doch immer wieder zum Ort ihrer Geburt zurückkehren«, wunderte sich Mia.

»Ja, das ist wahr, und zu Anfang konnte ich auch nur kurze Reisen unternehmen. Aber mit der Zeit lernte ich, den Drang, in die Sümpfe zu gehen, zu unterdrücken und zu kontrollieren. Wenn ich mich sehr anstrenge, kann ich mittlerweile von einem Sommer bis zum nächsten der Nebelinsel fernbleiben.« Ihr Blick schweifte nach Westen. »Auch wenn ich den Ruf meines Moores schon seit langem spüre, so kann ich ihm doch noch eine Weile widerstehen.«

»Warum hast du Leána wirklich entführt?«, fragte Mia mit einem verletzten Unterton in der Stimme. Auch Darian richtete sich gespannt auf.

»Aramia, ich gebe zu, dass ich viele Dinge getan habe, nur weil sie mir persönlichen Nutzen eingebracht haben. Ich war schon immer ehrgeizig und wollte unbedingt erreichen, in die Reihen der Diomár aufgenommen zu werden.« Ein kehliges Lachen entstieg Tenas Kehle. »Wie hätten sich die arroganten Zauberer geärgert, wenn ich irgendwann offenbart hätte, dass ich eine Nebelhexe bin! Aber um deine Frage zu beantworten – ich sah keine andere Möglichkeit, Samukal zu entlocken, wie man Dämonen beherrschen oder vernichten kann, als ihm etwas zu bieten, das für ihn von großem Wert ist. Leána war das Einzige, das mir einfiel.«

»Du hast unser Kind missbraucht«, schnaubte Mia wütend.

»Ich hätte Leána mit meinem Leben beschützt, und ich wollte sie euch schon früher zurückbringen.«

»Weshalb hast du dich uns nicht schon eher anvertraut?«, fragte Darian ernst.

Tena hob die Schultern. »Vielleicht hatte ich mich schon zu sehr an die Gestalt Atenes und die damit verbundenen Annehmlichkeiten gewöhnt.« Tena runzelte die Stirn, betrachtete ihr Spiegelbild im Wasser des Sees. »Manchmal weiß ich gar nicht mehr, wer ich wirklich bin. Aber jetzt ist es an der Zeit, dass wir alle etwas geben, was Albany vor dem Untergang retten kann, auch wenn das für mich bedeutet, dass ich wieder eine Ausgestoßene bin.«

Darian sah seiner Gefährtin genau an, wie viel Überwindung es sie kostete, aber Mia trat auf Tena zu, nahm ihre Hand und drückte sie. »Wenn du uns jetzt tatsächlich hilfst, die Drachen zu finden, werde ich dir verzeihen. Und falls unser Vorhaben erfolgreich sein wird, sehen auch wir Nebelhexen besseren Zeiten entgegen.«

Dieses für Mia eher unübliche schnelle Verzeihen verwunderte Darian etwas, denn er selbst war zerrissen zwischen der Wut darüber, dass Tena Leána benutzt hatte, und dem Respekt dafür, wie weit es Tena unter dem Deckmantel Atenes gebracht hatte. Sie hatte eine Menge riskiert und, wenn er genauer darüber nachdachte, vielleicht wirklich das Wohl der Nebelhexen im Sinn gehabt.

»Ich glaube, Samukal verbirgt auch etwas, das er nicht sagen will. Gestern hat er so etwas angedeutet«, erwähnte Tena noch.

»Wenn du willst, kann es unser Geheimnis bleiben, dass Atene und Tena eine Person sind«, bot Mia unerwartet an.

Tena stutzte, dann schüttelte sie den Kopf. »Nein, die Zeit des Versteckspiels ist vorüber.« Sie lächelte schelmisch. »Und auf Samukals Gesicht freue ich mich schon lange.«

Große Aufregung herrschte am nächsten Tag im Lager, als Darian verkündete, sie hätten jemanden gefunden, der sie sicher durch den Sumpf zum Damm der Riesen führen würde.

Jetzt nahm er Tena, in ihrer menschlichen Gestalt, an der Hand und zog sie vor die versammelte Gruppe.

»Atene möchte euch allen etwas sagen beziehungsweise zeigen.«

Aufgeregte Rufe wurden laut, als sie sich verwandelte und somit das Rätsel um ihre wahre Identität lüftete. Nordhalan drohten die Augen aus dem Kopf zu fallen, Dimitan – er hatte sich mühsam ins Freie geschleppt – wurde so kreidebleich, dass Lilith zu ihm eilte und ihn festhielt, bevor er ohnmächtig wurde. Ein klein wenig boshaften Triumph verspürte Darian durchaus, als er Samukal beobachtete, der zunächst nicht einmal fähig war, überhaupt einen Ton herauszubringen. Hektisch riss er den Kragen seines Hemds auf und wurde abwechselnd feuerrot und aschfahl im Gesicht. »Ich habe das Lager mit einer … Sumpfnyade geteilt«, presste er schließlich hervor. »Das ist … Das ist … widerwärtig!«

Tena zog ihre Lefzen in die Höhe. »Nicht so widerwärtig, wie bei jemandem zu liegen, der Dämonen beschwört.« Obwohl zynisch gemeint, war doch eine Spur von Verletztheit in Tenas Worten zu hören.

»Nebelhexen – erstaunliche Wesen«, war Zir'Avans überraschend gelassener Kommentar, doch sowohl Darian als auch Mia wussten inzwischen, dass Dunkelelfen deutlich weniger Probleme mit Mischlingen hatten als Menschen, Elfen oder andere Oberflächenbewohner.

Viele Augenpaare starrten Tena an, und wo früher immer Bewunderung für die faszinierende Zauberin sichtbar gewesen war, war nun oft Abscheu zu lesen.

»Ich kann Tenas Verhalten, was Leána betriff, nicht gutheißen«, erhob Lilith plötzlich die Stimme, »dennoch kann ich Tenas Wunsch nach Anerkennung verstehen.« Die energische kleine Heilerin sah den Menschen um sich herum eindringlich in die Augen. »Vielen von euch hat es von jeher an Respekt für uns Nebelhexen und auch die männlichen Mischlinge von der Nebelinsel gemangelt.«

Verlegenes Räuspern war die Folge. Die meisten Männer und die wenigen Frauen, die sich unter ihnen befanden, blickten beschämt und schuldbewusst auf ihre Füße und murmelten leise Entschuldigungen.

»Jetzt scheint das Schicksal unserer Welt gleich von mehreren Nebelhexen abzuhängen«, unterbrach Nordhalan das folgende peinliche Schweigen. »Leána soll das Drachenportal finden und Tena sie sicher durch die Sümpfe führen.«

»Und Samukal wird uns heute enthüllen, was er vor uns verbirgt«, rief Darian in die Runde.

Der Zauberer zuckte sichtlich zusammen, räusperte sich und wand sich unter den auffordernden Blicken der Anwesenden.

»Ich sagte euch bereits alles, und ich …«

»Samukal, du hast immer etwas in der Hinterhand. Also, sofern du wirklich aufrichtig bereust, dann sag, was du weißt«, beharrte Darian.

»Ich möchte mit nach Anmhorán und bei der Suche helfen.«

»Du Mörder hast überhaupt keine Forderungen zu stellen«, donnerte Atorians erzürnte Stimme über die kleine Insel im See.

»Wenn er Ehre in sich hätte, würde er sich seinem Meister stellen und versuchen, diesen zu besiegen«, warf Zir'Avan ein, was Samukal sehr bleich werden ließ, Darian und vielen anderen hingegen ein zustimmendes Nicken entlockte.

»Vielleicht werde ich das eines Tages, aber zunächst müssen wir die Drachen finden, und Leána benötigt meinen Schutz. Ihr besitzt nicht viel von dem Silberstaub, und falls ein Dämon uns angreift …«

»Auf dem Weg zur Insel der Riesen sind wir von Wasser umgeben und somit vor den Dämonen weitestgehend geschützt«, stellte Darian richtig.

»Dann lasst mich euch bis zu den Sümpfen begleiten.«

»Zuerst dein Geheimnis, Samukal«, beharrte Darian.

Der Zauberer bedachte Tena mit einem finsteren Blick, dann nickte er Mia zu. »Ich werde es erzählen, aber nur ihr, denn es betrifft die Nebelhexen.«

Überrascht und auch von Misstrauen erfüllt, folgte Mia Samukal, der sich vom Versammlungsplatz entfernte.

»Was hast du mir zu sagen?« Breitbeinig, die Hände in die Hüften gestemmt, baute sich Aramia vor Samukal auf.

»Auf uns allen lastet eine große Verantwortung für Leána, aber auch für alle anderen Kinder Albanys. Eine mächtige Bedrohung geht von den Dämonen und Dal'Ahbrac aus, und ich bin mir meiner Schuld durchaus bewusst«, begann er zu lamentieren.

»Samukal, komm zur Sache.« Aramias grüne Augen funkelten zornig.

Der große Mann räusperte sich und fuhr sich unsicher über den Bart. »Gibt es andere wie dich, Aramia?«

Voller Hohn lachte sie auf. »Du weißt sehr genau, dass es

weitere Nebelhexen gibt. Oder sprichst du von Dunkelelfenmischlingen? Ich befürchte, die meisten hat man nach ihrer Geburt getötet.«

»Nein, das meinte ich nicht.« Sichtlich nervös ballte Samukal seine Fäuste. »Nebelhexen, die Elementargeister beschwören können.«

Jetzt war Aramia überrascht. Sie kniff ihre Augen zusammen und musterte Samukal prüfend. »Was soll diese Frage?«

»Gibt es andere oder nicht?«

Einen Augenblick lang dachte sie nach. »Ja, zwei Nebelhexen sind mir bekannt. Eine von ihnen vermag Feuergeister zu beschwören, aber sehr unkontrolliert, daher tut sie es selten. Eine weitere spricht häufig mit den Windgeistern. Sie ist ein Koboldmischling und fährt gerne zur See. Es mag weitere geben, aber Samukal, was soll das alles?«

»Aramia, ich habe größte Bedenken, was die Drachen anbelangt. Sollten wir scheitern, haben wir kaum Möglichkeiten, unser Land zu verteidigen. Du kannst Elementargeister beschwören, und die Elfe sagte, Dämonen würden diese fürchten. Ich habe lange nachgedacht und bin zu dem Schluss gelangt, dass es tatsächlich wahr sein könnte. Auf der Dracheninsel musste ich neue Dämonen beschwören, denn Rashkár folgte meinem Ruf nicht, und mein Meister lehrte mich, den Dämon in dem Augenblick zu binden, in dem er durch das Portal tritt. Mittlerweile denke ich, die Nebelgeister schwächen ihn und machen es möglich, einen Teil von ihm in den Opal zu transformieren.« Er sah ihr ernst in die Augen. »Mit der entsprechenden Ausbildung könntest du die Elementarwesen beherrschen und vielleicht sogar damit einen Dämon besiegen.«

»Du willst uns ausbilden? Uns unwürdige, verachtenswerte Kreaturen?«

Samukal ging nicht auf ihre Provokation ein. »Es ist gefährlich, deshalb hat man es euch untersagt, aber Zeiten großer Not sind angebrochen.«

»Was willst du mir damit sagen?« Lauernd beobachtete Aramia ihr Gegenüber, aber die Miene des Zauberers blieb verschlossen. »Sprich, Samukal, oder ich werde kein weiteres Wort über mögliche Nebelhexen verlauten lassen, die dazu fähig sind.«

Für einen Moment erschien es, als wolle Samukal zu einer harschen Entgegnung ansetzen, dann aber besann er sich offenbar. Seine Stimme klang gepresst, und Aramia musste sich zu ihm beugen, um ihn überhaupt zu verstehen.

»Vor vielen tausend Sommern beschlossen die Diomár, den Nebelhexen zu verbieten, ihre magischen Fähigkeiten einzusetzen oder gar zu verbessern. In euch weiblichen Mischlingen schlummern ungeahnte Kräfte, die jeden reinblütigen Zauberer übertrumpfen könnten, würden sie in die richtigen Kanäle gelenkt.« Unfähig, das Gehörte wirklich zu verarbeiten, starrte Aramia Samukal an, der rasch fortfuhr. »Berichten meines Urgroßvaters zufolge verstieß man die Nebelhexen, da man fürchtete, dass besonders Mischlinge aus primitiven Rassen wie Berg- oder Waldtrollen oder auch Dunkelelfen mit ihrem leidenschaftlichen Kämpferblut zu schwer zu kontrollieren seien. Ich vermute, dass im Laufe der Zeit die Verfolgung und Verbannung der Nebelhexen zum Wahn wurden und auch auf das einfache Volk übergriffen. Den wahren Grund dafür kennt heute sicher niemand mehr.«

»Ihr habt uns verstoßen, weil ihr uns fürchtet«, wiederholte Aramia mit dünner Stimme, »ihr hattet Angst vor unseren Kräften?«

»Es steht geschrieben, dass noch vor der Zeit, als die Strafe der Götter unsere Welt heimsuchte, eine Nebelhexe, die sowohl Elfen- als auch Dunkelelfenblut vereinte, das Oberhaupt der Diomár herausforderte. Berichte sagten, sie hätte durch ihre bloße Gedankenkraft die Erde zum Beben bringen können oder das Meer dazu, sich zu erheben. Nur mit vereinten Kräften und großer Anstrengung gelang es, sie zu bezwingen. Und im Anschluss gelobte ein jeder Zauberer, nie wieder eine Nebelhexe als Schüler aufzunehmen.«

»Ihr tötet und verfolgt uns wegen einer tausende Sommer alten Legende?«

»Um Albany vor weiterem Schaden zu bewahren, beschloss man irgendwann, das Zaubererblut reinzuhalten«, rechtfertigte sich Samukal und wollte offenbar noch etwas hinzufügen, aber da sprang Aramia ihn an, riss den überraschten Zauberer zu Boden und schlug ihm immer wieder mitten ins Gesicht.

»Aramia, halte ein, ich will dich nicht verletzen müssen!«

Noch einmal holte Aramia aus, dann ließ sie ihre Faust sinken und setzte sich fassungslos auf den Boden, bittere Tränen herunterschluckend.

Samukal streckte seine Hand nach ihr aus, aber ihr erzürnter Blick ließ ihn innehalten, und er räusperte sich. »Ich weiß, du verachtest mich, aber du kannst auch von Nordhalan, Dimitan oder meinetwegen sogar von Atene lernen, wenn du möchtest.«

»Wussten sie auch davon?«, fragte Aramia mit heiserer Stimme.

»Nur den Diomár ist die Legende bekannt, dennoch wissen alle Zauberer, dass man sich vor Nebelhexen in Acht nehmen muss und sie sehr große Kräfte entwickeln können.«

»Vahira muss alles gewusst haben.« Kreidebleich stand Aramia auf. »Sie war eine der Diomár, es muss ihr bekannt gewesen sein.«

»Vermutlich«, räumte Samukal ein und setzte erneut dazu an, Aramia zu berühren.

»Lass mich allein.«

»Aramia, wir hatten unsere Gründe.«

»Abschaum!« Abrupt wandte Aramia sich ab und rannte davon, den Pfad entlang, der die Insel mit dem Festland verband, und in die bewaldeten Berge hinein.

Darian stutzte, als er Samukal mit aufgeschlagener Lippe und Blutergüssen im Gesicht erblickte.

»Wo ist Mia? Was ist passiert?«

»Mein Geständnis hat sie nicht sehr erfreut«, antwortete der Zauberer mit schiefem Grinsen, während er sich das Blut mit dem Ärmel abwischte.

»Ich vermute, du hast es verdient.« Darian rannte los und befragte die Wachen, ob sie seine Gefährtin gesehen hatten. Vage deuteten die Männer in den Wald, und Darian brauchte eine ganze Weile, bis er Mia gefunden hatte.

Den Kopf in den Armen verborgen, saß sie an einer sprudelnden Quelle. Durchscheinende Wassergeister und eine kleine Heidefee schwirrten um sie herum, als wollten sie sie trösten.

»Mia, was hast du denn?« Darian ließ sich neben ihr auf dem moosbedeckten Boden nieder und legte seinen Arm um sie.

Selten ließ sich Mia anmerken, wenn sie Angst hatte oder sich Sorgen machte, und er hatte sie auch kaum jemals weinen sehen. Jetzt aber schluchzte sie leise an seiner Schulter und erzählte nach und nach stockend, was sie von Samukal erfahren hatte.

Ihre grünen Augen schwammen in Tränen, als sie geendet hatte. »Generationen von Nebelhexen wurden getötet, verfolgt und verachtet, nur weil die Zauberergilde Angst vor ihnen hatte, Darian. Ich kann das nicht fassen.«

Tröstend streichelte Darian ihr über die seidigen schwarzen Haare und dachte selbst über das Gehörte nach. Mia war von ihrer Lehrmeisterin Vahira betrogen worden, und möglicherweise hatten sogar Nordhalan, Ohaman und alle anderen Zauberer Bescheid gewusst, auch wenn er das kaum glauben mochte.

Lange blieben sie in dem friedlichen Wald sitzen, ohne zu sprechen. Darian spürte, dass es seiner Gefährtin reichte, wenn er einfach an ihrer Seite war. Nachdem sie sich etwas gefasst hatte, gingen sie zurück zum Lager. Gemeinsam stellten sie Nordhalan zur Rede.

Im ersten Moment wirkte der Zauberer sehr überrascht, ja sogar ehrlich schockiert. »Ich wusste von der strikten Anordnung, keine Nebelhexe jemals in Zauberei zu unterrichten«, gab er schließlich zu. »Jeder Zauberer muss diesen Schwur vor seinem Lehrmeister ablegen, und ehrlich gesagt habe ich mir damals, als junger Magier, keine Gedanken darum gemacht. Über die Hintergründe dieses Erlasses wusste ich nichts«, beteuerte er. »Wir ihr wisst, habe ich nur die unterste Stufe der Diomár erreicht und war keiner der Geheimnisträger.« Mit ernster Miene blickten Nordhalans blaugraue Augen sie an. Wenngleich Darian ihn als ehrlichen und aufrechten Menschen kennengelernt hatte und geneigt war, ihm Glauben zu schenken, sah er, wie misstrauisch seine Gefährtin noch immer war.

»Aramia, habe ich dich jemals ungebührlich behandelt?«, erinnerte Nordhalan sie freundlich. Verletzt und verwirrt schüttelte sie den Kopf, und der alte Mann fuhr fort. »Ich weiß, dass du das jetzt nicht hören willst, aber ganz unbegründet war die Sorge der Diomár sicher nicht.« Als Darian empört den Mund öffnete, hob der Zauberer eine Hand. »Nicht alle Nebelhexen sind so vernünftig wie Aramia und Lilith. Die Mischlinge aus Verbindungen mit Berg- oder Waldtrollen oder auch Dunkelelfen könnten in der Tat gefährliche Zauberer werden.«

»Und weshalb hat man sie dann nicht unterrichtet und gelenkt, anstatt sie zu töten?«, warf Darian provokativ ein.

Resigniert hob Nordhalan die Schultern. »Früher wäre das sicher eine Möglichkeit gewesen, doch die Angst war zu groß. Seitdem ich lebe und ein Zauberer bin, zählen die Unsrigen zu wenige, als dass wir uns um solch schwierige Wesen mit magischen Fähigkeiten kümmern könnten. Menschen mit Begabung zur Magie sind selten, und ein jeder Zauberer weiß, dass er seinen Nachfolger sehr gewissenhaft auswählen muss. Aramia, bitte glaube mir, ich wusste die Heilerinnen unter euch immer zu schätzen und bewunderte sie. Außerdem habe ich dir schon in der anderen Welt Darians Leben anvertraut, und das hätte ich, wäre ich ein Feind der Nebelhexen gewesen, ganz sicher nicht getan.«

Zögernd nickte Mia, dann wandte sie sich zum Gehen. »Ich muss nachdenken. Ich hasse Samukal, aber vielleicht hat er sogar Recht damit, dass ich ausgebildet werden muss. Nur von ihm kann und will ich nicht lernen.«

»Das ist verständlich.« Nordhalan lächelte vorsichtig. »Eine Ausbildung zum Zauberer zu durchlaufen dauert viele Sommer und Winter, aber eure Kräfte zu bündeln und die euch angeborenen Talente zu stärken, das sollten wir auch in kurzer Zeit schaffen.«

Bis spät in die Nacht hinein saßen Darian und Mia am See und sprachen miteinander, später blickten sie nur eng aneinandergeschmiegt in den Sternenhimmel und genossen die Anwesenheit des anderen. Nacheinander lösten sich mehrere Sternschnuppen und rasten über das Firmament, bevor sie in der ewigen Dunkelheit des Alls verloschen.

Erschrocken sah sich Mia zu Darian um, der hinter ihr saß und seine Arme um sie geschlungen hatte. »Brennende Sterne sind ein böses Omen.«

»Nein, Mia, ganz sicher nicht«, zärtlich küsste Darian ihre Wange, »in der anderen Welt gelten Sternschnuppen als Glücksbringer. Man muss sich etwas wünschen, bevor sie verglühen.«

Der skeptische Blick Mias traf ihn. »Bei uns sind es Vorboten großen Unglücks, manche sagen, die Götter würden unsere Welt erneut strafen, wenn die brennenden Sterne am Himmel erscheinen.«

»Ich habe dir doch schon erklärt, was es mit dieser angeblichen Strafe der Götter auf sich hat«, widersprach er geduldig und nahm ihre Hand in seine. »Sternschnuppen sind kleine Teile von sterbenden Sternen, die für kurze Zeit sichtbar sind und dann verglühen. Sieh nur.« Er deutete in den Nachthimmel, wo zwei weitere Sternschnuppen sichtbar wurden. »Schnell, schließ die Augen und wünsch dir etwas.«

Darian selbst schloss die Augen und wünschte sich inständig, dass er und seine Familie bald in Frieden miteinander leben konnten. Nachdem er seinen stummen Wunsch geäußert hatte, drehte er Mias Kopf sanft zu sich herum. »Du darfst die Augen wieder öffnen«, meinte er schmunzelnd.

Ganz zögernd hob sie die Augenlider. »Ich habe mir gewünscht …«

Rasch legte er ihr einen Finger auf die Lippen und lächelte sie dann verliebt an. »Nicht verraten, sonst verliert der Zauber an Wirkung.«

Kapitel 23
Entscheidungen

Eine große Last lag auf Darians Brust, als er sich an diesem Morgen von seiner Gefährtin verabschiedete und sie noch einmal an sich drückte. Alles, was es zu sagen gab, war gesagt worden. Ihre Entscheidung, getrennte Wege zu gehen, hatten sie sich nicht leicht gemacht, aber die neuesten Entwicklungen ließen einfach keinen anderen Schluss zu. Es war dringend nötig, dass Mia blieb und sich von Nordhalan unterrichten ließ. Trotzdem sah er noch immer Zweifel und Unsicherheit in Mias grünen Augen. Sie strich ihm über die Wange und küsste ihn noch einmal zärtlich.

»Ihr kommt beide wohlbehalten zu mir zurück, ja?«

Mehr als ein Nicken brachte Darian nicht zustande, denn wenngleich er wusste, dass die Reise nach Anmhorán der Insel der Riesen, große Gefahren barg, so fürchtete er auch um Mia. Sie musste die beiden Nebelhexen aufsuchen, die ebenfalls das Talent zum Beschwören von Elementarwesen hatten, und sich von Nordhalan und Dimitan ausbilden lassen. Nordhalan hatte versprochen, alles dafür zu tun, dass Mia in der Kürze der Zeit so viel wie möglich über den Umgang mit Magie erlernte.

Leána schniefte nur ein klein wenig, als sie ihre kurzen Arme um ihre Mutter schlang, dann hob Darian sie in Menhirs Sattel.

»Leána, pass gut auf deinen Vater auf.« Mias Lächeln wollte heute nicht so recht gelingen. Auch Fenja, die neben ihr stand, wirkte irgendwie traurig. Leána hatte darauf bestanden, dass die schwarze Wölfin bei ihrer Mutter bleiben sollte, um auf diese aufzupassen.«

»Wir werden die Drachen schon finden!«, erklärte Leána mit kindlicher Leidenschaft, dann kicherte sie und trieb Menhir an, um ganz allein eine Runde um das Lager zu drehen.

»Kleine Hexe«, brummte Darian spaßhaft, ließ sie jedoch gewähren, denn der große Hengst war, wie er wusste, sehr sanft mit dem Mädchen.

»Samukal, wenn Darian oder Leána irgendetwas geschieht, zerlege ich dich in deine Einzelteile«, drohte die Nebelhexe, als sie zu dem Zauberer trat, der gerade seine Decke hinter den Sattel seines Pferdes band.

»Selbstverständlich werde ich mein Möglichstes tun, aber es kann immer etwas Unvorhergesehenes passieren …«

Schon hatte der Zauberer mit dem gestutzten Bart Mias Dolch an der Kehle. »Dann sieh lieber zu, dass du sie beschützt, denn ich werde dich in jedem Fall verantwortlich machen.«

Samukal schnappte lautstark nach Luft und wandte sich dann an Darian, der nur wenige Schritte von ihm entfernt stand. »Was bildet sie sich denn ein?«

»Ich kann Mia verstehen. Lass dir lieber nichts zu Schulden kommen, Samukal.«

»Habe ich meinen guten Willen nicht mehr als einmal gezeigt?«, empörte sich Darians Ziehvater.

»Wir werden sehen.« Darian hielt seine Hände an den Mund. »Leána, kommst du jetzt?«, rief er seiner Tochter zu.

Kurz darauf ritten sie auch schon in flottem Trab in Richtung Süden. Mindestens acht Tage Reise bis zum Damm der Riesen lagen vor ihnen – sofern sie nicht noch weitere unliebsame Überraschungen erwarteten. Den Damm konnten sie, so ihre Hoffnung, innerhalb eines Tages überqueren. Tena und Samukal straften sich gegenseitig mit Nichtbeachtung, und Darian unterhielt sich hauptsächlich mit Tagilis, dem Einzigen, dem er in dieser Gruppe wirklich vertraute. Immer abwechselnd achteten sie genau auf Leána, die im Gegensatz zu Darian ganz unbefangen mit allen Anwesenden umging.

Erfreulicherweise verlief der Ritt nach Süden recht friedlich. Das laue Frühlingswetter bescherte ihnen angenehme Sonnenstrahlen nach der feuchten und kalten Zeit, und von Feinden war keine Spur zu sehen. Für Darian war es noch immer unfassbar, dass Tena und Atene eine Person waren. Tagsüber ritt die Nebelhexe in Atenes betörender Gestalt auf einem großen Grauschimmel, nachts, wenn sie Wache hielt, verwandelte sie sich in die wenig ansprechende Erscheinung Tenas. Leána war zunächst ebenfalls verwundert gewesen, machte sich aber deutlich weniger Gedanken darum, sondern bat Tena während der ersten Tage ständig, sich vor ihren Augen zu verwandeln, denn das kleine Mädchen fand das offenbar faszinierend.

Die Straßen, die Samukal hatte bauen lassen, kamen ihnen nun zugute – auch wenn sich Darian lieber die Zunge abgebissen hätte, als seinem Ziehvater zu gestehen, dass er froh war, zumindest ein, zwei Tage lang nicht durch unwirtliches Gelände reisen zu müssen. Je weiter sie nach Südwesten vordrangen, umso weniger dicht war das Land besiedelt, daher endeten auch bald die befestigten Wege, und sie mussten auf schlammigen Schafspfaden oder durch dichte Mischwälder reiten. Am vierten Tag ihrer Reise kamen sie am Rande eines kleinen Sumpfes vorbei und schlugen ihr Nachtlager im Schutz einiger Buchen auf.

»Da wird sich unsere ehrenwerte Begleiterin ja richtig wohl fühlen«, höhnte Samukal, während er sein Pferd absattelte. Er deutete in Richtung der Moorlandschaft, aus welcher Abendnebel aufstieg. Hin und wieder drangen die gedämpften Rufe irgendwelcher Vögel an ihre Ohren.

»Pass nur auf«, zischte Tena, »sonst hole ich meine Verwandten, und die machen einen Moorgeist aus dir.« Sie fletschte ihre langen Reißzähne. »Andererseits wollen vermutlich nicht einmal die Sumpfnyaden etwas mit dir zu tun haben.«

»Jetzt hört doch auf zu streiten«, versuchte Tagilis einzulenken, dann hob er plötzlich eine Hand, drehte seinen Kopf nach links und lauschte angestrengt.

»Was ist?« Darian trat zu ihm und griff nach seinem Schwert.

»Ich weiß nicht.« Tagilis lauschte erneut und sagte dann: »Kann sein, dass ich mich getäuscht …« Er kam nicht weiter, denn urplötzlich sprangen fünf schlanke, in graue Umhänge gehüllte Gestalten aus dem nur wenige Schritte entfernten Unterholz heraus. Und griffen an.

Durch den behänden Kampfstil seiner Gegner wurde Darian sehr schnell klar, dass es sich nur um Dunkelelfen handeln konnte. Silbrige Haare blitzten unter den Kapuzen hervor, Klingen surrten durch die Luft. Der Erste stürzte sich auf Samukal, der das Pech hatte, den Angreifern am nächsten zu sein.

Sofort war Darian bei Leána und zog sie mit sich. »Tena, bring sie hier weg«, schrie er.

Die Nebelhexe zögerte sichtlich. »Ihr braucht mich.«

Einen nervösen Blick auf Tagilis werfend, der sich noch erstaunlich gut behauptete, fasste er sie fest am Arm. »Bring sie in Sicherheit. Wenn mir etwas zustößt, zähle ich darauf, dass du sie zu Mia bringst!«

»Vater!« Mit weit aufgerissenen Augen sah Leána zu den Kämpfenden hin, dann nahm Tena sie auf ihre starken Arme und trug sie in den Sumpf.

Zu gern hätte sich Darian noch einmal umgedreht, aber schon zischte ein langes, schlankes Schwert haarscharf an ihm vorbei, und er musste um sein Leben kämpfen. Sein Gegner focht meisterhaft, aber Darian hatte dazugelernt. Die wirbelnden Bewegungen des Dunkelelfen verunsicherten ihn nicht mehr so sehr wie früher, und schnell kam er zu dem Schluss, dass es sich um einen Söldner der ’Ahbrac handeln musste. Er kämpfte nicht mit der Präzision und Leidenschaft wie Zir’Avan, sondern bestenfalls so gut wie ein hervorragend ausgebildeter menschlicher Krieger. Auch wenn Darian all sein Können aufbieten musste, so gelang es ihm doch verhältnismäßig schnell, den ersten Gegner mit einem Stich in seine ungeschützte Seite außer Gefecht zu setzen. Aus dem Augenwinkel heraus bemerkte Darian, wie magisches blaues Licht aus Samukals Händen schoss, dann stürzte sich schon der nächste Gegner auf ihn. Dieser kämpfte deutlich besser als seine Gefährten. Der Dunkelelf hatte in etwa Darians Größe, war allerdings wendiger, und Darian musste einen schmerzhaften Schnitt am Arm einstecken. Darian nutzte das Gelände aus, brachte Bäume oder Büsche zwischen sich und seinen Gegner und verschaffte sich so immer wieder wertvolle kurze Augenblicke, um Luft zu holen. Er bemühte sich, den Dunkelelfen an den Rand des Sumpfes zu drängen und ihm so den Rückzug abzuschneiden, aber der silberhaarige Krieger mit der dunklen Haut bemerkte seine List offenbar und wich geschickt aus. Die hereinbrechende Dunkelheit machte Darian schwer zu schaffen. Er wusste, dass er seinen Gegner besiegen musste, bevor er selbst nichts mehr sah und der andere ihm hoffnungslos überlegen war. Schweiß brannte in Darians Augen. Von irgendwoher erklang grausiges Geheul und Gekreische, doch Darian hatte keine Zeit, dem nachzugehen. Stattdessen wich er zurück, wehrte instinktiv ab und bemühte sich, die Deckung des Feindes zu durchdringen – aber seine Arme wurden immer schwerer. Im letzten Augenblick wich er einem zischenden Schwertstreich aus, der ihm beinahe den Kopf von den Schultern getrennt hätte. Er hechtete nach links, strauchelte und rollte sich gerade noch ab. Vermutlich ein tödlicher Fehler, denn er konnte hören, wie der Dunkelelf ihm sogleich nachsetzte. Im Bruchteil einer Sekunde entschied er sich dafür, bergab zu fliehen, spannte sich an und wollte aufspringen. Aber plötzlich hörte er einen entsetzten Schrei, einen verzweifelten Hilferuf in Dunkelelfensprache, und als er aufsah, erkannte er, dass sich eine rothaarige Frau auf seinen Gegner gestürzt hatte. Im ersten Augenblick dachte er, es sei Tena in Menschengestalt, und fragte sich entsetzt, ob sie Leána im Stich gelassen hatte, aber nachdem das Wesen dem Dunkelelfen seine komplette Hand durch den Oberkörper bohrte, stockte ihm der Atem. Der unglückselige Dunkelelf bäumte sich auf, stieß gurgelnde Laute aus, dann sackte er zu Boden. Ein ansprechendes weibliches Gesicht wandte sich Darian zu.

»Tena? Was hat das zu bedeuten?«

Ihm blieb beinahe das Herz stehen, denn im Zwielicht des Abends erkannte er, dass dieses Antlitz nicht menschlich war. Die Knochen traten deutlicher hervor, als es bei Tena der Fall war, und die Haut wirkte bei näherem Hinsehen wie Pergament. Die rechte Hand des Wesens glänzte nass, Blut tropfte herab.

»Oh, verdammt.« Darian ließ sein Schwert fallen und nestelte nervös an dem kleinen Säckchen mit dem letzten Sternenstaub herum, denn dieser war seine einzige reelle Chance gegen die Kreatur.

Lauernd kam die Dämonin auf ihn zu. Darians feuchte Hände zerrten hektisch an dem Lederband herum. Schweiß lief ihm in die Augen, sein Herz raste, dann konnte er den Lederbeutel endlich öffnen und schleuderte ihr den Staub entgegen. Zunächst lachte sie höhnisch, stieß dann aber einen Schrei aus, der von höchster Pein zeugte – und verschwand kreischend zwischen den Bäumen. Darian atmete tief ein und aus, um seinen rasenden Herzschlag zu beruhigen. Nur wenige Augenblicke später stand Samukal ebenfalls schwer atmend vor ihm, sein Gesicht sprach von großer Empörung. »Du hast meine Dämonin verletzt!«

»*Du* hast dieses Ding beschworen?« Darian glaubte nicht richtig zu hören.

»Auch ich wurde von einem Dämon angegriffen und benötigte Hilfe«, behauptete er, wobei er schaudernd hinter sich blickte. »Da ich sah, dass du in Gefahr warst, schickte ich die Dämonin zu dir, nachdem sie den anderen Dämon vertrieben hatte.« Samukal ließ die Opalkette los und strich sich die Kleider glatt. »Lass mich sehen, du bist verletzt?«

Hastig entriss Darian Samukal seinen Arm. »Das ist nichts.«

Er sah ihn misstrauisch an. »Konnte die Dämonin den anderen töten?«

»Nein, aber er wurde verletzt und ist geflohen.« Samukal blickte sich um. »Ich habe zwei Dunkelelfen erledigt, einen die Dämonin und einen du.«

»Wo ist Tagilis?« Darian kniff die Augen zusammen und suchte den Waldrand ab, wobei er in dem schwächer werdenden Licht seinen Freund nicht ausmachen konnte. Aber sie waren auch ein ganzes Stück vom ursprünglichen Kampfplatz abgedrängt worden.

»Tagilis versteht sein Handwerk. Sicher konnte er seinen Gegner besiegen«, sagte Samukal mit beruhigender Stimme.

»Such du in dieser Richtung«, verlangte Darian knapp, wobei er nach links deutete, dann eilte er los.

»Du könntest mir wenigstens danken, dass ich dich gerettet habe«, verfolgte ihn Samukals empörter Ruf, aber Darian wollte Samukal nicht danken. Außerdem machte er sich trotz Samukals Beschwichtigungsversuch Sorgen um Tagilis. Und wenn er diesen gefunden hatte, musste er so schnell wie möglich Tena und Leána zurückholen.

Am Lagerplatz angekommen, suchte Darian den immer düsterer werdenden Wald nach Spuren ab. Niedergetrampeltes Gras kündete davon, dass Tagilis und sein Gegner sich weiter in den Wald zurückgezogen hatten. Wachsam hatte Darian sein Schwert in der Hand und lauschte auf jedes Geräusch, aber von einem möglichen Kampf war nichts zu hören. Dann stieß Darian auf die Leiche eines Dunkelelfen und atmete erleichtert auf. »Tagilis?«, rief er leise, und rechts von ihm erklang eine Antwort.

Darian brach durch ein Gebüsch und sah seinen Freund, der an einen Felsen gelehnt auf einer Lichtung saß. Die ersten Sterne, die am Himmel erschienen, spendeten nur wenig Licht.

»Bist du verletzt?« Darian kniete sich neben den Halbelfen, der eine Hand auf seine rechte Seite gepresst hatte und schwer atmete.

»Ist schon gut.« Tagilis lächelte, aber irgendetwas erschien Darian seltsam an seinem Verhalten.

»Kannst du aufstehen, oder soll ich meine Satteltasche holen und deine Verletzung hier verbinden?«

»Nichts von beidem, Darian.« Tagilis' Stimme klang sanft und gefasst, aber als er weitersprach und langsam seine Hand hob, durchfuhr Darian ein eisiger Schrecken.

Eine tiefe Wunde klaffte in Tagilis' Seite, Blut pulsierte ungleichmäßig daraus hervor, und als der Halbelf weitersprach und noch einmal versicherte, alles wäre gut, sickerte der rötliche Lebenssaft auch noch aus seinem Mund.

»O Gott, Tagilis, ich hole auf der Stelle das Verbandsmaterial.« Darian wollte hektisch aufspringen, aber Tagilis hielt ihn fest.

»Nein, es ist zu spät. Die Klinge des Dunkelelfen ist zu tief eingedrungen.«

Voller Entsetzen riss Darian die Augen auf. »Ich sage Tena, sie soll Lilith holen, wenn sie sich beeilt und keine Pause macht …« Darian unterbrach sich selbst, dann lachte er laut auf. »Nein, besser du rufst Veliah, sie ist schneller.«

»Ich habe Veliah gerufen, und sie wird bald hier sein, aber nur, um mich ins Licht zu begleiten.«

»Blödsinn, was redest du denn da?« Darian zog seinen Umhang aus, schnitt ihn in Streifen und drückte dann den Stoff auf Tagilis' klaffende Wunde. Eiskalte Angst hatte ihn erfasst, und er wollte nicht wahrhaben, dass es tatsächlich schlecht um seinen Freund stand. Er fühlte sich in jenen Moment in den Tiefen der Erde zurückversetzt, als Bas'Akir schwer verwundet gewesen war, und hoffte inbrünstig, dass es ihm diesmal gelänge, seinen Begleiter zu retten. Tagilis hingegen lächelte nur gütig und ließ Darian gewähren, bis er sich neben ihm niederließ. »Bist du durstig, ich könnte dir …«

»Bitte, hör mich an.« Der Halbelf wischte sich etwas Blut von den Lippen, dann ergriff er Darian am Arm. »Du wirst deinen Weg ohne mich weitergehen müssen.«

»Hör auf, das ist nicht wahr, Lilith wird dir helfen, sie kann jedem helfen!«

»Diesmal nicht, Darian. Bis sie hier ist, bin ich schon lange verblutet. Sei nicht traurig, mein Freund.« Kaum einen Atemzug später hatte sich Veliah auch schon neben ihm materialisiert und wurde von Tagilis mit einem glücklichen Lächeln begrüßt. »Ich warte schon so lange darauf, mit ihr vereint zu sein, ich hadere nicht mit meinem Schicksal, und das solltest du auch nicht.«

Jetzt konnte Darian die aufsteigenden Tränen nicht mehr unterdrücken. Er fasste Tagilis an den Schultern und sah dann zu Veliah auf. »Bitte, wenn Lilith sich beeilt, kann sie noch rechtzeitig hier sein.«

»Tagilis möchte aber mit mir gehen«, widersprach der Geist der Halbelfe. Ihr Gesichtsausdruck war gelöst, und ein glückliches Schimmern lag in ihren Augen. »Ich bedaure es sehr, euch nun nicht mehr als Botin zur Verfügung stehen zu können und dass ihr auf Tagilis' Hilfe verzichten müsst, aber wir werden jetzt beide zu den Ahnen gehen und dort auf euch warten. Unsere Zeit ist nun gekommen.«

»Nein!« Darian schluchzte auf, als er sah, wie der behelfsmäßige Verband sich dunkel färbte. Hilfesuchend blickte er Tagilis in die Augen, wollte irgendetwas hören, das ihm sagte, es gäbe noch eine Möglichkeit, seinem Freund das Leben zu retten. Gefasst, beinahe schon freudig, erwiderte der Halbelf seinen Blick.

»Ich wünsche euch, dass ihr alles erreicht, was ihr euch vorgenommen habt«, sagte Tagilis mit schwächer werdender Stimme. »Grüß meine Freunde und sag ihnen, es ist alles gut so, wie es ist.«

»Tagilis, bitte nicht«, flüsterte Darian und zog den Halbelfen in seine Arme. Hilfesuchend sah er zu Veliah auf, die wartend vor ihnen schwebte. Tagilis stöhnte noch einmal, hustete, dann wurde sein Atem immer schwächer. Er drückte ein letztes Mal Darians Hand, dann starb er mit einem Lächeln auf dem Gesicht.

Darian hatte keine Ahnung, wie viel Zeit vergangen war, wie lange er schon mit Tagilis im Arm auf der Lichtung kniete. Seine Gedanken wanderten zu jenen Tagen auf der Nebelinsel zurück, als er den Halbelfen kennengelernt hatte. Er selbst war damals von seiner Sucht gezeichnet gewesen, und Tagilis hatte ihm mit seiner unerschütterlichen Ruhe und Disziplin geholfen, wieder ins Leben zurückzufinden. Tagilis, mit dem er Schwertkampf trainiert hatte, der ihn gelehrt hatte zu meditieren, und der für ihn einer der besten Freunde geworden war, die er jemals gehabt hatte. Jetzt lag er blutüberströmt und leblos in seinen Armen. Tief in sich wusste Darian, dass Tagilis ein erfülltes Leben gehabt hatte und dass er schon lange darauf wartete, mit Veliah vereint zu sein. Doch all dies spendete ihm keinen Trost, denn es schmerzte so ungeheuer, seinen Freund verloren zu haben.

»Warum reagierst du denn nicht, wenn ich nach dir rufe?«, beschwerte sich Samukal lautstark, während er über die Lichtung auf ihn zugeeilt kam.

»Verschwinde«, knurrte Darian nur.

»Oh, der Halbelf, ist er …«

Darian hob sein tränenverschmiertes Gesicht und funkelte seinen Ziehvater hasserfüllt an. »Sein Name war Tagilis, und es ist deine Schuld, dass er tot ist.«

»Was konnte ich dafür, dass die Dunkelelfen hier auftauchten?«

Sanft ließ Darian Tagilis' Körper auf die Erde sinken, dann trat er auf Samukal zu, und seine Stimme bebte. »*Du* hast dich auf Geschäfte mit Dunkelelfen eingelassen. *Du* hast die Abtrünnigen an die Oberfläche gebracht. *Dir* haben wir es zu verdanken, dass Dämonen unser Land verwüsten.« Angesichts Darians Zorn wich Samukal zurück. »Nur *deinetwegen* sind die Drachen verschwunden und müssen wir diese verdammte Reise unternehmen. Jetzt tritt mir aus den Augen, bevor ich mich vergesse.«

Offenbar bemerkte Samukal, wie bitterernst es Darian war.

Er räusperte sich und murmelte: »Ich suche Tena und schicke sie her.«

Nachdem Samukal fort war, fiel Darian auf die Knie, bedeckte das Gesicht mit den Händen und weinte um Tagilis, dem er so viel zu verdanken hatte.

Aramia musste sich sehr zusammenreißen, um Nordhalans Unterricht zu folgen. Er hatte sie durch das Eichentor auf die Nebelinsel begleitet, um die Nebelhexen Envid und Rusira abzuholen. Bei dieser Gelegenheit hatten sie auch Fenja auf der Insel zurückgelassen, wenn auch mit großem Bedauern. Doch die Wölfin war schließlich ein wildes Tier und brauchte ihren Freiraum – ein Heerlager war nichts für sie. Die beiden Nebelhexen jedoch waren ihnen bereitwillig gefolgt. Envid war eine kleine, gedrungene Halbgnomin mit fröhlich blitzenden Augen, die sich darauf verstand, Feuergeister tanzen zu lassen. Rusira konnte mit den Windgeistern sprechen. Ihre flaumige Gesichtsbehaarung ließ auf eine Zwergenmutter schließen, die spitze Nase und die feuerroten Haare hingegen hatte sie ihrem Koboldvater zu verdanken. Diese beiden lernten nun bei Dimitan, konnten die Elementarwesen jedoch deutlich weniger gut beschwören als Aramia.

Sie selbst war erst gestern zusammen mit Nordhalan und Zir'Avan nach Osten aufgebrochen, um zu den versteckten Dunkelelfen zu stoßen. Sie wollten nachsehen, inwieweit sich die Krieger aus dem Unterreich an das Tageslicht gewöhnt hatten, und sie gegebenenfalls näher an ihr Lager am Rannocsee bringen, um sich im Falle eines Angriffs auf Dal'Ahbrac rasch mit ihnen vereinen zu können. Unterwegs setzte Nordhalan seinen Unterricht fort.

»Und nun üben wir das, was dich zur Quelle deiner Magie bringt. Du musst die fünf großen Tore öffnen«, erklärte der Zauberer an diesem Tage.

»Die fünf Tore?«

»Die fünf Tore zu öffnen ist eine machtvolle, aber nicht ungefährliche Art, die Magie in deinem Inneren um ein Vielfaches zu verstärken.« Er neigte den Kopf und betrachtete sie abwägend. »Die wenigsten wagen es, diese Technik zu benutzen, bevor sie in ihrer Ausbildung nicht weit genug fortgeschritten sind. Sie haben Angst, die entfesselten Kräfte nicht kontrollieren zu können – und das zu Recht. Zudem weiß ich nicht, wie sich diese Kräfte auf Elementargeister auswirken.«

»Wir müssen es versuchen, Nordhalan, es geht um unser aller Leben«, verlangte Aramia.

»Gut, wie du möchtest.« Nordhalans Gesichtsausdruck wurde ernst, und er trat einen Schritt auf Aramia zu. »Stelle dich fest auf die Erde und konzentriere dich auf deine beiden Füße. Halte dort deine Aufmerksamkeit und lasse sie dann zum höchsten Punkt deines Kopfes wandern. Als Nächstes breitest du die Arme aus und fühlst den Wind in deinen Händen, egal wie schwach sein Hauch auch sein mag.« Nordhalan machte die Bewegung vor, Aramia tat es ihm gleich. »Nun schließe die Augen. Deine Füße sind die beiden Tore der Erde, deine Hände die des Windes, und dein Kopf verbindet dich mit der Kraft der Sterne. Atme tief ein, atme durch die fünf Portale deines Körpers und vereine die Kräfte tief in deinem Inneren, wo du sie zur Quelle deiner Magie lenkst. Dies wird deine Macht enorm verstärken, oder …«

»Oder was?«

Besorgt musterte der Zauberer sie. »Die Magie könnte dich verzehren.«

Aramia biss trotzig die Lippen aufeinander. Sie wollte keine Schwäche zeigen. So schloss sie die Augen und tat alles, was Nordhalan ihr beschrieben hatte – nichts geschah.

»Atme tiefer, viel tiefer, öffne dich der Quelle deiner Macht«, hörte sie Nordhalans Stimme. Aramia sog die Luft in ihre Lungen, wurde der fünf Tore gewahr. Ein Kribbeln breitete sich in ihren Fingern aus, dann schoss eine unglaubliche Hitze durch ihre Arme und Beine und durch ihren Kopf. Die Freude darüber zerstörte beinahe ihre Konzentration, doch rasch besann sie sich wieder. Urplötzlich wurde sie nach hinten geschleudert, als hätte ihr jemand in den Bauch getreten. Aramia kämpfte um ihr Gleichgewicht und darum, die Kräfte in ihrem Inneren zu beherrschen. Sie konzentrierte sich auf die Feuergeister, lenkte all die Kraft in diesen Gedanken, und schon erfasste sie eine knisternde Hitze. Als sie die Augen öffnete, starrte sie auf eine gigantische Feuersäule. Tausende von Feuergeistern hatten sich versammelt und harrten ihrer Anweisungen. Bedächtig bewegte Aramia die Hände. Sofort formten sich die Flammen zu einem Feuerball. Trunken von ihrer neugewonnenen Macht, blickte sie auf Nordhalan, der, die Hände schützend vors Gesicht haltend, zurücktaumelte.

»Aramia, der Holunderbusch!« Nordhalans drängende Stimme riss sie aus ihrer Faszination. Eilig hielt sie ein paar verirrte Feuergeister davon ab, einen dürren Busch zu entzünden. Die kleinen Feuergestalten schwebten gehorsam wieder zum Feuer zurück, und Aramia strahlte. Bis ihre Konzentration nachließ – und die Energiekugel regelrecht explodierte.

Nordhalan zerrte Aramia zu Boden. Die Hitze war unbeschreiblich. Dann, endlich, zerstreuten sich die Feuergeister. Erschrocken sah Aramia den Zauberer an, dessen Haare und Bart leicht angesengt waren.

»Eine unfassbare Leistung«, staunte er. »Dennoch werden wir noch sehr viel üben müssen, bis du deine Kräfte wirklich beherrschst.«

Sie nickte nachdenklich, und langsam dämmerte ihr, wie gefährlich ihre Magie tatsächlich war. Würde ein unbedarftes Wesen wie Murk solche Kräfte in sich entfesseln, mochte das verheerende Folgen haben. »Danke, Nordhalan, ich verspreche, sehr achtsam mit meiner Gabe umzugehen.« Aramia fühlte sich ausgelaugt und müde, sie stützte den Kopf in die Hände, und ihr Blick wanderte nach Süden.

»Den beiden geht es sicher gut. Vermutlich haben sie bereits die Landzunge erreicht, die zum Damm der Riesen führt.«

»Sie fehlen mir, und ich habe ein ungutes Gefühl. Was ist, wenn Samukal sie doch betrügt?«

Der Zauberer legte ihr eine Hand auf den Arm. »Samukal hat sehr viele Fehler gemacht, aber ich bin mir sicher, er wird ihnen nichts antun, sonst hätte er das schon lange getan. Außerdem glaube ich ihm sogar, dass ihm Darian am Herzen liegt.«

Aramia sah Nordhalan von der Seite her an. »Wusstest du, dass Darians Mutter mit Samukal liiert war?«

»Es gab Gerüchte, und man sah sie gelegentlich zusammen in Culmara«, erinnerte sich Nordhalan, dann hob er die Schultern. »Dass Samukal allerdings aus verschmähter Liebe heraus ein solches Unheil anrichtet, das hätte ich nicht von ihm gedacht.«

»Darian, bitte gib auf dich Acht«, flüsterte Aramia in den Wind, dann brachen sie ihr Lager ab und wanderten im Schutz der Nacht weiter auf die östlichen Berge zu.

In Gedanken an vergangene Tage versunken, saß Darian in der Dunkelheit und hielt neben Tagilis Totenwache. Ein Geräusch ließ ihn aufsehen, aber bevor er zu seiner Waffe greifen konnte, erkannte er Tena, die über die Wiese geeilt kam.

»Wo ist Leána?«, fragte Darian tonlos.

Die Nebelhexe kniete sich neben Tagilis, strich ihm mit einer zitternden Hand über die Wange, und auch in ihren Augen glitzerten Tränen.

»Sie wartet dort drüben«, antwortete Tena bedrückt.

Wenngleich Darian in der Dunkelheit nichts erkennen konnte, rief er leise: »Leána, komm her.« Wenige Augenblicke später stand das Mädchen neben ihm.

»Schläft Tagilis?«, fragte Darians Tochter unschuldig.

»Nein, mein Schatz«, Darians Stimme war heiser, und er küsste die Kleine auf die Stirn, »er ist jetzt bei Veliah.«

»Aber er ist doch noch hier.«

»Nur sein Körper, sein … Geist, seine Seele, die ist bei ihr«, versuchte Darian zu erklären.

»Das ist doch schön, er wird sich freuen«, meinte Leána, setzte sich neben Darian und lehnte ihren Kopf an seine Schulter.

»Ja, das wird er.« Es fiel Darian unendlich schwer, überhaupt zu sprechen, daher streichelte er Leána nur weiter über die Haare und versuchte, mit seiner Trauer fertig zu werden.

»Warum hast du denn geweint?«, wollte die Kleine wissen.

Darian schluckte einmal krampfhaft, dann antwortete er leise: »Weil Tagilis nicht mehr bei uns sein kann.«

»Er kommt nicht mehr von Veliah zurück?« Leána klang erschrocken, und Darian sah selbst im fahlen Sternenlicht, wie sie entsetzt ihre blauen Augen aufriss.

»Nein, er kommt nicht mehr zurück.«

Jetzt fing auch Leána an zu weinen, und Darian drückte sie an sich. Später versuchte er sie und auch sich selbst damit zu trösten, dass Tagilis jetzt endgültig mit Veliah vereint war und dass er auch Torgal und Fendor im Reich der Ahnen wiedertreffen würde. Leánas Tränen versiegten schnell wieder, Darian hingegen grübelte noch lange über Tagilis' Tod nach.

Bis zum nächsten Abend blieben sie auf der Lichtung, dann schichtete Darian mit Tenas Hilfe in der Nähe des Meeresufers einen großen Holzstapel auf. Als es zu dämmern begann, verbrannten sie Tagilis' Körper.

Mia, ich wünschte, du wärst jetzt bei mir, dachte Darian voller Sehnsucht und beobachtete, wie der Rauch im Wind verging. Er schauderte in der kalten Meeresbrise, während er, in Gedenken an den gemeinsamen Gefährten, von seiner Zeit auf der Nebelinsel erzählte und wie er und Tagilis Freunde geworden waren. Auch Leána wollte wohl etwas zur Trauerfeier beisteuern und erinnerte sich daran, dass der Halbelf ihr und Siah beigebracht hatte, wie man aus Weidenruten einen Bogen baute und Pfeile schnitzte. Tena hingegen berichtete in ruhigen und bedachten Worten von der tiefen Liebe, die Veliah und Tagilis füreinander empfunden hatten, und dass sie so lange Zeit voneinander getrennt gewesen waren. Als die Sonne im westlichen Meer versank, verbeugten sie sich in diese Richtung.

»Ich hoffe, du bist glücklich, mein Freund«, flüsterte Darian in den Wind, der tröstend über sein Gesicht strich. Er war froh, dass Samukal sich seit dem letzten Tag nicht mehr gezeigt hatte und dass er auch jetzt, während der Trauerfeier, weit abseitsstand und sich nicht einmischte.

Nachdem das Feuer heruntergebrannt war, sammelte Darian die Asche und begrub sie in der Nähe des Meeres unter einem Ahornbaum. Er nahm sich vor, später einmal einen Gedenkstein hier zu errichten. Dann rammte er Tagilis' Schwert in den Boden und schloss kurz die Augen.

»Ich könnte einen Zauber darauf sprechen, dann wird niemand das Schwert an sich nehmen können«, vernahm er plötzlich Samukals Stimme hinter sich.

Hass auf den Mann flammte erneut in ihm auf, und am liebsten hätte er Samukal auf der Stelle niedergeschlagen. Nicht zuletzt wegen Leána nickte er jedoch nur stumm und beobachtete, wie bläuliches Feuer aus Samukals Hand aufflammte. Der Zauberer wisperte unverständliche Worte, dann erstrahlte Tagilis' Schwert kurz, bevor das magische Licht in der Erde versank. Als Samukal an der Klinge zog, rührte sie sich nicht.

»Danke«, presste Darian widerwillig hervor, fasste die Nebelhexe am Arm und ging mit ihr zurück zum Lagerplatz. »Tena, wir sollten zurück zu den anderen gehen und Nassàr oder Zir'Avan holen.«

»Wir verlieren sehr viel Zeit, wenn wir jetzt wieder umkehren«, gab Tena zu bedenken.

»Auch wenn er behauptet hat, mir die Dämonin zu Hilfe geschickt zu haben, traue ich Samukal noch immer nicht über den Weg.«

»Mir traust du ja auch nicht.« Tenas wolfsartiges Gesicht verzog sich zu einer Grimasse.

»Ich habe dir während des Kampfes Leána anvertraut.« Auch wenn Darian Tena gegenüber noch vorsichtig war, sein Gefühl sagte ihm, dass sie es mit ihrem Hilfsangebot ehrlich meinte.

»Darian«, Tenas Hand legte sich auf seinen Unterarm, »Samukal ist kein guter Mensch, und er hat seine Fehler, aber letztendlich hat er dir das Leben gerettet.«

Ein bitteres Lachen entstieg Darians Kehle. »Indem er einen Dämon beschworen hat.« Er schauderte. »Dieses Ding sah aus wie du in Menschengestalt.«

»Ja, die Dämonin.« Das Fell an Tenas Nacken stellte sich auf. »Ich gebe zu, ich weiß nicht, ob Samukal wirklich und endgültig auf deine Seite gewechselt ist, aber ich kenne ihn schon seit einer Weile und bin mir sicher, dass er sich wegen der Dämonen schuldig fühlt. Das Einzige, was ich dir versprechen kann, ist, dass ich auf Samukal achte und mein Leben dafür geben würde, Leána oder dich zu beschützen.«

Eine ganze Weile musterte Darian dieses bizarre Wesen und sah ihr prüfend in die dunklen Augen. Schließlich nickte er und sagte leise: »Ich weiß nicht, ob es klug ist, aber ich glaube dir.«

Die Gedanken an Tagilis ließen Darian einfach nicht los, während er sein weniges Hab und Gut zusammenpackte und in Menhirs Satteltaschen verstaute. So viele Freunde hatte er schon begraben müssen, und er wusste nicht, wie viele es noch werden würden. Schließlich sattelte er mit zitternden Händen Tagilis' Stute ab und ließ sie frei. Nun trat Samukal doch noch zu ihm.

»Der Tod deines Freundes betrübt mich, Darian, vor allem, da ich sehe, wie du leidest. Ich bin nicht das kalte, herzlose Monster, für das du mich hältst.«

Darian lag eine barsche Erwiderung auf der Zunge, aber diesmal schluckte er sie herunter. »Sieh zu, dass du fertig wirst«, verlangte er nur, ging zu Menhir und lehnte sich an dessen starke Schulter, während er darauf wartete, dass Samukal aufsaß.

Kapitel 24

Der Damm der Riesen

In gedrückter Stimmung ritten Darian, Samukal, Leána und Tena weiter über eine breite Landzunge nach Süden. Das Land hier war stark bewaldet, und ein kaum erkennbarer Pfad führte an einem sich weit nach Südwesten erstreckenden Meeresarm entlang. Darian sprach kaum; die Trauer um Tagilis hatte sich einer eisigen Klammer gleich um sein Herz gelegt. Nur Leána schaffte es gelegentlich, ihn aufzumuntern, denn ihrer ansteckenden Fröhlichkeit und ihrem unbekümmerten Lachen konnte sich kaum jemand entziehen. Die Gefährten blieben stets wachsam, befürchteten, erneut von Dunkelelfen oder gar Dämonen angegriffen zu werden, aber sie begegneten nur einer größeren Gruppe von Trollen. Darian stellte rasch klar, dass sie Verbündete von König Murk waren, und so zogen die gewaltigen Wesen bald ihres Weges.

Nach einigen Tagen hatten sie den Rand des breiten Sumpfes erreicht und mussten die Pferde zurücklassen. Bedauernd klopfte Darian Menhir am Hals und hoffte, dass das Pferd hier warten oder zurück zum Rannocsee laufen würde. Sie versteckten Sättel und Zaumzeug unter einem Felsvorsprung und nahmen nur ihren Proviant mit. Vor ihren Augen verwandelte sich die faszinierende Zauberin in den Sumpynadenmischling und ermahnte sie alle noch einmal, dicht hinter ihr zu bleiben. Darian nahm Leána an der Hand und folgte Tena in das von Schilf bewachsene Moorgebiet. Zielgerichtet führte die Nebelhexe sie durch blubbernde Moorlöcher, und häufig hielt Darian die Luft an, wenn seine Stiefel bis zum Knöchel versanken. Er nahm Leána auf seine Schultern und schlug Samukals Vorschlag aus, sich dabei abzuwechseln. Hier im Moor herrschte eine ganz eigenartige Stimmung; es erschien Darian beinahe so, als befänden sie sich in einer anderen Welt. Jeder kleine Hügel, jeder Schildhalm und jeder Fels, der sich durch den Nebel abzeichnete, mutete erst einmal wie eine lauernde Kreatur an, ehe es sich als harmloser Teil des Sumpfes entpuppte. Durch den Dunst drang alles nur gedämpft an seine Ohren, die Geräusche waren ganz anders als auf dem Festland, und Darian vermochte sie nicht wirklich einzuordnen. Schließlich beschloss er, sich einfach auf Tena zu verlassen, denn sie wusste am besten, wann Gefahr bestand und wann nicht. Irgendwann vernahm er eine lockende Stimme, und als er nach links blickte, erkannte er eine aufreizende Frauengestalt. Sie räkelte sich auf einer mit weißen Blümchen bewachsenen grünen Erhebung und strich sich über ihre festen kleinen Brüste. Urplötzlich war Darians Kopf wie vernebelt. Er vergaß Leána, die auf seinen Schultern saß, die Drachen, die sie suchen mussten, und alles andere um ihn herum. Nur noch die betörende Stimme, die ihn zu sich lockte, säuselte durch sein Inneres.

»Junge, das ist eine Sumpfnyade.« Samukal packte ihn so fest an der Schulter, dass es schmerzte.

»Lass mich in Ruhe«, knurrte Darian ihn an und wollte sich losmachen.

»Vater, wir müssen weiter.« Ganz verzerrt hörte er die helle Mädchenstimme, und irgendetwas sagte ihm, dass er umdrehen sollte. Dennoch ging er voran, angezogen von einem mächtigen Sog.

Dann stand Tena auf einmal vor ihm und verpasste ihm eine schallende Ohrfeige. Anschließend drehte sie sich um und zischte die Sumpfnyade im Moor warnend an, die daraufhin mit einem Platschen im brackigen Wasser versank.

Endlich kam Darian wieder zu sich. Er schüttelte den Kopf

und bemerkte, dass er bis zum Stiefelrand im Sumpf steckte, zog seine Füße, die das Moor mit einem widerwilligen Schmatzen freigab, aus dem Schlamm und trat zurück auf den Pfad.

»Darian, du darfst sie nicht ansehen«, warnte Tena erneut.

»Kannst du Leána tragen?«, bat er, woraufhin die Nebelhexe nickte, die Kleine auf ihre muskulösen Schultern nahm und dann zielstrebig weiterging. Darian eilte hinterher, ärgerlich, nicht wachsamer gewesen zu sein.

Obwohl die drei Gefährten stramm marschierten, gelang es ihnen nicht, den Sumpf an einem Tag zu durchqueren. »Das Moor muss sich noch weiter ausgedehnt haben«, meinte Tena besorgt, wobei sie in den undurchdringlichen Dunst blickte.

Sie rasteten auf einem halbwegs trockenen Stück Land, wo sie Haferkekse und harten Käse verzehrten. »Wir müssen hier übernachten. Im Dunkeln zu marschieren ist selbst mir zu gefährlich«, meinte Tena.

»Ich kann im Dunkeln sehen«, schlug Leána vor. »Ich könnte euch führen.«

»Nein, mein Schatz, das muss Tena tun.« Darian war zum Umfallen müde. Das Laufen auf dem sumpfigen Grund war doppelt so anstrengend wie ein Marsch auf normalem Gelände.

»Ich werde die Sumpfnyaden, so gut es geht, von euch fernhalten«, versprach die Nebelhexe. »Leána ist ohnehin nicht anfällig für ihre Reize. Samukal, ich gehe davon aus, du kannst magische Vorkehrungen treffen, um dich zu schützen.«

»Ja, und ich werde einen Schutzkreis um unser Lager ziehen«, versicherte er und warf Darian einen besorgten Blick zu. »Ich hoffe, der hält Darian davon ab, den Nyaden zu folgen.«

Diese Nacht brachte allerhöchstens Leána ein wenig Erholung. Tena war beständig damit beschäftigt, Sumpfnyaden zu verjagen. Die lockenden Stimmen machten Darian verrückt, und auch wenn er es häufig schaffte, aus eigener Kraft zu widerstehen, musste Tena ihn doch mehrfach mit Gewalt davon abhalten, wie in Trance in den Sumpf zu laufen. Das beständige Blubbern und

Platschen im Moor ließ ihn immer wieder auffahren, außerdem hing ein eigenartiger, modrig süßer Geruch nach Verwesung in der Luft, der Darian das Gefühl gab, kaum atmen zu können.

Am Morgen erkannte Darian in Tenas und Samukals Gesichtszügen die gleiche bleierne Müdigkeit, die auch ihn erfüllte, doch gerade deswegen waren sie sich einig, den Sumpf schnell hinter sich bringen zu müssen. Zielsicher führte Tena sie durch das schwammige, von Wasserläufen und hohem Schilf durchzogene Gelände. Ihre Füße fanden stets den sichersten Pfad, auch wenn Darian mehr als einmal seine Beine hastig aus dem gluckernden Morast zerren musste. Diesmal gelang es ihm, dem Lockruf einer Nyade zu widerstehen. Stur hielt er den Blick auf Tenas pelzigen Rücken gerichtet und dachte an Mia und seine kleine Tochter, woraufhin das betörende Seufzen des Sumpfwesens in den Hintergrund gedrängt wurde.

»Sehr gut, Darian«, lobte Samukal.

»Ich habe gelernt, in dieser Welt mit gefährlichen Kreaturen umzugehen«, bemerkte Darian, wobei er seine Augen absichtlich auf Samukal ruhen ließ.

Wieder einmal schien sich ein Schatten über Samukals Gesicht zu legen. »Kannst du nicht wenigstens versuchen, deinen Groll zu vergessen? Jetzt bin ich auf deiner Seite.«

»Das wird sich noch zeigen.«

Der Zauberer machte einen großen Schritt und trat neben Darian. »Was kann ich tun, damit du mir endlich glaubst?«

»Ich weiß es nicht«, erwiderte Darian ungeduldig. »Hilf uns und liefere uns so viele Informationen wie nötig, die wir gegen Dal'Ahbrac und die Dämonen verwenden können.«

»Ich sagte euch bereits alles, was ich wusste.«

Darian schnaubte und eilte zielstrebig weiter. Nach wenigen Schritten spürte er Samukals Hand auf seiner Schulter. »Was willst du noch?«

»Die Chroniken von Northcliff. Ein Teil von ihnen befindet sich in meinem Besitz.«

»Ach.« Interessiert hob Darian die Augenbrauen. »Und wo hast du die so plötzlich her?«

Jetzt wurde Samukal verlegen. »Mein Urgroßvater hat sie einem anderen Mitglied der Diomár während des Kampfes auf den Geisterinseln entwendet, und mein Großvater übergab sie mir, bevor er starb.«

Dann war es Samukals Urgroßvater, der Ray'Avan bestohlen hat, fuhr es Darian durch den Kopf.

»Ich habe sie in der Burg von Northcliff in meinem …«, Samukal räusperte sich und korrigierte, »… in deinem Arbeitszimmer unter den Holzbohlen am Fenster versteckt.«

»Steht etwas über Dämonen darin?«

»Nein, aber …«

»Dann nützt mir diese Information nichts, Samukal, und jetzt hör auf, dich bei mir einzuschmeicheln.« Wenngleich es Darian durchaus interessierte, was in den Chroniken stand, so konnte er damit im Moment wirklich nichts anfangen, zumal Northcliff ohnehin in Dal'Ahbracs Gewalt war.

Bald wurde das Gelände flacher und übersichtlicher, und jenseits des nahen Schilfrandes lockte mit Heidekraut und kleinen Laubhainen übersätes Land. Ein beständiges Donnern kündete zudem vom nahen Meeresufer, und so vergaßen sie ihre Müdigkeit und eilten weiter voran. Noch vor der Mittagszeit erreichten sie die Küste. Hohe Wellen krachten gegen einen mindestens zwanzig Schritte breiten Streifen aus mächtigen Felsen, die, einem Bootssteg ähnelnd, weit aufs Meer hinausführten.

»Der Damm der Riesen«, murmelte Darian ehrfürchtig. Weiter als seine Augen sehen konnten, erstreckte sich das steinerne Bauwerk ins endlose blaue Meer hinein.

»Wir sollten hier lagern und morgen kurz vor der Morgendämmerung aufbrechen«, schlug Tena vor.

Dies gefiel Darian nicht sonderlich, aber er sah ein, dass es zu gefährlich war, den Damm bei Nacht zu überqueren. Also richteten sie in einer geschützten Senke ihr Lager her.

Er ging mit Leána zu den Klippen und hielt eine improvisierte Angel ins Wasser. Das kleine Mädchen plapperte fröhlich vor sich hin, und Darian genoss ihre Anwesenheit. Dennoch wanderten seine Gedanken wieder zu Tagilis, dann zu seinen Freunden und vor allem zu Mia.

In dieser Nacht schlief Darian gut und tief. Leána hatte sich an ihn gekuschelt, und er wusste, dass Tena Wache hielt – auf Samukal wollte er sich lieber nicht verlassen.

Darian, der die zweite Wache übernommen hatte, weckte seine Gefährten, als das erste Grau im Osten den Morgen ankündigte. Sie packten ihre wenigen Habseligkeiten zusammen und betraten den Damm der Riesen. Diese mächtigen Felsbrocken – teilweise umfasste ein einziger von ihnen mehr als zehn Schritte – konnten tatsächlich nur von gigantischen Wesen ins Meer geschleudert worden sein. Hohe Wellen brandeten an die Ränder, spülten bisweilen über den gesamten Damm und machten das Laufen auf den glitschigen, von Algen, Muscheln und Schlick überzogenen Steinen noch gefährlicher. Da es seit tausenden von Sommern keine Riesen mehr gab und der Handel zwischen Anmhorán und Albany zum Erliegen gekommen war, hatte sich niemand die Mühe gemacht, den Damm in Schuss zu halten. Breite Risse klafften darin, die Ränder waren teilweise heruntergebrochen. Da Darian ständig Angst hatte, Leána könnte in einen Spalt stürzen, trug er sie die meiste Zeit über, sodass das Laufen für ihn noch anstrengender war. Gegen Mittag meinte Tena, sie hätten jetzt etwa die Hälfte der Strecke zurückgelegt. Sie hatte ihre Nebelhexengestalt beibehalten, denn mit den krallenbesetzten Füßen fand sie besser Halt auf den Steinen als in ihrer menschlichen Erscheinung. Drohende Sturmwolken hingen über dem Meer, und der Wind nahm die ganze Zeit über an Stärke zu. Ständig peitschte jetzt Gischt über die vier Wanderer hinweg, und schon seit einiger Zeit waren sie vollkommen durchnässt. Viel Zeit zum Rasten nahmen sie sich nicht, sondern schlangen nur im Stehen etwas Brot und geräucherte Wurst herunter. Darian kreiste seine verspannten Schultern. Leána war in letzter Zeit deutlich gewachsen und wurde mit der Zeit doch recht schwer.

Im Laufe des Tages wurde der Wind so stark, dass es Darian beim besten Willen nicht mehr gelang, mit Leána auf dem Rücken das Gleichgewicht zu halten. Mit einer Urgewalt, die ihresgleichen suchte, rissen die Böen an den Gefährten, und es schien, als wollten die Geister des Meeres selbst sie in die Tiefen des Ozeans schleudern. Beständig brandeten gewaltige Wellen gegen die alten Steine, sodass die Wanderer unter ihren Füßen spüren konnten, wie der Fels erbebte. Darian und Tena nahmen Leána an der Hand, hielten sie eisern fest, hoben sie über gefährliche Spalten und bewahrten sie davor, einfach fortgeweht zu werden. Die nordöstliche Küste Anmhoráns – des Landes, welches Darian in der Welt jenseits des Portals von Alahant als Irland kennengelernt hatte – war gar nicht mehr weit entfernt, als sich ein schier unüberwindbares Hindernis vor ihnen auftat. In der Mitte des Dammes klaffte ein großes Loch. Brodelndes, aufgewühltes Wasser umspülte einen einzigen schmalen Weg auf der Ostseite, der allerdings bestenfalls Platz für einen Menschen bot.

»Das darf doch nicht wahr sein«, stöhnte Darian.

Tena trat prüfend auf den schmalen Grat, doch schon als sie nur einen Fuß daraufsetzte, bröckelten weitere Steine ins aufgepeitschte Meer.

»Wir müssen es versuchen oder umdrehen«, meinte sie, dann grinste sie Samukal zu. »Er kann als Erster gehen, wenn er ertrinkt, ist es kein großer Schaden.«

Schon riss Samukal empört den Mund auf, doch Leána protestierte: »Ich will aber nicht, dass Großvater Samukal ertrinkt.«

»Das wird er schon nicht.« Darian zog sie dicht an sich und wickelte sie mit in seinen Umhang, um sie vor dem kalten Wind zu schützen.

»Also gut, um wieder einmal meine guten Absichten zu zeigen, werde ich als Erster gehen«, verkündete Samukal theatralisch. Angestrengt beobachtete Darian, wie der Zauberer den bröckeligen Pfad betrat, gegen Sturm und schäumende Gischt kämpfte und sichtlich um sein Gleichgewicht rang. Gegen seinen Willen hielt Darian die Luft an, als Samukal mehrfach ausglitt und beinahe ins Meer stürzte. Schließlich war er aber auf festerem Grund angekommen und hob die Hand.

»Ich weiß nur nicht, wie wir Leána heil dort hinüberbringen sollen«, wandte sich Darian besorgt an Tena.

»Warte«, Tena kramte in ihrem Bündel herum und zog dann ein Seil hervor. »Wir binden sie fest und halten das Seil zwischen uns. Sollte sie stürzen, kann sie sicher einer von uns wieder aus dem Wasser ziehen.«

Darian gefiel die Aussicht, dass Leána im Meer landen könnte, natürlich überhaupt nicht, doch wenn sie jetzt nicht aufgeben und umkehren wollten, hatten sie keine andere Wahl. Er trat vor seine Tochter und ließ sich auf ein Knie nieder. »Leána, du gehst langsam und achtest sorgsam auf jeden deiner Schritte, hörst du?«

Leána presste die Lippen zusammen und nickte eifrig. Der Wind verwirbelte ihre dunklen Haare.

»Gut.« Darian wickelte ihr das Seil um die Hüfte und nahm dann das eine Ende selbst in die Hand. Das zweite gab er Tena.

»Wenn du nicht weiterkommst, ruckst du zweimal am Seil, Leána.«

Die Kleine nickte noch einmal und folgte ihrem Vater dann auf den gefährlichen Pfad. Darian musste sich sehr zusammennehmen, um nicht bei jedem Schritt zu seiner Tochter zurückzuschauen. Ihn fiel es selbst schwer, Halt auf dem bröckeligen, von Salzwasser zerfressenen Untergrund zu finden, und mehrfach glitten seine Füße aus. Schätzungsweise ein bis zwei Meilen lagen zwischen Darian und dem rettenden Ufer, und dieser Weg erschien ihm doppelt so anstrengend wie der erste Abschnitt ihrer Reise.

»Leána, wir haben's gleich geschafft, kannst du noch?«, schrie Darian gegen den Wind.

Das kleine Mädchen, das sich die Kapuze seines Umhangs weit ins Gesicht gezogen hatte, hob beruhigend eine Hand und tastete sich mit bewundernswerter Sicherheit voran.

Vielleicht ist es für sie mit ihren kleinen Füßen sogar einfacher, dachte Darian und suchte selbst Halt auf dem nächsten Stück des Weges.

»...rian!«, hörte er plötzlich einen Warnruf von hinten. Der Wind hatte Tena wohl die Hälfte des Wortes aus dem Mund gerissen.

Bevor Darian registrieren konnte, was los war, wurde er mit brachialer Gewalt von den Füßen gerissen. Er ruderte mit den Armen, eine Welle schleuderte ihn nach hinten, und schon landete er im Meer. Der Lärm der tosenden Brandung verebbte augenblicklich, als es ihn unter Wasser zog. Stechende Kälte raubte ihm den Atem und lähmte seine Muskeln. Dann wurde er wieder nach oben geworfen, schnappte nach Luft und sah sich hektisch um. Erleichtert erkannte er, dass Leána und Tena sich auf dem Felsvorsprung zusammengekauert hatten und somit in Sicherheit waren. Eine weitere Woge spülte über ihn hinweg, und er ließ das gespannte Seil los, damit er nicht versehentlich Leána mit ins Wasser riss. Mehrfach wurde er unter Wasser gedrückt, und wenngleich er sich nach Kräften bemühte, wieder zum Damm zu schwimmen, zog ihn das Wasser immer weiter hinaus aufs offene Meer. Eiseskälte breitete sich in seinen Gliedern aus, und seine Bewegungen wurden langsamer.

Ich ... sollte mein ... Schwert lösen, dachte er, denn das Gewicht seiner nassen Kleider und der Waffe zog ihn in die Tiefe, aber seine Gedanken wurden träger.

Noch einmal erhaschte er einen Blick auf Leána und Tena, dann schlug unter gewaltigem Getöse eine neue Welle über seinem Kopf zusammen.

Im Schutze der Berge des südlichen Zwergenreichs trafen Nordhalan, Aramia und ihr Vater in dieser Nacht endlich auf die Krieger der Dunkelelfen, die Zir'Avan aus dem Unterreich mitgebracht hatte. Aramias Vater zufolge handelte es sich ausschließlich um Còmhragâr-Krieger, die Elite der Dunkelelfen, welche in früheren Zeiten unter ihm selbst gedient hatten. Unterwegs hatte er zudem erzählt, dass einige von ihnen vom Blute der 'Avan und somit mit ihm und Aramia verwandt seien. Ein ausgesprochen sehniger, vermutlich schon recht betagter Dunkelelf berichtete, dass sie alle nun auch bei Licht zu kämpfen vermochten. Allerdings mieden sie die direkte Sonne und würden es bevorzugen, bei Nacht oder in der Dämmerung eingesetzt zu werden. Der Krieger beherrschte die Oberflächensprache überraschend gut, und als Aramia dies Zir'Avan gegenüber bemerkte, flüsterte er ihr zu, dies sei eines seiner Auswahlkriterien für seine Armee gewesen. Zunächst verhielt sich Aramia den dunklen Kriegern gegenüber reserviert, und was ihr Vater im Folgenden verkündete, verwunderte sie sehr.

»Dies ist meine Tochter Aramia, und es erfüllt mich mit großem Stolz, sie und ihre Gefährten im Kampf gegen die 'Ahbrac unterstützen zu können.« Seine grünen Augen wanderten über die etwa hundert Männer und Frauen, welche ihn abwartend und still musterten. »Wir werden nun in die Nähe des Menschenlagers reisen und in einem Höhlenkomplex auf den Beginn der Schlacht warten. Sobald diese beginnt, wird ein Teil von euch unter Aramias Befehl stehen.«

Ihr stockte der Atem, aber statt des erwarteten Protestes verneigten sich die Còmhragâr in stiller Akzeptanz und hielten sich ihre blanken Klingen an die Stirn.

»Was hat das zu bedeuten?«, raunte Aramia ihrem Vater zu.

»Sie haben dich als Anführerin anerkannt.«

Aramia konnte es kaum glauben, schließlich war sie ein Mischling, eine Nebelhexe. Nordhalan musterten sie mit ihren typisch kühlen Blicken, verhielten sich aber nicht feindselig, sondern schienen auch ihn zu respektieren. Selbstverständlich konnte sich Aramia nicht alle Namen merken, und viele der Krieger waren ihr auch nicht sonderlich sympathisch. Sie wirkten kalt, beherrscht, teilweise recht aggressiv. Mit Lin'Avan, einer entfernten Großcousine, hingegen verstand sich Aramia sogleich gut. Die junge Kriegerin hatte erst ihren hundertzwanzigsten Geburtstag gesehen, was für eine Dunkelelfe noch sehr jung war, dennoch hatte sie es in der Armee des Herrscherpaares bereits weit gebracht. Ihre Statur war selbst für eine Dunkelelfe sehr zart, und sie reichte Aramia gerade einmal bis knapp über die Schulter, dennoch versprühte Lin'Avan großen Kampfgeist, zeigte sich interessiert am Leben an der Oberfläche und war für eine Dunkelelfe ungewöhnlich fröhlich, ja beinahe schon unbeschwert. Mit geschmeidigen, festen Schritten eilte sie neben Aramia her und befragte sie zu ihrem Leben an der Oberfläche. »Wie haltet ihr diesen Lärm nur aus?«, erkundigte sie sich während einer Rast. Lautlos hatten sich die Krieger zwischen den Bäumen niedergelassen und verspeisten nun ihren Proviant.

»Lärm?«

Lin'Avan nickte, wobei ihre Augen rastlos die Umgebung absuchten. »Eure Oberflächentiere verursachen ständig Geräusche, der Wind verhindert, dass man Angreifer auf große Distanzen hört, und kein Schall verrät mir hier, wie weit entfernt sich ein möglicher Feind von mir befindet.«

Bei näherem Nachdenken musste Aramia einsehen, dass Lin'Avan aus ihrer Sicht vermutlich Recht hatte. Sie war im Unterreich aufgewachsen, ihre Wahrnehmung war gänzlich anders ausgeprägt, und wenn sie diese fremde Welt verunsicherte, war das erständlich – Aramia selbst war es unter der Erde nicht anders ergangen.

»Für uns, die an der Oberfläche leben, ist es einfacher, die unterschiedlichen Geräusche als bedrohlich oder harmlos einzuordnen. Am Tage sind noch deutlich mehr Tiere unterwegs, aber die meisten stellen keine Gefahr für uns dar; Bären oder Wölfe sind kein Vergleich zu euren Zarkanen.«

»Das Licht der brennenden Himmelskugel verursacht meinen Augen Schmerzen«, erzählte Lin'Avan mit hörbarem Unbehagen.

Aramia lächelte. »Die Sonne ermöglicht den Oberflächenvölkern das Überleben, versuche sie zu akzeptieren. Wenn du dich erst an sie gewöhnt hast, wirst du ihre Wärme zu schätzen wissen.«

Wenngleich die junge Frau nicht vollkommen überzeugt schien, lächelte sie vorsichtig und erkundigte sich dann voller jugendlicher Wissbegierde nach Aramias Kampfausbildung. Ganz besonders beeindruckten sie Aramias Reise in eine andere Welt sowie ihre Fähigkeit, Elementarwesen beschwören zu können. Zauberer oder Alchemisten waren im Unterreich selten und wurden mit großer Achtung behandelt. Während sie weiter nach Westen vordrangen, unterhielt sich Aramia überwiegend mit Lin'Avan, und bald bekam sie den Eindruck, dass dieser Ausflug an die Oberfläche für die junge Dunkelelfe ein einziges großes Abenteuer zu sein schien. Des Ernstes der Lage schien die junge Frau sich gar nicht wirklich bewusst. Während sie in dieser Nacht, tödlichen, dunklen Schatten gleich, durch den Wald in Richtung des Rannocsees schlichen, versuchte Aramia Lin'Avan noch einmal ins Gewissen zu reden. »Wenn wir erst gegen Dal'Ahbrac kämpfen, wird es sehr gefährlich werden. Zahlenmäßig sind sie uns weit überlegen, und wir besitzen derzeit noch keine wirklich verlässliche Waffe gegen seine Dämonen.«

»Dal'Ahbrac«, zischte die Kriegerin, dann spuckte sie auf den Boden. »Ich habe bereits zwei Zarkane und einen Mhortarra getötet. Sollte ich gegen einen 'Ahbrac versagen, war ich es in diesem Leben nicht wert, ein Mitglied der Còmhragâr zu sein.«

Hilflos hob Aramia die Arme – gegen die Denkweise der Dunkelelfen kam sie einfach nicht an.

Die Abenddämmerung war hereingebrochen, als sie den Pass erreichten, welcher zu ihrem Lager führte. In der Nähe gab es zwei größere Höhlen, in welchen die Dunkelelfen lagern konnten und bei Bedarf sogleich bereitstehen würden.

»Ich werde die Còmhragâr zu den Höhlen begleiten und anschließend ins Lager kommen«, verkündete Zir'Avan. Er hielt inne und rief einem seiner Krieger etwas in ihrer Sprache zu. Der drahtige Dunkelelf näherte sich mit einem annähernd mannshohen, mit Tüchern umwickelten Gegenstand in der Hand.

»Ein Geschenk deines Urgroßvaters«, erklärte Zir'Avan, wobei er ein klein wenig unsicher wirkte. »Er sagte, der Bogen stamme aus seiner Zeit an der Oberfläche – leider konnte er sich nicht erinnern, von wem er ihn bekam.«

Verdutzt nahm Aramia den schlichten Bogen aus dunklem Holz entgegen und betrachtete ihn eine Weile.

»Weiterhin«, fuhr Zir'Avan fort, »meinte er sich erinnern zu können, dass Dal'Ahbrac sich vor kurzer Zeit – wobei das bei Großvater keine präzise Zeitangabe darstellt –«, er räusperte sich verlegen, »bei ihm gewesen sei und sich sehr für eine Karte der Portale interessiert habe.«

»Das erklärt, weshalb Samukal von dem Portal im Norden wusste«, überlegte Aramia, spannte den Bogen und zog ihn auf. Er lag gut in der Hand, war leicht und elegant geformt.

»Du vermagst diese Waffe zu führen?«, erkundigte sich Zir'Avan erleichtert. »Ich dachte schon, ein solches Geschenk würde dein Ehrgefühl verletzen.«

»Nein, keinesfalls! Der Bogen ist wunderbar. Ich habe schon als Kind auf der Nebelinsel gelernt, damit umzugehen.« Aramia lächelte. »Sag Urgroßvater Ray'Avan herzlichen Dank, wenn du ihn siehst.« Ihr Vater verneigte sich und schien zufrieden, dass sie das Geschenk als angemessen empfand. Aramia umarmte ihren Vater kurz, verabschiedete sich mit einer Verbeugung von den Còmraghâr, welche zurückhaltend erwidert wurde, dann machte sie sich gemeinsam mit Nordhalan auf den Weg zum See.

»Du wirst die Dunkelelfen gut anführen«, sprach Nordhalan ihr Mut zu. Wie es aussah, hatte er ihre Gedanken gelesen.

Aramia lächelte zögernd, denn ihr war durchaus ein klein wenig unwohl zumute. Würde sie den Erwartungen ihres Vaters entsprechen und eine gute Anführerin sein? »Was hältst du von den Dunkelelfen, Nordhalan?«

Der alte Zauberer fuhr sich über seinen langen Bart. »Ein stolzes, unbeugsames Volk mit ganz eigenen Ansichten. Ich muss gestehen, selbst ich als Zauberer würde mich vor ihnen fürchten, wüsste ich nicht, dass sie auf Zir'Avans Wunsch hier sind.«

»So ähnlich geht es mir auch.« Gedankenverloren fuhr Aramias Hand über das glatte Holz des Bogens.

Zurück im Lager am Rannocsee, bemerkte Aramia erleichtert, dass die Ausbildung der Bauern und einfachen Leute gut vorankam. Atorian war – wie so häufig – unter ihnen, machte ihnen Mut und überzeugte sie mit seiner bestimmten Art und seinem wiedergewonnenen Optimismus von seiner Sache. Kaya trug ihr Übriges dazu bei. Voller Leidenschaft erzählte die junge Frau von ihrer Zeit mit den Dunkelelfen und was sie von ihnen gelernt hatte. Schwertschwingend lief sie vor den Männern auf und ab und führte ihr Können nur zu gern vor.

Markat jammerte die ganze Zeit über, sie hätten viel zu wenig Nahrungsmittel für die vielen hungrigen Mäuler, und so zogen kleine Gruppen aus, um zu jagen oder in den umliegenden Dörfern um Getreide und Gemüse zu bitten. Abgaben an die Götter wurden kaum mehr gemacht, und so konnten sie die Tempel nicht mehr plündern. Zumindest versorgten sich die Dunkelelfen selbst. Sie kamen kaum einmal hinab ins Menschenlager und jagten selbst in den Bergen.

An diesem Abend, ein leichter Dunstschleier lag über dem Rannocsee, stand Aramia am Ufer und blickte nach Süden. Ihre Freundin Lilith trat lautlos neben sie.

»Mach dir nicht zu viele Sorgen, sicher sind sie bald zurück.«

»Veliah war schon lange nicht mehr bei uns«, meinte Aramia bedrückt.

»Es fällt Veliah zunehmend schwer, sich in unserer Welt zu manifestieren, das weißt du doch«, versuchte Lilith sie zu beruhigen. »Sie werden die Drachen finden.« Die Stimme der kleinen Heilerin war fest, als sie zu Aramia aufblickte. »Wir müssen an sie glauben, dann wird es gelingen.«

Aramia schüttelte den Kopf. »Ich sehe in Darian noch immer den unerfahrenen Jungen aus der anderen Welt«, gestand sie ein.

»Das ist er schon lange nicht mehr«, entgegnete Lilith.

»Ich weiß.« Aramia schmunzelte, nahm einen Stein und warf ihn ins Wasser. »Darian hat viel durchgemacht und sich sehr verändert. Mit all seiner Leidenschaft tritt er für die gute Sache ein. Dennoch, es fiel mir schwer, ihn allein ziehen zu lassen, auch wenn ich weiß, dass es wichtig für ihn ist.«

»Du hast richtig gehandelt, Aramia. Du kannst nicht ein Leben lang über ihn und eure Tochter wachen.«

Aramia wusste, dass ihre Freundin Recht hatte, doch die Angst um Darian und Leána nagte schwer an ihr.

Kapitel 25

Berechtigte Zweifel

»Mach die Augen auf!«

Irgendjemand schlug Darian mehrfach ins Gesicht, schrie ihn an und zerrte an ihm.

»Darian, denk an Leána und beweg dich endlich.«

Samukal? Mühsam hob Darian seine unendlich schweren Lider, hustete Salzwasser aus und stellte dann fest, dass er sich noch immer im eiskalten Ozean befand. Samukal hatte ihn jetzt unter den Armen gegriffen und zog ihn auf den rettenden Damm zu. Das Gesicht des Zauberers war vor Anstrengung verzerrt. Oben auf den Steinen stand Tena, schrie irgendetwas gegen den Wind und zog an dem Seil, welches jetzt auf wundersame Weise um seinen Oberkörper gewickelt war.

»Los, Darian, versuch hochzuklettern.« Samukal hielt sich an einem hervorstehenden Riff fest, und Darian bemühte sich mit aller Kraft, an den Felsen Halt zu finden. Allerdings waren seine Hände so kalt und verkrampft, dass es ihm kaum gelang. Samukal schob ihn noch ein Stück von unten hoch, Tena zerrte nach Leibeskräften an dem Seil. Eine Welle warf Darian schmerzhaft gegen die Felsen, und er riss sich die Hände auf, als er versuchte, sich festzuhalten, aber irgendwann lag er dann doch keuchend und bebend auf dem Algenteppich des Dammes, und Tena löste das Seil.

»Darian, steh auf«, verlangte sie, bevor sie das Seil wieder in die Tiefe warf. Zu gern hätte Darian getan, was sie verlangte, aber er zitterte so heftig, dass es ihm nicht gelang. Er kauerte auf dem Boden, würgte wieder und wieder salziges Wasser hervor, und jedes Mal verschwamm alles vor seinen Augen. Ihm war, als würde er jeden Moment zu Eis erstarren. Tena redete ständig auf ihn ein, klopfte ihm auf den Rücken und bemühte sich, ihm aufzuhelfen.

Schließlich fasste ihn Samukal, nur in ein langes Hemd gekleidet und tropfend nass, gemeinsam mit Tena unter den Armen. Die beiden zwangen ihn, einen Fuß vor den anderen zu setzen.

»Beweg dich, Darian, du musst deine Muskeln wieder bewegen«, redete Samukal eindringlich auf ihn ein. Nach einer – wie es Darian schien – halben Ewigkeit hatten sie endlich das Ende des Dammes erreicht. Eine grüne, von unzähligen Felsen durchsetzte Ebene lag vor ihnen, und Leána kam auf sie zugerannt. Ihre blauen Augen waren weit aufgerissen, und sie umarmte ihn.

»Vater!«

Darian wollte ihr etwas Beruhigendes sagen, aber seine Zähne schlugen derart heftig aufeinander, dass er einfach keinen Ton herausbrachte.

Tena und Samukal führten ihn hinter einen Felsen, und Samukal half ihm dabei, seine nassen Sachen auszuziehen. Dann rieb er ihn mit seinem eigenen Umhang, so gut es ging, trocken, während Tena ein Feuer entzündete.

»Zieh meine Ersatzkleidung an«, verlangte Samukal, während er ihn sichtlich besorgt betrachtete.

»Nicht … nötig«, krächzte Darian und griff nach seinem Bündel, das allerdings ebenfalls klatschnass war.

Samukal stieß einen leisen Fluch aus, dann fasste er Darian an den Schultern. »Jetzt ist nicht die Zeit, stolz zu sein. Wenn du krank wirst oder gar an Unterkühlung stirbst, bist du deiner Tochter auch nicht von Nutzen.«

Widerstrebend nahm Darian Samukals Hemd und die dicke Wollhose. Er benötigte mehrere Anläufe, bis er alles mit zitternden Händen angezogen hatte, und obwohl ihm noch immer eisig kalt war, spürte er endlich wieder etwas Leben in sich. Leána kam mit Tenas Decke und legte sie ihm um, dann drückte sie sich dicht an ihn, und Darian schloss sie in die Arme.

Nach einer Weile hatte Tena Tee gekocht, und Darian nahm den Tonbecher voller Dankbarkeit in seine Hände.

Leána war inzwischen auf Darians Schoß eingeschlafen. Sie fühlte sich wunderbar warm und lebendig an, und er war unendlich froh, dass alles so glimpflich abgegangen war.

»Ich danke euch, vor allem, dass ihr Leána in Sicherheit gebracht habt«, sagte er und sah dann Samukal nachdenklich an.

Der Zauberer räusperte sich, fuhr sich verlegen durch die Haare und nickte, bevor er aufstand. »Ich werde sehen, ob es hier nicht etwas zu jagen gibt.«

»Der gute Samukal hat sich ordentlich ins Zeug gelegt«, berichtete Tena, als der Zauberer außer Hörweite war. Jetzt hatte sie wieder Menschengestalt und bürstete ihre blutroten Haare. »Er hat sich Leána geschnappt und sie auf die Klippe gebracht, dann hat er sich die Kleider vom Leib gerissen und ist ins Wasser gesprungen.«

»Hmm.« Darian nippte von dem Tee, der herrlich warm seine Kehle hinabrann. Er musste zugeben, dass er beeindruckt, aber auch verwirrt war. Samukal hätte ihn ohne weiteres ertrinken lassen können. Vermutlich hätte ihm nicht einmal Tena einen Vorwurf gemacht, denn bei Darians Rettung hatte er sein eigenes Leben riskieren müssen.

»Sicher wandte er einen Zauber an, um sich vor der schlimmsten Kälte zu schützen«, räumte Tena ein, »aber trotzdem …« Sie wirkte grüblerisch.

Es dauerte eine Weile, bis Samukal zurückkam. Er brachte ein totes Moorhuhn mit und schickte sich an, dieses auszunehmen. Im Halbschlaf bekam Darian mit, wie Samukal zu Tena sagte, sie solle eine Brühe zubereiten. Die beiden stritten kurz miteinander, und Darian war schon halb eingeschlafen, als er eine Hand auf seiner Schulter spürte.

»Wie geht es dir, Darian?«, erkundigte sich Samukal.

»Gut«, murmelte er und zog sich die klamme Decke bis ans Kinn.

»Komm, du solltest noch ein Stück gehen. Später bereite ich dir einen Kräutersud zu, dann können wir vielleicht das Schlimmste verhindern.«

»Lass mich«, brummte Darian unwillig und schlug Samukals Hand weg, die ihm die Decke fortnehmen wollte.

»Nein, du stehst jetzt auf.« Energisch zog der Zauberer ihn in die Höhe, und Darian wurde wütend. Wenngleich sich seine Beine wie Gummi anfühlten, ließ er die schlafende Leána vorsichtig auf den Boden sinken und stolperte auf Samukal zu. »Ich sagte, lass mich in Ruhe.«

»Na los, komm, schlag mich – aber dazu musst du dich bewegen«, provozierte ihn sein Ziehvater und wich dabei Schritt für Schritt zurück. Natürlich wusste Darian, dass Samukal ihn nur reizen wollte, aber er folgte ihm dennoch, und schließlich gelang es ihm, einen Fuß vor den anderen zu setzen. Schmerzhaft begann sich das Blut seinen Weg durch seinen Körper zu bahnen, und er ließ es sogar zu, dass Samukal ihn am Arm fasste und ihm dabei half, einige Schritte zu gehen.

»Gut so, wir laufen noch bis zu diesem Felsen«, Samukal deutete auf einen spitz gezackten Vorsprung, »dann kannst du etwas essen. Ich werde versuchen, einige Steine so zu verzaubern, dass sie Wärme abstrahlen«, versprach er noch.

»Warum bist du ins Meer gesprungen?«, wollte Darian plötzlich wissen und blieb stehen.

Der Zauberer schob ihn vorwärts, dann hob er die Schultern: »Wenn ich es dir sage, glaubst du mir ohnehin nicht.«

Langsam ging Darian weiter, dann sah er Samukal ernst an. »Ich danke dir.«

Der bärtige Mann nickte nur stumm, führte Darian zurück zum Lagerplatz und gab ihm von der Hühnerbrühe zu trinken.

Am Morgen waren Darians Sachen getrocknet, und er vermutete, dass Tena oder Samukal mit Magie nachgeholfen hatten. Die Kälte steckte ihm noch immer in den Knochen, aber hoffentlich würde er dank der kräftigen Brühe und Tenas Kräutertee von einer Erkältung verschont bleiben.

Auf der Suche nach dem Drachenportal wanderten sie an der Küste entlang. Alles war von Felsbrocken bedeckt, es gab kaum Bäume, dafür aber viele dornige Büsche. Weiter im Landesinneren konnte man tiefe Krater ausmachen, die das Land zerklüfteten. Erfreulicherweise schien heute die Sonne von einem wolkenlosen Himmel, und auch wenn der Wind an der Küste kräftig wehte, war es doch verhältnismäßig warm. Leána rannte fröhlich springend wie ein junges Fohlen voran und war sich der Bedeutung, die sie für Albany darstellte, vermutlich gar nicht wirklich bewusst.

»Autsch!« Das hölzerne Trainingsschwert hatte Aramia an der Schulter getroffen. Blitzartig fuhr sie herum, hieb rasend schnell auf Atorian ein und hielt ihm, als sie seine Deckung durchbrochen hatte, mit vor Zorn funkelnden Augen das Schwert an die Kehle.

»Atorian trifft keine Schuld, wenn du unkonzentriert bist«, rügte Zir'Avan, der das Schwertkampftraining am Rannocsee überwachte.

Seufzend ließ Aramia ihre Waffe sinken. »Entschuldige, Atorian.«

Dieser streckte stöhnend seinen Rücken, rieb sich dann die Kehle und lächelte anschließend Aramia aufmunternd zu. »Sicher geht es Darian und Leána gut.«

Die schwarzhaarige Frau strich sich eine lange Haarsträhne aus dem Gesicht, die sich aus ihrem Zopf gelöst hatte. »Sie sind schon so lange unterwegs, und wir haben noch immer keine Nachricht von ihnen.«

»Du weißt, dass sie das Portal erst suchen müssen, Aramia.« Atorian legte ihr eine Hand auf die Schultern.

»Ja, das weiß ich.« Ungeduldig bohrte Aramia mit ihren braunen Lederstiefeln im Sand des Seeufers herum. Ihr war klar, dass Atorian sie beruhigen wollte, dabei erkannte sie auch in seinen dunklen Augen die Sorge um seinen Bruder.

»Atorian, wünscht Ihr, weiter an Euren Kampfkünsten zu arbeiten, oder schmerzt Euer Rücken?«, wollte Zir'Avan wissen.

»Er schmerzt«, Atorian schnitt eine Grimasse, »aber ich sollte trotz allem das Schwert schwingen.«

»Eine lobenswerte Einstellung.« Zir'Avan hob seine dunkelgrauen Augenbrauen und musterte seine Tochter prüfend. »Du wirst dich jetzt konzentrieren und dich nicht von deinem Zorn übermannen lassen.«

»Ja, ja.« Aramia war gereizt, aber sie riss sich zusammen und übte mit Atorian Angriff und Verteidigung. Seit einem halben Mond ritt Darians Bruder wieder regelmäßig, widmete sich konsequent seinem Schwertkampftraining und brachte sich durch Laufen in Form. Lilith war sehr zufrieden mit seinen Fortschritten, und bald würde er seine alte Form zurückgewonnen haben. Aramias Blick wanderte zu den anderen Männern, die am Seeufer ihre Trainingsschwerter schwangen. Wenngleich Zir'Avan keine Wunder bewirken konnte, so wurden sie doch nach und nach gute Schwertkämpfer – zumindest für menschliche Verhältnisse. Aus dem Norden des Landes hörte man nichts Gutes. Dämonen wüteten weiterhin in den Dörfern, viele Menschen waren von den 'Ahbrac versklavt worden. Atorian wurde zusehends rastlos, und Aramia wusste, dass er nichts lieber getan hätte, als loszureiten und seine Burg zurückzuerobern. Aber auch ihm war klar, dass sie trotz Zir'Avans Dunkelelfen nur wenig Chancen auf einen Sieg hatten.

Leána, mein Schatz, ich hoffe, du findest das Portal, dachte sie, dann widmete sie sich mit vollem Einsatz ihrem Training, denn Zir'Avan hatte bereits wieder eine Augenbraue kritisch in die Höhe gezogen.

Am Abend herrschte gute Stimmung im Lager. Edur war es

gelungen, ein Wildschwein zu erlegen, und dieses brutzelte nun über dem offenen Feuer. Die Frauen buken frisches Haferbrot, und ein verlockender Duft lag in der Luft.

Mitten in diese ungewohnt entspannte Atmosphäre platzten zwei Männer, die den Zugang zum Tal bewacht hatten. Sie führten eine Gruppe zerlumpter, teilweise verletzter Männer mit sich, welche der Kleidung nach zu urteilen Soldaten aus Northcliff waren. Die Schwerverletzten wurden sogleich zu Lilith gebracht, aber ein drahtiger hochgewachsener Mann namens Wendor wollte sich nicht behandeln lassen, sondern fragte nach König Darian.

»König Darian befindet sich im Augenblick nicht im Lager«, erklärte Nordhalan. Aramia stand halb verdeckt hinter einem Baum und lauschte den Männern. »Wenn Ihr möchtet, könnt Ihr seinen Bruder sprechen.«

Der Soldat zuckte sichtlich überrascht zusammen, dann fuhr er sich durch die kurzgeschnittenen Haare. »Dann ist er in der Tat am Leben! Nun gut, König Darian wäre mir lieber, aber Prinz Atorian ist mir auch recht.« Seufzend ließ sich Wendor auf einem Stein nieder und schloss die Augen.

Aramia warf Nordhalan einen fragenden Blick zu, und auch dieser hob die Schultern. Genau wie sie fragte er sich wohl, weshalb die Soldaten nach Darian verlangten, normalerweise waren alle ganz euphorisch, Atorian von Northcliff – den Helden ihrer Vorväter – zu treffen.

Sie lief los, um nach Atorian zu suchen, und fand ihn, wie er gemeinsam mit Kaya die Pferde sattelte. Sie lachten miteinander, und Aramia durchfuhr ein warmes Gefühl, als sie die beiden so vertraut miteinander sah. Trotz der anfänglichen Differenzen mochte sie Atorian und gönnte es ihm, seine große Liebe gefunden zu haben.

»Jemand möchte dich sprechen, es ist ein Soldat aus Northcliff.«

Atorian nickte zustimmend, gab Kaya einen Kuss, dann folgte

er Aramia mit langen Schritten zur Feuerstelle, wo der Soldat sich gerade eine Schüssel voll Suppe schmecken ließ. Der Mann sprang auf, salutierte und musterte Atorian mit kaum zu verhehlender Neugierde. Er verbeugte sich, dann setzte er zu einer Erklärung an: »Mein Prinz, darf ich bemerken, dass Ihr Eurem Vater verblüffend ähnelt? Ich bedaure es sehr, unter Lord Samukal …«

»Lass das Gewäsch«, unterbrach ihn Atorian harsch. »Was willst du?«

Stockend und von zahlreichen weiteren Entschuldigungen unterbrochen, versuchte Wendor Atorian zu erklären, weshalb er sich ihm nicht schon früher angeschlossen hatte, doch je mehr Wendor sich in Ausreden verstrickte, umso wütender wurde Atorian. »Wenn du nicht auf der Stelle sagst, weshalb du hergekommen bist, werde ich dich im Rannocsee ersäufen«, drohte er.

Wendors ohnehin schon ausgemergeltes und bleiches Gesicht wurde noch blasser. »Mein Prinz, es tut mir leid, aber meinen Männern und mir gelang erst vor wenigen Tagen die Flucht aus Northcliff. Dal'Ahbrac und seine Schergen lassen sämtliche Straßen bewachen und richten die hin, die zu fliehen versuchen.«

»Dann hast du sie hoffentlich nicht zu uns geführt.« Atorian blickte zu den Wachen, aber die schüttelten einstimmig die Köpfe und versicherten, Wendor und seine Männer seien über mehrere Stützpunkte im Land hierhergeführt worden, und man habe auf Verfolger geachtet.

Atorian forderte den Mann auf weiterzuerzählen – und was Wendor berichtete, schockierte nicht nur Aramia, auch Atorian schüttelte fassungslos den Kopf.

»Mehr und mehr Dunkelelfen sammeln sich auf der Burg. Die dunklen Krieger stellen außerdem eine menschliche Armee zusammen. Sie halten Frauen und Kinder gefangen und zwingen so die Männer, für sie zu kämpfen, denn zu viele sind bereits geflohen.« Wendors Stimme nahm einen sehr furchtsamen Klang an. »Das Schlimmste sind jedoch die kalten Wesen. Sie fallen über die her, die nicht gehorchen. Sie sehen aus wie Geister, ihre Augen haben keine Pupillen … und …«

»Dämonen.« Atorian fuhr sich über den gestutzten Bart.

»Wir bräuchten König Darian«, fuhr Wendor mit zitternder Stimme fort. »Wie uns zu Ohren gekommen ist, hat er schon einmal einen Dämon besiegt, er könnte es auch mit weiteren aufnehmen. Dal'Ahbrac und seine finstere Brut werden noch mehr Dörfer im Westen versklaven und …«

»Ja, das werden sie sicher«, unterbrach ihn Atorian. »Sag, warum verstärken sie ihre eigenen Reihen mit Menschen? Gegen wen will Dal'Ahbrac seine Armee ausschicken?«

»Der Anführer der Dunkelelfen verkündete, dass er es auf das Elfenreich abgesehen hat, und anschließend wird er sicher auch nicht vor den Stollen der Zwerge Halt machen.« Wendors Blick schweifte zu seinen Gefährten. »Wir konnten nur mit Mühe fliehen, und nicht alle von uns haben überlebt.«

»Er will ins Elfenreich einfallen«, wiederholte Atorian mit hörbarer Besorgnis in der Stimme. »Über wie viele Krieger verfügt Dal'Ahbrac?«

Unschlüssig hob Wendor die Schultern. »Ich bin mir nicht sicher, sie ähneln sich alle so sehr. Doch wir vermuten, dass sich in der Burg und rund um Culmara mindestens sieben- bis achthundert Dunkelelfenkrieger befinden.«

»Verflucht!« Aramia konnte Atorians Ausruf gut nachvollziehen, denn sie selbst brachten es auf höchstens fünfhundert Verbündete, und selbst wenn die hundert Còmraghâr-Krieger ihres Vaters viele Männer aufwiegen würden, so waren insgesamt doch die 'Ahbrac gewaltig in der Überzahl – von den Dämonen ganz zu schweigen.

Trotz allem wurde Aramia von einem gewissen Stolz erfüllt. Die Menschen begannen Darian wieder zu vertrauen, setzten ihre Hoffnungen in ihn, und das war auch gut so. Sie trat nun vor und legte dem Mann eine Hand auf die Schulter. »König Darian ist unterwegs, und zwar auf der Suche nach einer Waffe, die uns im Kampf gegen die Dämonen hilft.«

Die Augen des Soldaten weiteten sich. »Wirklich? Das sind fantastische Neuigkeiten.«

Atorian räusperte sich lautstark, dann forderte er Wendor auf, weiterzuessen.

»Schickt Dunkelelfen aus, für den Fall, dass die Neuankömmlinge doch verfolgt wurden.« Atorian hielt einen vorüberlaufenden Krieger auf, und sofort machte dieser sich auf den Weg.

»Dunkelelfen?«, keuchte Wendor hingegen, und seine Augen drohten aus den Höhlen zu quellen. »Ich dachte, Ihr bekämpft sie.«

»So einfach ist das nicht.« Atorian nahm den verdatterten Soldaten am Arm und führte ihn hinter die Hütten und behelfsmäßigen Unterkünfte aus Weidenruten und Ästen, wo er ihm zeigte, wie Menschen und Dunkelelfen miteinander trainierten. Aramia sah den beiden aus der Ferne zu. Sie konnte sich vorstellen, wie verwirrend dies alles für den jungen Soldaten sein musste. Sie war noch in Gedanken, als Atorian zurückkam und sie auffordernd ansah. »Komm mit, wir müssen etwas unternehmen.«

In Windeseile trommelten Atorian und Aramia ihre wichtigsten Vertrauten zusammen, und Atorian stellte sich vor seine Männer.

»Die Zeit ist gekommen.« Seine Augen strahlten große Entschlossenheit aus, und er suchte den Blick jedes Einzelnen. »Wie ich heute erfuhr, wird unser Volk in Northcliff unterdrückt und geknechtet, und eine wachsende Anzahl ’Ahbrac-Krieger besetzt unser Land. Außerdem hat Dal’Ahbrac gedroht, ins Elfenreich einzufallen. Es ist an der Zeit zu handeln! Wir werden auf jeden Fall schon jetzt in den Norden aufbrechen und dort oben alles im Auge behalten.« Kaya wurde sichtlich blass, während viele Männer zustimmend nickten. Offenbar waren auch sie das Warten leid.

»Wir sollten uns bis zu Darians Rückkehr gedulden«, wandte Nordhalan ein, doch Atorian schüttelte den Kopf. »Niemand weiß, wann er kommt, geschweige denn, ob er die Drachen überhaupt zurückholen kann. Ich kann nicht noch weitere Menschen sterben lassen. Sollten sie wirklich im Elfenreich einfallen wollen, müssen wir sie aufhalten.«

Aufgeregtes Gemurmel brach aus, und Edur schalt sein Volk Narren, weil sie sich in ihren östlichen Bergen verschanzten.

»Meine Krieger werden Euch zur Seite stehen«, versicherte Zir'Avan, und Atorian nickte ihm dankbar zu. Markat murmelte, sie müssten Nassàr Bescheid geben. Nordhalan wandte mit sorgenvoll gerunzelter Stirn ein, Envid und Rusira seien noch nicht so weit ausgebildet, dass sie mit dem Beschwören von Wasser- oder Feuergeistern wirklich gegen einen Dämon bestehen konnten.

»Ihr braucht die Trolle«, rief Aramia in den Raum

»Aramia, das haben wir doch schon besprochen«, wehrte Atorian ab.

Auch Zir'Avan rümpfte die Nase. »Kein Còmhragâr-Krieger würde gemeinsam mit einem Troll kämpfen.«

Ruckartig wandte sich Aramia ihrem Vater zu. »Ihr könnt nicht gegen einen weitaus stärkeren Gegner kämpfen und gleichzeitig die Grenze zum Elfenreich verteidigen.«

»Wir werden kämpfen bis zum Tod. Marvachân wird uns den Sieg schenken oder einen ehrenvollen Tod gewähren.«

»Verflucht noch mal, Vater«, brach es aus Aramia heraus, »es sind nicht nur Dunkelelfen an deiner Seite, die ihre Erfüllung darin sehen, im Kampf zu sterben. Ein ehrenvoller Tod hilft Albany wenig.« Sie deutete aus dem Fenster, wo ein ehemaliger Schmied sich zu seinem kleinen Sohn hinabbeugte. »Es sind mutige Männer und Frauen, sie kamen zu uns, weil sie endlich erkannt haben, auf welche Seite sie sich stellen sollen. Aber sie wollen nicht sinnlos sterben, sie wollen leben. Um ihrer selbst willen und ihrer Kinder wegen.« Ihre Augen bohrten sich in die von Atorian. »Auch *ich* will leben und wünsche mir noch viele wundervolle Sommer und Winter mit Darian und Leána. Ihr habt mich als Nebelhexe akzeptiert, sogar meinen Vater, einen Dunkelelfen, und nun wollt ihr auf die Hilfe von starken und furchtlosen Wesen, wie es die Trolle sind, verzichten, nur weil ihr Vorurteile habt?«

»Gut gesprochen«, brummte der alte Markat, und Nordhalan nickte mit nachdenklicher Miene.

Atorian hingegen fuhr sich durch die Haare, und Zir'Avan machte ein sehr unwilliges Gesicht. »Sicher hast du Recht, Aramia«, gab Atorian widerstrebend zu, »aber Trolle sind einfach unberechenbar.«

»Murk ist ihr König, und sie gehorchen ihm.«

»Und was ist, wenn Murk während der Schlacht getötet wird? Es könnte doch gut sein, dass es den Trollen dann wieder einfällt, dass Menschenfleisch durchaus nicht zu verachten ist.« Zustimmendes Gemurmel wurde laut, und Aramia musste zugeben, dass Atorians Überlegungen nicht ganz aus der Luft gegriffen waren.

»Ich werde mit Murk sprechen. Er soll Vorkehrungen treffen und einen starken Troll auswählen, der einen möglichen Kampf um den Thron gewinnt und der seine Art zu regieren fortführen wird.«

Ganz offensichtlich überzeugten Atorian ihre Worte nicht vollständig, aber schließlich gab er nach und wies Markat an, einen Boten zu schicken, der Nachricht zu Murk sandte.

»Ich werde nicht an der Seite eines Trolls kämpfen, und genauso wenig werden es meine Krieger tun«, beharrte Zir'Avan hingegen, und sein Gesicht strahlte Arroganz und Unversöhnlichkeit aus.

»Vater, du musst deinen Stolz überwinden«, redete Aramia auf ihn ein, aber er wollte nicht mit sich sprechen lassen.

»Du möchtest mich einen Teil der Dunkelelfen anführen lassen, und ich bin auch nur eine Nebelhexe.« Nur mit großer Mühe gelang es Aramia, ruhig zu bleiben.

»Du bist vom Blute der 'Avan, das ist ein Unterschied«, presste Zir'Avan hervor.

»Und wenn ich jetzt ein halber Troll wäre?« Herausfordernd stemmte sie ihre Hände in die Hüften. Während Edur hinter ihr verhalten kicherte, holte ihr Vater lautstark Luft.

»Willst du mich und unsere Ahnen entehren? In meinem ganzen Leben würde ich nicht bei einem – *Troll* – liegen!«

Zir'Avans Augen funkelten so zornig, dass die neben ihm Stehenden unwillkürlich zurückwichen, aber Aramia ließ sich nicht beeindrucken, sondern trat sogar noch einen Schritt auf ihn zu.

»Dann verschwinde doch mit deinen eingebildeten, arroganten Dunkelelfen. Murk ist ein wahrer Freund, und er vertraut mir. Er ist dir niemals feindselig gegenübergetreten, denn du bist einer von uns.«

Wortlos ergriff Zir'Avan seine Waffe und stürmte aus dem Raum.

»Aramia, das war nicht sehr klug«, bemerkte Atorian, wobei er dem Dunkelelfen besorgt hinterhersah. »Ohne die Dunkelelfen können wir unsere Aussicht auf einen Sieg begraben.«

»Und wenn schon«, Aramia schnaubte wütend, »ich will mit niemandem kämpfen, der meine Freunde aufgrund ihrer Herkunft verachtet.« Sie sah Atorian herausfordernd an. »Vermutlich verachtet er auch uns Menschen insgeheim.«

Atorian schüttelte den Kopf. »Dein Vater will nicht an der Seite von Trollen kämpfen, du nicht an der Seite von Dunkelelfen, die deine Freunde verachten. Ihr beide seid euch sehr ähnlich.« Aramia schnaubte missbilligend, aber Atorian hob die Hand, ehe sie etwas erwidern konnte. »Aramia, wir brauchen Zir'Avan. Ich werde versuchen, mit ihm zu sprechen.« Er eilte hinaus, während Kaya zu Aramia trat und sie vorsichtig angrinste.

»Ich weiß, als zukünftige Königin sollte ich das nicht sagen, aber ich hätte genau wie du gehandelt.«

Aramias Mundwinkel hoben sich zögernd, dann setzte sie sich auf einen Stuhl und überlegte, ob sie mal wieder zu unbedacht gesprochen hatte.

Darian konnte die Tage schon fast nicht mehr zählen, an denen er mit Leána, Tena und Samukal an der steinigen Küste Anmhoráns auf und ab gewandert war. Sie hatten weder ›Die Faust des Westens‹ – worum es sich dabei auch immer handeln mochte – noch ein magisches Portal finden können, obwohl sie weiter ins Landesinnere vorgedrungen waren, als sie eigentlich beabsichtigt hatten. Die Insel der Riesen zeigte sich Albany gar nicht unähnlich, nur gab es hier weniger Wald, und insgesamt erschienen die Landstriche, welche nicht durch Krater zerklüftet waren, direkt lieblich mit sanften grünen Auen und kleinen Seen. Langsam, aber sicher machte sich Frustration unter den Gefährten breit, und Darian musste sich sehr zusammenreißen, um nicht ständig mit Samukal in Streit zu geraten.

»Na, Samukal, überlegst du, ob du neue Dämonen beschwören kannst, wenn es uns erst gelungen ist, das Drachenportal zu finden?«, reizte Tena den Zauberer.

Auch Darian hatte beobachtet, wie er geistesabwesend und mit grimmiger Miene an seiner Opalkette herumspielte.

Im Schutze eines kleinen Kraters hatten sie sich für die Nacht niedergelassen, und Tena war gerade dabei, ein Feuer zu entzünden.

»Ich bin dir keine Rechenschaft schuldig – Sumpfnyade«, schnappte Samukal. Offenbar hatte er es ihr noch immer nicht verziehen, ihn so lange Zeit zum Narren gehalten zu haben. Darian fragte sich wieder, was Samukal wirklich bezweckte. Meist wirkte er reumütig, darauf bedacht, gerade ihn und Leána von seinem guten Willen zu überzeugen. Dann saß er – so wie heute – abseits von ihnen, und Darian wurde einfach das böse

Gefühl nicht los, dass er vielleicht doch noch immer seine eigenen Ziele verfolgte.

»Ich habe nachgedacht. Wir müssen den Tatsachen ins Auge sehen.« Samukal setzte sich neben Darian. »Entweder das Portal wurde zerstört, oder die Magie in Albany ist inzwischen so geschwächt, dass Leána es nicht mehr finden kann.«

»Und wer hat daran …« Darian unterbrach sich selbst und fuhr sich gereizt durch die vom ewigen Wind zerzausten Haare. »Sollen wir etwa aufgeben?«

Der Blick des Zauberers wanderte über das raue Land. »Hier an der Küste ist das Land weniger zerstört, als ich dachte. Wir könnten eine ganze Reihe von Menschen hierher evakuieren. Durch das Meer sind wir vermutlich vor den Dämonen geschützt.«

Darian sprang empört auf. »Du willst Albany dieser … dieser Brut überlassen?« Er packte seinen Ziehvater am Kragen und zog ihn in die Höhe. »Verflucht, Samukal, welches Spiel spielst du? Bist du am Ende doch mit ihnen im Bunde?«

»Darian – Leána kommt.« Tena deutete auf Leána, die, einen Beutel in der Hand, den Abhang hinauf zu ihnen geklettert kam. »Ich habe Beeren gefunden!«, rief die Kleine begeistert.

Darian ließ Samukal los und beugte sich lächelnd zu Leána hinab, die ihm ein paar kleine runde blassgelbe Beeren hinhielt. »Kann man die essen?«, fragte er skeptisch.

Leána nickte nachdrücklich, und auch Tena meinte: »Mir sind diese Beeren vertraut, sie sind gut bei Erkältungen.«

Also kostete auch Darian von den säuerlich schmeckenden kleinen Kugeln, wobei sein Blick erneut über das einsame Land schweifte. Insgeheim hatte er fest damit gerechnet, dass Leána das Drachenportal schnell fand. Ohne die Magie der Drachen standen ihre Chancen tatsächlich mehr als schlecht.

»Ich stecke nicht mit ihnen unter einer Decke«, versicherte der Zauberer nachdrücklich. »Ich will nur realistisch sein und retten, was zu retten ist. Es würde viel Arbeit bedeuten, hier

Siedlungen anzulegen und diesen steinigen Boden zu bearbeiten, aber so könnten wir vielleicht einige Menschen vor dem Tod bewahren.«

Während Darian in die Flammen blickte, dachte er über Samukals Worte nach. Sosehr es ihm widerstrebte, ganz konnte er nicht von der Hand weisen, dass sie sich etwas überlegen mussten.

»Tena«, rief Darian die Nebelhexe zu sich und flüsterte ihr dann etwas ins Ohr. Zunächst sah der Sumpfnyadenmischling erschrocken aus, dann nickte sie vorsichtig und nahm Leána an der Hand.

»Komm mit, wir suchen noch einige Kräuter.« Die beiden entfernten sich, und Samukal sah ihnen fragend hinterher.

»Ruf deine Dämonen her«, befahl Darian knapp.

Erschrocken zuckte der Zauberer zurück. »Weshalb soll ich sie rufen? Es kostet mich viel Kraft, und ich weiß nicht …«

»Beschwör zumindest einen von ihnen.«

»Darian, ich glaube nicht, dass sie meinem Befehl über das Meer hinweg folgen können. Du weißt doch, die Wassergeister.«

»Eben«, Darian lehnte sich an einen rauen Felsbrocken und verschränkte die Hände vor der Brust, »ich möchte herausfinden, ob deine Dämonen hierherkommen können, denn wenn das nicht der Fall ist, gelingt es denen, die unter Dal'Ahbracs Befehl stehen, vermutlich auch nicht.«

»Ach so.« Sichtlich erleichtert atmete Samukal auf, dann fasste er an seine Opalkette, schloss die Augen und murmelte undeutliche Worte. Voller Ungeduld sah Darian ihm zu, blickte nervös um sich und erwartete jeden Augenblick, einer der grausigen Kreaturen gegenüberzustehen.

»Es geht nicht, ich spüre ihre Präsenz, aber sie können meinem Ruf nicht folgen«, stieß Samukal nach einer Weile hervor, und die Schatten unter seinen Augen schienen sich noch vertieft zu haben.

»Versuch es noch mal und streng dich an«, verlangte Darian energisch.

»Es geht nicht, sie können nicht …«

»Du sollte es versuchen und dich bemühen.« Blitzschnell hatte Darian sein Schwert gezogen und hielt es Samukal nun an die Kehle.

Überraschung und auch eine Spur von Wut blitzten in Samukals erschöpften Zügen auf, dann schüttelte er den Kopf, schloss noch einmal die Augen und umklammerte einen der schwarzen Opale.

Darian beobachtete ihn ganz genau. Er befürchtete, Samukal wolle ihn vielleicht täuschen, aber je länger er seinen Ziehvater beobachtete, umso mehr gelangte er zu der Erkenntnis, dass sich Samukal tatsächlich bemühte. Sein Gesicht verzerrte sich vor Anstrengung, seine Hand zitterte, und Schweiß trat auf seine Stirn.

»Ich kann sie nicht beschwören«, keuchte Samukal, bevor er plötzlich in sich zusammensackte.

Für einen Augenblick verspürte Darian Mitleid, welches jedoch sogleich verschwand, als er an die vielen schrecklichen Dinge dachte, die Samukal getan hatte.

»In Ordnung, lass es sein.«

Schwer atmend griff der dunkelhaarige Mann nach seinem Wasserschlauch und trank gierig ein paar Schlucke. »Meine Magie versiegt mehr und mehr«, murmelte er kaum hörbar, dann blickte er Darian resigniert an.

»Ich kann und will nicht aufgeben, wir müssen dieses Tor finden«, sagte Darian leise, eher zu sich selbst, dann blickte er sein Gegenüber scharf an. »Du wirst mit Tena zurück über den Damm reisen und eine große Evakuierung in die Wege leiten. Diejenigen, die nicht kämpfen können, sollen hierher nach Irland, ähm, Anmhorán kommen.«

»Du willst allein und ohne Schutz mit Leána hierbleiben?«, fragte Samukal entsetzt.

»Die Dämonen kommen nicht her, das hast du selbst gesagt.«

»Darian, ich weiß nicht …«

»Du gehst morgen früh mit Tena«, bestimmte Darian und erhob sich ruckartig.

Für einen Augenblick sah er Unwillen in Samukals Augen aufflammen, dann nickte dieser jedoch. »Wenn du es so wünschst, werde ich gehen und mein Bestes tun. Den Schutz der Nebelhexe hingegen benötige ich nicht«, behauptete er mit der alten ihm eigenen Arroganz.

»Wenn du im Sumpf versinkst, hilft das den Menschen von Albany auch nicht weiter.«

Samukal hob sein Kinn. »Das ist kein Problem für mich. Ich konnte den Nyaden schon auf dem Herweg widerstehen.«

»Ja, von mir aus, geh ohne Tena«, gab Darian nach. Im äußersten Notfall könnten sie auch später noch eine Evakuierung in die Wege leiten, falls Samukal versagte.

Jetzt wollte Darian Tena und Leána suchen. Er hatte die Nebelhexe angewiesen, nicht eher wiederzukommen, bis er sie rief, denn er wollte seine kleine Tochter nicht in der Nähe eines Dämons wissen. Bevor er ging, drehte er sich noch einmal zu Samukal um. »Falls die Magie noch schwächer wird, kann es dann sein, dass auch die Macht der Wassergeister schwindet?«

»Das mag durchaus der Fall sein.«

Dies beunruhigte Darian sehr, und er murmelte: »Verflucht noch mal, wir müssen einfach dieses Portal finden.«

Kapitel 26

Mit vereinten Kräften

Weder Nordhalan noch Atorian war es gelungen, Zir'Avan davon zu überzeugen, an der Seite der Trolle zu kämpfen, und große Verzweiflung machte sich breit. Denn im Grunde genommen konnte Atorian weder auf die Dunkelelfen noch auf Murks Volk verzichten. Aramia hatte regelrechte Tobsuchtsanfälle bekommen und das dunkle Volk mehr als einmal verflucht. Umso überraschter war sie, als an dem Tag, an dem Atorian nach Norden aufbrechen wollte, auch ein Großteil der Dunkelelfen abmarschbereit dastand. Mit ernsten Gesichtern, viele die Augen gegen die noch immer ungewohnte Sonne zusammengekniffen, warteten sie am Ausgang zum Tal.

Aramias Blick wanderte zu Atorian, der sich gerade aufgeregt mit Kaya unterhielt.

»Konntest du ihn überzeugen, Atorian?«, wollte Aramia wissen.

»Das Gleiche wollte ich dich soeben fragen«, lachte er.

»Nein, ich war es nicht.« Sie drehte sich zu Nordhalan um, der wie erstarrt stehen blieb, als er die vielen Dunkelelfen sah.

Mit ernster Miene stellte sich Zir'Avan vor seine Tochter und die Menschen. »Die Hälfte von uns hat sich im Schutze der Nacht nach Norden aufgemacht. Sie werden später zu uns stoßen und zuvor die Lage auskundschaften.«

»Was ist mit den Trollen?«, erkundigte sich Aramia angespannt.

Die Miene ihres Vaters ließ seine Gefühle nicht erahnen. Er

hob sein Kinn und verkündete: »Sollen die Trolle die Grenze zum Elfenreich bewachen. Wir übernehmen die Burg von Northcliff. Prinz Atorian, ich gehe davon aus, Ihr verfügt über Pläne, die uns zu gegebener Zeit Zutritt über die Geheimgänge der Burg verschaffen?«

Selten hatte Aramia den sonst so selbstbewussten Atorian derart verdattert gesehen. Er blinzelte ungläubig, räusperte sich und meinte dann: »Ich müsste eine Karte der Geheimgänge anfertigen.«

»Das wäre hilfreich.«

Ganz offensichtlich konnte Atorian noch gar nicht fassen, dass sie nun doch auf die Dunkelelfen zählen durften. Er trieb sein Pferd näher zu Zir'Avan heran und begann aufgeregt mit ihm zu sprechen.

»Puh, das hätte ich nicht zu hoffen gewagt«, meinte Kaya, und Aramia konnte ihr nur zustimmen.

Während sie in kleinen Gruppen in Richtung Norden reisten, bekam Aramia einfach nicht heraus, wer oder welcher Umstand ihren Vater umgestimmt hatte. Sie selbst führte eine Gruppe an, bestehend aus fünf Dunkelelfen, Nordhalan, der sie und die beiden anderen Nebelhexen auch unterwegs unterrichtete, und drei Männern. Lilith und einige weitere Heiler reisten in einer anderen Gruppe mit, denn alle wussten, dass ihre Heilkünste vermutlich bald dringend benötigt werden würden. Sie wollten, soweit sie es wagen konnten, in Richtung Northcliff vorstoßen, und Aramia hoffte, dass Murk und seine Trollarmee tatsächlich an dem verabredeten Treffpunkt östlich von Alahant auf sie warteten.

So reisten sie also nach Norden, in eine Schlacht mit ungewissem Ausgang. Aramia zog ihren Umhang fester um ihre Schultern. Sie fröstelte, als ihr klar wurde, welch massive Umbrüche bevorstanden und dass in naher Zukunft sicher viele ihr Leben lassen würden.

Darian, Leána und Tena standen an den Klippen und sahen der sich langsam entfernenden Gestalt Samukals nach, die sich auf den Damm der Riesen zubewegte. Während der letzten Nacht hatte Tena sich fast ununterbrochen mit Samukal gestritten. Sie schalt ihn einen Narren, den Sumpf allein durchqueren zu wollen, doch er war hart geblieben.

»Meinst du, Großvater Samukal kommt gut über den Damm?«, fragte Leána mit dünner Stimme.

Darian drückte sie tröstend an sich. »Heute ist es sehr viel weniger windig als damals, als wir hinübergegangen sind, sicher wird er das Festland ohne Probleme erreichen.«

»Das Festland vielleicht schon, aber dann … So ein verdammter, arroganter …« Tenas Gesicht zeigte eine Mischung aus Wut und Besorgnis. Plötzlich wandte sie sich ruckartig ab und verschwand zwischen den Felsen.

Auch Darian machte sich Gedanken, allerdings galt seine Sorge eher der Frage, ob Samukal tatsächlich die Wahrheit sprach und die Flüchtlinge hierherbringen würde – oder ob er nicht doch irgendeinen düsteren Plan ausheckte.

»Komm, Leána«, forderte Darian seine kleine Tochter auf, »stell dir einen Drachen vor, und dann lauf in die Richtung, die dir zuerst einfällt.« Schon so oft hatten sie dieses Spiel gespielt, ohne dass etwas dabei herausgekommen war, aber Leána schloss kurz die Augen und rannte dann voller Tatendrang los. Darians Blick wanderte noch einmal über das endlose Meer. *Mia, ich hoffe, es geht dir gut, und ihr seid in Sicherheit.*

Heute war es Rusira, der kleinen Nebelhexe, das erste Mal gelungen, mit Hilfe Nordhalans die Windgeister anzurufen und zu einem verheerenden Sturm werden zu lassen. Vor Freude röteten sich ihre runden Wangen und leuchteten nun ebenso rot wie ihr Koboldhaar. Die meist etwas grantig dreinschauende Halbgnomin Envid freute sich sichtlich mit ihr, meinte jedoch enttäuscht, bis sie die Feuergeister so gut beschwören konnte wie Aramia, würden noch viele Tage ins Land ziehen. Ihr fiel es deutlich schwerer, die erstarkte Magie zu kontrollieren, und so wagte sie es bisher kaum, die Quelle in ihrem Inneren anzuzapfen.

»Ihr alle habt gute Fortschritte gemacht«, tröstete sie Nordhalan. »Sicher werden eure Fähigkeiten noch nicht ausreichen, einen Dämon zu töten, aber zumindest wird es euch gelingen, ihn abzulenken.« Der Zauberer hob seine grau melierten Augenbrauen. »Und nun versenkt euch in euch selbst. Aramia und Envid lassen eine Flamme über ihrer Hand erscheinen und Feuergeister darum tanzen. Rusira, du befiehlst den Windgeistern, das Feuer zu löschen.«

Die drei Frauen arbeiteten hoch konzentriert. Mehrfach ging Envids Feuer aus, Aramia hingegen hatte mehr Erfolg. Sie öffnete sich der Magie in ihrem Inneren, ließ sie durch ihren Geist und Körper pulsieren, und als sie sich sicher war, sie beherrschen zu können, beschwor sie winzige rote Feuergeister, die sie über ihren Händen tanzen ließ. Sie befahl den Elementarwesen, sich zunächst zu einer Feuerkugel, dann zu einem flammenden Drachen zu formen.

»Hervorragend, Aramia!«, freute sich Nordhalan, denn diesmal entglitt ihr der Zauber nicht. Sie ließ den Drachen über ihren Köpfen kreisen. Und auch wenn Rusiras Windgeister zunächst in die falsche Richtung davonhuschten, gelang es der Halbzwergin, nachdem Nordhalan ihr beruhigend die Hände auf die Schultern gelegt hatte, Aramias Elementardrachen mit Hilfe der Windgeister zu zerstreuen.

»Die Trolle kommen!«, hörte Aramia jemanden rufen, ließ ihren Zauber fallen und wandte sich um. Auf kurzen, stämmigen Beinen kam Edur angerannt und keuchte heftig.

Aramia ließ die Feuergeister verschwinden und blickte zu Nordhalan.

»Geh nur, ich werde mit den beiden anderen weiterüben«, versicherte Nordhalan.

An Edurs Seite eilte Aramia durch den Wald. Sie befanden sich nicht weit von der Grenze zum Zwergenreich, einem von Felsen und Höhlen durchsetzten und dichtem Wald bedeckten Gebiet Albanys, in dem sich auch viele Krieger gut verbergen konnten. Bald erkannte Aramia eine Vielzahl an gewaltigen Geschöpfen, die zwischen den Bäumen lagerten. Bei den meisten handelte es sich um Waldtrolle, aber auch einige der großen Bergtrolle befanden sich bei der Gruppe.

Murk, der ganz sicher nicht der größte und beeindruckendste der Truppe war, quetschte sich durch seine Verwandten. Er trug ein kurzes, schartiges Schwert bei sich, einen ledernen Lendenschurz, wie er bei den Trollen üblich war, und die zahlreichen Knochenketten um den Hals, Zeichen seiner Königswürde.

»Freu mich!«, rief er zur Begrüßung und quetschte sie an seine breite Brust. Auch Edur musste eine Begrüßung nach Trollart über sich ergehen lassen. Der junge Zwerg fühlte sich sichtlich unwohl unter diesen vielen mächtigen Wesen, deren Ausdünstungen allein schon recht unangenehm waren. Aramia lächelte dem Zwerg aufmunternd zu.

»Murk, wie viele Trolle hast du mitgebracht?«

Das lederartige, gräulich braune Gesicht von Murk legte sich in Runzeln, und er kratzte sich über die kurzen Stoppeln an seinem Kopf. Anschließend hob er eine Hand und zählte seine dicken Finger ab. »Fünfzig, achtzig, sechzig …« Er winkte ab und strahlte Aramia dann an. »Viele!«

Seufzend ließ sie ihren Blick durch den Wald schweifen. Sie wusste, dass Murk nicht sonderlich gut zählen konnte. Hier waren schätzungsweise einhundert Trolle versammelt, aber Murk versicherte, es würden noch mal »viele« weiter im Osten warten.

»Etwa so viele, wie hier sind?«, wollte sie wissen.

»Mehr!«, brüstete er sich, hob eine Hand, und seine Krieger brachen in ohrenbetäubendes Gebrüll aus.

»Murk!« Eilig schüttelte Aramia ihn an der kräftigen Schulter. »Sag ihnen, sie sollen das lassen, man darf uns nicht hören.«

Sogleich machte Murk ihnen ein Zeichen, brüllte etwas in der für Aramia unverständlichen Trollsprache und blinzelte dann verlegen. »Kein Kampfschrei?«

»Nein, jetzt noch nicht«, seufzte sie. Sie überlegte, Lilith als Begleitung mit Murk und den Trollen zu schicken, denn auf sie hörte der Halbtroll zumindest ohne Wenn und Aber. Ob er Atorian akzeptieren würde, war eher fraglich, denn den konnte er nicht ausstehen.

»Darian?« Murk sah sich erwartungsvoll um.

Traurig senkte Aramia den Blick. »Er ist nicht hier, er muss etwas anderes erledigen.«

»Darian bald kommt!«, versicherte Murk nachdrücklich.

Nun versuchte Aramia Murk zu erklären, dass die Trolle die Grenze zum Elfenreich vor den Dunkelelfen und möglicherweise auch Dämonen beschützen sollten. Murk drehte sich immer wieder um und übersetzte einem mächtigen Bergtroll, der vermutlich eine Art Hauptmann war. Als der Bergtroll irgendetwas knurrte und ein sehr unwilliges Gesicht machte, zog Murk sein Schwert, brüllte etwas und hielt es dem sehr viel größeren Wesen an die Kehle. Daraufhin brummte der Bergtroll eine Antwort und schlurfte davon.

»Was hatte er denn?«, fragte Aramia beunruhigt.

»Dummer Troll«, Murk schüttelte seinen breiten, derben Kopf, »wollte Elfen essen.«

Von Edur war ein unterdrücktes Kichern zu hören, aber Aramia machte sich ernsthaft Sorgen, ob Murk sein Volk tatsächlich unter Kontrolle behalten konnte, wenn die Schlacht erst einmal ausgebrochen war. Allerdings zerstreuten sich ihre Bedenken etwas, nachdem der Hauptmann die Trolle zusammengerufen und sogar in eine Art Marschordnung gebracht hatte. Sie sahen Aramia und Edur forschend, jedoch nicht auffallend hungrig an, als sie an ihnen vorüberstapften.

Eindringlich bemühte sich Aramia, ihrem Freund zu erklären, dass er einen Nachfolger bestimmen musste, der, falls er selbst in der Schlacht getötet würde, in seinem Sinne weiterregierte. Sie war sich nicht ganz sicher, ob Murk sie wirklich verstand, aber er versicherte, Menschen und Dunkelelfen seien nicht in Gefahr.

Noch in dieser Nacht traf sich Aramia mit Atorian und Nassàr, der nun ebenfalls mit seinen Männern in den Norden gekommen war. Am Ende beschlossen sie, dass Nassàr die Gruppe anführen sollte, die mit einem Großteil der Trolle zum Elfenreich reiste.

»Die Elfen waren sehr erleichtert unseren Vorschlag, ihre Grenzen zu sichern«, erzählte Atorian, »sie konnten ihre Alten und Kinder auf die Geisterinseln schaffen, und die wenigen Krieger, die sie noch besitzen, werden an unserer Seite kämpfen.«

»Atorian, hast du Nachricht von Veliah?«, fragte sie voller Sorge.

»Nein, leider nicht. Ich hoffte, du hättest etwas von Darian gehört.« Auch in Atorians bärtigem Gesicht war die Anspannung zu sehen, aber Kaya legte ihm eine Hand auf den Arm.

»Bestimmt geht es ihnen gut. Auf der Insel sind sie vermutlich sicherer als hier.«

Atorian nickte. »Lasst uns einfach darauf vertrauen, dass Darian seinen Weg findet. Wir sollten derweil unsere Krieger in Stellung bringen.«

»Atorian«, stieß Aramia hervor, »du willst doch nicht etwa im Ernst angreifen, bevor Darian zurück ist?«

»Wenn es sein muss, ja.«

»Das kannst du nicht machen«, fuhr die Nebelhexe ihn an, »ohne die Anwesenheit der Drachen wird die Magie in Albany weiterhin geschwächt sein, und dann werden die Dämonen ohne große Gegenwehr weitermorden können.«

»Aramia«, Atorian legte ihr beide Hände auf die Schultern, »eben erst ist einer unserer Späher aus dem Norden zurückgekehrt. Northcliff ist fest in Dunkelelfenhand, und Gruppen ihrer Krieger treiben im ganzen Land ihr Unwesen. Es ist nur eine Frage der Zeit, bis sie bei den Elfen einfallen und vielleicht sogar bei den Zwergen im Osten. Wir können nicht länger tatenlos zusehen, und das weißt du.«

Aramia seufzte, rieb sich die Schläfen und nickte dann. Atorian hatte Recht, sie mussten handeln.

»Gut«, entgegnete er und straffte die Schultern. »Kaya, holst du bitte Zir'Avan, Nordhalan und …«, er blickte kurz zu Aramia, »diesen Murk?«

Kaya küsste ihn flüchtig und verschwand. Kurz darauf kehrte sie mit den drei anderen zurück.

»Da wir alle versammelt sind, hier nun mein Plan. Kaya und ich werden mit dem Großteil unserer Krieger bis nach Northcliff vordringen. Vielleicht ist uns das Schicksal hold, und wir können die Burg zurückerobern.«

Mit verschränkten Händen beobachtete Aramia, wie Nordhalans Augenbraue weit in die Höhe wanderte, dennoch schwieg er.

»Zir'Avan und die Dunkelelfen stehen uns dabei zur Seite«, fuhr Atorian fort, wartete aber die Zustimmung von Aramias Vater ab, der diese mit einer leichten Verbeugung bekundete.

»Selbst wenn wir ganz gezielt Northcliff angreifen und ihre Armee dort binden, besteht die Gefahr, dass eine der marodierenden Horden Dal'Ahbracs das Reich der Elfen angreift.« Atorians Finger fuhr auf einer Karte über die bewaldete Westküste Albanys. »Aus diesem Grund wirst du, Nassàr, mit deinen Männern und den Trollen die Grenzen zum Elfenreich hin verteidigen.«

»Dunklen Elfen den Hintern aufreißen«, freute sich Murk, und auf Atorians Gesicht machte sich ein schiefes Grinsen breit. »Wie du meinst, Murk, Hauptsache, sie stehen nicht mehr auf, wenn ihr mit ihnen fertig seid.«

Aramia schmunzelte nur, starrte auf ihre Füße und vermied es geflissentlich, ihren Vater anzusehen.

»Wie ich weiß, befehligst du einen Teil der Dunkelelfen.« Aramia blickte auf und sah Atorian ins Gesicht. »Ja, das tue ich.«

»Gut. Halte dich südlich von uns bereit. Deine Aufgabe wird es sein, je nach Bedarf uns im Norden oder Nassàr und Murk im Westen zu unterstützen. Zudem sollten deine Kriegerinnen und Krieger als Kundschafter eingesetzt werden, um Nachrichten auszutauschen.«

»Ich halte mich ungern so weit im Hintergrund«, warf Aramia ein.

»Ich befürchte, das wird sich während des Kampfes rasch ändern«, entgegnete Atorian. »Vermutlich wirst du es sogar sein, die letzten Endes die Waagschale in die richtige Richtung bewegt.«

»Lasst uns hoffen, dass diese Aufgabe den Drachen zukommt.« Es war Nordhalan, der nun hervortrat. »Ohne die magische Ordnung, welche nur die Drachen aufrecht erhaltenkönnen, mag selbst nach einem Sieg über die Dunkelelfen die Zukunft ungewiss sein.«

Stille herrschte, niemand widersprach. Nordhalan sah Atorian an. »Dein Vorgehen ist wohl durchdacht, aber die Gefahren sind groß.«

»Eine Tatsache, derer wir uns alle bewusst sind.« Atorian erwiderte Nordhalans Blick.

»Dann möge es so sein.«

Zusammen mit Zir'Avan, Nassàr und Murk verließ Nordhalan die Runde. Jeder wusste, was er zu tun hatte. Atorian holte tief Luft, und sein Blick wanderte in den Sternenhimmel. »O Aramia, hoffentlich findet Darian bald die Drachen.«

»Das wird er.« Kaya strich ihm über die Wange, und Aramia hoffte inständig, dass sie Recht behielt.

Samukal war froh, den Damm der Riesen unbeschadet hinter sich gebracht zu haben. Die Durchquerung des Sumpfes stellte sich allerdings schwieriger als gedacht heraus. Er war sich sicher gewesen, sich die Pfade gemerkt zu haben, doch dies erwies sich sehr schnell als Irrtum. Mehrfach stand er vor ausgedehnten Wasserflächen oder sank so weit im Morast ein, dass es zu gefährlich gewesen wäre, diesen Weg weiter zu verfolgen. Durch den beständigen Dunst fiel es ihm äußerst schwer, sich überhaupt zu orientieren, und auch seine magischen Fähigkeiten halfen ihm nicht wirklich.

»Ich gebe es nicht gern zu, aber ich hätte auf Atenes Angebot eingehen sollen«, sagte er leise und widerwillig zu sich selbst. Tena, Atene – noch immer konnte er es nicht glauben, dass seine schöne und erotische Geliebte in Wirklichkeit ein abstoßendes Sumpfmonster war. Die Gedanken an Atene hatten Samukal unachtsam werden lassen, und urplötzlich steckte er schon wieder in einem knietiefen Moorloch. Fluchend zog er sein eines Bein heraus, trat nach rechts – nur um noch weiter zu versinken.

»Verdammter Sumpf«, knurrte er und bemerkte mit wachsendem Unbehagen, dass er nun schon bis zur Hüfte im Morast steckte. Eine fingerlange Mücke nutzte seine Unbeweglichkeit und stach ihn in den Hals. »Drei verfluchte Tage in diesem Dreck!«, polterte er, schlug nach dem Insekt, verfehlte es jedoch. Dann besann er sich seiner Magie, konzentrierte sich und ließ den Schlamm vor seinen Beinen zurückweichen. Erleichtert betrat er wieder festeren Grund. Leider konnte er diesen Zauber nicht ständig anwenden, denn er hätte ihn zu viel Kraft gekostet – außerdem wusste er nicht einmal, in welche Richtung er gehen musste. Mit seinem Schwert stocherte er suchend die nähere Umgebung ab, doch auch hier war kein Durchkommen. Ein lautes Gurgeln ließ ihn herumfahren, und beinahe wäre ein unkontrollierter Energiestoß seinen Händen entfahren. Doch dann sah er, dass es nur eine Sumpfnyade war, die sich auf einer von Schilf umgebenen Insel räkelte und sich aufreizend mit einer Hand durch das lange Haar fuhr. Geistesgegenwärtig legte er einen Schutzschild um sich, denn schon jetzt spürte er zu seinem Ärger, wie sich seine Männlichkeit regte. Wut keimte in ihm auf. »Schlammiges Miststück, sag mir lieber, wie ich durch diesen Sumpf komme, die Sinne kannst du mir nicht vernebeln!«, fuhr er die Sumpfnyade an. Als sie ihn verwundert aus ihren schimmernden braunen Augen ansah, durchzuckte ihn urplötzlich eine Idee, und ein bösartiges Lächeln stahl sich auf sein Gesicht. »Du *wirst* mir den Weg durch den Sumpf zeigen.«

Er streckte seine Hände aus, wob einen Zauber um die Sumpfnyade, die sich zunächst kreischend von dem Bann zu lösen versuchte, jedoch sehr schnell ihren Widerstand aufgab. Dann ließ er sie auf sich zukommen. Wie ein willenloses Spielzeug trat sie zu ihm, ihre Augen verschleiert, die Bewegungen seltsam mechanisch. Samukal wusste, dass es sein Orden streng verbot, die Kontrolle über den Körper eines lebenden Wesens zu übernehmen, doch er hatte schon zuvor Grenzen überschritten, und dieses eine Mal würde es ohnehin niemand bemerken. »Führe mich auf dem sichersten Weg nach Norden auf festen Grund«, befahl er.

Kapitel 27

Kampf um Albany

Schon seit Tagen wüteten nun verstreute Kämpfe im gesamten Norden Albanys. Von Spähern wusste Aramia, dass es Atorian und ihrem Vater nicht gelungen war, in die Burg von Northcliff einzudringen. Sie waren nicht einmal bis zu den Zugängen zu den Geheimtunneln gelangt, denn eine große Anzahl an Dunkelelfenkriegern bewachte Culmara und das Gelände rund um die Burg, über der zudem ein grausiger geflügelter Dämon seine Kreise zog. Was die Grenze zum Elfenreich anbelangte, so hatte Atorian leider Recht behalten. Die Trolle und Nassàrs Krieger mussten auf die ersten Dunkelelfenangriffe nicht lange warten. Sie hielten das Grenzgebiet, so gut es ging, beklagten aber hohe Verluste, obwohl sich an dieser Stelle bisher noch keine Dämonen gezeigt hatten. Die Krieger der 'Ahbrac waren jedoch auch so schon verheerend genug, wobei Aramia keine Ahnung hatte, was Dal'Ahbrac eigentlich bezweckte. Wollte er tatsächlich im gesamten Land alle Menschen und Elfen ausrotten, nur um selbst zu herrschen und in einer uralten Blutfehde gegen die Elfen den Sieg davonzutragen?

Müde von einer nächtlichen Schlacht gegen eine versprengte Patrouille der 'Ahbrac, lehnte Aramia an einem Baum, und ihre wirren Gedanken schwirrten zu Darian und Leána. Der Sommer war weit fortgeschritten, seit der Sommersonnenwende hatte sich der Mond schon ein weiteres Mal gefüllt und war jetzt wieder im Abnehmen begriffen. Aramia vermisste ihre Familie sehr, kam jedoch kaum dazu, wirklich an sie zu denken.

Sie zuckte zusammen, als sich eine schmale, blasse Hand auf ihre Schulter legte. Vor ihr stand Lharina, in Männerkleidung und mit einem hellen Lederpanzer, der ihren Oberkörper schützte. Während der letzten Zeit hatte Aramia das Elfenmädchen hin und wieder gesehen, aber noch immer verwunderte sie die Wandlung von der jugendlichen, sanftmütigen Seherin zu einer Elfenkriegerin, die mit Schwert und Bogen umzugehen wusste wie ein Mann.

»Hast du etwas von Darian gehört?«, wollte Aramia sogleich wissen und schüttelte die Benommenheit ab.

»Nein, leider nicht«, antwortete Lharina leise. In ihren hellen blauen Augen lag aufrichtiges Bedauern. »Schon lange hatte ich keine Vision mehr.« Die junge Elfe nahm einen Schluck aus ihrem Wasserschlauch. »Weitere Mitglieder meines Volkes sind gestorben, und auch Trolle und Krieger deines Vaters, die uns so großmütig zur Seite stehen.« Fast schon wehmütig schüttelte die Elfe den Kopf. »Es sind wahrlich seltsame Zeiten, in denen Wesen wie Trolle und Dunkelelfen Seite an Seite mit Elfen kämpfen.« Sie sah Aramia an. »Atorian hat übrigens verkündet, er wolle Dal'Ahbrac in einer offenen Schlacht herausfordern.«

»Das darf er nicht tun!«, brach es aus Aramia heraus, und ein eisiger Schreck durchfuhr sie. »Ohne Drachenmagie können wir nicht gegen die Dämonen bestehen.«

»Vermutlich nicht«, stimmte die junge Elfe zu, »aber wenn wir uns weiterhin in diese kleinen Kämpfe verstricken, werden wir auf lange Sicht auch unterliegen.«

»Und was ist, wenn ihr das Elfenreich aufgebt?«

Lharinas trauriger Blick traf sie bis ins Innerste. »Ich habe selbst schon darüber nachgedacht, aber glaubst du wirklich, Dal'Ahbrac wird dann zufrieden sein? Natürlich könnten wir restlichen Elfen uns auf die Geisterinseln oder die Dracheninseln im Norden zurückziehen, ich jedoch denke nicht, dass wir dort für lange Zeit in Frieden leben können. Atorian will das Land seiner Väter ohnehin nicht kampflos aufgeben, und er handelt rechtens damit.«

»Lharina, glaubst du«, Aramias Stimme war heiser, und sie musste kurz schlucken, bevor sie weitersprach, »glaubst du noch daran, dass Darian und Leána die Drachen zurückbringen?«

Statt einer Antwort umarmte Lharina sie nur tröstend, und Aramia schlug eine Hand vor den Mund, unfähig, sich einzugestehen, dass sie tatsächlich kurz vor ihrem Untergang standen.

»Vielleicht sollten wir kämpfen, solange noch ein klein wenig gute Magie in Albany ist«, sagte Lharina nach einer Weile leise, und ihre Stimme war rau vor Tränen. »Lass das Licht der Hoffnung in deinem Herzen nicht verlöschen.« Aramia nickte und fand ein wenig Trost in Lharinas Anwesenheit.

In aller Eile wurde kurz darauf eine Versammlung der wichtigsten Anführer der kleinen Gruppen einberufen, die an verschiedenen Stellen im Land Angriffe auf Dal'Ahbracs Schergen ausführten. Aramia war eine der Ersten, die auf dem von Büschen und Bäumen bedeckten Hügel westlich von Alahant eintraf. Von hier aus konnte man die Umgebung recht gut im Auge behalten, ohne selbst gesehen zu werden. Aramia wusste, dass sich Wachposten, zumeist Dunkelelfen, in der Nähe aufhielten, aber selbst ihre scharfen Augen konnten sie in der hereinbrechenden Abenddämmerung nicht erkennen. Ein kleiner Baumgeist, ein grünliches, beinahe durchscheinendes Wesen, das ein Blättergewand trug, ließ sich auf ihrer Hand nieder.

»Such Darian und Leána«, flüsterte sie. Eine Träne tropfte auf das Elementarwesen, welches sich schüttelte und Aramia aus winzigen dunklen Knopfaugen verwirrt ansah. Kurz darauf schwebte es davon, und Aramia war sich bewusst, wie unwahrscheinlich es war, dass der Baumgeist die beiden tatsächlich fand. Zu weit war der Weg bis nach Anmhorán, Baumgeister hielten sich zudem meist nur im Wald auf, und vermutlich hatte das kleine Wesen seinen Auftrag schon bald wieder vergessen. Und so war Aramia froh über die Ablenkung, als Lilith und Zir'Avan zwischen den Holunderbüschen auftauchten. Sie redeten leise miteinander und begrüßten Aramia dann freudig. Ihr Vater trug einen Verband um ein Bein, Lilith sah müde aus, aber ansonsten ging es den beiden offensichtlich gut.

»Dieser Troll muss auch bald auftauchen«, bemerkte Zir'Avan, und in seiner Stimme schwang ein missbilligender Unterton mit. »Ich konnte ihn schon vor einer Meile durchs Unterholz brechen hören.«

»Nicht jeder kann leise wie ein Elf oder Dunkelelf sein.« Liliths Stimme klang strafend, woraufhin Zir'Avan jedoch nur schnaubte.

»Vielleicht sollte ich Murk entgegengehen«, schlug Aramia vor. »Aus welcher Richtung kommt er denn?«

Zir'Avan deutete nach links und konnte sich offenbar nicht verkneifen zu sagen: »Es gelingt vermutlich kaum jemanden, ihn zu überhören!« Anschließend setzte er sich mit Lilith auf den von weichem Moos bedeckten Boden, und die beiden begannen sich über die Heilpflanzen des Unterreichs zu unterhalten.

Aramia hingegen rannte den Hügel hinab. Beinahe lautlos huschte sie über den trockenen Waldboden – es hatte schon lange nicht mehr geregnet – und wich verdächtig knackenden Ästen aus. Beim besten Willen konnte sie nichts von Murk oder weiteren Trollen hören, nur die normalen abendlichen Geräusche waren zu vernehmen. Die Wipfel der Nadel- und Laubbäume wiegten sich im Wind, ein Eichelhäher schimpfte in den Ästen, und ein junges Reh raschelte im Gebüsch. Zwielicht erfüllte den Wald. Aramia hatte diese eigenartige Stimmung, wenn Licht und Schatten miteinander verschmolzen, immer gemocht. Alles war dann so friedlich, und manchmal erschien es ihr, als wären die magischen Kräfte in der Dämmerung am stärksten. Eine Familie von Waldgnomen – winzige braune, auf den ersten Blick Wurzeln gleichende Wesen – wackelte behäbig über einen kaum erkennbaren Pfad. Zwei etwa handgroße Waldgnomkinder stritten sich um einen Pilz, und für einen Augenblick beneideteAramia diese einfachenWesen darum, nichts von Dämonen, Kriegen oder abtrünnigen Dunkelelfen zu wissen. Dann seufzte sie, denn auch diese kleinenWaldbewohner würden darunter zu leiden haben, falls Dal'Ahbrac gewann. Für einen Augenblick lehnte sie sich an den glatten Stamm einer Buche.

»Darian, ich vermisse dich so sehr«, flüsterte sie in die Stille, und auch wenn ein Teil von ihr froh war, dass er und Leána vermutlich auf der Insel der Riesen sicherer waren als hier, so wünschte sich ein andererTeil nichts sehnlicher, als ihn an ihrer Seite zu haben.

Aramia hatte sich schon weit vom Treffpunkt entfernt und wunderte sich, Murk immer noch nicht gefunden zu haben. Sie wollte gerade umdrehen, als sie plötzlich leise Stimmen vernahm. Sofort fuhr ihre Hand zu der schlanken Dunkelelfenklinge, die ihr ihrVater in Kyrâstin geschenkt hatte.Von Baum zu Baum huschend, näherte sie sich dem leisen Gemurmel, und bald wurde ihr klar, dass sich hier jemand der Dunkelelfensprache bediente. Sie verstand leider nur Bruchteile: »Norden«, »Rückzug«, »Sammeln«. Die dunklen Krieger sprachen sehr schnell miteinander, eine Stimme klang eher weiblich, und dann – sie zuckte zusammen – verbeugte sich der linke der drei Krieger und sagte: »Dal'Ahbrac.«

Aramia stockte der Atem. Sollte diese in einen dunklen Umhang gehüllte Gestalt tatsächlich Dal'Ahbrac sein, der Mann, dem sie all dies zu verdanken hatten?

Ihre Gedanken überschlugen sich. Es handelte sich nur um vier Dunkelelfen. Sollte sie versuchen, Dal'Ahbrac zu töten? Wäre dann nicht ein blutiger Krieg überflüssig? Zwar würde sie selbst diesen Angriff aller Wahrscheinlichkeit nach ebenfalls nicht überleben, aber wenn es ihr gelang, diese boshafte Kreatur unschädlich zu machen, musste sie dann nicht handeln?

Es ist meine Pflicht. Darian, Leána, ich liebe euch, dachte sie mit aller Inbrunst und pirschte sich auch schon an die kleine Gruppe heran, wenngleich sie noch immer Zweifel plagten. Sie ärgerte sich, ihren Bogen im Lager gelassen zu haben, denn möglicherweise wäre ihr ein tödlicher Schuss aus sicherer Entfernung geglückt.

Ein lautes Knacken zu ihrer Rechten machte jedoch ohnehin all ihre Pläne zunichte. Die Köpfe der Dunkelelfen schnellten herum, sogleich hielten die dunklen Krieger ihre tödlichen Waffen in den Händen und wandten sich den Geräuschen zu.

Aramias Herz klopfte bis zum Hals. Sie vermutete, dass das Murk war, und ihr war schmerzlich bewusst, dass der plumpe Halbtroll gegen vier Dunkelelfen kaum eine Chance hatte. Sie schloss die Augen, beschwor einige Baumgeister und auch zwei Nachtnymphen, die in der Nähe herumschwebten, und befahl ihnen, unter den Dunkelelfen für Verwirrung zu sorgen. Sie selbst hastete in die von Murk entgegengesetzte Richtung, warf einen dicken Ast ins Gebüsch, änderte dann aber blitzartig wieder ihren Kurs. Ein rascher Blick über die Schulter zeigte ihr, dass die Dunkelelfen tatsächlich für einen Moment verwirrt waren und nach den Baumgeistern schlugen. Sie spurtete los, rannte im Zickzack durch die Bäume und hatte bald Murk entdeckt, der mit einem weiteren Waldtroll durch das lichte Unterholz trampelte.

»Schnell, Dunkelelfen sind in der Nähe«, rief sie leise, »wir müssen uns beeilen.«

Murk zog sein Kurzschwert und sah sich kampflustig um. »'Ahbrac?«

»Ja, 'Ahbrac, aber wir müssen fort.«

»Hintern aufreißen und töten. Spaß macht«, grinste Murk, doch Aramia schüttelte energisch den Kopf und fasste ihren Freund an der mächtigen Pranke.

Wiederholt forderte Aramia die beiden Trolle auf, leise zu sein, aber die konnten sich offenbar nicht fortbewegen, ohne sämtliche Äste und Büsche zum Krachen zu bringen, und daher dauerte es nicht lange, bis Aramia den unheilverkündenden Schatten einer schlanken Gestalt zwischen den Bäumen bemerkte. Ein Dunkelelf sprang geradewegs auf den Waldtroll zu und trieb ihm seine Klinge bis zum Anschlag in die Kehle, bevor dieser auch nur seine Axt heben konnte. Murks Gefährte kämpfte noch bis zum nächsten Atemzug, und es gelang ihm sogar, den Dunkelelfen zur Seite zu schleudern, dann brach er zusammen. Sofort stürzte sich Murk knurrend auf den Feind, der mit wirbelnden Bewegungen angriff.

»Hierher, zu mir!«, rief Aramia und stellte sich in Angriffsposition hinter den Dunkelelfen. Dieser fuhr herum und deckte Aramia mit Schlägen ein. Sie wehrte ab, duckte sich, und es gelang ihr, einige der Hiebe zu blocken. Sie war klar im Vorteil, denn Murks plumpe Angriffe lenkten ihren Gegner zumindest ab. Als der Dunkelelf für einen winzigen Augenblick Aramia seine Rückseite zukehrte, schaffte sie es, ihrem Gegner das Schwert in den Rücken zu stoßen. Ein unterdrückter Schrei erklang, der Dunkelelf strauchelte, hieb halbherzig nach Aramia, dann ging er zu Boden. Sie setzte sofort nach und trat ihm das Schwert aus der Hand. Dann zog sie den Dunkelelfen nach oben. Sofern er überlebte, wollte sie ihn als Gefangenen mitnehmen und von Zir'Avan befragen lassen. Als sie weibliche Züge sah, stutzte sie zunächst, aber dann erinnerte sie sich an Bas'Akirs Worte. Bei den Dunkelelfen war es durchaus üblich, dass Frauen gleichberechtigt kämpften.

»Murk, kannst du sie tragen?«, bat Aramia und blickte sich unbehaglich um. Vermutlich würden auch bald die anderen Dunkelelfen auftauchen.

»Sie?« Murk blinzelte verwirrt. »Frau?«

»Ja, es ist eine Frau.«

»Lilith sagt – Frau nicht schlagen.« Betreten sah er auf sein Schwert.

Nur mühsam unterdrückte Aramia ein Schmunzeln. »In diesem Fall ist das in Ordnung, schließlich hat sie deinen Gefährten ermordet.«

»Darbuf.« Murk schüttelte betrübt den Kopf, dann nahm er

die verletzte und bewusstlose Dunkelelfe auf seine Arme, und sie eilten zu ihrem Lagerplatz.

Ständig blickte sich Aramia um, befürchtete, die anderen Dunkelelfen würden sie ebenfalls verfolgen, aber alles blieb still. Vielleicht hatten die Elementarwesen sie ausreichend abgelenkt. Als sie endlich den Fuß des Hügels erreichte, wies sie die wachhabenden Dunkelelfenkrieger ihres Vaters an, die Gegend großräumig nach Verfolgern abzusuchen, und hastete dann mit Murk den Hügel hinauf. Schon von weitem erkannte sie Atorian und Kaya und freute sich, die beiden wohlauf zu sehen. Dann fiel ihr Blick auf einen Mann, der am Feuer saß, und sie erstarrte. Wie ein Katapult schoss sie nach vorn. Die gefangene Dunkelelfe und alles andere waren vergessen.

»Wo kommst du denn so plötzlich her?«, schrie sie und packte Samukal am Kragen. Als sie die betretenen Gesichter ihrer Freunde sah und vor allem Lilith, deren Augen in Tränen schwammen, griff eine eiskalte Hand nach ihrem Herzen. »Was ist mit Darian und Leána?«, flüsterte sie.

»Darf ich sprechen, oder bringst du mich vorher um?«, keuchte Samukal, wobei er ihre Hand vorsichtig von seinem Hemd löste.

Sie torkelte zurück und blickte mit angstgeweiteten Augen auf Samukal, der sich mit säuerlicher Miene die Kleider glatt strich.

»Darian, Tena und Leána geht es gut«, erklärte Nordhalan ruhig, und Aramia schloss dankbar die Augen. »Allerdings … Tagilis … Er ist nicht mehr am Leben.«

Aramia schlug eine Hand vor den Mund und schüttelte den Kopf.

Ihr Vater sah sie ernst an. »Er ist ehrenvoll gestorben, sofern dieser verräterische Zauberer die Wahrheit spricht.«

Schockiert und unfähig, etwas zu sagen, ließ sich Aramia erzählen, wie Tagilis im Kampf gegen die Dunkelelfen gefallen war. Sie konnte und wollte nicht wahrhaben, was sie gerade hörte. Tagilis war einer ihrer ältesten und besten Freunde gewesen, und sie mochte sich nicht ausmalen, wie sehr auch Darian sein Tod mitgenommen hatte. Nur halbherzig hörte sie Samukal zu, der von einer Evakuierung auf die Insel der Riesen sprach.

»Wer sagt uns, dass Samukal nicht lügt«, fragte sie am Ende in die Runde. Wenngleich ihr Tagilis' Tod sehr zu schaffen machte, so ließ sie die Sorge um Darian und Leána nicht los. »Am Ende sind die beiden und Tena auch …« Sie biss sich auf die Lippe und konnte nicht weitersprechen.

»Dieser Gedanke kam mir ebenfalls«, fügte Zir'Avan trocken hinzu. Nordhalan hingegen streichelte tröstend über Aramias Schulter.

»Weshalb hätte Samukal denn dann hierherkommen sollen?« Kritisch musterte Nordhalan den anderen Mann. »Offenbar hegt auch Darian Zweifel daran, das Portal auf der Insel der Riesen zu finden. Zu viel ist dort zerstört.«

Aramia öffnete den Mund, um etwas zu erwidern, aber Murk redete dazwischen.

»Dunkelelf-Frau?« Unsicher blinzelnd hielt er die noch immer bewusstlose Kriegerin in den Lichtschein des inzwischen entzündeten Feuers.

»Verdammt, die Dunkelelfe«, stöhnte Aramia und erzählte eilig, wie sie diese vor kurzem gefangen genommen hatte.

Während Lilith sich die Tränen aus dem Gesicht wischte und schimpfte, sie hätte die Verletzung schon längst behandeln müssen, bestand Zir'Avan darauf, die Kriegerin zuerst zu befragen, trug den leblosen Körper ein Stück abseits und spritzte ihr Wasser ins Gesicht.

»Ist das Menhir?«, erkundigte sich Aramia plötzlich und ging langsam zu dem Pferd, dessen ungewöhnliche graubraune Farbe und die wallende schwarze Mähne eigentlich unverkennbar waren.

»Eile war geboten, also nahm ich ihn. Ein prächtiges Tier«, erklärte Samukal.

Aramia funkelte ihn an, denn sie wusste, dass es Darian vermutlich alles andere als recht war, wenn Samukal das Pferd ritt. Sie streichelte Menhir über die weichen Nüstern und vergrub ihr Gesicht in seiner dichten Mähne. Darians Pferd war hier – nur ein schwacher Trost, aber zumindest *etwas*, das sie mit ihm verband. Aramia lehnte sich gegen den Hengst und beobachtete Samukal, dem nun endlich irgendjemand Haferkekse und Trockenfleisch gebracht hatte, was er gierig verschlang.

Nordhalan stellte sich neben sie und lächelte ihr aufmunternd zu. »Ich denke schon, dass Samukal die Wahrheit sagt und es Darian, Tena und Leána gut geht. Hätte er lügen wollen, hätte er sicher nichts von Tagilis erzählt.«

»Tagilis.« Aramia schüttelte gramvoll den Kopf. »Zumindest erklärt das, weshalb Veliah nicht mehr zu uns kommt.«

»Nun ist er mit ihr vereint.« Der alte Zauberer verbeugte sich nach Westen. »Tagilis wird eine große Lücke hinterlassen.«

»Allerdings.« Eine Träne löste sich aus Aramias Augenwinkel, und sie wünschte sich, Darian wäre bei ihr, dann hätten sie sich gegenseitig Trost spenden können. »Meinst du, ihre Suche nach den Drachen war tatsächlich vergeblich?«

»Wir müssen damit rechnen«, seufzte Nordhalan. »Samukal hat vorgeschlagen, Frauen und Alte an die Küste Anmhoráns zu bringen. Angeblich wären sie dort sicher. Er behauptet, er hätte versucht, seine Dämonen dort zu beschwören, was ihm jedoch nicht gelungen sei. Zumindest deckt es sich mit der Annahme der Elfen, dass sich Dämonen vor Wassergeistern und anderen Elementarwesen fürchten. Vielleicht ist es nur möglich, die Diener der Finsternis an Land zu beschwören, nicht jedoch auf einer anderen Insel.«

Sie wurden unterbrochen, als Liliths empörter Ruf die Nacht durchschnitt.

»Zir'Avan, bist du des Wahnsinns?«

Sofort sprang Aramia auf und eilte zu ihrem Vater, der, seinen blutigen Dolch in der Hand, über der Dunkelelfe kniete.

»Sie hätte nicht mehr offenbart.«

»Du kannst sie doch nicht einfach ermorden! Sie war verletzt und hilflos …« Liliths Stimme war ungewohnt hoch und kündete von großer Empörung.

»Diese ehrlose Anhängerin der 'Ahbrac hätte uns alle verraten, ohne auch nur einen Moment zu zögern. Nun wissen wir zumindest, dass sich die meisten Krieger der 'Ahbrac im Norden aufhalten und wir von Süden her keinen Hinterhalt befürchten müssen. Und zahlenmäßig sind wir Dal'Ahbracs Anhängern doch nicht so weit unterlegen, wie ich zunächst befürchtete.« Mit sichtlicher Befriedigung säuberte er den Dolch im Moos, bevor er ihn wieder einsteckte. Anschließend erhob er sich ungerührt und entfernte sich.

»Er hat sie kaltblütig ermordet«, regte sich Lilith auf und sah Aramia entsetzt an.

»Lilith, ich befürchte, er hat eine etwas andere Einstellung zu derartigen Dingen als wir«, versuchte Aramia das Verhalten ihres Vaters zu rechtfertigen. Sie sah zu der toten Dunkelelfe hinab und empfand wenig Mitleid mit ihr. Die Frau hätte sie und Murk auch ohne Skrupel getötet – dennoch wäre es ihr niemals in den Sinn gekommen, der Gefangenen einfach die Kehle durchzuschneiden. Dass so etwas Lilith zutiefst widerstrebte, konnte sie verstehen, aber ihre Freundin schien sich gar nicht mehr beruhigen zu können.

»Ich dachte, Zir'Avan sei ein ehrenvoller Mann. Sicher hat er manchmal etwas seltsame Ansichten, aber so etwas? Nein, das kann ich nicht gutheißen.«

Doch Aramia hatte keine Zeit, sich Gedanken um ihren Vater machen. Stattdessen fragte sie sich, wie sie eine so große Evakuierung organisieren sollten. Sofern Samukals Angaben stimmten und ein Teil des Dammes zerstört war, würden sie Boote für Kinder und Gebrechliche benötigen. Ein Blick auf Murk brachte Aramia auf die Idee, einige Bergtrolle mit ihnen zu schicken. Die kräftigen Wesen konnten sicher große Felsbrocken wuchten und so den Damm notdürftig ausbessern. Dann wanderten ihre Gedanken erneut zu Darian. Ob er aufs Festland zurückkehren würde, bevor es zu einem offenen Kampf gegen Dal'Ahbrac kam? Selbst wenn ihr Vater Recht hatte und die Streitkräfte halbwegs ausgeglichen waren, so blieben noch die Dämonen, die so gut wie unbesiegbar waren.

»Lilith, mein Vater hat nicht richtig gehandelt«, unterbrach Aramia ihre Freundin, die sich noch immer in einem nicht enden wollenden Monolog über Zir'Avan ausließ, »ändern können wir das jetzt aber auch nicht mehr.« Sie eilte zu Samukal, der zusammenzuckte, als er sie erkannte.

»Über wie viele Dämonen gebietet Dal'Ahbrac?«, fragte sie eisig.

»Das ist mir nicht bekannt. Allerdings gehe ich davon aus, dass in jedem Fall die drei, welche dank der stümperhaften Propheten frei sind, auf seiner Seite stehen.«

Obwohl Aramia kaum glauben mochte, dass Samukal nicht wusste, wie viele finstere Diener der Dunkelelf in seiner Gefolgschaft hatte, hakte sie nicht weiter nach. »Über wie viele besitzt du noch die Herrschaft?«

»Sechs.« Er strich über die Opalkette.

»Dann musst du sie gegen Dal'Ahbrac und seine finsteren Diener einsetzen. Wie wir sie anschließend loswerden, darum kümmern wir uns später.«

»Ich bin nicht mehr so stark wie früher«, gab er zu bedenken. »Die Magie versiegt zusehends, und auch wenn ich die Dämonen zu mir rufen kann, so bin ich mir nicht sicher, ob sie nicht in diesem Moment ohne meinen Auftrag morden.«

Blitzschnell zog Aramia ihren Dolch und hielt ihn ihm unter die Kehle. »Du wirst gegen Dal'Ahbrac kämpfen, und wenn es das Letzte ist, was du tust.«

»Wenn ich tot bin, sind die Dämonen frei und völlig außer Kontrolle«, erwähnte er mit einem unbehaglichen Blick auf ihren Dolch.

»Dann sieh zu, dass du am Leben bleibst«, zischte sie und wandte sich ab.

»Gut gesprochen, Aramia.« Atorian trat aus dem Schatten eines Baumes. »Ich habe von Tagilis gehört, es tut mir leid.«

Bedrückt biss sie sich auf die Unterlippe, dann sah sie furchtsam zu Atorian auf. »Was ist, wenn Samukal sie alle mit seinen Dämonen umgebracht hat? Darian, Leána …«

Eilig schloss er sie in seine Arme. »Dann hätte Samukal keinen Grund gehabt, zu uns zurückzukehren. Nichts hätte ihn davon abhalten können, sich Dal'Ahbrac auf der Stelle anzuschließen, wenn die Hoffnung auf eine Rückkehr der Drachen durch Leánas Tod endgültig verloren gewesen wäre.« Seine festen, bestimmten Worte beruhigten Aramia ein wenig, und sie rang sich zu einem Lächeln durch, welches Atorian erwiderte. Er sah sie fragend an. »Denkst du tatsächlich, wir sollten Samukal mit seinen Dämonen in der Schlacht gegen Dal'Ahbrac einsetzen?«

Ein wenig wunderte es Aramia, dass Atorian sie um Rat fragte, aber sie hob die Schultern und sah ihn unsicher an. »Ich befürchte, uns bleibt keine andere Wahl. Wann willst du ihn herausfordern?«

»Noch heute Nacht werden Boten aufbrechen, und in fünf Tagen treffen wir uns auf der Ebene unterhalb des Steins von Alahant.«

»Wie geht es deinem Rücken, Atorian?«

Seufzend rieb er sich seine Rückseite. »Dank Liliths Tränken ist es auszuhalten. Kaya behagt es allerdings überhaupt nicht, dass ich aktiv in der Schlacht mitkämpfen will.«

»Das kann ich nachvollziehen. Wo ist sie überhaupt?«

»Sie schläft, sie war vollkommen erschöpft von dem langen Ritt.«

»Du siehst auch müde aus, Atorian, leg dich hin.«

Er nickte zustimmend, dann nahm er sie spontan in den Arm. Und jetzt, wo alles zwischen ihnen geklärt war, war dies ein ehrlicher Trost für sie.

»Darian und Leána sind in Anmhorán in Sicherheit, sei dankbar dafür.«

»Das bin ich«, flüsterte sie heiser und ging dann fort, um mit Envid und Rusira noch einmal das Beschwören der Elementarwesen zu üben. Die Fähigkeiten der beiden würden sie sehr bald dringend brauchen.

Während der letzten Tage hatten sich Atorians Verbündete ganz langsam und glücklicherweise ohne große Verluste nach Norden bewegt. Lord Rovant hatte das vor längerer Zeit gegebene Versprechen gehalten und war mit seinen Kriegern zu ihnen gestoßen.

Noch einmal befragten sie Samukal eindringlich, und als der Zauberer erzählte, wie er Darian im letzten Moment vor dem Ertrinken gerettet hatte, durchzuckten Aramia eisige Schauer.

»Wer sagt, dass du das nicht nur behauptest, um dich bei uns beliebt zu machen?«, wollte sie wissen.

»Wie oft willst du mir so etwas noch unterstellen?«, empörte sich Samukal. »Es entspricht der Wahrheit, und auch, dass ich von Tagilis' Tod berichtete, sollte für mich sprechen. Sicher habt ihr diese Veliah schon lange nicht mehr gesehen.«

»Das ist wahr«, räumte Nordhalan ein. »Aber jetzt lasst uns weiter über Anmhorán sprechen. Ich finde Aramias Vorschlag sehr gut, den Flüchtlingen Trolle an die Seite zu stellen. Leider werden wir nicht sehr viele Boote zur Verfügung haben, da wir nicht auf die Zwerge bauen können. Und noch ein anderer Gedanke kam mir letzte Nacht, Samukal. Gesetzt den Fall, die Dämonen scheuen sich tatsächlich, das Meer zu überqueren, was ist, falls die Magie noch schwächer wird? Wäre es dann nicht möglich, dass auch die Macht der Wassergeister schwindet?«, erkundigte sich Nordhalan und legte einen Finger an die Lippen.

»Das halte ich für denkbar.«

»Dann ergibt es wenig Sinn, Albany zu verlassen und nach Anmhorán zu flüchten«, brauste Aramia auf. »Sollten auch in Anmhorán Portale sein, könnten die 'Ahbrac dort neue Dämonen beschwören, damit diese ihren Blutdurst stillen.« Aramia schüttelte den Kopf und rieb sich über die Schläfen. »Mal abgesehen davon, selbst wenn sich die Dämonen vom Meer und den Wassergeistern abhalten lassen – die 'Ahbrac werden das nicht.«

»Trotz allem bietet Anmhorán für die Menschen mehr Sicherheit, als Albany dies im Moment zu tun vermag«, beharrte Samukal.

Nordhalan runzelte die Stirn, dann holte er tief Luft. »Er hat Recht. Vermutlich sind die Menschen in Anmhorán tatsächlich besser aufgehoben als in Albany. Denn sollten wir versagen, geht Albany unter.«

Wie eine dunkle Wolke hingen Nordhalans Worte in der Luft, aber es gab keinen Widerspruch.

»Was ist mit dem Sumpf?«, meldete sich nun Dimitan missmutig zu Wort. Inzwischen ging es ihm dank Liliths Tränken schon deutlich besser, und seine Verletzung heilte gut. Er lehnte an einem Baum und hatte sich bisher nur wenig an den Gesprächen beteiligt. »Angeblich benötigt man ja Atene«, er räusperte sich unbehaglich, »um dort hindurchzugelangen.«

»Ich habe es ohne ihre Hilfe geschafft«, versicherte Samukal. »Auch dir kann es gelingen. Dafür müsstest du allerdings über deinen Schatten springen.«

»Wie meinst du das?« Voller Misstrauen legte sich Dimitans Stirn in zahllose Runzeln.

»Ich habe den Geist einer Sumpfnyade beeinflusst und sie gezwungen, mich zu führen.«

»Samukal!«, rief Nordhalan empört aus, und auch Dimitan schnappte lautstark nach Luft.

»Ja, ja, der ehrenvolle Kodex der Zauberer«, höhnte Samukal, dann richtete er sich kerzengerade auf. »Dies sind harte Zeiten, und man muss die alten Regeln überdenken und möglicherweise auch brechen, um das Überleben zu sichern.«

»Wir sehen ja, wohin uns das Brechen von Regeln geführt hat«, erwiderte Aramia eisig, woraufhin sowohl Dimitan als auch Nordhalan grimmig nickten.

Samukal hingegen rollte mit den Augen. »Die Regel zu brechen, keine Nebelhexen auszubilden, stieß bei euch auf deutlich weniger Ablehnung. Der Sumpfnyade hat meine mentale Beeinflussung nicht geschadet, sie kann sich vermutlich nicht einmal mehr daran erinnern.« Samukal fasste Dimitan am Unterarm und sah ihm fest in die Augen. »Der Zauber ist nicht sehr kompliziert, ich kann ihn dich lehren.«

So sehr Nordhalan und Dimitan Samukals Vorschlag auch widerstrebte, letztendlich rangen sie sich dazu durch, ihm zuzustimmen. Denn nicht alle Menschen würde man auf Boote verfrachten können, um den Sumpf zu umsegeln.

Lord Rovant erklärte sich bereit, gemeinsam mit Dimitan den Flüchtlingsstrom anzuführen, und so wurden während der nächsten Tage mehr und mehr Frauen, Kinder und Alte nach und nach aus den umliegenden Dörfern an einem Sammelplatz zusammengeführt. Alle würde man in der Kürze der Zeit nicht benachrichtigen können, aber sollte das Bündnis aus Menschen, Dunkelelfen und Trollen scheitern, würden vielleicht die letzten Überlebenden die Nachricht im Land verteilen. Allzu große Hoffnung auf einen Sieg hegte insgeheim niemand. Von den Elfen waren gerade einmal zweihundert kampffähige Männer und Frauen übrig, und auch wenn Lharina versichert hatte, sie würden bis zum letzten Atemzug kämpfen, so war doch die Zuversicht aus den Gesichtern der Elfenkrieger gewichen. Unter den Trollen waren hohe Verluste zu beklagen gewesen, denn an den Grenzen zum Elfenreich hatten nicht nur die Krieger der ’Ahbrac, sondern auch Dämonen gewütet. Erfreulicherweise war Murk am Leben, und seine schätzungsweise immer noch fünfhundert Trolle würden sich den ’Ahbrac mit aller Macht entgegenwerfen. Ihre stärkste Waffe war jedoch Zir’Avans Dunkelelfen, mal abgesehen von Nordhalan mit seinen Zauberkräften sowie Aramia und den beiden Nebelhexen, die zumindest Verwirrung unter den Dämonen stiften konnten. Allen widerstrebte es, dass Samukal eine so wichtige Rolle im bevorstehenden Kampf spielen sollte, denn sein Verhalten war einfach zu undurchsichtig und widersprüchlich. Zwar würden die von ihm noch beherrschten Dämonen diejenigen Dal'Ahbracs hoffentlich unschädlich machen können, dennoch war und blieb Samukal ein Risiko in den eigenen Reihen.

In dieser Nacht saß Aramia allein etwas abseits des Lagers und blickte in die Dunkelheit. Im Norden war schon eine mehrere hundert Mann starke Armee gesichtet worden; sie bestand aus Menschen, deren Familien als Geiseln gehalten wurden und die sich daher nicht auf Atorians Seite schlagen würden. Wo sich die Dunkelelfen der 'Ahbrac befanden, wusste niemand, aber ein geflügelter Dämon, vermutlich ein Späher, war über ihr eigenes Lager gesegelt und hatte Angst und Schrecken verbreitet. Voller Sehnsucht dachte Aramia an Darian und fragte sich, ob sie den morgigen Tag überleben und ihn und Leána noch einmal wiedersehen würde – oder ob sie im Reich des Lichts bei ihren Ahnen auf ihn würde warten müssen.

Leise trat Lilith zu ihr und setzte sich neben sie.

»Ich wünschte, ich könnte noch einmal mit Darian sprechen, Leána noch ein letztes Mal im Arm halten«, gab Aramia leise zu. Die Geräusche von schlaflosen Menschen, Dunkelelfen und Trollen drangen an ihre Ohren. Überall wälzten sich rastlose Körper herum, die wussten, dass sie die Ruhe, die sie nicht fanden, dringend benötigt hätten.

»In Gedanken sind sie bei dir, Aramia«, versicherte Lilith mit einem wehmütigen Lächeln. Dann legte die kleine Nebelhexe ihr eine Hand auf die Schulter. »Der morgige Tag wird Leid und Verlust bringen. Um deiner Tochter und Darians willen, Aramia, halte dich von den Dämonen fern.«

Aramia presste die Lippen aufeinander und seufzte. »Du weißt, dass ich das nicht kann. Ich bin eine der wenigen, die überhaupt etwas gegen sie ausrichten können, auch wenn es nur ein bescheidener Beitrag ist.«

»Möglicherweise wird der Verräter nun unser Retter.« Lilith deutete zu Samukal, der nicht weit entfernt am Boden lag und schlief.

»Oder zu unserem Untergang«, murmelte Aramia.

Gedankenverloren fuhr Aramias Hand über den Griff ihrer Dunkelelfenklinge, aber bevor sie noch weiter grübeln konnte, stand Zir'Avan plötzlich vor ihr.

»Es würde mich freuen, wenn du mich begleitest und dich mit uns gemeinsam für den bevorstehenden Kampf vorbereitest.«

Überrascht sah Aramia ihn an. »Was für eine Vorbereitung?«

»Es ist ein Ritual zu Ehren Marvachâns, und auch wenn du nicht zu unserem Gott betest, so würde ich es doch begrüßen, wenn du als Anführerin daran teilnähmst.«

Wenngleich Aramia sich nicht sicher war, was sie tun sollte, hob sie zu Lilith gewandt die Schultern, dann eilte sie Zir'Avan hinterher.

»Vater, bist du sicher, dass nicht *du* all deine Leute gegen die 'Ahbrac führen willst?«, fragte sie, nachdem sie die große Gruppe von Kriegern erreichten, die einen Kreis gebildet hatten, ihre Waffen vor sich in den Händen.

»Du bist eine hervorragende Kriegerin«, Zir'Avan sah ihr mit entschlossener Miene ins Gesicht. »Du bist vom Blute der 'Avan, und ich weiß, dass du sowohl dem Volk der Dunkelelfen als auch den Menschen Ehre bringen wirst.«

»Ich bin keine Còmhragâr-Kriegerin«, wandte sie unbehaglich ein, »und ich wurde nicht einmal im Unterreich ausgebildet. Ich bin nicht so gut wie ihr.«

Nun fasste sie ihr Vater an der Schulter. »Du hattest Lehrer anderer Völker, aber dennoch bin ich stolz auf deine Kampfkunst, und deine Zauberkräfte sind etwas, was auch Còmhragâr-Krieger sehr schätzen. Schaue nicht auf das Können anderer, vertraue lieber deinem eigenen, Aramia!«

Selbstbewusst trat Zir'Avan in den Kreis der Dunkelelfen, und zögernd gesellte sich Aramia zu ihm. Alle Krieger stellten ihre Waffen senkrecht vor sich auf den Boden, dann schlossen sie die Augen. Kurz darauf erfüllte ein leises, aber dennoch sehr eindringliches Summen die Luft. Mit unfassbarer Intensität strömte es durch Aramias Körper, schien all ihre Sinne zu beleben und sogar das Schwert in ihrer Hand zu durchströmen. Sie wusste nicht, wie viel Zeit vergangen war, als das Summen wieder verstummte, fühlte sich danach aber seltsam belebt und voller Energie.

»Was war das?«, erkundigte sie sich leise bei ihrem Vater.

»Ein Ritual, um unsere Kampfkraft zu stärken. Wir haben Marvachân darum gebeten, uns den Sieg zu schenken. Die Còmhragâr führen eine Vereinigung von Geist, Körper und Schwert durch.« Mit forschendem Blick sah er sie an. »Hat es deinen Gefallen gefunden?«

Zögernd nickte Aramia. »Es war …«, sie versuchte, ihre Empfindungen in Worte zu fassen, und blickte dabei auf ihre Schwerthand, »… wie Magie. Eigenartigerweise fühle ich mich viel kräftiger als zuvor.«

»Das erfüllt mein Herz mit Freude. Lass uns gemeinsam in den Kampf ziehen, Tochter. Zwanzig Còmraghâr sollen dir unterstehen.« Sofort traten einige der schweigsamen Krieger vor und verneigten sich vor ihr.

So als hätten Zir'Avans Worte das Schicksal herausgefordert, zerrissen nur wenige Herzschläge später heisere Schreie die Luft.

»Angriff, wir werden angegriffen!«, hallte es durch die Dunkelheit. Verflogen war jegliche Entspannung, Aramias Herz pochte laut und schnell.

Um sie herum rappelten sich Männer und Frauen auf. Polternd brachen schwere Leiber durch das Unterholz, es waren Trolle, jene, die nicht die Grenze zum Elfenreich bewachten. Hinter Aramia knackte es plötzlich verdächtig. Sie wirbelte herum, doch es war nur Atorian, der durch die Reihen galoppierte. »Haltet euch zurück, lasst nur die Dunkelelfen ausschwärmen«, schrie er.

Aramia gab ihm insgeheim Recht, denn alle nicht nachtsichtigen Wesen würden Zir'Avan und seine Krieger nur behindern. Eilig schnappte sie sich auch ihren Bogen und traf bald auf Nordhalan. Die Runen seines langen Stabes leuchteten nur fahl, und Aramia verspürte ein flaues Gefühl im Magen, als sie sah, wie selbst dieses schwache Leuchten hin und wieder zu erlöschen drohte.

»Wo sind Envid und Rusira?«, wollte Aramia wissen und band sich die Haare mit gewohnter Routine zu einem Zopf, damit diese sie im Kampf nicht behinderten.

»Rusira ging mit Atorian und den Còmraghâr, Envid ist bei Lharinas Elfen an der Grenze zu deren Reich.«

Aramia nickte zufrieden, dann sammelte sie eilig die ihr unterstellten Dunkelelfen um sich und durchforstete mit ihnen den Wald. Nach wenigen Schritten im Unterholz hörte sie in der Ferne das Geklirr von Schwertern. Schemenhafte Gestalten tauchten zwischen den Bäumen auf.

»Verteilt euch«, flüsterte sie ihren Gefährten zu, »wir müssen uns einen Überblick verschaffen, wie viele Feinde sich in der Nähe aufhalten. Außerdem schirmen wir so das Lager ab.«

»Wir werden denen von unserem Blute Ehre bereiten«, versicherte Lin'Avan, wobei ihre Augen in der Dunkelheit vor Kampflust blitzten.

Leise verschwanden die dunklen Krieger zwischen den Bäumen, und Aramia selbst pirschte sich an die nächsten Kämpfenden an. Um es den menschlichen Kriegern und den Trollen einfacher zu machen, hatten sie beschlossen, dass die Krieger ihres Vaters helle Armbinden tragen sollten, damit sie nicht irrtümlich für einen Feind gehalten wurden. Zir'Avan hatte dies selbstverständlich überhaupt nicht gefallen, denn er war der Meinung gewesen, man erkenne Còmraghâr-Krieger auf den ersten Blick an ihrem sehr viel ausgefeilteren Kampfstil. Doch im Eifer des Gefechts würde auf so etwas niemand achten – schon gar nicht ein Troll –, und so hatte Aramia sich durchgesetzt.

Endlich erkannte sie einige Dunkelelfenkrieger mit ebendiesen Armbinden. Zir'Avans Truppe übernahm die Kämpfe. Zum Glück schienen ihnen eher wenige feindlichen Dunkelelfen gegenüberzustehen – aber diese kämpften hart und waren vermutlich geschickt worden, um Menschen und Trolle schon im Vorfeld zu dezimieren. Gerade als sich Aramia fragte, wie Dal'Ahbracs Späher ihr Lager so genau hatten auskundschaften können, rauschte auch schon der geflügelte Dämon an ihr vorbei und stürzte sich auf einen von Zir'Avans Kriegern.

Instinktiv stürmte Aramia vorwärts, besann sich dann aber, stieß ihr Schwert in den weichen Waldboden und öffnete sich den Toren ihrer Magie. Gewaltige Kräfte durchströmten sie, welche ihr zunächst zu entgleiten drohten. Aber dann konzentrierte sie sich, streckte die Hände aus, und ein dürrer Busch in der Nähe des unglücklichen Dunkelelfen, der sich verbissen gegen den Dämon zur Wehr setzte, ging in Flammen auf. Aramia beschwor Feuergeister, die kurz darauf über den Flammen tanzten. Sie fühlte die Hitze der Flammen in sich und bewegte ihre Hände auf den Dämon zu. Mal wieder war sie von der Stärke ihrer Magie überwältigt. Einem fauchenden Feuersturm gleich fegten die magischen Wesen auf die dunkle Kreatur zu, die gepeinigt aufschrie. Als ihn die Feuerwesen angriffen, schlug er mit den Flügeln, blähte sich regelrecht auf und ließ seinen eigenen, tödlichen Feueratem auf die Elementargeister schießen. Aramia spürte, wie die Feuergeister zauderten, verschwinden wollten, aber sie bündelte all ihre Kräfte und befahl ihnen, den Dämon zu verbrennen. Umhüllt von Flammen, kämpfte die grässliche geflügelte Gestalt darum, sich zu befreien. Der Dämon wehrte sich mit aller Macht, aber die Flammengeister ließen nicht von ihm ab.

Ganz allmählich bemerkte Aramia, dass ihre Kräfte schwanden. Im selben Moment schien der Dämon den eigentlichen Ursprung des Angriffs zu erahnen, und seine toten Augen wandten sich Aramia zu.

Nein, nicht, du musst durchhalten, sagte sie sich. Der Dämon musste jeden Moment sein Leben aushauchen. Ihre ausgestreckten Hände begannen zu zittern, Schweiß rann in Strömen ihr Gesicht hinab, und die Feuergeister ließen nach und nach von der Kreatur ab.

»Nein, bitte nicht«, flüsterte sie, aber plötzlich war der geflügelte Dämon frei. Hasserfüllt sah er Aramia an, seine Schwingen hingen in verbrannten Fetzen herab, überall hatte er schwelende Brandwunden, stinkender Rauch fuhr in Aramias Nase. Dann jedoch erhob er sich träge in die Lüfte.

Zitternd wich sie zurück und nahm aus dem Augenwinkel heraus wahr, wie ein Dunkelelf sich auf einen Gegner stürzte, der vermutlich sie im Visier gehabt hatte. Mit raschen und wuchtigen Schlägen trieb der Còmraghâr den Angreifer zurück.

Dann kam der Dämon erneut über sie. Das Geräusch seiner schlagenden Schwingen näherte sich langsam. Aramia tastete nach ihrer Magie, doch sie war im Moment zu sehr geschwächt. Entschlossen packte sie ihr Schwert und blickte der Kreatur grimmig entgegen. »Komm zu mir, ich schneide dir deine schwarze Seele aus dem Leib, und wenn es das Letzte ist, das ich tue.«

Und dann griff das Wesen aus dem Zwischenreich an, schnell und tödlich. Aramia stürzte zur Seite, hieb zu. Irgendetwas hatte sie mit ihrer Klinge erwischt, doch einer der Flügel der Kreatur schleuderte sie über den Boden. Geschickt rollte sie sich ab und stellte sich dem Dämon erneut. Sie vernahm ein Geräusch in ihrem Rücken, konnte sich jedoch nicht umwenden, da ihr Angreifer sie abermals attackierte. Dann aber prallte der Dämon gegen einen bläulichen Lichtstrahl, der sich brodelnd in seine Brust grub.

»Nordhalan«, keuchte Aramia, als sie das Gesicht des Zauberers im Licht seiner magischen Flammen aufleuchten sah. Die Runen auf seinem Zauberstab glommen hell, verliefen nun sogar über seine Handrücken, als seien diese mit dem Stab verwachsen. Der Dämon kreischte auf, kurz schien er sogar das Licht zu absorbieren, dann erhob er sich torkelnd in den Himmel. Geistesgegenwärtig fasste Aramia ihren Bogen, zielte und traf das Wesen genau in der Leibesmitte. Trudelnd verschwand die Kreatur zwischen den Bäumen – ob sie an den Verletzungen zu Grunde gehen würde, vermochte Aramia nicht zu sagen. Nun eilte Nordhalan zu ihr, doch just in diesem Moment brach ein Dunkelelf aus dem Gebüsch. Der Zauberer reagierte überraschend schnell. Sein Stab raste durch die Luft, sauste auf den Gegner nieder. Es folgte ein kurzes Leuchten, ein dumpfes Geräusch, und der Krieger der 'Ahbrac wurde zurückgeschleudert und rührte sich nicht mehr. Mit wehenden Roben kam Nordhalan nun auf Aramia zu, die sich gerade aufrappelte. Sein bärtiges Gesicht strahlte. »Du hast eine unglaubliche Leistung vollbracht.«

»Ohne dich wäre ich jetzt tot. Danke, Nordhalan.«

»Für irgendwas muss ein alter Mann ja gut sein.« Aramia lächelte müde und holte tief Luft. Langsam, ganz langsam kehrten ihre Kräfte zurück, und sie sah sich um.

Die Feinde hatten sich zurückgezogen, vereinzelte Leichen lagen im Wald herum, glücklicherweise überwiegend die der Verbündeten Dal'Ahbracs. Leider war auch der von dem Dämon angegriffene Dunkelelf aus Zir'Avans Gruppe tot. Ihre Hilfe war zu spät gekommen.

»Aramia, Nordhalan, geht es euch gut?« Im fahlen Licht des beginnenden Morgens kam Atorian angaloppiert und sah sich nervös um. In der Hand hielt er sein Schwert, an dessen Klinge noch getrocknetes Blut klebte.

»Aramia und ich haben einem dieser Dämonen möglicherweise den Garaus gemacht«, verkündete Nordhalan und wies mit seinem Stab ins Unterholz.

»Das sind hervorragende Neuigkeiten.« Atorians angespanntes Gesicht deutete ein Lächeln an, seine Augen jedoch suchten stets die Umgebung ab. »Nassàr und Lord Rovants Krieger bewegen sich langsam auf das Schlachtfeld in der Nähe des Steins von Alahant zu. Zir'Avan hat einen Teil seiner Krieger abgespalten, damit sie sich dem Schlachtfeld von hinten nähern, ob dies jedoch gelingt, ist noch ungewiss.« Dann sah er auf Aramia und Nordhalan herab. »Ihr beide solltet mit mir vorrücken. Seid ihr bereit dazu?«

Sie bejahten und gingen zu den Pferden.

»Atorian, möchtest du Lavos reiten? Inzwischen ist er ein zuverlässiges Kriegspferd, und ich würde ohnehin gerne diesen Kampf mit Menhir bestreiten.« Sie streichelte dem Hengst über das glatte Fell. Wenn sie Darians Pferd ritt, fühlte sie sich ihm zumindest ein wenig verbunden.

Sichtlich überrascht und erfreut trat Atorian zu dem jungen Braunen. »Es wäre mir eine Ehre. Dieser Hengst gefällt mir schon seit langer Zeit. Danke, Aramia.« Atorian ließ das Pferd an seiner Hand schnuppern, redete leise mit ihm und zog sich dann mit angestrengtem Gesichtsausdruck in den Sattel. Ganz langsam ließen sie die Pferde aus dem Wald heraustreten und ritten im Licht des Morgens über eine von Steinen und großen Felsbrocken durchsetzte Grasebene. Im Dunst zwischen den Steinen zeichneten sich die Gestalten von Menschen ab, aber auch einige wenige Elfenkrieger und Trolle, die nicht das elfische Grenzgebiet bewachten, waren mit dabei.

Auf der Gegenseite waren Soldaten aus Northcliff und die in graue Umhänge gehüllten Dunkelelfen Dal'Ahbracs zu sehen. Man konnte nicht abschätzen, wer in der Überzahl war, denn die Ebene war nicht allzu groß, und nur ein kleiner Bach trennte die Armeen voneinander. Dahinter befanden sich Wälder, ganz im Osten die ersten Höfe, die vor Alahant lagen. Dal'Ahbrac mochte noch weiteren Nachschub zwischen den Bäumen versteckt haben, so wie auch Atorian es tat. Die meisten Dunkelelfen Zir'Avans sollten bis zuletzt verborgen bleiben, um den Gegner in falscher Sicherheit zu wiegen. Aramia hoffte nur, dass die Männer ihres Vaters jene 'Ahbrac-Krieger, die eben erst das Lager angegriffen hatten, vollständig vernichtet hatten, sonst bestand die Gefahr, dass Dal'Ahbrac über die Còmraghâr, die an ihrer Seite fochten, Bescheid wusste. Möglicherweise hatte der Angriff bei Nacht ohnehin nur dazu gedient, ihre Stärke zu testen, denn sie glaubte kaum, dass Dal'Ahbrac nur über so wenige Dunkelelfen gebot. Aramia ließ ihren Blick über den Himmel schweifen, während sie Menhir beruhigend die Mähne kraulte. Dämonen waren im Augenblick nicht auszumachen, womöglich lauerten sie zwischen den feindlichen Kriegern. Große Anspannung lag in der Luft. Wenngleich es noch früher Morgen war, herrschte bereits eine unangenehme Schwüle. Aramia spürte, wie ein Schweißtropfen ihren Rücken hinabrann. Nicht alle Krieger auf ihrer Seite verfügten über nützliche Schutzkleidung, Aramia selbst trug einen dünnen dunkelelfischen Lederpanzer, der angenehm leicht war, sie jedoch trotzdem zuverlässig vor Schwerthieben schützen würde. Die Armschützer stammten von einem toten Menschenkrieger, den Lilith leider nicht mehr hatte retten können. Manche von Atorians menschlichen Verbündeten verfügten über Kettenhemden, doch ein Großteil der Krieger musste ohne Schutz auskommen. Zir'Avans Dunkelelfen kämpften ohne jegliche Rüstung und hatten ihre großzügig zur Verfügung gestellt, denn sie waren der Meinung, gegen einen schwächeren Gegner in die Schlacht zu ziehen, und sahen keine Ehre darin, ihre Körper entsprechend zu wappnen. Aramia konnte diese Denkweise mal wieder nicht nachvollziehen, war aber andererseits froh, dass nun zumindest ein Teil ihrer menschlichen Verbündeten dem Kampf ein wenig beruhigter ins Auge blicken konnten.

Wenn nur die Dämonen nicht wären, dachte Aramia.

Angespannt beobachtete sie, wie Atorian auf sie zukam. Kaya ritt an seiner Seite und war so bleich im Gesicht, dass sie befürchtete, die junge Frau könnte gleich aus dem Sattel kippen.

»Aramia, wirst du mich begleiten, wenn ich Dal'Ahbrac herausfordere?«, fragte Atorian mit fester Stimme.

Zunächst war sie ein wenig überrascht, stimmte dann aber zu. Eigentlich hatte sie vermutet, nur Nordhalan würde an Atorians Seite sein; unter anderem, um ihn notfalls vor magischen Übergriffen zu bewahren. Aber auch sie selbst konnte ja vielleicht einen Dämonenangriff abblocken. Also lenkte sie Menhir neben Lavos und beobachtete Atorian, der Kaya zärtlich küsste.

»Hab keine Angst, ich werde nur kurz mit diesem Dal'Ahbrac sprechen.«

»Nur mit Dal'Ahbrac sprechen!« Kayas Stimme zitterte ebenso wie ihre Hände, die sich um die Zügel ihres grauen Wallachs klammerten. »Er ist ein Zauberkundiger, er kann dich auf der Stelle töten. Du kennst ihn nicht, und …«

»Kaya!« Atorian streichelte ihre Wange. »Aramia und Nordhalan sind bei mir. Noch werde ich nicht kämpfen.«

»Aramia … passt du … auf ihn auf?« Man sah Kaya deutlich an, wie sehr sie um ihre Fassung rang. Aramia verstand ihre Angst nur zu gut.

»Das werde ich«, versicherte sie und lächelte Kaya aufmunternd zu, woraufhin diese stumm ihr Pferd wendete und sich zum hinteren Teil der Armee begab – vermutlich, um ihre Tränen zu verbergen.

Augenblicke später war Nordhalan bei ihnen. Er ritt einen großen Braunen, hielt seinen langen Zauberstab in der rechten Hand und deutete nach Norden. »Bist du bereit, Atorian?«

Dieser nickte, hob stolz sein Kinn, und in diesem Augenblick erkannte Aramia den König in ihm. Sie hatte Jarredh von Northcliff hin und wieder gesehen, und dieser selbstbewusste, unbeugsame Blick war auch ihm zu eigen gewesen. Es war, als hätte die bevorstehende Schlacht Atorians wahres Wesen hervorgebracht

– so wie der Schlag des Schmiedehammers die Schwertklinge formt.

Langsam näherten sie sich nun dem plätschernden Bach, und als plötzlich galoppierende Hufe hinter ihnen erklangen, fuhren sie herum. Auf einem hellbraunen Pferd mit weißer Mähne näherten sich Lharina und Tahilán, ihr Wächter. Aramia nahm weitere Bewegungen am Rande des Waldes wahr und beobachtete, wie vierzig, vielleicht fünfzig weitere Elfen aus den Schatten der Bäume traten. Selbst ihre Pferde setzten die Hufe mit Bedacht und fast geräuschlos auf den Boden, ihre Reiter blickten über das Feld, ihre feinen Gesichtszüge wie in Stein gemeißelt.

Atorian hob die Hand. »Bleibt zurück, Lharina«, verlangte er.

»Es geht auch um mein Volk«, widersprach sie mit sanfter, jedoch ebenfalls sehr bestimmter Stimme. »Dal'Ahbracs Hass gilt vor allem uns, auch ich will ihm eine Kampfansage machen. Es wäre nicht rechtens, euch ganz allein diese Schlacht austragen zu lassen.«

Für einen kurzen Moment sah Aramia, wie Atorian mit sich rang, aber dann nickte er knapp und ritt weiter. Sie waren noch nicht weit gekommen, als sich zwei Gestalten zu Fuß näherten.

»Ist das Dal'Ahbrac?«, fragte Atorian leise.

Aramia kniff die Augen zusammen. Sie hatte den Dunkelelfen nur zweimal gesehen, einmal bei ihrem Urgroßvater und einmal schemenhaft im Wald.

»Dal'Ahbrac, ich, Prinz Atorian von Northcliff, fordere Euch im Namen aller Menschen auf, die Burg meiner Vorväter und mein Land zu verlassen«, erscholl neben ihr Atorians Stimme. »Lasst Eure menschlichen Gefangenen frei und zieht Euch ins Unterreich zurück, dann wird Euer Volk leben.«

Atorian beugte sich ein wenig aus dem Sattel herab. »Ihr hingegen solltet bleiben und Euch meiner Klinge stellen, sofern

Ihr etwas von der Ehre in Euch habt, die Eurem Volk so viel bedeutet.«

Ein höhnisches, dunkles Gelächter ertönte, und die beiden in Umhänge gehüllten Gestalten kamen näher. Dann verklang das Lachen. »Töte ihn!«, zischte Dal'Ahbrac, ehe irgendwer reagieren konnte.

Kapitel 28

Mit dem Rücken zur Wand

Die Gestalt neben Dal'Ahbrac schnellte vor, flog beinahe über den Boden und stürzte sich auf Atorian. Dieser reagierte sofort, wollte nach Dal'Ahbrac stechen, aber der Dunkelelf glitt zurück. Nordhalan riss seinen Zauberstab nach vorn, gleißendes bläuliches Licht schoss daraus hervor, doch das Wesen wich aus.

»Atorian, zurück!« Eilig beschwor Aramia einen Feuerball, schleuderte ihn dem Dämon entgegen und befahl gleichzeitig den Feuergeistern, die Kreatur anzugreifen. Das Wesen kreischte überrascht auf, als Flammenhände nach ihm griffen. Atorian und Lharina flüchteten bereits, Nordhalan warf Energieblitze in Dal'Ahbracs Richtung, doch dieser hob die Hände, woraufhin Nordhalans Zauber einfach von ihm abprallte. Dann zog sich der Dunkelelf zurück. Nun stürzten auch schon die ersten menschlichen Krieger vor, angetrieben von Dunkelelfen. In ihren Gesichtern erkannte Aramia Angst und Unsicherheit. Vermutlich hätten sie sich lieber auf Atorians Seite geschlagen, trauten sich jedoch ihrer Familien wegen nicht.

»Verdammter Bastard«, stieß Atorian hervor, ohne den Blick von der Stelle zu wenden, an der Dal'Ahbrac zuletzt gestanden hatte. Dann rief Atorian seine neuen Befehle, während Aramia zu ihrer Einheit Dunkelelfen zurückkehrte.

Mit brachialer Gewalt prallten die Armeen aufeinander, und kurz darauf erfüllten Todesschreie und Waffengeklirr die Luft. Zumeist waren es Menschen und Trolle, die an vorderster Front kämpften, die Còmraghâr und Elfen hielten sich zurück, denn sie mussten ihre Kräfte schonen, um sich später den deutlich grausameren Dunkelelfen und vielleicht sogar Dämonen zu stellen. Unruhig wartete Aramia im östlichen Wald, von wo aus sie die Schlacht beobachtete. Ihr Dunkelelfenblut schrie danach, sofort an die Seite ihrer Kameraden zu eilen, doch wusste sie auch, dass sie ihre Kräfte mit Bedacht einsetzen musste. Ähnliche Gefühle sah sie in den Augen von Lin'Avan. Ihre Verwandte bebte förmlich vor Anspannung, während sie auf das Gemetzel starrte; ihre Hände krallten sich um ihr Schwert, und offenbar konnte sie sich kaum noch zurückhalten. »Mich dürstet es nach dem Blut der 'Ahbrac«, zischte Lin'Avan.

»Harre aus, deine Zeit wird schon bald kommen«, entgegnete Aramia.

Langsam zog die Sonne ihre Bahn und brannte gegen Mittag gleißend vom beinahe wolkenlosen Himmel herab. Wie es nicht anders zu erwarten war, waren die verängstigten Menschen, welche Dal'Ahbrac in die Schlacht gezwungen hatte, rasch überwältigt worden. Und so griffen an ihrer Stelle schon bald Krieger der Dunkelelfen an, wenngleich sich Aramia darüber wunderte, wie wenige von ihnen sich in die Schlacht warfen.

»Seltsam, sie schicken nicht alle in den Kampf.« Atorian erschien neben Aramia. Offensichtlich war er ständig in Bewegung, um die Geschehnisse aus allen Perspektiven zu verfolgen.

»Es ist nur der ehrlose Abschaum, der an der Oberfläche kämpft«, warf Lin'Avan ein.

»Dal'Ahbracs Krieger halten sich noch zurück«, stellte ein anderer Còmraghâr-Krieger mit emotionsloser Stimme fest, ohne das Schlachtfeld aus den Augen zu lassen.

»Worauf warten sie denn?« Aramia beschlich eine ungute Vorahnung.

Atorian schüttelte den Kopf. »Wenn wir das nur wüssten.«

»Das ist mir gleich«, zischte Lin'Avan. »Wir sollten nicht länger zusehen.« Mit begierigem Blick zog die Dunkelelfe ihre Klinge, doch noch bevor Aramia ihr beipflichten konnte, hob Atorian die Hand. »Nein. Geduldet euch. Noch ist es nicht an der Zeit.«

»Das ist es sehr wohl.« Zornesfalten machten sich auf Lin'Avans Gesicht breit, Atorian aber blieb unnachgiebig. »Ihr seid Còmraghâr, jene dort«, er deutete auf Dal'Ahbracs Dunkelelfen auf dem Schlachtfeld, »sind Abschaum. Gegen sie zu kämpfen würde euch nur wenig Ehre bereiten. Überlasst sie den Trollen und unseren Menschenkriegern.«

Lin'Avan betrachtete ihn kritisch von der Seite, steckte aber schließlich die Klinge mit einer raschen Bewegung zurück. Ein Schmunzeln stahl sich indes auf Aramias Gesicht, als Atorian an ihr vorüberritt. »Gerissen wie ein alter Wolf«, flüsterte sie ihm zu.

»Das ist lediglich die Weisheit des Alters.« Er zwinkerte ihr zu und lenkte Lavos ins nächste Gehölz.

Erbittert stemmten sich Menschen, Trolle und einige wenige Elfen den dunklen Kämpfern aus dem Unterreich entgegen. Gelegentlich flammten Nordhalans magische Blitze über dem Schlachtfeld auf. Aramia wusste sehr wohl, dass Atorians Entscheidung noch auszuharren klug war, aber auch sie hielt die Untätigkeit nicht mehr aus und übergab einem Dunkelelfen namens Rak'Atin das Kommando. Er sollte sie holen, falls es zu einem Angriff kam. Dann suchte sie Lilith auf, die, ebenso wie die anderen Heilerinnen und Heiler, damit beschäftigt war, die Verletzten zu versorgen – und derer waren es nicht gerade wenige. Auch Aramia begann klaffende Wunden zu verbinden, versuchte den Gestank von Blut, Schweiß und Erbrochenem zu ignorieren und spendete denjenigen Trost, denen nicht einmal mehr Liliths Heilkünste helfen würden. Das einzig Erfreuliche waren die weniger schwer verletzten menschlichen Gegner, die als Gefangene ins Lager kamen. Dal'Ahbracs Einfluss entronnen, erklärten sie sich, sofern gesund, dazu bereit, nun auf der

Seite von Atorian und den Elfen zu kämpfen. Sie sahen ein, dass es für ihre Familien nur dann Aussicht auf Rettung gab, wenn Dal'Ahbrac und die Dämonen besiegt oder zumindest vertrieben wurden.

Ein silberhaariger Elf, dem ein abgebrochenes Schwert in der Brust steckte, wurde herangetragen.

»Schnell, hol Lilith her«, wies Aramia eine kleine Nebelhexe an, die eine ähnliche Knollennase im Gesicht trug wie Lilith, die aber leider über weitaus weniger ausgeprägte Heilkräfte verfügte.

Aramia gab dem halb bewusstlosen Elfen etwas zu trinken und war sehr erleichtert, als ihre Freundin endlich angeeilt kam. Lilith war schmutzig und mit Blut bespritzt. Ihre blonden Haare hatten sich größtenteils aus dem Knoten gelöst, und sie lächelte Aramia nur kurz müde zu. Dann untersuchte sie den Elfen, gab ihm etwas aus einer kleinen Phiole zu trinken, woraufhin er sich entspannte und zurücksinken ließ.

»Halt ihn fest.« Lilith zog mit einem Ruck die Klinge heraus, was einen Blutschwall aus der Wunde schießen ließ. Aramia glaubte kaum, dass der Elf diese Verletzung überleben würde, aber Lilith stopfte gestampfte Kräuter in die klaffende Öffnung, umwickelte diese und legte dann zwei hellblaue Kristalle auf den Verband. »Er soll die Heilsteine immer bei sich tragen, später werde ich ihm einen Trank gegen die Schmerzen brauen.«

Aramia war erstaunt, dass der Elf nicht einmal gezuckt hatte. Er lag nur ruhig da, atmete etwas flach und unregelmäßig, aber er schien keine Schmerzen zu spüren.

»Wird er leben?«

»Vermutlich.« Unruhig sah sich Lilith um. »Ich muss weiter, danke, Aramia, du bist eine große Hilfe.«

Sie lächelte kurz, dann wandte sie sich einem Troll zu, dem zwei Finger abgetrennt worden waren. Leider ließ sich der Verletzte jedoch nicht behandeln und schlug einen unglücklichen Helfer zu Boden.

Bis in den Abend wurde weiter gekämpft, und Aramia war sich sehr wohl bewusst, dass in der Nacht auch sie eine Begegnung mit den feindlichen Klingen erwartete. Sie ritt zurück zu ihrer Dunkelelfentruppe und bemerkte nicht einmal, dass sie sich vor Anspannung die Unterlippe wund biss. Irgendwann trat die Gestalt ihres Vaters aus dem Halbdunkel und sah zu ihr auf. »Ich sehe, du bist wohlauf. Das freut mich.« Einen Augenblick lang schwieg er und musterte Aramia. »Du wirst denen vom Blute der 'Avan Ehre bereiten«, versicherte er dann und verschwand, ehe sie antworten konnte.

»Hoffentlich«, wisperte sie nur.

Langsam zogen sich nun Menschen, Trolle und Elfen zurück. Aber statt des erwarteten Angriffs von Dal'Ahbracs Dunkelelfen und Dämonen wurde es nach und nach gespenstisch ruhig.

Atorian, dem die Anspannung deutlich ins Gesicht geschrieben stand, ritt zu Aramia, als das letzte rötliche Licht der Sonne im Westen versank und etwas kühlere Luft das Atmen leichter machte. »Ich frage mich, was sie vorhaben. Werden sie erneut mitten in der Nacht angreifen?«

»Ich weiß es nicht.« Aramia schaute auf das Schlachtfeld. »Schon jetzt gibt es so viele Verwundete und Tote, und doch steht uns das Schlimmste wohl noch bevor.« Sie wandte sich Atorian zu. »Wie geht es dir?«

Er richtete sich im Sattel auf und zeigte gen Norden. »Dort liegt Northcliff, die Burg meiner Väter«, meinte er, ohne auf ihre Frage einzugehen. »Wir leben in einer bedeutenden Zeit, Aramia. Entweder Northcliff erhebt sich zu seiner alten Pracht oder geht unter und reißt ganz Albany mit sich.«

»Dann bin ich stolz, an deiner Seite zu sein, welches Ende uns auch immer erwarten wird.« Aramia blickte ihm fest in die Augen. Atorian nickte nur knapp, dann streckte er sich und rieb sich den Rücken.

»Geh zu Lilith und lass dir einen Schmerztrank geben, und vor allem, ruh dich aus.«

»Es gibt ernstere Verletzungen als meinen schmerzenden Rücken«, lachte er.

»Das mag sein«, Aramia sah ihn eindringlich an, »aber wenn du dich morgen nicht mehr im Sattel halten kannst, werden die Menschen den Mut verlieren. Jetzt im Dunkel können mein Vater und ich alles im Auge behalten, bitte, gönn dir etwas Ruhe.«

»Das werde ich, bald schon.« Atorian warf Aramia noch einen letzten Blick zu, dann zog er wieder von dannen, und sie befürchtete, dass er – statt sich auszuruhen – nun erneut das Lager abreiten und alles kontrollieren würde. Sie selbst verspürte die gleiche Rastlosigkeit, und so beschloss sie, auf Patrouille durch den Wald und auch ein Stück auf die Ebene hinauszureiten. Aufgrund des ungewöhnlich heißen Sommerwetters hing schon jetzt ein ekelhafter Verwesungsgestank in der Luft. Aramia beschwor einige Windgeister und bat sie, den Geruch nach Norden zu blasen – sollte Dal'Ahbrac ihn nur mit voller Wucht abbekommen.

Angespannt lauschend ritt Aramia die östliche Flanke ab. Aus der Ferne vernahm sie die summenden, auf- und abwogenden Geräusche des Dunkelelfenrituals, in dem die Còmraghâr ihres Vaters den Kriegsgott Marvachân um Stärke und den Sieg baten. Beinahe wünschte sie sich, bei ihnen zu sein, auch ihren Geist zu klären und sich auf die Schlacht vorzubereiten, aber gleichzeitig wusste sie, dass sie heute dafür keine Geduld aufbringen konnte. So ritt sie das Lager in südlicher Richtung ab und bemerkte irgendwann, dass Menhir unter ihr unruhig wurde. Wenngleich ihre Augen besser waren als die ihres Pferdes, konnte sie jedoch keine Gefahr erkennen. Sie hielt an und horchte, aber keine verdächtigen Geräusche waren zu hören. Plötzlich drang ein stechender Geruch in ihre Nase – Feuer. Vielleicht hatte einer der Männer nicht auf sein Lagerfeuer geachtet? Doch als sie eine kleine Lichtung erreichte, sah sie eine beunruhigend dicke und schwarze Wolke in den Nachthimmel steigen, zu groß, um von einem Lagerfeuer zu stammen. Sie ritt weiter in den Wald hinein und sah sich bald schon einer breiten Feuerfront gegenüber, die unaufhaltsam auf sie zuwalzte. Kurz starrte sie auf die knisternden Flammen. Jetzt wurde ihr klar, weshalb Dal'Ahbrac seine Krieger nicht mit voller Kraft in die Schlacht geschickt hatte – es war ein Ablenkungsmanöver gewesen. Sofort wendete sie Menhir und galoppierte in halsbrecherischem Tempo zum Lager zurück.

»Feuer! Der ganze Wald brennt«, schrie sie.

Sofort sprangen alle Verbündeten auf, die sich vermutlich erst vor kurzem niedergelegt hatten. Trolle wurden losgeschickt, um Bäume zu fällen und so eine Schneise zu schlagen, die hoffentlich das Schlimmste verhindern würde.

»Dal'Ahbrac will uns die Rückzugsmöglichkeit abschneiden. Der Wind wird die Flammen rasch vorantreiben«, bemerkte Nordhalan und fuhr sich besorgt durch den Bart. Nicht weit von ihm entfernt stand Samukal, der betont unbeteiligt zu Boden blickte. Bisher hatte er immer unter strenger Bewachung gestanden.

»Kannst du etwas gegen das Feuer tun?«, erkundigte sich Aramia bei Nordhalan.

»Nicht, wenn es sich um einen sehr ausgedehnten Waldbrand handelt, und bei dieser Trockenheit ist das nur zu wahrscheinlich.«

»Wassergeister?«

»Zu spät!«

Es dauerte nicht lange, und auch Atorian und Kaya kamen angeritten. »Wir ziehen uns nach Westen zurück, dort fließt ein Fluss, und es gibt mehrere Seen«, bestimmte er. »Wir haben dann das Elfenreich im Rücken und können zu den Trollen aufschließen.«

Eilig wurden die Verletzten auf Wagen oder Bahren gelegt und, so rasch es ging, aus der Gefahrenzone gebracht. Rauchschwaden breiteten sich aus, was auch Aramias Sicht erheblich behinderte. Unglücklicherweise stellte sich der Rückzug nach Westen schnell als unmöglich heraus, denn aus dieser Richtung griffen bald die ersten Dunkelelfen an – dieses Mal Krieger Dal'Ahbracs. Aramia konnte nur erahnen, welche Panik ihre menschlichen Gefährten ausstehen mussten. Aus dem Dunkel der Nacht heraus hörte sie Waffenlärm, bald auch schon die ersten Schreie. Sie ritt an Nassàrs Seite, der verzweifelt versuchte, die ihm unterstehenden Männer zusammenzuhalten. »Haltet euch an den kleinen Bachlauf«, schrie sie ihm zu. »Er führt euch wieder nach Osten.« Aufmunternd drückte sie Nassàrs Schulter.

Der alte Krieger nickte knapp, dann brüllte er seinen Männern Befehle zu und führte sie durch den nächtlichen Wald.

Aramia befürchtete, Dal'Ahbrac wolle sie alle nach Süden treiben, daher hielt sie es für das Beste, ihre Leute in Richtung Osten, zu den Bergen des Zwergenreichs zu führen, wo es weniger Wald gab und sie vielleicht in Sicherheit vor dem Feuer sein würden.

Atorian schätzte sich glücklich, Zir'Avan an seiner Seite zu haben, denn er half ihm, schneller den Weg nach Westen durch das Dunkel zu finden. Doch Schnelligkeit half ihnen nicht – allzu bald trafen sie auf Krieger ihres verhassten Feindes. Zwei Klingen schossen auf Atorians Bein zu, das er rasch in Lavos' Flanke drückte. Das Pferd wich zur Seite, Atorians Klinge rauschte hinab, und kurz darauf spritzte Blut aus dem Arm seines Gegners. Dieser gab nicht auf, griff erneut an. Beinahe hätte er Atorian erwischt, doch der Prinz von Northcliff war schneller. Der Schädel seines Feindes knackte unter seinem wuchtig geführten Hieb. Eilig sah sich Atorian um. Immer mehr Dunkelelfen der 'Ahbrac tauchten aus der Dunkelheit auf. Zir'Avans Krieger warfen sich ihnen entgegen, doch unter seinen eigenen Männern drohte Panik auszubrechen. »Wir müssen nach Osten«, rief er Aramias Vater zu, doch der blickte nur verständnislos zu ihm auf – einem Kampf aus dem Weg zu gehen, war unvorstellbar für ihn.

»Meine Männer werden deinen Kriegern nur im Wege sein«, erklärte Atorian, und endlich nickte der Dunkelelf.

»Gut. Führe sie an, wir werden euch folgen und Deckung bieten.«

Atorian missfiel es sehr, sich unter dem Schutz der Còmraghâr zurückzuziehen, doch nur so konnte er seine Leute vor der totalen Panik bewahren. Auch er sah ein, dass es nach Westen kein Entrinnen gab, also führte er seine Krieger weiter auf die Berge zu und hoffte, sie würden den Flammen entkommen. Noch waren es nur drohende Rauchschwaden, aber Späher berichteten, dass sich die Feuerwalze weiter in ihre Richtung ausbreitete. Vielleicht bestand ja die Möglichkeit, Dal'Ahbrac irgendwie zwischen seinen eigenen Leuten im Osten und den Elfen und Trollen im Westen in die Zange zu nehmen.

Unterwegs traf er auf Nordhalan, der mit wehenden Roben seinen Stock auf die Feinde krachen ließ. Hin und wieder jagten gleißende Blitze in die Nacht, und auch wenn es ihrer zu wenige waren, so riss er doch große Löcher in die Reihen der angreifenden 'Ahbrac-Krieger.

»Ein mächtiger Mann ist euer menschlicher Magier«, stellte Zir'Avan bewundernd fest.

»Ja, und ein treuer Gefährte.« Inzwischen bereute es Atorian, Nordhalan wegen seiner Zugehörigkeit zu den Diomár misstraut zu haben. Er war schließlich stets loyal gewesen und hatte ihn und Darian tatkräftig unterstützt.

Darian, sei froh, dass du das nicht erleben musst, dachte er, ignorierte das Ziehen in seinem Rücken und trabte weiter durch den von Rauchschwaden verhangenen Wald.

Gegen Morgen – über den südlichen Wäldern quoll noch immer Rauch in den Himmel – hatte sich Atorians Armee größtenteils wieder gesammelt. Die Verletzten waren zu einem geschützten Tal in der Nähe des nördlichen Zwergenreichs gebracht worden. Gemeinsam mit Atorian, Kaya, Lharina, Nordhalan und ihrem Vater stand Aramia auf einem baumlosen Hügel und blickte nach Norden, wo in den Wäldern, die hinter Alahant lagen, Dal'Ahbracs Krieger und Dämonen lauerten. Nassàr war bisher noch nicht aufgetaucht, ein Umstand, der alle mit Sorge erfüllte, und auch Edur hatte schon länger niemand mehr gesehen. Zir'Avans Còmraghâr hatten ihnen einen sicheren Rückzug ermöglicht, und glücklicherweise waren ihnen Dal'Ahbracs Krieger nicht gefolgt. Samukal wurde von einigen Dunkelelfen bewacht und war sichtlich verärgert darüber, nicht in die Beratungen eingeschlossen zu werden.

»Ich möchte versuchen, sie von hinten anzugreifen«, bemerkte Atorian und blickte angestrengt nach Norden.

»Damit könnten sie rechnen«, gab Zir'Avan zu bedenken. »Sie wissen, dass wir nach Osten geflohen sind, und im Süden brennen die Wälder. Wir *können* nur von Osten oder Norden angreifen. Dal'Ahbrac hat seine Männer geschickt nahe Alahant positioniert. Niemand gelangt nach Northcliff, ohne seine Armee passieren zu müssen.«

»Dessen bin ich mir bewusst«, meinte Atorian. »Dennoch glaube ich nicht, dass Dal'Ahbrac mit einem Angriff von Norden rechnet«, widersprach er, »weiter im Nordosten liegen Moore und offenes Gebiet.«

»Wenn der Wind dreht, wird das Elfenreich zerstört«, stellte Lharina plötzlich traurig fest. »Bäume, die tausende von Sommern gesehen haben, Orte von großer Magie.«

Tröstend legte ihr Nordhalan eine Hand auf den Arm. »Wenn unsere Brandschneise Erfolg hat, wird es nicht so weit kommen.«

»Die Trolle leisten gute Arbeit«, merkte Aramia an, wobei sie ihrem Vater einen herausfordernden Blick zuwarf.

Dieser ließ sich sogar zu einem Nicken herab und erörterte dann mit Atorian, welche Möglichkeiten sie hatten. Durch den

Sumpf zu ziehen würde mühsam und gefährlich werden, und die Gefahr einer Entdeckung durch Kundschafter der 'Ahbrac war zu groß. Andererseits mussten sie sogar hier auf einen Angriff von Dal'Ahbracs Kriegern gefasst sein. Ein weiterer Rückzug ins nördliche Zwergenreich war nur der letzte Ausweg, wenn alles andere scheiterte.

»Wenn sich die Zwerge uns nur angeschlossen hätten«, murmelte Nordhalan kopfschüttelnd.

»Ehrlose kleine Feiglinge«, ereiferte sich Zir'Avan, »verstecken sich in ihren Bergen, anstatt sich der Schlacht zu stellen.«

»Es hat wenig Sinn zu hadern«, warf Lharina ein. »Nur die Entscheidungen, die wir jetzt treffen, helfen uns weiter oder auch nicht.«

»Wohl gesprochen«, räumte Nordhalan ein.

Atorian fuhr sich über das Gesicht. »Nun gut. Zir'Avan hat unsere Lage bereits gut beschrieben. Der Süden brennt, und so können wir derzeit nur aus Osten oder von Norden kommen. Wenn ein Teil unserer Männer das Lager der 'Ahbrac von hinten angreift, können wir anderen erneut den Weg nach Westen nehmen und somit den direkten Angriff wählen.«

»Du willst wirklich durch die Sümpfe ziehen?«, wunderte sich Aramia.

»Kein einfacher Weg«, pflichtete ihr Nordhalan bei, »aber durch das Moor zu wandern wird Zeit in Anspruch nehmen, während derer wir auf Darians Rückkehr hoffen können.« Der Zauberer warf Aramia einen aufmunternden Blick zu. Atorian wandte sich indessen an Lharina. »Könnt ihr zwanzig oder dreißig eurer Elfenkrieger entbehren?«

Das Mädchen nickte.

»Gut, dann sollen sie mit einigen Dunkelelfen durch den Sumpf ziehen.« Er hob die Schultern. »Menschen werden dabei nicht von großem Nutzen sein, da sie den Sumpfnyaden kaum widerstehen können.«

»Wenn nur Tena hier wäre, sie fände den sichersten Pfad.«

Aramia sah nach Süden, und ihr Herz krampfte sich zusammen, als sie an Darian dachte.

»Fünfundzwanzig meiner Krieger werden den Weg durch die Sümpfe nehmen«, versicherte Lharina, und Zir'Avan deutete eine leichte Verbeugung in ihre Richtung an. »Dann sollen es zusammen mit meinen Kriegern fünfzig sein, die diesen beschwerlichen Weg gehen werden.«

Bisher hatten die junge Elfe und Aramias Vater wenig miteinander gesprochen, aber nun trat die kleine, zarte Lharina zu ihm und fasste ihn am Unterarm. »Ich bin sehr erleichtert, dass unsere Völker gemeinsam in den Kampf ziehen. Dies ist ein bedeutender Moment.«

»Wir schlossen uns Atorian an. Sein Bruder ist mit Aramia verbunden, und sie ist von unserem Blute«, stellte er kühl richtig, für Aramias Geschmack zu kühl.

Lharina ließ sich jedoch nicht beirren. »Sollte mein Volk in diesem Kampf nicht das Ende seiner Zeit finden, so hoffe ich, dass sich das Verhältnis zwischen unseren Völkern bessert.«

»Eine Allianz wäre vermutlich fruchtbar für uns alle«, stimmte Zir'Avan zu, dann wandte er sich rasch ab. »Doch nun müssen wir kämpfen. Möge Marvachân mit uns sein und unsere Klinge in möglichst viele Feinde sinken lassen.«

Kopfschüttelnd blickte Lharina ihm nach. »Ein mutiger Mann, aber diese Mordlust nachzuvollziehen fällt mir schwer.«

»Da ergeht es mir ähnlich«, stimmte Aramia zu, dann kletterte auch sie den Hügel hinab, um ihre kleine Armee zu sammeln und gemeinsam mit Atorian, Nordhalan und ihrem Vater wieder in Richtung der lauernden Feinde zu führen.

Auch der nächste Morgen versprach sengende Hitze, der kühlende Wind, der normalerweise stets über Albany wehte, schien verschwunden zu sein. Es war, als würde das ganze Land den Atem anhalten.

Die Feuer hatten nicht eingedämmt werden können, große Teile der Wälder südlich von Alahant brannten, und noch konnte niemand abschätzen, wie viel Schaden die Flammen anrichten würden. Immer wieder sah Aramia Wildtiere, Waldgnome und andere Wesen in Scharen vor der Feuersbrunst fliehen.

Auf ihrem Weg nach Westen trafen sie unerwarteterweise auf eine Vorhut von Dal'Ahbracs Kriegern. Gerade als sie auf einer Lichtung eine Rast einlegen wollten und von ihren Pferden gestiegen waren, strömten die dunklen Krieger herbei, und auch wenn es nur in etwa fünfzig Dunkelelfen waren, entbrannte ein kurzer, aber heftiger Kampf.

Auf der sonnenbeschienenen Lichtung schwang Aramia ihre schlanke Dunkelelfenklinge gegen Krieger der 'Ahbrac. Auch hier waren vereinzelt Menschen dabei, die von den feindlichen Dunkelelfen in die Schlacht getrieben, jedoch schnell überwältigt wurden. Hin und wieder gelang es Aramia mit Hilfe der Elementarwesen, ihre Gegner zu verwirren, aber sie spürte, wie ihre magischen Kräfte schwanden, und wusste gleichzeitig, dass sie diese noch benötigen würde, falls sie unerwartet einem Dämon gegenüberstand. Den Klingen der Còmraghâr-Krieger fielen reihenweise gegnerische Dunkelelfen zum Opfer. Selbst die kleine und noch sehr junge Lin'Avan schwang das Schwert mit einer Präzision, die ihresgleichen suchte. Zusammen mit den Còmraghâr und den Elfen zählten sie über dreihundert Mann, und so stellten die wenigen feindlichen Krieger keine Bedrohung dar. Vermutlich hatten sie ohnehin nur ihren Vormarsch stören sollen.

Als sie dann weiterzogen, mussten sie feststellen, dass sie durch das Feuer immer mehr nach Norden gedrängt wurden, geradewegs auf die lauernden Feinde zu – ohne jegliche Flucht- oder Rückzugsmöglichkeit. Glücklicherweise entdeckten sie ein verstecktes Tal mit einem kleinen See und verbrachten so wenigstens eine Nacht unbehelligt. Am nächsten Morgen marschierten sie etwas ausgeruhter weiter, dennoch herrschte eine gedrückte Stimmung vor. Aramia ließ ihren Blick durch die Reihen wandern. Die Gesichter der Còmraghâr waren starr und konzentriert, und auch die höchstens noch zwanzig Elfen einschließlich Lharina saßen gefasst auf den Rücken ihrer Pferde. Die Krieger der Menschen – ein zusammengewürfelter Haufen aus Soldaten Northcliffs und nur unzulänglich ausgebildeten Bauern – fuhren sich immer wieder durch die Haare, schauten sich unruhig um oder prüften zum wiederholten Male den Sitz ihrer Waffen. Atorian, Zir'Avan und Nordhalan sprachen kein Wort, jeder hing seinen eigenen Gedanken nach, während Samukal den Eindruck erweckte, als überlege er ein letztes Mal, auf welche Seite er sich schlagen sollte. Mit gerunzelter Stirn suchte er die Gegend ab oder beäugte heimlich Nordhalan und Atorian.

All dies schien Aramia verständlich, wenn sie bedachte, dass sie dem Stein von Alahant nahe waren und wohl heute auf Dal'Ahbracs Hauptstreitmacht stoßen würden. Und genauso sollte es auch sein, wenngleich an einem anderen Ort als erwartet. Die Sonne stand bereits weit im Westen, als sie eine riesige Lichtung, fast schon eine offene Ebene, überquerten. Gedeckt von den Strahlen des Feuerballs am Himmel, stürmten die feindlichen Krieger herbei, ihre wehenden Umhänge wirkten im Licht der Sonne wie mit flammendem Gold umrandet.

»Ich Narr«, stieß Atorian hervor. »Wir hätten den Bogen etwas weiter nach Süden ausdehnen sollen, damit Dal'Ahbracs Krieger nicht die Sonne im Rücken haben.«

»Dann wären wir zu nahe an die brennenden Wälder geraten«, meinte Zir'Avan rasch.

»Es ist ohnehin zu spät«, rief Aramia und packte ihren Bogen. Mit ihren Dunkelelfen stürmte sie nach vorn, hörte ihren Vater und Atorian einander etwas zuschreien, dann riss sie einen Pfeil aus dem Köcher und streckte einen Dunkelelfen nieder. Ein weiterer Pfeil fand sein Ziel, und schon prallte sie auf die feindlichen Reihen. Einer ihrer Feinde warf sich rechtzeitig zur Seite, ein anderer wurde von Menhirs breiter Brust durch die Luft geschleudert. Ein dritter schnellte herbei, führte einen raschen Streich gegen sie, doch plötzlich war Lin'Avan zur Stelle, ihr Schwert schnellte vor, und als die Kriegerin es zurückzog, glänzte die Klinge rot in der Sonne. Der Getroffene sackte zusammen. Derweil konnte Aramia einen anderen Angreifer niederstechen.

Aramia versuchte sich umzusehen, sich irgendwie zu organisieren, doch es war zu spät. Chaos regierte die Szenerie, Berittene brachen die Reihen der Dunkelelfen auf, Feinde metzelten Menschen nieder, die eigentlich harmlose Bauern waren, Còmraghâr rissen die Krieger der 'Ahbrac in den Tod. Gelegentlich beförderten Trollkeulen Angreifer durch die Luft, öfter aber fielen die gigantischen Wesen selbst den scharfen Schneiden dunkelelfischer Schwerter zum Opfer, da diese ihren Keulen an Flinkheit weit überlegen waren. So wogte der Kampf hin und her, und die Armee der Verteidiger Albanys wurde von der zahlenmäßigen Überlegenheit der Feinde immer weiter auseinandergezogen und zerstreut.

Mechanisch schwang Aramia ihre Klinge, denn der Bogen war nun nutzlos. Die klirrenden Geräusche aufeinanderprallender Waffen ignorierend, versuchte sie, ihre kleine Kampftruppe immer wieder zu sammeln und denen zu Hilfe zu eilen, die in arger Bedrängnis waren. Atorians Armee hatte sich noch weiter auseinandergezogen, und wo er selbst sich gerade befand, wusste sie nicht. Aramia vermutete, dass Liliths Krankenlager, welches sie höchstens einen Pfeilschuss weiter südlich errichtet hatten, inzwischen überquellen musste, denn den Dunkelelfenklingen fielen besonders Menschen und Trolle reihenweise zum Opfer. Trotz allem war sie stolz auf ihren Freund Murk. Auch wenn er selbst mit den meisten seines Volkes an der Grenze zum Elfenreich wachte, hatte er ihnen dennoch Trolle geschickt, die sich hier mutig in den Kampf warfen. Ohne die mächtigen, unerschrockenen Giganten wären sie vermutlich schon lange unterlegen.

»Aramia!«, eine dunkelelfische Stimme ließ sie herumfahren,

und zunächst wusste sie gar nicht, wie ihr geschah, als Lin'Avan, die noch immer in ihrer Nähe kämpfte, auf eine Gruppe kleiner, gedrungener Gestalten deutete, die am fernen Waldrand auftauchten. Freude durchflutete sie, als sie sah, wer ihnen zu Hilfe kam. Rasch wendete sie Menhir, ließ den Schlachtlärm hinter sich und galoppierte auf den Zwergentrupp zu. Nachdem sie ihre Überraschung überwunden hatte, erkannte sie auch Edur, dessen buschiger rötlicher Bart unter einem Helm hervorquoll. Mit stolz geschwellter Brust baute er sich in voller Kriegsmontur vor Aramia auf: Brustpanzer, stachelbewehrte Beinschienen, mit Metallschuppen versehene Handschuhe, ein kurzes Schwert in der schwieligen Hand und eine Axt an der Seite hängend. Ihm folgten schätzungsweise einhundertfünfzig Zwerge, nicht minder stark gerüstet.

»Edur, wo kommst du denn her?« Aramia sprang aus dem Sattel, umarmte ihn und blickte sich eilig um. Sie stellte fest, dass die ihr unterstellten Còmraghâr zusammen mit Soldaten und Trollen die Reihen hielten, dabei jedoch ganz langsam zurückgedrängt wurden. »Ich dachte, es wäre eine zu große Schande, wenn sich mein Volk vollkommen heraushält«, rief Edur, und Aramia wandte sich ihm rasch wieder zu. Er deutete auf einen sehr breiten und verhältnismäßig großen Zwerg. »Ich konnte meinen Vetter Dimpel und einige Freunde überzeugen, gegen die 'Ahbrac zu kämpfen.«

»Unser neuer König ist ein Narr«, dröhnte Dimpel, und die anderen Zwerge brummten zustimmend. »Das halbe Land brennt, und wir sitzen faul in Hôrdgan. Das ist nicht die Art der Zwerge!« Kampflustig schwang er eine zweischneidige Axt und meinte dann grinsend: »Onkel Horac und einige der älteren Zwerge aus Grottná, die nicht mehr kämpfen wollen oder können, versuchen sich nützlich machen, indem sie sich bemühen, die Feuer einzudämmen – auch wenn er meint, das würde *nix* werden.«

»Nicht wirklich verwunderlich«, Aramia schnitt eine Grimasse, dann lächelte sie Edur zu, »ich bin sehr froh, dass ihr hier seid.« Sie nahm einen Pfeil und wies damit auf die Schlacht, als ihr eine Idee kam. »Unsere Krieger werden zurück nach Süden gedrängt. Diese Bewegung müssen wir unterbinden, denn dort ist nicht nur das Lager der Verletzten – noch weiter im Süden ist das Feuer.«

»Ja, da ist wirklich kein Durchkommen«, bestätigte Edur und rieb sich über die buschigen Augenbrauen.

»Gut, greift die Feinde von Osten her an, vielleicht gelingt es uns, sie nach Westen zu treiben. Achtet auf jene Dunkelelfen, die Armbinden tragen. Es sind Còmraghâr, Krieger meines Vaters. Sie kämpfen auf unserer Seite ebenso wie die Trolle.« Edur runzelte kurz die Stirn, nickte dann aber.

»Wollt ihr eure Feinde ins Elfenreich treiben?«, grollte Dimpel plötzlich, und Aramia schmunzelte. »Ganz genau. Dort wartet ein alter Freund von mir.«

Sofort machten sich die Zwerge im Laufschritt mit klappernden Rüstungen auf, und so zahlenmäßig gering diese neue Streitmacht auch sein mochte, Aramia war unendlich froh darüber. Schon bald erscholl donnerndes Gebrüll und Getöse aus östlicher Richtung – die Äxte der Zwerge trafen auf den Feind.

Noch einmal warf Aramia sich in den Kampf, dieses Mal jedoch galoppierte sie hinter ihren Kriegern auf und ab und ließ Pfeile in die Reihen der Angreifer sausen. Die Kämpfe zogen sich noch weiter dahin, und die Sonne war bereits hinter die fernen Baumwipfel gesunken. Langsam, aber sicher war Aramia am Ende ihrer Kräfte, auch Menhir war schweißüberströmt, weißer Schaum klebte an seinem Hals. Nachdem Aramias Plan, das Kampfgeschehen mit Hilfe der Zwerge nach Westen zu bewegen, tatsächlich aufzugehen begann, gönnte sie sich endlich eine Pause. Sie übergab das Kommando einem älteren, erfahrenen Dunkelelfen und ritt zum See, um sich etwas zu essen zu holen. Das Lager der Verletzten war bedrohlich gewachsen, und aus der Ferne sah Aramia Lilith, die geschäftig zwischen den Kranken umhereilte, aber im Augenblick konnte sie ihrer Freundin einfach nicht helfen. Durstig trank Aramia etwas Quellwasser und nahm Brot und Käse von einem Helfer entgegen. Rund um sich herum sah sie erschöpfte, verletzte und mit Blut besudelte Menschen, Elfen und Dunkelelfen, die zusammengerollt auf dem Boden lagen, an Steinen oder Bäumen lehnten.

»Aramia, trink dies hier.« Lharina kam auf sie zugeeilt und hielt ihr einen Trinkschlauch entgegen. In der Hitze des Gefechts hatte Aramia die junge Elfe ganz vergessen, und mit Erschrecken wurde ihr bewusst, dass sie weder wusste, wo Nordhalan oder Atorian waren, noch hatte sie irgendeinen Hinweis darauf, wo sich Zir'Avan oder Samukal aufhielten. Aramia musterte Lharina. Ein tiefer Schnitt klaffte in der Wange des Elfenmädchens, ihre Haare waren schweißverklebt und hatten sich aus dem Zopf gelöst, und auch sie war mit Blut besudelt. Doch obwohl sie von den Auswirkungen der Schlacht gezeichnet war, leuchteten ihre hellblauen Augen. Tahilán stand wie ein stummer Behüter hinter ihr. Das Blut, mit dem er bedeckt war, war nicht sein eigenes, dessen war sich Aramia sicher.

»Ein Späher hat mir berichtet, dass die Trolle das Feuer im Süden eindämmen konnten«, erzählte Lharina, dann ließ sie sich neben Aramia auf den Waldboden sinken. »Atorian gelang es, einige Menschen zum Überlaufen zu bewegen, aber eine große Gruppe von Dunkelelfen wurde weiter im Osten von Dal'Ahbrac und seinen Dämonen getötet.« Plötzlich stahl sich ein Grinsen auf das zarte Gesicht des Elfenmädchens. »Als dann eine Gruppe dieser kleinen, polternden Wesen auftauchte, wendete sich das Blatt, und Atorian drängte zusammen mit den Zwergen nach Westen.«

»Gut, sehr gut«, flüsterte Aramia, und für einen Augenblick schloss sie erschöpft die Augen, dann nahm sie einen Schluck von dem süßlichen, nach Früchten und Blüten schmeckenden Trank. »Was ist das?«

»Ein Stärkungstrunk, Lilith hat ihn hergestellt. Ich befürchte, wir werden ihn heute noch dringend benötigen«, meinte Lharina.

Besorgt blickte Aramia in den Himmel. Dunkle Gewitterwolken brauten sich zusammen, und auch wenn sie die Abkühlung willkommen heißen und Regen die Feuer zumindest teilweise löschen würde, so würde es noch mal eine zusätzliche Belastung darstellen, in Schlamm und Regen zu kämpfen. Der Trank belebte Aramia schnell wieder, dennoch hätte sie viel darum gegeben, noch für kurze Zeit sitzen bleiben zu dürfen. Stattdessen ging sie zu Menhir zurück, der zwischen den Bäumen graste. Lharina begleitete sie, denn auch sie hatte ihr Pferd dort zurückgelassen. Unerwartet blieb die junge Elfe stehen, hielt sich an einem Baum fest, und Aramia griff sie vorsichtshalber am Arm.

»Lharina, was hast du?«

Das Elfenmädchen zitterte auf einmal, ihre Augen verschleierten sich, und sie atmete heftig.

»Schnell, hol Lilith her!«, rief Aramia Lharinas Wächter zu, der in einigem Abstand gewartet hatte und sofort davoneilte.

Allerdings hatte sich Lharina kurz darauf wieder erholt, sah Aramia jedoch so erschrocken an, dass dieser ein kalter Schauer über den Rücken lief.

»Spürst du es, Aramia?«, flüsterte Lharina voller Entsetzen und starrte noch immer in die Ferne. Ihre Hand krallte sich in Aramias Unterarm und zitterte.

»Was denn?«

»Die Magie – sie versiegt.«

Kapitel 29

Schutzlos

Auch wenn Kaya Atorian eben zugeschrien hatte, er solle sich nicht übernehmen, er konnte und wollte sich nicht mehr aus den Kämpfen heraushalten. Die unverhoffte Hilfe der Zwerge war gerade rechtzeitig gekommen, und er durfte sich nun die Zügel nicht aus der Hand nehmen lassen. Vom Pferderücken aus kämpfte er gegen die tödlichen Dunkelelfen und versuchte, seinen Männern Mut zu machen. Nordhalan blieb stets in seiner Nähe, und Atorian war froh um die magische Unterstützung, denn der Stab des alten Zauberers war nicht mit Gold aufzuwiegen. Beständig zuckten seine Energieblitze nach vorn und töteten reihenweise 'Ahbrac-Krieger, die einer nicht enden wollenden Flut gleich aus dem Norden auf sie eindrangen. Es mussten mehr als die anfänglich geschätzten neunhundert sein. »Wie viele von euch verdammten Kerlen verstecken sich in meiner Burg?«, schrie er, und sein Schwert kreiste nach unten, trennte einem Feind den Oberarm ab. Wie Dolchstiche jagten die Schmerzen in regelmäßigen Abständen durch Atorians Rücken, aber er ignorierte sie, ließ sich nichts anmerken und schwang sein Schwert nach rechts und links. Stolz erfüllte ihn, als er einen kurzen Blick auf Kaya riskierte. Sie war eine echte Kriegerin und konnte es mühelos mit den gegnerischen Dunkelelfen aufnehmen. Der geschickte Hieb eines Feindes schoss auf ihren Bauch zu, und Atorian wollte einen Warnschrei ausstoßen, aber da war Kaya auch schon zur Seite abgetaucht. Erleichtert atmete Atorian aus, dann musste er sich um seinen nächsten Gegner kümmern – Kaya würde zurechtkommen. Plötzlich jedoch stellten sich ihm die Nackenhärchen auf, und ein kalter Schauer erfasste ihn, als ein grauer Schatten von rechts auf ihn zuflog. Atorian riss sein Schwert hoch, aber der Feind war schneller. Eine spitze Klaue hieb nach ihm, während gleichzeitig auch schon ein blauer Blitz aus Nordhalans Stab an ihm vorbeischoss.

Ein Dämon, nicht jetzt. Atorian wollte zurückweichen, aber da war schon der nächste Dunkelelf zur Stelle, der die Gelegenheit nutzte und auf ihn einhieb. Ein starker Wind erhob sich wie aus dem Nichts und ließ den Dämon aufkreischen und zurückweichen. Sein überraschend menschlich wirkendes Gesicht verzerrte sich zu einer Maske, und er hieb nach unsichtbaren Wesen. Atorian wusste, dies war Rusiras Werk, und dankte den Göttern stumm dafür, dass es die kleine Nebelhexe gab. Eilig wendete Atorian sein Pferd, wollte sich dem nächsten Gegner stellen, aber dann geschah etwas Eigenartiges. Die Windgeister ließen plötzlich von dem Dämon ab, und dieser schoss wieder auf ihn zu. Ein hilfesuchender Blick auf Nordhalan ließ ihn erstarren, denn aus dem magischen Stab des Zauberers kam kein blaues Feuer mehr, die Runen waren erloschen, und Nordhalans bärtiges Gesicht drückte Entsetzen aus. Seine Hand strich beständig über die Runen. Schnell schaute Atorian zu Rusira, doch die kleine Halbzwergin sah ähnlich hilflos aus wie der Zauberer. Als der Dämon auf ihn zuschoss, reagierte Atorian zu langsam.

»Samukal, ruf deinen Dämon!«, hörte er Nordhalan beinahe schon panisch schreien, doch Atorian konnte Samukal, der ohnehin etwas abseits gekämpft hatte, nicht ausmachen.

Schon griffen wieder die tödlich spitzen Krallen nach ihm, und vermutlich hätten sie ihn durchbohrt, wäre Kaya nicht gewesen. Todesmutig warf sie sich mit ihrem Pferd dem Dämon entgegen, brachte ihn aus der Bahn, und so riss die Dämonenkralle nur Atorians linken Arm auf. Ein gleißender Schmerz durchzuckte ihn, aber viel mehr Sorgen machte er sich um Kaya, die bei dem Aufprall aus dem Sattel geworfen wurde und jetzt am Boden lag. Schon wandte sich der Dämon ihr zu.

»Atorian, verschwinde!« Mit purer Muskelkraft hieb der alte Zauberer auf den Dämon ein, während er Samukal zuschrie: »So löse doch endlich dein Versprechen ein!«

Endlich entdeckte auch Atorian den Menschen, dem sie all das hier zu verdanken hatten. Tatsächlich führte Samukal sein Schwert gegen die gegnerischen Dunkelelfen. Dann sah er ihn seinen Opal umfassen, und kurz darauf nahm Samukals Stimme einen beinahe schon hysterischen Klang an. »Ich kann nicht!«, schrie er, wobei er seine Opalkette noch immer eisern umklammerte.

Atorian konnte sich keinen Reim darauf machen, was vor sich ging, aber zum Nachdenken blieb keine Zeit. Er ritt neben Kaya, hielt ihr die unverletzte Hand hin und zog sie auf Lavos' Rücken. Für einen entsetzlichen Augenblick sah er, wie sich zehn Còmraghâr, ihren Kriegsgott mit dumpfem Gesang anrufend, auf den Dämon stürzten, ihnen voran Zir'Avan. Dann spritzte Blut, und Schreie ertönten.

»Atorian, reite!«, verlangte Nordhalan und blickte noch einmal verwirrt auf seinen Stab. Als Atorian nicht reagierte, sondern zu dem Gemetzel sah, das der Dämon unter den Dunkelelfen anrichtete, schrie der Zauberer Kaya zu: »Bring ihn hier weg!«

Ohne zu zögern, ließ Kaya die flache Seite ihres Schwertes auf das Hinterteil des Hengstes klatschen, welcher erschrocken lossprang.

»Kaya, wir können doch nicht …«, setzte Atorian an, doch sie hieb ihrem Pferd die Fersen in die Flanken.

»Dein Volk braucht dich – lebend.«

Zunächst wusste Aramia nicht, auf was Lharina hinauswollte, aber dann spürte auch sie eine eigenartige Leere in sich. Sie versuchte, sich zu konzentrieren, die Quelle ihrer Magie zu ertasten, aber kein einziges Elementarwesen kam zu ihr. Es war schrecklich, Aramia fühlte sich wie vom Leben abgeschnitten.

»Lharina, was …«

Mit vor Furcht geweiteten Augen sah Lharina sie an. »Ich habe ihn gesehen. Er hat ein letztes Mal gebrüllt, sich ein allerletztes Mal aufgebäumt und seinen feurigen Odem ausgestoßen.«

»Lharina, wovon sprichst du?« Aramia packte die zarte Elfe an den Schultern und schüttelte sie. Eine Träne bildete sich in den hellblauen Augen des Mädchens.

»Der letzte Drache Albanys.«

Aramia schlug sich die Hand vor den Mund. Die Träne rann über Lharinas Wange.

»Der letzte Drache Albanys ist tot.« Wie in Zeitlupe sah Aramia Lharinas Träne fallen, und als sie auf einem trockenen Stein aufschlug, traf sie die schreckliche Bedeutung von Lharinas Vision wie ein Faustschlag.

»O nein!« Namenloses Entsetzen überflutete Aramia, ließ sie zunächst keinen klaren Gedanken fassen. Waren sie den Dämonen jetzt tatsächlich hilflos ausgeliefert? Das durfte einfach nicht sein. Hektisch bemühte sich Aramia, die Elementargeister anzurufen, aber nicht einmal eine einzige Heidefee folgte ihrem Ruf. Dennoch wollte und konnte sie nicht glauben, was Lharina ihr soeben verkündigt hatte. Sollte Galavenios, der letzte Drache Albanys, tatsächlich ausgerechnet heute gestorben und damit die Magie endgültig versiegt sein? Lharinas Vision wurde traurige Gewissheit, als Nordhalan und Samukal in Begleitung des verletzten Atorian, Kayas und Rusiras auftauchten. Sie redeten aufgeregt durcheinander, und Atorian weigerte sich, seine Verletzung behandeln zu lassen.

»Was hat das zu bedeuten?«, schrie er und packte Nordhalan am Arm. Gramvoll schüttelte der Zauberer den Kopf. »Die Magie, sie ist versiegt.«

»Du verdammter Dreckskerl hast ihm nicht geholfen!«,

schäumte Kaya und warf Samukal einen derart giftigen Blick zu, dass er allein davon schon hätte tot umfallen müssen. Ihre Augen noch immer auf Samukal geheftet, riss sie Atorians Hemd auf, fegte seinen Protest mit einer ungeduldigen Handbewegung beiseite und wusch die Wunde, so gut es ging, mit abgekochtem Wasser aus.

»Ich konnte plötzlich keine Magie mehr wirken«, versuchte Samukal sich zu rechtfertigen, und Aramia schien sein Entsetzen nicht einmal gespielt – zu große Furcht stand in seinen dunklen Augen; auch seine Hände zitterten.

»Mir ging es ebenso.« Nordhalan runzelte besorgt die Stirn, und auch Rusira nickte schüchtern.

»Dieses Mal spricht der Zauberer Samukal die Wahrheit.« Lharinas Gesicht war kreidebleich, als sie vortrat und von ihrer Vision erzählte.

Aramia blickte in schockierte Gesichter, so wie auch sie wollte niemand die schreckliche Wahrheit glauben, nicht jetzt, nicht heute in dieser Schlacht.

Samukal griff nach seiner Halskette. »Dann … Verdammt … sind auch diese Dämonen außer Kontrolle.« Er schluckte lautstark.

»Wir sollten froh sein, dass bislang überhaupt so wenige Dämonen eingegriffen haben«, warf Nordhalan ein.

»Vermutlich ist dies nur Dal'Ahbracs Arroganz geschuldet«, meinte Samukal. Mit einer ruckartigen Bewegung riss er sich die Opalkette vom Hals und stampfte sie in den Boden. »Ihr seid jetzt nutzlos.«

Atorian zeigte mit dem Schwert nach Norden, wo die Schlacht tobte. »Wir waren gerade dabei, die Feinde zusammen mit den Zwergen nach Westen zu treiben.«

»Richtig«, ergänzte Aramia, »dort warten Murks Trolle. Dal'Ahbrac weiß das, er wird seine widerwärtigen Kreaturen schon bald auf uns hetzen.«

Aramia und auch den anderen war klar, dass die Konsequenzen der erlöschenden Magie verheerend sein würden. Wenn nur noch die finsteren, bösen Kräfte der Dämonen vorhanden waren, war alles verloren.

»Sicher besitzt jetzt auch Dal'Ahbrac keine magischen Fähigkeiten mehr. Ich sollte ihn töten«, schlug Atorian vor.

»Du machst gar nichts, außer dich von Lilith behandeln zu lassen«, stellte Kaya richtig.

»Dafür ist keine Zeit, dies ist eine einmalige Gelegenheit, und die werde ich nutzen.«

»Du weißt, dass du sofort das Dämonenkraut einnehmen musst«, stimmte Aramia Kaya zu, »wenn du wartest, trifft dich das Dämonenfieber umso schlimmer, vielleicht schon mitten im Kampf gegen deinen Feind.«

»Ich kann mich jetzt nicht zwei oder drei Tage lang ins Bett legen.« Atorian sah sich wild um, strich sich die von Schweiß und Blut verklebten Haare zurück. »Darian konnte sich auch noch einige Tage auf den Beinen halten, bevor er das Dämonenkraut einnahm.«

»Und er hätte es fast nicht überlebt«, ergänzte Aramia.

»Wir kümmern uns um Dal'Ahbrac«, bestimmte Nordhalan, dann schob er den widerstrebenden Atorian in Richtung der behelfsmäßigen Unterkünfte aus Zweigen und Ästen, wo schon viel zu viele Kranke lagen. »Dieser Krieg wird nicht heute oder morgen gewonnen, und wenn Lilith dir sofort die Medizin gibt, bist du umso schneller gesund.«

»Warum müssen Männer nur so stur sein?«, stöhnte Kaya.

Aramia lächelte ihr zu und sah sich ihre zerkratzte Hand an. »Ist mit dir alles in Ordnung?«

Eine Grimasse ziehend, bewegte Kaya ihre Schulter. »Vermutlich geprellt, aber ein Dämon hat mich nicht erwischt.«

»Wenn wenigstens die Dämonen in gleichem Maße an Kraft verlieren würden wie wir alle«, sinnierte Aramia laut.

»Die Diomár vermuteten, dass die Kräfte der Dämonen nicht an die magischen Quellen gekoppelt sind, die uns alle umgeben.« Samukal machte eine ausschweifende Handbewegung. »Alles um uns herum ist von Magie erfüllt, Bäume, Felsen, Menschen, Tiere, das Meer. Vom Anbeginn der Schöpfung an existiert sie, und wir Zauberer«, er verbeugte sich vor Nordhalan und Lharina, ein klein wenig widerwilliger, wie es Aramia schien, vor ihr, »haben die Gabe, diese Magie in uns aufzunehmen und dann in gebündelter Form wieder freizusetzen. Dämonen hingegen kommen nicht von dieser oder einer anderen Welt. Ihre Magie entstammt einem finsteren Zwischenreich und unterliegt vermutlich anderen Gesetzen.«

»Und das Fehlen der Drachen hat das magische Gleichgewicht unserer Welt durcheinandergebracht«, schlussfolgerte Lharina, woraufhin Samukal nickte.

»Ich war in der anderen Welt jenseits des Portals von Alahant. Damals machte ich mir keine großen Gedanken, weshalb meine Kräfte dort deutlich schwächer waren. Heute vermute ich, dass es daran lag, dass dort keine Drachen existieren, denn sie sind die Träger der größten Magie.«

»Dann ist noch immer etwas Magie in unserer Welt vorhanden?« Nordhalan ließ eine – im Vergleich zu sonst – lächerlich kleine magische Kugel über seinen Händen entstehen, welche flackerte und kurz darauf verblasste.

»Ich gehe davon aus«, stimmte Samukal zu. »Aber die Drachenmagie war es, die uns hier zu solch großen Kräften verhalf.«

»Wenn du verdammter Narr das wusstest, weshalb hast du dann zugelassen, dass die Drachen vernichtet wurden?«, schnappte Aramia.

»Ich wusste nicht …«

»Beruhigt euch«, unterbrach Nordhalan die Auseinandersetzung mit lauter Stimme. Während Aramia verächtlich schnaubte, versuchte er die aufgewühlten Gemüter zu besänftigen. »Seid vernünftig, im Augenblick helfen Schuldzuweisungen nicht weiter. Vielmehr sollten wir versuchen, Dämonen und Krieger der 'Ahbrac von den Verletzten fortzulocken und weiter nach Westen zu treiben.«

»Das wird schwierig werden«, zweifelte Kaya. »Unsere Gegner haben Nachschub erhalten, als der Dämon dazwischenkam.«

»Nein, der Plan ist gut«, tönte Atorian, der herbeigelaufen kam, die energisch auf ihn einredende Lilith hinter sich.

»Er weigert sich, den Sud des Dämonenkrauts zu trinken!«, schimpfte sie.

Atorian runzelte missbilligend die Stirn und blickte auf die kleine Heilerin hinab. »Du hast den Arm verbunden, das wird einige Tage helfen.«

»Bist du wahnsinnig?«, empörte sich Kaya. »Du wirst auf der Stelle …«

»Nein, das werde ich nicht«, unterbrach er sie entschieden, und seine Augen drückten große Entschlossenheit aus. »Ich muss denen, die für unser Königshaus kämpfen, Mut machen und an ihrer Seite stehen.«

»Wenn du stirbst, nützt du ihnen nichts.«

»Kaya, es steht nicht gut um uns. Wir müssen zusehen, dass wir das retten, was zu retten ist. Ich muss die Schlacht vorantreiben, wie sie jetzt ist. Anschließend werde ich mich behandeln lassen, vorher nicht«, erklärte er ruhig.

Aramia konnte sich vorstellen, was jetzt in Kaya vorging. Die junge Frau kämpfte ganz offensichtlich mit den Tränen. Sie biss sich auf die Unterlippe und lehnte dann ihre Stirn gegen Atorians Brust. Seine Hand strich zärtlich über ihren Kopf. Doch auch Atorians Entschluss konnte Aramia verstehen. Wenn jetzt bekannt wurde, dass ihr Anführer von einem Dämon verletzt worden war, würde noch mehr Panik ausbrechen.

»Gut, dann lasst uns schnell handeln«, bestimmte Nordhalan. Kopfschüttelnd betrachtete er seinen langen Zauberstab. »Nun werde auch ich auf seine magischen Kräfte verzichten müssen.«

Atorian stieg auf Lavos' Rücken und nickte den anderen zu. Kaya versuchte noch immer, ihn davon abzubringen, aber als ihr das nicht gelang, sagte sie, sie wolle an seiner Seite bleiben, was wiederum Atorian nicht gefiel. Auch Nordhalan erklärte sich bereit, Atorian zu begleiten, ebenso wie Aramia, und selbst Lharina entschied sich dafür, mit dem Northclifferben zu reiten. Dies führte wiederum bei Tahilán zu heftigem Protest – Lharina war die Letzte der Königsfamilie –, doch sie bestand darauf, dass sie gerade deshalb kämpfen musste.

»Unser Volk wird nicht vergehen«, sagte sie sanft und strich ihrem Behüter dieses Mal sogar über die Wange, »es wird auf den Geisterinseln weiterbestehen, zumindest für eine Weile.«

»Samukal, was ist mit dir?«, fragte Nordhalan scharf.

Der Zauberer räusperte sich lautstark, und Aramia war sich beinahe sicher, er würde sich mit einer fadenscheinigen Entschuldigung aus dem Kampf heraushalten. Dann aber senkte er die Schultern. »Ich kämpfe mit euch, ich bin ein Schwertmeister, und ich gab Darian mein Versprechen. Außerdem …«, sein Blick wanderte nach Norden, »habe ich noch etwas zu erledigen.« Mehr schien er nicht sagen zu wollen, und niemand hakte nach. Nordhalan nickte nur knapp, dann machten sie sich eilig an den Aufbruch, zurück in die Schlacht.

»Aramia, hast du deinen Vater gesehen?«, wollte Lilith noch rasch wissen.

»Nein, und Nassàr ist auch noch nicht aufgetaucht.« Aramia war unbehaglich zumute, und sie hoffte, dass es ihren Freunden gelungen war, sich irgendwo in Sicherheit zu bringen. Sicherheit – so etwas gab es vermutlich gar nicht mehr.

Ein fernes Donnergrollen ließ Aramia zusammenzucken, als sie sich auf Menhirs Rücken schwang. Zu ihrer Überraschung kam in diesem Augenblick auch Zir'Avan herbeigeeilt. Der Dunkelelf sah zwar zerschrammt aus, und seine Kleider waren zerrissen, doch er war am Leben und schloss sich ihnen ebenfalls an, nachdem er erfahren hatte, um was es ging.

»Beeilt euch«, rief Atorian ungeduldig. »Unser Heer ist im Augenblick fast führerlos.« Schon drückte er Lavos die Schenkel in die Seiten und stürmte los. Aramia und die anderen folgten.

Auch in dieser Nacht und während des folgenden Tages kämpften alle verbissen gegen die Übermacht der 'Ahbrac.Nur wenig Ruhe war ihnen vergönnt, denn durch das Fehlen der Magie war der Feind umso gefährlicher. Entgegen jeder Hoffnung war auch der ersehnte Regen ausgeblieben, im Gegenteil, die Luft erschien nur noch schwüler und drückender als am Vortag.

Als Aramia nach einer kurzen Verschnaufpause zurück auf die Ebene kam, wo die Kämpfe noch immer tobten, wurde deutlich, welch ein gewaltiges Gewitter sich zusammengebraut hatte. Die tief im Westen stehende Sonne war nicht mehr zu sehen, ließ aber die Wolkenberge, die sich aufgetürmt hatten, in einem ungewöhnlichen Schwarz, Lila und Gelb schimmern. Blitze zuckten vor der dunklen Wand hernieder, und es sah aus, als wolle das Wolkengebirge auseinanderbersten. Die Luft war schwül und beinahe zum Schneiden dick. Aramia schwitzte unter ihrem Hemd und dem Lederpanzer, gleichzeitig fuhren ihr ständig eiskalte Schauer über den Rücken, wenn sie an das dachte, was ihnen nun bevorstand.

»Aramia, willst du nicht zurückbleiben?« Von ihr unbemerkt, war Atorian neben sie geritten. »Denk an Darian und Leána.«

Aramias Herz krampfte sich zusammen, dennoch schüttelte sie den Kopf. »Ich möchte nicht sterben, Atorian, aber ich will euch zur Seite stehen, und wenn ich jetzt gehe und ihr unterliegt, würden mich mein Leben lang Schuldgefühle plagen.«

Kurz zögerte er, nickte dann aber und legte für einen Augenblick seine Hand über ihre. »Wir haben doch eine Menge gemeinsam«, meinte er schmunzelnd, dann wurde sein Gesicht ernst, und er zog sein Schwert.

Für seine Begleiter war das das Zeichen zum Angriff, und sie stürzten auf die südliche Reihe zu, dort, wo noch immer Menschen, Trolle und Còmraghâr fochten. Kurz zuckte Aramia zusammen, als sie zum Himmel blickte und eigenartige Bewegungen wahrnahm. Getarnt durch den kohlschwarzen Himmel, kreiste der geflügelte Dämon – wie es aussah, hatte sie ihn doch nicht töten können – und wartete nur darauf, sich herabzustürzen.

Heute verleugnete Aramia ihr Dunkelelfenblut nicht, heute, an diesem für Albanys Schicksal entscheidenden Tag, würde es ihr von Nutzen sein. Und so legte Aramia all ihre Wut und Verzweiflung in ihre Angriffe. Sie dachte an Tagilis, an Veliah, an Torgal und die vielen Freunde, die sie verloren hatte, und mit jedem Dunkelelfen, der ihrer Klinge zum Opfer fiel, fühlte sie eine gewisse Befriedigung. Sie versuchte, Dal'Ahbracs menschlichen Sklaven aus dem Weg zu gehen, aber es ließ sich nicht vermeiden, dass auch der ein oder andere Mensch ihr vor die Klinge lief, selbst wenn sie sich bemühte, keinen von ihnen tödlich zu verletzen. Schnell verlor sie ihre Freunde aus den Augen, lediglich auf Samukal erhaschte sie einen flüchtigen Blick. Ein wenig überraschte es sie, wie leidenschaftlich er kämpfte – sie hatte eher damit gerechnet, dass er sich zurückhielt und vielleicht zu gegebener Zeit die Flucht ergriff –, aber jetzt schwang er nur wenige Schritte von ihr entfernt sein Schwert mit der nahezu gleichen Eleganz wie ein Dunkelelf. Unermüdlich und mit einer ungeahnten Kraft, die man vielleicht nur dann entwickelt, wenn man das Ende nahe wähnt, stürzte sich Aramia auf ihre Gegner. Als sie hinter sich ein schreckliches Geräusch hörte, wirbelte sie herum – und blickte in Nordhalans grimmiges Antlitz. Gerade zog der Zauberer seinen Stab zurück, nachdem er einen gegnerischen Schädel zertrümmert hatte. Blut hing in seinem Bart, und schon sauste der Stab auf den nächsten Feind zu. Auch Aramia kämpfte weiter.

Kaya hatte sich fest vorgenommen, an Atorians Seite zu bleiben, doch dies war unmöglich. Rasch war sie von ihm getrennt worden, musste sich gegen einen von Dal'Ahbracs Kriegern verteidigen. Der Dunkelelf focht mit zwei Klingen gleichzeitig, und Kaya musste zurückweichen. Ihr Gegner drängte unbarmherzig vorwärts, und plötzlich prallte sie mit dem Rücken gegen einen anderen Kämpfenden. Kaya glitt schnell zur Seite, sah blonde Haare und hellblaue Augen. »Lharina«, keuchte sie und riss die Augen auf, als sie die beiden Klingen auf Lharinas Kehle zuschnellen sah. Die Elfe. So gewandt das Elfenmädchen auch war, sie konnte nicht mehr reagieren. »Nein!« Kayas Schrei gellte über das Schlachtfeld.

Beinahe wären Aramia und Menhir auf den fallenden Troll geprallt, hätte dieser nicht ein letztes Grollen ausgestoßen. Sie lenkte ihr Pferd zurück, blickte über den toten Troll hinweg, direkt in das Gesicht eines Feindes, dessen Schwert bis zum Griff mit Blut bedeckt war. Er warf die silbrigen Haare zurück und stürzte auf Aramia zu. Diese kletterte vom Pferd, direkt auf den Troll, ließ ihre Klinge niedersausen, der Feind wehrte ab. Er hieb nach ihren Beinen, sie sprang in die Luft und landete seitlich des Dunkelelfen. Einen Lidschlag später glitt ihre Klinge durch die gegnerische Kehle.

»Nein!« Der Schrei hallte an ihre Ohren. »Kaya!« Aramia zog sich zurück in den Sattel und sah sich hektisch um. Alles in ihr krampfte sich zusammen, als sie erkannte, wie zwei Klingen auf Lharinas Hals zustießen und Kaya mit aufgerissenen Augen daneben stand. Im gleichen Moment, als sie Menhir die Fersen in die Flanken rammte, zuckte eine auffällig lange Klinge nach vorn und schlug die Schwerter des Dunkelelfen zur Seite. Es war Tahilán. Nur einen Wimpernschlag später fielen die Doppelschwerter aus den erschlafften Händen des kopflosen Dunkelelfen.

Erleichtert wandte sich Aramia ab, stellte jedoch fest, dass sich immer mehr Krieger der 'Ahbrac in den Kampf geworfen hatten. Zwar war es gelungen, das Kampfgeschehen weiter nach Westen zu treiben – einige der Kämpfe tobten bereits im angrenzenden

Waldgebiet –, doch diese Bewegung war mittlerweile gestoppt worden. Zudem hatten die Dämonen in den Kampf eingegriffen, wovon die gellenden Schreie der Sterbenden nur all zu deutlich kündeten. Weiter im Norden erkannte Aramia feindliche Dunkelelfen, die sich neu herbeiströmenden Elfen und Còmraghâr entgegenwarfen – Aramia vermutete, dass es jene waren, die Atorian durch die Sümpfe geschickt hatte. Noch immer zählten sie zu wenige Krieger gegen die 'Ahbrac, doch jede weitere Klinge war wertvoll. Im Osten brüllten die Zwerge. Wäre die Szenerie nicht so grausig gewesen, Aramia hätte vermutlich lachen müssen, als sie die kräftigen Zwergenkrieger sah, die sich ihrem Äußeren zum Trotz schnell und geschickt bewegten. Die eine oder andere Dunkelelfenklinge zerbrach im Griff der Doppeläxte.

Zumindest sind fast all unsere Freunde an unserer Seite.

Aramia ignorierte den Schweiß, der ihr in den Augen brannte, ebenso wie ihre müde werdenden Arme. Auch haderte sie nicht mehr damit, keine Magie ausüben zu können, sondern verschmolz mehr und mehr mit ihrer Waffe. Ein Schwert ritzte ihr den Unterschenkel auf, eine geworfene Klinge streifte sie gar am Kopf, aber sie ließ sich nicht aufhalten. Zir'Avan bewahrte sie mit einer beherzten Attacke davor, von zwei rasenden Doppelklingen enthauptet zu werden, und sie nickte ihm kurz dankbar zu, bevor sie sich einem weiteren Gegner zuwandte.

Der nächste Feind jedoch kam von Osten, und das war die Nacht. Ein schattiges Zwielicht legte sich über die Kämpfenden. Auch zuckten jetzt Blitze vom Himmel, in deren Licht die Kontrahenten sich in groteske Gestalten verwandelten. Donner rollte über das Schlachtfeld, und im kurzen Glanz eines weiteren Blitzes erfasste Aramia eine schattenhafte Kreatur, die sich der jungen Lin'Avan näherte. Instinktiv versuchte Aramia noch einmal, die Elementargeister anzurufen – leider vergebens. Abermals trieb sie den schweißtriefenden Menhir in Richtung ihrer Cousine, die zurückwich, dann aber von den sich ausbreitenden Schwingen des Dämons verdeckt wurde.

»Hierher, du verfluchte Kreatur«, schrie Aramia, doch der Dämon beachtete sie nicht. Sie war zu weit entfernt und musste mitansehen, wie die Bewegungen der Dunkelelfe immer hektischer und verzweifelter wurden, wie Lin'Avan weiter und weiter zurückwich. Aramia drängte sich durch kämpfende Leiber, ließ Menhir über Leichen hinwegsetzen, um ihrer Verwandten zu Hilfe zu eilen. Sie war nur noch wenige Schritte entfernt, als Lin'Avan strauchelte, und dieser kurze Moment der Unachtsamkeit wurde ihr zum Verhängnis. Eine Dämonenhand schoss nach vorn, bohrte sich in ihre Brust, Lin'Avan bäumte sich auf und fiel. Bis Aramia bei ihr war, war der Dämon verschwunden, hatte sich schon sein nächstes Opfer gesucht. Das Chaos um sie herum ignorierend, sprang Aramia ab und kniete sich auf die blutige, nasse Erde. Lin'Avan atmete noch, wenn auch schwach. Obgleich Aramia sah, dass ihr nicht mehr zu helfen war, wollte sie es nicht wahrhaben. Lin'Avan war noch so jung, hatte noch so viele Sommer und Winter vor sich gehabt. Tränen der Verzweiflung und der Wut rannen über Aramias schmutz- und blutverschmiertes Gesicht, aber Lin'Avan sah zu ihr auf, nahm ihre Hand und lächelte. »Ein würdiger Gegner, ich werde an Marvachâns Tafel speisen.« Der zierliche Dunkelelfenkörper erschlaffte, und Aramia versteckte für einen Moment ihr Gesicht in Lin'Avans seidigen silbrigen Haaren.

Laute Kriegsschreie und ein Bersten im angrenzenden Unterholz ließen sie wieder aufblicken. Nun war nicht die rechte Zeit zu trauern. Aus dem Dunkel des Waldes walzten hunderte von Trollen auf die Dunkelelfen zu.

Murk, dachte Aramia, und eine Welle der Zuneigung überrollte sie. Einige der finsteren Gegner fielen dem Überraschungseffekt zum Opfer, doch der würde nur von kurzer Dauer sein. Dank tödlicher Eleganz vermochten es Dunkelelfen durchaus mit Trollen aufzunehmen, wie Aramia in dieser Schlacht leidvoll hatte mitansehen müssen. Dennoch schöpfte sie für einen Moment Hoffnung, dass zumindest ein Teil ihrer Freunde heil dem

Entsetzen des heutigen Tages würde entfliehen können. Eine Hoffnung, die sich in blanke Panik verwandelte, als sich unvermittelt noch mehr Dämonen in den Kampf stürzten. Sie konnte die schattenhaften Kreaturen nicht zählen, doch die Todesschreie mehrten sich, Atorians Verbündete begannen zu fliehen, stoben in alle Richtungen davon, und es herrschte nur noch blankes Entsetzen. Der Sturm schwoll weiter an, mehr und mehr Blitze zuckten vom Himmel, und Donner erschütterte den Boden.

»Ganz ruhig, Menhir, ruhig«, versuchte sie das Pferd zu beruhigen, welches bei jedem Donnergrollen unter ihr zusammenzuckte.

Aramia starrte in den vom Wetterleuchten zerfetzten Himmel und vermutete, dass es sich bei jener Gestalt, die auf einer kleinen Anhöhe stand, die Hände zum Himmel erhoben und laut lachend, um Dal'Ahbrac handelte. Vermutlich hatten sie und ihr Vater den gleichen Gedanken, denn sie stürmten beide in Dal'Ahbracs Richtung. Im Vorbeirennen sah sie einen Còmraghâr, der von einer langhaarigen Dämonin, die frappierende Ähnlichkeit mit Atene besaß, zerfetzt wurde. Ein weiterer Blitz erhellte den Himmel, und ruckartig parierte Aramia ihr Pferd durch. Sie bemerkte nicht einmal, wie sich Zir'Avan und Nordhalan an ihre Seite stellten.

Das ist das Ende, dachte sie, als ein geflügelter Schatten unweit von Dal'Ahbracs Hügel erschien. Gigantische Flügel spannten sich über den nachtschwarzen Himmel, die Umrisse einer riesigen Kreatur zeichneten sich vage im Dunkel der Gewitterfront ab. Selbst Dal'Ahbracs Krieger hielten inne. Nordhalan, blutbespritzt und mit einer klaffenden Wunde am Haaransatz, starrte zum Himmel.

»Welchen Dämon hast du nun gerufen?«, hörte Aramia ihn flüstern, und ihre Hände krallten sich in Menhirs Mähne.

Kapitel 30

Die Faust des Westens

Die ewig gleichen Tage auf der Insel der Riesen zehrten an Darians Nerven. Sicher genoss er die Zeit mit seiner kleinen Tochter, aber ständig wanderten seine Gedanken zu seinen Freunden nach Albany, und es machte ihn wahnsinnig, nicht zu wissen, was dort vor sich ging. Das Drachenportal hatten sie noch immer nicht gefunden, und langsam, aber sicher glaubte er auch nicht mehr daran, dass sie jemals Erfolg haben würden. Immerhin waren die Tage warm und sonnig, und inzwischen hatte Darians Haut einen deutlich dunkleren Ton angenommen, wenn er sie mit den von seinem Hemd und der Hose bedeckten Stellen verglich.

»Zum Glück gibt es hier kein Ozonloch«, murmelte er, als er mit Leána an der westlichen Küste entlangwanderte und mal wieder nach einem markanten Stein Ausschau hielt.

»Was ist ein Oz...loch?«, wollte das Mädchen wissen, und Darian schmunzelte. Dann erzählte er ihr wieder einige Geschichten aus der anderen Welt, aber Leána konnte sich kaum vorstellen, dass ›stinkender Rauch aus rasenden Blechkisten‹, wie sie es nannte, ein Loch in den Himmel reißen konnte. Auch unter Fabriken oder Flugzeugen vermochte sie sich nichts vorzustellen. Manchmal war er traurig darüber, dass er ihr die Welt, in der er aufgewachsen war, niemals würde zeigen können – andererseits wären riesige Städte, verpestete Luft und eine Welt, in der es kaum Magie gab, für ein Mädchen wie Leána vermutlich auch schockierend gewesen. Vielleicht mussten sie sich daran gewöhnen, irgendwo auf den Inseln ein neues Leben aufzubauen – auch wenn sich alles in ihm dagegen sträubte zu akzeptieren, Albany könnte vollends unter dem Joch von Dal'Ahbrac und seinen Dämonen enden. Andererseits hatten er und Atorian noch ein langes Leben vor sich. Vielleicht würden sie zu einem späteren Zeitpunkt einen Weg finden, um Albany zurückzuerobern.

»Tena kommt zurück!«, riss ihn Leánas helle Stimme aus seinen Gedanken. Er blickte in die Richtung, in die ihre kleine Hand deutete. Leána hatte Recht, und nur wenig später stand die Zauberin vor ihnen. Sie hatte Brombeeren gepflückt und gab sie nun Leána, deren blaue Augen aufleuchteten. Die Kleine verzog sich in eine geschützte Senke, um die unerwartete Köstlichkeit zu verspeisen.

»Eine Spur von Samukal?«

Betrübt schüttelte Tena den Kopf. »Darian, was auch immer Samukal noch im Schilde führen mag, irgendwie glaube ich doch, dass seine Reue aufrichtig ist«, meinte sie, während sie Darian dabei half, Feuerholz zu suchen.

»Hat er dich um den Finger gewickelt?« Darian stieß ein Schnauben aus. »Das war doch sonst immer deine Spezialität.«

Tena hob eine ihrer sanft geschwungenen Augenbrauen und strich sich verführerisch durch die langen blutroten Haare. »Ach, an dir hätte ich meine Verführungskünste schon auch ganz gerne mal ausprobiert.« Sie näherte sich ihm, und zu seinem Ärger wurde Darian ganz heiß, als sie über sein Schlüsselbein strich. »Du hast mir von Anfang an gefallen, Darian von Northcliff.«

»Tena!« Darian räusperte sich, wobei er einen verschämten Blick auf Leána warf, die allerdings noch mit ihren Beeren beschäftigt war.

Die Nebelhexe warf plötzlich ihren Kopf in den Nacken und brach in lautes Gelächter aus, löste ihr langes Gewand und ließ es zu Boden gleiten, was Darian das Blut in den Kopf schießen ließ. Dann verwandelte sie sich vor seinen Augen in die deutlich weniger ansehnliche Gestalt, in der sie geboren worden war.

»Keine Sorge, mein Freund, Aramia würde mich umbringen, und mir steht der Sinn wenig danach, den Zorn einer Dunkelelfe auf mich zu ziehen.«

Darian räusperte sich und ruckelte unbehaglich an seinem Hemdkragen herum. »Hat dir schon mal jemand gesagt, dass du unmöglich bist?«

»Ständig!« Tena entblößte ihre scharfen Reißzähne und schickte sich dann an, weiteres Holz zu sammeln.

»Tena, könntest du auf Leána achten, während ich ein Stück hinausschwimme?«, bat Darian gegen Mittag des nächsten Tages.

Seit dem frühen Morgen waren sie an der Küste entlanggewandert, und die Sonne hatte heiß vom Himmel gebrannt. Beständig hatten seine Augen das Meer und die Klippen abgesucht. *Die Faust des Westens* – sie *musste* sich doch an dieser Küste befinden. Daher hatte er beschlossen, sich von der Seeseite aus einen Überblick zu verschaffen. Abgesehen davon war er völlig durchgeschwitzt und sehnte sich danach, sich mal wieder richtig zu waschen.

»Ah, der König wünscht zu baden. Ich könnte dich begleiten«, meinte Tena ein wenig spitz, grinste dann aber und strich Darian im Vorbeigehen über den Arm. »Ich gehe mit Leána Seetang und Muscheln sammeln«, sie zwinkerte ihm zu, »schwimm nicht zu weit hinaus, Darian, die Strömung könnte stark sein.«

Darian versprach es, rannte das Ufer hinab zu dem langen weißen Sandstrand und entledigte sich seiner Kleider. Vorsichtshalber sah er sich um, ob Tena ihn vielleicht beobachtete, aber wenn, dann zeigte sie sich zumindest nicht. Trotz der heißen Temperaturen war das Wasser kalt und wurde immer eisiger, je weiter er hinausschwamm. Die Wellen waren an dieser Stelle moderat, und so kraulte er in kräftigen Zügen aufs offene Meer hinaus, um die Kälte zu vertreiben. Durchscheinende Wesen von blassblauer Farbe tanzten über dem Wasser – Wassergeister, wie Darian wusste. Zum Glück zeigten sich diese hier nicht so aggressiv wie diejenigen, die sich vor den Geisterinseln herumtrieben und versuchten, Schiffe in die Tiefe zu ziehen. Darian tauchte seinen Kopf ins kühle Nass und zog seine Arme weiterhin unermüdlich durch die sanften Wogen. Als er sich umdrehte, erkannte er erschrocken, dass die Küste in weite Ferne gerückt war. Außerdem ballten sich im Norden düstere Wolken zusammen.

»Verdammter Idiot«, schalt er sich selbst, »warum habe ich mich nicht früher umgedreht!« Der Rückweg würde anstrengend werden, denn er hatte sich durch das lange Schwimmen doch schon ziemlich verausgabt. Darian machte kehrt und kraulte in Richtung Strand zurück. Allerdings gestaltete sich dies als zunehmend schwierig, denn die Strömung trieb ihn mehr und mehr nach Süden ab. Langsam, aber sicher überkam ihn Panik, und er schwamm aus Leibeskräften; dennoch entfernte er sich nur immer weiter vom rettenden Strand. In der Ferne erkannte er nun die zerklüfteten Klippen von Anmhoráns Westküste, nicht mehr den märchenhaften weißen Sandstrand weiter im Norden. Ein Stück entfernt von ihm brachen sich die Meereswogen an einem Felsen, der hier und da sichtbar wurde.

Kurz ausruhen, dann schwimme ich weiter, dachte er. Wenige Augenblicke später kämpfte er sich an einen schroffen Felsen heran, wurde von einer gischtenden Welle schmerzhaft dagegengedrückt und klammerte sich dann fest. Wasser ausspuckend rang er nach Atem. Darian hoffte inständig, genügend Kraft sammeln zu können, um den Rest des Weges hinter sich zu bringen. Wassergeister tanzten um ihn herum, und wie zum Hohn verwandelten sie sich plötzlich in einen Drachen.

»Toll, ein echter würde mehr helfen«, knurrte er, aber als eine Stimme in seinem Inneren ertönte, die ihm seltsam vertraut vorkam, hielt er den Atem an.

Meine Zeit zu gehen ist gekommen, Darian von Northcliff. Länger auszuharren war mir nicht möglich, so gehe ich also ins Licht. Vor seinen Augen flirrte die Luft, Wassergeister formierten sich wieder und wieder zu der Gestalt eines Drachen. Darian blinzelte sich das Wasser aus den Augen, und was er sah, konnte er nicht glauben. »Galavenios?«

Du musst meine Brüder und Schwestern zurückbringen, hallten die Worte nun auch durch die Luft. *Eile ist geboten, willst du Albany retten.*

Noch immer blickte Darian ein wenig fassungslos zu dem schillernden Wesen vor ihm auf. »Das würde ich ja gern«, stammelte er, »aber ...« Er kam nicht weiter, denn die Wassergeister stürzten unvermittelt in die Fluten.

Eine letzte Tat, geboren aus uralter, glorreicher Magie kann ich dir gewähren, ehe mein Geist endgültig diese Welt verlässt. Die Stimme war das Letzte, was er vernahm, denn schon zog ihn irgendetwas mit Gewalt in die Tiefe, Wellen schlugen brodelnd über ihm zusammen. Darian trat um sich, versuchte, sich auf den Felsen zu ziehen, aber unsichtbare Hände zerrten ihn unbarmherzig unter die Wasseroberfläche. Er hielt die Luft an, ruderte wild mit den Händen und riss sich den Arm an dem korallenbesetzten Felsen auf. Noch immer konnte er nicht erkennen, was ihn hinabzog. Seine Augen brannten von dem Salzwasser, und es ging in rasender Geschwindigkeit hinab. Darian wusste, dass ihm nur noch kurze Zeit blieb, bis er den Mund öffnen und Wasser einatmen würde. Unverhofft kam er am Meeresgrund an, spürte den weichen Sand unter seinen Füßen und sah viele Korallen. Vor ihm formierten sich die Wassergeister noch einmal zu dem Drachen, dessen Maul sich plötzlich öffnete, und schon brandete eine imaginäre Feuerwelle daraus hervor. Als Darian in diese Richtung blickte und ein abgebrochenes Felsstück entdeckte, öffnete er vor Schreck den Mund. Er schluckte Wasser, spürte, wie es in seine Lungen drang, und kämpfte verzweifelt darum, es wieder auszuhusten. Schon packten ihn durchsichtige Hände, und die rasende Fahrt begann von neuem – diesmal jedoch nach oben. Allerdings dauerte es nur kurz, bis er das Bewusstsein verlor. *Leána, Mia, es tut mir leid,* waren seine letzten Gedanken.

Irgendetwas stieß Darian an, und er kam hustend, würgend und Wasser aushustend wieder zu sich. Als er in das schwarze Gesicht einer Seerobbe blickte, schaute er vermutlich nicht weniger verwundert als das kleine Tier. Er lag splitternackt auf einem algenüberwachsenen Felsen und fror erbärmlich, denn die Sonne war hinter den Wolken verschwunden. War das alles ein Traum gewesen? Die Robbe watschelte zum Rand des Felsens und ließ sich ins Wasser gleiten. Darian hingegen schlang die Arme um den Oberkörper und sah sich um. Er befand sich auf einer Landzunge, die weit ins Meer hineinreichte und an einem kiesbedeckten Strand endete. Zu beiden Seiten der Landzunge warfen sich gewaltige Wellen dagegen, als wollten sie den Fels unter donnerndem Getöse entzweireißen. Darian kniff die Augen zusammen, dann keuchte er auf.

Wo Fels und Brandung kämpfen, mächt'ge Wellen Todesschreie dämpfen,

Wo der Arm des Landes in tiefe Wasser greift und der Blick des Auges zur Faust des Westens schweift.

Der Drache faltet seine Schwingen, und die gepeitschten Winde singen,

aus fernen Gestaden kamen der Drachen Horden, durch das Tor auf der Insel der Riesen verborgen.

Dies war das Gedicht der Drachen gewesen, und nun wusste er, dass es nicht nur eine Legende war. Doch wo sollte das Portal nun sein? Unbehaglich blickte er ins Wasser. Es würde ihm wohl nichts anderes übrig bleiben, als an der Küste bis zum Strand zurückzuschwimmen, denn die Steilklippen konnte er kaum erklimmen – schon gar nicht nackt. Kurz überlegte er zu warten, bis die Ebbe einsetzte, denn er hoffte, in dem seichten Wasser am Rande der Felsen entlangwaten zu können. Andererseits war er durchgefroren, und bis in die Nacht hinein wollte er nicht warten, denn Tena und Leána würden sich schon Sorgen machen. Also biss er die Zähne zusammen und warf sich noch einmal in die Brandung. Das Schwimmen war in seinem entkräfteten Zustand eine Tortur. Er hielt sich in der Nähe der Klippen und war erleichtert, dass seine Füße zumindest hier und da auf Grund stießen und die Strömung nicht stark war. Als er endlich am südlichsten Ende des langen Sandstrandes ankam, klapperten ihm gehörig die Zähne. Sofort rannte er los, um sich aufzuwärmen. In der Ferne konnte er zwei Gestalten ausmachen, die am Ufer auf und ab gingen, und bald sah er sich Tena gegenüber, die ihn besorgt ansah.

»Verdammt, Darian, wo warst du denn so lange?« Ihr Blick wanderte über seinen Körper, und ihr Wolfsgesicht überzog ein Grinsen. »Ein erfreulicher Anblick, wenn du nicht beinahe blau wärst.«

Eilig bedeckte er seine intimsten Körperstellen mit den Händen und zappelte dann auf der Stelle herum. »Wärst du so freundlich, mir deinen Umhang zu leihen?« Tena hatte ihr Bündel bei sich, und Darian fluchte leise, als sie sich extra Zeit ließ, während sie ihn sehr unzüchtig betrachtete.

Er entriss ihr den langen roten Umhang, den sie immer trug, wenn sie sich in Atene verwandelte, und wickelte sich erleichtert in das wärmende Kleidungsstück. Kurz darauf kam auch Leána angerannt. Sie keuchte heftig und umarmte ihn dann.

»Warst du so schmutzig, dass du so lange im Wasser bleiben musstest?«

Darian schüttelte lachend den Kopf, hatte seine klappernden Zähne allerdings noch immer nicht ganz unter Kontrolle.

»Kommt, ich … mmmmuss meine Kleider holen.«

»Ich hätte einen Vorschlag, wie dir schnell warm wird.« Tena fuhr sich über die schlammfarbenen Brüste, und Darian knurrte: »Danke, kein Bedarf.« So schnell er konnte, hastete er durch den tiefen Sand zu jener Stelle, an der seine Hose und sein Hemd lagen, und war froh, als er den wärmenden Stoff endlich auf seiner Haut spürte.

»Ich habe die Faust des Westens gefunden«, erzählte er, als sie in Richtung des Landesinneren liefen.

»Du hast was?« Tena blieb ruckartig stehen und sah ihn ungläubig an. »Haben sich durch das kalte Wasser vielleicht deine Sinne getrübt? Wir suchen schon seit einer halben Ewigkeit die Küste ab und …«

»Warte«, unterbrach er sie, »Meergeister haben mich unter Wasser gezogen, und dort konnte ich erkennen, dass der oberste Teil des Felsens heruntergebrochen war. Die steinerne Faust liegt auf dem Meeresgrund. Die steinerne Faust, die Landzunge, die ins Wasser reicht – es passt alles zu dem Gedicht.«

»Hmm.« Die Nebelhexe fuhr sich durch die Haare. »Du weißt, dass die Portale erst dann erkennbar werden, wenn die Weltennebel aufziehen.«

»Natürlich weiß ich das.« Darian schickte sich an, Feuerholz zu sammeln. »Aber wir müssen es versuchen. Sobald Ebbe herrscht, werden wir losziehen.«

»Wenn wir die Drachen gefunden haben«, fragte Leána mit großen Augen, »können wir dann zurück zu Mutter? Sie fehlt mir.«

Darian drückte das kleine Mädchen an sich. »Ja, das können wir, und mir fehlt sie genauso.« Natürlich war ihm bewusst, dass sich die Suche nach den Drachen recht schwierig gestalten konnte. Sofern es sich bei seiner Entdeckung überhaupt um das Portal handelte, war es immer noch ungewiss, ob die Drachen überhaupt bereit wären, nach Albany zurückzukehren.

»Sag mal, Darian«, fragte Tena, als sie später um das kleine, munter prasselnde Feuer herumsaßen, »weshalb haben dich die Wassergeister eigentlich in die Tiefe gezogen?«

Nun erzählte Darian vom Ruf des alten Drachen Galavenios und wie ihn die Elementarwesen unter Wasser gezerrt hatten.

Tena riss ihre großen dunklen Augen auf. »Dann hat dir der Drache im Augenblick seines Todes durch die Wassergeister sein Wissen übermittelt, das ist faszinierend!«

»Ja, allerdings.«

»Man sagt«, erzählte Tena zögernd weiter, »in dem Moment,

in dem man stirbt, hat man Zugang zu allem Wissen, das jemals angesammelt wurde. Ich habe viele weise Frauen und Männer dazu befragt und Nachforschungen auf den Geisterinseln angestellt.« Sie lachte kehlig auf. »Wo könnte man dies auch besser tun als an dem Ort, an dem die Seelen der Verstorbenen verweilen, bevor sie ins Licht gehen.«

»Glaubst du das wirklich?« So viele verwunderliche, magische und faszinierende Dinge Darian in Albany gesehen hatte, noch immer fiel es ihm schwer, seinen in der anderen Welt erworbenen Rationalismus abzuschalten. »Hätte Veliah dann nicht sehr viel mehr wissen müssen?«

Diese Worte belustigten Tena ganz offensichtlich, denn sie grinste sehr breit. »Sie wusste auch sehr viel, jedoch ist der Zustand dieser Allwissenheit auch nicht von Dauer, wenn man nicht den Schritt macht und vollends zu den Ahnen geht. Veliah lebte in einer Zwischenwelt, um Tagilis nahe zu sein. Ein getrübtes Bewusstsein war der Preis dafür.«

»Veliah und ein getrübtes Bewusstsein?« Darian neigte kritisch den Kopf, doch Tena schmunzelte wieder einmal nur.

»Ein Bewusstsein, das für jemanden wie dich oder mich sicherlich brillant wäre – für ein Wesen, welches auf tiefgreifende Erfahrung zurückblickt und die Welten wechselt, eher weniger.«

»Das alles ist schon sehr beeindruckend«, sinnierte Darian, während er in der Glut herumstocherte, »vielleicht ist es so ähnlich wie bei Merradann und Readonn. Sie können in die Vergangenheit blicken und auch einen Teil der Zukunft sehen. Wahrscheinlich, weil sie tot sind.«

»Sie sind nicht tot in dem Sinne, in dem wir das kennen, und befinden sich auch in einem anderen Stadium der Existenz, als es bei Veliah der Fall war. Wie ich schon erwähnte, ihre Liebe zu Tagilis und ihr Wissen um die Geister hielten sie in unserer Welt. Readonn dagegen ist beinahe etwas, was die meisten als Vorstufe zu einem Gott bezeichnen würden – und Merradann ist vermutlich noch weiter aufgestiegen. Sie konnten ihr Wissen über den Tod hinaus bewahren, haben Zugang zur Geisterwelt, und zumindest Readorn kann uns noch an starken Kraftorten mit Rat und Tat zur Seite stehen. Aber auch für ihn gilt, dass, wenn er eines Tages weitergeht, er sich vermutlich dem großen Ganzen anschließen und ein Teil davon werden wird.«

»Dann glaubst du gar nicht an richtige Götter?«, wunderte sich Darian.

Lächelnd schüttelte Tena den Kopf. »Nein, das glaube ich nicht. Ich denke, und da stimme ich mit den Elfen überein, dass alles Göttliche, alle Magie und das Geschenk des Lebens von einer höheren, uns nicht erfassbaren Macht stammt. Für mich ist alles auf dieser Welt, selbst ich«, sie deutete mit dem Finger auf sich, »von diesem Göttlichen erfüllt. Wenn wir sterben, werden wir Teil dieses großen Ganzen und entscheiden, ob wir bei unseren Ahnen bleiben und als reine Energie weiterexistieren, oder ob wir noch weiteres Wissen, weitere Erfahrungen ansammeln wollen – dann werden wir wiedergeboren. Götter werden von den Menschen, auch von den Zwergen und sogar von den Dunkelelfen erschaffen, um das zu erklären, was für sie nicht fassbar ist. Für die Menschen mit ihrer kurzen Lebensspanne ist es leichter, Naturgötter für Seuchen, Katastrophen und Hungersnöte verantwortlich zu machen, als sie einfach hinzunehmen. Wenn etwas Schlimmes geschieht, sehen sie es als Strafe an. Die Zwerge huldigen ihrem Erdgott, klammern sich an die Hoffnung, zu ihm zu kommen, wenn sie nur ein gutes Leben führen. Den Dunkelelfen dient Marvachân als Rechtfertigung für ihr kämpferisches Wesen und ihren Blutdurst.«

Jetzt staunte Darian wirklich. Er hatte Tena, oder früher Atene, für eine skrupellose Frau gehalten, die hauptsächlich auf ihren Vorteil aus war und ihre Reize gezielt einzusetzen wusste. Mit solch tiefgründigen Gedanken und damit, dass sie im Laufe ihres langen Lebens so viel über die unterschiedlichen Glaubensrichtungen geforscht hatte, hatte er nicht gerechnet. »Und die Elfen sind die Einzigen, die das wahre Wissen besitzen?«

»Sie sehen sich als Teil eines großen Ganzen, und unter ihnen gibt es oder gab es«, Tena seufzte traurig, »sehr viele weise Männer und Frauen, die wiedergeboren wurden, um ihrem Volk zu helfen. Darian, auch ich weiß nichts mit Gewissheit. Was ich dir erzählt habe, ist meine persönliche Meinung und nichts Erwiesenes. Ich vermute, wir werden es erst dann erfahren, wenn unsere Zeit gekommen ist und auch wir ins Licht gehen, um uns zu den Ahnen zu gesellen.«

»Na ja«, überlegte er, »zumindest finde ich deine Theorie nicht ganz abwegig.«

»Ich fühle mich geehrt, König von Northcliff.« Tena verbeugte sich ein wenig übertrieben, dann unterhielten sie sich noch eine Weile über Religionen und Ansichten aus Darians früherer Welt, bevor sie die Müdigkeit in einen tiefen Schlummer zog. Vor der Morgendämmerung brachen sie wieder auf und wanderten den Strand entlang.

Darian war von prickelnder Aufregung erfüllt, denn er fragte sich, ob sie heute wirklich das Drachenportal finden würden und vor allem, was sie dort erwarten mochte. Das Meer hatte sich weit zurückgezogen, dennoch konnten sie nicht den ganzen Weg bis zur Landzunge trockenen Fußes zurücklegen. An einer Stelle wurde das Wasser so tief, dass Darian Leána auf seine Schultern nahm und zähneknirschend schon wieder durch das kalte Wasser watete, das ihm bis zu den Achseln reichte. Das erste Rot des Morgens kündete einen warmen Sommertag an, als sie auf der Landzunge standen.

»Und wo soll jetzt das Portal sein?«, fragte Tena skeptisch. »Ich kann weder einen Monolithen noch einen Steinkreis sehen.«

Ehe Darian etwas erwidern konnte, rannte Leána schon über die von Algen und Muscheln bedeckten Steine auf eine riesige Felswand am Ende der Landzunge zu.

»Warte, der Boden ist doch …«, schrie Darian ihr hinterher, aber da war Leána auch schon am Kiesstrand angelangt, und er verdrehte die Augen. »… rutschig, wollte ich sagen.«

»Tja, deine Tochter trägt die Geschicklichkeit der Dunkelelfen in sich«, kommentierte Tena, dann machten sie sich langsam und vorsichtig daran, Leána zu folgen.

»Dort wohnen die Drachen!«, rief Leána begeistert, als Darian bei ihr angekommen war.

»Nein, mein Schatz, ich befürchte nicht«, seufzte er, »normalerweise hätte sich das Portal …« Darian stutzte, denn urplötzlich nahm er wahr, wie sich etwas veränderte. Die Luft schien geradezu zu vibrieren. Es war, als würde ein Schleier sich heben, der ihnen die raue Felswand nur vorgegaukelt hatte. Jetzt wurde ein Felsen sichtbar, geformt wie ein gewaltiges Tor. Vermutlich hatten Wind, Wellen und Salzwasser dieses mächtige Gebilde in unzähligen Sommern und Wintern geschaffen. In jedem Fall war es groß genug, damit ein ausgewachsener Drache hindurchfliegen konnte.

Das Portal wurde von den Drachen verschleiert, erinnerte sich Darian und sog scharf die Luft ein, als sich innerhalb des Steintores ein fahl leuchtender Nebel zu bilden begann, der sich dann langsam zu einem silbernen und goldenen Portal formte. Es sah etwas anders aus als die Portale, welche er bisher gesehen hatte, und der Nebel war sehr dünn und durchscheinend, kaum erkennbar, wenn man nicht genau hinsah. »Tena, sieh nur«, hauchte er.

»Schnell, wir sollten hindurch«, drängte sie. »Wenn der letzte Drache tatsächlich gestorben ist, kann es sein, dass bald zu wenig Magie in Albany ist, um noch ein Portal erscheinen zu lassen.«

Leána wollte schon loslaufen, aber Darian hielt sie an der Schulter fest. »Was ist, wenn es sich für unsere Rückkehr nicht mehr öffnet?«

Die Nebelhexe hob die Schultern. »Wenn die Drachen mit uns zurückkehren, wird es kein Problem sein.«

»Nur, falls sie tatsächlich mit uns kommen und wenn dies hier wirklich der Eingang zur Drachenwelt ist.«

»Darian«, ungeduldig deutete Tena zu dem Tor, »das Gedicht des Drachen war eindeutig, du hast die Faust des Westens gefunden, und Leána hat das verschleierte Portal geöffnet. Wir sind kurz vor dem Ziel, du wirst doch jetzt nicht aufgeben!«

»Nein, natürlich nicht.« Darian sah sich unbehaglich um, dann zog er sein Schwert, nahm Leána an der Hand und trat auf das Portal zu. *Hoffentlich machen wir jetzt keinen Fehler,* dachte er, bevor er das wohlbekannte magische Kribbeln verspürte.

Ein kalter Wind wehte auf der anderen Seite des Portals, und Darian sah sich voller ungläubigem Staunen um. Sie standen in einem Felskrater von gigantischem Ausmaß, und überall herrschte ein dämmriges bläuliches Licht. Zackige Felsformationen prägten die Landschaft, und ihm völlig unbekannte Pflanzen mit Blättern in Blau- und Grüntönen rankten sich daran entlang. Der Boden war mit silbrigem Sand bedeckt, aber das Erstaunlichste war der Himmel. Ein Dreieck bildend, hingen dort drei Monde, einer hellblau, einer orange und einer silbern. Vielleicht waren es auch Planeten oder Sonnen, Darian konnte es nicht mit Gewissheit sagen, aber ihm wurde bewusst, dass sich diese Welt grundlegend von Albany oder der Welt unterschied, in der er aufgewachsen war.

Plötzlich zischte etwas über ihre Köpfe hinweg. Darian drückte Leána schützend an sich, Tena hatte ihr Schwert gezogen. Kurz darauf bemerkten sie allerdings, dass es sich nur um einen Vogel mit schwarzem Körper und grünen Schwingen handelte – in etwa so groß wie eine Krähe. Er besaß einen krummen Schnabel und wirkte auf den ersten Blick nicht aggressiv. Er ließ sich auf einer hohen Felsnadel nieder, legte die Schwingen an den Körper und schenkte den Besuchern ansonsten wenig Beachtung.

»Sollen wir losziehen und die Drachen suchen?«, flüsterte Tena und schien dabei seltsam unsicher.

»Ja, ich denke, das sollten wir.« Unbehaglich blickte Darian die schroffen Felswände empor. Hoffentlich fanden sie einen sicheren Aufstieg.

»Können wir die Drachen nicht einfach rufen?«, schlug Leána mit kindlichem Eifer vor.

»Ich befürchte, so einfach geht das nicht«, seufzte Darian.

»Warum nicht, Vater?«

»Leána, sollten sich die Drachen überhaupt in dieser Welt aufhalten, so wissen wir nicht, wo wir sie finden können.«

»Wie heißen die Drachen?«, beharrte die Kleine stur.

»Turmalan, Smaragorn und Aventura waren bei meiner Krönung anwesend, Apophyllion ist ja leider tot.«

Sichtlich zufrieden, die Namen erfahren zu haben, kletterte Leána auf einen Felsblock und rief mit ihrer hellen Stimme laut die Namen der Drachen, bevor Darian sie davon abhalten konnte.

Ihm stockte der Atem. Leánas Ruf wurde mit mehrfachem Echo von den Felswänden zurückgeworfen, hallte laut durch den Krater und verklang nur ganz allmählich in der Luft. Aufs Äußerste angespannt, ihre Waffen kampfbereit, verharrten Darian und Tena Rücken an Rücken, während sie die Blicke über den oberen Rand des Kraters gleiten ließen. Sie hatten keine Ahnung, welche möglicherweise feindlichen und bösartigen Wesen hier hausten und ob sie gegen diese zu zweit bestehen konnten.

»Du solltest deine Tochter besser im Griff haben«, zischte Tena.

»Sei lieber froh, dass Leána eine Portalfinderin ist«, knurrte Darian, wenngleich ihm im Augenblick auch nicht wohl zumute war.

Die Zeit verstrich, ohne dass etwas Nennenswertes geschah. Dann ließ sie ein plötzliches Geräusch herumfahren, doch es war nur der seltsame Vogel, der sich in die Lüfte erhob, wobei einige Steinchen von der Felsnadel rieselten. Ein kleines Wesen, das einem Wiesel ähnelte, jedoch braun und silbern gestreift war, huschte an ihren Füßen vorbei. Danach war wieder alles ruhig. Schließlich entspannte sich Darian und fasste seine Tochter an den Schultern. »Tu so etwas bitte nie wieder, es ist gefährlich, an einem fremden Ort so laut zu rufen. Es könnte sein, dass du damit feindlich gesinnte Wesen auf uns aufmerksam machst.«

Die Kleine hob wenig beeindruckt die Schultern, runzelte nur ihre glatte Stirn und meinte: »Ich war sowieso dumm, Drachen muss man bestimmt in Gedanken rufen, weil man auch in Gedanken mit ihnen spricht.«

»Ja, das mag wahr sein«, seufzte Darian und strich seiner Tochter über die dunklen Haare.

»Diesen Einfall begrüße ich dann doch sehr, junge Dame«, entgegnete Tena. Ihre angespannten Mundwinkel lockerten sich ein wenig.

Leána schürzte kurz die Lippen, dann schloss sie die Augen. Auch Darian hatte nichts einzuwenden. Dennoch schlug er vor, nicht einfach abzuwarten, sondern loszumarschieren und einen Weg aus dem Krater zu suchen.

Gerade hatten sie ihre Bündel aufgeschultert, da erklang ein eigenartiges Geräusch. Darian zischte Leána zu, sie solle sich unter einem Felsen mit einem kleinen Hohlraum verstecken, und nahm sein Schwert in die Hand. Sein Puls beschleunigte sich, er lauschte angespannt und versuchte, etwas zu erkennen, aber dieses eigenartige, für seine Augen ungewohnte bläuliche Licht machte es ihm schwer. Blaue Schatten – oder vielleicht waren es auch Nebelfetzen – huschten durch das Tal. Da – wieder dieses schlagende Geräusch. Darian wagte es kaum zu hoffen, aber konnten das vielleicht die Drachen sein? Nein, schon mehrfach hatte er das Geräusch ihrer mächtigen Schwingen vernommen, vor langer Zeit zwar, doch er hatte es ganz anders in seiner Erinnerung.

»Sieh nur!«, riss ihn Tenas aufgeregte Stimme aus seinen Überlegungen. Er fuhr herum, seine Augen folgten ihrer Hand, die zum Himmel wies, und er blickte staunend hinauf zum Firmament, welches nun einen rötlichen Schein aufwies, vermutlich den einer aufgehenden Sonne, die ihren Schimmer über diese Welt legte. Als dunkle Flecken zeichneten sich dort nun riesige geflügelte Kreaturen ab, die gleichmäßig ihre Kreise zogen. Langsam näherten sich die Wesen, und Darian bemerkte, dass wohl doch ihre Schwingen Ursache des Geräusches gewesen sein mussten, welches von den bizarren Felsgebilden seltsam verzerrt zurückgeworfen wurde.

»Drachen«, flüsterte er. Ein roter, ein grüner, ein bläulicher und ein weißer Drache kreisten über ihnen und bewegten sich ganz langsam und majestätisch in Richtung Boden.

»Sie sind gekommen«, jauchzte Leána.

Darian konnte kaum fassen, was gerade geschah. Jedes einzelne Haar an seinem Körper stellte sich auf, so majestätisch war der Anblick der Drachen, deren Schuppen sogar in diesem fahlen Licht schimmerten. Als die Wesen allerdings plötzlich laut brüllten und Feuer spien, wurde ihm doch etwas anders zumute.

»Geh unter den Felsen, Leána.«

»Aber ich …«

»Schnell«, unterband Darian den Widerspruch des Mädchens. Schließlich gehorchte sie und kauerte sich unter dem Überhang zusammen.

Mit mächtigen Flügelschlägen kam der blaue Drache, den Darian vor langer Zeit unter dem Namen Turmalan kennengelernt hatte, näher, und seine geschlitzten, blutunterlaufenen Augen funkelten zornig. Seine gewaltigen Schwingen wirbelten den Sand auf, der silbern glitzernd wie feiner Nebel um den blauen Körper des Drachen tanzte. Ein wenig abseits und nicht weniger ehrfurchtgebietend landeten kurz darauf die anderen Drachen.

»Du kannst wirklich mit ihnen sprechen, oder?« Tenas Stimme klang seltsam dünn, und sie wich zurück, während Darian stehen blieb, auch wenn er dazu all seine Beherrschung aufbringen musste.

Er erinnerte sich daran, was Readonn ihm über den Umgang mit Drachen beigebracht hatte, daher vermied er nun den direkten Blickkontakt, verbeugte sich lediglich vor dem blauen Giganten.

»Ich grüße dich, Turmalan, Herr der Lüfte«, sagte er mit fester Stimme. Er hätte auch in Gedanken sprechen können, aber im Augenblick war er dazu einfach zu aufgeregt, und die nötige Konzentration hätte ihm vermutlich gefehlt. »Wir sind hier, um euch um Hilfe zu bitten.«

Der Drache, dessen schillernde Schuppen alle Farben des Meeres zu vereinen schienen, war ein mächtiges Exemplar mit muskulösem Körper, Schwingen, die vermutlich ein ganzes Haus unter sich verstecken konnten, und armlangen, tödlich spitzen Zähnen. Turmalan brüllte erbost, schlug mit seinen Flügeln und wirbelte erneut Sand und kleine Blätter auf.

Darian hielt die Luft an – es war mehr als wahrscheinlich, dass die Drachen nun alle Menschen hassten und ihn und Tena mit einem einzigen Atemzug vernichteten.

»Ich … wir sind hier … um …« Darian brachte keinen klaren Gedanken zustande, und er hätte sich gerne zu Leána umgedreht, wollte die Aufmerksamkeit Turmalans jedoch nicht auf seine Tochter lenken. Mit mächtigen Schritten kam der blaue Herr des Westens näher, und Darian fürchtete, bald seinen letzten Atemzug zu tun. Aber da drängte sich der rote Drache nach vorn – Aventura, die Herrin des Südens, wie er sich erinnerte – und fauchte ihren Gefährten an, der sich daraufhin grollend zurückzog.

Eine alte Prophezeiung wurde wahr, erklang eine überraschend sanfte, wenn auch mächtige Stimme in Darians Innerem. Aventura senkte das mächtige Haupt, sah Darian durchdringend an, dann wandte sie sich in Leánas Richtung. *Trete zu mir, kleine Portalfinderin.*

Alles in Darian schrie danach, seine Tochter davon abzuhalten, zu dem roten Drachenweibchen zu gehen.

Doch Leána eilte beherzt herbei. »Ihr müsst mit uns nach Albany zurückkommen«, rief sie ohne jegliche Furcht und sah zu dem riesenhaften Wesen auf. »Dämonen machen alles kaputt, und die Heidefeen und Baumgeister sind traurig.«

Menschen und Dunkelelfen tragen die Schuld daran. Ohne auf Aventuras Fauchen zu reagieren, trat Turmalan erneut vor, und auch der grüne Smaragonn stapfte auf Leána zu – Darian konnte spüren, wie der Boden unter seinen Füßen erzitterte. Nun vermochte er sich nicht mehr zurückzuhalten, stürzte nach vorn und schlang seine Arme beschützend um seine Tochter, was die beiden Drachen offenbar noch mehr erzürnte, denn sie stießen Feuerfontänen in den Himmel, und das Fauchen des blauen und grünen Drachen mischte sich mit dem Aventuras. Darians erster Impuls war fortzulaufen und sich und Leána in Sicherheit zu bringen. Auch in Tenas Augen sah er Furcht. Aber gleichzeitig war ihm die Sinnlosigkeit seiner Überlegung klar, denn sollten die Drachen sie töten wollen, hätten sie ohnehin keine Chance.

Lasst die Menschen sprechen. Der vierte Drache flog auf einen flachen Felsen und blickte von oben herab. Er war kleiner als die anderen drei, und seine Schuppen, die Darian zunächst für rein weiß gehalten hatte, zeigten auch einige Silber- und ganz helle Bronzetöne. Turmalan und Smaragonn verstummten, aber ihre Anspannung und ihr Hass waren beinahe spürbar. So ruhig und beherrscht, wie Darian es zustande brachte, erzählte er von dem Verrat, den Samukal begangen hatte, von seiner Allianz mit Dal'Ahbrac, dessen Schreckensherrschaft über Albany und dem Versiegen der Magie, die mit dem Verschwinden der Drachen einherging. Er berichtete, dass Atorian noch am Leben war, sprach auch von seinem eigenen Versagen und sparte sogar Samukals Reue nicht aus. Die Drachen hörten ihm zu, dennoch verkündete Turmalan am Ende donnernd: *Nie wieder wird ein Drache Albanys Boden betreten!*

»Aber die Dämonen töten all unsere Freunde«, schluchzte Leána. »Torgal ist schon tot, und Tagilis auch, und ich will nicht, dass noch mehr sterben.« Dicke Tränen rollten ihre Wangen hinab, und Darian streichelte ihr hilflos über den Kopf. Und während er das tat, geschah etwas Seltsames – die Drachen wurden urplötzlich ganz still. Ihre erhobenen, tödlich gezackten Schwänze senkten sich, ihre Flügel falteten sich zusammen, und Turmalan legte sein mächtiges Haupt schief, während Smaragonn das seine auf den Boden legte und leise, klagende Töne ausstieß. Aventura hingegen kam näher, wobei sie mit erhobenem Kopf auf etwas ganz anderes zu lauschen schien. Und als dann ihre Stimme in Darians Gedanken erklang, glaubte er in sich die gleiche Gram und Schwermut fühlen zu können, wie auch das Drachenweibchen sie empfand.

Große Trauer herrscht in Albany, und ich bin der festen Überzeugung, dass Leána das Kind ist, von dem in unserer alten Überlieferung die Rede ist. So viel Unheil unserem Volk widerfahren ist, wir sollten uns nicht von Rachegedanken leiten lassen, Turmalan, und die Situation überdenken. Darian runzelte die Stirn, doch Aventura drehte sich zu ihren Gefährten um, und dann lag eine Art Summen in der Luft. Darian vermutete, dass sie sich miteinander unterhielten, ihn jedoch aus ihren Gedanken ausschlossen. Hin und wieder warf einer der Drachen einen Blick auf die weinende Leána.

Ganz langsam, die Drachen nicht aus den Augen lassend, trat Tena zu Darian. »Was sagen sie?«

»Ich weiß es nicht, ich kann es nicht hören.« Kopfschüttelnd sah er auf die gewaltigen Kreaturen. »Ich dachte ohnehin, Turmalan würde uns gleich in einen Haufen Asche verwandeln.«

»Ich ebenfalls.« Tenas Blick wanderte zu Leána. »Aber vermutlich ist es wahr.« Sie klang ausgesprochen verwundert.

»Was ist wahr?«

»Man sagt, einen Drachen mag nichts zu erschüttern, nichts von seiner Meinung abzubringen, sofern er sie einmal gefasst hat – nichts außer den Tränen eines Kindes.«

Sosehr Darian Tenas Worte überraschten, weiter darüber nachdenken konnte er nicht, denn plötzlich erhob der silberweiße Drache die Stimme.

Ich bin Davaburion, Apophyllions Sohn. Mein Vater opferte in einem unbeschreiblichen Aufbegehren seiner Kräfte sein Leben, um unser Volk zu retten. Dies ist ihm gelungen, und der Welt, die uns so schändlich betrogen hat, haben wir den Rücken gekehrt. Ich selbst schwor, bittere Rache an jenen zu üben, die uns hintergingen, doch noch im Tod gemahnte mich mein Vater, niemals Rache als Triebkraft meiner Handlungen zu wählen. Diesem Rat bin ich gefolgt, so wie die anderen meiner Art auch. Albany haben wir hinter uns gelassen, begraben zusammen mit unserem Zorn.

Davaburion hielt für einen Moment inne, betrachtete Darian eingehend, und dieser fühlte sich an seine Weihe erinnert, hatte das Gefühl, erneut bewertet zu werden wie damals auf den Dracheninseln, als er nicht die geringste Ahnung gehabt hatte, was ihn erwarten würde.

Doch stets waren wir mit den Herrschern von Northcliff verbunden, begann der Drache erneut. *Ein Teil unseres Lebensodems ging auf die großen Könige nieder. Aventura hat ihren Geist ausgestreckt bis nach Albany. Eine große Verdüsterung liegt über dem Land, die Folge der fehlenden Magie ist. Wir hätten nie gedacht, dass unser Fehlen in Albany ein Ungleichgewicht der magischen Kräfte bewirkt, und wir bedauern dies. Leider sind auch wir nicht unfehlbar, Darian von Northcliff. Unsere Entscheidung ist gefallen: Wir werden an deiner Seite kämpfen, und sollten wir siegreich sein, werden einige von uns in Albany bleiben.*

Im ersten Moment war Darian sprachlos. Er mochte kaum glauben, dass allein Leánas Tränen bewirkt hatten, dass die Drachen so plötzlich ihre Meinung geändert hatten. Vielleicht hatte auch die Tatsache dazu beigetragen, dass Aventura die Zustände in Albany gesehen hatte und die Drachen das Gefühl hatten, eine Schuld begleichen zu müssen. Wie auch immer – jetzt trat Aventura zu ihm und stieß ihn überraschend sanft mit ihrer Nase an.

Möchtest du auf meinem Rücken in die Schlacht ziehen, Sohn von Jarredh?

Es war ihm unmöglich, mehr als ein verdutztes Nicken zustande zu bringen, und als das Drachenweibchen ihn aufforderte, seinen Umhang anzuziehen, da es in den Lüften sehr kalt war, gehorchte er nur mechanisch. Er hob Leána auf Aventuras blanken, rot geschuppten Rücken und hielt sich an einer ihrer Schuppen fest.

»Was ist mit Tena?«, brachte er heraus.

Ich werde sie tragen, bot der grüne Smaragonn an, und, nachdem Darian ihr die Botschaft überbracht hatte, schritt die Nebelhexe, deutlich blass im Gesicht, auf ihn zu.

Aventura, sagte Darian in Gedanken zu seinem Reittier, *können wir Leána auf der Nebelinsel in Sicherheit bringen, bevor wir in den Krieg ziehen?*

Ihr gewaltiger Kopf drehte sich zu ihm, und beinahe hatte er den Eindruck, sie lächelte, als sie antwortete. *Du sprichst meine Gedanken aus, junger König.*

Mit einigen mächtigen Flügelschlägen katapultierten sich die vier Drachen in die Lüfte, Darian hielt sich eisern an einem spitzen, kühlen Stachel fest und versuchte auch Leána vor dem Absturz zu bewahren. Die Kleine aber jauchzte nur begeistert, als die Drachen über dem Tal einen Kreis zogen und dem gewaltigen Krater entstiegen. Jetzt konnte Darian mehr von dieser ihm völlig unbekannten Welt sehen. Blau schimmernde Wälder erstreckten sich links von ihm. Rechts sah man funkelnde Seen, dahinter meinte er, eine Wüste zu erahnen, aber da schoss Aventura auch schon wieder auf das steinerne Tor im Krater herab und hielt geradewegs darauf zu. Darians Schrei wurde ihm von den Lippen gerissen. Das silberne und goldene Licht flammte auf, so kräftig und pulsierend, wie er es von früher in Erinnerung gehabt hatte. Kurz schrak er zusammen, als das Tor mit rasanter Geschwindigkeit auf ihn zuschoss. Ihm schien das Portal als zu klein, und tatsächlich schrappten die Klauen an den Enden von Aventuras Schwingen über den rötlichen Fels. Nur ein paar Herzschläge später befanden sie sich über dem strahlend blauen Ozean westlich von Anmhorán, und die Winde Albanys begrüßten die Herrscher der Lüfte, als diese sich in den endlosen Himmel bohrten. Wie eine Wand schlug Darian die heiße Luft entgegen. In der Ferne sah er, dass sich ein Gewitter zusammengebraut hatte und schwarze Wolken den Himmel verdunkelten.

Es könnte ein wenig turbulent werden, warnte Aventura, dann breitete sie ihre Schwingen aus und jagte über den dunkler werdenden Himmel, von dem schon die ersten Blitze zuckten. Die Geschwindigkeit war berauschend, und nachdem Darian die erste Furcht abgelegt hatte, sie könnten vom Rücken des roten Drachen stürzen, ergötzte er sich an dem Anblick, der sich ihm bot. In der anderen Welt war er häufig in Flugzeugen gereist und hatte den Ausblick aus der Höhe stets genossen, aber dies hier war etwas vollkommen anderes. Sie waren wie ein Teil des Himmels. Der Wind peitschte ihm ins Gesicht, und er bekam kaum Luft, aber als Aventura ihm in Gedanken riet, sich tiefer zu ducken, wurde es besser. Die unbändigen Kräfte der Drachen durchdrangen auch ihn, und er hatte das Gefühl, jeden Moment zerbersten zu müssen. Unter ihnen wogte das Meer in endlosem Blau, nicht weit entfernt konnte er die Inseln vor Albany ausmachen. Alles schien so unwirklich und klein, selbst ein Wal, der aus dem Wasser auftauchte, erschien ihm wie ein Spielzeugtier. Mit raschen Schlägen näherten sie sich der Nebelinsel. Auch heute lag ein schwacher Dunst über der Küste. Er konnte die grünen Wälder, die hohen Berge, in denen der Culahan herrschte, und einige helle Sandstrände an der südlichen Küste erkennen. Erst jetzt wurde ihm richtig bewusst, dass die Nebelinsel ein recht großes Eiland war.

Die Aussicht von hier oben war einfach atemberaubend, und der pechschwarze Himmel und die zuckenden Blitze bildeten einen bizarren Kontrast zum Blau des Meeres und dem Grün der Wälder. Darian bat Aventura, in den südlichen Bergen zu landen, denn er wollte Leána wieder dem Berggeist anvertrauen. Der Culahan hatte sich als zuverlässig erwiesen, und auf der Nebelinsel würde seine Tochter zumindest halbwegs in Sicherheit sein.

Der Kopf des roten Drachen wandte sich nach Norden.

Eile ist geboten, Darian von Northcliff, die Schlacht hat bereits begonnen. Sobald Leána sich auf der Nebelinsel befindet, müssen wir aufbrechen.

Gefolgt von ihren drei Gefährten, schraubte sie sich in die Tiefe, sodass Darian die Luft aus den Lungen gepresst wurde.

Kapitel 31
Dämonenbann

Berauscht von der Geschwindigkeit und dem, was ihm erst vor kurzem auf der Nebelinsel, unter den Blicken wachsamer Drachenaugen, widerfahren war, als sie Leána dem Culahan übergeben hatten, raste Darian auf Aventuras Rücken nach Norden. Die Berge, das Meer, die Wälder und Seen wirkten von hier oben noch sehr viel majestätischer als zu Fuß oder vom Rücken eines Pferdes aus. Sorgen bereitete ihm allerdings der dichte Qualm, der über einem Teil des Waldreichs südlich von Northcliff hing und ihm selbst hier oben in den rauschenden Lüften einen stechenden Geruch in die Nase trieb. Auch die Gewitterfront näherte sich bedrohlich, Blitze zuckten vom Himmel, aber noch immer war kein Donner zu hören. Der ersehnte Regen ließ auf sich warten. Als sie über eine mehrere Meilen umfassende Fläche aus brennendem Wald flogen, fragte sich Darian, was wohl geschehen war. Hatte dieser Brand eine natürliche Ursache, oder war er am Ende das Werk der Dämonen, die nun ihren vernichtenden Schlag gegen die Menschheit und die Elfen ausführten? Aventura wandte sich von dem dichten Rauch ab und flog einen Bogen, die anderen drei Drachen mit Tena auf Smaragonns Rücken folgten. In der Ferne konnte Darian schon die Burg von Northcliff erahnen, doch als Aventura tiefer sank, wurde er von den grausamen Szenen abgelenkt, die er nun direkt unter sich erkannte. Auf einer weiten Fläche zwischen ausgedehnten Wäldern wurde erbittert gekämpft; welche Seite überlegen war, konnte er nicht erahnen, zu groß war das Chaos. Weiter im Süden erspähte er Menschen, Elfen und auch die gewaltigen Bergtrolle, die vor den tobenden Flammen flohen.

Wir sind zu spät, die Schlacht ist schon in vollem Gange, dachte Darian erschrocken.

Noch ist nichts entschieden, die Waagschale ist noch nicht vollends gekippt, antwortete das Drachenweibchen in seinem Geist.

Wie erstarrt blickte Aramia zum Himmel, als das furchteinflößende Wesen, welches sie für das schreckliche Ergebnis einer weiteren Beschwörung Dal'Ahbracs hielt, durch dräuende Wolken flog, einen Moment sichtbar, dann wieder von Wolkenbergen verschluckt.

»Aramia, sieh nur die Runen.« Nordhalan hielt seinen Stock mit einer Hand gepackt, mit der anderen strich er über die verschlungenen Intarsien.

Aramia konnte ihren Blick zunächst nicht von der bedrohlichen Kreatur lösen, die sich vom Himmel stürzte. Ihre letzte Hoffnung schmolz mit jedem Flügelschlag, den das gewaltige Wesen tat, dahin. Kurz schloss sie die Augen, dachte an Darian und Leána, ihre Freunde auf der Nebelinsel, ja sogar Bilderfetzen ihres Urgroßvaters im Unterreich huschten vor ihrem inneren Auge vorüber. Wie lange würden sie noch verschont bleiben? Erneut drang Nordhalans Stimme an ihr Ohr, und sie sah auf, vermochte die Worte des Zauberers aber nicht von denen der anderen zu trennen, die jetzt wohl ebenfalls die neue Bedrohung entdeckt hatten. Doch dann spürte sie urplötzlich etwas zutiefst Vertrautes – Magie! Ein magisches Prickeln durchfuhr sie, ein rhythmisches Pulsieren in ihrem Körper, und jetzt registrierte sie auch endlich, dass die Runen an Nordhalans Stab aufglühten, verheißungsvoll und von neuem Leben erfüllt. »Ein Drache!«, schrie irgendjemand mit gellender Stimme.

Darian, dachte Aramia nur noch, als ein roter Schatten vom Himmel stürzte. Doch schon erhaschte sie den Blick auf einen geflügelten Dämon, der sich von dem leblosen Körper eines Bergtrolls löste und in die Lüfte schnellte, direkt in ihre Richtung.

Mit Darian auf dem Rücken schoss Aventura auf die Kämpfenden zu, und nur einen Augenblick nachdem sich der geflügelte Dämon in die Lüfte erhoben hatte, verbrannte sie ihn mit einem einzigen Feuerstoß zu Asche. Darians Jubel ging in dem Tosen der Flammen unter – Drachenfeuer konnte also tatsächlich Dämonen töten. Er fasste den mit braunem Leder umwickelten Griff seines einfachen Zweihänders fester und bat den Drachen dann, ihn auf dem Schlachtfeld abzusetzen

Du kannst auch von meinem Rücken aus kämpfen, Darian von Northcliff, dort ist es sicherer.

»Nein, Aventura, ich danke dir für deine Hilfe, aber ich muss meinen Freunden zur Seite stehen.« Unten auf der Erde war der Kampf ins Stocken geraten. Menschen, Dunkelelfen, Elfen und Trolle blickten fassungslos in die Höhe, und als Aventura direkt über ihren Köpfen hinwegglitt, erkannte er eine schlanke schwarzhaarige Gestalt. Mia – sein Herz machte einen kleinen Sprung. Aventura flog nun ganz langsam, und Darian erhob sich auf ihrem Rücken. Er wartete den geeigneten Moment ab und sprang, nur etwa zwei- oder dreihundert Schritte von Mia entfernt, auf einen flachen Felsen. Der Schwung ließ ihn straucheln, beinahe hätte er seine Waffe fallen lassen, aber dann kam er doch noch auf die Füße und reckte sein Schwert zum Gruß an die Drachen in die Höhe, die unter peitschenden Flügelschlägen vorüberrauschten.

Kämpfe unverzagt, Darian von Northcliff. Die Dämonen werden unseren Brandatem zu spüren bekommen. Dieses Mal sind wir vorbereitet. Beinahe glaubte Darian, Aventura zwinkere ihm zu, und ihre beruhigenden Worte verfehlten ihre Wirkung nicht.

Strahlend wandte sich Darian nun zu Mia um, doch urplötzlich sah er sich der Dämonin mit den flammend roten Haaren gegenüber, deren entstelltes Antlitz sich vor Mia erhob. Lauernd, das Gesicht zu einer Grimasse verzogen, kam sie auf ihn zu. Er hörte eine panische weibliche Stimme eine Warnung schreien, und ein blauer Blitz, der höchstwahrscheinlich von Nordhalan stammte, zischte an der Dämonin vorüber, ohne ernsthaften Schaden anzurichten.

»Komm nur her, du Ungeheuer.« Darian begab sich in Kampfstellung, stellte sich fest auf beide Beine und beugte sich leicht nach vorn. Mit beiden Händen umklammerte er das Schwert und rief sich Tagilis' Lehren ins Gedächtnis. *Werde eines mit deiner Klinge, konzentriere dich auf deinen Gegner und nutze seine Schwächen.*

Ein Dämon – hatte der überhaupt Schwächen? Aus dem Augenwinkel sah Darian Mias weit aufgerissene Augen und wie sie einen Feuerball, um den herum Feuergeister schwebten, in seine Richtung sausen ließ, um ihm zu helfen. Die Kreatur wich aus, der Feuerball raste knisternd hinter ihr vorbei. Wild kreischend, die Klauen nach vorn gestreckt, stürzte die Dämonin auf ihn zu, in dem festen Glauben, sein Schwert könne ihr nichts anhaben – doch da täuschte sie sich. Darian machte nur einen winzigen Ausfallschritt zur Seite, um ihren Klauen zu entgehen, dann trieb er ihr sein Schwert in die Seite. Rote Flammen umloderten die Klinge, und das höhnische Lachen erstarb. Nur wenige Augenblicke später sackte sie auf dem Felsen zusammen, und alles, was von ihr blieb, war ein rauchendes Häuflein Asche.

»O ja, du hast eine Schwäche.« Darian verspürte Erleichterung. Das Wesen, welches er eben getötet hatte, hatte so viele unschuldige Leben vernichtet und sich für unbesiegbar gehalten. Bewundernd blickte er auf das eigentlich unscheinbare Schwert und sandte einen stummen Dank zu den Drachen.

Für einen Moment herrschte Totenstille, sämtliche Kämpfe waren abgeebbt. Noch immer zuckten Blitze am Himmel, zeichneten die Konturen der Drachen nach und ließen ihre Schuppen rot, grün und blau erstrahlen. Turmalan drehte plötzlich ab, stürzte auf den Boden zu. Rasch erkannte Darian das Ziel des Drachen, als er auf einem Hügel einen von Dal'Ahbracs Dämonen sah. Kurz darauf fiel das grausame Wesen der lodernden Feuersbrunst zum Opfer, und Turmalan gesellte sich wieder zu seinen Gefährten am Himmel, wo sie abwartend kreisten. Mit Darian hatten sie ausgemacht, dass die Feinde nach Norden getrieben werden sollten.

Plötzlich – ohne Vorwarnung – brach tosender Jubel hinter ihm aus. »Darian! Darian – Dämonenbann!«, schallte es von überallher. Er sprang von dem Felsen, und schon kurz darauf hatte sich Mia ihm an den Hals geworfen. Ihr verschmutztes und blutverschmiertes Gesicht drückte Fassungslosigkeit, Freude und Unverständnis aus. Er küsste sie rasch, strahlte sie an und strich ihr eine Haarsträhne zurück. »Leána ist in Sicherheit«, erklärte er eilig, als er Mias fragenden Blick bemerkte. »Jetzt lass es uns beenden. Wir müssen Dal'Ahbrac und seine Schergen nach Norden in Richtung Moor treiben.«

Ein Lächeln zeichnete sich auf ihren Gesichtszügen ab. »Ja, lass es uns versuchen. Die Drachen sind zurück und mit ihnen die Magie.«

»Dann los!« Mehr konnte Darian nicht sagen, denn schon strömten die Feinde wieder auf sie zu.

»Das Schwert – wie …?« Mia kam nicht weiter, denn nun schlugen gleich zwei Dunkelelfen auf sie ein. Einem von ihnen trennte Darian den Arm ab, den anderen nahmen sie sich gemeinsam vor, ehe Mia auf Menhirs Rücken hechtete. Darians Blick wanderte suchend über das Schlachtfeld. Er wollte sich der Dämonen annehmen, aber es fiel ihm schwer, diese in dem allgemeinen Durcheinander auszumachen, da sie teilweise doch recht menschliche Züge besaßen und sich nun, da die Dämonin tot war, von ihm fernhielten. Er kämpfte sich zu Nordhalan durch, der ebenso wie Mia Antworten wollte – doch jetzt war keine Zeit dazu.

Darian sah sich hektisch um. »Wir müssen die Krieger der 'Ahbrac von unseren Leuten absondern, dann können sich die Drachen um sie kümmern«, schrie er über den Schlachtenlärm hinweg.

»Junge, du erstaunst mich immer wieder.« Auf Nordhalans bärtigem Gesicht erschien ein Lächeln voller Zuneigung, und Darian nickte kurz.

»Wo ist Atorian?«, wollte er dann wissen.

Die Männer um sie herum hielten ihnen den Rücken frei, so gut sie konnten, dennoch ließ Nordhalan hin und wieder seinen Zauberstab aufflammen.

»Atorian wurde von einem Dämon verletzt. Sag ihm, jetzt, da du hier bist und seinen Platz einnehmen kannst, muss er sich behandeln lassen.«

Zunächst war Darian erschrocken, dann aber blickte er in die von Nordhalan gewiesene Richtung und erkannte seinen Bruder, der auf dem Rücken eines braunen Pferdes saß und sich seinen Weg zu ihm freikämpfte.

»Darian!« Atorians Gesicht war schweißüberströmt, eingefallen, und er atmete heftig. Als zwei geschmeidige Dunkelelfenkrieger angriffen, bedrängte Darian einen von ihnen mit gezielten Schlägen. Ein Còmraghâr kam ihm zu Hilfe, und kurz darauf fiel der erste Gegner. Den zweiten konnte Darian gemeinsam mit seinem Bruder kampfunfähig schlagen.

»Atorian«, rief Darian seinem Bruder zu und ergriff seinen Arm. »Du musst zu Lilith gehen und dir Dämonenkraut geben lassen«, verlangte er eindringlich. Atorian sah zu Tode erschöpft aus, und seine Schwerthand zitterte merklich.

»Jetzt noch nicht, wir müssen das zu Ende bringen.«

Abermals wurden sie von Dunkelelfen bedrängt, Darian parierte im letzten Moment eine Klinge, doch ein Fußtritt beförderte ihn zu Boden.

»Darian!« Atorian sprang vom Pferd und warf sich auf den Dunkelelfen, der sich anschickte, Darian den Todesstoß zu versetzen. Der Dunkelelf ließ von Darian ab, sein Schwert zischte auf Atorian zu. Dieser stemmte sich mit aller Kraft dagegen, doch die flache Seite der Klinge erwischte ihn am Kopf. Sogleich rappelte sich Darian auf und eilte seinem Bruder, der nach hinten taumelte, zu Hilfe. Von hinten rammte Darian dem Dunkelelfen die Klinge durch den Leib, wenig ehrenhaft zwar, aber es rettete seinem Bruder das Leben.

Mittlerweile hatten sich einige Elfenkrieger um die Northcliffbrüder geschart, um sie abzuschirmen.

Darian packte seinen Bruder nun fest an den Schultern. »Du hast unsere Freunde angeführt, und du hast es gut gemacht, aber geh jetzt, ich möchte mit dir gemeinsam unseren Sieg feiern. Sieh nur.« Er deutete in den Himmel, wo sich Turmalan, der blaue Drache, auf eine Gruppe fliehender 'Ahbrac-Krieger stürzte, die sich abmühten, Nordhalans magischem Feuer zu entgehen.

Nun sackten Atorians Schultern nach unten – offenbar hatte ihn nur noch sein Wille auf den Beinen gehalten. Er fasste sich an die Platzwunde an seiner Stirn und schwankte verdächtig. Darian rief Nassàr, der unweit von ihnen kämpfte, zu, er solle Atorian in Sicherheit bringen.

»Nimm meinen Brustpanzer.« Mühsam schälte sich Atorian aus dem Lederpanzer heraus, und Darian nahm ihn gerne an.

»Gut, dass du da bist.« Nassàr nickte ihm zu, und Darian hoffte, dass für Atorian die Hilfe noch rechtzeitig kam, dann bahnte er sich seinen Weg durch das Gemetzel. Er wollte versuchen, zu Dal'Ahbrac durchzudringen, denn vermutlich würden die Dämonen leichter zu besiegen sein, wenn ihr Herr sie nicht mehr anleiten konnte. Er hoffte nur, dass Nordhalan oder Mia sich ihm anschließen würden, denn allein mit Hilfe der wieder erstarkten Magie bestand Aussicht auf Erfolg gegen den Magier aus dem Unterreich. Darians Klinge schoss von rechts nach links, von vorn nach hinten, er parierte hier, konterte dort, und es gelang ihm, dem ein oder anderen Verbündeten zu Hilfe zu eilen, denn seine Kräfte waren bei weitem noch nicht so erschöpft wie die der Männer und Frauen, die schon seit geraumer Zeit unermüdlich kämpften.

»Du bereitest denen von deinem Blute große Ehre.« Zir'Avan, aus zahlreichen Wunden blutend, aber mit unstillbarem Kampfdurst in den Augen, kam ihm von rechts zu Hilfe und enthauptete einen 'Ahbrac-Krieger mit einer beinahe beiläufigen Bewegung. »Ravkadd!« Er spuckte auf den toten Körper, dann wandte er sich schon seinem nächsten Feind zu.

Ja, Verräter sind sie in der Tat, dachte Darian, überlegte für einen Moment, wie bizarr dieser Kampf war, in dem Dunkelelfen, Trolle, Elfen und Menschen gemeinsam kämpften, dann arbeitete er sich weiter vor und hielt nach Dal'Ahbrac Ausschau.

»Wir müssen Dal'Ahbracs Krieger aus unseren Reihen heraus und nach Norden treiben«, rief er Mias Vater zu. Zir'Avan hob die Hand zum Zeichen, dass er verstanden hatte, und rief seinen Còmraghâr immer wieder Befehle zu. Auch Darian versuchte die Kämpfenden dazu zu bewegen, die feindlichen Krieger nach Norden zu drängen.

Drohende Wolken verdunkelten derweil noch weiter den Himmel und tauchten das Schlachtfeld in düsteres Zwielicht. Irgendwann spürte auch Darian, wie seine Arme schwer wurden, seine Schläge weniger präzise, und wenngleich ein weiterer Dämon seiner Klinge zum Opfer gefallen war, stellte es sich als zunehmend schwierig heraus, die 'Ahbrac-Krieger von den eigenen Leuten zu trennen. Sie schienen die List durchschaut zu haben und drängten noch stärker auf das Schlachtfeld, direkt zwischen die Verteidiger Albanys, um nicht von den Drachen getötet zu werden.

Endlich konnte Darian am Waldrand eine verdächtige Silhouette ausmachen. In einen dunkelblauen Umhang verhüllt, hielt sie die Hände vor sich ausgestreckt, eine weitere Kapuzengestalt stand daneben. Als sie sich umdrehte und schneller, als es einem Menschen oder sogar einem Dunkelelfen möglich war, verschwand, wusste er, dass es sich um einen Dämon und seinen Meister handelte. Der Wald würde es Darian erschweren, Dal'Ahbrac und mit ihm auch den ein oder anderen seiner finsteren Diener an eine Stelle zu lotsen, wo sich die Drachen ihrer annehmen konnten, also musste er sein Schwert diese Aufgabe erfüllen lassen. Mit Befriedigung erkannte Darian, wie sich Aventura im Sturzflug auf einen fliehenden Dämon stürzte, dann schaute er sich um. Doch weder Nordhalan noch Mia waren in der Nähe.

»Ich muss es auch allein schaffen«, presste Darian zwischen aufeinandergebissenen Zähnen hervor. Eine wohlbekannte Stimme, die ein ganzes Stück hinter ihm erklang, ließ ihn kurz innehalten.

»Darian, warte! Du kannst nicht allein …« Samukal, sein blutiges Schwert hocherhoben, kämpfte sich gerade in seine Richtung durch, aber Darian schnaubte nur verächtlich. Er wollte die Hilfe seines einstigen Ziehvaters nur im äußersten Notfall annehmen. Schon wieder stürzten sich einige 'Ahbrac-Krieger auf ihn. Aus dem Augenwinkel erspähte er Lharina, die zusammen mit einer Gruppe Elfen unweit von ihm um ihr Leben focht. Sie kämpfte geschickt, und wann immer eine ihrer Aktionen fehlging, war Tahilán zur Stelle, und der Gegner fiel. Lharina machte eine eilige Handbewegung, und schon eilten drei hellhaarige Elfen herbei, um Darian zur Seite zu stehen. Vermutlich hatte das außergewöhnliche Elfenmädchen sein Vorhaben erkannt. Zusammen mit seinen elfischen Mitstreitern hatte er Dal'Ahbrac schon bald unbehelligt erreicht. Ein Ruck ging durch den Magier, Darian fühlte, wie sich dessen Augen auf ihn richteten. Obwohl er das Gesicht des Dunkelelfen nicht sah, spürte er den boshaften Blick des Magiers aus den Tiefen seiner Kapuze. Dal'Ahbrac hob seine Hand, und ein dünner langer Finger richtete sich auf Darian. »Deine Gesichtszüge kenne ich«, säuselte er. »Ist es nicht das Antlitz eines Sohnes von Jarredh von Northcliff, welches ich heute erblicken darf?«

»So ist es. Und es wird das Letzte sein, was du siehst.« Erstaunt über seine eigene Courage, fasste Darian das Schwert. Die Waffe verlieh ihm Sicherheit.

»Dummer, junger, menschlicher Narr.« Mit fließenden Bewegungen kam Dal'Ahbrac auf ihn zu, und Darian lief es eiskalt über den Rücken, denn die Bosheit dieses Mannes war beinahe greifbar. Seine feuchten Finger klammerten sich fester um das Schwert, und er wusste, dass er achtsam sein musste, denn gegen einen magischen Angriff würde ihn auch die Klinge nicht schützen. Aus Dal'Ahbracs Mund zischten selbst für Darian unverständliche Worte, intuitiv sprang er jedoch hinter einen Baum, um sich vor einem Angriff in Sicherheit zu bringen.

Urplötzlich fühlte Darian einen dumpfen Schlag im Rücken, nicht sehr schmerzhaft, aber dennoch unangenehm. Er wollte sich umdrehen, konnte sich jedoch auf einmal nicht mehr rühren. Wie zur Salzsäule erstarrt stand er neben dem dicken Buchenstamm und konnte nicht fassen, was geschah – dieser Bann war nicht Dal'Ahbracs Werk gewesen, der Angriff war von hinten erfolgt. Einen Moment später wusste er, wem er dies zu verdanken hatte, denn Samukal trat in sein Blickfeld und hielt direkt auf den Dunkelelfenmagier zu.

»Samukal, du verdammtes Schwein – *Ravkadd*«, schrie Darian ihm das dunkelelfische Wort für Verräter entgegen. Er konnte es einfach nicht glauben, dass sich Samukal nun im entscheidenden Moment doch noch auf die Gegenseite schlug.

Der Zauberer beachtete ihn jedoch gar nicht, sondern ging hoch aufgerichtet und selbstsicher wie eh und je zu Dal'Ahbrac, dann verbeugte er sich, und Darian konnte seine Worte genau vernehmen.

»Meister – mein Schwert gehört Euch.«

Ganz langsam und einer Wildkatze gleich umkreiste Dal'Ahbrac Samukal, musterte ihn, witterte wie ein wildes Tier. »Es war die andere Seite, auf der zu kämpfen du gewählt hast, es ist das Blut meiner Krieger, das deine Klinge benetzt.«

»Das war nur Tarnung und unumgänglich.«

»Möge deine Seele in der Hölle schmoren, Samukal!«, brüllte Darian voll unbändigem Hass und kämpfte gegen seine unsichtbaren Fesseln. Doch seine Muskeln fühlten sich an wie erstarrt. Innerlich verfluchte er sich dafür, diesem Mann auch nur einen Funken von Vertrauen geschenkt zu haben. Er hätte Samukal töten sollen, als er die Gelegenheit dazu gehabt hatte.

Wie eine Schlange fuhr Dal'Ahbrac herum, doch da hatte Samukal schon die Hand erhoben, und Darians nächste Verwünschung blieb ihm im Halse stecken – Samukal hatte ihn mit einem Schweigebann belegt, und sein Gesicht wandelte sich von Zorn zu Häme.

Sosehr sich Aramia auch bemühte, ihr gelang es einfach nicht, in Darians Nähe zu gelangen. Die wenigen Augenblicke, in denen sie ihn gesehen hatte, hatten sie mit Glück und Energie erfüllt, aber trotzdem blieben noch so viele Fragen offen. Leána war in Sicherheit – wo auch immer –, aber wie hatten sie die Drachen gefunden, und weshalb konnte Darian mit einem simplen Schwert einen Dämon töten? Leider blieb ihr im Moment nicht viel Zeit, um darüber nachzudenken, denn wieder musste sie um ihr Leben kämpfen. Wenn sie jetzt aus Unachtsamkeit starb, würde sie niemals Antworten erhalten, niemals Darian oder Leána wiedersehen. Also konzentrierte sie ihre zurückgewonnenen Kräfte und hieb mal mit ihrer Dunkelelfenklinge auf ihre Gegner ein, mal trieb sie einen Dämon mit Hilfe der Feuergeister zurück. Jetzt, nach der Rückkehr der Drachen, erfüllte die Magie sie mit ungeahnter Intensität, und sie musste sich sehr darauf konzentrieren, ihre Kräfte unter Kontrolle zu halten. Voller Stolz erkannte sie, dass auch Envid und Rusira sich mehr als tapfer schlugen. Durch die Drachen hatten sich wohl auch ihre magischen Kräfte verstärkt. Die Halbzwergin Rusira ließ gerade einen Dämon durch Beschwörung der Windgeister hoch in der Luft treiben. Der Dämon schlug mit den Armen sich, stemmte sich gegen den Sturm, doch es war vergebens. Die Flammen des roten Drachen vernichteten ihn. Zu ihrer Linken bemerkte Aramia einen Mann mit silbernen Haaren und schwarzem Bart. Wenngleich ihn schon mehrere Elfenklingen verletzt hatten, war er noch immer auf den Beinen und teilte mit so schnellen Schlägen Hiebe aus, dass nicht einmal ihre Augen ihm folgen konnten. Aramia kämpfte sich in seine Richtung, stolperte beinahe über die Leichen derer, die am Boden lagen. Unweit von ihr verteidigten sich zwei mächtige Bergtrolle gegen eine Gruppe 'Ahbrac-Krieger: Sie glaubte, darunter den arroganten Dunkelelfen Kaz'Ahbrac zu erkennen, der Atorian damals beinahe getötet hätte. Kurz darauf war er aber auch schon wieder aus ihrem Blickfeld verschwunden, und sie hoffte, dass er jetzt seine gerechte Strafe erhielt. Die Bergtrolle schienen trotz ihrer Körperkraft unterlegen zu sein, daher sandte Aramia ein paar Windgeister zu ihnen, was die Dunkelelfen ablenkte, den Trollen hingegen einen kleinen Vorteil bot, dann hielt sie wieder auf den eigenartigen Mann zu. Jetzt erinnerte sie sich – Galmár, der Prophet, den Samukal entsandt hatte. Aber weshalb war er beinahe unverletzlich?

Sie sah einen der Elfen tot zusammenbrechen, als sich ein schlankes, spitzes Schwert in seinen Körper bohrte. Die anderen Elfen stürzten todesmutig vor, doch auch sie wurden zurückgeschlagen. Aramia selbst reihte sich zwischen ihnen ein und kämpfte unermüdlich an ihrer Seite.

Kapitel 32
Stunde der Wahrheit

Darian spürte, wie das Blut durch seinen Körper pulsierte, eine Ader über seiner linken Schläfe pochte, als würde sie gleich platzen, und vermutlich war er knallrot angelaufen. Zum Schweigen und zur Untätigkeit verdammt, hörte er, wie die beiden Zauberer miteinander sprachen. Unbändiger Hass tobte durch Darian, und er konnte einfach nicht verstehen, weshalb Samukal sich zuerst auf ihre Seite schlug, Reue vorgaukelte und sich dann doch wieder Dal'Ahbrac zuwandte. Hatte er die ganze Zeit über nur einen seiner finsteren Pläne gehegt?

»Woher kommen die geflügelten Biester, Samukal? Warum sind sie zurück?«, zischte Dal'Ahbrac.

»Ich weiß es nicht, mein Gebieter.«

Voller Abscheu beobachtete Darian, wie Samukal sich verneigte, wobei er sich auf sein Schwert stützte. In diesem Augenblick hätte Darian alles dafür getan, Samukal mit eigenen Händen in Stücke hacken zu dürfen, ihm all seinen Hass, seine Wut und seine Enttäuschung entgegenschleudern zu können.

Dal'Ahbrac trat vor, eine Hand ausgestreckt, so als wolle er Samukal segnen, dann aber geschah etwas Unfassbares. Darian stockte der Atem, er riss seine Augen auf, und für einen Moment setzte sogar sein Herzschlag aus.

Mit einer blitzschnellen Bewegung ließ Samukal seine Klinge in die Höhe sausen, seine Hand zuckte nach vorn und trieb das Schwert mitten in Dal'Ahbracs Brust.

Der finstere Zauberer stieß einen Schrei aus, er bäumte sich auf, und seine Kapuze rutschte nach hinten. Ein ungelenker rötlicher Blitz schoss aus seinen Händen, der Samukal allerdings nicht verletzte. Dal'Ahbrac torkelte, presste eine Hand auf die Wunde. Samukal hingegen wirbelte herum, hieb noch einmal nach ihm, traf ihn diesmal am Rücken. Als der Dunkelelfenmagier stürzte, erhaschte Darian einen Blick auf sein Gesicht und erstarrte – der Mann hatte pupillenlose Augen, genau wie ein Dämon.

Darians Gedanken rasten – *Samukal ist doch kein Verräter!*

Verzweifelt versuchte er zu rufen, Samukal zu warnen, dass Dal'Ahbrac kein Wesen aus Fleisch und Blut war, aber durch den Bann war ihm dies nicht möglich. Dal'Ahbrac stürzte, und noch einmal durchbohrte ihn Samukals Schwert. Anschließend blickte der dunkelhaarige Zauberer zu Darian hinüber. Schuldbewusstsein, ein klein wenig Triumph und auch Zuneigung standen in seinen Augen, wenngleich Darian es schwerlich glauben konnte.

Samukal, pass auf, er ist ein Dämon!, schrie Darian in seinen Gedanken, versuchte seinen Ziehvater mit Blicken zu warnen und seiner Verzweiflung Ausdruck zu verleihen.

Plötzlich war Darian frei, der Bann gelöst. Darian konnte nicht verhindern, dass er auf die Knie fiel, dann richtete er sich sofort auf und schrie: »Samukal, er ist ein …«

Doch da sah er schon, wie Samukal kreidebleich wurde und zurücktorkelte. Aus Dal'Ahbracs totem Körper löste sich eine abscheuliche, annähernd acht Fuß große Gestalt, die zunächst durchscheinende Formen, dann die eines gehörnten Dämons mit dunkler Haut annahm. Eine Hand mit dornenartigen Krallen schoss in Samukals Richtung.

Instinktiv stürzte Darian nach vorn, er war nur wenige Schritte entfernt. Wie in einem Albtraum gefangen, in dem man rannte, aber nicht von der Stelle kam, hastete er vorwärts, auch wenn ihm nur zu deutlich bewusst war, dass er das Unvermeidliche nicht würde verhindern können. Hilflos musste er mitansehen, wie die Dämonenkrallen Samukals Körper von hinten durchbohrten. Mit einem schmatzenden Geräusch riss die Kreatur ihre Hand zurück und erhob sich langsam, beinahe schon genüsslich, während Samukals Körper zu Boden glitt. Der Kopf des Dämons beugte sich nach vorn, beide Hörner zeigten nun auf Darian, die toten Augen des Wesens erfassten ihn. Dann vernahm er ein Knistern und sah, wie sich Schwingen hinter dem Rücken des Dämons ausbreiteten und immer größer wurden, bis sie an die Spannweite eines kleineren Drachen heranreichten. Blitze zuckten und durchleuchteten die Flügel des schrecklichen Geschöpfes, sodass Darian unzählige feine Adern, aber auch die Klauen am Rand der Schwingen erkennen konnte. Darian schluckte, seine Finger schlossen sich um den Griff des Schwertes. Der Dämon explodierte förmlich. Eine Schwinge zuckte heran, Darian riss seine Klinge in die Höhe, sprang zurück. Er spürte den Luftzug, als der riesige Flügel an ihm vorüberzischte. Ein weiterer Hieb folgte. Darian rollte zur Seite ab, rappelte sich sofort wieder auf. Mit aller Kraft wirbelte er sein Schwert durch die Luft, in der Hoffnung, die geweihte Klinge würde irgendeinen Körperteil des Dämons erwischen. Dieser jedoch war schneller, wich den raschen Hieben immer wieder aus. Gefangen in einem bizarren Tanz aus Blitzen und den peitschenden Schwingen dieses Geschöpfes aus der Zwischenwelt, focht Darian um sein Leben. Der Schlag, der ihn schließlich traf, riss ihn von den Füßen und warf ihn zurück. Der Aufprall trieb ihm die Luft aus den Lungen.

Aventura!, rief er das Drachenweibchen in Gedanken um Hilfe, aber dann sprang er auf, denn der Dämon setzte zum vernichtenden Schlag an. Plötzlich hielt die Kreatur inne, ihre Augen weiteten sich, als sie irgendetwas erspähte, das sich hinter Darian befinden musste. Ein plötzliche Hitze brannte in Darians Nacken, heller Feuerschein breitete sich aus, und schon schnellte ein gewaltiger, lodernder Feuerdrache auf die Kreatur zu. Für einen Moment glaubte er, es handle sich um Aventura, aber kurz darauf war Mia an Darians Seite, und bei näherem Hinsehen erkannte er winzige Flammenwesen, die sich zu einem Drachen formiert hatten. Niemals zuvor hatte er Mia solch einen Zauber ausführen sehen. Ihre Miene sprach von höchster Konzentration, ihr anmutiges Gesicht wurde vom tanzenden Schein der Feuergeister beleuchtet, und für einen Moment kam sie ihm vor wie eine lebendig gewordene Flammengöttin. Ihre Hände hoben sich, zeigten nun auf den Dämon, und der Elementardrache riss sein mächtiges Maul auf. Plötzlich erschienen auch noch Windgeister – winzige, wolkenartige Kreaturen, rissen den Dämon von den Füßen, hoben ihn in die Luft. »Rusira!«, hörte er Mia lachend rufen. Der Kampf tobte nur kurz, noch einmal gelang es dem gehörnten Wesen, sich zu befreien und Darian und Mia anzugreifen. Mia sprang nach links, Darian nach rechts, hieb und stach aus Leibeskräften zu. Die zuckenden Schwingen wurden von Mias Feuerdrachen attackiert, was den Dämon einen Moment ablenkte, und endlich spürte Darian, wie seine Klinge sich tief in etwas hineinbohrte. Das Schwert flammte auf, der Dämon warf sich zurück und wurde endgültig von den Windgeistern in die Luft gehoben, wo er wild kreischend um sich schlug. Noch einmal stürzte sich Aramias Feuerdrache auf ihn. Ein gewaltiges Maul öffnete sich, umschloss zuerst den Kopf des Dämons, dann seinen gesamten Körper. Ein gellender Schrei erklang, kurz zuckte noch eine Dämonenklaue aus der Feuersbrunst, dann explodierte der Dämon in einem flammenden Inferno. Die Hitze war bis zum Boden spürbar, und als die Flammen abebbten und die Feuergeister sich zerstreuten, war das Geschöpf des Grauens verschwunden.

Ein Luftzug über Darians Kopf ließ ihn aufsehen. *Meine Hilfe war nicht vonnöten, Darian von Northcliff. Der Dämon wurde vernichtet. Entbiete Aramia, der Herrin der Elementarwesen, meine Hochachtung!*

Eilig rief Darian Mia die Botschaft des Drachen zu, dann rannte er zu Samukal und kniete sich neben ihm nieder. Er lebte, zumindest im Augenblick, doch die rauchende Wunde versprach nichts Gutes. Aus dem Augenwinkel sah er eine schattenhafte Bewegung, drei weitere Dunkelelfen stürmten herbei, wurden jedoch sofort von den Elfen und Mias Schwert abgefangen. Das Waffengeklirr trat in den Hintergrund, Darian blickte auf Samukal.

»Darian … Das Schwert … Weshalb? Die Drachen!«

»Nicht, sei ruhig. Ich hole Lilith, sie wird das richten.«

Trotz der ernsten Lage verzog sich Samukals Mund spöttisch. »Sei kein Narr, mit mir ist es vorbei.« Er holte tief Luft und verdeckte die klaffende Wunde mit seinem Umhang.

»Lilith kann beinahe alles heilen«, beharrte Darian, aber Samukal schüttelte den Kopf, und bei seinem nächsten Atemzug quollen Blutblasen über seine Lippen.

»Nicht … alles.«

»Samukal, ich …«

»Darian … kannst du mir … verzeihen?«

In Darian kämpften widerstrebende Gefühle miteinander. Er wusste, dass Samukal nur noch wenige Atemzüge blieben, dennoch zögerte er, denn was dieser Mann in der Vergangenheit angerichtet hatte, war trotz allem unverzeihlich.

»Was ich getan habe«, stammelte Samukal, »war nichts Gutes. Ich …«, er hustete plötzlich und begann zu würgen, ehe er weitersprechen konnte, »wollte Albany stark machen, doch … es war der falsche Weg. Ich hoffte, an eurer Seite … etwas wiedergutmachen zu können.« Wieder wurde er von einem Hustenkrampf geschüttelt. »Darian … ich war gefangen zwischen der Liebe zu deiner Mutter … und dem Hass … auf deinen Vater, den ich in dir sah … Bitte, du musst mir verzeihen.«

Wut und Trauer rangen in Darian miteinander, als er jedoch den flehenden Blick des Zauberers sah, nickte er und brachte sogar ein Lächeln zustande.

»Danke … Darian, ich …« Die blutige Hand seines Ziehvaters klammerte sich um seinen Unterarm.

»Nicht, du musst nichts mehr sagen.« Zu seinem eigenen Ärger bemerkte Darian, wie seine Stimme rau wurde.

»Doch … ich.« Samukal wollte sich aufrichten, und Darian half ihm dabei. »Kayne – kümmere dich … um ihn.«

Jetzt war Darian wirklich verwirrt, denn dass Samukal in den letzten Sekunden seines Lebens an Elysias Sohn dachte, kam ihm sehr eigenartig vor.

»Ja, das werde ich«, versprach er trotzdem zögernd.

»Er … ist … mein Sohn …« Noch einmal bäumte sich Samukal auf, dann brachen seine Augen, und Blut lief ihm aus dem Mund.

»Was?« Darian starrte auf den Sterbenden hinab und hatte das Gefühl, er würde den Verstand verlieren. Wie konnte es sein, dass Kayne Samukals Sohn war? Zum Zeitpunkt seiner Zeugung war Samukal nicht einmal in Albany gewesen – oder etwa doch? Hatte er sich versteckt gehalten? Wirre Szenen schossen durch Darians Kopf. Seine Hochzeit, wie er sich betrunken hatte und erst am nächsten Tag ohne Erinnerung aufgewacht war. Konnte es sein, dass Samukal dahintergesteckt und ihn und Elysia mit einem Zauber belegt hatte?

»Verdammt, wach auf und sag mir die Wahrheit!«, rief er und schüttelte den toten Körper durch. »Samukal, du Dreckskerl«, schluchzte er, auch wenn er wusste, dass das jetzt vergebens war.

Darian hatte die Umgebung um sich herum gar nicht mehr richtig wahrgenommen. Schemenhaft war ihm bewusst geworden, dass sich die Kämpfe weiter von ihm entfernten, aber als sich jetzt eine Hand auf seine Schulter legte, zuckte er dennoch zusammen.

Blutbespritzt, mit langen schwarzen Strähnen, die sich aus ihrem Zopf gelöst hatten, stand Mia neben ihm.

»Darian«, keuchte sie, kniete sich neben ihn und nahm ihn in den Arm. »Geht es dir gut? Ich dachte, Samukal hätte sich wieder Dal'Ahbrac angeschlossen.«

»Das dachte ich auch.« Darian schüttelte den Kopf, biss sich auf die Lippe und blinzelte in den dunklen Himmel.

»Es muss dir nicht unangenehm sein, wenn du um ihn trauerst«, versicherte seine Gefährtin sanft. »Er war trotz allem eine Art Vater für dich, und er hat dir das Leben gerettet.«

»Das ist es nicht!« Ein bitteres Lachen entstieg Darians Kehle. »Samukal hat mir mit seinem letzten Atemzug etwas gebeichtet.« Mia sah ihn schweigend und abwartend an. »Kayne ist sein Sohn.« Laut ausgesprochen klangen die Worte in seinen Ohren noch absurder.

»Was?« Mia riss ihre Augen weit auf und sah fassungslos auf Samukal hinab.

»Mia, er wird es niemandem mehr sagen können, und es gibt keine Zeugen. Wir hätten endlich auch offiziell zusammen sein können, alles wäre gut geworden!«

»Aber wie …« Sie schüttelte immer wieder den Kopf, und Darian hob resigniert die Schultern.

»Ich weiß nicht, wie er es geschafft hat, aber wenn ich es mir recht überlege, ähnelt ihm Kayne tatsächlich. Die dunklen Haare, das energische Kinn, die Form seiner Nase und sogar seine Augenfarbe.« Er schloss kurz fassungslos die Augen. »Warum ist mir das nur nicht schon früher aufgefallen?«

»Ach, Darian.« Sie streichelte ihm über die schmutz- und blutverschmierte Wange, aber plötzlich erklang aus Dal'Ahbracs Richtung ein leises Stöhnen. Mia und Darian sahen sich gleichzeitig an, dann stürzten sie zu dem Dunkelelfenmagier. Schlagbereit hielt Mia ihr Schwert erhoben, während Darian ihn vorsichtig umdrehte. Dal'Ahbrac blutete aus zahlreichen Wunden am ganzen Körper, sein Atem ging flach, kaum wahrnehmbar, aber seine Augen sahen nun wieder wie die eines normalen Dunkelelfen aus und waren von einem hellen Blaugrau.

»Endlich ist es vorüber«, stöhnte er in Dunkelelfensprache.

»Was ist vorüber?«, fragte Darian misstrauisch.

»Er hat mich verlassen.«

»Wer?« Schlagartig erinnerte sich Darian an den Schatten, den Dämon, der sich aus Dal'Ahbracs Körper gelöst hatte. »Hatte er sich Eurer bemächtigt?« Mia beugte sich nach vorn, ihre Augen glitten über den zerschundenen Körper Dal'Ahbracs.

Der Dunkelelf nickte, und sein Gesicht verzog sich vor Schmerzen. »Ich habe Fehler begangen – viele Fehler. Unsere magischen Fähigkeiten haben uns arrogant und überheblich werden lassen. Jetzt muss ich dafür büßen.« Damit verlor er das Bewusstsein.

»Wir bringen ihn zu Lilith«, bestimmte Darian und machte sich daran, die Verletzungen notdürftig zu verbinden. »Er kann uns wertvolle Informationen liefern, falls er überlebt.«

»Samukals Schwert hat ihm zu tiefe Wunden zugefügt«, gab Mia zu bedenken, »ich denke nicht, dass er es übersteht.«

»Wir müssen es trotzdem versuchen.«

»Also gut.« Dann deutete sie auf Samukal. »Aber was tun wir mit ihm?«

»Ihm können wir nicht mehr helfen«, seufzte Darian, aber er zog Samukals toten Körper zumindest in den Schutz einer tiefhängenden Kiefer. Er wollte später überlegen, was mit ihm geschehen sollte.

Ein starker Wind hatte sich erhoben, aber noch immer zuckten nur ferne Blitze vom Himmel, als Mia und Darian auf den Wald südlich der Hochebene zuhielten. Die Kämpfe hatten sich nach Norden verlagert, und nun sah man reihenweise Dunkelelfen in die Wälder fliehen – ihr Anführer war tot und die meisten Dämonen mittlerweile dem Drachenfeuer zum Opfer gefallen. Darian war klar, dass er aufs Schlachtfeld zurückkehren musste, sobald er Dal'Ahbrac in Liliths Obhut wusste, und das sagte er auch Mia.

»Ich komme mit dir«, erklärte sie sofort.

»Du musst auf Dal'Ahbrac achten«, beschwor er seine Gefährtin. »Lilith ist eine hervorragende Heilerin, aber keine Kriegerin.«

Sie hatten den Dunkelelfenmagier an den Rand des behelfsmäßigen Krankenlagers gebracht, welches vollkommen überfüllt war. An jedem auch nur ansatzweise Schutz bietenden Platz im Wald lagen Verletzte und wurden, so gut es ging, versorgt. Darian hatte eine menschliche Kräuterfrau zu Lilith geschickt, und nun wartete sie ungeduldig auf deren Erscheinen.

»Darian, warum kann dieses Schwert Dämonen töten?«, fragte Mia und deutete auf die Klinge an Darians Seite.

Darian sah ihr an, dass ihr diese Frage schon lange auf der Seele gebrannt hatte, und sein Gesicht überzog ein Schmunzeln, als er das Schwert leise aus der Scheide zog, in die Luft hielt und es betrachtete. »Die Drachen haben diese Waffe geweiht.« Liebevoll strich er über die eigentlich unscheinbar aussehende Klinge, die nun von unschätzbarem Wert für sie alle war. »Durch ihr Feuer und ihre Magie kann ich Dämonen töten. Es war ein Geschenk an uns, und es ist nur möglich, wenn ich die Klinge führe, da Magierblut in meinen Adern fließt.«

»Faszinierend.« Voller Bewunderung sah Mia ihn an, und Darian nahm sie nun endlich richtig in den Arm. In knappen Worten erzählte er, dass Leána in der Obhut des Culahan sei und zusätzlich der Drache Davaburion über sie wache.

»Er ist der neue Herr des Nordens, und ich glaube, er und Leána sind jetzt schon so etwas wie Freunde geworden. Zu Hause, auf der Nebelinsel, im Schatten der südlichen Berge, wurde mein Schwert geweiht und damit Albany neue Hoffnung geschenkt.«

»Zu Hause«, seufzte Mia. Müde lehnte sie sich an ihn, aber da kam auch schon Lilith angeeilt. Sie war ebenso blutbespritzt wie die meisten Krieger. Erschöpfung hatte sich in ihr Gesicht eingegraben, dennoch waren ihre Schritte energisch und ihre Stimme fest.

»Darian, wie schön«, rief sie mit hörbarer Erleichterung. »Mir kamen Gerüchte zu Ohren, dass du zurück bist, wagte es aber nicht wirklich zu hoffen.«

»Ich bin hier, Lilith. Wie geht es meinem Bruder?«

Lilith strich sich eine blonde Haarsträhne aus der Stirn und schnaubte. »Wir mussten ihm mit Gewalt das Dämonenkraut einflößen. Jetzt kämpft er gegen das Fieber, aber er wird es schaffen. Kaya ist an seiner Seite, sie war ebenfalls verletzt, jedoch nicht sehr schwer.«

Diese Neuigkeiten erfüllten Darian mit großer Erleichterung. Nun erklärte er eilig, um wen es sich bei dem Verletzten handelte. Unwillkürlich zuckte Lilith zurück, aber dann versprach sie, alles dafür zu tun, dass Dal'Ahbrac überlebte. Ein erneuter Streit zwischen Darian und Mia brach aus, als Darian sie bat zu bleiben und Dal'Ahbrac zu bewachen. »Geh nur, Aramia«, unterband die kleine Heilerin die Diskussion, »deine Fähigkeiten werden draußen auf dem Schlachtfeld dringender gebraucht.«

»Siehst du!«, triumphierte Mia.

»Was ist, wenn Dal'Ahbrac aufwacht und dir etwas antut, Lilith?«

»Darian, er ringt mit dem Tode, und selbst wenn er innerhalb des nächsten Tages aufwacht, wird er nicht einmal fähig sein, allein aufzustehen.«

Darian betrachtete die Brust des Magiers, die sich kaum sichtbar hob und senkte. Widerstrebend gab er nach. Er wusste natürlich, dass Dal'Ahbrac, jetzt von dem Dämon befreit, keine allzu große Gefahr mehr darstellte – er hätte Mia nur gerne aus den Kämpfen heraushalten wollen. Andererseits war er nun froh, an ihrer Seite zu sein.

»Mia, dass du den Dämon getötet hast, war eine unglaubliche Leistung. Weshalb konntest du auf einmal einen so starken Zauber ausführen?«

»Nordhalan hat mich, Rusira und Envid unterrichtet«, berichtete sie voller Stolz. »Es hat eine Weile gedauert, aber schließlich konnte ich den Feuerdrachen beschwören. Und nachdem du die Drachen zurückgebracht hast, spüre ich meine magischen Kräfte stärker als jemals zuvor.«

»Mia, du bist einfach wunderbar.« Ganz kurz drückte er sie an sich.

»Möchtest du Menhir reiten?«, schlug Mia plötzlich mit leuchtenden Augen vor.

»Ist er hier?«

»Ja, Samukal, dieser Mist…« Sie räusperte sich verlegen, dann verbeugte sie sich nach Westen. »Er hat ihn genommen, als ich vom Pferd sprang, um einem bedrängten Troll zu Hilfe zu kommen. Vermutlich wollte Samukal vor dir bei Dal'Ahbrac sein. Ich kann Lavos reiten, denn Atorian braucht ihn ja jetzt nicht mehr.«

Die beiden machten sich zu jener Stelle auf, an der die Kriegspferde ausgetauscht wurden, und erfreulicherweise waren auch die beiden Hengste dort. Lavos hatte eine Schnittwunde an der Flanke, die ihn allerdings nicht allzu sehr beeinträchtigen würde, und Darian schwang sich auf Menhirs Rücken.

»Schön, dass ich mit dir in den Kampf reite«, flüsterte er ihm ins Ohr.

An Mias Seite preschte er zurück auf das Schlachtfeld. Erschöpfte Männer, Còmraghâr und Elfenkrieger jubelten ihm zu und machten ihm Platz. Etwa in der Mitte des Gemetzels zeichneten Flammen immer wieder bläuliche Gebilde in die Dunkelheit, vermutlich Nordhalans Wirken. Er trieb eine Gruppe von Dunkelelfen auf das Moor zu, von Süden her verhinderten einige Elfen, allen voran Lharina und Tahilán, dass diese ausbrachen, und am Himmel kreisten abwartend die drei Drachen. Der Sturmwind zerrte an Darians und Mias Haaren und Kleidern, und selbst die Drachen schienen Mühe zu haben, den Kurs zu halten. Noch immer ertönte dumpfes Donnergrollen, und Blitze erhellten das Schlachtfeld mit einem unwirklichen Licht. Mit Erleichterung erkannte Darian Murk und einige Waldtrolle, die ihre Keulen schwangen und ebenso mithalfen, die letzte Verteidigungslinie der Dunkelelfen zurückzudrängen. Dann jedoch versteifte sich Darian und richtete sich im Sattel auf, als er eine bekannte Gestalt ausmachte.

»Kaz'Ahbrac«, zischte er, als er den Dunkelelfen sah. Sofort trieb er Menhir an, und das Pferd stürmte los. Darian wurde übel, wenn er daran dachte, über wie viele Leichen das Pferd hinwegsetzte, verdrängte diesen Gedanken allerdings. Er wollte den Dunkelelfen unbedingt stellen. Plötzlich jedoch strauchelte Menhir in der Finsternis, kämpfte um sein Gleichgewicht und stürzte schließlich zu Boden. Darian wurde über seinen Kopf geschleudert. Die blutüberströmte Erde kam rasend schnell näher. Verzerrt hörte er Mias Schrei, dann schlug er schon auf, und die Luft wurde ihm aus den Lungen gepresst.

»Darian, geht es dir gut?« Aus weiter Ferne drang Mias Stimme zu ihm, dann spürte er ihre Hand, die ihm half, sich aufzurichten. Mühsam rang Darian nach Atem, brachte jedoch zumindest ein Nicken zustande, auch wenn seine Schulter schmerzte.

»Wo ist er?« Suchend sah er sich nach Kaz'Ahbrac um, doch von dem fehlte jede Spur.

»Vielleicht haben ihm die Trolle den Garaus gemacht.« Mia deutete nach Norden auf die Kämpfenden. »Die Schlacht ist so gut wie vorbei. Die Rückkehr der Drachen hat die Waagschale Albanys im letzten Moment in die richtige Richtung ausschlagen lassen.«

Darian konnte Mia nur beipflichten. Nordhalan trieb gerade einige Gefangene vor sich her, nördlich von ihnen spien Aventura und Turmalan Feuer und verbrannten vermutlich einen der letzten Dämonen zu Asche. Müde Krieger begaben sich mit hängenden Schultern in Richtung des Lagers.

»Mia, Menhir ist verletzt.« Das Pferd kam gerade mühsam auf die Beine, konnte jedoch mit dem rechten vorderen Huf nicht auftreten.

Hastig untersuchte Darian das Tier und sah erschrocken auf, als er einen Bruch zu ertasten glaubte. Er biss sich auf die Lippe, denn ein Pferd mit einem gebrochenen Bein konnte nicht weiterleben, wie auch er nur zu gut wusste.

»Nein! Nicht jetzt, wo wir gesiegt haben.« Er lehnte seinen Kopf an den muskulösen Hals des Hengstes, der ihn vertrauensvoll anschnupperte, so als wolle er ihn trösten.

»Wir bringen ihn zu Lilith, vielleicht kann sie etwas tun«, versuchte seine Gefährtin ihn zu beruhigen, doch Darian war untröstlich. Menhir war ihm über die Jahre ein treuer Freund geworden, und wenn er jetzt – ja, was eigentlich? Er lachte bitter auf, denn einschläfern konnte man ein Pferd hier wohl kaum. Ihm gingen Worte durch den Kopf, die Lilith vor langer Zeit zu ihm gesprochen hatte. *Ich kenne alle Kräuter Albanys, die, die dich vor dem Tode bewahren, und die, die dir helfen, ins Licht zu gehen.* Vermutlich hatte sie auch für ein Pferd, das dem Tode geweiht war, solche Kräuter. Allerdings schnürte sich ihm bei diesem Gedanken die Kehle zu.

In der Zwischenzeit war Murk angewalzt gekommen und schlug Darian nun kräftig auf die Schulter. »Gut macht hast! Dämon tot!« Der Halbtroll strahlte über sein ganzes gräulich braunes Gesicht, während Darian sich stöhnend die Schulter rieb.

»Murk, du Scheusal!«, schimpfte Mia. »Darian ist gerade gestürzt.«

»Oh!« Murk blickte betreten auf seine Füße. »Leictut.«

»Schon gut, lasst uns gehen«, verlangte Darian und zog den unglücklichen Menhir mit sich, der ihm auf drei Beinen humpelnd folgte.

»Tragen soll?«, bot Murk an. Er deutete auf einen seiner Bergtrollkumpane, der sicher auch ein ausgewachsenes Pferd hätte hochheben können, aber Darian schüttelte den Kopf.

»Nein, mein Freund, der arme Menhir wäre außer sich vor Angst.«

»Zagrav nicht isst, wenn ich sage – Menhir Freund«, versicherte Murk, was Darian sogar zum Schmunzeln brachte, aber er lehnte dennoch ab.

Große Verwirrung, Unsicherheit und Chaos herrschten im Krankenlager, denn niemand konnte bisher wirklich sagen, wie viele von ihnen überlebt hatten und wer gestorben war. Der Wind war so heftig geworden, dass es im Wald wirklich gefährlich wurde. Die Bäume schwankten und ächzten bedrohlich, daher entschlossen sich Lilith und die anderen Heiler, die Überlebenden ins nächste Dorf oder – für diejenigen, die die Reise überstehen würden – auch nach Culmara zu bringen. Als die ersten Regentropfen fielen, breitete sich große Erleichterung aus, denn der permanente Brandgeruch hatte nichts Gutes verhießen. Trotzdem war es eine Tortur, die vielen Verletzten in Sicherheit zu bringen. Lilith entschied, die Schwerverletzten in einer nahe gelegenen Höhle zu lassen, solange sich das Feuer nicht in ihre Richtung ausbreitete. Bisher hatte sich noch niemand um Menhir kümmern können, was Darian sehr bedrückte, aber er wusste, dass die verwundeten Krieger im Augenblick Vorrang hatten. Daher tat er, was er konnte, um so viele wie möglich zur nächsten Siedlung zu transportieren. Als er spät in der Nacht vollkommen durchnässt vom strömenden Regen in die Höhle trat, erkundigte er sich zunächst nach Atorian. Kaya wachte an seinem Krankenlager, sah selbst bleich und erschöpft aus, meinte jedoch, alle wären sich einig, dass er überleben würde.

Unterwegs hatte Darian Edur getroffen. Erfreulicherweise war der Zwerg ebenso bei guter Gesundheit wie Murk; doch es gab genug andere Freunde und Verbündete zu betrauern. Lharinas kleine Elfentruppe war um die Hälfte geschrumpft, und einige ihres Volkes rangen immer noch um ihr Leben. Nordhalan hatte eine schwere Beinverletzung davongetragen, würde aber höchstwahrscheinlich wieder vollständig genesen. Eine große Anzahl Dunkelelfen und vor allem Trolle waren gefallen, und auch von Zir'Avan und Nassàr hatten sie noch nichts gehört. Als Mia mitbekam, dass die Nebelhexe Envid doch noch durch die Hand eines Dämons gestorben war, betrübte sie dies sehr.

»Envid kämpfte tapfer, und ihre Feuergeister richteten große

Verwirrung unter dem Feind an«, erzählte eine überlebende Elfenkriegerin, die an Envids Seite gewesen war. Plötzlich erschauderte sie. »Dann stand auf einmal ein Mann mit silbernem Haar und schwarzem Bart vor uns. Als sie erkannte, dass er in Wirklichkeit ein Dämon war, hatten sie seine Krallen bereits durchbohrt.«

Tränen standen in Mias Augen, und die Elfe drückte ihre Hand. »Vielleicht ist es dir ein Trost, dass kurz darauf Smaragonn dieses Monster von Albanys Erde tilgte.«

»Ja, das ist ein schwacher Trost«, sagte Mia leise.

Allgemeine Überraschung herrschte, als Darian von Samukals letztem Kampf und seinem Geständnis erzählte. Wirkliche Trauer über Samukals Tod vermochte jedoch niemand zu empfinden, daran änderte auch Samukals Opfer nichts. In Darian selbst blieben gemischte Gefühle zurück, die er erst einmal ordnen musste. Nordhalan, der auf einem Bett aus Farnen lag, war vor allem von Samukals Eingeständnis, Kaynes Vater zu sein, überrascht.

»Du hast von Anfang an gesagt, Kayne könne nicht dein Sohn sein«, meinte der alte Zauberer kopfschüttelnd, dann hob er die Schultern. »Falls Samukal damals schon mit Fehenius im Bunde war, könnten sie es gemeinsam in die Wege geleitet haben. Samukal verstand sich schon immer auf das Herstellen von Zaubertränken.«

»Falls wir Fehenius in seinem Verlies finden, werden wir ihn befragen«, bestimmte Darian und setzte sich endlich hin, um etwas zu essen und zu trinken. Er fühlte sich todmüde und ausgelaugt, aber trotzdem seltsam rastlos. Vielleicht lagen noch Verletzte, Freunde oder Verbündete auf dem Schlachtfeld, die seine Hilfe gebraucht hätten.

»König Darian.« Ein Mann mit einer Binde über dem linken Auge humpelte an ihm vorbei und verbeugte sich ehrfürchtig, dann bot er ihm sein angebissenes Brot an.

»Vielen Dank, aber ich möchte, dass du es isst, du hast es dir verdient«, lehnte er peinlich berührt ab.

»Seid gepriesen, Bezwinger der Dämonen!«

»Du bist so eine Art Held für dein Volk«, meinte Nordhalan schmunzelnd, als der verletzte Krieger sie nicht mehr hören konnte, »vermutlich wirst du jetzt sogar noch die Legenden deines Großvaters Isarius übertrumpfen.«

»Ach was«, murmelte er und sank gegen die Wand, »im Augenblick fühle ich mich, als wäre ich fünfhundert Sommer alt. Nordhalan, jetzt wo alles vorbei ist, müssen wir unbedingt die Gefangenen aus Rodgill holen lassen.«

»Da hast du allerdings Recht, Darian«, stimmte Nordhalan sogleich zu. »Sobald sich einige unserer Männer etwas ausgeruht haben, werde ich sie losschicken und …« Darian bekam schon nicht mehr mit, wie Nordhalan seinen Satz beendete, denn ihm fielen die Augen zu.

Kapitel 33

Trauer und Neubeginn

Klare, frische Luft empfing Darian, als er am nächsten Morgen aus der Höhle trat. Die ganze Nacht lang war das Heulen der Banshees über das Schlachtfeld geweht und weithin zu hören gewesen. Die Todesfeen hatten die gefallenen Krieger ins Reich des Lichts begleitet.

Darian war nicht der Einzige, dem die schaurigen Rufe der Banshees eine Gänsehaut bereiteten. Die Erinnerung an seine erste Begegnung mit einer Banshee kehrte zurück, und wie es aussah, durfte er sich glücklich schätzen – hatte sie ihm damals doch geholfen und ihn nicht mit ins Totenreich genommen, wie diese Wesen es normalerweise mit den Lebenden taten, die ihnen zu nahe kamen. Damals war Darian erst kurze Zeit in Albany und in vieler Hinsicht sehr unbedarft gewesen. Aber das war lange her.

Darian atmete tief durch. Es war beinahe so, als wäre selbst die Luft von einem bösen Fluch gereinigt worden. Vereinzelte Wolkenfetzen hingen noch am Himmel, und über den Wäldern im Osten waberten Rauchschwaden. Eine Bewegung ließ ihn zum Himmel blicken, wo ein roter Drache gemächliche Kreise zog.

Auch die Flammen sind weitestgehend besiegt, Darian von Northcliff, hallte die Stimme Aventuras durch seinen Kopf. *Meine Gefährten und ich haben noch einen weiteren flüchtigen Dämon zur Strecke gebracht und werden aufmerksamen Auges den Himmel Albanys durchstreifen.*

»Danke, Aventura. Meine Ehrerbietung an dich und deine geflügelten Gefährten.« Ein Lächeln hatte sich auf Darians Gesicht gebildet, dann verflog es jedoch wieder.

Noch wussten sie nämlich nicht, ob tatsächlich alle von Dal'Ahbracs finsteren Dienern tot waren. Aber immerhin hatten die Zauberkundigen ihre Kräfte wiedererlangt, die Drachen waren zurück, und Darian besaß das von den Drachen geweihte Schwert. *Dämonenbann* wollte er es nennen, denn das schien ihm ein passender Name. Überall wurde er nun mit größter Hochachtung begrüßt, selbst die Còmraghâr verneigten sich vor ihm, und Menschen, Trolle und Zwerge jubelten ihm regelrecht zu. Ihm war das Ganze ein klein wenig peinlich, und er betonte, es sei Leána gewesen, die das Portal geöffnet hatte, aber das tat der Begeisterung seines Volkes keinen Abbruch. Irgendwann stieß auch Tena zu ihnen. Sie war mit Smaragonn geflogen und hatte weit im Westen gekämpft, um sicherzustellen, dass die Feinde keinen Fuß mehr auf Elfengebiet setzen konnten. Als Darian ihr von Samukals Tod erzählte, wunderte er sich über die echte Bestürzung in ihrem Gesicht und die Tränen, die in ihren Augen standen. Sie hatte die Gestalt der menschlichen Zauberin angenommen und ließ nun ihre blutroten Haare vors Gesicht fallen.

»Tena?« Sie wandte sich ab, und ihre Schultern begannen zu zucken. Ganz vorsichtig legte Darian einen Arm um sie und drehte sie zu sich herum. »Du hast ihn wirklich geliebt, oder?«, fragte er bestürzt.

Sie stieß ein Schnauben aus, dann schluckte sie krampfhaft und blinzelte ein paar Mal. »Er war ein intriganter Dreckskerl, aber ja, ich glaube, ich habe sehr viel für ihn empfunden.«

»Ach Tena, es tut mir leid.« Darian streichelte ihr unbeholfen über die Arme. »Weißt du, ich habe mir tausend Mal seinen Tod gewünscht, aber als er dann starb …«, unschlüssig hob er die Schultern, »… da habe ich mich plötzlich, tief in meinem Inneren, doch an die schönen Tage mit ihm erinnert.« Plötzlich durchzuckte Darian ein Gedanke. »Tena, wusstest du, dass er einen Sohn hat?«

»Einen Sohn?« Ehrliches Erstaunen stand in ihrem Blick. »Nein, er hat nie etwas davon erwähnt.«

Darian seufzte. »Er behauptete, Kayne sei von ihm.«

»Dein … Also Elysias Sohn?!« Sie schnappte nach Luft, dann überschlug sich ihre Stimme beinahe. »Das hat er ja wunderbar in die Wege geleitet. Den Erben von Northcliff zeugen, die Drachen ausrotten, damit sie nicht mehr bekunden können, dass er nicht ein Nachfahre von Atorian dem Ersten ist und …«

Darian stockte der Atem. Natürlich – zum ersten Mal ergab die Vernichtung der Dracheninsel einen Sinn! Wieder flammte Wut in Darian auf – und verflog genauso rasch, wie sie gekommen war. Samukal hatte ein riskantes Spiel gespielt und mit seinem Leben bezahlt. Vermutlich hatte er am Ende wirklich aufrichtig bereut, und Tenas Gefühlsausbruch zeigte deutlich, dass nicht alles an ihm verdorben und böse gewesen war.

»Wir werden ihm ein ehrenvolles Begräbnis zuteilwerden lassen«, versprach Darian Tena. Sie nickte und machte sich dann mit ihm gemeinsam auf die Suche nach Überlebenden auf dem Schlachtfeld. Ihre Hoffnung versank jedoch rasch in den frisch ausgehobenen Gräbern oder trieb davon wie der Rauch der Scheiterhaufen. Auch Edur musste einige seiner Freunde begraben, die ihm so tapfer und entgegen dem Willen des Zwergenkönigs zur Seite gestanden hatten, und Darian konnte ihm nur tröstend die Schulter drücken.

Am Ende der Zwergenzeremonie, die von rhythmischem Schlagen auf ihre Schilde und Liedern über die Toten geprägt war, fuhr der junge Zwerg sich über die Augen. »Als ich dich das erste Mal gesehen habe, wie du wie ein Irrer mit dem Schwert auf einen Baum eingehackt hast, hätte ich jeden beschuldigt, zu viel von Onkel Horacs Morscôta getrunken zu haben, wenn er mir prophezeit hätte, dass du eines Tages Albanys Retter sein würdest.«

Das brachte Darian zum Lachen. Seine ersten Tage in Albany kamen ihm heute vor wie ein Traum, wie ein anderes Leben.

Darian ging weiter zu den Trollen, aber die schienen nicht großartig zu trauern, Murk meinte lediglich, sein Volk würde nun im Reich der Ahnen feiern. Die mächtigen Körper der toten Bergtrolle wurden in den Osten gebracht, wo sie nach Art ihrer Vorfahren in Steingräbern beigesetzt werden würden.

Auch die Dunkelelfen ehrten diejenigen, die im Kampf gefallen waren, auf ihre eigene Weise. Das traurige und zugleich eigenartig berührende Lied, das Darian schon im Dunkelelfenreich gehört hatte, hallte über die Ebene, als die Körper der Frauen und Männer verbrannt wurden. Ihre Asche würde man in die Ewigen Feuer von Kyrâstin streuen.

Größere Trauer herrschte bei Menschen und Elfen. Frauen waren aus den umliegenden Dörfern gekommen, um ihre toten Männer zu beklagen. Auch die wenigen überlebenden Elfen stimmten Trauergesänge an, und so war die ganze Stimmung trotz des offensichtlichen Siegs doch stark gedämpft. Der einzige Lichtblick war, dass diejenigen Menschen, die gezwungenermaßen auf Dal'Ahbracs Seite gekämpft hatten, schon kurz nach der Schlacht Darian die Treue geschworen hatten.

Was zumindest Aramias Stimmung ein wenig aufhellte, war die Nachricht, dass der blaue Drache Turmalan auf dem Weg auf die Nebelinsel sei, um Leána zu holen. Fast beschwingt machte sie sich daran, Lilith und den anderen Heilern bei der Versorgung der Verwundeten zu helfen. Atorian ging es schon deutlich besser, das Fieber war gesunken und er selbst in einen tiefen, erholsamen Schlaf gefallen.

Von wem allerdings noch immer jedes Lebenszeichen fehlte, das waren Nassàr und Zir'Avan. Und so brach Aramia später am Tage gemeinsam mit Lilith auf, um die beiden zu suchen. Sie machte sich Sorgen, konnte sich jedoch gut vorstellen, dass ihr Vater in den Wäldern verstreute 'Ahbrac-Verräter jagte. In der Ferne erkannte sie Darian, der den Hinterbliebenen Trost spendete, und eine Welle von Stolz und Zuneigung überkam sie.

Endlich hatte Darian sich den Respekt seines Volkes zurückerobert, und auch wenn Atorian König werden würde, so wurde Darian nun doch die Anerkennung zuteil, die ihm gebührte.

Ob sie mich als seine Gefährtin akzeptieren?, fragte sie sich, doch da sie auf der Nebelinsel leben wollten, spielte das ohnehin keine große Rolle. Vermutlich würde Darian sich hin und wieder in Northcliff aufhalten, aber ihr war es gleichgültig, wenn sie zu diesen offiziellen Anlässen nicht dabei sein konnte. Befreit sog sie die wunderbar klare, kühle Sommerluft ein.

Ein leiser Hilferuf riss sie aus ihren sonnigen Gedanken um die Zukunft. Sie bahnte sich ihren Weg zwischen toten Dunkelelfen hindurch – Krieger der 'Ahbrac, die noch niemand fortgeschafft hatte – und erkannte plötzlich, halb begraben unter einem toten Bergtroll, den blutverschmierten grauen Haarschopf von Nassàr. Ganz offensichtlich war der alte Krieger am Ende seiner Kräfte.

»Aramia, endlich. Könntest du mich von diesem stinkenden Fleischberg befreien?«

Gegen ihren Willen musste sie lachen, denn Nassàr sah so angeekelt aus, dass sein gesamtes Gesicht in Runzeln lag. Sie schickte einen der Heiler los, um Murk zu holen, dann gab sie Nassàr etwas zu trinken und erkundigte sich, wo er Schmerzen hatte.

»Ein verwesender Troll liegt auf meinem Oberkörper und meinen Beinen«, schnappte er, »ich könnte eher aufzählen, wo ich keine Schmerzen habe, das geht schneller. Ich bin einfach zu alt, das habe ich doch schon lange gesagt!«

»Wenn du so schimpfst, kann es dir nicht allzu schlecht gehen«, stellte sie pragmatisch fest, was Nassàr zu einem gebrummten »Dunkelelfen!« veranlasste.

Sie nahm es ihm nicht übel, und vielleicht wurde ihr erst jetzt richtig klar, dass sie das Erbe ihres Vaters nun gar nicht mehr verleugnete. Sie hatte an der Seite des dunklen Volkes gekämpft, und ihre guten Reflexe, ihre Leidenschaft im Kampf und ihre

Nachtsicht waren ihr bisher nur von Vorteil gewesen. Ein Lächeln überzog ihr Gesicht, und sie redete beruhigend auf Nassàr ein, bis Murk kam und ihn von dem Trollkadaver befreite.

Murk, der im Gegensatz zu seinem Volk auch etwas menschlichere Emotionen zeigte, schniefte laut, als er – nachdem ein Bauer den schimpfenden und stöhnenden Nassàr darunter vorgezogen hatte – den toten Troll wieder auf die Erde krachen ließ. »Yragdur war – guter Krieger.« Dann reckte Murk seinen Kopf in die Höhe, seine Mundwinkel hoben sich, und er blickte nach Westen. »Aber jetzt mit Ahnen säuft – viel säuft!«

Leise lachend umarmte Aramia ihren Freund, dann sah sie Nassàr hinterher, der erfreulicherweise wirklich kaum verletzt war, und schritt das Schlachtfeld weiter ab. Überall waren liegen gelassene Waffen, Schilde und teils sogar Körperteile zu finden, und Aramia bemühte sich, nicht allzu genau hinzusehen. Selbst der Regen der Nacht hatte nicht alles Blut fortwaschen können. Es klebte an Steinen und Heidekraut, an Gras und Bäumen und war wie ein Mahnmal für das, was am letzten Abend geschehen war.

In der Nähe des Waldes erspähte sie einige Zeit später Lilith, die am Boden kniete und irgendjemanden im Arm hielt. Sie eilte zu ihr, um zu fragen, ob sie helfen könne – doch als sie sah, um wen es sich handelte, erstarrte sie. Mit tränenüberströmtem Gesicht hielt Lilith Zir'Avan an sich gedrückt. Wie es aussah, war er von mehreren Klingen durchbohrt worden, in seiner rechten Wange klaffte eine Wunde, aber als Aramia genauer hinsah, erschien ihr sein Gesichtsausdruck direkt friedlich.

»Ich konnte ihm nicht helfen, Aramia«, schluchzte die kleine Heilerin und sah verzweifelt zu ihr auf. »Er hat noch geatmet, aber dann ist er einfach …« Sie fuchtelte hilflos in die Luft.

Ein Kloß bildete sich in Aramias Kehle, und ihre Gefühle waren verworren. Sie hatte Zir'Avan noch nicht lange gekannt, und auch wenn sie ihn zu schätzen gelernt hatte, so war er doch nicht wirklich wie ein Vater für sie gewesen. Über zweihundert gemeinsame Sommer und Winter fehlten ihnen. Trotzdem war sie traurig, dass er sein Leben im Kampf gelassen hatte, auch wenn er sich solch einen Tod sicher gewünscht hätte.

»Lilith, du kannst nicht alle retten, und das weißt du«, versuchte Aramia ihre Freundin zu trösten. Doch diese weinte ungehemmt und schlug die Hände vor die Augen. »Warum muss ich nur alle Männer verlieren, die ich jemals geliebt habe?«, brach es aus ihr heraus.

»Du hast ihn …« Aramia blickte auf ihren toten Vater, dann auf ihre Freundin, und schließlich nahm sie Lilith zögernd in den Arm. »Du hast ihn geliebt?«

Zitternd und schluchzend nickte Lilith, dann fuhr sie sich über die Augen und wischte sich über die dicke Knollennase. »Ich weiß, was du sagen willst. Wir passten nicht zueinander, wir waren zu unterschiedlich, und vermutlich hast du Recht, wahrscheinlich wäre unsere Beziehung nicht von Dauer gewesen. Aber Aramia«, Lilith hob die Schultern, »er hat mich respektiert, ich konnte mich wunderbar über Heilkunst mit ihm austauschen, und wenn wir allein waren, hat er sogar Gefühle gezeigt.«

Verwirrt hielt sie ihre beste und älteste Freundin im Arm. Zir'Avan, der skrupellose und mordlustige Krieger, und Lilith, die Bewahrerin des Lebens – sie wären ein eigenartiges Paar gewesen. Trotzdem tat ihr Lilith nun aufrichtig leid.

»Du hast Zir'Avan überzeugt, gemeinsam mit Atorian und den Trollen zu kämpfen.« Schlagartig wurde ihr klar, warum ihr Vater so unverhofft Einsicht gezeigt hatte. Auch Liliths hin und wieder so eigenartig verträumtes Verhalten ergab plötzlich Sinn, und selbst der ein oder andere Blick zwischen den beiden besaß nun eine ganz andere Bedeutung.

Leise schniefend nickte Lilith. »Ich sagte ihm, wenn er die Trolle für ehrlose, dumme Kreaturen hält, entehrt er auch uns Nebelhexen, denn einige tragen Trollblut in sich. Ich drohte ihm an, nie wieder ein Wort mit ihm zu wechseln, und nachdem er wutentbrannt in den Wald gestürmt war, kam er kurze Zeit später zurück und erklärte sich bereit, über seinen Schatten zu springen.«

»Ach, Lilith, du bist wunderbar«, murmelte Aramia und wiegte ihre Freundin im Arm.

»Denkst du, es ist mein Schicksal, allein zu bleiben?«, fragte die kleine Halbgnomin bedrückt.

Aramia schüttelte den Kopf. »Nein, eines Tages wirst auch du dein Glück finden und es behalten dürfen.«

Am Abend fühlte sich Darian einfach nur noch müde und ausgelaugt. Die Nachricht vom Tode Zir'Avans hatte ihn erschüttert. Sie hatten dem Dunkelelfen viel zu verdanken. Als Mia ihm erzählte, dass sich zwischen Zir'Avan und Lilith eine Liebesgeschichte angebahnt hatte, war er voller Mitgefühl für die kleine Nebelhexe. Damals, als er nach Albany gekommen war, hatte sie schon Ohaman verloren – und jetzt auch noch Mias Vater. Plötzlich wurde ihm bewusst, dass er gar nicht mehr nach Menhir gesehen hatte, und er fragte sich, ob Lilith oder einer der anderen Heiler ihm schon den tödlichen Trank verabreicht hatten. Also machte er sich auf den Weg zu den Pferden, und der Kloß in seiner Kehle drohte ihn zu ersticken. In einem behelfsmäßigen Pferch standen einige der verletzten Pferde, manche der Kriegsrösser waren auch an Bäumen angebunden. Suchend schweifte Darians Blick über die Tiere, und während er im Pferch den Hengst Lavos erkannte, so war Menhir doch nicht unter ihnen. Traurig senkte er den Blick – aber plötzlich vernahm er aus dem Wald ein vertrautes Wiehern und drehte sich um. In einer aus Ästen behelfsmäßig zusammengezimmerten Umzäunung stand Menhir. Um sein Bein war ein Verband gewickelt, und er warf unwillig seinen Kopf hin und her, wobei seine schwarze Mähne wild umherwirbelte. Ein Funken Hoffnung keimte in Darian auf, während er näher trat. »Hat sie dir helfen können, mein Freund?« Er streichelte Menhirs mächtigen Hals und rupfte ihm dann etwas Gras, das zwischen den Bäumen wuchs. Genüsslich kauend verspeiste das Pferd den unverhofften Leckerbissen, dann legte es Darian vertrauensvoll den Kopf auf die Schulter.

Nach einer Weile kam Lilith zu ihnen. Sie sah blass und übernächtigt aus, schmal und ausgezehrt, brachte aber trotz allem ein Lächeln zustande.

»Der Bruch war kompliziert, und ich habe leider keine Heilsteine mehr zur Verfügung«, erklärte sie, während sie Menhirs Bein abtastet. »Man kann ein Pferd nur sehr schwer ruhigstellen.«

»Also wird er nicht gesund?« Darians Schultern sackten nach vorn, aber Lilith legte ihm eine Hand auf die Wange.

»Er wird zwei bis drei Monde in diesem Pferch verbringen müssen, was ihm vermutlich überhaupt nicht behagt, und du wirst ihn nicht mehr als Kriegpferd benutzen können. Ein ruhiger Lebensabend auf den Weiden der Nebelinsel sollte ihm jedoch vergönnt sein.«

»Wirklich?« Eine große Last fiel von Darian ab, und er drückte Lilith einen Kuss auf die Wange. »Vielen Dank, dass du dich auch noch um mein Pferd gekümmert hast, wo du doch so viele andere Leben retten musstest.«

Sie lächelte müde und streichelte Menhirs weiche Nüstern. »Er ist dein Freund, Darian, und Freunden muss man helfen.«

»Weißt du was, Menhir«, sagte Darian entschieden »du gehst jetzt in Rente, und vielleicht läuft dir eines Tages eine hübsche Stute über den Weg, die mir dann ein neues Kriegspferd schenkt.«

Weder Menhir noch Lilith würden wissen, was mit ›Rente‹ gemeint war, aber Darian lachte zufrieden und ging dann seinen Bruder besuchen.

Am Abend kam Lilith aufgeregt zu Darian. »Dal'Ahbrac ist wach!«

Sofort stand Darian auf und folgte der kleinen Heilerin zu

dem behelfsmäßigen Lager, in dem der Dunkelelf untergebracht war.

Sein Gesicht war eingefallen, die Augen trüb, und sein Atem ging qualvoll.

»König … Darian.« Offenbar wollte er sich erheben, sank dann jedoch mit schmerzverzerrtem Gesicht zurück auf das Moos.

Wenngleich Darian wusste, dass Dal'Ahbrac besessen gewesen war, verspürte er wenig Mitleid mit dem Mann. Er vermutete, dass dieser sich aus reiner Machtgier mit den Dämonen eingelassen hatte, und dafür gab es keine Entschuldigung.

»Wart Ihr siegreich?« Die grauen Augen des Dunkelelfen blickten beinahe schon hoffnungsvoll zu ihm auf.

»Ja, das waren wir. Und wenn Ihr etwas von Eurer Schuld mildern wollt, dann sprecht nun und erklärt mir, wie es dazu kommen konnte, dass die Dämonen Albany beinahe vernichtet hätten.«

Der Dunkelelfenmagier nickte bedächtig, dann begann er zu erzählen, wobei er immer wieder kurze Pausen einlegen und Kraft sammeln musste. Trotzdem beeilte er sich mit seinen Schilderungen, denn er spürte wohl, dass ihm nicht mehr viel Zeit vergönnt war. »Vor sehr langer Zeit fand ich geheime und verschlüsselte Schriften des Dunkelelfenmagiers Zek'Ravun. Sie stammten aus jenen Tagen, als sich mein Volk unter die Erde zurückzog. Er beschrieb, wie er einen Dämon aus dem Reich zwischen den Welten beschwor, und wie er sich dessen Stärke bediente. Lange brauchte ich, um die Worte zu entschlüsseln, und der Magier warnte eindringlich davor, jemals den Zauber aufzuheben, welcher den Dämon in den Tiefen des Unterreichs bannte.« Dal'Ahbrac seufzte schwer. »Ich hielt mich für stärker als Zek'Ravun, studierte die Schriften und machte mich dann auf die Suche nach der geheimen Kammer, in welcher der Dämon seit tausenden von Sommern gefangen war. Mir gelang es, ihn zu befreien, und lange Zeit habe ich mich der Kräfte dieses finsteren Dieners bedient und beständig an Macht gewonnen. Später habe ich Samukal ausgebildet und ihn angewiesen, nach den Portalen zu suchen, um weitere Dämonen nach Albany zu holen, denn von meinem ersten Dämon wusste ich, dass man seinesgleichen nur aus der Zwischenwelt beschwören kann.« Dal'Ahbracs Brust hob und senkte sich schwerfällig. Dankbar nahm er von Lilith einen Becher mit, wie Darian vermutete, einem Stärkungstrunk entgegen. »Irgendwann wurde ich unachtsam«, gab er zu, »und der Dämon übernahm meinen Körper. Zunächst konnte ich mich wehren und zumindest zeitweise wieder die Kontrolle erlangen, musste jedoch letztendlich hilflos mitansehen, wie sich alles zum Schlechten wandte. Mein ursprüngliches Ziel war es, mich an den Elfen zu rächen, denn sie vertrieben mein Volk von der Oberfläche.« Jetzt kehrte wieder etwas von der alten Arroganz in Dal'Ahbracs Gesicht zurück. »Nicht Dun'Righal ist der rechtmäßige Herrscher, sondern ein Krieger von meinem Blute müsste an der Spitze der Dunkelelfen stehen. Nur sieht das mein Volk bedauerlicherweise anders. Also wollte ich ein eigenes Reich an der Oberfläche erschaffen. Gegen die Menschen haben sich meine Aggressionen niemals gerichtet, dies war das Werk des Dämons, dessen Machthunger unersättlich war.«

Darian wusste nicht so recht, ob er Dal'Ahbrac Glauben schenken sollte, denn auch wenn es nicht sein oberstes Ziel gewesen war, so vermutete Darian, dass er dennoch nicht gezögert hätte, sich früher oder später auch Northcliff anzueignen.

»Habt Ihr all die Dämonen beschworen?«, fragte Darian kühl.

»Nein.« Dal'Ahbrac schüttelte den Kopf. »Zu jenem Zeitpunkt, an dem Nordhalan durch das Portal kam und ich mir dessen Existenz gewiss sein konnte, beherrschte der Dämon schon weitestgehend meinen Geist.«

»Dann wart Ihr es, der Nordhalan gefangen nahm!«, unterbrach Darian.

Mit einem gequälten Nicken bestätigte Dal'Ahbrac dies. »Ich übergab ihn Fehenius' Männern.«

»Moment, und was hielt Euch davon ab, weitere Dämonen nach Albany zu holen?«, hakte Lilith nach.

»Nur ein starker Zauberer kann einen Dämon aus dem Zwischenreich beschwören, nicht aber ein Dämon selbst. Der Dämon, der mich beherrschte, wollte durch Samukal seine Brüder nach Albany holen, sie mit den Körpern von Menschen verschmelzen lassen, Chaos und Tod bringen und eine neue Dynastie gründen …« Plötzlich verdrehte Dal'Ahbrac die Augen, stöhnte laut auf und sackte zurück auf sein Lager.

Sofort sprang Lilith auf, beugte sich über ihn und hielt ihr Ohr an seine Brust.

»Ist er tot?« Darian empfand kein Mitgefühl, doch ihm war es wichtig, noch so viel wie möglich von dem Dunkelelfen in Erfahrung zu bringen.

»Nein, er lebt – zumindest ist noch ein kleiner Lebensfunken in ihm, der allerdings kurz vor dem Erlöschen ist.«

»Danke, Lilith. Falls er noch einmal aufwacht, sag mir bitte Bescheid.«

Die kleine Heilerin nickte und eilte dann zu anderen Kranken, die ihrer Hilfe dringender bedurften und sie auch sicher eher verdient hatten.

Zwei Tage später schritt Darian durch die Burg von Northcliff. Endlich war die Festung seiner Väter von den Tyrannen befreit, und jetzt würden bald Atorian und Kaya hier herrschen. Darians Finger berührten den kühlen Stein, er grüßte einige Diener, die ihm zulächelten und schüchtern ihre Freude darüber zum Ausdruck brachten, dass er zurück war. Einerseits freute sich Darian über die neue Zuneigung des Volkes, andererseits blieb ein bitterer Nachgeschmack, denn die meisten von ihnen hatten früher – wenn auch nicht ganz zu Unrecht – schlecht über ihn gesprochen. Aber von nun an würde er nach vorn sehen.

Erfreulicherweise hatten die Dunkelelfen in der Burg nichts verwüstet, daher fand er das Arbeitszimmer weitgehend so vor, wie er es vor langer Zeit verlassen hatte.

Plötzlich erinnerte er sich an etwas, was Samukal ihm auf dem Weg nach Anmhorán gesagt hatte. Er ließ sich auf die Knie nieder, fuhr mit den Fingern über die glatten, abgelaufenen Holzbohlen und fand schließlich eine Vertiefung. Mit einiger Mühe entfernte er das Brett und fand ein in Lederhäute verschnürtes Päckchen darin. Vorsichtig hob er es aus seinem Versteck und legte es auf den Schreibtisch.

Ein abgegriffenes ledergebundenes Buch kam zum Vorschein. Es mochte über tausend Seiten haben, und Darian zögerte, sie umzublättern, da das Pergament ihm sehr brüchig erschien. In schnörkeliger, schwer zu entziffernder Schrift berichtete ein Zauberer der Diomár über Welgarton Dugal Federan von Northcliff, Darians Ururgroßvater. Seitenlang wurde von Ländereien gesprochen, die diesem oder jenem Lord zugeteilt worden waren. Sogar über mögliche Ehefrauen und deren Vor- oder Nachteile wurde berichtet.

»Ich glaube, mir würde es ganz schön stinken, wenn jemand sogar meine Liebschaften dokumentiert«, brummte Darian vor sich hin und überflog diese Seiten nur. Vielleicht würde er sich eines Tages die Zeit nehmen, dies alles durchzulesen, aber im Moment interessierte es ihn eher am Rande. Er wollte den dicken Wälzer schon zuschlagen, doch dann entdeckte er ganz am Ende des Buches eine einzelne, teilweise angekohlte Seite. Dieses Blatt war so dünn und durchscheinend, dass er befürchtete, es würde unter seinen Fingern zerbröseln. Ganz vorsichtig fasste er es an.

... so hat es sich denn letzten Endes als ein glücklicher Zug erwiesen, dass mich Merlin nach Norden geleitet hat, war doch der Süden übersät mit dem Feinde. Die Reise war beschwerlich, doch die Wunde zugefügt von eigenem Blute viel schrecklicher, und es

gebot mir mein Stolz, dem den Rücken zu kehren. Groß waren die Zweifel zu Anfang, hatte ich doch eigentlich erhofft, von der Barke über sanfte Wogen nach Avalon getragen zu werden, gesegnet von der feuchten, kühlen Berührung der wallenden Nebel. Der Kuss des Windes, den ich empfing in den stürmischen Weiten des Nordens, war heftig zunächst, doch säuselte er auch das süße Lied der Freiheit. Als dann die verheißungsvollen Nebel erschienen, die mächtigen Steine unter den alten Bäumen umschmeichelnd, so wie Merlin es einst hat gesehen, fühlte ich, dass sich der große Kreis meines Lebens schließt. Mein Schwert in den Händen und offenen Auges schritt ich voran, Seite an Seite mit meinem alten Freund setzte ich Fuß auf dieses unbekannte Land. Mit rauer Schönheit hat es uns empfangen, weit und frei, mit Wesen uns unbekannter Art. Auch wenn ich Camelot schmerzlich vermisse, so muss ich nun, da der Winter des Alters mein Haar weiß gefärbt, doch sagen, das Rad des Schicksals hat mich zu einem guten Ende gebracht. Wenn du, Darian, diese Zeilen eines Tages liest und dir wünschst, mehr über jene Welt zu erfahren, der ich entstammte, möge dir dieser Wunsch gewährt sein. Du bist der Erste, der mit einem langen Leben gesegnet ward. Die Feinde Camelots werden dann schon lange zu Staub verfallen sein. Du jedoch, mein Sohn, sollst herrschen und Albany in eine glorreiche Zukunft führen.

Mögest auch du dein Avalon finden, jenes Land, in das zurückzukehren das Leben uns aufträgt.

In Liebe, dein Vater, Atorian von Northcliff

Bei dem Wort *Darian* war Darian unwillkürlich zusammengezuckt, hatte er doch für einen Moment geglaubt, selbst angesprochen zu sein. Aber dann erinnerte er sich, dass Atorian I. einen Sohn namens Darian gehabt hatte, nach dem er selbst benannt war. *Ein Brief von König Arthus – unfassbar,* dachte Darian. Leider war es nur ein verkohlter Überrest, und er hätte gerne mehr gelesen.

Darian war so vertieft in die Chroniken von Northcliff, dass er erst beim zweiten Anklopfen wirklich registrierte, dass jemand etwas von ihm wollte. »Herein.«

Die Tür öffnete sich, und Elysia betrat mit Kayne an der Hand den Raum. Darian hatte angewiesen, sie aus dem Versteck in den Bergen zu holen, und nun sah ihn seine Gemahlin erwartungsvoll an. »Du bist zurück, und ihr wart siegreich, das ist erfreulich.« Sie klimperte mit ihren Wimpern und lächelte, was wohl verführerisch wirken sollte. Ohne auf Elysia zu achten, betrachtete Darian den kleinen Jungen, seine dunklen Haare und die Augen, die denen von Samukal so ähnlich waren.

»Komm her, Kayne.«

Flüchtig bemerkte Darian, wie sich ein freudiger Ausdruck auf Elysias Gesicht breitmachte. Der Junge kam langsam auf ihn zu und sah ihn erwartungsvoll an. Ein klein wenig schämte sich Darian jetzt, sich so gar nicht um Kaynes Wohlergehen gekümmert zu haben, auch wenn er nun endlich mit Gewissheit wusste, dass er tatsächlich nicht sein Fleisch und Blut war.

»Kayne«, Darian streichelte ihm über den Kopf, dann nahm er ein Stück Papier aus seinem Schreibtisch und reichte es, zusammen mit einem Kohlestift, dem kleinen Jungen. »Sei so gut und setz dich dort ans Fenster, ich möchte etwas mit deiner Mutter besprechen.«

Der Junge nickte, dann lächelte er vorsichtig. »Ich kann einen Drachen zeichnen.«

»Das wäre wunderbar.«

Auf kurzen Beinen rannte Kayne zum Fenstersims, setzte sich darauf und war nur Augenblicke später völlig vertieft in seine Arbeit.

»Dein Sohn ist ein gehorsames und gelehriges Kind«, bemerkte Elysia. »Ich habe ihn gut erzogen.«

»Setz dich bitte.« Darian zögerte, ihr das mitzuteilen, was ihm auf dem Herzen lag, denn er war sich beinahe sicher, dass sie ihm keinen Glauben schenken würde. »Samukal ist während der Schlacht gestorben.«

»Das habe ich bereits vernommen.« Eine gewisse Trauer lag in ihrem spitzen Gesicht, dann jedoch lächelte sie ihm zu. »Aber es war zumindest ein ehrenvoller Tod, denn er hat dich gerettet.«

»Samukal hat mir kurz vor seinem Tod gebeichtet, dass er Kaynes Vater ist.«

Für einen Moment verharrte Elysia, dann sprang sie von ihrem Stuhl auf und krallte die Hände um die Lehne. »Welch eine infame Lüge! Was bezweckst du damit, Darian? Willst du so die Beziehung zu deiner Dunkelelfenhure rechtfertigen?«

»Elysia, mäßige dich«, verlangte Darian mit einem Blick auf das Kind, aber Kayne hatte nur kurz herübergesehen und kritzelte nun weiter auf dem Papier herum.

»Kayne ist dein Sohn, ich habe dich nicht betrogen, und seitdem du verschwunden bist, habe ich das Lager mit keinem anderen Mann geteilt!«

»Samukal hat uns beide zum Narren gehalten. Ich weiß nicht, wie er es geschafft hat, aber ich vermute, er hat in unserer Hochzeitsnacht ein wenig mit Magie nachgeholfen. Das erklärt auch, weshalb ich mich am nächsten Morgen an nichts erinnern konnte, und ich gehe davon aus, es erging dir ähnlich.«

»Gar nicht wahr«, kreischte Elysia, wenngleich ihre Stimme viel zu schrill klang, als dass Darian ihr dies abgekauft hätte.

»Sieh ihn dir doch nur an. Kayne hat weitaus mehr Ähnlichkeit mit Samukal als mit mir.«

»Ich habe das Lager nicht mit Lord Samukal geteilt!« Elysia wollte wohl zu Kayne gehen, doch mitten in der Bewegung verharrte sie, denn plötzlich kam ein Papierdrache auf sie zugesegelt.

»Sieh nur, Mutter, er kann richtig fliegen!« Der kleine Junge hatte die Hände gehoben und ließ nun den schwarz bemalten Drachen Kreise über Elysias Kopf ziehen.

»Hör auf damit!«, kreischte sie, packte den Drachen und zerknüllte ihn, woraufhin Tränen in Kaynes Augen stiegen.

Zunächst war auch Darian verblüfft, aber dann erhob er sich. »Siehst du, dein Sohn hat magische Fähigkeiten.«

»Die hatte er bisher überhaupt nicht«, jammerte Elysia, »erst seitdem er seine Stärkungstränke nicht mehr bekommt, macht er diese komischen Dinge.«

»Welche Stärkungstränke?«, hakte Darian nach.

»Lord Samukal gab sie mir, damit Kayne sich gut entwickelt.« Mit zitternder Hand holte sie eine kleine Phiole hervor und reichte sie Darian. »Könntest du Nordhalan bitten, auch solch einen Trank zu brauen? Ich habe den Rest aufbewahrt, für den Fall, dass Lord Samukal nicht zurückkehrt. Er sagte, der Trank sei wichtig, damit Kayne ein starker Herrscher wird.«

Nachdenklich drehte Darian das Fläschchen in der Hand. Er würde es in der Tat von Nordhalan oder Lilith untersuchen lassen. »Wahrscheinlich hat Samukal ihm den Trank verabreicht, damit Kaynes magische Fähigkeiten unterdrückt werden.«

»Das ist nicht wahr, das war keine Zauberei, es war …«, kreischte sie auf, und Kayne zog sich weiter zurück.

Darian tat der Junge leid, und er winkte ihn zu sich. Mit einem ängstlichen Seitenblick auf seine Mutter umrundete Kayne den Schreibtisch, dann setzte er sich auf Darians Schoß.

»Es ist nicht schlimm, zaubern zu können, Kayne«, versicherte er.

Auch wenn der Junge vermutlich nicht wusste, was mit ihm geschah, nickte er.

Elysia hingegen hatte einen Heulkrampf bekommen, schlang die Arme um ihren Oberkörper und versicherte unter Tränen, sie sei unschuldig. Darian wusste nicht, was er tun sollte, und war daher ganz froh, als unvermittelt die Tür aufgerissen wurde. Das Gesicht gerötet, die langen schwarzen Haare wirr und verstrubbelt, stürmte Leána herein.

»Vater!« Sie eilte auf ihn zu und fiel ihm um den Hals, Kayne, der noch auf Darians Schoß saß, bezog sie in ihre Begrüßung gleich mit ein. »Ich bin auf Davaburions Rücken hergeflogen«, erzählte sie aufgeregt. »Das war sooo schnell. Und dieses Haus ist riesig!« Sie breitete ihre kleinen Arme aus und riss ihre Augen auf. »Hier könnte ich den ganzen Tag mit Murk und Siah Verstecken spielen.« Erst jetzt schien sie Kayne richtig zu bemerken. Der Junge hatte sie bislang nur stumm angesehen. »Möchtest du mit mir Verstecken spielen?«

Kayne nickte sofort, aber Elysia war mit zwei Schritten bei ihm. »*Mein* Sohn wird nicht mit einem Nebelhexenbastard spielen!«

Bevor Darian auch nur den Mund aufgemacht hatte, um sie empört zurechtzuweisen, hatte Leána schon die Hände in die Hüften gestemmt. »Lilith sagt immer zu Tink, man darf *Bastard* nicht sagen, das ist ein unhöfliches Wort.« Sie hob die Schultern. »Ich weiß nicht, was es bedeutet, aber es ist wohl so ähnlich wie Trollkacke.«

Auch wenn Darian ein Lachen in die Kehle stieg, unterdrückte er dieses. »Leána, sei so lieb und geh schon mal zu deiner Mutter, sie ist bei Onkel Atorian. Frag einfach einen der Bediensteten, der wird dich hinbringen.«

Die Kleine nickte, warf noch einen bedauernden Blick auf Kayne, dann drückte sie Darian einen herzhaften Kuss auf die Wange und rannte aus dem Raum.

Darian erhob sich und trat zu Elysia, die wohl seinen Zorn spürte und einen Schritt zurückwich. »Ich habe Samukal versprochen, mich um Kayne zu kümmern, und das werde ich auch tun. Du darfst mit ihm einen Flügel der Burg bewohnen, und wenn er fünfundzwanzig ist, wird sich endlich zweifelsfrei herausstellen, dass er nicht von meinem Blut ist.«

Elysia öffnete den Mund, aber Darian packte sie am Arm, und zwar so fest, dass ihr ein leises Keuchen entfuhr. »Aber falls du meine Tochter noch einmal als *Bastard* bezeichnest, werde ich dich aus Northcliff verbannen. Hast du das verstanden?«

Mit ängstlich aufgerissenen Augen nickte Elysia, woraufhin Darian sie losließ. »Und jetzt verschwinde.«

Eilig raffte Elysia ihre ausladenden Röcke, dann verschwand sie aus dem Raum.

Am nächsten Tag standen Darian und sein Bruder Seite an Seite auf der Wiese vor der Burg von Northcliff. Im Westen sank gerade die Sonne, und eine angenehme Brise wehte über die Klippen, brachte den salzigen Duft der See mit sich. Heute sollte denen, die ihr Leben im Kampf gegen Dal'Ahbracs Schergen gelassen hatten, eine besondere Ehre erwiesen werden. Die Körper derer, die noch nicht nach Art ihres Volkes bestattet worden waren, lagen aufgebahrt auf einem hölzernen Podest, und all diejenigen, die an der Schlacht teilgenommen hatten und nun wieder laufen konnten, waren gekommen, um an der großen Trauerfeier teilzunehmen.

Lilith war es nicht gelungen, Dal'Ahbrac am Leben zu erhalten. Am gestrigen Tage war der Dunkelelf gestorben und hatte leider auch die letzten Unklarheiten bezüglich der Dämonen mit ins Grab genommen. Lilith hatte seinen Körper einem der Dunkelelfenkrieger Zir'Avans übergeben – Darian wollte lieber nicht wissen, was sie damit taten.

Nun ließ Darian seinen Blick über die versammelten Menschen schweifen, und sein Herz machte einen kleinen Satz, als er Mia und Leána entdeckte. Das Mädchen winkte ihm zu, und er glaubt überzuschäumen vor Glück. Getrübt wurde seine Freude leider etwas durch Elysia, die neben einigen Adligen stand und ihn giftig anfunkelte. Vermutlich würde sie den Adel gegen ihn und Mia aufhetzen, aber da ohnehin Atorian das Amt des Königs bekleiden würde, war ihm das gleichgültig. Jetzt konnte sich Darian um diese Angelegenheiten nicht kümmern – was die Zukunft bringen mochte, würde sich zeigen. Nordhalan und Lilith hatten seinen Verdacht bestätigt, dass Samukals Trank für Kayne dazu gedacht gewesen war, dessen Zauberkräfte zu unterdrücken. Welche Substanzen er benutzt hatte, wussten sie nicht, aber Darian hatte ohnehin nicht vor, dem Jungen den Trank weiter zu verabreichen. Zu gegebener Zeit würde er Nordhalan bitten, den Kleinen zu unterrichten, damit seine Kräfte in die richtigen Bahnen gelenkt würden – ein weiterer Streit, der ihm vermutlich mit Elysia bevorstand.

Darian trat nach vorn, erhob sein Schwert, welches die Dämonen getötet hatte, und begann mit klarer, lauter Stimme von denen zu erzählen, die in der Schlacht an seiner Seite um das Wohle Albanys gekämpft hatten. Er betonte den Kampfgeist Zir'Avans und seine Leidenschaft. Auch von Samukal berichtete er, verschwieg nicht die Gräueltaten, die er begangen hatte, erwähnte aber auch, dass er sich am Ende besonnen und ihm sogar das Leben gerettet hatte. So sollte sich jeder seine eigene Meinung über Samukal bilden.

»Nicht immer sind alle von uns nur gut oder böse, in jedem lauert etwas Finsteres, Unbeherrschtes, und wer wüsste das besser als ich.« Darian straffte die Schultern. »Vielen von euch habe ich Unrecht angetan, nicht mit meinem Schwert oder durch die Hand eines Meuchelmörders, nein, ich habe mich in meiner Trauer, in meiner Verzweiflung und am Ende in meiner Sucht vergraben. Dank meiner wundervollen Freunde – viele von ihnen befinden sich unter euch –«, er nickte in Liliths und Murks Richtung, »und auch derer, die ins Licht gegangen sind, konnte ich mich davon befreien. Aber heute wollen wir jene ehren, die ihr Leben dafür gaben, Albany zu einem blühenden Ort zu machen, an dem neues und freies Leben entstehen kann.« Darian sandte einen stillen Ruf an die Drachen, und die geflügelten Himmelsherrscher, die zuvor weit über ihnen gekreist waren und nun herabflogen. Gemeinsam ließen sie ihr Feuer auf die Körper der Toten herabschießen. Zir'Avan lag etwas abseits, damit seine Leute seine Asche einsammeln und den Ewigen Feuern von Kyrâstin übergeben konnten. Die Hitze ließ viele Menschen zurückweichen, während die Còmraghâr ihre Gesänge anstimmten, um ihren Anführer zu ehren.

Nachdem die Feuerstöße versiegt waren, verbeugte sich Darian vor den Drachen und verkündete öffentlich: »Ich trete hiermit im Angesicht der Drachen von meinem Amt als König von Northcliff zurück und übergebe es an Atorian, den erstgeborenen Sohn Jarredhs von Northcliff.«

Stille kehrte ein, nur das Knistern der Feuer war zu hören. Dann erhob sich vielfältiges Gemurmel. Darian war klar, dass sich das Volk ganz sicher seine Gedanken darüber gemacht hatte, wer fortan der Herrscher sein würde. Nun trat Atorian vor. Noch immer sah er ein wenig blass aus, hatte sich dank Liliths Pflege jedoch einigermaßen erholt.

»Es ist mir eine Ehre, das Amt des Königs von Northcliff zu übernehmen«, er lächelte stolz und legte Darian einen Arm auf die Schulter, »wenngleich mein jüngerer Bruder den größeren Teil zu unserem Sieg beigetragen hat.«

Wieder brachen aufgeregte Gespräche unter den Menschen aus.

»Wir wollen Darian von Northcliff als König behalten!«, schallte plötzlich eine mutige Stimme aus der Menge hervor.

Darian zuckte zusammen, und er sah, wie auch seinem Bruder ein klein wenig die Gesichtszüge entgleisten.

»Er hat die Dämonen besiegt, er ist unser Herrscher«, stimmte ein Mann von rechts zu, und nun wurden Fäuste in die Höhe gereckt, und aufgeregte Rufe wurden überall laut.

»Darian – Darian Dämonenbann!«

»Sie wollen dich«, staunte Atorian, rang ganz offensichtlich um seine Fassung und hob dann die Schultern. »Also, wenn du …«

»Nein!« Darian versuchte, sich Gehör zu verschaffen, und als ihm das nicht gelang, sandte er einen Ruf an Aventura.

Der rote Drache stieß ein ohrenbetäubendes Brüllen aus, woraufhin die Menschen verstummten. Darian kletterte auf einen Felsen, damit ihn auch wirklich jeder sah und hörte. »Ich kann nicht König bleiben.«

»Warum nicht? Ihr seid Darian – Dämonenbann!«

»Selbst wenn ich Albany nicht vor einiger Zeit fast in den Ruin getrieben hätte …« Er schloss kurz die Augen und sagte stumm: *Verzeih mir, Mutter.* »Ich kann nicht König werden, weil in meinen Venen das Blut von Zauberern fließt. Nur deshalb war es mir möglich, das von den Drachen geweihte Schwert gegen die Dämonen einzusetzen, und nur deshalb verstehe ich die Sprache fast aller Wesen.« Darian fing den verdutzten Blick Atorians auf und sah, wie Nordhalan betreten zu Boden blickte. »Aus sicheren Quellen wurde mir vor kurzem zugetragen, dass meiner mütterlichen Linie Zauberer entstammen, und daher kann ich gemäß alter Tradition nicht König werden.« Von überallher ertönten verdutzte Rufe, er sah überraschte Gesichter und fuhr rasch fort. »Mein Bruder Atorian wird ein hervorragender Herrscher sein und euch in glorreiche Tage führen. Seit seinem ersten Lebenstag wurde er auf diese Aufgabe vorbereitet. Aber ich verspreche euch, ihm in wichtigen Angelegenheiten zur Seite zu stehen, und sollte mein Schwert noch einmal gebraucht werden«, er hob »Dämonenbann« hoch über seinen Kopf, »werde ich an meines Bruders Seite sein. So bitte ich euch noch einmal, ihn als den rechtmäßigen König von Northcliff anzunehmen.«

Nun setzte tosender Jubel ein. Darian bemerkte erleichtert, wie sich die Menschen zunickten. Fiedeln, Flöten und auch die dudelsackartigen Instrumente, die Darian schon bei seiner Weihe auf der Dracheninsel kennengelernt hatte, begannen zu spielen. Einige Kinder tanzten im Kreis, aber die meisten Menschen gingen in Richtung der Burg, wo ein Festessen stattfinden sollte.

Darian spannte sich an, als Elysia im Stechschritt auf ihn zukam. Ihr Gesicht war angespannt, ihre Wangen leicht gerötet.

»Dass Kayne zaubern kann, könnte genauso gut an deinem Magierblut liegen!«, triumphierte sie.

Zunächst stutzte Darian, dann verdrehte er die Augen. »Meine Begabung für Magie beschränkt sich darauf, viele Sprachen ohne Mühe zu verstehen, aber sonst sind mir keinerlei Talente vergönnt.«

»Die Drachen werden es in einigen Sommern und Wintern beweisen.« Trotzig reckte Elysia ihr Kinn vor und stolzierte davon.

»Eine unangenehme Person«, kommentierte Atorian mit zusammengezogenen Augenbrauen.

Kopfschüttelnd sah Darian ihr nach und bemerkte dabei flüchtig, dass viele Menschen noch immer argwöhnische Blicke auf die Dunkelelfen warfen. Diese hatten Darian jedoch ohnehin versichert, nach der Trauerzeremonie in ihr Reich zurückzukehren. Die Trolle waren ebenfalls aufgebrochen, nur Murk, als ihr Stellvertreter und König, war geblieben.

»Gute Ansprache«, lobte Nordhalan, als er zu Darian und seinem noch immer etwas säuerlich dreinschauenden Bruder trat.

»Atorian, das hier sind hauptsächlich Bauern und einfache Leute«, versuchte Darian ihn zu trösten, »die Lords werden auf deiner Seite sein, und das Volk wird dich lieben.«

»Genauso wie ich.« Kaya fiel ihm um den Hals, woraufhin sich Atorians Gesicht ein wenig entspannte.

Leána kam auf Darian zugerannt, gefolgt von Mia, die Elysias boshafte Blicke gekonnt ignorierte. Lächelnd fing Darian das kleine Mädchen auf, aber sie sah heute bedrückt aus.

»Leána, bist du traurig?«

Die Kleine nickte, dann sah sie zu dem Scheiterhaufen. »Jetzt habe ich gar keinen Großvater mehr.«

»Nein, leider nicht.« Darian drückte sie an sich. Dann fiel sein Blick auf Nordhalan. »Er wäre sicher gerne dein neuer Großvater.«

Das Gesicht der Kleinen erhellte sich, und sie umschlang Nordhalans kräftige Hüfte mit ihren kurzen Armen. »Dich hätte ich gerne als Großvater.«

Er beugte sich hinab, streichelte über ihre Haare und verlangte dann streng: »Aber nur, wenn du mir keine Zöpfe mehr in den Bart flichst.«

Sie kicherte. »Höchstens einen gaaanz kleinen«, versprach sie.

Das brachte so manch einen zum Lachen, und gerade als Darian und sein Bruder sich zur Burg aufmachten, kam Nassàr mit einem weiteren Krieger angeeilt. »Wir konnten Fehenius und den Heiler Edvan ausfindig machen.«

Darian hörte, wie Kaya aufkeuchte; er wusste um ihren Hass auf den Regenten.

»Wo sind sie?«

Nassàr deutete vage nach Osten. »Wie Samukal sagte, waren sie in einem gut verborgenen Höhlensystem versteckt, wir haben sie zu einer Hütte gebracht und sie dort eingeschlossen. Fehenius spuckt Gift und Galle.«

»Was meinst du, sollen wir sie gleich befragen?«, wandte sich Darian an seinen Bruder.

Atorian nickte zustimmend, dann nahm er Kaya an der Hand. »Ich denke, das sollten wir.«

Ein Stallbursche brachte ihnen rasch drei Pferde. Mia und Leána wollten mit Nordhalan hierbleiben und die Dunkelelfen verabschieden, und so ritt Darian mit seinem Bruder, Nassàr und der verbissen dreinblickenden Kaya in ein verborgenes Tal ganz im Norden Albanys. An einer einfachen Holzhütte in einem kleinen Wäldchen hielten sie an, und Nassàr öffnete den mit Brettern notdürftig vernagelten Verschlag.

Schmutzig, abgemagert und sichtlich erschrocken sah ihnen Edvan, der kleine Heiler, entgegen, während Fehenius gegen seinen Knebel ankämpfte und unverständliches Zeug brummelte. Darians Zorn gegen Edvan war verflogen, er wusste, dass er nur ein Handlanger gewesen war. Daher zerrte er den gefesselten Heiler, der im für ihn ungewohnten Tageslicht blinzelte, vor die Tür und durchschnitt seine Fesseln.

»Edvan, du hast etwas Schlimmes getan, etwas, das kein Heiler tun sollte«, stellte Darian fest.

»Mein Herr«, wimmerte der kleine Mann und fiel auf die Knie. »Es widerstrebte mir zutiefst, aber Fehenius bedrohte meine Familie … Ich …«

Darian nickte nachdenklich. »Geh zu deiner Familie, falls sie noch lebt, aber ich verbiete dir, jemals wieder als Heiler zu arbeiten. Und halte dich von Northcliff fern.«

Der weißhaarige Mann schien sein Glück kaum fassen zu können. Unter hektischen Verbeugungen wich er zurück, dann rannte er davon. Ganz anders verhielt es sich mit Fehenius. Noch bevor sie seinen Knebel ganz gelöst hatten, begann er zu schimpfen. Natürlich wusste er nichts von den neuen Entwicklungen, und als Darian ihm in knappen Worten erzählte, was seit seinem Verschwinden vorgefallen war, wurde er kreidebleich.

»Dämonen? Samukal war mit Dämonen im Bunde?«, keuchte er.

»Wusstest du, dass er Kaynes Vater ist?«

»Kaynes Vater?« Fehenius plusterte sich auf. »Ich bin Kaynes …« Er stockte, zog die Schultern ein, aber dann besann er sich. »Es ist gleichgültig, die Drachen sind ohnehin zurückgekehrt. Kayne ist mein Nachfahre!«

Jetzt war Darian verwirrt, und als Fehenius im Brustton der Überzeugung davon sprach, er habe in der Nacht von Darians Vermählung den kleinen Kayne gezeugt, keimte ein Verdacht in ihm auf.

»Was passierte am Morgen danach?«, fragte Darian.

»Von dem gewaltigen Akt war ich so erschöpft, dass mir die Sinne schwanden«, brüstete er sich, was Kaya mit einem Schnauben quittierte. »Ich wachte in meinem Gemach auf und hielt Königin Elysias Haarschleife in der Hand.«

»Samukal hat ihn ebenso betäubt wie Elysia und mich«, stellte Darian an seinen Bruder gewandt richtig.

»Nein! Kayne entstammt meinen Lenden«, beharrte Fehenius vehement.

Atorian nahm Darian zur Seite. »Du wirst es bis zur Weihe nicht beweisen können.«

»Ich weiß«, räumte Darian unzufrieden ein. Das Rätsel um Kaynes Herkunft würde sich vermutlich niemals vollständig lösen, allerdings war er geneigt zu glauben, dass tatsächlich Samukal dessen Vater war. »Was sollen wir mit Fehenius tun?«

»Wir werfen ihn in den Kerker«, schlug Atorian vor, was durchaus Darians Zustimmung fand.

Allerdings schaltete sich Kaya jetzt ins Gespräch ein. »Überlasst ihn mir.«

Atorian hob seine dunklen Augenbrauen, und Darian schwante nichts Gutes, als Kaya sich an Nassàr wandte. »Durchtrenne Fehenius' Fesseln und gib ihm dein Schwert.«

»Kaya, was hast du vor?«, wollte Atorian alarmiert wissen.

»Du darfst um dein Leben kämpfen, du Ratte«, zischte sie Fehenius zu.

Dieser war sichtlich erstaunt. Zu Atorian gewandt fragte er: »Wer ist dieses anmaßende Weibsstück?«

»Lady Kaya, die zukünftige Königin von Northcliff«, bemerkte Atorian kühl.

Der Regent schluckte hörbar. »Aber mein Herr, ich kann doch nicht gegen eine Frau …«

»Das ist mehr, als du meiner Mutter, meinen Schwestern und meinem Vater gewährt hast«, schnappte sie. »Sie hatten keine Waffen, sie konnten sich nicht verteidigen.«

Das Gesicht des ehemaligen Regenten verlor jegliche Farbe. »Ihr müsst mich verwechseln, Mylady, ich habe niemals …«

Sie sprang nach vorn und hielt ihm ihre Klinge unters Kinn. »Niemals in meinem ganzen Leben werde ich dein Gesicht vergessen, denn du hast dabei zugesehen, wie mich deine Soldaten schändeten.«

Darian hörte seinen Bruder lautstark Luft holen. Offenbar hatte er davon gar nichts gewusst. Er griff nach seinem Schwert und wollte Fehenius nun wohl eigenhändig erschlagen, aber

Darian hielt ihn zurück. »Lass sie«, bat er, »ich glaube, auf diesen Tag hat sie schon lange gewartet.«

Noch immer versuchte Fehenius, sich aus der Affäre zu ziehen, jammerte, er sei schwach und abgemagert, aber Kaya hieb nun nach ihm, und so blieb ihm nichts anderes übrig, als Nassàrs Schwert schützend vor sich zu halten.

Allerdings war Fehenius im Gegensatz zu seinem Halbbruder niemals ein herausragender Schwertkämpfer gewesen, Kaya hingegen war eine Meisterin dieser Kunst. Mit nur wenigen Schlägen hatte sie ihn zu Fall gebracht und rammte ihm ihre Klinge in die Brust. Darian wandte den Blick ab, als Blut spritzte und das Geräusch berstender Knochen ertönte. Doch er konnte Kaya verstehen, und als Atorian sie in den Arm nahm und sie leise zu weinen begann, hoffte er, dass sie den Schrecken der Vergangenheit nun endgültig abgeschüttelt hatte. Beim Ritt zurück zur Burg sagte Darian leise zu seinem Bruder: »Ich glaube, mit Kaya als Königin werden Verbrecher kein leichtes Spiel haben.«

Atorian lächelte stolz. »Sie wird eine wunderbare Königin werden.«

Kapitel 34

Königsweihe

Wie ein glutroter Feuerball hing die Sonne über dem Meer westlich der Geisterinseln, als Atorian an Kayas Seite durch die uralten Steine des Kreises der Seelen schritt. Um seinen Hals lag der Torc, der Königsring, den Generationen vor ihm getragen hatten – zuletzt Darian, aber der war froh, dieser Verpflichtung entronnen zu sein. Zwerge und Elfen, Kobolde und Trolle, ja sogar die Dunkelelfenherrscher Dun'Righal und Xin'Righal aus dem Unterreich hatten sich versammelt, um der Weihe von Atorian zum König von Northcliff beizuwohnen und gleichzeitig seine Vermählung mit Kaya Eshwood zu feiern.

Endlich, nachdem über zwei Monde seit dem Kampf gegen Dal'Ahbrac vergangen waren, war so etwas wie Ruhe in Albany eingekehrt. Den Flüchtlingen war die anstrengende Reise über den Damm nach Anmhorán erspart geblieben, denn Tena war auf Turmalans Rücken zu ihnen geflogen und hatte Dimitan vom Ausgang der Schlacht unterrichtet. Nun lebten die Menschen wieder in ihren Dörfern, zumindest diejenigen, deren Häuser nicht dem verheerenden Feuer zum Opfer gefallen waren. Die Übrigen hatten Zuflucht in Culmara oder der Burg von Northcliff gefunden. Die Gefangenen waren aus Rodgill befreit worden, und da Fehenius' und Samukals Strafen ohnehin zweifelhaft gewesen waren, hatte Atorian sie alle begnadigt. Sie sollten beim Wiederaufbau Albanys helfen und sich in der Nähe von Culmara niederlassen.

Darian war mit Leána, Mia und Lilith auf die Nebelinsel gereist, um sein kleines Steinhaus am Meer noch vor dem Frühling fertig zu bauen, aber nun waren auch sie auf die Geisterinsel gekommen, um Atorians Weihe beizuwohnen. Mia trug ein langes dunkelgrünes Gewand aus dem seltenen und kostbaren Seidenstoff, den die Dunkelelfen herstellten. Die Nähte waren mit echten Silberfäden verziert, und sie hatte auch weiße Perlen in ihre seidigen schwarzen Haare geflochten, so wie es die Art der Dunkelelfen war. Voller Stolz betrachtete Darian seine Gefährtin, und bevor die Zeremonie begann, wollte er ihr noch etwas geben. Er flüsterte Nordhalan, der in eine edle dunkelblaue Robe gekleidet war, zu, er solle auf Leána achten, dann nahm er Mia an die Hand und ging mit ihr zum Meeresufer.

»Wir werden die Weihe deines Bruders verpassen«, protestierte sie.

Darian schüttelte schmunzelnd den Kopf, dann nahm er ihre Hand. »Es dauert nicht lange.«

»Nun gut, worüber möchtest du sprechen?«

»Mia, du weißt, ich kann dich nicht heiraten«, begann er zögernd, und sie hob mit bedrückter Miene die Schultern.

»Das ist mir klar.«

»Andererseits war dies in der Welt, in der ich aufgewachsen bin, auch nicht zwingend nötig.«

»Darian, das haben wir doch schon alles besprochen. Wir werden auf der Nebelinsel leben, die Adligen werden mich zügellose Nebelhexenhure …«

Er erstickte ihre weiteren Worte mit einem Kuss. »So etwas will ich nicht hören, und es wäre sehr freundlich, wenn du mich endlich ausreden lassen würdest.«

Der Meereswind wehte ihr eine lange Strähne ins Gesicht, welche sie sich ungeduldig zur Seite wischte, dann sah sie ihn auffordernd an. »Dann komm zur Sache, denn sonst *wird das nix*, wie Edurs Onkel so schön sagen würde.«

Darian musste lachen. Der alte Zwerg war ebenfalls zur Geisterinsel gereist, hatte es jedoch nicht lassen können, überall seinen Pessimismus zu versprühen. »Du bist entsetzlich unromantisch, Mia. Ich wollte dir gerade meine unsterbliche Liebe gestehen, aber du unterbrichst mich ständig.«

Jetzt überzog ein sanftes Rot ihre Wangen, und sie nahm seine Hand. »Verzeih mir.«

Darian griff in die Tasche seiner schwarzen Hose, die er, wie es Tradition in Northcliff war, unter dem blauen Umhang mit dem aufgestickten Schwert und zu einem weiten weißen Hemd trug. Dann hielt er Mia einen Ring hin, der aus silbernen und bronzefarbenen, kunstvoll ineinander verschlungenen Strängen bestand. »Ich hätte dir gerne einen Torc geschenkt, denn für mich wirst du immer meine Königin sein«, sagte er leise und voller Liebe. Er bemerkte, wie Mia ganz still wurde und ihre Augen feucht zu glitzern begannen. »Ich befürchte nur, viele Bewohner Albanys würden das als Affront ansehen, daher dachte ich, ich könnte ein Ritual aus meiner alten Welt durchführen, denn dessen Bedeutung kennt hier vermutlich niemand.« Er nahm ihre Hand und sah ihr tief in die Augen. »Dort, wo ich aufgewachsen bin, steckt man sich, wenn man sich ewige Liebe und Treue schwört, als Zeichen der Verbundenheit einen Ring an den Finger. Ich weiß, in unserem Fall bedeutet *für immer* eine sehr lange Zeit, aber …«

Sie umarmte ihn stürmisch und küsste ihn dann voller Leidenschaft. »Jetzt habe ich dich schon wieder unterbrochen, aber ja, Darian von Northcliff, ich möchte mein Leben mit dir verbringen, wie lange es auch währen mag.«

Lachend wirbelte er sie herum, dann steckte er ihr den Ring an, bevor sie zu ihren gespannt auf die Königsweihe wartenden Freunden zurückkehrten.

Strahlend vor Glück stellte sich Mia neben Lilith, die sie fragend ansah. »Ist etwas geschehen?«

»Darian hat mir einen Ring geschenkt.«

Darian musste schmunzeln, als er hörte, wie glücklich sie

klang, und ein lautes Lachen verbergen, als Lilith verwirrt fragte: »Was ist denn daran so außergewöhnlich? Darian ist ein Erbe von Northcliff und hat Zugang zur Schatzkammer.«

»Dieser Ring ist etwas Besonderes, etwas so Besonderes, wie ich es mir niemals zu träumen gewagt hätte«, erwiderte Mia.

Ein übergroßes Glücksgefühl durchströmte ihn, als er hörte, mit wie viel aufrichtiger Liebe sie dies sagte, und er wusste, dass er das Richtige getan hatte.

»Leána, kommst du bitte zu mir?«, rief er seiner kleinen Tochter zu, denn auch ihr wollte er etwas geben.

Das Mädchen stellte sich erwartungsvoll vor ihn, und als er ihr die schmale Silberkette mit dem Amulett hinhielt, nahm sie dieses in die Hand.

»Das ist aber eine hübsche Kette«, staunte sie, strich vorsichtig über die eingravierten Runen und Knotenmuster und bestaunte den roten Rubin in der Mitte.

»Mit Hilfe dieses Amuletts bin ich vor langer Zeit nach Albany gekommen, und darüber bin ich sehr glücklich«, erklärte Darian, wobei er der Kleinen liebvoll über die Haare strich. »In die andere Welt können wir nicht mehr reisen, weil das Portal nach Schottland jetzt versiegelt ist, aber ich möchte, dass du diese Kette bekommst.«

»Danke, Vater!« Jubelnd fiel ihm Leána um den Hals, dann hängte sie sich die Kette um und rannte los, um Murk ihr Geschenk zu zeigen.

»Bist du sicher, dass es klug war, Leána das Amulett schon jetzt zu schenken?«, fragte Mia. »Sie ist noch sehr klein und könnte es verlieren.«

»Nein, ich denke, sie passt gut darauf auf. Und für den Fall, dass sie das Interesse daran verliert, kannst du das Amulett aufbewahren, bis Leána alt genug ist.«

Das Geräusch riesiger Schwingen ließ alle Anwesenden ruckartig aufblicken. Anmutig und mächtig näherten sich vier Drachen. Turmalan, der Herr des Westens, seine Flügel so blau wie der unendliche Ozean, und Smaragonn, der Herr des Ostens, der so grün leuchtete wie die endlosen Wälder Albanys im Frühling, zogen ihre Kreise über dem Steinkreis. Aventura, die Herrin des Südens, ließ sich als Erste auf einem der gewaltigen Monolithen nieder. Sie klappte ihre mächtigen roten Schwingen zusammen, die wie flüssiges Feuer in der Abendsonne aufblitzten. Ganz am Ende kreiste ein noch recht junger silberweißer Drache über den Steinen. Er war der Nachfolger von Apophyllion, dem Herrn des Nordens. Auch wenn es die meisten der Anwesenden nicht miterleben würden, in drei oder vierhundert Sommern würde Davaburion ein mächtiger Vertreter seiner Art sein, Herr über alle Drachen und der Träger der Weisheit.

Darian beobachtete, wie Atorian Kaya etwas zuflüsterte, dann ging er allein auf den Monolithen im Zentrum des Kreises zu und nannte die Namen all derer, die während der letzten Zeit ins Licht gegangen waren. Torgal, Jeroman, Fendor, Tagilis, Zir'Avan, Samukal … Die Trauer war noch immer allseits spürbar, aber dennoch war dies ein glücklicher Tag, denn nun war Albany von den Dämonen befreit, der rechtmäßige König sollte wieder in Northcliff Einzug nehmen, und die Völker hatten sich ausgesöhnt. Atorian stellte sich vor den Orakelstein, und die Zauberer – endlich befanden sich auch Nebelhexen unter ihnen – begannen eine uralte Weise zu singen. Die Magie war für alle spürbar. Eine Art Summen ging von den Steinen aus, und es wirkte, als würden sie vibrieren und ihr eigenes Lied anstimmen. Geräusche, Farben und Formen wurden viel intensiver, und es schien, als befänden sie sich an einem anderen Ort, einem Ort von unfassbarer Macht und Weisheit, an dem Zeit keine Rolle spielte und das Leben in ungeahnter Intensität pulsierte.

In silbriges Licht getaucht, manifestierte sich plötzlich eine Gestalt. Zunächst schien sie riesenhaft, viermal so groß wie ein Monolith, aber dann nahm sie die Größe eines normalen, hochgewachsenen Mannes an.

»Atorian, es ist mir eine Ehre, deiner Weihe zum König beizuwohnen.« Readonns Stimme klang immer noch fest und freundlich, so wie alle, die ihn kannten, sie in Erinnerung gehabt hatten. Seine graublauen Augen schweiften über die Festgesellschaft, und er nickte zufrieden. »Ein glücklicher Tag.« Er fasste das Schwert von Atorian dem Ersten von Northcliff, jenes Schwert, welches in der anderen Welt als Excalibur bekannt war, und hielt es Atorian entgegen. Dieser nahm es sichtlich ergriffen an sich und hielt es mit beiden Händen in die Höhe.

Readonn sprach die rituellen Worte, bat um die Erlaubnis der Drachen, Atorian zum König zu weihen, und jedes der geflügelten Wesen brüllte nach kurzer Andacht seine Zustimmung über das Meer. Anschließend vereinten die Drachen ihren Feueratem. Eine lodernde Säule aus roten, gelben und orangefarbenen Flammen erhellte den dunkler werdenden Abendhimmel und die gesamte Insel. Vermutlich sah man es in ganz Albany, und nun wussten alle – Atorian von Northcliff war der neue König. Tosender Jubel ertönte, als Kaya, mit sichtlich unsicheren Schritten, aber auch einem glücklichen Lächeln, zu ihm trat. Darian freute sich für die beiden, denn nun war es so weit – nach all den Strapazen, Gefahren und Entbehrungen würden sie vermählt werden, Atorian hatte seine verlorene Liebe wiedergefunden.

Stolz aufgerichtet, jedoch auch sichtlich gerührt, legte Atorian ihr einen kleineren, schmaleren Torc um den Hals und rief sie als Königin von Northcliff aus, woraufhin erneute Freudenrufe ertönten. Auch die Drachen stießen zu Ehren der beiden noch einmal ihren Feueratem in den Himmel.

»Atorian …« Readonns plötzlicher Ruf übertönte sogar das Tosen der Flammen, seine Erscheinung flackerte, und im selben Moment fiel Atorian auf die Knie.

Nordhalan, der bei Darian und Mia gestanden hatte, runzelte fragend die Stirn. »Weshalb kniet er sich nieder?«

»Vielleicht will er Kaya seine Ehre …« Weiter kam Darian nicht mehr, denn Kaya stieß einen gellenden Schrei aus.

»Lilith!«

Überall brach verwirrtes Getuschel aus, Lilith eilte in Kayas Richtung, und auch Darian, Aramia und Nordhalan gingen näher heran.

»Leána, bleib bei Murk!«, verlangte er ernst.

Zunächst wollte das Mädchen protestieren, aber der große Halbtroll nahm sie an der Hand und nickte beruhigend. »Aufpass!«

Mit schnellen Schritten war Darian bei seinen Freunden. Die Runen auf Nordhalans Zauberstab flammten auf, dann rief er Nassàr zu, er solle ihm folgen.

»Kaya, was ist los?« Darian blickte auf die junge Frau hinab. Sie hielt Atorian im Arm, der mühsam röchelte und die Augen verdrehte. »Lilith, was fehlt ihm?«

Die blonde Heilerin riss Atorians Hemd auf, und zu seinem Entsetzen erkannte Darian die Reste eines Armbrustpfeiles, die aus Atorians Brust ragten – genau auf Höhe des Herzens. Besorgt legte Lilith beide Hände an Atorians Wangen. Atorian rang nach Luft, sah Kaya noch einmal an, dann sackte sein Kopf nach hinten.

»Atorian?« Darians Stimme war heiser vor Angst, nur ganz vage bekam er mit, wie Mia die Hände vor den Mund schlug. Ein Ring aus Menschen hatte sich um Atorian gebildet, und aufgeregte Stimmen verlangten zu wissen, was geschehen war. Lilith schüttelte traurig den Kopf. »Ich kann nichts mehr für ihn tun.« Dumpf hallten die Worte in Darians Kopf, er weigerte sich, sie zu akzeptieren, wollte sie aus seinem Geist verbannen. Seine Hände zitterten und krampften sich zusammen. Er wollte aufwachen, wollte diesem Albtraum entrinnen.

»Es war ein schnell wirkendes Gift mitten ins Herz. Wir müssen den Mörder suchen«, hörte er Lilith wie aus weiter Ferne sagen. Darian blickte zu Kaya. Wie erstarrt kniete sie in ihrem edlen dunkelblauen Brokatgewand am Boden und schien das Unfassbare ebenfalls nicht wahrhaben zu wollen. Mia zerrte Darian am Arm, rief ihm zu, sie müssten Nordhalan helfen, aber er konnte sich einfach nicht rühren und starrte stattdessen auf seinen Bruder – seinen toten Bruder.

Auf einmal herrschte um ihn herum nur noch Chaos. Menschen, Trolle und Dunkelelfen hasteten durcheinander, und Darian wankte zu Readonns Geist.

»Warum?«, keuchte er.

Auch Readonn wirkte erschüttert. »Meine Warnung kam zu spät. Erst in dem Moment, als der Pfeil traf, konnte ich es sehen.« Über seine Augen legte sich ein Schleier, dann verkündete er betrübt: »Es war die späte Rache der 'Ahbrac. Kaz'Ahbrac, der Sohn des Magiers, benutzte eine Armbrust und einen Pfeil mit tödlichem Gift. Er floh in Richtung Osten.«

Plötzlich kam Leben in Darian. Er rannte los, quetschte sich durch verwirrte und erschütterte Menschen und hastete den Hügel hinauf. Überall wurde hektisch und nicht sehr planvoll nach dem Königsmörder gesucht.

»Nach Osten, er ist nach Osten geflohen«, schrie er und eilte über das mit Heidekraut und Gras bedeckte Land.

Aventura, rief er in Gedanken, *das Land ist offen und frei. Könnt ihr ihn aufhalten? Ein fliehender Dunkelelf.* Beinahe gleichzeitig erhoben sich die Drachen mit einem ohrenbetäubenden Geräusch in die Lüfte und jagten nach Osten.

Keuchend und nach Atem ringend, erreichte Darian den nächsten Hügel. Weit vorn, im wogenden Grasland, entdeckte er die Drachen, die gelandet waren und eine sehr viel kleinere Kreatur mit ihrem Feueratem von der Flucht abhielten. Von Westen sah er Nordhalan näher kommen, auch Mia war bei ihm, ebenso Nassàr und ein paar Krieger aus Northcliff.

Als er die kleine Gruppe erreichte, war Kaz'Ahbrac gefesselt und wurde von Nordhalan bewacht, dessen Stab drohend auf ihn zeigte. Dennoch war das Gesicht des Dunkelelfen von Arroganz und Triumph gezeichnet.

»Was auch immer Ihr mir antut, ich konnte die von meinem Blute rächen!«

Rasend vor Zorn schlug Darian ihm mitten ins Gesicht. »Dein verfluchter Vater war von einem Dämon besessen, er wollte niemals solch ein Chaos über Albany bringen.«

Kurz blinzelte Kaz'Ahbrac verwundert, dann hob er die Schultern. »Seinen Vater zu rächen verschafft Ehre an den Tafeln von Marvachân.«

Darian rang nach Atem, er ballte die Fäuste und hätte den Mörder seines Bruders am liebsten auf der Stelle an die Tafel Marvachâns befördert. Schon zog er sein Schwert, aber Mia hielt seinen Arm fest. Tränen liefen ihre Wangen hinab, und sie schüttelte den Kopf. »Nicht. Es ist Kayas Recht zu entscheiden, was mit ihm geschieht.«

Ganz langsam steckte er sein Schwert wieder in die Scheide – das Schwert, das den Dämon getötet hatte, der von Dal'Ahbrac Besitz ergriffen hatte –, dann legte er seinen Arm um Mia und ging langsam zurück zum Kreis der Seelen. Unter schwerer Bewachung folgte Kaz'Ahbrac.

Noch einmal drehte sich Darian zu den Drachen um.

Ich danke euch, übermittelte er ihnen in Gedanken.

Aventura stieß ein trauriges Brüllen aus, dann flog sie mit ihren Gefährten zu den uralten Steinen zurück.

Eine Gruppe Menschen und auch die junge Elfenkönigin Lharina standen um Kaya herum und versuchten, sie irgendwie zu trösten. Doch Kaya kniete nur stumm neben Atorians Leiche und hielt ihn noch immer fest. Als sie schließlich ihren Kopf hob, glich ihr Gesicht einer starren Maske, nicht eine einzige Träne war über ihre Wangen gelaufen, und Darian vermutete, dass sie einen schweren Schock erlitten hatte.

»Vielleicht sollten wir später …«, setzte er an.

Doch Kaya unterbrach ihn und fragte mit eiskalter Stimme: »War er es?«

Als Darian nickte, nahm sie ihren Dolch und rammte ihn Kaz'Ahbrac kurzerhand in den Leib. Der Dunkelelf stöhnte und krümmte sich zusammen. Wieder und wieder stieß sie zu, und es war ein grausiger Anblick, denn kein Wort kam über ihre Lippen. Bald waren ihre Hände, ihr Gesicht und ihr Kleid mit Blut bespritzt. Schließlich war es Lharina, die sie sanft in den Arm nahm und fortführte.

Dun'Righal, der silberhaarige Herrscher der Dunkelelfen, trat zu Darian und verbeugte sich vor ihm. »Es bereitet meinem Volk Schande, dass diese Tragödie geschah. Ich hoffe, dies wird sich nicht auf unsere neu geformte Allianz auswirken.«

Irgendwelche Allianzen waren im Augenblick das Letzte, womit Darian sich auseinandersetzen wollte. Doch er wusste, dass Atorian mit den Dunkelelfen gewisse Handelsbeziehungen hatte aufbauen wollen und zudem um einige Krieger gebeten hatte, die seine Armee unterrichten sollten.

»Nein, sicher nicht«, antwortete er lahm.

Dun'Righal verbeugte sich vor ihm. »Es wäre eine angemessene Strafe, Kaz'Ahbrac in Einzelteile zu zerhacken und ihn, statt ihn dem Feuer zu übergeben, von den Raubvögeln der Oberfläche fressen zu lassen. Auf dass seine Seele niemals Einzug in Marvachâns Hallen finden möge und auf ewig verdammt sei.«

»Ja, das wäre sicher gut«, stimmte Darian zerstreut zu, dann ging er zurück zum Krönungsstein und kniete sich neben Kaya nieder, die wieder am Boden saß und mechanisch über Atorians dunkle Haare strich. So schrecklich Atorians Tod auch war, langsam schwante ihm, welche weiteren Auswirkungen dies haben würde.

»Mia, kannst du es Leána erklären?«, bat er leise, denn das kleine Mädchen stand noch immer bei Murk und wusste offenbar gar nicht, was geschehen war.

»Natürlich, aber erst später. Ich verstehe es selbst noch nicht.« Sie umarmte ihn und ging dann rasch davon.

»Er hatte solche Angst, dass ich vor ihm sterben könnte«, begann Kaya plötzlich ganz unverhofft zu sprechen. Ihre Stimme zitterte ganz leicht, doch ihre Augen waren noch immer trocken.

»Ich weiß, es ist … unfassbar.« So schlimm die Situation für Darian war, denn er hatte einen Bruder verloren, den er erst vor kurzem wiedergefunden hatte – für Kaya musste es unvergleichlich schlimmer sein. Ihre Seelen waren schon seit dem letzten Leben miteinander verbunden, und gerade erst hatte er sie geheiratet. Nun trieb das Schicksal, grausig wie es manchmal war, einen Dolch durch das Herz ihres gemeinsamen Lebens. Wie ein böses Versprechen versank nun die Sonne endgültig im Meer. Irgendjemand entzündete Fackeln, und Nordhalans magisches Licht erhellte den Kreis der Seelen.

»Ich habe ihm nicht einmal sagen können, dass wir ein Kind bekommen«, schluchzte Kaya auf einmal, und nun schien der Damm zu brechen. Darian nahm sie in den Arm, und wahre Tränenfluten stürzten aus ihren Augen. Sie saßen ewig so da, Darian wusste, dass er ihr keinen besseren Trost spenden konnte, als sie einfach nur festzuhalten.

Niemand störte die beiden, als sie in dieser Nacht Totenwache hielten. Darian wusste nur, dass Mia in der Nähe war und auf ihn wartete, und das war ein tröstlicher Gedanke. Nordhalan hatte versichert, die Wachen würden noch achtsamer sein, falls es weitere Meuchelmörder gab.

Im Morgengrauen landete Aventura auf dem Monolithen hinter Darian. Kaya lag mit geöffneten Augen in seinen Armen und starrte stumm auf Atorians toten Körper.

Wir können ihm nach euren Gebräuchen eine ehrenvolle Bestattung hier im Kreis der Seelen bereiten, wenn die Sonne im Westen sinkt.

Darian nickte knapp, dann fragte er in Gedanken: *Aventura, wer soll jetzt über Northcliff herrschen?*

Das Drachenweibchen stieß ein feuriges Seufzen aus. *Du trägst Magierblut in dir, nach euren Gesetzen ist es dir nicht möglich, dieses Amt zu bekleiden, auch wenn ich in diesem Menschengesetz keinen Sinn erkenne.*

Aber was sollen wir dann tun?

Aventuras Stimme war sanft und tröstend, als sie weitersprach.

Kaya von Northcliff ist nun Königin, sie trägt den Torc, und sie trägt Atorians Sohn unter dem Herzen.

Darian fuhr kerzengerade auf, und auch Kaya zuckte zusammen.

Es wird ein Junge?

Ja, Darian, und er wird der zukünftige König sein. Steh Kaya zur Seite, biete ihr Trost in ihrer Trauer und übernimm Northcliff als Regent, bis sie dazu in der Lage ist zu herrschen. Das ist mein Rat, doch es liegt an euch Menschen, ihn zu befolgen oder nicht.

Dankbar schloss Darian die Augen. Er würde mit Kaya über all das sprechen, aber nicht jetzt, nicht an diesem Tag, der ihnen allen so viel Trauer gebracht hatte.

Am nächsten Abend wurde Atorian eine Feuerbestattung durch die Drachen zuteil. Darian war froh, die Trauerrede nicht allein halten zu müssen, denn schon als er davon berichtete, wie sehr er sich damals gefreut hatte, seinen Bruder in den Kerkern von Rodgill zu treffen, brach seine Stimme. Kaya stand nur stumm und blass zwischen den uralten Steinen und sagte überhaupt nichts. So war es Nordhalan, der aus Atorians Leben berichtete und später seine Asche einsammelte. In einigen Tagen sollte sie unter dem Gedenkstein in der Burg von Northcliff bestattet werden.

Darian war unendlich froh, dass er Mia an seiner Seite hatte – auch wenn er Kaya gegenüber beinahe ein schlechtes Gewissen verspürte: Seine Familie wusste er sicher bei sich, sie hingegen hatte alles verloren. Am Ostufer der Insel war ein Boot mit toten Zwergen aufgefunden worden, womit sich klärte, wie Kaz'Ahbrac auf die Insel gelangt war. Entweder hatte er sich als Anhänger Dun'Righals ausgegeben oder die Zwerge bedroht – das würden sie nicht mehr herausfinden.

»Du wirst in Northcliff bleiben müssen«, stellte Mia nach den Trauerfeindlichkeiten sehr beherrscht fest, obwohl er ahnte, was in ihr vorging.

Gerade hatten sich auch die Dunkelelfen verabschiedet und versichert, einige ihrer Krieger an der Oberfläche zurückzulassen, damit Darian stets Nachricht ins Dunkelelfenreich schicken könne. »Euer Bruder war ein tapferer Krieger, sicher wird er in den Hallen Eurer Ahnen von seinen ruhmreichen Taten berichten und zu großer Ehre gelangen«, hatte Dun'Righal zum Abschied gesagt.

Nun erzählte Darian seiner Gefährtin von Aventuras Vorschlag, und sie stimmte ihm zu, wenngleich sie bedrückt wirkte und die Augen niederschlug.

»Wir könnten einige Zeit in Northcliff verbringen, bis es Kaya besser geht und sie ihr Amt als Königin übernehmen kann«, schlug er vor.

Mia atmete einmal tief durch und sah ihn dann traurig an. »Darian, Leána und ich können nicht in Northcliff leben.« Als er sie unterbrechen wollte, hob sie eine Hand. »Ich allein könnte vielleicht mit den bösen Blicken der Adligen und auch mit Elysias Anfeindungen zurechtkommen, aber Leána möchte ich das nicht zumuten.« Sie lächelte traurig und wies zu dem kleinen Mädchen, das gerade mit Edur Steine über die Wiese rollen ließ und fröhlich lachte. »Sie ist an ein freies, wildes Leben gewöhnt, nicht ein Leben voller Zwänge oder höflicher Etikette, und ich möchte nicht, dass sie als Nebelhexenbastard beschimpft wird. Solange nicht bewiesen ist, dass Kayne nicht dein Sohn ist, werden sie mich immer als Ehebrecherin und Abschaum ansehen.«

Zunächst wollte Darian vehement widersprechen, musste dann aber leider zugeben, dass sie Recht hatte. Seitdem die Nebelhexen im Kampf gegen Dal'Ahbrac an ihrer Seite gekämpft hatten, hatte sich die Stimmung im Volk gegenüber den Mischlingen zwar etwas gewandelt. Doch es würden noch viele Sommer und Winter ins Land ziehen, bis man sie wirklich akzeptierte, und Darian war sehr wohl bewusst, wie sehr Elysia in letzter Zeit gegen Mia gehetzt hatte. Nicht wenige Burgbewohner waren auf ihrer Seite.

Traurig und bedrückt nahm er Mia in den Arm. »Ich würde so gerne mit euch auf der Nebelinsel leben, das musst du mir glauben.«

»Das weiß ich«, versicherte sie, dann drückte sie seine Hand. »Aber du hast auch eine Verantwortung deinem Volk gegenüber. Steh Kaya zur Seite und besuch uns so oft wie möglich. Die Eichenpfade werden die Reise erleichtern.«

Darian stimmte ihr zu, traurig war er dennoch. Fünf Sommer und Winter, in denen Leána vom Säugling zu einem selbstbewussten kleinen Mädchen herangereift war, fehlten ihm, und er hatte sich so sehr gewünscht, jetzt mehr Zeit mit ihr verbringen zu können und mitzuerleben, wie sie zur jungen Frau wurde. Er blickte in den Himmel und atmete dann tief durch.

»Darian, wir werden nun abreisen.« Lharina stand vor ihm und lächelte ihn ebenfalls kummervoll an. »Es erfüllt mich mit tiefer Trauer, den drohenden Tod deines Bruders nicht in einer meiner Visionen gesehen zu haben. Worte vermögen nicht auszudrücken, wie leid es mir tut.«

»Du kannst nichts dafür, Lharina«, sagte er beruhigend. »Ich wünsche euch eine gute Reise und hoffe, die Freundschaft zwischen den letzten Elfen und Northcliff bleibt bestehen. Sollte Leána jemals das Portal in die andere Elfenwelt finden, werden wir es euch wissen lassen.«

Die junge Elfe nickte ihm zu, dann wandte sie sich noch einmal um. »Wir sollten im nächsten Frühling einen Rat aller Zauberer und Magiekundiger abhalten.« Sie verbeugte sich vor Mia. »Selbstverständlich werden auch Nebelhexen daran teilnehmen können. Nordhalan und ich sind übereingekommen, dass wir die Diomár neu aufleben lassen sollten. Nicht als Geheimorganisation, sondern als einen Bund der Weisesten und Klügsten, die unser Land schützen und verhindern sollen, dass Magie noch einmal so schändlich missbraucht wird.«

»Eine hervorragende Idee«, stimmte Darian zu.

»O jeeh«, ertönte nun eine Stimme von rechts. Offenbar hatte

Horac, Edurs Onkel, ihnen zugehört. »Unser werter Zwergenkönig wird seinen eigenen Bart essen, wenn er hört, dass nun alle Völker verbündet sind, nur er nicht. Ich habe gleich gesagt, mit Hafran wird das nix!«

»Onkel Horac, komm jetzt.« Edur verdrehte die Augen und hob dann entschuldigend seine Schultern. Während sich die beiden langsam entfernten, hörte Darian noch, wie Edur sagte: »Du weißt doch, dass Atorian uns angeboten hat, dass die, die gegen Dal'Ahbrac gekämpft haben, auch in den östlichen Bergen Northcliffs leben können, falls König Hafran uns verbannt.«

»O jeeh – ich im Menschenreich, das wird nix, ich kann doch nicht …«

Mit einem leisen Schmunzeln sah Darian dem kauzigen Zwerg hinterher. Auch die Schwierigkeiten mit dem Zwergenkönig waren etwas, um das er sich irgendwann einmal würde kümmern müssen. Aber im Augenblick hatten sie Wichtigeres zu tun.

Epilog

Ein kalter Westwind, der schon die ersten Boten des nahenden Winters mit sich führte, wehte über die abgeernteten Felder hinter dem kleinen Dorf auf der Nebelinsel. Liah, Menhir und die anderen Pferde des Dorfes rupften das kurze, harte Gras, das zwischen den Felsen wuchs, und hielten ihre struppigen Hinterteile in den Wind. Aramia saß allein am Meer und lauschte den Wogen, die beständig ans Ufer brandeten. Unweit der strohgedeckten Behausungen spielte Leána mit einigen anderen Mischlingskindern des Dorfes Fangen, und ihre hellen Kinderstimmen schallten hier und da zu Aramia herüber. Sie war froh, dass die Kleine jetzt wieder so unbeschwert mit ihren Freunden spielen durfte, statt auf die Suche nach verborgenen Portalen gehen und sich unkalkulierbaren Gefahren aussetzen zu müssen. In Gedanken versunken, schloss Aramia die Augen und spürte den nach Salz riechenden Wind auf ihren Wangen. Sie hatten die Magie nach Albany zurückgebracht, und Friede hatte sich ausgebreitet, zumindest in weiten Teilen des Landes. Die letzten 'Ahbrac-Anhänger wurden von ihrem eigenen Volk gejagt und vermutlich hingerichtet, Dämonen hatte niemand mehr zu Gesicht bekommen, und auch die Drachen waren in Albany geblieben, hatten sogar noch zehn weitere Brüder und Schwestern aus der anderen Welt geholt. Nun zogen sie wieder frei und majestätisch ihre Kreise über Albanys Bergen. Viel hatten sie gewonnen, aber der Preis war hoch gewesen, denn sie hatten eine Menge Freunde und Verbündete verloren, und bis Darian eines Tages mit ihr und

Leána in dem kleinen strohgedeckten Steinhaus am Rande des Dorfes leben konnte, würde sie vermutlich noch eine lange Zeit ausharren müssen.

Aramia öffnete sich den Toren ihrer Magie, spürte die Macht in sich und rief einen Windgeist herbei. Das durchscheinende blassblaue Wesen, das ein Gesicht wie eine kleine Wolke hatte, ließ sich auf ihrer Hand nieder.

»Richte Darian meine Grüße aus«, flüsterte sie dem Elementarwesen zu, welches davonsauste, und auch wenn sie nicht genau wusste, ob der Windgeist ihre Nachricht überbringen würde, so war sie sich doch sicher, dass Darian in diesem Augenblick ebenso an sie dachte. Ihr Blick wanderte nach Norden, sie schlang die Arme fest um sich und sandte all ihre Liebe zu Darian, und als eine ungewohnt warme Windböe sanft ihre Wange streichelte, stahl sich ein Lächeln auf ihr Gesicht.

Personenverzeichnis

Menschen aus Albany

Adena von Northcliff	Darians Mutter
Jarredh Isarius von Northcliff	Darians Vater
Atorian von Northcliff	Darians Bruder
Kaya Eshwood	Verbündete Darians
Fehenius	ehemaliger Regent Northcliffs
Edvan	Heiler in Fehenius' Diensten
Elysia	Darians Frau
Kayne	Elysias Sohn
Torgal Elamànn	ehemaliger Hauptmann von Darians Vater, jetzt in Diensten Darians stehend
Nassàr	Torgals alter Kampfgefährte und Freund
Fendor	Krieger in Torgals Truppe
Markat	Krieger in Torgals Truppe
Greshar	Samukals Hauptmann

Readonn	ehemaliger Hüter der Steine, jetzt Orakel der Geisterinsel
Cadman	alter Mann aus dem Westen, genannt der »Wolfsvater«
Galmár	Samukals Prophet

Zauberer

Atene	Menschliche Zauberin
Dimitan	Menschlicher Zauberer
Nordhalan	Menschlicher Zauberer
Redeban	Verschollener menschlicher Zauberer
Revtan	Zwergenzauberer
Samukal	Menschlicher Zauberer, Oberhaupt der Zauberer
Vahira	ermordete Elfenzauberin

Zwerge

Edur	junger Zwerg, Darians Freund
Horac	Edurs Onkel
Dimpel	Edurs Cousin
König Hafran	Zwergenkönig

Elfen

Lharina	Tochter des Elfenkönigs und Seherin
Tahilán	Elfenwächter
Lathara	Verstorbene Elfenseherin
Estell	Elfenmagier
Tivala	Elfe

Nebelhexen

Aramia	Dunkelelfenmischling, Nebelhexe
Karad	halb Gnom, halb Troll
Leána	Darians und Mias Tochter
Lilith	halb Elfe, halb Gnomin; als Nebelhexe eine begabte Heilerin und Aramias beste Freundin
Murk	Halbtroll
Siah	kleines Mischlingsmädchen
Tagilis	Halbelf
Tena	Mischling aus Sumpfnyade und Cradul, einem wolfsähnlichen Wesen
Veliah	Geist einer Halbelfe
Envid	Halbgnomin
Rusira	halb Zwerg, halb Koboldin

Dunkelelfen

Zir'Avan	Aramias Vater
Ray'Avan	Aramias Urgroßvater
Kaz'Ahbrac	Anwärter auf den Herrschertitel der Dunkelelfen
Dal'Ahbrac	Dunkelelfischer Zauberer
Dun'Righal	Herrscher der Dunkelelfen
Xin'Righal	Herrscherin der Dunkelelfen

Drachen

Turmalan	Herr des Westens
Smaragonn	Herr des Ostens
Aventura	Herrin des Südens
Davaburion	Herr des Nordens
Galavenios	Alter Drache

Andere Wesen

Culahan	Berggeist
Rashkár	Dämon
Mhortarras	Schlangenhafte Wesen des Unterreichs
Farkasz	Wolfsartige Wesen des Unterreichs

Begriffe der Dunkelelfen

Còmraghâr	Garde der Dunkelelfen
Marvachân	Kriegsgott der Dunkelelfen